HEYNE ‹

JEFFREY ARCHER

ZEIT DER RIVALEN

ROMAN

Aus dem Englischen
von Ilse Winger

WILHELM HEYNE VERLAG
MÜNCHEN

Die Originalausgabe FIRST AMONG EQUALS erschien 1984.

Diese Ausgabe beruht auf der Neuausgabe von 2013 bei Pan Books,
an Imprint of Pan Macmillan,
a division of Macmillan Publishers International Limited.

Auf Deutsch erschien der Roman bereits unter dem Titel
RIVALEN im Zsolnay Verlag.

Penguin Random House Verlagsgruppe FSC® N001967

Vollständig überarbeitete Neuausgabe 07/2021
Copyright © 1984, 2013 by Jeffrey Archer
Copyright © 2021 der deutschsprachigen Ausgabe
by Wilhelm Heyne Verlag, München,
in der Penguin Random House Verlagsgruppe GmbH,
Neumarkter Str. 28, 81673 München
Redaktion: Barbara Häusler
Printed in Germany
Umschlaggestaltung: DAS ILLUSTRAT, München,
unter Verwendung von Motiven von iStockphoto (Wavebreakmedia)
und Shutterstock.com (TTstudio.Francesco Scatena)
Satz: KompetenzCenter, Mönchengladbach
Druck und Bindung: GGP Media GmbH, Pößneck
ISBN: 978-3-453-47153-7

www.heyne.de

Für Alan und Eddie

PROLOG

Wäre Charles Gurney Seymour neun Minuten früher geboren worden, hätte er den Titel eines Earl geerbt, ein Schloss in Schottland, zehntausend Hektar Land in Somerset und eine gut gehende Bank in der Londoner City.

Es dauerte einige Jahre, bevor der junge Charles begriff, was es bedeutete, das erste Rennen seines Lebens verloren zu haben. Sein Zwillingsbruder Rupert hatte es mit Mühe geschafft, als Erster das Licht der Welt zu erblicken, und in den folgenden Jahren bekam er nicht nur die üblichen Kinderkrankheiten, sondern es gelang ihm auch, sich Scharlach, Diphtherie und Meningitis zuzuziehen, sodass seine Mutter, Lady Seymour, ständig um sein Leben zitterte. Charles dagegen war zäh und hatte so viel Seymour-Ehrgeiz geerbt, dass es für ihn *und* seinen Bruder gereicht hätte. Nach ein paar Jahren nahmen alle, die die beiden Brüder kennenlernten, fälschlicherweise an, Charles wäre der Erbe des Titels.

Verzweifelt suchte der Vater nach irgendeiner besonderen Begabung seines Sohnes Rupert. Vergebens. Mit acht Jahren wurden die beiden Jungen nach Summerfield geschickt, wo bereits Generationen von Seymours auf die Anforderungen von Eton vorbereitet worden waren. Charles wurde während des ersten Monats an der Vorbereitungsschule zum Klassenvertreter gewählt, und mit zwölf Jahren war er Schulsprecher, während man Rupert nur den »kleinen« Seymour nannte. Anschließend kamen beide Jungen nach Eton, wo Charles seinen Bruder sehr bald in sämtlichen Schulfächern übertraf, schneller ruderte und ihn im Boxring fast umbrachte.

Als ihr Großvater, der dreizehnte Earl of Bridgewater, 1947 schließlich starb, wurde der sechzehnjährige Rupert zum Viscount Seymour, und Charles erbte die bedeutungslosen Buchstaben »Hon«, die er vor seinen Namen setzen durfte.

Der Honourable Charles Seymour ärgerte sich jedes Mal, wenn Fremde seinen Bruder ehrfürchtig mit »Mylord« ansprachen. Seine Leistungen in Eton blieben hervorragend, und er bekam einen Studienplatz für Geschichte in Christ Church in Oxford. Rupert absolvierte all diese Jahre, ohne seine Lehrer und Prüfer sonderlich zu überfordern. Mit achtzehn kehrte der junge Viscount auf den Familiensitz in Somerset zurück, um den Rest seines Lebens als Gutsbesitzer zu verbringen. Wer dazu bestimmt ist, elftausend Hektar Land zu erben, kann kaum als Bauer bezeichnet werden.

Von Ruperts Gegenwart befreit, setzte Charles seine Studien in Oxford fort, als seien sie bloß ein Spiel. Die Wochentage verbrachte er damit, die Geschichte seiner Familie zu studieren, und die Weekends auf Partys und Treibjagden. Da niemand je auf die Idee kam, Rupert könnte Interesse für die Finanzwelt zeigen, nahm man allgemein an, dass Charles nach seinem Studienabschluss die Nachfolge seines Vaters in der Seymour-Bank antreten werde – zunächst als Direktor, später als Präsident, obwohl letztlich Rupert die Familienanteile an der Bank erben würde.

Dieser wohlüberlegte Plan scheiterte jedoch, als der Hon. Charles Seymour eines Abends von einer anziehenden Studentin aus Somerville zur *Oxford Union* geschleppt wurde. Sie verlangte von ihm, sich den Vortrag »Ich bin lieber ein einfacher Bürger als ein Lord« anzuhören. Dem Präsidenten des Debattierklubs war es gelungen, dafür Premierminister Sir Winston Churchill zu gewinnen. Charles saß hinten in dem großen Saal inmitten von Studenten, die von Churchills Vortrag fasziniert waren. Während der witzigen und beeindruckenden Rede ließ Charles den großen Staatsmann nicht aus den Augen, obwohl ihm immer wieder derselbe Gedanke kam: Nur die Zufälligkeit der Geburt hatte es verhindert, dass Churchill nicht der neunte Duke of Marlborough geworden war. Hier stand ein Mann vor ihm, der drei Jahrzehnte lang die Weltbühne beherrscht und sämtliche erblichen Titel, die eine dankbare Nation ihm anbot, abgelehnt hatte, einschließlich desjenigen eines *Duke of London*.

Von diesem Moment an verbat sich Charles, dass man ihn »The Honourable« nannte; sein Ehrgeiz ging nun über bloße Titel hinaus.

Ein anderer Student, der an diesem Abend Churchill zuhörte, dachte ebenfalls über seine Zukunft nach. Er saß aber nicht eingezwängt zwischen seinen Kommilitonen im Hintergrund des Saales. Der hochgewachsene junge Mann im Frack thronte allein auf einer erhöhten Plattform in einem breiten Sessel, denn darauf hatte er als Präsident der *Oxford Union* Anspruch. Bei seiner Wahl war sein gutes Aussehen jedoch nicht ausschlaggebend gewesen, denn 1952 durften Frauen in der Union noch nicht wählen.

Obwohl Simon Kerslake ein Erstgeborener war, verfügte er über so gut wie keines von Charles Seymours Privilegien. Er war der einzige Sohn eines Anwalts und wusste, welche Opfer sein Vater gebracht hatte, um ihn in eine Privatschule zu schicken. Sein Vater starb, während Simon das letzte Jahr am Lancing College absolvierte; er hinterließ seiner Frau eine bescheidene Rente und eine prächtige MacKinley-Standuhr. Eine Woche nach dem Begräbnis verkaufte Simons Mutter die Uhr, damit ihr Sohn das letzte Jahr mit all den »Extras« beenden konnte, die andere Jungs für selbstverständlich hielten. Außerdem hoffte sie, ihrem Sohn damit bessere Chancen für eine Aufnahme an die Universität zu verschaffen.

Schon als kleiner Knirps hatte Simon nur einen Wunsch gehabt: besser zu sein als seine Konkurrenten. Ein »Macher«. Viele seiner Altersgenossen fanden ihn jedoch streberhaft oder arrogant, je nachdem, wie eifersüchtig sie waren. Während des letzten Semesters wurde Simon nicht mehr Schulsprecher, und er konnte dem Direktor dessen mangelnde Weitsicht nicht verzeihen. Im selben Jahr, nachdem er die Prüfung abgelegt hatte, erhielt er ein Schreiben aus Oxford, dass man ihm leider keinen Studienplatz anbieten könne – für Simon nicht hinnehmbar.

Mit derselben Post traf das Angebot eines Stipendiums der Durham University ein, das er umgehend ablehnte. »Künftige Premierminister studieren nicht in Durham«, teilte er seiner Mutter mit.

»Wie wäre es mit Cambridge?«, fragte sie und trocknete weiter das Geschirr ab.

»Keine politische Tradition«, erwiderte Simon.

»Aber wenn du keine Aussicht auf einen Platz in Oxford hast, was dann?«

»Das habe ich nicht gesagt, Mutter«, erwiderte der junge Mann. »Am ersten Tag des Semesters werde ich Student in Oxford sein.«

Da sie seit achtzehn Jahren an scheinbar unerreichbare Ziele gewöhnt war, verkniff sie sich die Frage: »Wie willst du das denn schaffen?«

Zwei Wochen vor Semesterbeginn mietete Simon ein Zimmer in einer kleinen Pension in Oxford. An dem kleinen Tisch in der Ecke des Zimmers, das er lange Zeit zu bewohnen vorhatte, stellte er eine Liste sämtlicher Colleges zusammen und verteilte sie auf fünf Spalten. Drei der Colleges wollte er vormittags, drei nachmittags besuchen, so lange, bis ein zuständiger Tutor positiv antworten würde auf seine Frage: »Haben Sie für dieses Studienjahr einen Studenten aufgenommen, der nicht antreten kann?«

Am vierten Nachmittag, als ihm bereits leise Zweifel kamen und er überlegte, ob er in der folgenden Woche nicht doch nach Cambridge fahren sollte, erhielt er den ersten positiven Bescheid.

Der für die Aufnahme zuständige Tutor des Worcester College nahm die Brille von der Nasenspitze und sah den hochgewachsenen jungen Mann mit dem dunklen Haarschopf scharf an. Alan Brown war der zweiundzwanzigste Tutor, den Simon in vier Tagen aufgesucht hatte.

»Ja«, erwiderte Brown, »ein junger Mann aus Nottingham, den wir aufnahmen, kam letzten Monat bei einem Motorradunfall ums Leben.«

»Welches Fach, welche Studienrichtung hatte er?« Simons Stimme klang ungewöhnlich unsicher. Er betete, dass es nicht Chemie, Anthropologie oder Klassische Philologie wäre. Alan Brown ging eine Rollkartei durch, das kleine Kreuzverhör offensichtlich genießend. Er blickte prüfend auf die vor ihm liegende Karteikarte.

»Geschichte«, verkündete er.

Simons Herzschlag schnellte auf hundertzwanzig. »Ich wollte am Magdalen College Politik, Philosophie und Wirtschaftslehre studieren, wurde jedoch nicht angenommen«, sagte er. »Würden Sie mich für den frei gewordenen Platz in Betracht ziehen?«

Der Ältere konnte ein Lächeln nicht verbergen. Eine derartige Bitte war ihm in seiner vierundzwanzigjährigen Laufbahn noch nicht untergekommen.

»Familien- und Vorname?«, fragte er und setzte die Brille wieder auf, als beginne jetzt der ernste Teil des Gesprächs.

»Simon John Kerslake.«

Dr. Brown nahm den Telefonhörer und wählte eine Nummer. »Nigel? Hier ist Alan Brown. Habt Ihr erwogen, einem Mann namens Kerslake einen Platz in Magdalen anzubieten?«

Mrs. Kerslake war nicht überrascht, als ihr Sohn Präsident der *Oxford Union* wurde. War das nicht, hänselte sie ihn, nur ein weiterer Schritt auf dem Weg zum Premierminister? Gladstone, Asquith … Kerslake?

Ray Gould war in einem winzigen fensterlosen Zimmer über dem väterlichen Fleischerladen in Leeds zur Welt gekommen. Dieses Zimmer teilte er die ersten neun Jahre seines Lebens mit seiner kranken Großmutter, die schließlich mit einundsechzig Jahren starb.

Die Nähe zu der alten Frau, die ihren Mann im Ersten Weltkrieg verloren hatte, erschien dem Jungen anfangs romantisch. Begeistert lauschte er ihren Erzählungen von dem heldenhaften Mann in seiner schönen Uniform, die jetzt sorgsam gefaltet in der untersten Lade der Kommode lag, aber auf der verblassten Fotografie neben ihrem Bett noch zu sehen war.

Doch bald stimmten ihn die Geschichten traurig; er wurde sich bewusst, dass die Großmutter seit fast dreißig Jahren verwitwet war. Als ihm klar wurde, wie wenig sie von der Welt gesehen hatte – nichts als diese enge Stube, die ihren ganzen Besitz und ein gelbes Kuvert mit fünfhundert ungültigen Kriegsanleihescheinen enthielt –, wurde sie für ihn zu einer tragischen Figur.

Dass Rays Großmutter ein Testament machte, war eher sinnlos, denn alles, was er erbte, befand sich in diesem einen Raum. Über Nacht wurde es zu seinem Lernzimmer, vollgestopft mit Bibliotheks- und Schulbüchern. Erstere gab er meistens zu spät zurück, und die Geldstrafen dezimierten sein geringes Taschengeld. Seinem Vater aber wurde mit jedem neuen Schulzeugnis klarer, dass er das Schild über dem Fleischerladen nicht auf »Gould und Sohn« würde erweitern können.

Kurz nach seinem elften Geburtstag gewann Ray das höchstdotierte Stipendium für die Roundhay Grammar School. Mit der ersten langen Hose, die seine Mutter um einige Zentimeter kürzte, und einer Hornbrille, die nicht richtig passte, machte er sich auf den Weg in die neue Schule.

Hoffentlich gibt es noch andere, die so mager und voller Pickel sind wie mein Sohn, dachte die Mutter, hoffentlich wird man ihn nicht wegen seiner roten Haare hänseln. Nach dem ersten Semester stellte Ray erstaunt fest, dass er seinen Klassenkameraden weit voraus war, so weit, dass der Direktor beschloss, ihn in eine höhere Klasse zu stecken – »um den Jungen ein wenig zu fordern«, wie er Rays Eltern erklärte.

Am Ende des Jahres, das er hauptsächlich im Klassenzimmer verbracht hatte, war Ray der Drittbeste seiner Klasse und der Beste in Englisch und Latein. Nur im Mannschaftssport war er stets der Schlechteste. So brillant sein Kopf sein mochte, hielt sein Körper mit ihm nicht Schritt. Seine größte schulische Leistung in diesem Jahr aber war der erste Preis im Aufsatzwettbewerb, womit er zum jüngsten Sieger in der Geschichte der Schule wurde. Bei der Jahresabschlussfeier musste der Gewinner des Wettbewerbs seinen Aufsatz vor den versammelten Schülern und Lehrern vorlesen. Noch bevor Ray seinen Aufsatz eingereicht hatte, hatte er allein in seinem Arbeitszimmer das Vorlesen geübt, um gut vorbereitet zu sein, wenn man den Sieger bekannt gab.

Rays Klassenlehrer hatte den Schülern die Themenwahl überlassen, mit der Einschränkung, dass es sich um eine einzigartige persönliche Erfahrung handeln musste. Sechs Wochen später, am Tag des Abgabetermins, lagen siebenunddreißig Aufsätze auf seinem Schreibtisch. Er las Rays Schilderung des Lebens seiner Großmutter in dem kleinen Zimmer über dem Fleischerladen und verspürte keine Lust mehr, noch irgendeinen anderen Aufsatz zur Hand zu nehmen. Als er sich pflichtbewusst durch die anderen Hefte durchgekämpft hatte, empfahl er ohne Zögern Ray Gould für den Preis. Nur der Titel gefiele ihm nicht so recht, sagte er seinem Schüler. Ray dankte für den Rat, ließ den Titel jedoch unverändert.

Am Tag der Abschlussfeier versammelten sich siebenhundert Schüler und ihre Eltern im Festsaal. Nachdem der Direktor eine Rede gehalten hatte und der Applaus verklungen war, erklärte er: »Ich werde jetzt den Sieger im Aufsatzwettbewerb bitten, seine Arbeit vorzulesen: Ray Gould.«

Ray verließ seinen Platz und marschierte selbstbewusst zum Podium. Er blickte auf die zweitausend erwartungsvollen Gesichter hinab, zeigte aber keinerlei Anzeichen von Ängstlichkeit – zum Teil vermutlich, weil er nur bis zur dritten Reihe sehen konnte. Als er den Titel seiner Arbeit nannte, begannen einige der jüngeren Schüler zu kichern, sodass Ray die ersten Zeilen ein wenig stockend vorlas. Doch als er zur letzten Seite kam, war der überfüllte Saal ganz still, und als er den letzten Absatz beendet hatte, erhielt er die erste stehende Ovation seiner Karriere.

Der zwölfjährige Ray Gould verließ das Podium und setzte sich zu seinen Eltern. Die Mutter hatte den Kopf gesenkt, Tränen liefen ihr über die Wangen. Sein Vater versuchte vergeblich, nicht zu stolz auszusehen. Auch als Ray sich gesetzt hatte, hörte der Beifall nicht auf, also senkte auch er den Kopf und starrte auf den Titel seines preisgekrönten Aufsatzes: »Das Erste, was ich ändern werde, wenn ich Premierminister bin.«

Andrew Fraser wohnte seiner ersten politischen Versammlung in der Wiege bei. Das heißt, eigentlich ließ man ihn auf dem Korridor, während seine Eltern wieder einmal in einem zugigen Saal auf dem Podium saßen. Was Beifall hieß, lernte er rasch: Er bedeutete, dass seine Mutter bald wiederkommen würde. Was Andrew nicht wusste, war, dass sein Vater – er hatte sich als Schottlands größtes Rugbyass seit dem Ersten Weltkrieg einen Namen gemacht – wieder einmal vor den Bürgern von Edinburgh Carlton eine Rede gehalten hatte, um einen eher unwichtigen Sitz im Stadtrat zu erringen. Viele hielten Duncan Fraser damals nur für einen Rugbyhelden, und deshalb fehlten ihm auch ein paar Hundert Stimmen, um den Sitz für die Konservativen zu gewinnen. Drei Jahre später durfte Andrew, ein stämmiger, vierjähriger Junge, schon hinten in einem der halb leeren Säle sitzen, wenn er zusammen mit seiner Mutter durch die Stadt zog, um ihren Kandidaten zu unterstützen. Jetzt waren Duncans Reden schon fast so beeindruckend wie sein *langer Pass,* und er gewann den Sitz im Stadtrat mit einer Mehrheit von zweihundertsieben Stimmen.

Harte Arbeit und immer wieder neue Errungenschaften für seine Wähler sicherten Stadtrat Fraser den Sitz die nächsten zehn Jahre. Mit dreizehn verstand Andrew, ein untersetzter Junge mit glattem schwarzem Haar und einem Grinsen, das nur selten verschwand, genügend von Kommunalpolitik, um seinen Vater bei der Vorbereitung seines fünften Wahlkampfs zu unterstützen. Zu diesem Zeitpunkt betrachtete keine Partei mehr Edinburgh Carlton als einen unwichtigen Sitz.

An der *Edinburgh Academy* war keiner seiner Kommilitonen überrascht, als man Andrew zum Leiter des Debattierklubs wählte. Man war jedoch beeindruckt, als der Klub unter seiner Führung den Preis der schottischen Schulen gewann. Obwohl Andrew nie größer wurde als einen Meter sechzig, akzeptierte man ihn als besten Rugbyspieler, den die Akademie hervorgebracht hatte, seit sein Vater 1919 Kapitän des Schulteams gewesen war.

Nach Absolvierung der Akademie schrieb sich Andrew an der Edinburgh University für Politikwissenschaft ein, und nach drei Jahren war er Präsident der Union und Kapitän der Rugbymannschaft.

Als Duncan Fraser Bürgermeister von Edinburgh wurde, stattete er London einen seiner seltenen Besuche ab, um von der Königin die Ritterwürde zu empfangen. Andrew hatte gerade die Schlussexamen beendet und begleitete seine Mutter, um der Zeremonie im Buckingham Palace beizuwohnen. Danach fuhr Sir Duncan zum Parlament, um einen seiner Wähler, Ainsley Munro, zu treffen. Dieser teilte ihm beim Lunch mit, er werde sich zum letzten Mal um den Edinburgh-Carlton-Sitz bewerben und man müsse sich nach einem neuen Kandidaten umsehen. Bei dem Gedanken, sein Sohn könne Munro als Parlamentsmitglied folgen, leuchteten Sir Duncans Augen auf.

Andrew schloss seine Studien mit Auszeichnung ab und blieb an der Universität, um eine Doktorarbeit mit dem Titel »Die Geschichte der konservativen Partei in Schottland« zu schreiben. Er wartete, bis sein Vater die vorgeschriebenen drei Jahre als Oberbürgermeister hinter sich gebracht hatte, bevor er ihm das wichtigste Ergebnis seiner Dissertation mitteilte. Als Ainsley Munro jedoch offiziell bekannt gab, dass er sich an der nächsten Wahl nicht mehr beteiligen werde, wusste Andrew, dass er mit offenen Karten spielen musste, um für den Sitz in Betracht zu kommen.

»Wie der Vater so der Sohn« lautete die Überschrift eines Leitartikels in den *Edinburgh Evening News,* in dem man Andrew Fraser für den gegebenen Kandidaten erachtete. Besorgt, man könnte Andrew für zu jung halten, erinnerte Sir Duncan die Bürger an die acht Schotten, die es zum Premierminister gebracht hatten, von denen jeder unter dreißig gewesen war, als er ins Parlament kam. Sir Duncan schlug seinem Sohn einen gemeinsamen Lunch im *New Club* vor, um die Wahlstrategie zu besprechen.

»Stell dir nur vor, Vater und Sohn werden dieselbe Wählerschaft vertreten. Ein großer Tag für die konservative Partei von Edinburgh!«

»Und erst für die Labour Party«, erwiderte Andrew und sah seinem Vater in die Augen.

»Ich glaube, ich weiß nicht, was du meinst«, sagte der Oberbürgermeister.

»Es ist ganz einfach, Vater. Ich beabsichtige nicht, mich um den Sitz eines Konservativen zu bewerben. Ich hoffe, für die Labour Party zu kandidieren, sofern sie mich aufstellen.«

Ungläubig sah Sir Duncan ihn an. »Aber du warst doch dein Leben lang ein Konservativer«, rief er, und seine Stimme wurde mit jedem Wort lauter.

»Nein, Vater«, erwiderte Andrew ruhig. »Du warst es, der mein Leben lang ein Konservativer war.«

ERSTES BUCH

1906–1923

DIE HINTERBÄNKLER

1

Donnerstag, 10. Dezember 1964

Der Speaker erhob sich und blickte auf das Unterhaus. Nervös zupfte er an seiner langen schwarzen Seidenrobe und an der Perücke, die seinen kahlen Kopf bedeckte. Während einer besonders stürmischen Fragestunde – die Fragen galten dem Premierminister – war das Unterhaus außer Rand und Band geraten; jetzt war der Speaker glücklich, dass die Uhr bereits halb vier zeigte. Zeit, den nächsten Punkt der Tagesordnung in Angriff zu nehmen.

Von einem Fuß auf den anderen tretend, wartete er, bis die etwa fünfhundert anwesenden Abgeordneten sich beruhigten, bevor er feierlich anhob: »Mitglieder, die den Eid abzulegen wünschen.« Wie bei einem Tennismatch wanderten die Blicke der Anwesenden vom Sprecher zum Ende des Saales. Dort stand der Sieger der ersten Nachwahlen nach der Machtübernahme durch die Labour-Partei vor zwei Monaten.

Flankiert von seinen beiden Befürwortern, trat das neue Parlamentsmitglied vier Schritte vor. Wie gut gedrillte Wachsoldaten blieben die drei Männer stehen und verbeugten sich. Der neue Parlamentarier maß gut und gern einen Meter neunzig. Mit seinem Patrizierkopf und der aristokratischen Haltung, das blonde Haar sorgfältig zurückgekämmt, sah er aus wie der geborene Tory. Er trug einen dunkelgrauen Zweireiher und die braun-blaue Krawatte der *Guards*. Langsam näherte er sich dem langen Tisch, der zwischen den zwei Vorderbänken – sie waren nicht mehr als eine Schwertlänge voneinander entfernt – vor dem Stuhl des Speakers stand. Seine Unterstützer im Schlepptau, ging er an der Regierungsseite entlang und stieg über die Beine des Premier- und des Außenministers, bevor ihm der Protokollführer die Eidesformel überreichte. Er hielt die kleine Karte in der Rechten und sprach die darauf stehenden Worte mit einem Nachdruck, als wären sie ein Ehegelübde.

»Ich, Charles Seymour, schwöre, dass ich Ihrer Majestät, Königin Elizabeth, ihren Erben und Nachfolgern treu und ergeben dienen werde, wie das Gesetz es befiehlt. So wahr mir Gott helfe.«

»Hört, hört«, kam es von seinen Kollegen auf den gegenüberliegenden Bänken, während der neue Abgeordnete seinen Namen in das Mitgliederverzeichnis eintrug, das der Protokollführer für ihn aufschlug. Dann trat der neue Abgeordnete vor den Stuhl des Speakers und verbeugte sich.

»Willkommen im Parlament, Mr. Seymour«, sagte der Speaker und schüttelte ihm die Hand. »Ich hoffe, Sie werden dem Parlament viele Jahre dienen.«

»Danke, Mr. Speaker«, erwiderte Charles und verbeugte sich ein letztes Mal, bevor er hinter den Stuhl des Speakers trat. Er hatte die kleine Zeremonie genauso ausgeführt, wie der *Chief Whip der Torys* – der Chef für die Abstimmungs- und Fraktionsdisziplin Zuständigen – sie auf dem Flur mit ihm geprobt hatte.

Hinter dem Stuhl des Speakers und damit außerhalb des Blickfelds der anderen Abgeordneten, wartete der Führer der

Opposition, Sir Alec Douglas Home, auf ihn. Auch er schüttelte Charles herzlich die Hand.

»Gratuliere zu Ihrem glänzenden Sieg, Charles. Ich weiß, dass Sie unserer Partei und Ihrem Land viel zu bieten haben.«

»Danke«, erwiderte Charles, wartete, bis Sir Alec wieder seinen Platz auf der ersten Bank der Opposition eingenommen hatte, und nahm dann einen Seitengang, um sich einen Platz auf einer der hinteren grünen Bänke zu suchen.

Mit einer Mischung aus Ehrfurcht und Erregung verfolgte er zwei Stunden lang die Vorgänge im Saal. Zum ersten Mal im Leben hatte er etwas gefunden, worauf er kein geburtsmäßiges Anrecht besaß oder das ihm mühelos in den Schoß gefallen war. Er blickte zur Besuchergalerie hinauf und sah seine Frau Fiona, seinen Vater, den vierzehnten Earl of Bridgewater, und seinen Bruder, Viscount Seymour, stolz auf ihn hinabschauen. Charles hatte die erste Stufe zum Erfolg erklommen. Er lächelte, denn noch vor sechs Wochen hatte er befürchtet, es werde Jahre dauern, bis er auf einen Sitz im Unterhaus hoffen konnte.

Bei den Wahlen vor zwei Monaten hatte Charles in einem Bergwerksdistrikt in Südwales mit einer unerschütterlichen Labour-Mehrheit kandidiert. »Das ist gut für die Erfahrung und vor allem auch für die Seele«, hatte der Vizevorsitzende der konservativen Parteizentrale gemeint. Mit beidem hatte er recht gehabt, denn Charles genoss den Kampf und drückte die Labour-Mehrheit von 22.300 auf 20.100. Seine Frau hatte das Resultat treffend als »kleinen Tropfen« bezeichnet, doch es zeigte sich, dass dieser Tropfen genügte, um Charles für den Sussex-Down-Sitz zu nominieren. Sechs Wochen später saß Charles Seymour mit einer eigenen Mehrheit von 20.000 Stimmen im Unterhaus.

Er verließ den Sitzungssaal und stand, unschlüssig, womit er anfangen sollte, allein in der *Members' Lobby.* Ein anderes junges Mitglied kam zielstrebig auf ihn zu. »Erlauben Sie, dass ich mich vorstelle«, sagte der Fremde. »Mein Name ist Andrew Fraser. Ich bin der Labour-Abgeordnete für Edinburgh Carlton und hoffe, dass Sie noch keinen Partner gefunden haben.« Charles musste zugeben, dass er bis jetzt lediglich den Sitzungssaal gefunden hatte. Der Fraktionschef hatte ihm schon erklärt, dass die meisten Mitglieder sich für die Abstimmungen mit jemandem der anderen Partei zusammentaten, und es gut für ihn wäre, einen jungen Mann gleichen Alters zu finden. Bei Debatten über weniger wichtige Fragen herrschte nur »dringende Anwesenheitspflicht«, was heißt, dass Mitglieder, die ein Paar bildeten, der Abstimmung fernbleiben und vor Mitternacht nach Hause zu ihren Familien zurückkehren durften. Auf diese Weise wurde das Abstimmungsergebnis nicht verfälscht. Bei »unbedingter Anwesenheitspflicht« hingegen durfte kein Mitglied bei der Abstimmung fehlen.

»Mit größtem Vergnügen werde ich Ihr Partner sein. Muss ich irgendetwas Offizielles tun?«, fragte Charles.

»Nein«, antwortete Andrew, zu ihm aufschauend. »Ich schreibe Ihnen ein paar Zeilen, um die Vereinbarung zu bestätigen. Bitte seien Sie so freundlich, mir in Ihrer Antwort alle Telefonnummern bekannt zu geben, unter denen ich Sie erreiche. Sagen Sie mir Bescheid, sobald Sie einer Abstimmung fernbleiben wollen.«

»Klingt nach einem vernünftigen Arrangement«, meinte Charles, als eine rundliche Gestalt in einem hellgrauen dreiteiligen Anzug mit blauem Hemd und rosa gemusterter Fliege auf ihn zusteuerte.

»Willkommen im Klub, Charles«, sagte Alec Pimkin. »Willst du im Raucherraum einen Drink mit mir nehmen, und ich erkläre dir, wie dieser Saftladen läuft?«

»Danke«, sagte Charles erleichtert, jemanden zu sehen, den er kannte. Andrew grinste, als er Pimkin hinzufügen hörte: »Es ist genauso, als wäre man wieder in der Schule, alter Freund.« Die beiden Torys schlenderten zum Raucherraum. Andrew vermutete, dass es nicht lang dauern würde, bevor Charles seinem alten Schulfreund zeigte, wie es tatsächlich hier lief.

Auch Andrew verließ die *Members' Lobby,* aber nicht auf der Suche nach einem Drink. Er musste zu einer Sitzung der Parlamentsfraktion der Labour Party, bei der die Aufgaben der folgenden Woche besprochen werden sollten.

Andrew war zum Labour-Kandidaten für Edinburgh Carlton gewählt worden; er hatte den Konservativen den Sitz mit einer Mehrheit von 3419 Stimmen weggeschnappt. Sir Duncan behielt, nachdem seine Zeit als Oberbürgermeister vorüber war, seinen Sitz im Stadtrat. Andrew – das Baby des Unterhauses – hatte sich in den sechs Wochen bereits einen Namen gemacht, und viele der älteren Mitglieder konnten kaum glauben, dass dies sein erstes Jahr im Parlament war.

Bei der Parteibesprechung im ersten Stock setzte sich Andrew auf einen der hinteren Plätze und hörte dem Chief Whip zu, der das Programm für die nächste Woche erläuterte. Wieder einmal schien es fast nur aus Sitzungen mit unbedingter Anwesenheitspflicht zu bestehen. Er warf einen Blick auf den vor ihm liegenden Block. Die für Dienstag, Mittwoch und Donnerstag angesetzten Debatten waren alle dreifach unterstrichen, nur Mittwoch und Freitag gab es eine, die er nach Absprache mit Charles Seymour würde versäumen können. Zwar war die Labour-Partei nach dreizehn Jahren wieder an die Macht gelangt, doch mit einer Mehrheit von nur vier Sitzen und bei einem ambitionierten Programm bestand für die Abgeordneten unter der Woche kaum eine Chance, vor Mitternacht nach Hause zu gehen.

Als sich der Chief Whip gesetzt hatte, sprang als Erster Tom Carson, der neue Abgeordnete von Liverpool Dockside, auf und ließ eine wütende Tirade gegen die Regierung vom Stapel, der er vorwarf, konservativer zu sein als die Konservativen. Geflüsterte Bemerkungen und Gehüstel zeigten, wie wenig Unterstützung seine Ansicht fand. Auch Tom Carson hatte sich dadurch, dass er vom Tag seiner Ankunft an die eigene Partei angriff, sehr rasch einen Namen gemacht.

»*Enfant terrible*«, murmelte Andrews Nachbar zur Rechten.

»Ich würde ihn nicht mit diesen Worten beschreiben«, entgegnete Andrew leise. »Man kann es auch kürzer sagen.« Der Mann mit den roten Locken lächelte, während Carson weiterschimpfte.

Wenn Raymond Gould sich während dieser ersten sechs Wochen einen Ruf erworben hatte, dann den eines der Intellektuellen seiner Partei. Deshalb betrachteten ihn die älteren Mitglieder auch mit Misstrauen, obwohl niemand daran zweifelte, dass er als einer der Ersten unter den Neulingen vorrücken würde. Niemand kannte Raymond so richtig, der Mann aus dem Norden wirkte erstaunlich schüchtern. Mit einer Mehrheit von 10.000 Stimmen in seinem Wahlkreis schien ihm jedoch eine lange Laufbahn sicher.

Leeds North hatte aus siebenunddreißig Kandidaten Raymond ausgewählt, weil er sich als so viel besser informiert gezeigt hatte als ein lokaler Gewerkschafter, auf den die Presse als Favoriten getippt hatte. In Yorkshire schätzte man Leute, die zu Hause bleiben, und Raymond hatte dem Wahlkomitee sofort in breitem Yorkshire-Dialekt mitgeteilt, dass er eine an der Peripherie seines Wahlkreises gelegene Schule besucht habe. Was jedoch wirklich den Ausschlag gab, war Raymonds Ablehnung eines Stipendiums für Cambridge. Er wollte seine Ausbildung lieber an der Universität von Leeds fortsetzen, hatte er erklärt.

Er promovierte mit Auszeichnung und übersiedelte nach London, um am *Lincoln's Inn* seine Ausbildung als Anwalt zu beenden. Nach zwei Jahren trat er in eine bekannte Kanzlei ein und wurde ein gefragter Rechtsberater. Von diesem Moment an erwähnte er im Kreis seiner sorgfältig ausgewählten Freunde aus den Wahlbezirken um London kaum je seine Vergangenheit, und wer ihn mit Ray ansprach, wurde für diese plumpe Vertraulichkeit mit einem scharfen »Raymond« zurechtgewiesen.

Die Parteiversammlung löste sich auf, und Raymond und Andrew verließen den Raum – Andrew, um in sein winziges Büro zu gehen und die Post zu erledigen, Raymond, um in den Sitzungssaal zurückzukehren, weil er an diesem Tag seine Antrittsrede zu halten hoffte. Geduldig hatte er auf den richtigen Moment gewartet, um dem Unterhaus seine Ansichten über Witwenpensionen und die Tilgung der Kriegsanleihen zu unterbreiten; die Debatte über die Wirtschaftslage schien die gegebene Gelegenheit. Der Speaker hatte Raymond wissen lassen, dass er ihn vermutlich am frühen Abend aufrufen werde.

Raymond hatte viele Stunden damit zugebracht zu analysieren, wodurch sich die Verfahrensweise im Parlament von jener im Gerichtssaal unterscheidet. F. E. Smith hatte ganz recht gehabt mit seiner Feststellung, das Unterhaus sei ein lärmender Gerichtssaal mit mehr als sechshundert Geschworenen und weit und breit keinem Richter. Raymond fürchtete sich vor seiner Jungfernrede; die kühle Logik seiner Argumente wurde von den Richtern stets mehr geschätzt als von den Geschworenen.

Als er zum Sitzungssaal kam, übergab ihm ein Diener ein paar Zeilen seiner Frau Joyce. Sie hatte einen Platz auf der Besuchergalerie gefunden, um seine Rede mit anzuhören. Nach einem flüchtigen Blick zerriss Raymond den Brief, warf ihn in den nächsten Papierkorb und eilte in den Saal. Ein gerade hinauseilender Konservativer hielt ihm die Tür auf.

»Danke«, sagte Raymond. Simon Kerslake erwiderte das Lächeln und versuchte vergeblich, sich an Rays Namen zu erinnern. In der *Members' Lobby* prüfte er die Nachrichtentafel, ob das Lämpchen unter seinem Namen leuchtete. Tat es nicht, also verließ er das Gebäude und ging zum Parkplatz. Er fuhr in Richtung St. Mary's Paddington, um seine Frau abzuholen. In den letzten sechs Wochen hatten sie sich kaum gesehen, daher war der heutige Abend etwas Besonderes. Vermutlich würde das so weitergehen, bis Neuwahlen stattfanden und eine der Parteien eine arbeitsfähige Mehrheit erhielt. Was Simon, der seinen Sitz nur ganz knapp gewonnen hatte, jedoch am meisten fürchtete, war eine arbeitsfähige Mehrheit, die ihn nicht miteinschloss. Damit hätte eine der kürzesten politischen Karrieren der Geschichte ein Ende gefunden. Nach einer so langen Tory-Regierung schien die neue Labour-Regierung frisch und voller Ideale. Bestimmt würde sie eine große Mehrheit erhalten, wann immer der Premierminister sich zu Neuwahlen entschloss.

Simon erreichte Marble Arch und dachte zurück, wie er Parlamentsmitglied geworden war. Nach Oxford hatte er zwei

Jahre bei der *Sussex Light Infantry* gedient und hatte sie als Leutnant verlassen. Nach einem kurzen Urlaub ging er zur BBC und arbeitete dort fünf Jahre – zuerst in der Abteilung Fernsehspiel, dann beim Sport und beim Aktuellen Dienst, bis er schließlich Leiter des »Panorama« wurde. Damals hatte er eine kleine Wohnung in Earls Court gemietet, und da er politisch ambitioniert war, wurde er Mitglied der *Tory Bow Group*. Nach seiner Ernennung zum Sekretär organisierte er Versammlungen, schrieb Broschüren und sprach bei Konferenzen, bis man ihn einlud, im Wahlkampf von 1959 als persönlicher Assistent des Vorsitzenden in der Parteizentrale zu arbeiten.

Zwei Jahre später, als »Panorama« eine Recherche zum *National Health Service* durchführte, lernte er Elizabeth Drummond kennen. Man hatte sie als Teilnehmerin eingeladen. Vor der Sendung machte Elizabeth ihm bei einem Drink unmissverständlich klar, dass sie den Medien-Leuten misstraute und Politiker hasste. Ein Jahr später waren sie verheiratet. Elizabeth bekam zwei Söhne, nahm jedoch jedes Mal nur kurz Urlaub, um ihre Karriere als Ärztin nicht zu unterbrechen.

Simon verließ die BBC ziemlich plötzlich, als man ihm im Sommer 1964 die Gelegenheit bot, den gefährdeten Wahlkreis von *Coventry Central* zu verteidigen; es gelang ihm, mit einer Mehrheit von 918 Stimmen den Sitz zu halten.

Er parkte vor dem Krankenhaus und sah auf die Uhr. Ein paar Minuten zu früh. Er schob den braunen Haarschopf aus der Stirn und dachte an den bevorstehenden Abend. Zur Feier ihres vierten Hochzeitstages wollte er Elizabeth ausführen und hatte auch ein paar Überraschungen für sie bereit. Dinner bei Mario & Franco, ein paar Stunden im *Establishment*

Club und dann zum ersten Mal seit Wochen zusammen nach Hause zu gehen.

»Hm«, sagte er und genoss den Gedanken.

»Hallo, Fremdling«, sagte die Dame, die zu ihm ins Auto sprang und ihn küsste. Simon starrte die Frau mit dem strahlenden Lächeln und dem langen blonden Haar an, das ihr über die Schultern fiel. Er hatte sie an jenem Abend vor fünf Jahren angestarrt, als sie das »Panorama«-Studio betrat, und seitdem hatte er kaum aufgehört, sie anzustarren.

Er startete den Wagen. »Willst du eine gute Nachricht hören?«, fragte er und wartete ihre Antwort nicht ab. »Heute Abend habe ich einen Partner. Das bedeutet Dinner bei Mario & Franco, dann ins *Establishment*, dann nach Hause und …«

»Willst du eine schlechte Nachricht hören?«, fragte Elizabeth und wartete ebenfalls nicht auf die Antwort. »Wegen der Grippeepidemie haben wir zu wenig Personal. Ab zehn muss ich im Dienst sein.«

Simon stellte den Motor ab. »Was ziehst du also vor: Dinner, Tanzen oder direkt nach Hause?«

Elizabeth lachte. »Wir haben drei Stunden Zeit«, sagte sie. »Vielleicht reicht es sogar für ein Dinner.«

2

Raymond Gould starrte auf die Einladung. Noch nie hatte er Downing Street No. 10 von innen gesehen – ebenso wenig wie die meisten Sozialisten während der letzten dreizehn Jahre. Er schob die geprägte Karte über den Frühstückstisch seiner Frau zu.

»Soll ich annehmen oder absagen, Ray?«, fragte sie in ihrem breiten Yorkshire-Dialekt.

Joyce war die Einzige, die ihn immer noch Ray nannte, und auch ihre schwachen Versuche zu scherzen gingen ihm mittlerweile auf die Nerven. Die Dramen der griechischen Tragiker basierten auf »dem schicksalhaften Fehler«, und er wusste genau, worin seiner bestanden hatte.

Er hatte Joyce bei einem Tanzabend kennengelernt, den die Krankenschwestern vom Leeds General Hospital veranstalteten. Eigentlich wollte er nicht hingehen, doch ein Kommilitone aus Roundhay hielt es für eine amüsante Abwechslung. In der Schule hatte sich Raymond nie für Mädchen interessiert, weil seine Mutter ständig darauf hinwies, dazu sei noch Zeit, wenn er die Abschlussprüfung hinter sich hätte. Als er an die Universität kam, war er überzeugt, dort die einzige »Jungfrau« zu sein.

Er verbrachte den Abend allein in einer Ecke des mit reichlich Lampions und grellorangen Girlanden dekorierten Saals und saugte verdrossen am Strohhalm seines alkoholfreien

Drinks. Wann immer sein Freund vom Tanzparkett zurückkehrte – jedes Mal mit einer anderen Partnerin –, lächelte er sie freundlich an. Dabei war er keineswegs sicher, die richtige Person anzulachen, denn seine Krankenkassenbrille steckte in der Innentasche seiner Jacke. Er begann zu überlegen, wann er gehen könnte, ohne zugeben zu müssen, dass der Abend ein totales Fiasko gewesen war. Und er hätte auf die ihm nun gestellte Frage nicht einmal geantwortet, wäre da nicht dieser vertraute Akzent gewesen.

»Gehen Sie auch auf die Universität?«

»Was heißt auch?«, fragte er zurück, ohne die Fragerin anzusehen.

»Wie Ihr Freund.«

»Ja«, erwiderte er und warf einen Blick auf das ungefähr gleichaltrige Mädchen.

»Ich bin aus Bradford.«

»Ich aus Leeds«, sagte er, und bei jedem Wort wurde das Rot auf seinen Wangen dunkler.

»Ich heiße Joyce«, fügte sie hinzu.

»Und ich Ray – Raymond.«

»Willst du tanzen?«

Gern hätte er ihr gesagt, dass er kaum je eine Tanzfläche betreten hatte, doch er brachte den Mut nicht auf. Wie eine Marionette stand er auf und ließ sich zu den Tanzenden führen. Wie kam er darauf, eine Führernatur zu sein? Auf der Tanzfläche angelangt, sah er Joyce zum ersten Mal richtig an. Sie war gar nicht so übel, hätte jeder normale Junge aus Yorkshire gefunden. Etwa einen Meter sechzig groß, ein wenig zu stark geschminkte dunkelbraune Augen und dunkles, zu einem Pferdeschwanz zusammengebundenes Haar. Ihr rosa Lippenstift passte zu der Farbe des kurzen Rocks, unter dem zwei äußerst hübsche Beine zu sehen waren. Sie wurden noch hübscher, wenn sie sich zu den Klängen der Viermannband im Kreis drehte. Raymond stellte fest, dass er, wenn er sie schnell herumwirbelte, den Strumpfansatz sehen konnte. Als das Quartett die Instrumente einpackte, gab sie ihm einen Gutenachtkuss. Langsam schlenderte er zu seinem kleinen Zimmer über dem Fleischerladen zurück.

Am darauffolgenden Sonntag ging er, um die Initiative zu ergreifen, mit Joyce auf den Fluss rudern. Allerdings war er beim Rudern nicht geschickter als beim Tanzen, und alles auf dem Fluss überholte ihn, inklusive eines tüchtigen Schwimmers. Ängstlich wartete er auf ein spöttisches Lachen, aber Joyce lächelte nur und sprach darüber, wie sehr sie Bradford vermisse und dass sie wieder zurückgehen wolle. Nach nur wenigen Wochen an der Universität wusste Raymond, dass er möglichst weit fort wollte von Leeds, gestand es aber niemandem ein. Nachdem sie zurückgerudert waren, lud Joyce ihn in ihr Zimmer zum Tee ein. Ray wurde dunkelrot, als sie an der Zimmervermieterin vorbeikamen, und ließ sich rasch von Joyce die schmale Treppe hinaufschieben.

Während Joyce zwei Tassen Tee ohne Milch zubereitete, saß Raymond auf dem schmalen Bett. Und nachdem beide so getan hatten, als hätten sie getrunken, setzte sie sich zu ihm, die Hände im Schoß gefaltet. Ray lauschte angespannt der Sirene einer Ambulanz, die in der Ferne verklang. Sie beugte sich vor, küsste ihn und legte seine Hand auf ihr Knie. Sie öffnete die Lippen, und ihre Zungen berührten sich. Die Empfindung war seltsam, ja erregend, fand er. Er hielt die Augen geschlossen, während sie ihn von einer Stufe zur nächsten führte, bis er sich nicht mehr zurückhalten konnte und das tat, was seine Mutter einmal als Todsünde bezeichnet hatte.

»Das nächste Mal wird es einfacher sein«, sagte sie scheu und stand auf, um ihre Kleider vom Boden aufzusammeln. Sie behielt recht. Nach einer Stunde nahm er sie wieder, und diesmal blieben seine Augen weit offen.

Sechs Monate vergingen, bevor Joyce von der Zukunft sprach. Zu diesem Zeitpunkt fand Raymond sie schon langweilig, und sein Interesse galt einer klugen kleinen Mathematikstudentin aus Surrey. Als er endlich all seinen Mut zusammengenommen hatte, um Joyce mitzuteilen, dass es vorbei sei, eröffnete sie ihm, dass sie schwanger war. Sein Vater hätte nach der Fleischaxt gegriffen, hätte er eine illegale Abtreibung vorgeschlagen. Seine Mutter zeigte sich entzückt, dass Joyce aus Yorkshire war. Mrs. Gould hatte für Fremde nicht viel übrig.

In den großen Sommerferien wurden Raymond und Joyce in Bradford getraut. Raymond war so unglücklich und Joyce so glücklich, dass sie eher Vater und Tochter glichen als Bräutigam und Braut. Nach der Trauung fuhr das junge Paar nach Dover, um die Nachtfähre zu nehmen. Die erste Nacht als Mr. und Mrs. Gould war eine Katastrophe: Raymond wurde seekrank. Joyce konnte nur hoffen, dass Paris denkwürdiger sein würde, und das war es auch. In der zweiten Nacht ihrer Flitterwochen erlitt sie eine Fehlgeburt.

»Vermutlich durch all diese Aufregung«, meinte Raymonds Mutter nach der Rückkehr. »Aber ihr könnt ja bald wieder eins haben, nicht wahr?«

Raymond zeigte jedoch keinerlei Interesse daran. Seit diesen Flitterwochen waren zehn Jahre vergangen. Er war nach London entflohen, wurde Anwalt und hatte sich damit abgefunden, ein Leben lang an diese Frau gekettet zu sein. Obwohl Joyce erst zweiunddreißig war, musste sie die schlanken Beine, die ihm einst so gefallen hatten, bereits bedecken. Wie konnte man für einen so lächerlichen Irrtum so schwer bestraft werden?, hätte Raymond die Götter gerne gefragt. Für wie reif hatte er sich gehalten, und wie unreif war er tatsächlich gewesen. Eine Scheidung hätte das Ende seiner politischen Ambitionen bedeutet: Die Leute aus Yorkshire wählten niemals einen geschiedenen Mann. Fairerweise musste Raymond zugeben, dass nicht alles katastrophal war; die Leute liebten Joyce. Während des Wahlkampfs kam sie mit den Gewerkschaftern und ihren grässlichen Frauen viel besser zurecht als er selbst. Er musste auch zugeben, dass Joyce wesentlich zu seinem Sieg beigetragen hatte. Wie bekam sie es nur hin, immer so aufrichtig zu wirken?, fragte er sich. Es kam ihm nie in den Sinn, dass sie es von Natur aus war.

»Warum kaufst du dir nicht ein neues Kleid für Downing Street?«, fragte er jetzt, als sie vom Frühstück aufstanden. Sie lächelte; seit sie denken konnte, hatte er noch nie einen solchen Vorschlag gemacht. Joyce gab sich keinen Illusionen hin über sich und ihren Mann. Aber vielleicht sah er allmählich ein, dass sie ihm helfen konnte, seine heimlichen Wünsche zu realisieren.

Am Abend des Empfangs in Downing Street gab sich Joyce alle Mühe, gut auszusehen. Sie verbrachte den Vormittag bei Harvey Nichols, um nach einem passenden Kleid zu suchen, und kehrte schließlich mit einem Kostüm zurück, das ihr auf den ersten Blick gefallen hatte. Es saß zwar nicht perfekt, doch die Verkäuferin versicherte ihr: »Madam sieht sensationell darin aus.« Sie konnte nur hoffen, Raymonds Kommentar würde zumindest halb so schmeichelhaft ausfallen. Beim

Heimkommen stellte sie fest, dass sie nichts besaß, was zur ausgefallenen Farbe des Kostüms passte.

Raymond kehrte spät aus dem Parlament zurück und war zufrieden, dass Joyce schon fertig war, als er aus dem Bad kam. Er verkniff sich eine Bemerkung über die Schuhe, die nicht zu dem Kostüm passten. Auf der Fahrt nach Westminster ging er mit ihr die Namen aller Kabinettsmitglieder durch, und Joyce musste sie wie ein Schulkind wiederholen.

Die Abendluft war angenehm frisch; Raymond parkte seinen Sunbeam im *New Palace Yard,* und gemeinsam schlenderten sie Whitehall entlang zu No. 10. Ein einzelner Polizist bewachte die Tür. Als er Raymond sah, betätigte er einmal den Messingklopfer, und dem jungen Mitglied und seiner Frau wurde die Tür geöffnet.

Verlegen warteten Raymond und Joyce in der Halle. Jemand kam und führte sie in den ersten Stock. Langsam stiegen sie die Treppe hinauf – sie war weniger großartig, als Raymond erwartet hatte –, vorbei an den Fotos früherer Premierminister. »Zu viele Konservative«, murmelte Raymond, als sie an den Porträts von Chamberlain, Churchill, Eden, Macmillan und Douglas-Home vorbeigingen; Attlee war das einzige Gegengewicht.

Am Ende der Treppe stand Harold Wilson, die Pfeife im Mund, um seine Gäste zu begrüßen. Raymond wollte gerade seine Frau vorstellen, als der Premier sagte: »Wie geht es Ihnen, Joyce? Ich freue mich, dass Sie kommen konnten.«

»Kommen konnte? Die ganze Woche habe ich mich darauf gefreut.« Bei dieser Offenherzigkeit zuckte Raymond zusammen, und Wilsons Schmunzeln entging ihm.

Raymond unterhielt sich mit der Frau des Premierministers über die Schwierigkeit, Lyrik zu veröffentlichen, bis sie sich abwandte, um neue Gäste zu begrüßen. Dann ging er ins Wohnzimmer, sprach mit Kabinettsmitgliedern, Gewerkschaftern und deren Frauen, behielt aber Joyce dabei immer misstrauisch im Auge. Sie war in ein Gespräch mit dem Generalsekretär des Gewerkschaftsbundes vertieft.

Raymond ging weiter zum amerikanischen Botschafter, der Andrew Fraser gerade erzählte, wie sehr er die Edinburgher Festspiele genossen habe. Raymond beneidete Fraser um sein entspanntes, lockeres Auftreten; er wusste, dass dieser Schotte ein nicht zu unterschätzender Rivale war.

»Guten Abend, Raymond«, begrüßte ihn Andrew. »Kennst du David Bruce?«, fragte er, als seien die beiden alte Freunde.

»Nein«, erwiderte Raymond und wischte seine Handfläche an der Hose ab, bevor er ihm die Hand reichte. »Guten Abend, Exzellenz«, sagte er und war froh, dass Andrew sich entfernte. »Ich habe Johnsons Mitteilung über Vietnam mit Interesse gelesen, und ich muss sagen, dass die Eskalation …«

Andrew hatte den Staatsminister für Schottland entdeckt und ging auf ihn zu.

»Wie geht es, Andrew?«, erkundigte sich Hugh McKenzie.

»Könnte nicht besser sein.«

»Und Ihrem Vater?«

»Ist glänzend in Form.«

»Das höre ich ungern«, sagte der Minister lachend. »Er macht mir im Entwicklungsausschuss für die *Highlands* und die Inseln einige Schwierigkeiten.«

»Im Grunde ist er ganz vernünftig«, sagte Andrew, »auch wenn seine Ansichten etwas verknöchert sind.« Beide lachten noch, als eine hübsche junge Frau mit langem braunem Haar auf sie zutrat. Sie trug eine weiße Seidenbluse und einen McKenzie-Schottenrock.

»Kennen Sie meine Tochter Alison?«

»Nein«, sagte Andrew und streckte die Hand aus.

»Ich weiß, wer Sie sind«, sagte sie mit leichtem Lowland-Akzent und blitzenden Augen. »Andrew Fraser, der Mann, der Campbells einen vertrauenswürdigen Anstrich gibt. Der geheime Spion der Konservativen.«

»Kann kein großes Geheimnis sein, wenn das Schottland-Amt davon weiß«, erwiderte Andrew.

Ein Kellner brachte Sandwiches auf einem Silbertablett. Sein Frack war der bestgeschnittene im ganzen Raum.

»Möchten Sie ein Sandwich mit geräuchertem Lachs?«, fragte Alison spöttisch.

»Nein, vielen Dank. Diese Gewohnheit habe ich ebenso aufgegeben wie meine Tory-Herkunft. Aber passen Sie auf, wenn Sie zu viel essen, werden Sie keine Lust auf Ihr Dinner haben.«

»Ich habe nicht vor, zum Dinner zu gehen.«

»Schade. Ich dachte, Sie hätten vielleicht Lust auf einen Bissen bei Sigie's«, neckte Andrew.

Alison zögerte. »Es wäre das erste Mal, dass mich jemand aus No. 10 abschleppt.«

»Ich breche nicht gern mit Traditionen«, erwiderte Andrew. »Aber vielleicht könnte ich für acht Uhr einen Tisch bestellen?«

»Ist Sigie's einer Ihrer Aristokratentreffs?«

»Keine Spur, das Lokal ist viel zu gut für diese Leute. Warum gehen wir nicht in etwa einer Viertelstunde? Ich muss noch mit ein, zwei Gästen sprechen.«

»Das glaub ich gern.« Lächelnd sah sie Fraser nach, der sich einen Weg durch die Menschen bahnte. Er wusste genau, wie man eine Cocktailparty am besten nutzt. Seine Kollegen von den Gewerkschaften würden nie verstehen, dass es nicht der Sinn einer solchen Veranstaltung war, Lachssandwiches mit Whisky hinunterzuspülen. Als er sich wieder bei Alison einfand, unterhielt sie sich mit Raymond Gould über Johnsons Erdrutschsieg bei den Wahlen.

»Versuchst du, mir mein Date wegzuschnappen?«, fragte Andrew.

Raymond lachte nervös und schob die Brille hoch. Einen Augenblick später führte Andrew Alison zur Tür, um sich zu verabschieden. Raymond, der sie beobachtete, zweifelte, ob er jemals lernen würde, sich so selbstsicher zu geben. Er sah sich nach Joyce um; sicher war es richtig, nicht als Letzte zu gehen.

In Sigie's Club wurde Andrew diskret zu einem Ecktisch geleitet, und Alison stellte fest, dass er schon öfter hier gewesen sein musste. Die Kellner umtanzten ihn, als wäre er ein Minister, und sie gestand sich ein, dass ihr das Ganze Spaß machte. Nach einem ausgezeichneten Roastbeef, das nicht angebrannt war, und einer Crème brûlée, die es sehr wohl war, gingen sie ins Annabel's und tanzten dort bis zwei Uhr morgens. Dann brachte Andrew Alison zu ihrer Wohnung in Chelsea.

»Haben Sie noch Lust auf einen Drink?«, fragte sie beiläufig.

»Trau ich mich nicht«, antwortete er. »Morgen halte ich meine Jungfernrede.«

»Und daher wird diese Jungfer abgelehnt«, murmelte sie ihm nach.

Als Andrew sich am folgenden Nachmittag um fünf erhob, war das Unterhaus gut besucht. Der Speaker hatte ihm gestattet, seine Rede gleich nach den Beiträgen der Vorderbänke zu halten, eine Ehre, die Andrew nicht so bald wieder zuteilwerden würde. Sein Vater und seine Mutter schauten von der Besuchergalerie aus zu, als er seinen Kollegen mitteilte, dass er alles, was er über den Wahlkreis wisse, den zu vertreten er stolz sei, vom Oberbürgermeister von Edinburgh gelernt habe. Seine Parteigenossen grinsten angesichts des Unbehagens der Opposition, hielten sich jedoch an die Gepflogenheit, eine Antrittsrede nicht zu unterbrechen.

Als Thema hatte Andrew die Frage gewählt, ob Schottland trotz seiner kürzlich entdeckten Ölvorkommen Teil des Vereinigten Königreiches bleiben sollte. Seine Überzeugung, dass sein Land als kleiner unabhängiger Staat keine Zukunft habe, war gut untermauert. Seine Rhetorik und Sprachgewandtheit brachten beide Seiten des Hauses wiederholt zum Lachen. Als er geendet hatte, ohne auch nur einmal auf seine Notizen gesehen zu haben, ertönte von seinen eigenen Bänken begeisterter Beifall, und von der Opposition kam freundlicher Applaus. In diesem Augenblick des Triumphes sah er zur Besuchergalerie hinauf. Sein Vater hatte sich vorgelehnt, um kein Wort zu verpassen. Und zu seinem Erstaunen saß vor seiner Mutter, auf einem für Ehrengäste reservierten Platz, Alison McKenzie, die Arme auf der Brüstung.

Andrews Erfolg wurde noch unterstrichen, als etwas später ein weiteres Labour-Mitglied seine erste Rede hielt. Tom Carson, der neue Abgeordnete für Liverpool Dockside, kümmerte sich weder um Konventionen noch um Tradition; seine Antrittsrede war geradezu darauf angelegt, Widerspruch hervorzurufen. Er begann mit einer Attacke auf das, was er »die Establishment-Verschwörung« nannte, und sein anklagender Finger wies sowohl auf die Minister seiner eigenen Partei als auch auf die Opposition, die er allesamt als »Marionetten des kapitalistischen Systems« bezeichnete.

Die anwesenden Mitglieder verzichteten darauf, den schimpfenden Liverpooler zu unterbrechen, der Speaker zuckte aber mehrmals, als der anklagende Zeigefinger auch ihn einzubeziehen schien. Mit Unbehagen nahm er zur Kenntnis, dass dieses neue Mitglied aus Liverpool ihnen ziemlich zu schaffen machen würde, sollte es die Absicht haben, sich hier auch weiterhin so aufzuführen.

Nach drei weiteren Reden verließ Andrew den Saal, um nach Alison Ausschau zu halten, sie war jedoch bereits gegangen. Er fuhr mit dem Lift hinauf zur Besuchergalerie und lud seine Eltern zum Tee in die Harcourt Rooms ein.

»Das letzte Mal trank ich hier mit Ainsley Munro Tee …«, begann Sir Duncan.

»Dann könnte es eine ganze Weile dauern, bis du wieder eingeladen wirst«, unterbrach Andrew.

»Das hängt ganz davon ab, wen wir bei der nächsten Wahl als deinen Gegenkandidaten aufstellen«, gab sein Vater zurück.

Mitglieder beider Parteien kamen zu Andrew, um ihm zu seiner Rede zu gratulieren. Er dankte jedem Einzelnen, sah sich dabei jedoch fortwährend um. Aber Alison McKenzie tauchte nicht auf.

Als seine Eltern aufbrachen, um das letzte Flugzeug nach Edinburgh zu erreichen, kehrte Andrew in den Saal zurück, wo Alisons Vater gerade die Debatte für die Regierung zusammenfasste. Der Minister bezeichnete Andrews Beitrag als eine der besten Jungfernreden, die das Haus seit Jahren gehört hatte.

Sobald die Debatte vorüber war und der Ordner die übliche

Zehnuhrabstimmung ankündigte, verließ Andrew den Saal. Er begab sich in den Tearoom, den traditionellen Treffpunkt der Labour-Partei, der jetzt genauso voll war wie am frühen Nachmittag. Man drängte sich um die Überreste unappetitlich aussehender Salatblätter – die jedes Kaninchen mit Selbstachtung verschmäht hätte – und ein paar mit Plastik abgedeckte schwitzende Käsestücke, welche die Karte optimistisch als Salat bezeichnete. Andrew begnügte sich mit einer Tasse Nescafé.

In der hintersten Ecke hockte Raymond Gould allein in einem Lehnsessel, scheinbar in eine alte Ausgabe des *New Statesman* vertieft. Ausdruckslos beobachtete er, wie etliche seiner Kollegen zu Andrew traten, um ihn zu beglückwünschen. Seine eigene Antrittsrede vor einer Woche hatte keine so begeisterte Aufnahme gefunden, und er wusste es. Er hatte ebenso feste Ansichten über die Pensionen der Kriegerwitwen wie Andrew über Schottland; da er jedoch von einem Manuskript ablas, hingen die Zuhörer nicht an seinen Lippen. Er tröstete sich mit dem Gedanken, dass Andrew das Thema seiner nächsten Rede sehr sorgfältig würde wählen müssen, denn die Opposition würde ihn nicht immer mit Glacéhandschuhen anfassen.

Derlei Gedanken beschäftigten Andrew nicht, als er in eine Telefonkabine ging und eine Londoner Nummer wählte. Alison war zu Hause und gerade beim Haarewaschen.

»Wird es trocken sein, bis ich komme?«

»Es ist sehr lang«, erinnerte sie ihn.

»Dann werde ich eben langsam fahren müssen.«

Als Andrew vor Alisons Tür stand, empfing sie ihn in einem Morgenmantel. Das lange, frisch gewaschene Haar fiel über ihre Schultern.

»Kommt der Sieger, um seine Beute zu fordern?«

»Nein, bloß den Kaffee von gestern Abend.«

»Wird der dich nicht wach halten?«

»Das will ich doch schwer hoffen.«

Als Andrew Alisons Wohnung am nächsten Morgen um acht Uhr verließ, war er entschlossen, McKenzies Tochter noch wesentlich besser kennenzulernen. Er kehrte in seine Wohnung in der Cheyne Walk zurück, duschte und zog sich um, bevor er Frühstück machte und die Post durchging. Er fand einige weitere Gratulationen vor, unter anderem vom Staatssekretär für Schottland, während die *Times* und der *Guardian* kurze, aber positive Kommentare brachten. Bevor er wieder ins Parlament zurückkehrte, ging er eine Novelle durch, die er dem Ausschuss heute unterbreiten wollte. Er nahm ein paar Korrekturen vor, schnappte seine Papiere und eilte nach Westminster.

Da die Ausschusssitzung erst um halb elf stattfand, hatte er noch Zeit, seine Post von der hauseigenen Poststelle direkt neben der Eingangshalle zu holen. Mit gesenktem Kopf eilte er weiter zur Bibliothek, während er die Umschläge durchsah. Als er um die Ecke bog, sah er zu seiner Verwunderung, dass sich die konservativen Mitglieder um den Fernschreiber drängten, darunter auch der Mann, der bereit war, bei Abstimmungen sein »Partner« zu sein.

Andrew trat auf Charles Seymour zu.

»Warum die Aufregung?«, fragte ihn Andrew.

»Sir Alec hat gerade den Fahrplan bekannt gegeben, nach dem wir den neuen Tory-Parteiführer wählen.«

»Auf den wir alle mit Spannung warten«, bemerkte Andrew.

»Nicht ohne Grund«, sagte Charles, den Sarkasmus ignorierend, »da die nächste Bekanntgabe sicher die seines Rücktritts sein wird. Dann beginnt die wirkliche Politik.«

»Sehen Sie zu, dass Sie auf den Sieger setzen«, sagte Andrew grinsend.

Charles Seymour lächelte wissend, erwiderte aber nichts.

3

Charles Seymour lenkte seinen Daimler vom Parlament zur Bank seines Vaters in der City. Für ihn war *Seymour of Cheapside* immer noch die Bank seines Vaters, obwohl die Familie seit zwei Generationen lediglich eine Aktienminorität innehatte und Charles selbst nur zwei Prozent der Aktien besaß. Doch da sein Bruder Rupert nicht geneigt war, die Familieninteressen zu vertreten, sicherten ihm diese zwei Prozent einen Sitz im Aufsichtsrat sowie ein Einkommen, mit dem er sein kümmerliches parlamentarisches Jahresgehalt von 1750 Pfund aufbessern konnte.

Von dem Tag an, an dem er seinen Platz im Aufsichtsrat von Seymour of Cheapside eingenommen hatte, war ihm klar, dass der neue Vorsitzende, Derek Spencer, einen gefährlichen Rivalen in ihm sah.

Spencer hatte immer wieder dafür plädiert, dass Rupert an die Stelle seines Vaters treten sollte, sobald dieser sich zurückzog, und nur dank Charles' Hartnäckigkeit war es ihm nicht gelungen, den alten Earl dazu zu überreden.

Als Charles einen Sitz im Parlament erhielt, wies Spencer sofort darauf hin, dass die schwere Verantwortung der Parlamentsarbeit ihn daran hindern werde, seinen Pflichten im Aufsichtsrat nachzukommen. Es gelang Charles jedoch, die anderen Direktoren davon zu überzeugen, wie vorteilhaft es war, wenn ein Aufsichtsratsmitglied auch in Westminster säße, obwohl er wusste, dass seine Banktätigkeit enden würde, sollte er je Minister werden.

Charles parkte den Daimler auf dem Vorplatz und überlegte amüsiert, dass dieser Parkplatz zwanzigmal so viel wert war wie sein Auto. Er war ein Relikt aus den Tagen seines Urgroßvaters. Der achte Earl of Bridgewater hatte auf eine Vorfahrt bestanden, die seiner vierspännigen Kutsche erlaubte, einen vollen Bogen zu fahren. Die Kutsche gab es längst nicht mehr, dafür nun aber zwölf Parkplätze für die Direktoren. Dem neuen Vorsitzenden war es trotz all seines Fachwissens bis jetzt nie eingefallen, den Bereich für etwas anderes zu nutzen.

Die junge Frau an der Rezeption hörte abrupt auf, die Nägel zu feilen, und sagte rechtzeitig: »Guten Morgen, Mr. Charles«, als dieser durch die Drehtür kam und im Fahrstuhl verschwand. Kurz darauf saß Charles in einem kleinen getäfelten Büro am Schreibtisch, vor sich einen unberührten weißen Block. Er drückte einen Knopf der Sprechanlage und wies seine Sekretärin an, ihn in der nächsten Stunde nicht zu stören.

Sechzig Minuten später standen auf dem Block zwölf Namen, von denen zehn wieder durchgestrichen waren. Nur die Namen von Reginald Maudling und Edward Heath blieben übrig. Charles riss das Blatt und auch das darunterliegende ab und steckte beide in den Reißwolf neben dem Schreibtisch. Dann versuchte er, etwas Interesse für die wöchentliche Sitzung des Aufsichtsrats aufzubringen; nur Punkt sieben schien wesentlich. Kurz vor elf begab er sich in das Sitzungszimmer. Die meisten seiner Kollegen saßen schon am Konferenztisch, als Derek Spencer pünktlich um elf Uhr den ersten Punkt verlas.

Während der folgenden üblichen Diskussion über Bankzinsen, Bewegungen der Metallpreise, Eurobonds und Anlagestrategien kehrten Charles' Gedanken immer wieder zu der bevorstehenden Wahl zurück und wie wichtig eine Unterstützung des Siegers wäre, wenn er rasch von den hinteren Bankreihen vorrücken wollte.

Als man zu Punkt sieben kam, hatte Charles seine Entscheidung getroffen. Derek Spencer eröffnete die Diskussion über die vorgeschlagenen Darlehen an Mexiko und Polen. Die meisten Direktoren teilten seine Meinung, sich an einem davon zu beteiligen, aber nicht beide zu riskieren. Charles' Gedanken jedoch waren weder in Mexico City noch in Warschau. Sie waren vielmehr weitaus mehr in der Nähe, und als der Vorsitzende zur Abstimmung rief, merkte Charles es nicht.

»Mexiko oder Polen, Charles. Was befürworten Sie?«

»Heath«, antwortete er.

»Wie bitte?«, fragte Derek Spencer.

Charles kehrte von Westminster nach Threadneedle Street zurück, um festzustellen, dass alle ihn anstarrten. Wie jemand, der sich etwas sehr genau überlegt hatte, sagte er mit Überzeugung »Mexiko« und fügte hinzu: »Der große Unterschied zwischen den beiden Ländern besteht in ihrer Einstellung zur Rückzahlung. Vielleicht *will* Mexiko nicht zurückzahlen, Polen aber wird nicht zurückzahlen *können*. Deshalb müssen wir unser Risiko begrenzen und Mexiko unterstützen. Kommt es zu einem Rechtsstreit, habe ich als Gegner lieber jemanden, der nicht zahlen will, als jemanden, der nicht zahlen kann.« Die älteren Mitglieder nickten zustimmend; der richtige Sohn von Bridgewater saß im Aufsichtsrat.

Nach der Sitzung begab sich Charles mit seinen Kollegen zum Lunch in den Speisesaal der Bank. Ein Raum mit einem

Brueghel, einem Goya, einem Rembrandt und zwei Hogarths, die auch den nachsichtigsten Gourmet ablenken konnten: ein weiterer kleiner Beweis für die Fähigkeit seines Urgroßvaters, auf Gewinner zu setzen. Charles unterließ es, sich zwischen Stilton und Cheddar zu entscheiden, da er zur Fragestunde lieber wieder im Unterhaus sein wollte.

Dort ging er sofort in den Rauchersalon, den die Torys seit Langem als ihr Reservat ansahen. In den tiefen Ledersesseln und der von Zigarrenrauch geschwängerten Luft ging es ausschließlich um Sir Alecs Nachfolger. Pimkins schrille Stimme war nicht zu überhören. »Da Edward Heath Schattenkanzler ist, während wir die Steuervorlage debattieren, muss er zwangsläufig Mittelpunkt der Aufmerksamkeit sein.«

Später am Nachmittag kehrte Charles wieder in den Sitzungssaal zurück. Er wollte Heath und sein Schattenkabinett beobachten, wie sie die Zusatzanträge der Regierung behandelten.

Als er gerade wieder gehen wollte, stand Raymond Gould auf, um eine Novelle einzubringen. Mit widerwilliger Bewunderung hörte Charles ihm zu. Seine Auffassungsgabe und Argumentationskraft wogen den Mangel an rednerischer Begabung bei Weitem auf. Doch obwohl Gould ein gutes Stück besser war als alle anderen Neuen, hatte Charles keine Angst vor ihm. Mit Klugheit und Geschäftstüchtigkeit hatten zwölf Generationen Bridgewaters große Teile von Leeds beherrscht, ohne dass Leute wie Raymond Gould es auch nur bemerkt hätten.

Das Dinner nahm Charles an diesem Abend im Speisesaal für Mitglieder ein. Er saß zusammen mit den anderen konservativen Hinterbänklern an dem großen Tisch in der Saalmitte. Es gab nur ein Gesprächsthema, und da immer wieder dieselben zwei Namen fielen, durfte man zweifellos auf ein knappes Rennen schließen.

Als Charles nach der Zehnuhrabstimmung in sein Haus am Eaton Square zurückkehrte, lag Fiona schon im Bett und las einen Roman.

»Heute hat man dich aber früh ziehen lassen.«

»Ja«, erwiderte Charles und erzählte ihr, wie er den Tag verbracht hatte, bevor er ins Badezimmer verschwand.

Wenn Charles sich für clever hielt, spielte seine Frau, Lady Fiona, einzige Tochter des Duke of Falkirk, in einer ganz anderen Liga. Ihre Ehe wurde geplant, als die beiden noch Kinder waren, und weder Charles noch sie hatten die Klugheit dieser Wahl je infrage gestellt. Obwohl Charles vor seiner Ehe zahlreiche Freundinnen gehabt hatte, wusste er, dass er zu Fiona zurückkehren würde. Charles' Großvater behauptete immer, die Aristokratie finge an, zu lax und sentimental über die Ehe zu denken. »Frauen«, erklärte er, »sind dazu da, Kinder zu bekommen und den Fortbestand der männlichen Linie zu garantieren.« Der alte Earl wurde in dieser Überzeugung noch bestärkt, als er feststellte, dass Rupert wenig Interesse am anderen Geschlecht zeigte und selten in Gesellschaft von Frauen gesehen wurde. Fiona hätte nie daran gedacht, dem alten Herrn offen zu widersprechen, denn sie war entschlossen, dass einst ein Sohn von ihr den Titel erben sollte. Doch trotz der anfangs enthusiastischen, später geplanten Versuche schien Charles unfähig, einen Erben zu zeugen. Ein Arzt in Harley Street versicherte Fiona, dass es nicht an ihr liege, und schlug vor, Charles solle sich untersuchen lassen. Sie schüttelte den Kopf, wohl wissend, dass Charles einen solchen Vorschlag rundweg ablehnen würde. Sie erwähnte das Thema gegenüber niemandem mehr.

Ihre gesamte freie Zeit verbrachte Fiona im Wahlkreis ihres Mannes in Sussex Downs und förderte Charles' politische Karriere. Mit der Tatsache, dass ihr keine romantische Ehe beschieden war, hatte sie sich abgefunden und begnügte sich mit deren anderen Vorteilen. Obwohl viele Männer die schlanke, elegante Dame offen oder verdeckt wissen ließen, dass sie sie begehrenswert fanden, ignorierte sie alle Avancen oder gab vor, sie nicht zu bemerken.

Als Charles in einem blauen Seidenpyjama aus dem Badezimmer kam, hatte Fiona einen Plan gefasst. Doch zuvor musste sie ein paar Fragen stellen.

»Wen favorisierst du?«

»Am liebsten hätte ich, dass Sir Alec weitermacht. Schließlich sind die Homes seit mehr als vierhundert Jahren Freunde unserer beiden Familien.«

»Das bringt uns aber nicht weiter«, erwiderte Fiona. »Alle wissen, dass Alec abdankt.«

»Richtig, und deshalb habe ich den ganzen Nachmittag damit verbracht, mir die infrage kommenden Kandidaten genauer anzusehen.«

»Wer blieb übrig?«

»Heath und Maudling. Um ehrlich zu sein, habe ich mit keinem von beiden je länger als fünf Minuten gesprochen.«

»In diesem Fall müssen wir aus einem Nachteil einen Vorteil machen.«

»Was meinst du, altes Mädchen?« Charles stieg zu ihr ins Bett.

»Ich möchte wetten, dass weder Heath noch Maudling die Namen von zwanzig neuen Tory-Mitgliedern kennen.«

»Worauf willst du hinaus, Lady Macbeth?«

»Für meinen Plan braucht es keine blutigen Hände. Wenn

du deinen Duncan erkoren hast, bietest du ihm an, die Neulinge für ihn zu organisieren. Sollte er gewählt werden, wird er bestimmt ein, zwei neue Gesichter für sein Team haben wollen.«

»Das könnte stimmen.«

»Lass uns drüber schlafen«, sagte Fiona und machte das Licht an ihrer Bettseite aus.

Charles schlief nicht darüber, sondern überdachte die halbe Nacht, was sie gesagt hatte. Als Fiona am nächsten Morgen erwachte, setzte sie das Gespräch fort, als wäre es nie unterbrochen worden.

»Musst du dich schnell entscheiden?«

»Nein, aber wenn ich es lang hinausschiebe, könnte man mir vorwerfen, dass ich auf den fahrenden Zug aufspringe. Damit wäre meine Chance, mich als Führer der neuen Mitglieder zu profilieren, dahin.«

»Noch besser wäre es, wenn du den Mann, für den du dich entscheidest, noch vor Bekanntgabe seiner Kandidatur aufforderst, im Namen der neuen Mitglieder zu kandidieren.«

»Schlau«, meinte Charles.

»Für wen hast du dich entschieden?«

»Für Heath«, antwortete Charles, ohne zu zögern.

»Ich vertraue deinem politischen Urteil. Vertraue mir, wenn es um die Taktik geht. Als Erstes werden wir einen Brief aufsetzen.«

Im Morgenrock auf dem Boden kniend, entwarf das elegante Paar einen Brief an Edward Heath. Um halb zehn war er endlich fertig und wurde durch Boten in dessen Haus nach Albany geschickt.

Am nächsten Morgen wurde Charles in dessen kleine Junggesellenwohnung zum Kaffee eingeladen. Man unterhielt sich über eine Stunde, und als die beiden Männer später im Wohnzimmer standen, wurde die Vereinbarung besiegelt.

Charles nahm an, dass Sir Alec seinen Rücktritt im Spätsommer bekannt geben würde; damit hatte er für seine Kampagne acht bis zehn Wochen Zeit. Fiona tippte eine Liste aller neuen Parlamentsmitglieder, und im Laufe der nächsten acht Wochen wurde jeder von ihnen zu Drinks an den Eaton Square geladen. Geschickt sorgte Fiona dafür, dass andere Gäste, oft aus dem Oberhaus, immer in der Mehrzahl waren. Heath gelang es, sich einmal pro Woche von seinen Pflichten als Leiter der Finanzdebatte frei zu machen, um wenigstens eine Stunde bei den Seymours zu verbringen. Als der Tag von Sir Alec Homes Abgang näherrückte, war Charles klar, dass das Resultat der bevorstehenden Wahl eines neuen Tory-Chefs für ihn fast genauso wichtig war wie für Heath, doch war er auch überzeugt, seinen Plan diskret und raffiniert ausgeführt zu haben. Er hätte wetten können, dass niemand außer Edward Heath merkte, wie stark er sich engagierte.

Ein Mann, der bei Fionas zweiter Soiree anwesend war, erkannte genau, was vor sich ging. Während die meisten Gäste die Zeit damit verbrachten, die Kunstsammlung der Seymours zu bewundern, beobachtete Simon Kerslake argwöhnisch das Gastgeberehepaar. Kerslake war keineswegs sicher, dass Heath die Wahl gewinnen würde, sondern hielt Reginald Maudling für den wahrscheinlichsten Nachfolger von Sir Alec. Schließlich war er Schattenaußenminister, ehemaliger Finanzminister und wesentlich älter als Heath. Vor allem aber war er verheiratet. Simon bezweifelte, dass die Torys einen Junggesellen wählen würden.

Kerslake verließ die Soiree, sprang in ein Taxi und fuhr

sofort zurück ins Unterhaus. Er fand Reginald Maudling im Speisesaal für Mitglieder. Er wartete, bis dieser zu Ende gegessen hatte, bevor er fragte, ob er ihn ein paar Minuten allein sprechen könne. Maudling – hochgewachsen und mit watschelndem Gang – wusste nicht so recht, wer dieses neue Mitglied war. Doch er beugte sich vor und lud Simon zu einem Drink in seinem Büro ein.

Der alte Herr hörte aufmerksam zu, was ihm der etwas übereifrige Jüngere zu sagen hatte, und akzeptierte, ohne eine Frage zu stellen, die Beurteilung des gut informierten Neulings. Man kam überein, dass Simon Seymours Kampagne entgegenwirken und zweimal in der Woche über seine Resultate berichten sollte.

Während Seymour die Macht und den Einfluss eines Schülers von Eton besaß, konnte sich Kerslake auf seine Erfahrungen als Präsident der *Oxford Union* und die vielen kleinen Tricks und Kniffe stützen, die er damals gelernt hatte. Simon wog seine Vor- und Nachteile ab. Er besaß kein Luxushaus am Eaton Square, in dem Turners, Constables und Holbeins nicht in Büchern, sondern an der Wand zu finden waren. Auch fehlte ihm eine parkettsichere, elegante Frau. Simon wohnte in einem kleinen Haus in Chelsea, und Elizabeth war Gynäkologin im St. Mary's Hospital. Obwohl Elizabeth Simons Karriere voll unterstützte, hielt sie ihren eigenen Beruf für ebenso wichtig – eine Ansicht, die Simon teilte. Die Lokalpresse von Coventry hatte mehrmals erwähnt, das Elizabeth ihr drei Tage altes Baby allein gelassen hatte, um bei einem Kaiserschnitt zu assistieren, dem sich eine Mutter im benachbarten Krankensaal unterziehen musste. Zwei Jahre später musste man sie vom Nachtdienst wegschleppen, als die Wehen vor der Geburt ihres zweiten Kindes einsetzten.

Elizabeths charakterliche Unabhängigkeit war etwas, das Simon schon bei ihrem Kennenlernen bewundert hatte, wusste jedoch, dass sie als Gastgeberin nicht an Fiona Seymour heranreichte. Das hätte er auch gar nicht gewollt, weil er Ehefrauen, die in der Politik mitmischten, verabscheute.

In den folgenden Tagen stellte Simon fest, wer jeweils zu den sicheren Anhängern von Maudling respektive von Heath gehörte; viele Mitglieder behaupteten, sie würden, je nachdem, wer sie aufforderte, beide Kandidaten unterstützen. Diese notierte er als zweifelhaft. Als Enoch Powell in den Ring trat, war Alec Pimkin der Einzige, der ihn offen unterstützte. Damit blieben vierzig neue Mitglieder, die es zu beobachten galt. Simon rechnete mit zwölf Stimmen für Heath, elf für Maudling und eine für Powell. Sechzehn schienen unentschieden. Der Tag der Wahl rückte näher, und Simon stellte fest, dass keiner der sechzehn einen der beiden Kandidaten inzwischen näher kannte und daher auch keine Entscheidung getroffen hatte.

Da Simon sie nicht alle während Elizabeths dienstfreien Stunden in die Beaufort Street einladen konnte, beschloss er, jeden der sechzehn einzeln aufzusuchen. In den letzten acht Wochen begleitete er den von ihm erkorenen Kandidaten zu dreiundzwanzig Wahlveranstaltungen in den Wahlkreisen der neuen Tory-Abgeordneten. Er reiste von Bodmin nach Glasgow, von Penrith nach Great Yarmouth und bereitete Maudling auf jeden dieser Auftritte gewissenhaft vor.

Allmählich wurde allen klar, dass in der neuen konservativen Mannschaft Charles Seymour und Simon Kerslake die Offiziere waren. Einige neue Abgeordnete ärgerten sich über die geflüsterte Vertraulichkeit bei den Cocktailpartys am Eaton Square oder die Entdeckung, dass Kerslake ihre Wähler unter

Vorspiegelung falscher Tatsachen aufgesucht hatte. Andere waren schlicht neidisch auf die Belohnung, die dem Sieger zweifellos zuteilwerden würde.

»Warum soll man eigentlich Maudling unterstützen?«, fragte ihn Elizabeth einmal beim Abendbrot.

»Maudling hat viel mehr Regierungserfahrung als Heath, und überhaupt kümmert er sich mehr um die Leute.«

»Aber Heath scheint mir wesentlich professioneller zu sein«, beharrte Elizabeth und schenkte ihrem Mann ein Glas Wein ein.

»Das mag schon sein, aber die Briten waren immer eher dafür, dass gute Amateure regieren.«

»Wenn du all das Zeug über Amateure glaubst, warum engagierst du dich dann so?«

Simon überlegte ihre Frage eine Weile, bevor er antwortete. »Weil ich nicht aus dem Milieu stamme, das automatisch den Mittelpunkt der konservativen Bühne einnimmt«, gab er zu.

»Heath auch nicht«, erwiderte Elizabeth trocken.

Obwohl jeder inner- und außerhalb des Parlaments wusste, dass Sir Alec sehr bald offiziell seinen Rücktritt bekannt geben würde, geschah dies erst am 22. Juli 1965. Die Wahl eines neuen Führers der Konservativen sollte fünf Tage später stattfinden. Bis dahin arbeiteten Simon und Charles fast rund um die Uhr, doch trotz vieler Meinungsumfragen und langer Artikel voller Statistiken und Prognosen war sich niemand über den Wahlausgang sicher, nur darüber, dass Powell Dritter werden würde.

Charles und Simon mieden einander, und Fiona bezeichnete Kerslake, anfangs privat und dann auch öffentlich, als »diesen sich vordrängenden Emporkömmling«. Diesen Ausdruck benutzte sie nicht mehr, als Alec Pimkin in aller Unschuld fragte, ob sie damit Edward Heath meine.

Am Morgen der geheimen Abstimmung wählten sowohl Simon wie Charles sehr früh und verbrachten den Rest des Tages damit, in den Parlamentsfluren auf und ab zu marschieren und über das Resultat zu rätseln. Um die Mittagszeit waren beide nach außen hin siegesgewiss, innerlich hingegen bedrückt. Um Viertel nach zwei saßen sie in dem großen Saal, um der historischen Bekanntgabe durch Sir William Anstruther-Gray zu lauschen: »Das Resultat der ersten Wahl des Vorsitzenden der konservativen Parlamentspartei lautet wie folgt: Edward Heath einhundertfünfzig Stimmen; Reginald Maudling einhundertdreiunddreißig Stimmen; Enoch Powell fünfzehn Stimmen.«

Eine Stunde später rief Maudling, der in der Stadt zu Mittag gegessen hatte, Edward Heath an, um ihm zu sagen, dass er mit Freuden unter ihm als neuem Führer dienen werde. Charles und Fiona entkorkten eine Flasche Champagner, während Simon mit seiner Frau ins Old Vic ging, um sich »The Royal Hunt of the Sun« anzusehen. Er schlief während der gesamten Vorstellung, dann fuhr ihn Elizabeth nach Hause.

»Wieso bist du nicht eingeschlafen? Schließlich warst du in den letzten Wochen genauso eingespannt wie ich«, fragte Simon.

Elizabeth lächelte. »Diesmal war ich es, die wissen wollte, was im Zentrum der Bühne vor sich geht.«

Zwei Wochen später, am 4. August, gab Heath sein Schattenkabinett bekannt. Reggie Maudling wurde stellvertretender Vorsitzender, Sir Alec mit der Außenpolitik und Powell mit der Verteidigungspolitik betraut. Charles Seymour erhielt die

Einladung, dem Team für Umweltfragen als Junior-Sprecher beizutreten, und war damit der erste der neuen Parlamentarier, der sich einige Bänke nach vorn gearbeitet hatte.

Simon Kerslake erhielt von Reginald Maudling einen handgeschriebenen Brief, in dem er ihm für seinen unermüdlichen Einsatz dankte.

Zweites Buch

1966–1974
Die Jungen im Amt

4

Als Alison McKenzie in Andrew Frasers Wohnung am Cheyne Walk einzog, ging jeder, einschließlich ihres Vaters, des Staatsministers von Schottland, davon aus, dass die beiden demnächst ihre Verlobung bekannt geben würden.

Die vergangenen drei Monate hatte Andrew in Ausschüssen zugebracht, die sich ausschließlich mit Schottland betreffenden Gesetzesvorlagen befassten. Er fand die Arbeit langweilig, da viele Kollegen die Ansichten anderer Abgeordneter lediglich wiederholten – oft auch noch schlechter formuliert. Nur die Kritzeleien auf Andrews Block wurden besser. Doch durch seine Energie und seinen Charme wurde Andrew allmählich beliebt bei seinen Kollegen, und bald hatte er genügend Selbstvertrauen, zuerst kleinere, später größere Änderungen an den Novellen vorzuschlagen.

Die unterschiedliche Strafzumessung im schottischen und englischen Recht störte ihn seit Langem, und er setzte sich energisch für eine Angleichung ein. Allerdings musste er bald feststellen, dass die schottischen Labour-Mitglieder traditionsverbundener und klüngelhafter waren als selbst die engstirnigsten Torys.

Als die Legislaturperiode zu Ende ging, lud er Alison ein, ein langes Wochenende im Landhaus seiner Eltern in Stirling zu verbringen.

»Erwartest du von mir, dass ich unter demselben Dach

schlafe wie der Oberbürgermeister von Edinburgh?«, fragte sie ihn.

»Warum nicht? Du hast die letzten sechs Monate mit seinem Sohn geschlafen.«

»Vielleicht unter demselben Dach, aber an diesem Wochenende werden wir nicht einmal im selben Bett schlafen können.«

»Warum nicht? Die Konservativen sind vielleicht Snobs, aber Heuchler sind sie nicht.«

Alison wollte nicht zugeben, dass sie in Wahrheit ein wenig Angst vor einem Wochenende mit Andrews Vater hatte, der seit mehr als zwanzig Jahren am Frühstückstisch ihrer Eltern fortwährend heruntergemacht wurde.

Als sie den alten Wirrkopf, wie ihr Vater den ehemaligen Oberbürgermeister nannte, kennenlernte, mochte sie ihn sofort. Er erinnerte sie sehr an ihren eigenen Vater, und Lady Fraser war keineswegs die versnobte Xanthippe, die ihre Mutter ihr angekündigt hatte.

Man kam sofort überein, während des Wochenendes nicht über Politik zu sprechen. Andrew und Alison verbrachten den Freitagnachmittag damit, über die mit Heidekraut bewachsenen Hügel zu streifen und zu erörtern, wie sie sich ihre Zukunft vorstellten. Samstagfrüh rief ihr Vater Sir Duncan an und lud sie alle ins *Bute House*, die offizielle Residenz des Staatssekretärs für Schottland, zum Dinner ein.

Nach so vielen Jahren, in denen sich die Familien befehdet hatten, sahen beide Teile diesem Treffen etwas nervös entgegen, doch schien es, als würde den Kindern gelingen, was ihnen nicht gelungen war – die politische Kluft zu überbrücken. Die McKenzies hatten, um die Angelegenheit zu erleichtern, zwei weitere Familien aus Edinburgh eingeladen, einen Zweig der Forsyths, denen das Warenhaus in der Prince Street gehörte, und die Menzies, die die größte Nachrichtenagentur des Landes besaßen.

Andrew beschloss, die Gelegenheit zu nutzen, um am Ende des Abendessens etwas zu verkünden, und da seine Einkäufe länger gedauert hatten als beabsichtigt, kam er als Letzter im *Bute House* an.

Nachdem man die Tischkarten studiert und an der langen Tafel Platz genommen hatte, schwiegen die Gäste, während ein einsamer Dudelsackpfeifer eine melancholische Melodie spielte. Dann traf der Koch ein und präsentierte dem Hausherrn auf einem Silbertablett einen großen schottischen Pudding zur Begutachtung. Man fragte Sir Duncan nach seiner Meinung. »Warm – duftend – herrlich!«, befand er. Zum ersten Mal waren sich die beiden Männer in etwas absolut einig.

Andrew aß weniger als die anderen, weil er den Blick nicht von seinem Gegenüber wenden konnte. Sie beachtete ihn kaum, schien jedoch ständig zu lächeln oder zu lachen, sodass jeder in ihrer Nähe ihre Gesellschaft genoss. Andrew hatte Louise Forsyth zum letzten Mal auf einem Hockeyplatz gesehen. Damals war sie ein rundliches kleines Mädchen mit Zöpfen gewesen, das eher die Knöchel der Jungen traf als den Ball. Jetzt trug sie das tiefschwarze Haar kurz gelockt, ihre Gestalt war schlank und anmutig. Nach dem Essen mischte sich Andrew unter die Gäste, doch es gelang ihm den gesamten Abend nicht, auch nur einen Moment mit ihr allein zu sein. Er war erleichtert, dass Alison die Nacht bei ihren Eltern im *Bute House* verbringen wollte, während die Frasers nach Stirling zurückfuhren.

»Für einen Sozialisten bist du recht schweigsam«, bemerkte sein Vater auf der Heimfahrt.

»Er ist verliebt«, sagte die Mutter zärtlich.

Andrew erwiderte nichts.

Am nächsten Morgen stand er früh auf und fuhr nach Edinburgh in sein Büro. Der Minister hatte den ersten Flug nach London genommen, jedoch eine Nachricht hinterlassen, Andrew möge ihn »in einer offiziellen Angelegenheit« am folgenden Tag um zehn Uhr im *Dover House* – dem Londoner Sitz des Scottish Office – aufsuchen.

Andrew war hocherfreut, es änderte jedoch nichts an seinen Absichten. Er beantwortete die Post und regelte einige Probleme seiner Wähler, bevor er im New Club einen privaten Anruf machte. Zum Glück war sie noch zu Hause. Widerwillig erklärte sie sich bereit, ihn zum Lunch zu treffen. Andrew wartete vierzig Minuten und sah jeden Moment auf die große Wanduhr, während er vorgab, den *Scotsman* zu lesen. Als sie endlich hereingeführt wurde, wusste Andrew genau: Das war die Frau, mit der er sein Leben verbringen wollte. Er hätte gelacht, hätte man ihm vor dem gestrigen Abend gesagt, dass er seine wohldurchdachten Zukunftspläne wegen einer zufälligen Begegnung ändern würde. Aber er war ja auch noch nie jemandem wie Louise begegnet und war bereits überzeugt, das auch nie wieder zu tun.

»Miss Forsyth«, sagte der Mann in der grünen Livree des Klubs, verbeugte sich kurz und ließ die beiden allein.

Louise lächelte, und Andrew führte sie zu einem Ecktisch. »Es war nett von Ihnen zu kommen, obwohl ich so spät anrief«, sagte Andrew nervös.

»Nein«, erwiderte sie, »es war sehr dumm von mir.«

Während des Essens, das er zwar bestellte, aber nicht anrührte, erfuhr er, dass Louise Forsyth mit einem seiner alten Freunde aus der Studienzeit verlobt war und die Hochzeit im

Frühjahr stattfinden sollte. Bevor sie sich trennten, hatte er sie überredet, sich wenigstens noch einmal mit ihm zu treffen.

Andrew nahm die Nachmittagsmaschine nach London, ging in seine Wohnung und wartete. Alison kam kurz nach neun und fragte, warum er weder angerufen hatte noch mit ihr von Schottland nach London gefahren sei. Andrew sagte ihr sofort die Wahrheit. Sie brach in Tränen aus, und er stand hilflos daneben. Innerhalb einer Stunde hatte sie alle ihre Habseligkeiten gepackt und Andrews Wohnung verlassen.

Um halb elf rief er Louise wieder an.

Am nächsten Morgen ging er kurz ins Parlament, um seine Post zu holen und im Büro des Whips zu erfahren, wann Abstimmungen stattfanden.

»Eine um sechs und zwei um zehn«, wurde ihm mitgeteilt. »Und wir könnten die zweite verlieren. Bleiben Sie also in der Nähe, falls wir Sie brauchen.«

Andrew nickte und wollte gehen.

»Übrigens, meinen Glückwunsch.«

»Wozu?«, wollte Andrew wissen.

»Mein Gott, wieder einmal eine Indiskretion. Es steht mit Bleistift zwischen den heutigen Mitteilungen«, sagte der Whip und wies auf ein vor ihm liegendes Papier.

»Was?«, fragte Andrew ungeduldig.

»Ihre Ernennung zum parlamentarischen Privatsekretär von Hugh McKenzie. Aber sagen Sie um Himmels willen nicht, dass Sie es von mir haben.«

»Bestimmt nicht«, versprach Andrew und atmete erleichtert auf. Er sah auf die Uhr: gerade richtig, um sich zum *Dover House* zu begeben. Als er Whitehall entlangging, pfiff er vor sich hin. Der Portier grüßte, als er das Haus betrat; offenbar wusste er es bereits. Andrew versuchte, nicht erwartungsvoll auszusehen. Am Ende der Treppe kam ihm der Sekretär des Ministers entgegen.

»Guten Morgen«, sagte Andrew und versuchte, ahnungslos zu wirken.

»Guten Morgen, Mr. Fraser«, sagte der Sekretär. »Der Minister bat mich, ihn zu entschuldigen; er kann Sie leider nicht empfangen, weil er zu einer Kabinettssitzung gerufen wurde, um den IMF-Kredit zu diskutieren.«

»Ich verstehe«, sagte Andrew. »Hat er unseren Termin verschoben?«

»Nein, eigentlich nicht.« Es klang ein wenig erstaunt. »Er sagte nur, es sei nicht mehr wichtig und es täte ihm leid, Ihre Zeit in Anspruch genommen zu haben.«

Charles Seymour genoss die Herausforderung seiner Ernennung zum Junior-Sprecher der Opposition. Auch wenn er selbst keine politischen Entscheidungen traf, so konnte er doch wenigstens zuhören und hatte das Gefühl, sich im Zentrum des Geschehens zu befinden. Wann immer Wohnungsbaufragen zur Sprache kamen, durfte er mit dem übrigen Team auf einer der vorderen Bänke sitzen. Er hatte im ständigen Ausschuss bereits zwei Novellen zu Stadt- und Landplanung zu Fall gebracht und eine eigene beantragt, die sich mit dem Baumschutz befasste. »Es wird keinen Weltkrieg verhindern«, sagte er zu Fiona, »aber für mich ist es wichtig, denn sollten wir die Wahlen gewinnen, bin ich mir ziemlich sicher, ein Ressort angeboten zu bekommen. Und dann habe ich wirklich die Möglichkeit, Politik zu machen.«

Fiona fuhr fort, ihre Rolle zu spielen, und gab jeden Monat in ihrem Haus am Eaton Square eine Abendeinladung. Bis Jahresende hatte jedes Mitglied des Schattenkabinetts zumindest einmal bei den Seymours gegessen, wobei Fiona kein Kleid zweimal trug und sich kein Menü je wiederholte.

Als das Parlamentsjahr im Herbst wiederbegann, wisperten die politischen Auguren, Charles gehöre zu jenen, deren Namen man sich merken müsse. »Er treibt die Dinge voran«, fand man allgemein. Charles konnte kaum durch die *Members' Lobby* gehen, ohne dass ein Journalist seine Meinung über irgendetwas wissen wollte, angefangen vom Butterberg bis zu Vergewaltigungen. Fiona schnitt getreulich jede Erwähnung seines Namens aus der Zeitung aus und musste feststellen, dass es jemanden gab, der noch häufiger genannt wurde als ihr Mann – ein junger Sozialist aus Leeds namens Raymond Gould.

Bald nach seinem Erfolg in der Haushaltsdebatte verschwand Raymonds Name aus den politischen Zeitungsspalten. Seine Kollegen nahmen an, dass er mit seiner Anwaltskarriere beschäftigt sei. Wären sie an seinem Zimmer im *Temple* vorbeigekommen, hätten sie das pausenlose Geklapper einer Schreibmaschine gehört, ihn jedoch nicht erreicht, weil er den Telefonhörer nicht aufgelegt hatte.

Jeden Abend schrieb Raymond Seite um Seite, las Fahnen, korrigierte sie und schlug in den Büchern nach, die sich auf seinem Schreibtisch türmten. Als sein Buch »Vollbeschäftigung um jeden Preis?« mit dem Untertitel »Überlegungen eines nach den Dreißigerjahren aufgewachsenen Arbeiters« erschien, war es sofort eine Sensation. Seine Auffassung, die Gewerkschaften würden ihren Einfluss verlieren und die Labour Party müsse, um die Stimmen der Jungen zu gewinnen, radikaler werden, machte ihn bei den Parteifunktionären nicht gerade beliebter. Raymond hatte einen Empörungssturm bei den Gewerkschaften und beim radikalen linken Flügel vorausgesehen. A. J. P. Taylor meinte jedoch in der *Times,* das Buch sei eine fundierte und realistische Analyse der Labour-Partei, und bezeichnete den Verfasser als einen mutigen Politiker von seltener Ehrlichkeit. Raymond stellte bald fest, dass sich seine Strategie und die harte Arbeit gelohnt hatten. Bei jedem politischen Abendessen war er Gesprächsthema.

Joyce war tief beeindruckt von seinem Buch und verwendete viel Zeit darauf, Gewerkschafter, die nur aus dem Zusammenhang gerissene Sätze in Boulevardzeitungen gelesen hatten, davon zu überzeugen, dass das Buch in Wahrheit leidenschaftliche Sympathie für die Gewerkschaften ausdrücke und gleichzeitig die Chancen der Labour-Partei, an die Macht zu kommen, realistisch analysiere.

Der Chief Whip der Partei nahm Raymond beiseite und riet ihm: »Du hast viel Staub aufgewirbelt, mein Junge. Zieh ein paar Monate lang den Kopf ein, und du wirst sehen, dass dich jedes Kabinettsmitglied zitieren wird, als wäre es die offizielle Parteilinie.«

Raymond folgte seinem Rat, musste jedoch keine Monate warten. Nur drei Wochen nach dem Erscheinen des Buches zitierte der Premier beim Treffen der Bergarbeiter einen ganzen Absatz. Einige Wochen später erhielt Raymond ein Schreiben aus Downing Street No. 10 mit der Bitte, die Rede, die der Premier beim Gewerkschaftskongress halten wolle, durchzugehen und beliebig Vorschläge hinzuzufügen.

Nach Maudlings Niederlage schmollte Simon Kerslake etwa vierundzwanzig Stunden. Dann beschloss er, seine Wut und Energie den Regierungsbänken zuzuwenden. Rasch stellte er fest, dass es zweimal pro Woche fünfzehn Minuten gab, in denen jemand mit seiner rednerischen Begabung Gehör finden konnte. So studierte er jede Woche genau die Tagesordnungen und insbesondere die ersten fünf Anfragen, die am Dienstag und Donnerstag an den Premier gerichtet wurden. Jeden Montagmorgen bereitete er für mindestens drei davon Ergänzungen vor. Er feilte so lange daran, bis sie bissig und witzig waren, die Regierung aber auf jeden Fall in Verlegenheit brachten.

Obwohl die Vorbereitung solcher Zusatzfragen einige Stunden in Anspruch nehmen konnte, klang es, als hätte sie Simon während der Fragestunde aus dem Stegreif formuliert. Elizabeth hänselte ihn, dass er für etwas in ihren Augen so Belangloses so viel Zeit aufwendete. Er erinnerte sie an Churchills Worte, als man ihn für eine besonders brillante Erwiderung lobte: »Meine besten spontanen Bemerkungen habe ich Tage vorher vorbereitet.«

Trotzdem war Simon erstaunt, wie rasch man es als selbstverständlich hinnahm, dass er immer nachbohrte, angriff, beharrlich weiterfragte und dem Premier das Leben schwer machte. Wann immer er aufstand, spitzte die Partei gespannt die Ohren, und viele seiner Interventionen standen am nächsten Morgen in den Zeitungen.

An diesem Tag war Arbeitslosigkeit das Thema. Schon stand Simon und wies auf die Regierungsbank.

»Mit der diese Woche erfolgten Ernennung von drei zusätzlichen Staatssekretären kann der Premier immerhin behaupten, dass er Vollbeschäftigung hat – in seinem Kabinett.«

Der Premier sank tiefer in seinen Sessel und freute sich auf die Pause.

5

Bei der Eröffnung des Parlaments durch die Queen sprach man nicht über den Inhalt ihrer Rede, die traditionsgemäß die Regierungsziele umriss, sondern über die Frage, wie viele Gesetze man durchbringen konnte, solange die Labour-Partei nur eine Mehrheit von vier Sitzen hatte. Jeder umstrittene Gesetzesantrag würde vermutlich bereits im Ausschuss-Stadium niedergestimmt werden, dessen waren sich alle bewusst. Die Konservativen waren überzeugt, die bevorstehenden Neuwahlen gewinnen zu können, wann immer sie der Premier ansetzte, bis eine Nachwahl in Hull die Labour-Mehrheit von 1100 auf 5350 vergrößerte. Der Premierminister konnte es nicht glauben und bat die Königin, das Parlament aufzulösen und Neuwahlen auszurufen. Das vom Buckingham Palace angesetzte Datum war der 31. März.

Simon Kerslake verbrachte nun fast seine ganze freie Zeit in seinem Wahlkreis. Die Leute schienen mit der Lehrzeit ihres jungen Abgeordneten zufrieden, doch neutrale Statistiker wiesen darauf hin, dass ein Umschwung von nur einem Prozent genügen würde, ihn für weitere fünf Jahre aus dem Parlament auszuschließen. Bis dahin hätten seine Rivalen schon die zweite Stufe der Erfolgsleiter erklommen.

Der Chief Whip riet ihm, in Coventry zu bleiben und an keinen weiteren Parlamentsgeschäften teilzunehmen. »Bis zur Neuwahl wird es kaum noch unbedingte Anwesenheitspflicht geben«, versicherte er Simon. »Das Beste, was Sie tun können, ist, in Ihrem Wahlkreis Stimmen zu gewinnen und nicht sie in Westminster abzugeben.«

Elizabeth bekam nur zwei Wochen Urlaub. Trotzdem gelang es ihr und Simon, vor der Wahl den gesamten Wahlkreis zu besuchen. Simons Gegner war Alf Abbott, ein ehemaliger Abgeordneter, der sich umso siegessicherer gab, je stärker der Labour-Trend im Wahlkampf wurde. Der Slogan »Ihr wisst, dass die Labour-Regierung funktioniert« klang nach nur achtzehn Monaten an der Macht durchaus überzeugend. Die Liberalen stellten einen dritten Kandidaten, Nigel Bainbridge, auf, der jedoch offen zugab, keine Chance zu haben.

Alf Abbott fühlte sich sicher genug, Simon zu einer öffentlichen Debatte herauszufordern. Obwohl ein gewählter Abgeordneter derlei im Allgemeinen ablehnt, nahm Simon die Kampfansage begeistert an und bereitete sich mit der ihm eigenen Gründlichkeit darauf vor. Eine Woche vor der Wahl standen Simon und Elizabeth mit Alf Abbott, Nigel Bainbridge und deren Frauen hinter der Bühne der Stadthalle von Coventry. Die drei Männer machten mühsam Konversation, während die Frauen gegenseitig ihre Kleider musterten. Der Moderator der Debatte, ein Korrespondent des *Coventry Evening Telegraph*, stellte die Protagonisten vor, als sie unter Beifall die Bühne betraten. Simon sprach als Erster; mehr als zwanzig Minuten hörte ihm das zahlreich erschienene Publikum aufmerksam zu. Wer ihn zu unterbrechen versuchte, bereute schnell, sich bemerkbar gemacht zu haben. Ohne einen Blick auf seine Notizen zu werfen, nannte Simon Zahlen und zitierte aus Regierungsvorlagen mit einer Selbstverständlichkeit, die sogar Elizabeth beeindruckte. Abbott folgte mit einem erbitterten Angriff auf die Konservativen, die er beschuldigte, die Arbeiter immer noch um jeden Preis kleinhalten zu wollen. Seine Anhänger klatschten begeistert Beifall. Moderator Bainbridge behauptete, keiner der beiden erkenne die wahren Probleme, und behandelte dann umständlich und ausführlich das kommunale Kanalisationssystem. Bei den anschließenden Fragen zeigte sich Simon einmal mehr als wesentlich besser informiert als Abbott und Bainbridge, doch war er sich an diesem kalten Märzabend bewusst, dass nur siebenhundert Leute im Saal saßen, während fünfzigtausend andere Wähler gebannt die Fernsehserie »Coronation Street« schauten.

Obwohl die lokale Presse Simon zum Sieger einer einseitigen Debatte erklärte, entmutigten ihn die täglichen Zeitungsnachrichten, die inzwischen einen Erdrutschsieg der Labour-Partei prophezeiten.

Am Wahltag standen Simon und Elizabeth um sechs Uhr auf und gaben als eine der Ersten ihre Stimme in der Volksschule des Ortes ab. Anschließend fuhren sie von Wahllokalen zu Parteilokalen und versuchten, die Moral ihrer Anhänger hochzuhalten. Wo immer sie hinkamen, glaubten die Parteifreunde an seinen Sieg, doch Simon wusste, dass man den nationalen Trend nicht ignorieren konnte. Ein erfahrener Konservativer hatte ihm einmal gesagt, ein hervorragender Mann könne tausend Stimmen wert sein und ein schwacher Gegner weitere tausend bringen. Es würde nicht reichen.

Um neun Uhr abends schloss das letzte Wahllokal. Simon und Elizabeth schleppten sich in den nächsten Pub und bestellten zwei Halbe Bitter. Beim Trinken sahen sie auf den großen Fernseher über der Theke. Der Kommentator berichtete, eine Erhebung in sechs Londoner Wahlkreisen habe eine Labour-Mehrheit von sechzig bis siebzig Sitzen ergeben. Auf dem Bildschirm wurden die siebzig gefährdetsten Sitze der Konservativen eingeblendet. Der neunte auf der Liste war Coventry Central. Simon bestellte noch eine Halbe.

»Wir sollten bald gehen und bei der Auszählung zusehen«, meinte Elizabeth.

»Keine Eile.«

»Sei kein Feigling, Simon. Vergiss nicht, du bist immer noch Abgeordneter«, sagte sie erstaunlich scharf. »Du bis es deinen Unterstützern, die so viel für dich gearbeitet haben, schuldig, optimistisch zu bleiben.«

Aus allen Teilen des Wahlkreises brachten Polizeifahrzeuge schwarze Kisten ins Rathaus. Der Inhalt wurde auf die Klapp-tische gekippt, die an drei Seiten des großen leeren Raumes standen. Der Stadtsyndikus stand mit seinen persönlichen Helfern allein zwischen den Tischen, während Mitarbeiter der Gemeindebehörde an deren Außenseite saßen und die Stimmzettel sorgfältig in Hunderterstapeln sortierten. Diese wurden von Vertrauensleuten der Parteien mit Argusaugen geprüft, die oft verlangten, einen der Stapel nochmals zu kontrollieren.

Aus den Häufchen wurden Haufen, die man nebeneinander-legte, und bald war klar, dass das Resultat extrem knapp aus-fallen würde.

Die Spannung im Saal stieg, als man jeden Hunderter- und dann jeden Tausender-Stapel dem Syndikus übergab. Ge-rüchte, die in einer Ecke des Saales entstanden, blähten sich auf wie Soufflés, bevor sie die vor dem Rathaus wartende Menge erreichten. Um Mitternacht wurde das Resultat ein-zelner Wahlkreise im Land bekannt gegeben. Der vorher-gesagte Trend bestätigte sich: etwa drei Prozent Zuwachs für

Labour, was die erwartete Mehrheit von siebzig oder mehr Sitzen ergab.

Um null Uhr einundzwanzig lud der Syndikus die drei Kandidaten ein, ihm in die Saalmitte zu folgen. Er teilte ihnen das Ergebnis der Auszählung mit.

Sofort wurde eine nochmalige Zählung verlangt. Der Syndikus willigte ein, und die Wahlzettel wanderten wieder auf die Tische, um nochmals geprüft zu werden.

Eine Stunde später wurden die Kandidaten erneut gerufen und erfuhren das Resultat der zweiten Zählung: Es hatte sich um nur drei Stimmen verändert.

Man verlangte eine dritte Zählung. Um zwei Uhr morgens hatte Elizabeth das Gefühl, keine Fingernägel mehr zu haben. Eine weitere Stunde verstrich. Heath gestand seine Niederlage ein, während Wilson in einem langen Interview sein Programm für das neue Parlament skizzierte.

Um zwei Uhr siebenundzwanzig bat der Syndikus die Kandidaten zum letzten Mal zu sich, und jetzt akzeptierten alle drei das Resultat. Der Syndikus betrat, gefolgt von den Kandidaten, das Podium, nahm das Mikrofon, räusperte sich und sagte:

»Ich, als beauftragter Beamter für den Wahlkreis von Coventry Central, verkünde hiermit die Gesamtzahl der für jeden Kandidaten abgegebenen Stimmen wie folgt:

Alf Abbott: 19.716
Nigel Bainbridge: 7.002
Simon Kerslake: 19.731

Ich erkläre daher Simon Kerslake zum rechtmäßig gewählten Abgeordneten für den Wahlkreis von Coventry Central.«

Obwohl die Labour-Partei im Parlament am Ende eine Mehrheit von siebenundneunzig Sitzen erreichte, hatte Simon doch mit fünfzehn Stimmen Vorsprung gewonnen.

Raymond Gould vergrößerte in Übereinstimmung mit dem nationalen Trend seinen Vorsprung auf 12.413 Stimmen, und Joyce freute sich auf eine Woche Urlaub.

Andrew Fraser verbesserte sein Resultat um 2468 Stimmen und verkündete einen Tag nach der Wahl seine Verlobung mit Louise Forsyth.

Charles Seymour konnte sich nie genau erinnern, wie groß seine Mehrheit war, denn, so erklärte Fiona dem alten Earl am nächsten Morgen: »In Sussex Downs werden die konservativen Stimmen nicht gezählt, mein Lieber. Sie werden gewogen.«

6

In den meisten demokratischen Staaten wird einem neu gewählten politischen Führer eine Übergangsperiode zugestan-
den, in der er sein politisches Programm und seine für dessen
Umsetzung ausgewählten Mitarbeiter bekannt geben kann.
In Großbritannien sitzt jeder Parlamentsabgeordnete, sofort
nachdem das Wahlresultat bekannt ist, achtundvierzig Stunden lang neben dem Telefon. Erfolgt ein Anruf in den ersten
zwölf Stunden, bedeutet das, dass er aufgefordert wird, ins
Kabinett einzutreten; in den nächsten zwölf Stunden erhält er
eine Position als Staatsminister; in den dritten zwölf Stunden
wird er Unterstaatssekretär und in den letzten zwölf parla-
mentarischer Privatsekretär eines Kabinettministers. Hat das
Telefon bis dahin nicht geklingelt, bleibt er auf den hinteren
Bänken.

Andrew Fraser hatte sich nicht die Mühe gemacht, in der
Nähe irgendeines Telefons zu bleiben, als die BBC in den
Mittagsnachrichten meldete, Hugh McKenzie sei vom Staatsminister zum Staatssekretär für Schottland mit einem Kabi-
nettssitz befördert worden. Andrew und Louise beschlossen,
ein ruhiges Wochenende in Aviemore zu verbringen – er, um
sich zu entspannen und zu wandern, sie, um die bevorstehende Hochzeit zu planen.

Es hatte Andrew zahllose Fahrten nach Edinburgh gekostet, um Louise zu überzeugen, dass das, was ihm im *Bute*

House passiert war, keine flüchtige Leidenschaft, sondern etwas von Dauer sei. An einem Wochenende, als er nicht in die schottische Hauptstadt fahren konnte und sie nach London kam, erfuhr er endlich, dass sie nicht mehr an seiner Entschlossenheit zweifelte. Bisher hatte Andrew immer festgestellt, dass sein Interesse bald schwand, sobald die Eroberung gelungen war. Diesmal war es anders: Seine Liebe zu dem »zarten Persönchen«, wie seine Mutter Louise nannte, wuchs und wuchs.

Obwohl Louise nur eins sechzig groß war, ließ ihre Schlankheit sie größer erscheinen, und das kurze schwarze Haar, die blauen Augen und das strahlende Lächeln veranlassten auch so manchen groß gewachsenen Mann, sie sich genauer anzusehen.

»Du isst wie ein Scheunendrescher und bleibst spindeldürr, wie machst du das?«, brummte Andrew eines Abends beim Essen. Er spielte regelmäßig Squash und schwamm dreimal in der Woche, um seinen schweren Körper in Form zu halten. Bewundernd und auch ein wenig neidisch sah er zu, wie sie mit spitzbübischem Lächeln eine weitere Portion Schwarzwälder Kirschtorte vertilgte.

Obwohl sie aus einem streng calvinistischen Milieu kam, in dem nie über Politik gesprochen wurde, lernte Louise rasch, wie der Regierungsapparat arbeitete, und diskutierte abendelang mit Sir Duncan. Anfangs gewann er jede Debatte spielend, aber schon bald musste er ihr zunehmend fundiertere Argumente entgegensetzen. Und oft genügten auch diese nicht.

Zur Zeit der Wahl hatte Louise sich voll und ganz von Andrew bekehren lassen. Das Elend in manchen Teilen seines Wahlkreises, die sie nie in ihrem Leben betreten hatte, machte sie ganz krank. Wie alle Konvertiten wurde sie enthusiastisch und versuchte, den gesamten Forsyth-Clan zu bekehren. Sie trat sogar der schottischen Labour-Partei bei.

»Warum hast du das getan?«, fragte Andrew und versuchte, seine Freude zu verbergen.

»Ich habe etwas gegen Mischehen«, antwortete sie.

Ihr Interesse an seiner Arbeit überraschte und entzückte Andrew, und das Misstrauen seiner Wähler gegenüber »der reichen Lady« verwandelte sich rasch in Zuneigung.

»Ihr künftiger Mann wird eines Tages Secretary of State für Schottland werden«, riefen viele, wenn sie durch die engen Gassen mit dem Kopfsteinpflaster ging.

»Ich möchte in Downing Street, nicht in *Bute House* wohnen«, hatte Andrew ihr anvertraut. »Jedenfalls muss ich zuerst einmal Sekretär werden.«

»Das könnte sich in naher Zukunft ergeben.«

»Nicht, solange Hugh McKenzie Staatssekretär bleibt«, entgegnete er ärgerlich.

»Zum Teufel mit McKenzie«, sagte sie. »Einer seiner Kabinettskollegen muss doch den Mumm haben, dich zu seinem parlamentarischen Sekretär zu machen.« Doch trotz Louises Optimismus blieb das Telefon an diesem Wochenende stumm.

Kaum war die Stimmauszählung vorüber, kehrte Raymond aus Leeds zurück und überließ Joyce die traditionelle »Dankesfahrt« durch den Wahlkreis. Wenn er am Tag darauf nicht neben dem Telefon saß, tigerte er ruhelos darum herum und rückte nervös seine Brille zurecht. Der erste Anruf kam von seiner Mutter, die ihm gratulierte.

»Wozu?«, fragte er. »Hast du etwas gehört?«

»Nein, mein Schatz, ich wollte dir nur sagen, wie ich mich über deine gestiegene Mehrheit freue.«

»Oh.«

»Und um zu sagen, dass wir dich vor deiner Abfahrt leider nicht gesehen haben, obwohl man auf dem Weg zur A1 an unserem Laden vorbeikommt.«

Nicht schon wieder, Mutter, dachte er.

Der zweite Anruf kam von einem Kollegen, der sich erkundigte, ob man Raymond einen Job angeboten habe.

»Bis jetzt nicht«, sagte Raymond und erfuhr von der Beförderung seines Altersgenossen.

Der dritte Anruf kam von einer von Joyces Freundinnen.

»Wann kommt sie zurück?«

»Keine Ahnung«, erwiderte Raymond und versuchte verzweifelt, die Leitung frei zu halten.

»Ich rufe am Nachmittag noch einmal an.«

»Gut«, sagte Raymond und legte eilig auf.

Er ging in die Küche, um sich ein Käsesandwich zu machen. Da es aber keinen Käse gab, aß er altbackenes Brot mit drei Wochen alter Butter. Als er bei der zweiten Scheibe angelangt war, klingelte erneut das Telefon.

»Raymond?«

Er hielt den Atem an.

»Hier Noel Brewster.«

Ärgerlicherweise war es die Stimme des Pfarrers.

»Können Sie die zweite Lesung übernehmen, wenn Sie das nächste Mal in Leeds sind? Wir hatten eigentlich gehofft, Sie würden es heute Morgen tun – Ihre liebe Frau …«

»Ja«, versprach er, »am ersten Wochenende, wenn ich zurück in Leeds bin.« Kaum hatte er den Hörer aufgelegt, klingelte es wieder.

»Raymond Gould?«, fragte eine unbekannte Stimme.

»Am Telefon.«

»Der Premierminister möchte Sie sprechen.«

Raymond wartete. Die Haustür wurde geöffnet, und eine andere Stimme rief: »Ich bin's nur. Du hast vermutlich nichts zu essen gefunden, mein armer Schatz.« Joyce kam zu Raymond ins Wohnzimmer.

Ohne sie anzusehen, winkte er, sie solle ruhig sein.

»Ray«, sagte eine Stimme am Telefon.

»Guten Tag, Herr Premierminister«, erwiderte er eher formell als Antwort auf den starken Yorkshire-Akzent.

»Ich hoffte, Sie könnten womöglich als Unterstaatssekretär im Arbeitsministerium in unserem neuen Team mitarbeiten.«

Raymond atmete erleichtert auf. Genau das hatte er sich erhofft. »Mit dem größten Vergnügen.«

»Gut, daran werden die Gewerkschafter zu knacken haben.« Der Hörer wurde aufgelegt.

Raymond Gould, Unterstaatssekretär im Arbeitsministerium, saß bewegungslos auf der dritten Stufe der Leiter.

Als er am nächsten Morgen das Haus verließ, wurde er von einem Chauffeur begrüßt, der neben einem glänzenden schwarzen Austin Westminster stand. Anders als sein eigener Sunbeam aus zweiter Hand, funkelte der Wagen im Morgenlicht. Die hintere Tür wurde geöffnet, und Raymond stieg ein, um zum Ministerium zu fahren. Zum Glück weiß er, wo mein Büro ist, dachte Raymond. Neben ihm lag eine rote Lederschatulle in der Größe einer umfangreichen Aktentasche mit Goldprägung am Rand: *Under Secretary of State for Employment*. Raymond drehte den kleinen Schlüssel. Die Schatulle enthielt eine Menge ledergebundener Mappen. Er öffnete die erste: »Zur Besprechung im Kabinett: Fünfpunkteplan, wie die Arbeitslosigkeit unter einer Million gehalten werden kann.« Unverzüglich vertiefte er sich in das eng beschriebene Dokument.

Als Charles am Dienstag ins Parlament kam, erwartete ihn eine Nachricht vom Büro des Whips. Jemand vom Team für Umweltfragen hatte bei der Wahl seinen Sitz verloren, und Charles wurde zur Nummer zwei auf der Oppositionsbank befördert. »Nichts mehr mit Erhaltung der Bäume. Jetzt erwarten dich wichtigere Dinge«, schmunzelte der Fraktionschef. »Luftverschmutzung, Wassermangel, Abgase …«

Charles lächelte vergnügt, als er durchs Parlament schlenderte, alte Kollegen grüßte und eine Reihe neuer Gesichter sah. Er unterhielt sich mit keinem der Neulinge, da er nicht wusste, ob sie von seiner oder von der Labour-Partei waren; in Anbetracht des Wahlausgangs mussten die meisten vermutlich Sozialisten sein. Ein Ordner im Frack übergab ihm eine Nachricht; einer seiner Wähler erwartete ihn in der Eingangshalle. Er eilte an einigen seiner älteren Kollegen vorbei, die alle ein bisschen verloren wirkten. Ein paar von ihnen würden lange warten müssen, bis sie wieder ein Amt bekamen, und manche wussten, dass sie zum letzten Mal Minister gewesen waren. Wie Macmillan gesagt hatte: Auch die schillerndste politische Karriere endet immer in Tränen.

Mit seinen fünfunddreißig Jahren kümmerten Charles derlei Überlegungen jedoch nicht, als er auf seinen Wähler zuging. Er war ein *Master of Hounds* mit roten Backen, der nach London gekommen war, um sich über einen Gesetzesantrag zu beschweren, der die Hetzjagd von Hasen mit Hunden verbieten sollte. Eine Viertelstunde hörte sich Charles seinen Monolog an, bevor er ihm versicherte, dass diese Vorlage aus

Zeitmangel nie vor das Unterhaus kommen würde. Der Jagd-freund verabschiedete sich glückstrahlend, und Charles ging in sein Büro, um die Post durchzusehen. Fiona hatte ihn an die achthundert Dankesbriefe an seine Mitarbeiter erinnert, die nach jeder Wahl verschickt werden mussten. Charles stöhnte.

»Mrs. Blenkinsop, die Vorsitzende des Sussex Ladies' Luncheon Club, hätte Sie dieses Jahr gerne als Gastredner«, teilte ihm seine Sekretärin mit.

»Sagen Sie zu. Wann findet das statt?« Charles griff nach seinem Terminkalender.

»Am 16. Juni.«

»Dumme Weiber, das ist der *Ladies Day* in Ascot. Sagen Sie ihr, ich würde auf einer Konferenz über Wohnungsbau sprechen, im nächsten Jahr die Funktion des Gastredners aber gern übernehmen.«

Die Sekretärin schaute ängstlich auf.

»Keine Sorge, sie wird es nie erfahren.«

Die Sekretärin nahm den nächsten Brief. »Mr. Heath fragt, ob Sie am Donnerstag um achtzehn Uhr einen Drink mit ihm nehmen wollen?«

Auch Simon Kerslake wusste, dass ihm ein langer dorniger Weg bevorstand. Die Konservativen würden ihren Vorsitzenden nicht austauschen, bevor Heath nicht eine zweite Chance bei den Wahlen erhalten hatte, und das konnte bei einer Regierung mit einer Majorität von siebenundneunzig Stimmen noch volle fünf Jahre dauern.

Er schrieb Artikel für den *Spectator* und den *Sunday Express*, um sich außerhalb des Parlaments einen Namen zu machen und gleichzeitig sein mageres Jahresgehalt von dreitausendvierhundert Pfund aufzubessern. Selbst mit Elizabeths Einkommen als Fachärztin kamen sie kaum hin, und bald sollten ihre beiden Söhne eine Privatschule besuchen. Simon beneidete die Charles Seymours dieser Welt, die sich nie überlegen mussten, wie man die nächste Rechnung bezahlt. Ob dieser verdammte Kerl überhaupt je Probleme hatte? Betrübt betrachtete er seine Bankauszüge. Wie üblich war er mit ungefähr fünfhundert Pfund im Minus. Viele seiner Jahrgangskollegen aus Oxford hatten sich schon in der City oder in Anwaltskanzleien etabliert, und am Freitagabend fuhren sie hinaus in ihre großen Landhäuser. Wann immer Simon las, jemand gehe in die Politik, um Geld zu verdienen, musste er lachen.

Er fuhr fort, scharfe Fragen an den Premier zu richten, und versuchte, seine Frustration zu verbergen, wenn er sich dienstags und donnerstags erhob und die erwartungsvollen Gesichter seiner Kollegen sah. Auch als es bereits zur Routine geworden war, bereitete er sich immer gründlich vor und entlockte einmal seinem sonst eher schweigsamen Parteichef sogar ein Lob. Doch seine Gedanken kehrten immerfort zu seinen finanziellen Nöten zurück.

Bis er Ronnie Nethercote kennenlernte.

Andrew Fraser hatte schon oft gelesen, dass Eifersucht oder Zorn die politische Karriere eines Mannes mitunter vereiteln konnten, fand es jedoch schwer zu akzeptieren, dass dies auch auf ihn zutreffen könnte. Noch mehr ärgerte ihn allerdings, dass Hugh McKenzie offenbar in allen Ministerien seine Finger im Spiel hatte.

Andrews Heirat mit Louise Forsyth war Thema in allen Zeitungen. William Hickey vom *Daily Express* entging dabei auch nicht die Abwesenheit des Secretary of State. Das Blatt brachte sogar ein uraltes Bild einer traurig dreinblickenden Alison McKenzie.

Sir Duncan erinnerte seinen Sohn, dass Politik etwas für Langstreckenläufer, nicht für Sprinter sei, und er noch einige Etappen vor sich habe. Ein unglücklicher Vergleich, fand Andrew, der an der Universität von Edinburgh zur 4-mal-100-Meter-Staffel gehört hatte. Dennoch bereitete er sich für den Marathon vor.

»Vergiss nicht, Harold Macmillan saß vierzehn Jahre auf den hinteren Bänken, bevor er Premierminister wurde«, fügte Sir Duncan hinzu.

Louise begleitete Andrew auf seinen Reisen quer durchs Land, um Reden »von großer Wichtigkeit« zu halten – zumeist für ein Publikum von weniger als zwanzig Personen. Erst als sie schwanger wurde, fuhr sie nicht mehr jede Woche nach Schottland.

Zu ihrer Überraschung konnte es Andrew kaum erwarten, Vater zu werden. Er hatte beschlossen, dass sein Sohn nicht nur den Politiker in ihm sehen sollte. Eigenhändig verwandelte er einen der Schlafräume in ein Kinderzimmer und strich es mit Louises Billigung in den verschiedenen Blautönen. Sie hoffte nur, dass Andrew für eine Tochter die gleichen Gefühle hegen würde.

Raymond Gould machte sich im Arbeitsministerium sehr rasch einen Namen; man hielt ihn für außerordentlich klug, anspruchsvoll, hart arbeitend und – das erfuhr er jedoch nicht – arrogant. Seine Gewohnheit, einen jungen Beamten mitten im Satz zu unterbrechen oder seine Privatsekretärin wegen irgendeiner Kleinigkeit zu kritisieren, machte ihn auch bei seinem engsten, um Loyalität bemühten Mitarbeiterstab nicht beliebt.

Raymond bewältigte ein enormes Arbeitspensum, und selbst der Ständige Sekretär lernte sein unerbittliches »Keine Ausreden« kennen, sobald er versuchte, eines von Raymonds privaten Projekten zu beschneiden. Ältere Beamte erörterten nicht ob, sondern wann er befördert werden würde. Sein Minister, der immer an sechs Orten gleichzeitig sein sollte, bat ihn oft, für ihn einzuspringen, doch selbst Raymond war überrascht, als man ihn aufforderte, das Ministerium beim Dinner des jährlichen Industriellentreffens als Ehrengast zu vertreten.

Joyce vergewisserte sich, dass sein Smoking ausgebürstet und sein Hemd tadellos war und dass seine Schuhe glänzten wie die eines Gardeoffiziers. Seine sorgfältig vorbereitete Rede – eine Kombination aus typischer Staatsbeamtensprache und ein paar eigenen schwungvollen Formulierungen, mit denen er den versammelten Kapitalisten beweisen wollte, dass nicht jedes Labour-Mitglied ein »irrer Kommunist« war – steckte in der Innentasche. Sein Chauffeur brachte ihn von der Lansdowne Road zum Westend.

Raymond genoss die Einladung. Als er nach dem Toast aufstand, um für die Regierung zu sprechen, war er etwas nervös, doch als er geendet hatte, glaubte er, sich gut geschlagen zu haben. Der Beifall eines naturgemäß negativ eingestellten Publikums war jedenfalls mehr als höflich.

»Diese Rede war kälter als Chablis«, flüsterte ein Gast dem Vorsitzenden zu, musste jedoch zugeben, dass es mit einem Mann wie Gould in einer hohen Position leichter sein würde, mit den Sozialisten auszukommen.

Der Mann zu Simon Kerslakes Linken war deutlich direkter in seiner Meinung über Gould. »Der Kerl denkt wie ein

Tory, spricht wie ein Tory, warum, zum Teufel, ist er kein Tory?«

Simon grinste den Mann mit dem schütteren Haarwuchs an, der schon während des Dinners unverblümt seine Ansichten geäußert hatte. Ronnie Nethercote, korpulent, mit rötlichem Gesicht, sah aus, als versuchte er, sein Dinnerjacket zu sprengen.

»Ich nehme an, dass Gould, der in den Dreißigern geboren ist und in Leeds aufwuchs, wenig Chancen hatte, sich den Jungen Konservativen anzuschließen«, antwortete Simon.

»Unsinn«, sagte Ronnie. »Mir ist das auch gelungen, und ich wurde im Londoner East End geboren. Sagen Sie mir, Mr. Kerslake, was machen Sie, wenn Sie Ihre Zeit nicht im Unterhaus vergeuden?«

Nach dem Essen blieb Raymond noch eine Weile, um sich mit den Industriekapitänen zu unterhalten, und machte sich kurz nach elf auf den Heimweg. Sein Chauffeur fuhr langsam die Park Lane entlang, und der Under Secretary drehte sich noch einmal um, um seinem Gastgeber zu winken. Erwidert wurde es von jemand anderem. In der Annahme, es sei ein Gast, warf Raymond nur einen Blick über die Straße – bis er ihre Beine sah. Vor der Tankstelle auf Park Lane stand ein junges Mädchen und lächelte einladend. Ihr weißer Lederminirock war so kurz, dass er eher einem Taschentuch glich. Die langen Beine erinnerten ihn an Joyces Beine vor zehn Jahren, nur dass diese Beine schwarz waren. Das zart gelockte Haar und ihre Hüften gingen Raymond während der ganzen Heimfahrt nicht aus dem Sinn.

In der Lansdowne Road stieg Raymond aus dem Wagen, sagte dem Chauffeur »Gute Nacht« und ging langsam zum

Haustor, jedoch ohne den Schlüssel herauszunehmen. Als das Auto verschwunden war, sah er zum Schlafzimmerfenster hinauf. Kein Licht. Joyce schlief schon.

Er schlich auf den Gehweg zurück, um zu schauen, wo Joyce den Sunbeam geparkt hatte. Mit dem Reserveschlüssel an seinem Schlüsselbund öffnete er den Wagen und kam sich vor wie ein Autodieb. Nach dem dritten Versuch sprang der Motor an, und Raymond fragte sich, ob er die ganze Straße weckte, als er, unsicher, was ihn erwartete, das Auto im Verkehrsstrom langsam wieder Richtung Park Lane lenkte. Die letzten Gäste verließen eben Grosvenor House. Er fuhr an der Tankstelle vorbei. Das Mädchen hatte sich nicht vom Fleck gerührt. Wieder lächelte sie, und er beschleunigte, sodass er fast das Auto vor ihm rammte. Raymond fuhr zum Marble Arch zurück und nochmals die Park Lane entlang, diesmal langsamer und auf der inneren Fahrspur. Als er sich der Tankstelle näherte, winkte sie wieder.

Noch einmal kehrte er zum Marble Arch zurück, fuhr noch einmal die Park Lane entlang, und als er zum dritten Mal am Grosvenor House vorbeikam, stand niemand mehr davor. Er trat auf die Bremse und hielt vor der Tankstelle. Er wartete.

Das Mädchen sah sich mehrmals um, bevor sie zu seinem Auto schlenderte und sich neben ihn setzte.

»Auf der Suche?«

»Was meinen Sie?«, fragte er heiser.

»Komm schon, Darling. Du glaubst doch nicht, dass ich hier rumstehe, um mich von der Sonne bräunen zu lassen.«

Raymond sah das Mädchen etwas genauer an, und trotz des billigen Parfüms verspürte er Lust, sie zu berühren. Drei Knöpfe der schwarzen Bluse waren geöffnet. Ein vierter hätte der Fantasie keinen Spielraum mehr gelassen.

»Bei mir kostet es zehn Pfund.«

»Wo ist das?«

»Ich gehe in ein Hotel in Paddington.«

»Wie kommen wir dorthin?« Nervös fuhr er sich mit der Hand durch sein rotes Haar.

»Fahr zum Marble Arch, dann lotse ich dich weiter.«

Raymond fuhr über Hyde Park Corner und wieder zum Marble Arch zurück.

»Ich heiße Mandy. Wie heißt du?«

Raymond zögerte. »Malcolm.«

»Und was machst du, Malcolm, in diesen schweren Zeiten?«

»Ich ... ich verkaufe Gebrauchtwagen.«

»Für dich hast du dir nicht gerade einen besonders tollen ausgesucht, was?« Sie lachte.

Raymond schwieg, aber das störte Mandy nicht.

»Was macht ein Gebrauchtwagenhändler als feiner Pinkel verkleidet?«

»Ich war ... ich war bei einem Treffen ... im ... im Hilton.«

»Wie nett«, sagte sie und zündete sich eine Zigarette an. »Ich bin die halbe Nacht vor Grosvenor House gestanden, in der Hoffnung, einen reichen Kerl von dieser schicken Party aufzugabeln.« Raymonds Wangen nahmen die Farbe seines Haars an. »Fahr langsamer und dann die zweite links.«

Er folgte ihren Anweisungen, bis sie vor einem schäbigen kleinen Hotel hielten. »Ich steig zuerst aus«, sagte sie. »Geh einfach an der Rezeption vorbei und hinter mir die Treppe rauf.« Als sie ausstieg, wäre er fast weggefahren, aber das Schwingen ihrer Hüften, als sie auf den Hoteleingang zusteuerte, hielt ihn zurück.

Er folgte ihr eine schmale Treppe hinauf bis ins letzte

Stockwerk. Eine große vollbusige Blondine kam gerade herunter.

»Hallo, Mandy«, rief sie ihrer Freundin zu.

»Hi, Sylv. Ist das Zimmer frei?«

»In diesem Moment«, brummte die Blondine.

Mandy stieß die Tür auf, und Raymond betrat ein kleines enges Zimmer. In einer Ecke stand ein schmales Bett, auf dem Boden lag ein abgewetzter Teppich. Die blassgelbe Tapete löste sich stellenweise, und an der Wand hing ein Waschbecken, in dem ein tropfender Hahn braune Flecken hinterlassen hatte.

Mandy streckte wartend die Hand aus.

»Ach, natürlich.« Raymond zog die Brieftasche hervor und stellte fest, dass er nur neun Pfund dabeihatte.

Sie knurrte. »Keine Verlängerung heute Abend, klar, Liebling?« Sorgfältig steckte sie die Noten in die Handtasche, bevor sie sich sachlich sämtlicher Kleidungsstücke entledigte. Obwohl dies völlig unerotisch vor sich ging, bewunderte er die Schönheit ihres Körpers und vermeinte, den Boden der Realität zu verlassen. Er sah sie an, begierig darauf, ihre Haut zu berühren, rührte sich jedoch nicht. Sie legte sich aufs Bett.

»Fangen wir an, Darling. Ich muss schließlich Geld verdienen.«

Rasch zog sich Raymond aus und drehte ihr dabei den Rücken zu. In Ermangelung eines Stuhls stapelte er seine Kleider ordentlich gefaltet auf dem Boden. Dann legte er sich auf sie. In ein paar Minuten war alles vorbei.

»Du kommst schnell, was, Liebling?« Mandy grinste.

Raymond wandte sich ab, wusch sich, so gut er konnte, in dem kleinen Becken, und zog sich hastig an. Er wollte so schnell wie möglich von hier wegkommen.

»Kannst du mich wieder zur Tankstelle bringen?«, fragte Mandy.

»Sie liegt für mich genau in der entgegengesetzten Richtung«, antwortete er und eilte zur Tür. Sylv kam mit einem Mann die Treppe herauf. Ein paar Sekunden später saß Raymond wieder im Auto. Zügig fuhr er nach Hause, vergaß aber nicht, die Fenster zu öffnen, um den Geruch nach kaltem Tabak und billigem Parfüm loszuwerden.

Zu Hause duschte er ausführlich, bevor er sich zu Joyce ins Bett legte. Sie rührte sich kaum.

7

Um den Verkehrsstau zu umgehen, der sich im Lauf des Tages immer bildete, brachen Charles und Fiona sehr früh nach Ascot auf. Wegen seiner Größe und Haltung war Charles wie geboren für Frack und Zylinder, und Fiona trug einen Hut, mit dem jede weniger selbstsichere Frau lächerlich ausgesehen hätte. Die MacAlpines hatten sie für den Nachmittag eingeladen, und als sie ankamen, wurden sie schon von Sir Robert in seiner Privatloge erwartet.

»Sie müssen früh losgefahren sein«, sagte Charles.

»Vor etwa dreißig Minuten«, erwiderte Sir Robert lachend. Fionas Blick drückte höfliche Ungläubigkeit aus.

»Ich nehme immer den Hubschrauber hierher«, erklärte er.

Zum Lunch speiste man Hummer und Erdbeeren und trank dazu einen erstklassigen Champagner, den der Kellner immer wieder nachschenkte. Charles hätte vielleicht weniger getrunken, hätte er nicht bei den ersten drei Rennen auf den Sieger gesetzt. Das fünfte Rennen verbrachte er zusammengesunken in einem Stuhl in der Ecke der Loge, und nur der Lärm hinderte ihn am Einschlafen. Ohne den Abschiedsdrink nach dem letzten Rennen wäre es ihm vielleicht besser gegangen. Er hatte vergessen, dass sein Gastgeber mit dem Helikopter zurückkehrte.

Die lange Autoschlange vom Windsor Great Park bis zur Autobahn machte Charles gereizt, und als er die M4 endlich erreichte, legte er den vierten Gang ein. Die Polizeistreife bemerkte er erst, als eine Sirene aufheulte und man ihm bedeutete anzuhalten.

»Sei vernünftig, Charles«, flüsterte Fiona.

»Keine Sorge, meine Liebe, ich weiß genau, wie man mit den Hütern des Gesetzes umgeht«, erwiderte er und öffnete das Fenster, um mit dem Polizisten zu sprechen.

»Wissen Sie, mit wem Sie es zu tun haben?«

»Nein, Sir, aber ich möchte, dass Sie mir folgen …«

»Bestimmt nicht, Officer, ich bin Mitglied des …«

»Sei ruhig«, sagte Fiona, »und mach dich nicht lächerlich.«

»… Parlaments und lasse mich nicht behandeln wie …«

»Weißt du, wie großspurig du redest, Charles?«

»Wären Sie so freundlich, mich zum Polizeirevier zu begleiten, Sir?«

»Ich will mit meinem Anwalt sprechen.«

»Selbstverständlich, Sir. Sobald wir im Revier sind.«

Als Charles dort ankam, war er unfähig, geradeaus zu gehen, und verweigerte eine Blutprobe.

»Ich bin der konservative Parlamentsabgeordnete für Sussex Downs.«

Das wird dir auch nicht helfen, dachte Fiona, aber Charles war nicht mehr zugänglich und verlangte nur, sie solle den Anwalt der Familie anrufen.

Ian Kimmins sprach zunächst freundlich, dann energisch mit Charles, worauf dieser schließlich fügsam wurde. Sobald die Angelegenheit schriftlich festgehalten und unterschrieben war, fuhr Fiona ihren Mann nach Hause und betete, die Presse möge von dem Vorfall nichts erfahren.

Andrew kaufte sogar einen Fußball, versteckte ihn aber vor Louise.

Im Lauf der Monate nahm seine gertenschlanke Frau einen erschreckenden Umfang an. Andrew legte seinen Kopf an ihren Bauch und lauschte dem Herzschlag. »Er ist ein Fußballer«, erklärte er.

»Vielleicht ist sie eine Mittelstürmerin und will die weibliche Linie der Familie fortsetzen«, schlug sie vor.

»Wenn er Mittelstürmer werden soll, muss er für Irland spielen«, versicherte Andrew.

»Du chauvinistisches Machoschwein«, rief sie ihm nach, als er an diesem Morgen ins Unterhaus ging. Andrew liebäugelte mit den Namen Andrew, Robert und Hector; bevor er Westminster erreichte, hatte er sich für Robert entschieden. Er grüßte den Polizisten am Tor und war erstaunt, dass dieser sofort auf ihn zustürzte.

Andrew kurbelte das Fenster runter. »Was ist los?«

»Ihre Frau wurde ins St.-Mary-Hospital eingeliefert, Sir. Notaufnahme.«

Wäre nicht der Verkehr gewesen, hätte Andrew jede Geschwindigkeitsbegrenzung überschritten. Er betete, rechtzeitig dort zu sein, andererseits wusste er, dass Louise erst im sechsten Monat war. Als er ankam, erlaubte ihm die diensthabende Ärztin nicht, seine Frau zu sehen.

»Wie geht es Louise?«, waren seine ersten Worte.

Die junge Ärztin zögerte einen Moment, dann sagte sie: »Ihrer Frau geht es gut, leider hat sie das Baby verloren.«

Andrew spürte, wie seine Knie weich wurden. »Gott sei Dank, dass es ihr gut geht!«

»Sie können Ihre Frau erst besuchen, wenn die Sedierung nachgelassen hat.«

»Natürlich, Frau Doktor.« Er warf einen Blick auf das Namensschild an ihrem Mantel.

»Aber es besteht kein Grund zu der Annahme, dass Sie nicht noch viele Kinder bekommen können«, fügte sie freundlich hinzu, bevor er danach fragen konnte.

Andrew lächelte erleichtert und marschierte rastlos den Korridor auf und ab, bis die Ärztin zurückkam und ihm erlaubte, seine Frau zu sehen.

»Hoffentlich bist du nicht zu enttäuscht?«, waren Louises erste Worte.

»Sei nicht dumm. Wir werden ein Dutzend haben, bevor wir aufhören.« Er nahm ihre Hand.

Sie versuchte zu lachen. »Weißt du, wer der Mann meiner Ärztin ist?«

»Nein.«

»Simon Kerslake.«

»Lieber Himmel, tja. Tüchtiger Kerl. Hör jetzt zu, mein Mädel. Ich verspreche dir, in ein paar Tagen bist du eine neue Frau.«

»Und wenn nicht?«

»Dann bleibe ich bei der alten. Und noch etwas: Warum fahren wir nicht für ein paar Tage nach Südfrankreich, sobald sie dich hier rauslassen?«

»Du magst ihn nicht, weil er aus dem East End stammt«, sagte Simon, nachdem sie den Brief gelesen hatte.

»Das ist nicht wahr«, erwiderte Elizabeth, »ich mag ihn nicht, weil ich ihm nicht traue.«

»Du hast ihn doch nur zweimal gesehen.«

»Einmal hätte gereicht.«

»Also, ich muss dir sagen, ich bin beeindruckt von dem,

was er in den letzten zehn Jahren aufgebaut hat. Und ehrlich gesagt, kann ich sein Angebot nicht ablehnen.« Simon steckte den Brief ein.

»Ich weiß, dass wir ein bisschen Geld gut gebrauchen könnten, aber doch nicht um jeden Preis.«

»So eine Gelegenheit wird man mir nicht oft bieten«, fuhr Simon fort. »Und du weißt, wie nötig wir das Geld haben. Die Meinung, jeder Abgeordnete hätte lukrative Pfründe und zwei, drei Aufsichtsratsposten, ist blanker Unsinn. Seit ich im Parlament bin, hat mir niemand sonst so ein seriöses Angebot gemacht. Zweitausend Pfund im Jahr für eine Aufsichtsrats- sitzung im Monat klingt doch nicht übel.«

»Und was sonst noch?«

»Was meinst du mit was sonst noch?«

»Was sonst erwartet Mr. Nethercote für seine zweitausend Pfund? Sei nicht naiv, Simon, einen solchen Betrag bietet man nicht an, ohne eine Gegenleistung zu erwarten.«

»Na ja, vielleicht habe ich ein paar Kontakte und etwas Einfluss bei diesem und bei jenem …«

»Na klar.«

»Du magst ihn einfach nicht, Elizabeth.«

»Ich bin gegen alles, was früher oder später deiner Karriere schaden kann, Simon. Schlag dich durch, aber verlier nie deine Integrität. Das sagst du doch so gern deinen Wählern in Coventry.«

Zwei Wochen später, an einem Freitagmorgen, fuhren Andrew und Louise mit einem einzigen kleinen Koffer zum Flughafen. Als Andrew die Haustür schloss, klingelte das Telefon.

»Keiner da«, rief er, »aber Montag sind wir zurück.«

Er hatte im Hotel Colombe d'Or in St. Paul eine Suite

reserviert, entschlossen, Louise aus London loszueisen und ihr Erholung und Sonne zu bieten. Das berühmte alte Hotel hielt alles, was der Prospekt versprach. An den Wänden hingen Picassos, Monets, Manets und Utrillos – Madame Reux hatte sie vor Jahren von Künstlern anstelle von Geld angenommen. Als sie die Wendeltreppe hinaufgingen, stieß Louise fast gegen ein Calder-Mobile, und in ihrem Zimmer über dem Bett hing ein Courbet. Es war jedoch das Bett selbst, ein Himmelbett aus dem 16. Jahrhundert, das sie am meisten entzückte.

Das Essen war denkwürdig, und sie wanderten jeden Tag durch die grünen Hügel der Umgebung, um am Abend das komplette Menü bewältigen zu können. Drei Tage ohne Radio, Fernsehen, Zeitungen und Telefon sorgten dafür, dass sie am Montagmorgen wieder bereit waren, es mit London aufzunehmen. Sie schworen sich, bald wiederzukommen.

Kaum war das Flugzeug gelandet, wussten sie, dass der Urlaub vorbei war. Zwanzig Minuten vergingen, bevor jemand die Türen des Flugzeugs öffnete. Auf die gefühlt meilenweite Fahrt zum Terminal in einem überfüllten Bus folgte der Fußmarsch zum Zoll. Obwohl sie erster Klasse geflogen waren, kam ihr Koffer fast als letzter. Und als sich das Taxi durch die morgendliche Rushhour gekämpft hatte und vor ihrer Haustür hielt, konnte Louise nur noch sagen: »Ich brauche noch einen Urlaub.« Als Andrew aufschloss, begann das Telefon zu klingeln.

»Hoffentlich hat man uns nicht das ganze Wochenende über versucht zu erreichen«, meinte Louise.

Als Andrew den Hörer abnahm, wurde aufgelegt.

»Wer immer das war, ich war zu spät dran«, sagte Andrew und hob ein paar Kuverts vom Boden auf. »Es scheint eine

Woche her zu sein, dass wir in Frankreich waren.« Er küsste seine Frau. »Ich muss mich umziehen und ins Unterhaus.« Er sah auf die Uhr.

»Wie hat die Nation bloß ohne dich überlebt?«, spottete sie.

Als das Telefon erneut klingelte, stieg Andrew eben aus dem Bad.

»Kannst du rangehen, Louise?« Einen Augenblick später hörte er sie die Treppe herauflaufen.

»Andrew, es ist das Büro des Premiers.«

Nackt und tropfnass lief er zum Telefon im Schlafzimmer.

»Andrew Fraser.«

»Hier Number 10«, sagte eine förmlich klingende Stimme. »Der Premierminister versucht seit Freitagmorgen, Sie zu erreichen.«

»Das tut mir leid. Ich war mit meiner Frau übers Wochenende in der Provence.«

»Tatsächlich?«, sagte die Stimme völlig desinteressiert. »Kann ich dem Premierminister mitteilen, dass Sie jetzt Zeit für ihn haben?«

»Natürlich.« Stirnrunzelnd betrachtete Andrew seine nackte Erscheinung im Spiegel. Er musste zwei Kilo zugenommen haben. Diese Woche würde er viermal Squash spielen und mittags keinen Wein trinken.

»Andrew.«

»Guten Morgen, Premierminister.«

»Traurige Nachricht, die Sache mit Hugh McKenzie.«

»Ja, Sir«, sagte Andrew automatisch.

»Ich wusste schon vor der letzten Wahl, dass mit seinem Herzen etwas nicht stimmt, aber er wollte unbedingt weitermachen. Ich habe Bruce aufgefordert, der nächste Staatssekretär zu sein, und Angus, dessen Ministerposten zu übernehmen. Beide hätten Sie gern als neuen Unterstaatssekretär. Was denken Sie darüber?«

»Ich wäre hocherfreut«, stammelte Andrew und versuchte, die Nachricht zu verdauen.

»Gut. Übrigens, Andrew, wenn Sie Ihre erste Red Box aus No. 10 öffnen, werden Sie keine Flugtickets in die Provence darin finden, sondern Aufgaben und Regierungspapiere. Ich hoffe also, Louise hat sich völlig erholt.« Das Gespräch war zu Ende.

Sie hatten ihn aufgespürt, aber der Premier hatte ihn in Ruhe gelassen.

Der erste offizielle Anlass, den Andrew Fraser als Unterstaatssekretär Ihrer Majestät im Scottish Office wahrnahm, war das Begräbnis von Hugh McKenzie.

»Überlegen Sie es sich, Simon«, sagte Ronnie vor der Tür zum Sitzungszimmer. »Zweitausend im Jahr sind ja ganz nett, aber Anteile an meiner Immobilienfirma zu erwerben ermöglicht Ihnen, Kapital aufzubauen.«

»Woran haben Sie gedacht?«, fragte Simon, knöpfte seinen Blazer zu und versuchte, nicht zu aufgeregt zu klingen.

»Nun, Sie waren mir verdammt nützlich. Ein paar der Leute, die Sie zum Lunch mitbrachten, hätten mich nicht über ihre Türschwelle gelassen. Ich ließe Sie billig einsteigen … Sie können fünfzigtausend Anteile zu einem Pfund bekommen. Wenn wir dann offiziell an die Börse gehen, wäre das ein Riesenprofit für Sie.«

»Fünfzigtausend Pfund aufzubringen ist nicht so einfach, Ronnie.«

»Wenn Ihr Bankdirektor meine Bücher kontrolliert hat, wird er Ihnen das Geld gern leihen.«

Nachdem die Midland Bank die Buchhaltung von Nethercote und Co. geprüft und der Filialdirektor mit Simon gesprochen hatte, bewilligten sie ihm den Kredit unter der Bedingung, dass Simon die Anteile in der Bank deponierte.

Wie sehr sich Elizabeth doch geirrt hat, dachte Simon. Als Nethercote und Co. seinen Gewinn für das laufende Jahr verdoppelte, brachte er seiner Frau eine Kopie des Jahresberichtes mit.

»Sieht gut aus«, musste sie zugeben. »Aber das heißt immer noch nicht, dass ich Ronnie Nethercote vertrauen muss.«

Als Charles Seymour wegen Trunkenheit am Steuer angeklagt wurde, gab er seinen Namen als C. G. Seymour an, ohne »Parlamentsmitglied« zu erwähnen. Sein Fall war der sechste an diesem Morgen. Sein Anwalt Ian Kimmins entschuldigte sich im Namen seines abwesenden Klienten beim Magistrat von Reading und versicherte, dass es sich nicht wiederholen werde. Charles erhielt eine Geldstrafe von fünfzig Pfund, und ihm wurde für ein halbes Jahr der Führerschein entzogen. Der Fall war in vier Minuten erledigt.

Als Charles später von seinem Anwalt telefonisch verständigt wurde, nahm er sich Kimmins' vernünftigen Rat zu Herzen und war froh, so glimpflich davongekommen zu sein. George Brown, der Außenminister der Labour-Partei, hatte nach einem ähnlichen Vorfall vor dem Hilton Hotel zahllose Zeitungskommentare über sich ergehen lassen müssen.

Fiona behielt ihre Meinung für sich.

Es herrschte gerade Saure-Gurken-Zeit, und die Presse suchte verzweifelt nach Neuigkeiten. Bei der Verhandlung von Charles' Fall saß nur ein junger Reporter im Gerichtssaal, und selbst der war erstaunt über das Interesse, das sein Bericht hervorrief. Die Fotos, die man diskret von Charles vor seinem Landhaus gemacht hatte, prangten am nächsten Morgen in allen Zeitungen. Die Schlagzeilen rangierten von »Sechs Monate Fahrverbot für Trunkenheitsfahrt eines Earl-Sohns« bis »Ascot-Sause von Parlamentsmitglied endet mit saftiger Geldstrafe«. Sogar die *Times* erwähnte den Fall in ihren Inlandsnachrichten.

Um die Mittagszeit desselben Tages hatte jede Zeitung versucht, Kontakt mit Charles aufzunehmen – genau wie der Chief Whip. Als er Charles endlich erreichte, war seine Empfehlung kurz und unmissverständlich. Ein junger Minister des Schattenkabinetts kann diese Art von Publizität einmal überstehen. Ein zweites Mal nicht.

»Setzen Sie sich im nächsten halben Jahr nicht ans Steuer, und fahren Sie nie wieder, wenn Sie etwas getrunken haben.«

Charles versprach es und hoffte, nach einem ruhigen Wochenende nichts mehr von der Affäre zu hören. Da fiel sein Blick auf die Schlagzeile der *Sussex Gazette*: »Abgeordneten erwartet Misstrauensantrag«. Mrs. Blenkinsop, Vorsitzende des Ladys Luncheon Club, hatte diesen Antrag gestellt – nicht wegen Fahrens in alkoholisiertem Zustand, sondern weil er sie über den wahren Grund getäuscht hatte, warum er bei ihrem jährlichen Damenmittagessen nicht als Redner erschienen war.

Raymond war als Unterstaatssekretär so daran gewöhnt, Briefe und Akten mit der Aufschrift »vertraulich«, »persönlich!« oder »streng geheim« zu erhalten, dass er sich bei einem als »vertraulich und persönlich« markierten Brief nichts dachte, obwohl dies in ungelenker Handschrift erfolgt war. Er öffnete ihn, während Joyce seine Frühstückseier kochte.

»Vier Minuten und fünfundvierzig Sekunden, wie du sie magst«, sagte sie, als sie aus der Küche kam und zwei Eier vor ihn hinstellte. »Ist dir nicht gut, Lieber? Du bist weiß wie ein Laken.«

Raymond erholte sich rasch, steckte den Brief ein und sah auf seine Uhr. »Hab keine Zeit für das zweite Ei. Bin schon spät dran für die Kabinettssitzung, ich muss mich beeilen.«

Merkwürdig, dachte Joyce, als er zur Tür stürzte. Kabinettssitzungen fanden gewöhnlich nicht vor zehn statt, und er hatte nicht einmal das eine Ei angerührt. Sie setzte sich und aß langsam das Frühstück ihres Mannes. Warum hatte er die ganze Post ungeöffnet liegen lassen?

Sobald Raymond im Fond seines Dienstwagens saß, las er den Brief ein zweites Mal. Er war nicht lang:

Lieber »Malcolm«,
unser kleines Beisammensein neulich war sehr nett, und
fünfhundert Pfund könnten mir helfen, es ein für alle Mal
zu vergessen.
Alles Liebe, Mandy.
PS: Melde mich bald.

Er las den Brief ein drittes Mal und versuchte, seine Gedanken zu beruhigen. Der Brief hatte keinen Absender, und es war nicht ersichtlich, wo er aufgegeben worden war. Vor dem Ministerium angekommen, blieb Raymond eine ganze Weile auf dem Rücksitz sitzen.

»Ist Ihnen nicht gut?«, fragte der Chauffeur.

»Doch, doch«, erwiderte Raymond, sprang aus dem Auto und rannte zu seinem Büro. Als er am Schreibtisch seiner Sekretärin vorbeikam, bellte er: »Keinerlei Störungen!«

»Bitte vergessen Sie nicht die Kabinettssitzung um zehn Uhr.«

»Nein«, gab Raymond scharf zurück und knallte seine Bürotür hinter sich zu. An seinem Schreibtisch sitzend, versuchte er, sich zu beruhigen. Was hätte er früher in einem solchen Fall empfohlen? »Schalten Sie einen guten Anwalt ein.« Raymond hielt Arnold Goodman und Sir Roger Pelham für die beiden fähigsten Anwälte Englands. Goodman war ihm zwar für seinen Geschmack allmählich zu prominent, wohingegen Pelham ebenso kompetent, der Öffentlichkeit aber nahezu unbekannt war. Er rief Pelhams Kanzlei an, um einen Termin für den Nachmittag zu vereinbaren.

In der Kabinettssitzung sagte Raymond kaum ein Wort, was jedoch niemandem auffiel, da die meisten seiner Kollegen ihre eigenen Ansichten äußern wollten. Sofort nach der Sitzung nahm er ein Taxi nach High Holborn.

Sir Roger Pelham erhob sich hinter seinem großen viktorianischen Schreibtisch, um den jungen Politiker zu begrüßen.

»Ich weiß, wie beschäftigt Sie sind, Gould«, sagte er und ließ sich in seinen Ledersessel zurückfallen, »also will ich Ihre Zeit nicht vergeuden. Was führt Sie zu mir?«

»Es war sehr freundlich, mich so kurzfristig zu empfangen«, begann Raymond und überreichte dem Anwalt kommentarlos den Brief.

»Danke«, sagte Pelham höflich, schob seine Halbbrille etwas höher und las, bevor er sich äußerte, den Brief dreimal.

»Erpressung ist etwas, das wir alle verabscheuen«, begann er. »Aber Sie müssen mir die volle Wahrheit sagen und keine Einzelheiten weglassen. Denken Sie daran, dass ich auf Ihrer Seite bin. Sicher wissen Sie aus Ihrer Zeit bei Gericht, wie unvorteilhaft es ist, wenn man nur die Hälfte der Fakten kennt.«

Pelhams Fingerspitzen berührten sich und bildeten ein kleines Dach vor seiner Nase, während er Raymond aufmerksam zuhörte, was sich an jenem Abend ereignet hatte.

»Wäre es möglich, dass jemand anderes Sie gesehen hat?«, war Pelhams erste Frage.

Raymond überlegte und nickte. »Ja, auf der Treppe kam ein anderes Mädchen an mir vorbei.«

Pelham überflog den Brief noch einmal. »Mein vorläufiger Rat«, sagte er langsam und eindringlich, während er Raymond fixierte, »lautet, nichts zu unternehmen. Ich weiß, dass Sie das nicht gern hören.«

»Aber was tue ich, wenn sie die Presse informiert?«

»Sie wird vermutlich auf jeden Fall jemanden aus der Fleet Street kontaktieren, ob Sie die fünfhundert Pfund zahlen oder sogar mehr. Vergessen Sie nicht, Sie sind nicht der erste Minister, der erpresst wird, Mr. Gould. Jeder Homosexuelle im Unterhaus lebt in ständiger Angst. Es ist eine Art Versteckspiel. Abgesehen von Heiligen gibt es nur wenige Menschen, die nichts zu verbergen haben, und der Nachteil eines Lebens in der Öffentlichkeit ist, dass eine Menge Wichtigtuer auf der Suche nach solchen Dingen sind.« Raymond schwieg und versuchte, seine Angst zu verbergen. »Rufen Sie mich unverzüglich unter meiner Privatnummer an, sobald der nächste Brief kommt«, sagte Pelham und schrieb eine Nummer auf.

»Danke.« Raymond war erleichtert, sein Geheimnis mit jemandem zu teilen. Pelham stand auf und begleitete ihn zur Tür. »Sicher sind Sie froh, dass Yorkshire wieder die Bezirksmeisterschaft gewonnen hat«, meinte der Anwalt, als sie durch den langen Korridor gingen. Raymond erwiderte nichts.

An der Haustür schüttelten sie einander formell die Hand. »Ich warte auf Ihren Anruf«, sagte Pelham. Schade, dass der Mann sich nicht für Kricket interessiert, dachte er.

Raymond fühlte sich etwas besser, hatte jedoch den ganzen Tag Mühe, sich auf seine Arbeit zu konzentrieren, und schlief nachts sehr unruhig. Beim Lesen der Morgenzeitung war er entsetzt, wie viel Platz Charles Seymours kleinem Fehltritt gewidmet war. Was für einen Spaß würden sie erst mit ihm haben! Als die Post kam, suchte er ängstlich nach der krakeligen Handschrift. Der Brief war unter einem Werbeprospekt verborgen. Diesmal verlangte sie, er solle die fünfhundert Pfund bei einem Zeitungsstand in Pimlico hinterlegen. Eine Stunde später war Raymond bei Roger Pelham.

Trotz der neuerlichen Forderung blieb der Rat des Anwalts der gleiche.

Andrew Fraser fuhr unaufhörlich von einer Stadt zur anderen. Louise beklagte sich nicht; noch nie hatte sie ihren Mann so glücklich gesehen. Die einzige kleine Abwechslung in seinen ersten drei Monaten als Minister ergab sich, als Andrew seinem Vater einen Brief mit der Anrede »Verehrter Sir Duncan« schickte, indem er ihm erklärte, warum er den angebotenen Rat bezüglich des Entwicklungsprojekts *Highlands and Islands Board* ablehnen müsse. Der Satz »Ich verbrachte viel Zeit damit, beide Standpunkte kennenzulernen« gefiel Andrew ganz besonders.

Als er sich an diesem Abend mit einem großen Whisky in seinen Lieblingssessel setzte, eröffnete ihm Louise, dass sie wieder schwanger sei. »Wann habe ich dazu Zeit gefunden?«, fragte er und nahm sie in die Arme.

»Vielleicht in der halben Stunde zwischen der Besprechung

mit dem norwegischen Fischereiminister und der Rede auf der Ölkonferenz in Aberdeen?«

Als im Oktober die Jahresversammlung der Konservativen von Sussex Downs stattfand, stellte Charles erfreut fest, dass Mrs. Blenkinsop ihren Misstrauensantrag zurückgezogen hatte. Die Lokalpresse versuchte, die Sache hochzuspielen, die nationalen Blätter berichteten aber nur über das Unglück in Aberfan, bei dem hundertsechzehn Schulkinder umgekommen waren. Für Sussex Downs blieb da kein Platz.

Charles' wohldurchdachte Rede wurde von der Vereinigung beifällig aufgenommen, und während der Fragestunde gab es keine peinlichen Fragen. Als sich die Seymours verabschiedeten, nahm Charles den Vorsitzenden beiseite und fragte: »Wie ist dir das gelungen?«

»Ich habe Mrs. Blenkinsop erklärt, dass es, wenn ihr Misstrauensantrag zur Sprache käme, es dem Abgeordneten wohl äußerst schwerfallen würde, meine Empfehlung zu unterstützen, ihr einen Orden für ihre Verdienste um die Partei zu verleihen. Das bekommst du doch sicher hin, Charles?«

Jedes Mal, wenn das Telefon klingelte, nahm Raymond an, es sei die Presse mit der Frage, ob er jemanden namens Mandy kenne. Es waren tatsächlich oft Journalisten, die allerdings nur einen zitierfähigen Satz zu den jüngsten Arbeitslosenzahlen oder eine Erklärung von ihm wollten, wie er zu einer Pfundabwertung stand.

Es war Mike Molloy, ein Reporter vom *Daily Mirror*, der als Erster wissen wollte, was Raymond zu einem Anruf zu sagen habe, den seine Redaktion von einem Mädchen mit karibischem Akzent namens Mandy Page erhalten hatte.

»Dazu habe ich nichts zu sagen. Bitte wenden Sie sich an meinen Anwalt, Sir Roger Pelham«, war Raymonds knappe Antwort. Kaum hatte er aufgelegt, fühlte er sich elend.

Als das Telefon ein paar Minuten später wieder klingelte, nahm Raymond mit zitternder Hand ab. Pelham bestätigte, dass Molloy ihn kontaktiert habe.

»Ich nehme an, Sie haben einen Kommentar abgelehnt.«

»Im Gegenteil«, erwiderte Pelham. »Ich habe ihm die Wahrheit gesagt.«

»*Was?*«, explodierte Raymond.

»Seien Sie dankbar, dass Sie an einen fairen Reporter geraten ist. Ich rechne damit, dass er nicht auf die Sache einsteigt. Die Fleet-Street-Leute sind nicht unbedingt solche Schweinehunde, wie allgemein angenommen wird«, erklärte Pelham erstaunlicherweise. »Auch sie können zwei Dinge nicht leiden: korrupte Polizisten und Erpresser. Ich glaube nicht, dass Sie Ihren Namen morgen in der Presse finden werden.«

Roger Pelham irrte sich.

Am nächsten Morgen verlangte Raymond zur Überraschung seines Zeitungshändlers den *Daily Mirror*. Auf Seite fünf prangte Raymond Goulds Stellungnahme zu einer Abwertung: »Solange die Arbeitslosenziffern so hoch sind, kann ich eine Abwertung nicht unterstützen.« Die Fotografie neben dem Artikel war ungewöhnlich schmeichelhaft.

In der *Times* las Simon Kerslake eine ausführlichere Stellungnahme des Ministers zu einer möglichen Abwertung und fasste einen Plan. Wenn er Gould dazu bringen konnte, sich mehrfach vor dem versammelten Unterhaus in Bezug auf eine Abwertung festzulegen, dann würde ihm, wenn das

Unvermeidliche geschah, nichts anderes übrig bleiben, als zurückzutreten. Simon notierte eine Frage, bevor er die übrigen politischen Artikel durchsah.

Die Abwertungsgerüchte hatten den Konservativen in Meinungsumfragen einen Vorsprung von acht Prozent gebracht, und trotz einer Mehrheit von fünfundneunzig Sitzen hatte die Regierung tags zuvor eine Abstimmung im Unterhaus verloren. Trotzdem konnte sich Simon zumindest in den nächsten zwei Jahren keine Neuwahlen vorstellen.

Simon hatte Ronnie Nethercote geraten, die Gesellschaftsanteile erst an die Börse zu bringen, wenn die Konservativen wieder an der Macht waren. »Das Klima«, so versicherte er Ronnie, »wird dann wesentlich günstiger sein.«

Nach einem halben Jahr Führerscheinentzug war Charles Seymour froh, wieder am Steuer sitzen zu können, und er lächelte, als Fiona ihn auf ein Foto der glücklichen Mrs. Blenkinsop aufmerksam machte, die einem Reporter der *Sussex Gazette* vor dem Buckingham Palace ihren Orden zeigte.

Sechs Monate nach seinem ersten Besuch bei Roger Pelham erhielt Raymond Gould von seinem Anwalt eine Honorarrechnung über fünfhundert Pfund für geleistete Dienste.

8

Seine Kollegen hatten Andrew vorgewarnt, dass er seine erste Fragestunde kaum je vergessen würde; an das Schottische Büro gerichtete Fragen stehen alle vier bis fünf Wochen auf deren Tagesordnung. Die Fragestunde findet immer dienstags zwischen zwei Uhr fünfunddreißig und drei Uhr fünfzehn statt, jeder Minister beantwortet darin die insgesamt etwa fünfundzwanzig Fragen für sein Ressort. Dabei stellen selten die eigentlichen Fragen das Problem dar, sondern die Zusatzfragen.

Jeder Abgeordnete kann jedem Minister im Vorfeld eine – scheinbar harmlos formulierte – Frage zukommen lassen. »Wann beabsichtigt der Minister wieder, Aberdeen zu besuchen?« Darauf antwortet der betreffende Minister vielleicht »nächste Woche« oder »in absehbarer Zeit ist kein Besuch vorgesehen«. Doch wenn der Abgeordnete, der die Frage eingereicht hat, aufsteht, um seine Zusatzfrage zu stellen, kann er ein völlig anderes Thema anschneiden. »Weiß der Minister, dass Aberdeen die höchste Arbeitslosenrate des Vereinigten Königreiches hat, und wie beabsichtigt sein Ministerium dieses Problem zu handhaben?« Der bedauernswerte Minister muss dann darauf auf der Stelle eine überzeugende Antwort finden.

Um einen Minister gründlich vorzubereiten, prüfen dessen Mitarbeiter am Morgen alle eingereichten Fragen und suchen nach etwaigen Fallen, die ihn in Verlegenheit bringen könnten. Zusätzlich wird zu seiner Vorbereitung eine Reihe möglicher Zusatzfragen nebst den entsprechenden Antworten erstellt. Natürlich können sich Minister bei Kollegen aus ihrer eigenen Fraktion immer erkundigen, was sie mit ihren Fragen bezwecken, Mitglieder der Opposition aber nutzen die Fragestunde, um Schwächen des Ministers aufzuspüren und so die Regierung zu blamieren.

Andrew bereitete sich auf seine erste Fragestunde sehr gründlich vor, obwohl die älteren und erfahrenen Minister des Schottischen Büros zugesagt hatten, jede gefährliche Frage zu übernehmen. Schließlich musste er nur eine Frage der Opposition und vier seiner eigenen Partei beantworten. Dazu kam, dass Frage 23 von einem konservativen Abgeordneten vermutlich nicht vor drei Uhr fünfzehn vorgebracht werden würde, und zu diesem Zeitpunkt musste bereits der Generalstaatsanwalt für Schottland selbst Fragen beantworten.

Andrews Antworten auf die Fragen 5, 9, 11 und 14 waren problemlos. Er schlug seine dunkelblaue Mappe auf und stellte erfreut fest, wie gut man ihn auf alles vorbereitet hatte. Als um drei Uhr zehn Frage 19 an die Reihe kam, entspannte sich Andrew zum ersten Mal an diesem Tag.

Jetzt betrat der Generalstaatsanwalt für Schottland das überfüllte Unterhaus, ging an dem Tisch in der Mitte des Saales vorbei und bückte sich ein wenig, um die Sicht des Speakers auf die Regierungsbänke nicht zu blockieren. Man hatte ihm einen Platz zwischen dem Schatzkanzler und dem Außenminister reserviert. Dort wartete er, bis es Viertel nach drei wurde.

Der Speaker rief Frage 21 auf, aber das Mitglied war nicht anwesend. Er rief die 22 auf, und wieder meldete sich keiner.

Offenbar hatten die aufgerufenen Abgeordneten nicht damit gerechnet, an die Reihe zu kommen. Um drei Uhr dreizehn wurde Anfrage 23 verlesen. Sie lautete: »Wurde der Minister eingeladen, das Altersheim von Kinross zu besuchen?«

Andrew erhob sich, öffnete seine Mappe und sagte: »Nein, Sir.«

»Niemand im Haus wird über die Antwort des Ministers erstaunt sein«, sagte George Younger, Abgeordneter von Ayr, »denn das Altersheim hat neunundvierzig Bewohner, von denen siebenundvierzig einen eigenen Fernseher haben, weshalb der Minister siebenundvierzigmal TV-Gebühren erhebt. Versammelten sie sich alle in einem einzigen Raum, würde er nur eine TV-Gebühr erhalten. Ist das ein weiteres Beispiel für das Programm der ›Altenbetreuung‹ der Labour-Partei, von dem wir so viel hören?«

Unter den »Antwort, Antwort«-Rufen der Opposition stand Andrew auf. Er sah in seiner Mappe nach und fand vorbereitete Antworten bezüglich medizinischer Versorgung, Altersrenten, Sozialhilfe, Lebensmittelbeihilfen, aber nichts über Fernsehgebühren. Während er hilflos dastand, erkannte er zum ersten Mal, wie es einem Minister ergehen kann, der nicht auf alles vorbereitet ist. Dem Zuschauer mag dieses System wunderbar demokratisch vorkommen, solange man nicht selbst der Christ ist, der sich dreihundert Löwen gegenübersieht.

Einer der Sekretäre in der offiziellen Loge hinter dem Speaker schob ihm eilig eine handgeschriebene Notiz zu. Da er keine Zeit hatte, sie zu prüfen, überkreuzte er seine Finger und verlas sie.

»Diese Entscheidung wurde von der letzten Regierung getroffen, welcher der verehrte Gentleman als Mitglied angehörte. Wir sahen keinen Grund, die Entscheidung rückgängig zu machen«, las er vor und kam sich vor wie ein Papagei. Unter höflichem Gemurmel von den Regierungsbänken und ziemlich erleichtert, setzte er sich wieder.

Mr. Younger stand erneut auf, und man gestattete ihm eine zweite Zusatzfrage. »Mr. Speaker, wir haben uns an diese Art Ungenauigkeit seitens der Regierung gewöhnt. Die erwähnte Entscheidung wurde letztes Jahr vom Staatssekretär getroffen, und wenn der Minister seine Recherchen etwas akribischer anstellt, wird er feststellen, dass damals seine Partei an der Macht war.« Die Opposition brüllte begeistert.

Wieder erhob sich Andrew und klammerte sich ans Rednerpult, um zu verbergen, dass er vor Angst zitterte. Einige Mitglieder auf der Regierungsbank hielten die Köpfe gesenkt. Die Opposition hatte einen Treffer gelandet und wieherte vor Vergnügen. Andrew fielen Lord Attlees Worte ein: »Wenn du dich vor dem Unterhaus blamierst, gib es zu, entschuldige dich und setz dich wieder.«

Andrew wartete, bis es stiller wurde, bevor er antwortete. »Der Staatssekretär warnte mich, ein neuer Minister würde seine erste Fragestunde nie vergessen. Ich muss ihm recht geben.« Er wusste, dass die Stimmung im Haus in Sekundenschnelle umschlagen kann, und spürte, dass es jetzt so weit war. Deshalb setzte er rasch hinzu: »Was die Frage nach den Fernsehgebühren im Altersheim von Kinross betrifft, entschuldige ich mich bei dem geehrten Mitglied von Ayr für meinen Irrtum. Ich werde den Fall sofort prüfen und ihm binnen vierundzwanzig Stunden eine schriftliche Antwort zugehen lassen.« »Hört, hört«, kam es jetzt von seinen eigenen Bänken, und die Opposition war besänftigt. Mr. Younger versuchte nochmals zu unterbrechen, aber da Andrew weitersprach, musste er sich setzen. Es war drei Uhr vierzehn. »Ich gebe meiner Großmutter die Schuld«, fuhr Andrew fort, »die als Präsidentin des Altersheims von Kinross und eiserne Konservative immer für höhere Altersrenten eingetreten ist und nichts von falschen Subventionen hielt, die nie allen gerecht werden.« Jetzt lachten die Labour-Mitglieder, und alle Köpfe auf der Regierungsbank schauten auf den neuen Minister, der am Rednerpult stehen blieb, bis es wieder still war. »Meine Großmutter wäre entzückt zu erfahren, dass diese Regierung die Altersrente in den letzten drei Jahren um fünfzig Prozent erhöht hat.« Jetzt jubelten die Labour-Leute auf den hinteren Bänken, während die Opposition mürrisch schwieg.

Jetzt war es genau drei Uhr fünfzehn, und der Speaker sagte: »Fragen an den Generalstaatsanwalt.«

Andrew Fraser hatte sich einen Namen gemacht in der Politik, und während das Gelächter abebbte, fuhr sich ein Mann am Ende der vordersten Bank durchs rote Haar und fragte sich, ob er jemals Andrews Gewandtheit erreichen würde. Auf einer Hinterbank der Opposition nahm sich Simon Kerslake vor, sehr vorsichtig zu sein, sollte er Andrew Fraser je eine scharfe Frage stellen.

Sobald die Fragen an den Generalstaatsanwalt vorüber waren, fuhr Simon in die Whitechapel Road. Er kam ein paar Minuten nach Beginn von Nethercotes Aufsichtsratssitzung an, nahm seinen Platz ein und hörte Ronnie zu, der von einem neuen Coup berichtete.

Er hatte an diesem Morgen einen Vertrag unterschrieben, für fünfzehn Millionen Pfund in der City einen größeren Häuserblock zu übernehmen. Die garantierten jährlichen Mieteinnahmen in den ersten fünf Jahren der einundzwanzigjährigen Pachtdauer betrugen über 1,1 Millionen mit einer Mietanpassung alle sieben Jahre. Simon beglückwünschte ihn und fragte, ob dies einen Einfluss auf den Zeitpunkt seines Börsengangs habe.

»Warum fragen Sie?«

»Weil ich es immer noch für klüger halte, das Resultat der nächsten Wahl abzuwarten. Wenn die Konservativen wieder an die Macht kommen, wie es die Meinungsumfragen prophezeien, wird sich das ganze Klima ändern.«

»Und wenn sie nicht an die Macht kommen? Ich werde nicht mehr lange zuwarten.«

»Auch mit dieser Entscheidung muss ich mich einverstanden erklären«, erwiderte Simon.

Nach der Sitzung lud ihn Nethercote auf einen Drink in sein Büro ein.

»Ich möchte Ihnen danken, dass Sie mich Harold Samuel und Louis Freedman vorgestellt haben«, sagte Ronnie. »Dadurch lief der Deal wesentlich glatter.«

»Soll das heißen, ich könnte weitere Anteile erwerben?«

Ronnie zögerte. »Warum nicht? Sie haben sie verdient. Aber nur zehntausend. Stürmen Sie nicht zu sehr voran, Simon, sonst könnten die anderen Direktoren eifersüchtig werden.«

Unterwegs – er wollte Elizabeth abholen – beschloss Simon, eine zweite Hypothek auf das Haus in der Beaufort Street aufzunehmen, um Geld für die neuen Anteile flüssig zu machen, wobei es sicher klug war, sie nicht damit zu behelligen. Er kostete den Gedanken an einen Wahlsieg der Konservativen aus, nach dem er vielleicht einen Regierungsposten bekommen würde und seine Aktien für eine Summe verkaufen könnte, die den ständigen Sorgen, wie er die Ausbildung seiner Kinder finanzieren sollte, ein Ende machte. Vielleicht könnte er Elizabeth sogar den Urlaub in Venedig bieten, von dem sie so oft sprach.

Als er zum Krankenhaus kam, wartete Elizabeth schon vor dem Tor. »Wir werden doch nicht zu spät kommen?«, waren ihre ersten Worte.

»Nein.« Simon sah auf die Uhr am Armaturenbrett und lenkte den Wagen in Richtung Beaufort Street.

Fünf Minuten bevor der Vorhang hochging, waren sie im Saal. Es gab eine Pantomime, in der ihre Söhne, wie sie ihren Eltern versichert hatten, wichtige Rollen spielten. Michael war eine Krabbe, die sich zwar ständig auf der Bühne befand, während der ganzen Vorstellung jedoch auf dem Bauch lag, ohne auch nur ein Wort zu sagen. Peter, der die gesamte letzte Woche seinen Text auswendig gelernt hatte, spielte ein wenig überzeugendes Wasserbaby, das letzte in einer Reihe von zwölf. Seine Rolle bestand aus einem einzigen Satz: »Wenn Erwachsene alle Fische aus dem Meer essen, dann bleiben mir keine mehr übrig.« Neptun richtete seinen königlichen Blick auf ihn und sagte: »Gib nicht uns die Schuld, dein Vater ist das Parlamentsmitglied.« Worauf Michael den Kopf senkte und rot wurde, jedoch nicht so sehr wie Elizabeth, als sich das Publikum nach ihnen umdrehte und Simon zulächelte, der so verlegen war, als wäre er Gegenstand einer hitzigen Debatte im Unterhaus.

Anschließend beim Kaffee gab der Direktor zu, man habe den Satz ohne Billigung des verstorbenen Charles Kingsley hinzugefügt. Auf der Heimfahrt bestanden die Kinder darauf, Peters Satz in einem fort zu wiederholen.

»Würde der Unterstaatssekretär in seinem Amt verbleiben, sollte die Regierung ihren Standpunkt ändern und das Pfund abwerten?«

Raymond Gould erstarrte bei Simon Kerslakes Frage. Aufgrund seiner juristischen Bildung und seines profunden Wissens wagten es nur die besonders redegewandten oder erfahrenen Kollegen, ihn herauszufordern. Doch Raymond hatte eine Achillesferse, und das war die in seinem Buch vertretene These, dass die Regierung das Pfund unter keinen Umständen abwerten werde. Immer wieder gingen ihn eifrige Hinterbänkler deshalb an, aber es war wieder einmal Simon Kerslake, der mit seiner Frage ins Schwarze traf.

Andrew, auf der Regierungsbank sitzend, legte sich im Geist eine scharfe Replik über die kollektive Verantwortung seines Kollegen zurecht, doch Raymond Gould erwiderte etwas großspurig: »Die Politik der Regierung Ihrer Majestät ist zu hundert Prozent gegen eine Abwertung, deshalb ist die Frage hinfällig.«

»Abwarten«, rief Kerslake.

»Zur Ordnung!«, rief der Speaker und wandte sich an Simon, während Raymond wieder Platz nahm. »Das verehrte Mitglied weiß ganz genau, dass es nicht sitzend zum Haus sprechen darf. Der Unterstaatssekretär.«

Erneut stand Raymond auf. »Diese Regierung hält ein starkes Pfund für die beste Garantie, die Arbeitslosenrate niedrig zu halten.«

»Aber was würdest du tun, falls das Kabinett doch abwertet?«, fragte ihn Joyce, als sie am nächsten Morgen die Antwort ihres Mannes in der *Times* las.

Raymond wusste, dass eine Abwertung immer wahrscheinlicher wurde. Der starke Dollar trieb die Importkosten in die Höhe, und nach einer Reihe von Streiks im Sommer 1967 fragten ausländische Bankiers nicht mehr ob, sondern wann.

»Ich müsste zurücktreten«, beantwortete Raymond ihre Frage.

»Warum? Kein anderer Minister wird zurücktreten.«

»Leider hat Kerslake recht. Ich habe mich festgelegt, und er hat das Seinige dazu getan, dass es jeder weiß. Aber mach dir keine Sorgen. Harold wird niemals abwerten. Das hat er mir wiederholt versichert.«

»Er muss es sich nur anders überlegen.«

Während der folgenden Wochen verstärkte sich der Druck auf das Pfund, und Raymond fürchtete, Joyce könne recht behalten.

Andrew hatte »Vollbeschäftigung um jeden Preis?« gelesen und hielt es für eine ausgezeichnete Studie, obwohl er nicht allem darin zustimmte. Er selbst war für eine Abwertung, fand allerdings, man hätte sie in der ersten Woche der Labour-Regierung durchsetzen sollen, sodass man die Konservativen dafür hätte verantwortlich machen können. Nach drei Jahren und einem zweiten Wahlsieg würde man eine solche Maßnahme zu Recht empörend finden.

Louises Niederkunft rückte näher, und ihr Umfang nahm mit jedem Tag zu. Andrew nahm ihr so viel Arbeit ab wie möglich, bereitete sich dieses Mal jedoch nicht so demonstrativ auf die Geburt vor, weil er glaubte, sein unbändiger Überschwang habe vielleicht zu ihrer Ängstlichkeit vor der ersten Geburt beigetragen. So oft wie möglich brachte er die roten Regierungsschatullen abends nach Hause, doch es blieb die Ausnahme, dass er vor elf nach Cheyne Walk zurückkam.

»Jeden Abend um zehn abzustimmen und manchmal die halbe Nacht weiterzumachen ist ein System, das die übrige Welt nicht nachahmenswert findet«, sagte er zu Louise nach einer besonders strapaziösen Sitzung. Er konnte sich nicht einmal erinnern, worüber man abgestimmt hatte, obwohl er das nicht zugab.

Als sie eine Woche zu früh ins Krankenhaus kam, versicherte ihr Elizabeth Kerslake, sie brauche sich deshalb keine Sorgen zu machen, und zwei Tage später brachte Louise ein wunderhübsches Mädchen zur Welt.

Andrew war in einer Sitzung über Glasgows Hochhausprojekte, als die Oberschwester der Klinik anrief, um ihn zu beglückwünschen. Er ging zum Kühlschrank und holte den Champagner heraus, den sein Vater ihm zu seinem Eintritt ins Scottish Office geschickt hatte. Jeder seiner Mitarbeiter bekam einen Plastikbecher voll.

»Etwas besser, als aus der Flasche zu trinken«, meinte er und verabschiedete sich, um ins Krankenhaus zu fahren. Zu seiner Erleichterung hatte Elizabeth Kerslake Dienst. Sie teilte ihm mit, dass seine Frau nach einem komplizierten Kaiserschnitt noch benommen sei. Aber sie führte ihn zu seiner Tochter, die zur Beobachtung in einem Inkubator lag.

»Kein Anlass zur Sorge«, versicherte sie ihm. »Wir machen das immer nach einem Kaiserschnitt, um einige Routinetests durchzuführen.«

Andrew starrte in die großen blauen Augen seiner Tochter. Er wusste, dass sich das noch ändern konnte, das weiche kurze Kopfhaar aber war jetzt schon dunkel.

Eine Stunde später, als das Baby eingeschlafen war, kehrte er ins *Dover House* zurück, wo im Büro des Staatssekretärs zum zweiten Mal gefeiert wurde. Diesmal wurde der Champagner jedoch in Kristallgläsern gereicht.

Als Andrew zu Bett ging, sank er dank des Champagners in tiefen Schlaf. Sein einziges Problem war, wie seine Tochter heißen sollte. Louise favorisierte Claire.

Das Telefon klingelte mehrmals, bevor er ranging. Sobald er aufgelegt hatte, zog er sich an und fuhr ins Krankenhaus. Er parkte das Auto und lief zu dem jetzt schon vertrauten Pavillon. Elizabeth Kerslake erwartete ihn an der Tür. Sie sah müde und erschöpft aus und hatte trotz ihrer Erfahrung Mühe, Andrew zu erklären, was geschehen war.

»Ihre Tochter ist vor vierzig Minuten gestorben. Das Herz hat ausgesetzt. Glauben Sie mir, wir haben alles versucht.«

Andrew sank auf eine Bank im Korridor und brachte eine Weile kein Wort hervor. »Wie geht es Louise?«, fragte er schließlich.

»Sie weiß es noch nicht. Sie ist immer noch unter Einfluss der Narkose. Gott sei Dank hat sie das Baby nicht gesehen.«

Andrew schlug auf sein Bein ein, bis es gefühllos war. Unvermittelt hörte er auf. »Ich werde es ihr sagen«, flüsterte er und blieb sitzen, während ihm Tränen über die Wangen liefen. Wortlos setzte sich Elizabeth neben ihn. Sie ging erst, um nachzusehen, ob Mrs. Fraser so weit war, ihren Mann zu empfangen.

Louise wusste es, sobald Andrew das Zimmer betrat. Es dauerte über eine Stunde, bis sie etwas sagen konnte.

»Ich wette, Alison McKenzie hätte dir ein Dutzend Söhne geschenkt«, versuchte sie, ihm ein Lächeln zu entlocken.

»Bestimmt«, erwiderte Andrew, »aber sie wären alle dumm und hässlich gewesen.«

»Da stimme ich dir zu. Aber das wäre nicht ihre Schuld gewesen.«

Beide versuchten zu lachen.

Kurz nach vier kam Andrew wieder nach Hause, schlief in dieser Nacht jedoch nicht mehr.

Der große Redner Iain Macleod sagte einmal, es seien die ersten zwei Minuten einer Rede, die über dein Schicksal entscheiden. Entweder bekommt man die Zuhörer in den Griff, oder man verliert sie. Und wenn man die Aufmerksamkeit des Unterhauses einmal verloren hat, kann man es kaum wieder einfangen. Als man Charles Seymour nach der Wirtschaftsdebatte einlud, die Schlussworte für die Opposition zu sprechen, fühlte er sich gut vorbereitet. Er machte sich keine Illusionen, die Hinterbänkler der Regierung umstimmen zu können, hoffte jedoch, die Presse würde am nächsten Tag berichten, er habe die Debatte beherrscht und die Regierung in Verlegenheit gebracht. Die Administration war von den täglichen Gerüchten über die Abwertung sowie von finanziellen Nöten zermürbt, und Charles war zuversichtlich, dass dies die Gelegenheit war, sich einen Namen zu machen.

Parlamentsdebatten beginnen üblicherweise nach der Fragestunde um halb vier, können sich aber verschieben, wenn Minister Erklärungen abgeben. Der jeweilige Minister hält eine etwa dreißig Minuten lange Eröffnungsrede, dann spricht der Redner der Opposition ungefähr ebenso lang. Zwischen halb fünf und neun ist die Debatte offen für alle, wobei der Speaker bei der Worterteilung penibel darauf achtet, sowohl den Parteienproporz als auch einen Querschnitt an thematisch interessierten Hinterbänklern zu wahren. Reden von Letzteren, die länger als fünfzehn Minuten dauern, werden schlecht aufgenommen. Einige der denkwürdigsten Reden im Unterhaus dauerten nur sechs, sieben Minuten, einige der schlechtesten über eine halbe Stunde. Um neun Uhr gibt der Sprecher der Opposition seine letzten Erklärungen ab, um halb zehn spricht ein Kabinettsmitglied das Schlusswort.

Als Charles aufstand, beabsichtigte er, den Standpunkt der

Torys zur Wirtschaftspolitik der Regierung zu verdeutlichen, ebenso wie die fatalen Konsequenzen einer Abwertung, die Rekordinflation gekoppelt mit einer Rekordverschuldung und einen Vertrauensschwund zur Folge hätten, wie ihn kein Parlamentarier je erlebt hatte.

In seiner ganzen Größe stand er da und sah streitlustig auf die Regierungsbänke herab.

»Mr. Speaker«, begann er, »ich kann nicht denken ...«

»Dann reden Sie nicht«, rief jemand von den Labour-Bänken. Gelächter ertönte, während Charles sein anfänglich allzu großes Selbstvertrauen verfluchte und noch einmal begann.

»Ich kann mir nicht vorstellen ...«

»Auch keine Vorstellungsgabe«, rief eine andere Stimme. »Typisch Tory.«

»... warum dieser Antrag überhaupt eingebracht wurde.«

»Bestimmt nicht, damit Sie uns Unterricht im Redenhalten erteilen.«

»Zur Ordnung«, knurrte der Speaker, aber es war zu spät.

Das Haus war verloren, und Charles kämpfte sich durch eine halbe Stunde der Peinlichkeit, bis nur noch der Speaker ihm zuhörte. Einige Abgeordnete seiner eigenen Fraktion hatte die Füße auf den Tisch gelegt und dösten mit geschlossenen Augen vor sich hin. Die Hinterbänkler auf beiden Seiten unterhielten sich miteinander und warteten auf die Zehnuhrabstimmung: die äußerste Erniedrigung, die das Haus einem schlechten Redner antun kann. Während Charles sprach, musste der Speaker das Unterhaus einige Male zur Ordnung rufen und sogar aufstehen, um lärmende Mitglieder zurechtzuweisen. »Mit diesem Benehmen schadet sich das Unterhaus selbst.« Die Bitte stieß jedoch auf taube Ohren, und die Unterhaltungen gingen weiter. Um halb zehn setzte sich

Charles schweißgebadet. Ein paar seiner Hinterbänkler schwangen sich zu einem matten »Hört, hört« auf.

Als der Kabinettminister seine Rede damit begann, Charles' Tirade als das Schwächste zu bezeichnen, was er in seiner langen politischen Karriere gehört hatte, war das vielleicht ein bisschen übertrieben, den Mienen der Konservativen nach zu schließen, schienen viele Oppositionsmitglieder seine Meinung aber zu teilen.

9

Die Entscheidung fiel im Kreis der zwölf Kabinettsmitglieder am Donnerstag, dem 16. November 1967. Bis Freitag kannte jeder Bankbeamte in Tokio das Geheimnis, und als der Premier am Samstagnachmittag die Entscheidung offiziell machte, hatte die *Bank of England* auf den internationalen Devisenmärkten sechshundert Millionen Dollar an Rücklagen verloren.

An diesem Tag war Raymond in Leeds anlässlich seiner zweiwöchentlichen Sprechstunden für seine Wähler. Er erklärte gerade einem frisch verheirateten Paar die Wohnbaubestimmungen, als sein Vertreter Fred Padgett ins Zimmer stürzte.

»Tut mir leid, dich zu unterbrechen, Raymond, aber ich dachte, du willst es sofort wissen. No. 10 teilte eben mit, dass das Pfund von $ 2.80 auf $ 2.40 abgewertet wurde.« Sekundenlang war Raymond völlig benommen, und die lokalen Wohnungsprobleme verschwanden aus seinen Gedanken. Ausdruckslos starrte er die beiden jungen Leute an, die gekommen waren, um seinen Rat zu suchen.

»Bitte entschuldigen Sie mich einen Moment, Mr. Higginbottom«, bat Raymond höflich. »Ich muss telefonieren.« Der Moment dauerte fünfzehn Minuten. Raymond bekam einen Beamten des Finanzministeriums an den Apparat, der die Nachricht bestätigte. Dann rief er Joyce an und sagte ihr, sie möge bis zu seiner Rückkehr nicht ans Telefon gehen. Es dauerte einige Minuten, bis er sich so weit gefasst hatte, dass er wieder in sein Büro gehen konnte.

»Wie viele Leute warten noch auf mich, Fred?«

»Nach den Higginbottoms nur noch der verrückte Major, der nach wie vor davon überzeugt ist, dass die Marsmenschen auf dem Dach des Rathauses von Leeds landen werden.«

»Warum sollten sie ausgerechnet als Erstes nach Leeds kommen?«, fragte Raymond und versuchte, seine Bestürzung hinter einem schwachen Scherz zu verbergen.

»Wenn sie Yorkshire in der Hand haben, ist alles andere ein Kinderspiel.«

»Dieses Argument lässt sich schwer widerlegen. Sag dem Major, wie sehr mich das Problem beschäftigt und dass ich mich zur Beratung ans Verteidigungsministerium wenden werde. Er soll bitte in meine nächste Sprechstunde kommen, bis dahin sollte ich einen Strategieplan für ihn haben.«

Fred Padgett grinste. »Davon wird er seinen Freunden zwei Wochen lang erzählen.«

Raymond kehrte zu den Higginbottoms zurück und versicherte, ihr Wohnungsproblem in ein paar Tagen geklärt zu haben. Er machte sich eine Notiz, den für Sozialwohnungen im Kreis Leeds verantwortlichen Beamten anzurufen.

»Was für ein Nachmittag«, rief Raymond, nachdem sie gegangen waren. »Eine misshandelte Frau, eine Stromabstellung in einem Haus mit vier Kleinkindern, die Verschmutzung des Aire und ein schreckliches Wohnungsproblem. Ganz zu schweigen von dem verrückten Major und seinen Marsmenschen. Und jetzt auch noch die Nachricht von der Abwertung.«

»Wie kannst du so ruhig sein?«, fragte Fred Padgett.

»Weil ich es mir nicht leisten kann, irgendwem zu zeigen, was ich wirklich empfinde.«

Normalerweise ging Raymond nach seiner Sprechstunde in irgendein Pub, um bei einem Bier mit seinen Wählern zu plaudern. Das gab ihm Gelegenheit zu hören, was sich in den letzten Wochen in Leeds zugetragen hatte. Diesmal ließ er es sein und fuhr rasch ins Haus seiner Eltern zurück.

Joyce berichtete, das Telefon habe so oft geklingelt, dass sie den Hörer weggelegt habe, ohne seiner Mutter den Grund dafür zu sagen.

»Sehr vernünftig«, lobte Raymond.

»Was wirst du tun?«

»Natürlich zurücktreten.«

»Warum, Raymond? Es wird nur deiner Karriere schaden.«

»Vielleicht hast du recht, aber das wird mich nicht hindern.«

»Du fängst eben erst an, deine Arbeit in den Griff zu bekommen.«

»Joyce, ohne hochtrabend klingen zu wollen: Ich weiß, ich habe viele Fehler, aber ich bin kein Feigling und bestimmt nicht so selbstsüchtig, alle meine Prinzipien über Bord zu werfen.«

»Weißt du, du redest wie ein Mann, der dazu bestimmt ist, Premierminister zu werden.«

»Vorhin hast du gesagt, es würde meiner Karriere schaden. Du musst dich entscheiden.«

»Das habe ich schon.«

Raymond lächelte müde, bevor er in sein Arbeitszimmer ging und einen kurzen handgeschriebenen Brief verfasste.

Samstag, 18. November 1967
Sehr geehrter Premierminister,
in Anbetracht der heute Abend von Ihnen verkündeten

Abwertungsentscheidung und des von mir stets vertretenen
Standpunkts bleibt mir keine andere Wahl, von meinem
Amt als Unterstaatssekretär im Arbeitsministerium
zurückzutreten. Ich möchte Ihnen danken, dass ich
Gelegenheit hatte, in Ihrer Regierung zu arbeiten. Seien Sie
versichert, dass ich die Regierung weiterhin in allen anderen
Fragen von den hinteren Bänken aus unterstützen werde.
Ihr Raymond Gould

Als am Samstagabend die rote Red Box zum letzten Mal bei ihm abgegeben wurde, bat Raymond den Boten, seinen Brief sofort in die Downing Street No. 10 zu bringen. Als er die Box öffnete, fiel ihm ein, dass sein Ministerium am Montag Fragen über die Beschäftigungslage beantworten sollte. Er fragte sich, wer da wohl seinen Platz einnehmen würde.

Aufgrund der vielen mit der Abwertung verbundenen Details kam der Premier erst am Sonntagmorgen dazu, Raymonds Brief zu lesen. Bei den Goulds war das Telefon immer noch ausgehängt, als ein aufgeregtes Klopfen an der Tür ertönte.

»Geh nicht hin«, sagte Raymond, »bestimmt ist es die Presse.«

»Nein, es ist nur Fred«, verkündete Joyce, durch den Vorhang linsend.

Sie öffnete die Tür. »Wo zum Teufel ist Raymond?«, waren Freds erste Worte.

»Hier bin ich.« Raymond trat, die Zeitung in der Hand, aus der Küche.

»Der Premierminister versucht schon den ganzen Morgen, dich zu erreichen.« Raymond legte den Hörer aufs Telefon, nahm ihn wieder auf und wählte London WHI 4433. Der

Premier meldete sich sofort. Er klang erstaunlich ruhig, fand Raymond.

»Haben Sie sich schon gegenüber der Presse geäußert, Ray?«

»Nein, ich wollte sichergehen, dass Sie zuerst meinen Brief bekommen haben.«

»Gut, bitte erwähnen Sie Ihren Rücktritt gegenüber niemandem, bis wir uns gesprochen haben. Können Sie um acht Uhr in Downing Street sein?«

»Ja, Premierminister.«

»Und nicht vergessen: kein Wort zur Presse.«

Es wurde aufgelegt.

Keine Stunde später war Raymond unterwegs nach London, und kurz nach sieben kam er in Lansdowne Road an. Wieder klingelte das Telefon. Er hätte es gern ignoriert, dachte jedoch, es könnte Downing Street sein.

»Hallo.«

»Spricht dort Raymond Gould?«, fragte eine Stimme.

»Wer spricht?«

»Walter Terry von der *Daily Mail*.«

»Kein Kommentar«, sagte Raymond.

»Finden Sie, der Premier hatte recht abzuwerten?«

»Kein Kommentar, Walter.«

»Bedeutet das, dass Sie zurücktreten werden?«

»Walter, kein Kommentar.«

»Stimmt es, dass Sie Ihre Demission bereits eingereicht haben?«

Raymond zögerte.

»Das dachte ich mir«, sagte Terry.

»Ich habe nichts gesagt.« Ärgerlich legte Raymond den Hörer wieder neben die Telefongabel.

Er wusch sich und wechselte rasch das Hemd. Beim Hinausgehen übersah er fast eine Nachricht, die auf der Fußmatte lag. Er hätte sie auch nicht aufgehoben, hätte nicht in der linken Ecke in großen schwarzen Lettern »Premierminister« gestanden. Raymond riss das Kuvert auf. Man bat ihn, bei seiner Ankunft nicht die Vordertür, sondern einen Hintereingang von Downing Street zu benutzen. Eine kleine Skizze war beigelegt. Der ganze Zirkus begann, Raymond zu erschöpfen.

Zwei Journalisten erwarteten ihn am Tor und folgten ihm zum Auto.

»Sind Sie zurückgetreten, Minister?«

»Kein Kommentar.«

»Sind Sie auf dem Weg zum Premierminister?«

Ohne zu antworten, sprang Raymond in den Wagen und fuhr so schnell an, dass die beiden Reporter keine Chance hatten, ihn einzuholen.

Fünf Minuten vor acht saß er im Vorzimmer von Downing Street No. 10. Um acht wurde er in Harold Wilsons Arbeitszimmer geführt. Zu seiner Überraschung sah er den Staatssekretär des Arbeitsministeriums in einer Ecke sitzen.

»Ray, wie geht es Ihnen?«, fragte der Premier.

»Danke gut, Premierminister.«

»Ich habe Ihren Brief bedauert und verstehe Ihre Lage völlig, aber ich hoffe, wir können eine Lösung finden.«

»Eine Lösung finden?«, wiederholte Raymond verwirrt.

»Nun, wir verstehen, dass die Abwertung nach Ihrem Buch ein Problem für Sie ist. Aber ich dachte, dass eine Versetzung ins Außenamt als *Staatsminister* ein annehmbarer Ausweg aus dem Dilemma wäre. Es ist eine Beförderung, die Sie sich verdient haben.«

Raymond zögerte. Der Premier fuhr fort. »Es wird Sie vielleicht interessieren, dass der Finanzminister ebenfalls zurückgetreten ist, aber wir werden ihn ins Innenministerium versetzen.«

»Ich bin überrascht«, sagte Raymond.

»Bei all den Problemen, die wir in Rhodesien und Europa zu bewältigen haben, könnten wir Ihre juristischen Kenntnisse gut gebrauchen.«

Raymond schwieg, während er dem Premierminister zuhörte. Er wusste, welche Entscheidung er jetzt zu treffen hatte.

Der Montag beginnt im Unterhaus meist ruhig. Wissend, dass die Abgeordneten aus ihren Wahlkreisen im ganzen Land zurückkehren, stellen die Whips nie besonders kontroverse Angelegenheiten zur Debatte. Vor dem späten Nachmittag füllt sich das Haus nur selten. An diesem Montag jedoch sollte der Finanzminister um halb vier eine Erklärung über die Abwertung abgeben, weshalb der Saal diesmal schon lange vorher brechend voll sein würde.

Um Viertel vor drei war kein Platz mehr frei. Die Abgeordneten kauerten auf den Stufen neben dem Sessel des Speakers, neben den Stühlen der Protokollanten, und zwei hockten wie hungrige Spatzen auf dem leeren Petitionssack hinter dem Speaker. Auf den Galerien sah es aus wie bei einem entscheidenden Fußballspiel. Der Türhüter prüfte seinen Vorrat an Schnupftabak, den zu hüten seine Aufgabe war seit jenen Tagen, als »unangenehme Gerüche« durch London waberten.

Raymond Gould stand auf, um Frage 7 zu beantworten, eine recht harmlose, die Arbeitslosenunterstützung von Frauen betreffend. Sobald er das Rednerpult erreichte, kamen von den Tory-Bänken die ersten Rufe: »Zurücktreten, zurücktreten!« Raymond konnte seine Verlegenheit nicht verbergen.

Selbst von den hinteren Bänken aus konnte man ihn erröten sehen. Dass er seit dem Gespräch mit dem Premierminister kein Auge zugetan hatte, war auch nicht gerade hilfreich. Er beantwortete die Frage, aber die Rücktrittsrufe hörten nicht auf. Als er sich setzte, wurde es zwar still, aber die Opposition wartete nur auf seine Beantwortung der nächsten Frage. Diese kam von Simon Kerslake; es war kurz nach drei. »Welche besonderen Faktoren tragen zur steigenden Arbeitslosigkeit in den Midlands bei?«

Raymond sah auf seine Notizen, bevor er antwortete. »Die Schließung von zwei großen Fabriken, eine davon im Wahlkreis meines verehrten Kollegen, haben die örtliche Arbeitslosigkeit verschärft. Beide sind auf Autozubehör spezialisiert und haben unter dem Leyland-Streik gelitten.«

Langsam erhob sich Simon Kerslake von seinem Platz, um seine Zusatzfrage zu stellen. Die Oppositionsbänke waren voll begieriger Erwartung. »Bestimmt erinnert sich der Minister, vergangenen April dem Unterhaus versichert zu haben, dass eine Abwertung die Arbeitslosigkeit nicht nur in den *Midlands*, sondern im ganzen Land drastisch erhöhen würde. Wenn das seine Überzeugung war, warum hat er nicht abgedankt?« Simon setzte sich wieder, von den Tory-Bänken ertönte mehrstimmiges »Warum nicht? Warum nicht?«.

»Meine damalige Rede wird aus dem Zusammenhang gerissen zitiert, und die Umstände haben sich seither geändert.«

»Allerdings!«, riefen ein paar Konservative, und die Rücktrittsforderungen wurden immer lauter.

»Ordnung, zur Ordnung«, rief der Speaker vergebens.

Wieder stand Simon auf, während die übrigen Torys sitzen blieben, damit kein anderer aufgerufen werden konnte. Jetzt verhielten sie sich wie eine Jagdmeute. Alle Blicke gingen zwischen den beiden Männern hin und her, und wieder wies Kerslake mit anklagendem Zeigefinger auf das gesenkte Haupt Raymond Goulds, der jetzt nur noch betete, dass es endlich halb vier wäre.

»Mr. Speaker, in jener Debatte, von der er jetzt nichts mehr wissen will, hat mein verehrter Kollege nur die Ansichten wiederholt, die er in seinem Buch ›Vollbeschäftigung um jeden Preis‹ klipp und klar darlegte. Haben sich diese in drei Jahren so radikal verändert oder ist sein Wunsch, im Amt zu bleiben, so groß, dass er *seine* Vollbeschäftigung für durchaus um jeden Preis erhaltenswert hält?«

»Diese Frage hat nichts damit zu tun, was ich damals gesagt habe«, erwiderte Raymond ärgerlich. Seine letzten Worte gingen in neuen Rücktrittsrufen unter.

Blitzartig stand Simon wieder auf, und der Speaker erteilte ihm zum dritten Mal das Wort.

»Will der verehrte Gentleman uns damit sagen, dass seine Prinzipien variieren, je nachdem, ob er spricht oder schreibt?«

Jetzt geriet das Haus in restlosen Aufruhr, und nur wenige hörten Raymond sagen: »Nein, Sir, ich bemühe mich um Einheitlichkeit.«

Der Speaker stand auf, und es wurde etwas ruhiger. Stirnrunzelnd und betrübt sah er sich um. »Mir ist klar, dass das Haus entschiedene Ansichten zu diesen Dingen hat. Ich muss das Ehrenwerte Mitglied von Coventry Central aber ersuchen, seine Bemerkung, der Minister habe sich unehrenhaft verhalten, zurückzunehmen.«

Simon stand auf und nahm die Äußerung sofort zurück. Doch der Schaden war angerichtet. Etliche riefen weiterhin »zurücktreten«, bis Raymond ein paar Minuten später den Saal verließ.

Zufrieden lehnte sich Simon zurück.

Die konservativen Abgeordneten nickten anerkennend. Kerslake hatte den Unterstaatssekretär kunstgerecht fertiggemacht. Der Schatzkanzler erhob sich, um eine vorbereitete Erklärung zur Abwertung zu verlesen. Mit Entsetzen hörte Simon seine ersten Worte. »Das Ehrenwerte Mitglied von Leeds North reichte am Samstagabend beim Premierminister seinen Rücktritt ein, erklärte sich jedoch freundlicherweise bereit, ihn erst öffentlich bekannt zu geben, bis ich vor dem Unterhaus gesprochen habe.«

Der Schatzkanzler lobte Raymonds Wirken im Arbeitsministerium und wünschte ihm viel Glück auf den hinteren Bänken.

Sofort nachdem der Schatzkanzler seine Anfragen beantwortet hatte, begab sich Andrew in Raymonds Zimmer. Er fand ihn über seinen Schreibtisch gesunken, mit leerem Blick vor sich hinstarrend. Andrew hatte Raymond nie als Freund betrachtet, wollte ihm aber seine Bewunderung für seine Haltung ausdrücken.

»Das ist sehr freundlich von dir«, sagte Raymond, der sich noch immer nicht ganz beruhigt hatte. »Besonders, da du sie alle fertiggemacht hättest.«

»Nun, die sind jetzt alle fix und fertig«, sagte Andrew. »Und Simon Kerslake muss sich vorkommen wie das größte Arschloch der Stadt.«

»Er konnte es ja nicht wissen, und seine Fragen waren gut vorbereitet und goldrichtig. Vermutlich hätten wir unter den gleichen Umständen etwas Ähnliches getan.«

Einige weitere Mitglieder suchten Raymond auf und drückten ihr Bedauern aus. Bevor er nach Hause fuhr, um mit Joyce einen ruhigen Abend zu verbringen, verabschiedete er sich von seinen Mitarbeitern. Alle schwiegen, bis der Staatssekretär sagte: »Ich hoffe, es wird nicht lange dauern, bis Sie in die Regierung zurückkehren, Sir. Sie haben uns das Leben ganz schön schwer gemacht, aber denjenigen, denen Sie letztlich dienen, haben Sie es ohne Zweifel erleichtert.« Die Aufrichtigkeit dieser Erklärung rührte Raymond, vor allem, da der Beamte bereits einen neuen Vorgesetzten hatte.

Es war ein seltsames Gefühl, sich daheim hinzusetzen, fernzusehen, ein Buch zu lesen, sogar spazieren zu gehen, ohne pausenlos von roten Schatullen und klingelnden Telefonen umgeben zu sein. Nach achtundvierzig Stunden vermisste er all das.

Er erhielt mehr als hundert Briefe von Kollegen im Unterhaus, bewahrte jedoch nur einen auf.

Montag, 20. November 1967
Lieber Gould,

ich möchte mich von ganzem Herzen bei Ihnen entschuldigen. Wir alle machen in unserem politischen Leben fürchterliche Fehler, und heute habe ich einen solchen begangen.
Ich glaube, die meisten Mitglieder des Unterhauses haben den aufrichtigen Wunsch, dem Land zu dienen, und es gibt keinen ehrenhafteren Entschluss, dies zu beweisen, als zurückzutreten, wenn man meint, die eigene Partei habe einen falschen Weg eingeschlagen.
Ich beneide Sie um die Hochachtung, die das gesamte Unterhaus jetzt für Sie empfindet.
Ihr Simon Kerslake

Als Raymond an diesem Nachmittag ins Unterhaus kam, brachen die Mitglieder beider Parteien in Beifall aus. Der Abgeordnete, der gerade sprach, musste seine Rede unterbrechen und warten, bis Raymond seinen Platz auf einer der hinteren Bänke eingenommen hatte.

10

Simon war schon fort, als Edward Heath ihn zu Hause anrief. Es dauerte eine Stunde, bevor Elizabeth ihm ausrichten konnte, dass der Parteiführer ihn um halb drei zu sehen wünsche.

Charles war in der Bank, als der Chief Whip anrief und fragte, ob er ihn um halb drei, kurz vor Beginn der Sitzung des Unterhauses, treffen könne. Charles fühlte sich wie ein Schuljunge, der erfährt, dass der Direktor ihn sprechen möchte. Als der Chief Whip ihn das letzte Mal angerufen hatte, hatte er Charles aufgefordert, die abschließende Rede zu halten. Seitdem hatten sie kaum miteinander gesprochen. Charles war nervös; er zog es immer vor zu wissen, worum es ging. So entschloss er sich, auf den Lunch in der Bank zu verzichten und ins Unterhaus zu gehen, um ja nicht zu spät zur Verabredung mit dem Chief Whip zu kommen.

Charles aß nicht gern im Parlament, weil das Essen kaum besser war als in der Paddington Station und noch schlechter als am Flughafen. Er ging zu dem großen Tisch in der Mitte des Speisesaals, der einzig freie Platz war neben Simon Kerslake. Seit dem Führungsstreit zwischen Heath und Maudling konnte man die Beziehung der beiden Männer nicht gerade als innig bezeichnen. Charles mochte Kerslake nicht besonders; zu Fiona hatte er gesagt, Simon gehöre zu jener neuen Art von Torys, die sich ein bisschen zu wichtig machten, und dass Goulds Rücktritt Kerslake in Verlegenheit gebracht hatte, hatte er nicht ungern gesehen. Doch außer Fiona wusste niemand etwas von seiner Antipathie.

Simon sah zu, wie Charles sich setzte, und fragte sich, wie lange die Partei noch Gardisten aus Eton auswählen konnte, die mehr Zeit mit Geldverdienen und in Ascot verbrachten als im Unterhaus. Aber auch er hätte dies höchstens einem engen Freund gegenüber geäußert. Das Tischgespräch drehte sich um die erstaunlichen Resultate der Konservativen bei den Nachwahlen in Acton, Meriden und Dudley. Offensichtlich konnten alle Anwesenden die nächste allgemeine Wahl kaum erwarten, obwohl der Premier drei Jahre Zeit hatte, sie auszuschreiben. Weder Charles noch Simon bestellten Kaffee.

Um zwei Uhr fünfundzwanzig sah Charles den Chief Whip aufstehen und in sein Büro gehen. Charles wartete einen Moment und verließ dann seine Kollegen, die eine hitzige Debatte über die Europäische Wirtschaftsgemeinschaft EWG begannen. Er ging am Raucherraum vorbei, durch einen langen Korridor und erreichte schließlich das Vorzimmer des Chief Whip. Miss Norse, die unersetzliche Chefsekretärin, hörte zu tippen auf.

»Ich habe eine Verabredung mit dem Chief Whip«, sagte Charles.

»Ja, er erwartet Sie. Bitte gehen Sie weiter.« Sofort begann wieder das Tippen.

Charles überquerte den Korridor, wo er ihn in seiner offenen Bürotür antraf.

»Kommen Sie rein, Charles. Einen Drink?«

»Nein, danke«, lehnte Charles ab. Er wollte so rasch wie möglich erfahren, was los war.

Der Chief Whip schenkte sich einen Gin Tonic ein, bevor er sich setzte.

»Ich hoffe, Sie werden das, was ich Ihnen zu sagen habe, als gute Nachricht aufnehmen.« Er machte eine Pause und nahm einen Schluck. »Der Parteiführer meint, eine Weile im Büro der Whips würde von Nutzen für Sie sein, und ich muss sagen, ich wäre entzückt, wenn Sie zu uns kämen …«

Charles wollte protestieren, hielt sich jedoch zurück. »Und ich soll das Wohnungsbau-Ressort aufgeben?«

»Ja natürlich, und noch mehr, denn Mr. Heath erwartet von allen Whips, sonstige Verpflichtungen aufzugeben. In seinem Büro zu arbeiten ist keine Teilzeitbeschäftigung.«

Charles brauchte eine Weile, um seine Gedanken zu ordnen. »Werde ich, falls ich ablehne, meinen Posten im Wohnungsbau-Team behalten?«

»Das ist nicht meine Entscheidung, aber es ist kein Geheimnis, dass Heath vor den Wahlen eine Reihe von Umbesetzungen plant.«

»Wie lang kann ich mir das Angebot überlegen?«

»Vielleicht könnten Sie mir morgen vor der Fragestunde Ihren Entschluss mitteilen?«

»Ja, natürlich. Vielen Dank«, sagte Charles. Er verließ das Büro des *Chief Whip* und fuhr nach Hause.

Simon traf schon fünf Minuten vor seiner Besprechung mit dem Parteiführer ein. Er hatte jede Spekulation vermieden, warum Heath ihn sehen wollte, um nicht enttäuscht zu werden. Er wurde sofort zum Parteichef geführt.

»Simon, was würden Sie dazu sagen, im Zuge der Umbesetzungen vor den Wahlen dem Wohnungsbau-Team beizutreten?« Es war typisch für Heath, keine Zeit mit Small

Talk zu verschwenden, und die Plötzlichkeit des Angebots verwirrte Simon. Doch er erholte sich rasch.

»Vielen Dank«, sagte er, »ich meine … ja … danke.«

»Gut. Geben Sie Ihr Bestes, und ich hoffe, Ihre Resultate am Rednerpult werden genauso gut sein, wie sie es von den Hinterbänken waren.«

Der Privatsekretär öffnete die Tür; die Unterredung war beendet. Um zwei Uhr dreiunddreißig stand Simon wieder im Korridor. Er brauchte ein paar Minuten, bis er das Angebot voll erfasste. Dann rief er das Krankenhaus an und verlangte seine Frau. Seine Stimme wurde von der Pausenglocke übertönt, die den Arbeitsbeginn um zwei Uhr fünfunddreißig nach dem Gebet signalisierte. Es meldete sich eine weibliche Stimme.

»Bist du es, Liebes?«, schrie Simon in den Apparat.

»Nein, Sir, hier spricht die Vermittlung. Doktor Kerslake ist im O.P.«

»Kann man sie irgendwie herausrufen?«

»Nur, wenn Sie ein Baby erwarten, Sir.«

»Wieso kommst du so früh heim?«, fragte Fiona, als Charles in die Halle stürzte.

»Ich muss mit jemandem sprechen.« Fiona wusste nicht, ob sie sich geschmeichelt fühlen sollte, sagte aber nichts, denn dieser Tage sah sie ihn selten genug.

So genau wie möglich berichtete Charles seiner Frau von seinem Gespräch mit dem Chief Whip. Als er geendet hatte, schwieg Fiona. »Und, was meinst du dazu?«, fragte er ungeduldig.

»Und das alles wegen einer einzigen schlechten Rede«, bemerkte Fiona trocken.

»Stimmt«, sagte Charles, »aber es führt zu nichts, das wiederzukäuen.«

»Dein Gehalt als Bankdirektor wird uns fehlen«, sagte Fiona. »Nach den Steuern bleibt von meinem Einkommen kaum etwas übrig.«

»Ich weiß, aber wenn ich ablehne und wir die nächsten Wahlen gewinnen ...«

»Dann sitzt du auf dem Trockenen.«

»Besser gesagt, auf den hinteren Bänken.«

»Charles, Politik war immer deine große Liebe«, sagte Fiona und strich ihm zärtlich über die Wange. »Also bleibt dir gar keine Wahl. Und wenn sie ein paar Opfer erfordert, wirst du mich nicht klagen hören.«

Charles stand auf. »Danke. Ich werde sofort Derek Spencer aufsuchen.«

Als Charles zur Tür ging, rief Fiona ihm nach: »Vergiss nicht, Ted Heath wurde über das Whip-Büro Parteiführer.«

Zum ersten Mal lächelte Charles.

»Abends ein ruhiges Dinner zu Hause?«, schlug Fiona vor.

»Geht leider nicht. Wir haben noch spät eine Abstimmung.«

Endlich wurde er verbunden.

»Heute Abend möchte ich feiern.«

»Weshalb?«, erkundigte sich Elizabeth.

»Weil ich aufgefordert wurde, in das Team für Wohnungsbau einzutreten.«

»Meinen Glückwunsch, Lieber, aber worin besteht dieses Ressort eigentlich?«

»Wohnungsbau, Stadtentwicklung, Transport, Wasser, historische Gebäude, Flughäfen, Kanaltunnel, Parkanlagen ...«

»Bleibt da noch etwas für andere zu tun?«

»Das ist erst die Hälfte, den Rest erzähle ich dir beim Dinner. Solange es draußen ist, gehört es mir.«

»Verdammt, ich fürchte, ich kann vor acht Uhr nicht weg, und wir brauchen einen Babysitter. Fällt das auch in dein Ressort, Simon?«

»Klar«, sagte er lachend. »Ich regle das und bestelle einen Tisch für halb neun.«

»Hast du um zehn wieder eine Abstimmung?«

»Leider ja.«

»Verstehe. Das heißt Kaffee mit dem Babysitter ... Du, Simon.«

»Ja, Liebling?«

»Ich bin sehr stolz auf dich.«

Derek Spencer saß an dem massiven Schreibtisch seines Partners in der Threadneedle Street und hörte Charles konzentriert zu.

»Das wird ein großer Verlust für die Bank sein«, waren die ersten Worte des Vorsitzenden, »aber natürlich will niemand Ihrer politischen Karriere im Weg stehen, am allerwenigsten ich.«

Charles stellte fest, dass ihm Spencer, während er sprach, nicht in die Augen sehen konnte.

»Darf ich annehmen, dass ich wieder in den Aufsichtsrat berufen werde, wenn sich meine Stellung im Unterhaus aus irgendeinem Grund verändert?«

»Selbstverständlich. Diese Frage hätten Sie nicht stellen müssen.«

»Das ist sehr freundlich von Ihnen.« Charles war erleichtert, stand auf und reichte Spencer etwas steif die Hand.

»Viel Glück, Charles«, waren Spencers Abschiedsworte.

»Bedeutet das, dass Sie sich aus dem Aufsichtsrat zurückziehen müssen?«, fragte Ronnie Nethercote, als er Simons Neuigkeit erfuhr.

»Nein, nicht solange ich bei der Opposition bin. Nur der Fraktionschef bezieht ein Gehalt und darf daher kein Nebeneinkommen haben, aber falls wir die nächste Wahl gewinnen und man mir eine Stellung anbietet, müsste ich sofort gehen.«

»Ich kann also die nächsten drei Jahre mit Ihnen rechnen?«

»Ja, es sei denn, der Premier dankt früher ab und wir verlieren die nächste Wahl.«

»Da habe ich keine Befürchtungen«, meinte Ronnie. »Als ich Sie kennenlernte, wusste ich: Sie gehören zu den Gewinnern. Und ich glaube nicht, dass Sie es je bereuen werden, in unserem Aufsichtsrat zu sitzen.«

Charles war erstaunt, wie gern er im Büro der Whips arbeitete, obwohl er seinen Ärger über Kerslake, der seinen Platz in seinem alten Ressort eingenommen hatte, nicht vor Fiona verbergen konnte. Die Methodik, die Disziplin und die Kameradschaft seines neuen Jobs erinnerten ihn an die Zeit bei den *Grenadier Guards*. Die Pflichten waren vielfältig: Er hatte darauf zu achten, dass alle Mitglieder in ihren Ausschüssen saßen; er selbst musste im Unterhaus in der vordersten Reihe sitzen und die wichtigsten Punkte der Redner festhalten. Gleichzeitig hatte er jedes Anzeichen von Unwillen oder gar Rebellion in seinen eigenen Reihen zu registrieren und darüber informiert zu sein, was auf der anderen Seite des Unterhauses vor sich ging. Überdies hatte er fünfzig seiner eigenen Abgeordneten aus den *Midlands* zu betreuen und dafür zu sorgen, dass sie keine Abstimmung versäumten, außer sie hatten einen Partner, und auch dann musste das Büro des Whips darüber informiert sein.

Da *Whips* nie Reden halten mussten, schien Charles die Rolle gefunden zu haben, die ihm am meisten lag. Wieder erinnerte ihn Fiona daran, wie Ted Heath der Sprung zum Schattenkanzler gelungen war. Sie war froh, dass ihr Mann sich mit der Arbeit im Unterhaus identifizierte, andererseits hasste sie es, jeden Abend allein zu Bett zu gehen und oft einzuschlafen, bevor ihr Mann nach Hause kam.

Auch Simon hatte vom ersten Moment an Freude an seinem Amt. Als Junior-Mitglied des Wohnungsbau-Teams wurde ihm das Transportwesen übertragen. Im ersten Jahr las er Bücher und Fachzeitschriften, traf mit den Vorsitzenden des Transportwesens zu Land, zu Wasser und in der Luft zusammen und arbeitete häufig bis spät nachts, um mit seinem neuen Gebiet vertraut zu werden. Simon gehörte zu den wenigen Parlamentariern, die nach ein paar Wochen den Eindruck erwecken, sie säßen immer schon auf den vordersten Bänken.

Bei beiden Parteien war man Ende 1969 erstaunt über den vierzehnprozentigen Zuwachs der Konservativen bei den Nachwahlen in Louth. Es sah so aus, als bliebe der Labour-Partei nicht genug Zeit zur Konsolidierung, bevor sie Neuwahlen ausschreiben musste. Im März 1970 erzielte Labour in den Nachwahlen von Ayrshire South jedoch überraschend gute Resultate. Sie führten zu Spekulationen, der Premier könne sich schon bald zu einer Neuwahl entschließen. Bei den Kommunalwahlen in England und Wales im Mai zeigte sich jedoch wieder, entgegen den Resultaten der letzten zwei Jahre, ein Trend hin zu Labour. Plötzlich sprach man allgemein von Neuwahlen.

Als auch die Meinungsumfragen einen Umschwung zugunsten der Arbeiterpartei feststellten, suchte Harold Wilson die Königin im Buckingham Palace auf und ersuchte sie, das Parlament aufzulösen. Die Neuwahlen wurden für den 18. Juni 1970 festgesetzt.

Die Presse war überzeugt, dass Wilson wieder den richtigen Moment gewählt hatte und seine Partei zum dritten Mal hintereinander zum Sieg führen würde, ein Erfolg, der noch keinem Politiker vergönnt war. Jeder Konservative wusste, dass damit das Ende von Edward Heath als Parteiführer gekommen wäre.

Sobald die Queen das Datum verkündet hatte, kehrten Andrew und Louise nach Edinburgh zurück. Das Parlament war praktisch gelähmt, da alle Abgeordneten in ihre Wahlkreise fuhren, um eines Tages wieder nach Westminster zurückkehren zu können. Andrew stellte fest, dass sein Parteiausschuss von den Neuwahlen überrumpelt war, und wusste, dass ihm nur wenig Zeit blieb, sich vorzubereiten.

Am ersten Abend in Edinburgh setzte er sich mit seinen Funktionären zusammen, und bei Kaffee und Sandwiches erstellte man für die nächsten drei Wochen einen genauen Zeitplan, der es ihm erlaubte, jeden Teil seines Wahlkreises nicht nur einmal, sondern mehrere Male zu besuchen. Karten und Stadtpläne wurden auf alte Tapeziertische geheftet und mit Buntstiften die jeweilige Wählerverteilung markiert: ein roter Strich für ein eindeutiges Labour-Gebiet, ein blauer für ein konservatives, ein gelber für ein liberales und ein schwarzer für die wachsende Schottische Nationalpartei.

Andrew begann jeden Wahlkampftag mit einer Pressekonferenz, bei der er die lokalen Anliegen seiner Wähler besprach, auf Kritikpunkte anderer Kandidaten reagierte und auf nationale Belange, die sich während der letzten vierundzwanzig Stunden ergeben hatten, einging. Den Vormittag verbrachte er in einem Lautsprecherwagen, der durch seinen Wahlkreis fuhr und die Leute einschwor: »Schickt Fraser zurück nach Westminster.« Nach einem hastigen Lunch in einem Pub trat er mit Louise die gefürchtete Stimmenwerbung von Tür zu Tür an.

»Das wird dir Spaß machen«, sagte Andrew, als sie an einem kalten Montagmorgen vor der ersten Tür standen. Andrew drückte auf die Türglocke. Man hörte ein schwaches Klingeln. Kurz darauf erschien eine Frau im Morgenrock.

»Guten Morgen, Mrs. Foster«, begann er. »Mein Name ist Andrew Fraser. Ich bin Ihr Labour-Kandidat.«

»Wie nett, Sie kennenzulernen. Wollen Sie nicht auf eine Tasse Tee hereinkommen?«

»Sehr freundlich von Ihnen, Mrs. Foster, aber ich muss in den nächsten Tagen noch viele Besuche machen.« Als sich die Tür schloss, strich Andrew auf seiner Liste ihren Namen mit einem blauen Stift durch.

»Woher weißt du, dass sie konservativ wählt?«, fragte Louise. »Sie schien so freundlich.«

»Es ist eine Taktik der Konservativen, alle Kandidaten der Gegenseite zum Tee einzuladen und ihre Zeit zu vergeuden. Die eigene Seite sagt immer: ›Sie haben meine Stimme, verschwenden Sie keine Zeit mit mir‹, damit man die Leute aufsuchen kann, die tatsächlich unentschieden sind.«

»Ich wähle immer Fraser«, erklärte Mrs. Fosters Nachbar. »Labour ins Parlament, die Torys in den Stadtrat.«

»Finden Sie nicht, Sir Duncan sollte seinen Platz im Stadtrat verlieren?«, fragte Andrew grinsend.

»Bestimmt nicht, und das habe ich ihm auch gesagt, als er mir nahelegte, nicht für Sie zu stimmen.«

Andrew machte einen roten Strich durch seinen Namen und klopfte an die nächste Tür.

»Mein Name ist Andrew Fraser und ich …«

»Ich weiß, wer Sie sind, junger Mann, und ich mag weder Ihre Partei noch die Ihres Vaters.«

»Darf ich fragen, was Sie dann wählen werden?«

»Die Schottischen Nationalisten.«

»Warum?«, fragte Louise.

»Weil das Öl uns gehört und nicht diesen verdammten Engländern.«

»Aber es ist doch wohl besser, wenn das Vereinigte Königreich zusammenbleibt?«, meinte Andrew. »Wenigstens …«

»Niemals. Die Realunion von 1707 war eine Schande für unsere Nation.«

»Aber …«, begann Louise eifrig. Andrew legte ihr die Hand auf den Arm. »Danke, dass Sie sich Zeit für mich genommen haben, Sir«, sagte er und schob seine Frau sanft von der Tür weg.

»Tut mir leid, Louise, aber sobald jemand die Realunion von 1707 erwähnt, haben wir keine Chance. Manche Schotten haben ein erstaunliches Gedächtnis.«

Er klopfte an die nächste Tür. Ein dicker Mann mit einer Hundeleine in der Hand öffnete.

»Mein Name ist Andrew Fraser, ich …«

»Verschwinde, Gesindel«, war die Antwort.

»Wen bezeichnen Sie als Gesindel?«, fragte Louise, als ihnen die Tür vor ihrer Nase zugeschlagen wurde. »Reizender Mann.«

»Sei nicht beleidigt, Liebling, er meinte mich, nicht dich.«

»Wie wirst du seinen Namen markieren?«

»Mit einem Fragezeichen. Schwer zu sagen, wie er wählen wird. Vermutlich gar nicht.«

Sie versuchten ihr Glück an der nächsten Tür.

»Hallo, Andrew«, sagte eine Dame, bevor er den Mund öffnen konnte. »Vergeuden Sie nicht Ihre Zeit, ich wähle Sie immer.«

»Danke, Mrs. Irvine«, erwiderte Andrew und sah auf seine Namensliste. »Wie steht es mit Ihrem Nachbarn?«, fragte er und wies nach hinten.

»Ach, das ist ein alter Griesgram, aber ich achte schon darauf dass er ins Wahllokal kommt und sein Kreuz an der richtigen Stelle macht. Sollte er auch, sonst hüte ich nicht mehr seinen Windhund, wenn er ausgeht.«

»Vielen Dank, Mrs. Irvine«, lachte Andrew.

»Wieder ein roter Strich«, sagte er zu Louise, als sie auf der Straße waren.

»Und vielleicht bekommst du sogar die Stimme des Windhundes.«

In den nächsten drei Stunden hakten sie vier Straßen ab. Andrew markierte nur die Namen derer rot, die ihn mit Sicherheit wählen würden.

»Warum musst du das so genau wissen?«, fragte Louise.

»Weil wir, wenn wir die Leute am Wahltag abholen, nicht die Opposition aufmerksam machen wollen, geschweige denn jemanden transportieren, der dann genüsslich konservativ wählt.«

Louise lachte. »Politik ist so hinterhältig.«

»Sei froh, dass du nicht mit einem amerikanischen Senator verheiratet bist. Wenigstens müssen wir nicht Millionäre sein, um anzutreten.« Andrew strich den letzten Namen rot durch.

»So, höchste Zeit, vor der Abendveranstaltung etwas zu essen.« Er nahm die Hand seiner Frau. Auf dem Weg zur Parteizentrale begegneten sie dem konservativen Kandidaten. Hector McGregor versuchte, Andrew in ein Gespräch zu ziehen, aber Andrew ließ sich nicht aufhalten.

Louise begleitete ihren Mann nicht mehr auf dieser Wählerwerbung, weil sie fand, in den Parteiräumen nützlicher zu sein.

Bei den öffentlichen Abendveranstaltungen hielt Andrew binnen vierundzwanzig Tagen zweiunddreißigmal mehr oder minder die gleiche Rede und variierte sie nur, um nationalen Trends Rechnung zu tragen. Ergeben hörte Louise Tag für Tag zu, lachte jedes Mal, wenn er einen Witz machte, und klatschte als Erste, wenn er ein schlagendes Argument anführte. Irgendwie gelang es ihr, auf ihren gemeinsamen abendlichen Heimfahrten immer noch frisch und munter zu wirken.

Am Vorabend der Wahl sagte die Presse einen klaren Labour-Sieg voraus, doch Andrew sah ein Leuchten in den Augen seines Vaters, als er ihn bei der Stimmwerbung für McGregor auf der Straße traf.

Am Morgen der Wahl weckte Louise ihren Mann um halb sechs mit einer Tasse Tee. Es war die letzte, die er an diesem Tag bekam. Zu seiner Erleichterung schien die Sonne, als er die Vorhänge zur Seite schob; schlechtes Wetter half immer den Torys mit ihrem schier unendlichen Fuhrpark, der die Wähler zu den Wahllokalen brachte. Seine Frau heftete derweil eine große Rosette mit der Aufforderung »Schickt Fraser zurück nach Westminster« ans Revers seines Anzugs.

Andrew schlenderte durch die Straßen von Edinburgh, schüttelte Hände, schwatzte mit Bekannten und versuchte immer noch, Unentschiedene in letzter Minute zu bekehren, als er seinen Vater auf sich zukommen sah. Schließlich standen sie einander mitten auf der Straße gegenüber.

»Das wird ein Kopf-an-Kopf-Rennen«, meinte Sir Duncan.

»Dann weiß ich, wer schuld ist, wenn ich eine Stimme zu wenig habe«, erwiderte Andrew.

Mit Verschwörerblick sah Sir Duncan sich um und flüsterte: »Wenn du mit einer Stimme gewinnst, hast du es mir zu verdanken, mein Junge.« Er entfernte sich, um die Bürger von Edinburgh zu beschwören, nicht den Abtrünnigen Fraser zu wählen.

Das nächste Mal trafen sich Vater und Sohn abends bei der Auszählung. Als die kleinen Stapel der Stimmzettel wuchsen, blieb kein Zweifel, dass Andrew ins Parlament zurückkehren würde. McGregor schüttelte enttäuscht den Kopf.

Als jedoch die ersten Resultate von Guildford konservative Gewinne von vier Prozent zeigten, erwiesen sich alle Vorhersagen eines klaren Labour-Siegs als unrealistisch, und je mehr Ergebnisse eintrafen, desto deutlicher zeichnete sich eine konservative Mehrheit ab, die für die Regierungsbildung reichen würde.

»Ich dachte mir«, sagte Sir Duncan zu seinem Sohn, als das Resultat feststand, »dass du eine klitzekleine Weile in der Opposition sein wirst.«

»Klitzeklein ist das entscheidende Wort«, lautete Andrews Antwort.

Andrew behielt seinen Sitz mit einer Mehrheit von 4009 Stimmen und verlor nur ein Prozent. Schottland war nicht so begeistert von Heath wie das übrige Land, wo Labour 4,7 Prozent verlor.

Simon Kerslake erzielte zum ersten Mal eine vierstellige Mehrheit, als er in Coventry Central mit 2118 Stimmen gewann.

Als der alte Earl Fiona fragte, wie viele Stimmen sein Sohn erhalten habe, war sie nicht sicher, erinnerte sich jedoch, dass Charles einem Reporter gesagt hatte, es seien mehr gewesen, als alle anderen Kandidaten zusammen bekommen hatten.

Raymond Gould verlor nur zwei Prozent der Stimmen und kehrte mit einer Majorität von 10.416 ins Parlament zurück. Die Leute von Leeds bewundern die Unabhängigkeit bei einem Abgeordneten, besonders wenn es um Prinzipien geht.

Mit einer Mehrheit von dreißig Sitzen zogen die Konservativen ins Parlament ein. Die Königin ließ Edward Heath zu sich rufen und beauftragte ihn mit der Regierungsbildung. Er küsste die Hand Ihrer Majestät und nahm ihre Weisung an.

11

Als Simon am Morgen nach der Wahl erwachte, fühlte er sich erschöpft und beschwingt zugleich. Er versuchte, sich die Gefühle der Labour-Minister vorzustellen, die noch gestern geglaubt hatten, wieder in ihre Ministerien zurückzukehren.

Elizabeth rührte sich und seufzte schlaftrunken. Simon sah seine Frau an. In den sieben Jahren ihrer Ehe hatte sie für ihn nichts von ihrer Attraktivität verloren, und es machte ihn glücklich, sie einfach nur anzusehen. Das lange blonde Haar lag auf ihren Schultern, und unter dem seidenen Nachthemd zeichneten sich ihre schlanken Formen ab. Er streichelte ihren Rücken und beobachtete, wie sie langsam den Schlaf abschüttelte; als sie wach war, nahm er sie in die Arme.

»Ich bewundere deine Energie«, sagte sie. »Wenn du nach drei Wochen auf dem Kriegspfad noch so fit bist, kann ich wohl kaum Kopfschmerzen vorschützen.«

Er lächelte beglückt. Keine Wähler, kein Stimmenfangirrsinn, keine Parteierwartungen würden diesen seltenen Moment stören.

»Mami«, sagte eine Stimme, und Simon sah Peter im Pyjama in der Tür stehen. »Ich hab Hunger.«

Auf der Rückfahrt nach London fragte Elizabeth ihren Mann: »Was wird man dir anbieten?«

»Ich wage keine Prognose, aber ich hoffe Unterstaatssekretär für Wohnungsbau.«

»Aber du bist nicht sicher, dass man dir einen Posten anbieten wird?«

»Keineswegs. Man kann nie wissen, welche Umstellungen und Zwänge der Premier berücksichtigen muss.«

»Wie zum Beispiel?«

»Linker und rechter Parteiflügel, Norden und Süden – zahllose Leute, die er belohnen muss, weil sie behaupten, ihm in No. 10 geholfen zu haben.« Simon gähnte.

»Willst du damit sagen, dass er dich womöglich übergeht?«

»Ja. Aber dann werde ich fuchsteufelswild und auf jeden Fall wissen wollen, wer meinen Job bekommt und warum.«

»Könntest du irgendetwas unternehmen?«

»Nein. Da ist nicht das Geringste zu machen, das weiß jeder Hinterbänkler. Der Premierminister hat diesbezüglich die absolute Macht.«

»Das wird ganz egal sein, wenn du weiter auf dem Mittelstreifen fährst«, sagte sie. »Sollte nicht lieber ich fahren?«

Louise ließ Andrew am Freitagmorgen ausschlafen. Sie wusste, er hatte gehofft, in einen besseren Posten aufzusteigen, und war erschüttert vom Wahlergebnis.

Als Andrew aufwachte, war es fast elf. Schweigend und unrasiert saß er im Morgenmantel am Tisch und klopfte auf ein hart gekochtes Ei, das partout nicht bersten wollte. Neben seinem Teller lag eine ungeöffnete *Times*.

»Ich danke dir für all die harte Arbeit«, sagte er, sobald die zweite Tasse Kaffee ihre Wirkung getan hatte. Louise lächelte. Eine Stunde später fuhr er, in Sportsakko und Flanellhose, in einem Lautsprecherwagen durch seinen Wahlkreis und dankte seinen Wählern, dass sie ihn wieder nach Westminster geschickt hatten. Louise saß neben ihm und half ihm, sich an Namen zu erinnern, die er vergessen hatte.

Nachdem sie die letzte Hand geschüttelt hatten, verbrachten sie mit Sir Duncan, dem es schwerfiel, ein Grinsen zu verbergen, ein ruhiges Wochenende in Stirling.

Raymond war erstaunt über den Wahlausgang und konnte nicht verstehen, dass die Meinungsumfragen so falsch gelegen hatten. Er hatte Joyce nie gebeichtet, dass er bei einem Labour-Sieg auf ein Amt gehofft hatte, nachdem er eine gefühlte Ewigkeit auf den Hinterbänken geschmort hatte.

»Mir bleibt nichts anderes übrig, als mir eine neue Karriere bei Gericht aufzubauen. Es kann Jahre dauern, bis wir wieder an die Macht kommen«, erklärte er ihr.

»Aber das wird dich doch bestimmt nicht ausfüllen?«

»Ich muss meine Zukunft realistisch sehen«, erwiderte er nachdenklich. »Obwohl ich nicht vorhabe, uns von Heath in eine Europäische Gemeinschaft zerren zu lassen, ohne mit allen Mitteln dagegen zu kämpfen.«

»Vielleicht gibt man dir ja irgendeinen Schattenposten?«

»Nein, in der Opposition gibt es viel weniger Posten, und die vergibt man an gute Redner wie Fraser, solange man nichts anderes tun kann, als sich bemerkbar zu machen und auf die nächste Wahl zu warten.«

Raymond fragte sich, wie er das Thema, das ihn wirklich beschäftigte, anschneiden sollte, und versuchte, es möglichst beiläufig klingen zu lassen. »Vielleicht ist es an der Zeit, ein Zuhause in unserem Wahlkreis zu haben.«

»Das scheint mir eine vollkommen überflüssige Ausgabe«, erwiderte Joyce, »vor allem, da wir bei deinen Eltern doch sehr nett wohnen. Am Ende wären sie darüber vielleicht auch gekränkt?«

»Ich bin in erster Linie meinen Wählern verpflichtet, und damit könnten wir unseren längerfristigen Einsatz unter Beweis stellen. Das werden auch meine Eltern verstehen.«

»Aber wir können uns zwei Häuser nicht leisten.« Joyce wurde unsicher.

»Das weiß ich, aber du wolltest doch immer in Leeds wohnen und müsstest nicht mehr jede Woche zwischen London und Leeds pendeln. Warum bleibst du nicht hier und setzt dich mit ein paar Immobilienbüros in Verbindung, um zu sehen, was so auf dem Markt ist?«

»Gut, wenn du das wirklich möchtest, fange ich nächste Woche mit der Suche an«, sagte Joyce.

Charles und Fiona verbrachten ein ruhiges Wochenende in ihrem Landhaus in Sussex. Charles werkelte im Garten, spitzte dabei jedoch fortwährend die Ohren, ob das Telefon klingelte. Als Fiona durch das große Fenster hinausschaute und sah, wie er ihren schönsten Rittersporn ausriss, als handelte es sich um Unkraut, wurde ihr klar, wie sehr er auf einen Anruf wartete.

Schließlich ließ Charles das Jäten sein, kam herein und schaltete den Fernseher an. Maudling, Macleod, Thatcher und Carrington betraten mit ernsten Gesichtern Downing Street No. 10 und verließen das Haus wieder lächelnd. Die wichtigsten Posten waren vergeben: Das Kabinett nahm Form an. Der neue Premier trat auf den Gehsteig, winkte der Menge zu und stieg in seinen Dienstwagen. Würde er sich erinnern, wer ihm die Jungwähler organisiert hatte, als er noch nicht einmal Parteiführer gewesen war?

»Wann willst du zum Eaton Square zurückfahren?«, fragte Fiona aus der Küche.

»Hängt davon ab.«

»Wovon?«

»Ob das Telefon klingelt.«

Simon starrte auf den Fernsehschirm. Diese vielen Arbeitsstunden für das Wohnungsbau-Team, und jetzt hatte der Premier das Ressort jemand anderem angeboten. Er ließ den Fernseher den ganzen Tag an, erfuhr jedoch nicht, an wen, sondern nur, dass das übrige Team unverändert geblieben war.

»Warum beschäftige ich mich überhaupt damit?«, sagte er gereizt. »Das Ganze ist eine Farce.«

»Was hast du gesagt, Liebling?«, fragte Elizabeth, als sie ins Zimmer kam.

Das Telefon klingelte. Es war der neu ernannte Innenminister Reginald Maudling.

»Simon?«

»Reggie, meinen Glückwunsch zu deiner Berufung, nicht, dass sie eine große Überraschung war.«

»Deshalb rufe ich dich an, Simon. Willst du als Staatssekretär in mein Ministerium kommen?«

»Ob ich möchte? Ich wäre begeistert!«

»Gott sei Dank. Es hat mich verdammt viel Mühe gekostet, Ted Heath zu überreden, dich aus dem Wohnungsbau-Team zu entlassen.«

Als Andrew und Louise nach dem Wochenende wieder nach Cheyne Walk zurückkehrten, erwartete sie im Wohnzimmer eine rote Regierungsschatulle. »*Under Secretary of State for Scotland*« stand in Goldbuchstaben darauf.

»Sie wird im Lauf des Tages abgeholt«, sagte er zu Louise. Als er die Schatulle aufschloss, war sie leer; dann bemerkte er in der Ecke ein kleines Kuvert. Es war an »Andrew Fraser Esquire, MP« gerichtet. Er riss es auf. Es enthielt eine kurze handgeschriebene Mitteilung des dienstältesten Beamten des Schottischen Büros.

»Nach einer alten Sitte erhalten Minister die letzte Red Box, mit der sie gearbeitet haben. *Au revoir.* Wir werden uns sicher wiedersehen.«

»Man könnte sie als eine Art Picknickkorb verwenden«, schlug Louise vor.

»Oder als kleinen Übernachtungskoffer«, meinte Andrew.

»Oder als eine sehr kleine Wiege«, kam es ganz beiläufig.

Andrew sah auf. Louise strahlte.

»Ich habe es deinen Eltern gestern mitgeteilt, aber dir wollte ich es erst heute Abend beim Dinner sagen.«

Andrew nahm sie in die Arme.

»Für ihren Namen haben wir uns ja schon entschieden«, setzte Louise hinzu.

Als Raymond wieder ins *Lincoln's Inn* zurückkehrte, ließ er seinen Sekretär in der Anwaltskammer wissen, er wolle möglichst viel Arbeit haben. Beim Lunch mit dem Gerichtspräsidenten Sir Nigel Hartwell erklärte er diesem, dass er eine Rückkehr der Labour-Partei an die Regierung in nächster Zeit für unwahrscheinlich halte.

»Sie sind noch jung, Raymond. Nach dieser Regierungsperiode sind Sie knapp vierzig, können sich also noch auf viele Jahre im Kabinett freuen.«

»Da bin ich nicht so sicher«, meinte Raymond ungewöhnlich zögernd.

»Jedenfalls müssen Sie sich keine Sorgen über genügend Fälle machen. Seit bekannt wurde, dass Sie wieder bei uns sind, erhielten wir permanent Anrufe von Anwälten.«

Raymond entspannte sich allmählich.

Nach dem Lunch rief Joyce an, um ihm mitzuteilen, dass sie nichts Passendes gefunden, der Makler ihr jedoch versichert habe, im Herbst werde viel auf den Markt kommen.

»Dann such weiter«, sagte Raymond.

»Keine Angst, tu ich.« Sie klang, als mache es ihr Spaß. »Vielleicht können wir, falls wir etwas finden, daran denken, eine Familie zu gründen«, setzte sie fragend hinzu.

»Vielleicht«, erwiderte Raymond kurz.

Am Montagabend erhielt Charles endlich einen Anruf – nicht von Downing Street No. 10, sondern von No. 12, dem Büro des Chief Whip. Er bot Charles an, weiter als junger Whip in seinem Büro zu arbeiten. Als er die Enttäuschung in Charles' Stimme hörte, fügte er hinzu: »Vorläufig.«

»Vorläufig«, wiederholte Charles und legte auf.

»Wenigstens bist du Regierungsmitglied, und man hat dich nicht ganz vergessen«, tröstete Fiona.

»Stimmt«, erwiderte er.

»Es wird sicher einige Umbesetzungen in den nächsten fünf Jahren geben.«

Charles gab seiner Frau recht, aber die Enttäuschung blieb. Doch als Regierungsmitglied ins Parlament zurückzukehren erwies sich als wesentlich attraktiver, als er erwartet hatte. Jetzt war es seine Partei, die die Entscheidungen traf.

An einem Morgen im November fuhr die Queen in der irischen Staatskarosse zum Oberhaus. Eine Eskorte ihrer

Kavallerie begleitete sie, eine Prozession kleinerer Kutschen, in denen die Krone König Edwards III. und weitere königliche Insignien mitgeführt wurden, fuhren voran. Charles erinnerte sich, als Kind einmal der Zeremonie auf der Straße zugesehen zu haben. Jetzt nahm er daran teil. Als die Queen vor dem Oberhaus ankam, wurde sie vom Lordkanzler empfangen und durch einen dem Staatsoberhaupt vorbehaltenen Eingang ins Ankleidezimmer geführt, wo die Hofdamen ihr halfen, sich für die Zeremonie vorzubereiten.

Charles betrachtete die feierliche Parlamentseröffnung als einen ganz besonderen Anlass für die Mitglieder beider Häuser. Als Whip sah er zu, wie die Abgeordneten ihre Plätze einnahmen und die Ankunft des *Black Rod* – des höchsten Dienstbeamten des Oberhauses – erwarteten. Sobald die Queen auf dem Thron Platz genommen hatte, befahl der Hofmeister dem *Black Rod,* das Unterhaus zu informieren: »Ihre Majestät, die Königin, lässt alle bitten, unverzüglich vor ihr zu erscheinen.«

Der *Black Rod*, in schwarzem Mantel, schwarzer Weste, schwarzen Kniehosen, schwarzen Strümpfen und schwarzen Schuhen, sah eher aus wie der Advokat des Teufels als wie der Herold der englischen Königin. Allein marschierte er quer durch den großen Saal bis zur Tür des Unterhauses, die ihm, als er zwei Schritte davon entfernt war, vor der Nase zugeschlagen wurde.

Mit dem Silberknauf seines langen schwarzen Stabs klopfte er dreimal an die Tür. Ein kleines Fenster darin wurde geöffnet, ähnlich wie in einem etwas anrüchigen Nachtclub, hatte Charles' Vater einmal bemerkt. Hierauf wurde dem *Black Rod* Zutritt zum Unterhaus gewährt. Er ging zum Tisch und verbeugte sich dreimal vor dem Stuhl, bevor er anhob:

»Mr. Speaker, die Königin befiehlt diesem verehrten Haus, sofort im Oberhaus vor Ihrer Majestät zu erscheinen.«

Der Zeremonienmeister, den Amtsstab in der Rechten, führte den Speaker, der ein goldbesticktes Gewand aus schwarzem Damast trug, zum *House of Lords* zurück. Ihnen folgten der Protokollführer, der Kaplan, der Premierminister, begleitet vom Oppositionsführer, dann die Kabinettsminister und ihre Gegenspieler sowie schließlich so viele Hinterbänkler, wie sich in den Saal des Oberhauses quetschen konnten.

Die Lords warteten in ihren roten Capes mit Hermelinkragen und erinnerten ein wenig an freundliche Draculas. Sie wurden von ihren Gemahlinnen begleitet, die lange Abendkleider und funkelnde Diademe trugen. Die Queen in vollem Ornat, auf dem Haupt die Krone Edwards III., wartete, bis die Prozession im Saal war und Stille herrschte.

Nun trat der Lordkanzler vor, beugte das Knie und überreichte ihr ein gedrucktes Dokument. Es war die Rede, welche die neue Regierung aufgesetzt hatte; obwohl die Queen am Morgen bereits eine Kopie davon gelesen hatte, hatte sie nichts hinzugefügt, da ihre Rolle bei diesem Anlass eine rein zeremonielle war. Sie sah ihre Untertanen an und begann vorzulesen.

Charles stand im Hintergrund des überfüllten Saales, konnte aufgrund seiner Größe dem Vorgang aber mühelos folgen. Die Lords saßen alle auf ihren Plätzen, die Lawlords – also diejenigen mit richterlichen Funktionen – in der Mitte des Saales, ein Privileg, das sie 1539 erhalten hatten. Der Lordkanzler hockte allein auf dem *Woolsack,* einem mit Wolle gefüllten Sack aus den Tagen, in denen Wolle das Haupterzeugnis des Landes gewesen war. Bei den Sitzungen des

Oberhauses entspricht seine Funktion der des *Speakers* im Unterhaus.

Charles entdeckte seinen Vater, den Earl of Bridgewater, der während der königlichen Rede einnickte. Die Queen versprach, Großbritannien werde sich entschlossen bemühen, Vollmitglied der EWG zu werden. »Meine Regierung beabsichtigt auch, eine Gesetzesvorlage zu einer Gewerkschaftsreform einzubringen«, erklärte sie. Charles zählte die wahrscheinlichen Gesetzesvorlagen der nächsten Monate; demnach würde sein Büro einiges zu tun haben.

Die Queen beendete ihre Rede, und Charles warf noch einen Blick auf seinen Vater, der jetzt fest schlief. Charles fürchtete sich vor dem Moment, in dem er hier seinen Bruder Rupert in Hermelin gekleidet sehen würde. Der einzige Ausgleich dafür wäre die Geburt eines Sohnes, dachte er, der eines Tages den Titel erben würde, da Rupert offensichtlich nicht heiraten wollte.

Dabei hatten Fiona und er es versucht. Möglicherweise sollte er ihr empfehlen, einen Spezialisten aufzusuchen. Wie furchtbar, wenn sie kein Kind bekommen konnte.

Nach dem Ende der Rede verließ die Queen unter Fanfarenklängen das Oberhaus, gefolgt von Prinz Philip und Prinz Charles. Am anderen Ende des Saales schritten die Mitglieder des Unterhauses, angeführt vom *Speaker,* paarweise von den roten Bänken der Lords zu den grünen des Unterhauses.

Nachdem der Oppositionsführer sein Team zusammengestellt hatte, forderte er Andrew auf, als Nummer zwei die Informationsstelle des Innenministeriums zu übernehmen. Andrew war erfreut über die Herausforderung dieser neuen Verantwortung, besonders, als er feststellte, dass Simon Kerslake sein Gegenspieler in der Regierung sein würde.

Wieder nahm Louises Umfang gewaltige Formen an, doch Andrew versuchte, nicht zu viel über ihre Schwangerschaft nachzudenken; zu groß war seine Angst, sie könne zum dritten Mal eine Enttäuschung erleben. Er rief Elizabeth Kerslake an und bat sie um eine vertrauliche Unterredung.

»Das ist eine Frage, die sich nicht so ohne Weiteres beantworten lässt«, sagte sie zu Andrew bei einer Tasse Kaffee in ihrem Arbeitszimmer.

»Aber was würden Sie raten, falls Louise ein drittes Mal ihr Kind verliert?«

Elizabeth überlegte lange, bevor sie antwortete. »In diesem Fall hielte ich es für besser, sie nicht noch einmal dieser Tortur auszusetzen«, sagte sie ruhig. »Die psychischen Folgen könnten ihr gesamtes weiteres Leben beeinträchtigen.«

Andrew starrte vor sich hin.

»Schluss mit dem tristen Gerede«, fügte sie hinzu. »Ich habe Louise letzte Woche untersucht, und alles weist auf eine normale Geburt hin.«

In den ersten Wochen der neuen Tory-Regierung kreuzten Simon und Andrew zu verschiedenen Anlässen die Klingen, und bald nannte man die beiden nur »den Mungo und die Klapperschlange«. Sobald der Name »Kerslake« oder »Fraser« auf der altmodischen Wandtafel erschien – es bedeutete, dass einer von ihnen aufgestanden war, um das Wort zu ergreifen –, gingen die Abgeordneten in den Saal zurück. Andrew war ständiger Gast im Table Office, einem winzigen Raum, in dem Parlamentsmitglieder ihre meist auf gelbe Zettel gekritzelten Anfragen einreichten; wobei die Sekretäre sie auch angenommen hätten, wären sie auf Briefmarken geschrieben gewesen. Manchmal halfen sie Andrew, eine Anfrage so zu formulieren, dass der *Speaker* sie akzeptierte, was sie für jedes Mitglied taten, sogar für Tom Carson, der sie einmal der politischen Voreingenommenheit beschuldigte, als sie erklärten, eine seiner Anfragen sei unzulässig. Als er zum Speaker zitiert wurde und dieser sie las, wurde Carson getadelt, und die Anfrage verschwand in einem der pseudogotischen Papierkörbe.

Simon und Andrew pflegten oft, hinter dem Stuhl des Speakers die umstrittenen Fragen zu besprechen, da sie dort von der Pressegalerie aus nicht gesehen werden konnten. Doch sobald sie ans Rednerpult zurückkehrten, bekämpften sie einander rücksichtslos und suchten nach jeder Schwäche in der Argumentation des Gegners.

In einem Punkt waren sich beide jedoch einig. Seit August 1969, als man zum ersten Mal Militär nach Nordirland schickte, hatte das Parlament immer wieder Probleme mit der Provinz. Im Februar 1970 widmete das Unterhaus dieser Frage einen ganzen Tag, um die Meinung der Abgeordneten zu den wachsenden Spannungen zwischen radikalen Protestanten und der IRA anzuhören. Dem Unterhaus lag ein Antrag vor, die dortigen Notstandsmaßnahmen zu verlängern.

Andrew stand von der ersten Bankreihe auf, um die Eröffnungsrede für die Opposition zu halten. Er nehme für keine Seite Partei, erklärte er, sei jedoch sicher, dass das Unterhaus in der Ablehnung jeglicher Gewalt einig sei. Er habe lange nach einer Lösung gesucht, aber keine der beiden Parteien sei bereit nachzugeben. »Guter Wille« und »Vertrauen« schienen in einem in Ulster gedruckten Wörterbuch nicht vorzukommen. Bald kam Andrew zu dem Schluss, dass Gladstone recht gehabt hatte, als er sagte: »Wann immer ich in der irischen Frage eine Lösung finde, wird die Frage geändert.«

Als Andrew geendet hatte, waren die Mitglieder erstaunt,

ihn den Saal verlassen zu sehen. Erst nach ein paar Minuten kam er wieder zurück.

Simon fasste den Regierungsstandpunkt zusammen und hatte seine Rede sehr sorgfältig vorbereitet. Obwohl beide Seiten im Wesentlichen einer Meinung zu sein schienen, konnte die Stimmung bei einer unbedachten Äußerung des Regierungsvertreters sofort umschlagen.

Zu jedermanns Überraschung verließ Andrew Fraser auch während der Debatte mehrmals den Saal. Simon war zwischen halb vier und der Zehnuhrpause nur zweimal abwesend, einmal, um mit seiner Frau zu telefonieren, und dann gegen Abend, um rasch etwas zu essen.

Als er zurückkam, war Andrew noch immer nicht da. Er nahm seinen Platz erst ein, als Simon mit seiner Schlussrede schon begonnen hatte.

Ein älterer Konservativer stand auf.

»Mr. Speaker, zu einem Punkt der Geschäftsordnung.«

Simon setzte sich sofort und hörte zu, was sein Kollege zu sagen hatte.

»Ist es nicht Gepflogenheit dieses Hauses, Sir«, begann dieser gewichtig, »dass ein Sprecher der ersten Bankreihe so höflich ist, während der Debatte sitzen zu bleiben, um auch andere Meinungen zu hören?«

»Das ist kein Punkt der Geschäftsordnung«, antwortete der Speaker unter »Hört, hört«-Rufen von den konservativen Bänken. Rasch schrieb Andrew ein paar Worte und reichte sie an Simon weiter. Es stand nur ein Satz auf dem Zettel.

»Ich pflichte meinem verehrten Freund bei«, begann Simon, »und hätte mich selbst beschwert, hätte ich nicht gewusst, dass der Ehrenwerte Gentleman, Abgeordneter für Edinburgh Carlton, den Großteil des Nachmittags im Krankenhaus verbrachte ...« Simon hielt inne, um das sacken zu lassen. »Wo seine Frau in den Wehen liegt. Ich pflege nicht, alles ungeprüft hinzunehmen, was die Opposition vorbringt, aber in diesem Fall kann ich seine Angabe bestätigen, weil meine Frau das Baby zur Welt brachte.« Gelächter ertönte. »Ich kann meinem verehrten Freund versichern, dass meine Frau den ganzen Nachmittag über das Baby mit den Werten konservativer Politik, die auch sein Großvater hochhält, indoktrinierte. Deshalb hielt es der Ehrenwerte Gentleman auch für nötig, die Debatte zu versäumen.« Simon wartete, bis das Gelächter verklang. »Für diejenigen Mitglieder, die Statistik lieben: Es ist ein Junge, etwas über vier Pfund.«

Es gibt Momente im Unterhaus, in denen beide Seiten Zuneigung zueinander zeigen, dachte Andrew und hielt es für eine Ironie, dass ein Engländer während einer Debatte über Irland so viel Verständnis für einen Schotten gezeigt hatte.

Es gab keinen Widerspruch, als der Speaker um zehn Uhr die Stimmen einsammelte, und Simon traf Andrew hinter dem Stuhl des Speakers.

»Etwas über vier Pfund scheint mir nicht sehr viel. Ich würde den Gesundheitsminister nach seiner Meinung fragen.«

»Stimmt«, sagte Andrew, »der kleine Kerl steckt im Brutkasten, aber Ihre Frau tut alles, was sie kann, um ihn zu mästen. Jetzt gehe ich zu ihm.«

»Viel Glück«, sagte Simon.

Die ganze Nacht verbrachte Andrew neben dem Inkubator und lauschte dem abscheulichen Tropfen des kleinen Plastikschlauchs, der durch die Nase bis in den Magen des Kindes verlief. Er hatte Angst, sein Sohn könne sterben, wenn er einschliefe. So legte er sich, um wach zu bleiben, ein feuchtes

Tuch auf die Augen. Schließlich unterlag er doch und döste ein.

Als sein Vater erwachte, war Robert Bruce Fraser höchst lebendig. Der zerknitterte Vater stand auf, um seinen zerknitterten Sohn zu bewundern, der von der Nachtschwester Milch in seinen Plastikschlauch bekam.

Andrew sah auf das faltige Gesicht hinab. Der Junge hatte sein breites Kinn geerbt, Nase und Haarfarbe aber von der Mutter. Er schmunzelte, als er daran dachte, wie viel Zeit Louise mit Mädchennamen verschwendet hatte. Es blieb bei Robert.

Elizabeth sagte, sie müssten dankbar sein; die Untersuchung nach der Geburt ergab, dass Louise keine weiteren Kinder haben konnte.

12

Der Chief Whip sah sich unter seinen Kollegen um. Wer würde sich wohl freiwillig für diese undankbare Aufgabe melden?

Eine Hand zeigte auf, und er war angenehm überrascht.

»Danke, Charles.«

Charles hatte Fiona schon vorgewarnt, dass er gern der verantwortliche Whip für das Thema wäre, das die letzte Wahl beherrscht hatte: der EWG-Beitritt. Jeder im Raum wusste, dass dies der anstrengendste Marathon-Job im Parlament sein würde, und es gab ein hörbar erleichtertes Aufseufzen, als Charles sich meldete.

»Kein Job für jemanden, dessen Ehe gefährdet ist«, hörte er einen Whip flüstern. Wenigstens diesbezüglich muss ich mir keine Sorgen machen, dachte Charles, notierte sich jedoch, abends Blumen mit nach Hause zu bringen.

»Warum hat sich jeder darum gedrückt?«, fragte Fiona, während sie die Narzissen in einer Vase arrangierte.

»Weil nicht viele von uns Edward Heath in seinem lebenslangen Ehrgeiz, Großbritannien zu europäisieren, bedingungslos unterstützen, wohingegen etliche von der Opposition dies tun«, erklärte Charles und nahm einen Schluck Cognac. »Dazu kommt, dass wir zur gleichen Zeit eine Gesetzesvorlage einbringen wollen, die die Gewerkschaften ein wenig in die Schranken weist. Das könnte viele Labour-Abgeordnete davon abhalten, mit uns für Europa zu stimmen. Deshalb verlangt der Premier auch eine regelmäßige Einschätzung zum Stand der Dinge, obwohl das Gesetz vermutlich frühestens in einem Jahr vor das Unterhaus kommt. Er wird stets wissen wollen, wie viele von uns immer noch gegen den Beitritt sind und wie viele von der Opposition bei der Abstimmung verlässlich aus der Reihe tanzen werden.«

»Ich sollte Parlamentsmitglied werden, dann wäre ich wenigstens ein bisschen in deiner Nähe.«

In den Medien wurde die »Große Debatte« bis zur Unerträglichkeit ausgeschlachtet. Dessen ungeachtet, waren sich die Mitglieder bewusst, eine historische Entscheidung zu treffen. Im Unterhaus wurde es lebendig, und im Lauf der Wochen und Monate des Debattierens steigerte sich die Erregung.

Charles behielt zwar seine Aufgabe, die fünfzig Mitglieder bei allen normalen Regierungsanträgen zu beaufsichtigen, war jedoch wegen der Priorität der Europafrage von allen anderen Pflichten befreit. Er wusste, jetzt war seine Chance gekommen, jene klägliche Abschlussrede über die Wirtschaftssituation wettzumachen, die seine Kollegen offenbar noch nicht ganz vergessen hatten.

»Ich setze alles auf diese Sache«, sagte er Fiona. »Wenn wir die endgültige Abstimmung verlieren, werde ich den Rest meines Lebens auf den Hinterbänken verbringen.«

»Und wenn wir gewinnen?«

»Dann wird es schwer, mich von der ersten Bankreihe fernzuhalten.«

Robert Fraser gehörte zu jenen lautstarken Kindern, die schon nach ein paar Wochen klingen, als säßen sie in der ersten Bankreihe.

»Vielleicht wird er doch Politiker«, überlegte Louise und sah ihren Sohn an.

»Wie kommst du darauf?«, fragte Andrew.

»Er schreit unaufhörlich alle an, ist ausschließlich mit sich selbst beschäftigt und schläft ein, wenn jemand anderes eine Meinung äußert.«

»Endlich habe ich etwas gefunden.«

Als Raymond das hörte, nahm er am Freitag darauf den Zug nach Leeds. Vier Häuser hatte Joyce zur Besichtigung ausgesucht, aber er musste ihr zustimmen, dass das Haus in Chapel Allerton genau das war, was sie suchten. Es war auch das teuerste.

»Können wir uns das leisten?«, fragte Joyce besorgt.

»Wahrscheinlich nicht, aber wenn man vier Häuser besichtigt, will man am Schluss nur das beste.«

»Ich könnte weitersuchen.«

»Nein, du hast das richtige Haus gefunden. Jetzt muss ich mir überlegen, wie wir es bezahlen, und ich glaube, ich habe eine Idee.« Joyce sagte nichts, bis er fortfuhr: »Wir könnten unser Haus in der Lansdowne Road verkaufen.«

»Aber wo wohnen wir dann, wenn du in London bist?«

»Ich könnte irgendwo zwischen dem Gericht und dem Parlament eine kleine Wohnung mieten, während du unser eigentliches Zuhause in Leeds einrichtest.«

»Wirst du nicht sehr einsam sein?«

»Natürlich.« Raymond versuchte, überzeugend zu klingen. »Aber fast alle Abgeordneten aus Gegenden nördlich von Birmingham sind unter der Woche von ihrer Frau getrennt. Jedenfalls hast du dir immer gewünscht, in Yorkshire zu wohnen, und das ist jetzt unsere Chance. Wenn meine Tätigkeit größer wird, könnten wir uns eines Tages ein zweites Haus in London leisten.«

Joyce sah ihn besorgt an.

»Noch dazu werde ich, wenn du in Leeds bist, nie meinen Sitz verlieren.«

Sie lächelte. Es machte sie glücklich, wenn Raymond auch nur andeutete, dass er sie brauchte.

Bevor Raymond am Montagmorgen nach London fuhr, machte er ein Kaufangebot für das Haus in Chapel Allerton. Nach einigen Anrufen im Lauf der Woche wurde man handelseinig, und Donnerstag bot Raymond das kleine Haus in der Lansdowne Road zum Verkauf an. Der Preis, den der Immobilienmakler zu erzielen hoffte, erstaunte ihn.

Simon schrieb Ronnie ein paar Zeilen und dankte ihm, dass man ihn über die Vorgänge bei Nethercote ständig auf dem Laufenden hielt. Vor acht Monaten war er wegen seiner Beförderung zum Minister aus dem Aufsichtsrat ausgetreten, doch Ronnie schickte ihm die Protokolle jeder Sitzung, damit er sie studieren konnte, wenn er Zeit hatte.

Sein Bankkredit belief sich jetzt auf etwas mehr als zweiundsiebzigtausend Pfund, aber da Ronnie die Aktien zu fünf Pfund pro Stück anbieten wollte, wenn sie an die Börse gingen, sollten sie Simon eigentlich gut dreihunderttausend Pfund einbringen. Elizabeth warnte ihn, keinen Penny des Gewinns auszugeben, bevor das Geld nicht sicher auf der Bank lag. Zum Glück ahnte sie nicht, wie viel er sich geliehen hatte.

Bei einem ihrer gelegentlichen Mittagessen im Ritz erklärte ihm Ronnie seine Pläne für die Zukunft des Unternehmens.

»Jetzt, da die Konservativen an der Regierung sind, möchte ich in circa achtzehn Monaten an die Börse gehen. Die Gewinne sind in diesem Jahr erneut gestiegen, und fürs nächste Jahr sieht es noch besser aus. 1973 dürfte perfekt sein.«

Simon sah ihn etwas besorgt an, und Ronnie reagierte schnell. »Wenn Sie Probleme haben, Simon, dann nehme ich Ihnen gerne ein paar Aktien zum Kurswert ab. So hätten Sie wenigstens einen kleinen Gewinn.«

»Nein, nein«, wehrte Simon ab, »jetzt habe ich so lange gewartet, jetzt bleibe ich dabei.«

»Wie Sie wollen. Und nun erzählen Sie mal, wie gefällt Ihnen das Innenministerium?«

Simon legte Messer und Gabel ab. »Von den drei großen Ministerien ist es dasjenige, das am meisten mit Menschen zu tun hat. Das bringt jeden Tag eine neue Herausforderung, obwohl es natürlich auch deprimierend sein kann. Leute ins Gefängnis sperren, Immigranten abweisen und harmlose Ausländer abschieben ist nicht nach meinem Geschmack. Das Innenministerium scheint niemandem zu viel persönliche Freiheit zu gönnen.«

»Und wie steht es mit Nordirland?«

»Nordirland?« Simon zuckte die Achseln.

»Ich würde den Norden ja an Irland abtreten«, meinte Ronnie, »oder unabhängig werden lassen und dafür einen finanziellen Anreiz bieten. Im Augenblick wird nur Geld zum Fenster rausgeworfen.«

»Wir sprechen von Menschen«, sagte Simon, »nicht von Geld.«

»Neunzig Prozent der Wähler würden mit mir übereinstimmen.« Ronnie zündete sich eine Zigarre an.

»Jeder bildet sich ein, dass neunzig Prozent der Leute seiner

Meinung sind, bis er für eine Wahl aufgestellt wird. Das Problem Irland ist zu ernst. Es geht um Menschen, um acht Millionen Menschen, die alle den gleichen Anspruch auf Rechte haben wie Sie und ich. Und solange ich im Innenministerium bin, werde ich darauf achten, dass sie sie erhalten.«

Ronnie schwieg.

»Tut mir leid, Ronnie«, sagte Simon, »zu viele haben eine einfache Lösung für Irland. Wenn es eine *gäbe*, wäre das Problem nicht zweihundert Jahre alt.«

»Sie müssen sich nicht entschuldigen«, sagte Ronnie. »Ich bin so dumm. Erst jetzt verstehe ich, warum Sie ein öffentliches Amt innehaben.«

»Und Sie sind ein typischer Selfmade-Faschist«, zog Simon ihn auf.

»Vielleicht haben Sie recht, aber meine Meinung zur Todesstrafe werden Sie nicht ändern. Ihr solltet sie wieder einführen, die Straßen sind nicht mehr sicher.«

»Für Grundstücksspekulanten wie Sie, die auf einen schnellen Reibach hoffen?«

Sie lachten.

»Andrew, willst du zu Mittag essen?«

»Gleich, noch einen Moment.«

»Das hast du schon vor einer halben Stunde gesagt.«

»Ich weiß, aber er hat es fast schon kapiert. Lass mir noch ein paar Minuten.« Louise wartete und sah zu, aber wieder sank Robert in sich zusammen.

»Offenbar erwartest du, dass er mit zwei Jahren in die englische Nationalmannschaft eintritt.«

»Bestimmt nicht«, sagte Andrew und trug seinen Sohn ins Haus, »aber ins schottische Rugbyteam.«

Louise war gerührt, wie viel Zeit sich Andrew für seinen Sohn nahm. Ihren ungläubigen Freundinnen erzählte sie, dass er Robert nicht nur regelmäßig fütterte und badete, sondern auch seine Windeln wechselte.

»Findest du nicht auch, dass er sehr gut aussieht?« Andrew fixierte seinen Sohn sorgsam in seinem Stuhl.

»Ja.« Louise lachte.

»Weil er mir ähnlich sieht«, sagte Andrew und legte den Arm um ihre Schultern.

»Tut er nicht«, erklärte Louise mit Bestimmtheit.

Bums. Eine Schüssel Porridge landete auf dem Boden, den auf dem Löffel verbliebenen Rest verteilte sich Robert jetzt über Gesicht und Haare.

»Er sieht aus, als käme er direkt aus einem Betonmischer«, meinte Andrew.

Louise starrte ihren Sohn an. »Vielleicht hast du recht. Ab und zu sieht er dir tatsächlich ähnlich.«

»Wie stehen Sie zur Vergewaltigung?«, fragte Raymond.

»Ich halte sie nicht für relevant«, antwortete Stephanie Arnold.

»Ich denke, damit werden sie auf mich losgehen«, sagte Raymond.

»Aber warum?«

»Um mich damit festzunageln, meinen Ruf zu beschädigen.«

»Aber was bringt ihnen das? Sie können fehlende Einvernehmlichkeit nicht beweisen.«

»Möglich, aber man wird es als Folie benutzen, um den Rest des Falls zu beurteilen.«

»Dass man jemanden vergewaltigt hat, beweist nicht, dass man ihn ermordet hat. «

Raymond und Stephanie Arnold, die neu bei Gericht war, besprachen ihren ersten gemeinsamen Fall auf dem Weg nach Old Bailey. Sie ließ keinen Zweifel aufkommen, dass sie es genoss, mit ihm zu arbeiten. Sie hatten einen Arbeiter zu verteidigen, der angeklagt war, seine Stieftochter vergewaltigt und ermordet zu haben.

»Leider ein klarer Fall«, sagte Raymond. »Aber die Krone wird uns ihre Anklage hieb- und stichfest beweisen müssen.«

Als der Prozess in die zweite Woche ging, begann Raymond, die Geschworenen für so naiv zu halten, dass sie ihren Mandanten vielleicht sogar freibekommen könnten. Stephanie war überzeugt davon.

Am Tag vor dem Schlussplädoyer lud Raymond Stephanie ins Unterhaus zum Dinner ein. Das wird Aufsehen erregen, dachte er bei sich, jemanden, der in einer weißen Hemdbluse und schwarzen Strümpfen so aussieht, hat man dort bestimmt schon eine ganze Weile nicht gesehen.

Stephanie schien sehr geschmeichelt von der Einladung und war beeindruckt, als während des Essens Kabinettsminister ein und aus gingen, die Raymond alle grüßten.

»Wie ist die neue Wohnung?«, fragte sie.

»Angenehm«, erwiderte Raymond. »Barbican liegt günstig, sowohl fürs Parlament als auch fürs Gericht.«

»Wie gefällt die Wohnung Ihrer Frau?« Sie zündete sich eine Zigarette an, ohne ihm in die Augen zu schauen.

»Sie ist jetzt selten in London und mag es auch nicht besonders. Die meiste Zeit verbringt sie in Leeds.«

Die verlegene Pause, die dieser Feststellung folgte, wurde von der Pausenglocke unterbrochen.

»Ist ein Feuer ausgebrochen?« Hastig drückte Stephanie ihre Zigarette aus.

»Nein.« Raymond lachte. »Nur die Zehnuhrabstimmung. Ich muss gehen. In einer Viertelstunde bin ich zurück.«

»Soll ich Kaffee bestellen?«

»Lieber nicht, er ist miserabel. Vielleicht … vielleicht wollen Sie mit mir zum Barbican kommen? Dann könnten Sie meine Wohnung begutachten.«

»Vielleicht ist sie ein klarer Fall«, sagte sie lächelnd.

Raymond erwiderte das Lächeln und begab sich mit seinen Kollegen zum Sitzungssaal. Es blieben ihm nur sechs Minuten, den richtigen Vorraum zu finden. Da er nicht wusste, worüber man abstimmte, folgte er den anderen Labour-Abgeordneten in den Nein-Vorraum. Das Läuten hörte auf, und die Türen wurden verriegelt.

Wann immer am Ende einer Debatte abgestimmt werden soll, erklärt der Speaker »Ich glaube, die Ja-Stimmen gewinnen«, worauf von der Gegengruppe lauthals »nein« gebrüllt wird. Damit ist die Abstimmung um zehn Uhr abends gesichert. In Westminster sowie in einigen nahe gelegenen Restaurants und Häusern von Abgeordneten läuten Glocken.

Dann eilen die Mitglieder in die »Ja«- respektive »Nein«-Lobbys, bevor der Ruf »Schließt die Türen« ertönt. Dort müssen die Abgeordneten an zwei Beamten vorbei, die ihre Namen notieren. Als Raymond am Whip vorbeikam, der die Stimmen zählte, rief dieser »dreiundsiebzig«. Die einzige bei einer Abstimmung geltende Regel lautet, dass niemand Hut oder Mantel tragen darf. Ein Beamter hatte Raymond erzählt, sie stamme aus Zeiten, in denen faule Mitglieder ihre Kutscher mit über die Ohren gezogenem Hut und in einen Mantel gehüllt schickten, um an ihrer Stelle abzustimmen. Einige von ihnen wären vermutlich bessere Abgeordnete gewesen als ihre Brotgeber, dachte Raymond oft.

Im Korridor stellte er fest, dass man über eine Klausel der Gewerkschaftsvorlage abstimmte, die den Zwangsbeitritt betraf. In diesem Punkt stand er voll auf der Seite seiner Partei. Als er nach der Abstimmung in den Speisesaal für Besucher zurückkehrte, sah Stephanie gerade prüfend in ihren Taschenspiegel – ein kleines rundes Gesicht, grüne Augen, braunes Haar. Sie zog sich die Lippen nach. Plötzlich fand er, dass er für einen Mann unter vierzig ein wenig zu korpulent war.

»Gehen wir?«, schlug er vor, nachdem er gezahlt hatte.

In seiner Wohnung angekommen, legte er eine Platte von Charles Aznavour auf und ging in die Küche, um Kaffee zu kochen. Dass Frauen ihn attraktiv fanden, ahnte er nicht. Ein paar Kilo mehr und einige graue Haare hatten seiner Erscheinung nicht geschadet, sondern ihr eher eine Aura von Würde verliehen.

»Kein Zweifel, das ist eine Junggesellenwohnung«, bemerkte Stephanie, den bequemen Ledersessel, den Pfeifenständer und die Karikaturen von Richtern und Politikern aus der Zeit der Jahrhundertwende betrachtend.

Raymond brachte ein Tablett mit Kaffee und zwei Schwenkgläser mit Brandy.

»Sind Sie nicht manchmal einsam?«, fragte sie.

»Von Zeit zu Zeit.« Er schenkte den Kaffee ein.

»Und dazwischen?«

»Schwarz?«, fragte er, ohne sie anzusehen.

»Schwarz, bitte.«

»Zucker?«

»Für einen Mann, der Minister war und, so munkelt man, bald der jüngste Kronanwalt des Landes sein wird, sind Sie Frauen gegenüber noch sehr unsicher.«

Raymond wurde rot, hob aber den Kopf und sah ihr in die Augen.

In die Stille hinein hörte er Aznavours Worte: »Du lässt dich gehen ...«

»Möchte mein verehrter Freund gern tanzen?«, fragte sie leise.

Raymond erinnerte sich noch an das letzte Mal, als er getanzt hatte. Diesmal sollte es definitiv anders sein. Er hielt Stephanie eng an sich gepresst, und sie wiegten sich zu der Musik. Dass Raymond seine Brille abnahm und in die Tasche steckte, merkte sie nicht. Er küsste ihren Hals, und sie seufzte.

Charles ging seine Liste von dreihundertdreißig Konservativen durch. Bei zweihundertsiebzehn war er sicher, bei vierundfünfzig unsicher, und neunundfünfzig hatte er fast schon aufgegeben. Laut seinen Informationen über die Labour-Seite wollten sich fünfzig Sozialisten dem Whip widersetzen und bei der großen Abstimmung mit der Regierung wählen.

»Die Laus im Pelz«, erklärte er dem Chief Whip, »ist immer noch die geplante Gewerkschaftsreform. Die Linke versucht, die Sozialisten, die für Europa sind, zu überzeugen, dass es durch nichts zu rechtfertigen ist, mit diesen Gewerkschaftszerstörern gemeinsame Sache zu machen.« Er habe Angst, fuhr er fort, dass man die Europaabstimmung verlieren werde, wenn man die Gewerkschaftsreform nicht modifiziere. »Und dass Alec Pimkin die Unentschlossenen in unserer Partei um sich zu scharen versucht, ist auch ärgerlich.«

»Es besteht nicht die geringste Chance, dass der Premier auch nur einen Satz der Vorlage über die Gewerkschaften ändert.« Der Chief Whip leerte seinen Gin Tonic. »Auf dem

Parteitag versprach er, den Antrag einzubringen, und wenn er Ende des Jahres in Blackpool ist, will er Vollzug melden. Ich kann Ihnen auch sagen, dass er Ihre Schlussfolgerung über Alec Pimkin nicht gern hören wird. Die Gewerkschaftsreform ist ihm fast genauso wichtig wie der Beitritt zur EWG.« Charles wollte protestieren. »Ich beklage mich nicht, Sie haben sich bisher gut geschlagen. Bearbeiten Sie die fünfzig Ungewissen weiter. Drohungen, Bestechung, Betteln: Versuchen Sie, was Sie wollen, aber bringen Sie sie bis zur Wahl auf die richtige Seite, einschließlich Pimkin!«

»Wie wäre es mit Sex?«, fragte Charles.

»Sie haben zu viele amerikanische Filme gesehen«, erwiderte der Fraktionschef lachend.

Charles ging in sein Büro zurück und prüfte nochmals seine Liste. Bei »P« verharrte sein Finger. Charles schlenderte in den Korridor und sah sich um; der Gesuchte war nirgends zu sehen. Er schaute in den Sitzungssaal. Nichts. Er ging an der Bibliothek vorbei. Hier brauche ich nicht nachzusehen, befand er und ging weiter zum Raucherraum, wo der Gesuchte eben einen weiteren Gin bestellen wollte.

»Alec«, sagte Charles herzlich.

Der rundliche Mann sah sich zu ihm um.

Zuerst versuche ich es mit Bestechung, dachte Charles. »Darf ich dir einen Drink spendieren?«

»Nett von dir, alter Knabe«, sagte Pimkin und zupfte nervös an seiner Krawatte.

»Was höre ich da, Alec, du willst gegen Europa stimmen?«

Simon war entsetzt, als er das erste Dokument las. Die Bedeutung war sonnenklar.

Man hatte ihm den Bericht der sogenannten Grenzkommission zur Festlegung von Wahlkreisen zur Begutachtung in die Red Box gelegt. Bei einer Sitzung im Innenministerium hatte er versprochen, die Vorschläge so rasch wie möglich durchzubringen, um bei den nächsten Wahlen eine Basis für die umstrittenen Sitze zu haben. Wie der Staatssekretär sagte: »Keine Verzögerungen.«

Simon las das Dokument sorgfältig. Im Grunde waren die Änderungen vernünftig; da viele Familien aus städtischen in ländliche Gebiete übersiedelten, würde es mehr Chancen für die Konservativen geben. Kein Wunder, dass die Partei keine Verzögerung wünschte. Aber was konnte er gegen die Entscheidung der Kommission bezüglich seines eigenen Wahlkreises tun? Ihm waren die Hände gebunden. Schlüge er eine Änderung vor, würde man ihn zu Recht der Wahlkreisschiebung beschuldigen.

Da die Einwohnerzahl der Stadt zurückging, empfahl der Ausschuss, die vier Wahlkreise von Coventry auf drei zu reduzieren: Coventry Central sollte verschwinden und die Wähler auf Coventry West, East und North aufgeteilt werden. Damit blieben ein sicherer Sitz für Simons Kollegen und zwei sichere Labour-Sitze. Er hatte immer gewusst, dass er einen sehr gefährdeten Wahlkreis vertrat; jetzt sah es so aus, als würde er gar keinen mehr haben. Er würde das ganze Land nach einem neuen Sitz abklappern und sich gleichzeitig um seine Wähler in dem gefährdeten Wahlkreis kümmern müssen. Und durch einen Federstrich – *seinen* Federstrich – würden sie einem anderen Mann ihr Vertrauen schenken. Wäre er nur bei der Wohnungsbau-Kommission geblieben, dann hätte er einen Vorschlag machen können, alle vier Sitze beizubehalten.

Mitfühlend hörte sich Elizabeth sein Problem an, riet ihm

jedoch, sich nicht zu große Sorgen zu machen, bevor er mit dem Vizevorsitzenden gesprochen hatte, der Kandidaten verständigte, welche Wahlkreise frei werden könnten.

»Vielleicht ist das sogar ein Vorteil für uns«, fügte sie hinzu.

»Wie meinst du das?«

»Du könntest zum Beispiel in der Nähe von London einen sichereren Sitz bekommen.«

»Bei meinem Glück lande ich auf einem unsicheren in Newcastle.«

Elizabeth machte ihm sein Lieblingsessen und versuchte, ihn aufzuheitern. Nach drei Portionen Fleischpastete schlief er fast auf der Stelle ein, sobald er im Bett lag. Elizabeth dagegen lag lange wach.

Das Gespräch mit dem Direktor der gynäkologischen Klinik ging ihr nicht aus dem Kopf. Obwohl sie Simon nichts davon erzählt hatte, erinnerte sie sich an jedes Wort ihres Vorgesetzten.

»Ich muss feststellen, dass Sie sich mehr freie Tage genommen haben, als Ihnen zustehen, Dr. Kerslake. Sie müssen sich entscheiden, ob Sie Ärztin sein wollen oder die Frau eines Parlamentariers.«

Unruhig wälzte sie sich hin und her, während sie über das Problem nachdachte. Sie kam jedoch zu keiner Lösung, sie wusste nur, dass sie Simon bei seinen derzeitigen Sorgen nicht damit belasten wollte.

»Betreffen dich diese neuen Wahlkreiseinteilungen?«, fragte Louise und sah von der *Times* auf.

Andrew warf Robert einen kleinen Gummiball an den Kopf.

»Er wird einen Gehirnschaden bekommen«, bemerkte Louise.

»Ich weiß, aber denk doch an die Tore, die er schießen wird – nicht mehr lange, und ich kann Rugby mit ihm trainieren.«

Robert begann zu weinen, weil sein Vater aufgehört hatte und sich jetzt mit Louise unterhielt. »Nein, Edinburgh ist nicht davon berührt. Die Bevölkerungsbewegungen sind so minimal, dass die sieben Stadtsitze nicht gefährdet sind. Die einzigen wirklichen Veränderungen wird es in Glasgow und in den Highlands geben.«

»Das ist gut«, meinte Louise. »Es wäre schlimm, einen anderen Wahlkreis suchen zu müssen.«

»Der arme Simon Kerslake verliert seinen Sitz und kann nichts dagegen tun.«

»Warum nicht?«

»Weil er der mit dem Antrag beauftragte Minister ist. Wenn er irgendein krummes Ding dreht, würden wir ihn steinigen.«

»Was wird er also tun?«

»Sich nach einem neuen Sitz umsehen oder einen älteren Kollegen überreden, zu seinen Gunsten zurückzustehen.«

»Aber für Minister sollte es doch einfach sein, einen gut gepolsterten Sitz zu finden?«

»Nicht unbedingt«, sagte Andrew. »Viele Wahlkreise schätzen es nicht, jemanden vorgesetzt zu bekommen; sie suchen sich ihren Mann lieber selbst aus. Und manche ziehen überhaupt einen vor, der nie Minister wird, damit er mehr Zeit für sie hat.«

»Andrew, kannst du wieder etwas für die Opposition tun?«

»Was meinst du damit?«

»Wirf deinem dummen Sohn weiter den Ball an den Kopf, sonst weint er den ganzen Tag.«

»Hör nicht auf sie, Robert. Wenn du dein erstes Tor gegen England schießt, wird sie ganz anders reden.«

13

Genau als Raymond die Affäre mit Stephanie beenden wollte, begann sie, ihre Roben in seiner Wohnung liegen zu lassen. Obwohl sie nach Beendigung des gemeinsamen Falls getrennte Wege gingen, trafen sie sich regelmäßig. Raymond hatte ihr einen Wohnungsschlüssel nachmachen lassen, damit sie nicht jedes Mal checken musste, wann er eine wichtige Abstimmung hatte.

Anfangs versuchte er, ihr einfach aus dem Weg zu gehen. Wenn es ihm gelang, fand er sie bei seiner Rückkehr aus dem Parlament oft in seiner Wohnung vor. Als er etwas mehr Diskretion vorschlug, äußerte sie Drohungen – zuerst versteckt, dann immer deutlicher.

Zu dieser Zeit war Raymond mit drei größeren Fällen befasst, die er alle erfolgreich abschloss und seinen Ruf mehrten. Sein Sekretär sorgte dafür, dass Stephanie ihm dabei nicht zugeteilt wurde. Jetzt, da sein Wohnproblem gelöst war, war Raymonds einzige Sorge, wie er diese Liaison beenden könnte. Stephanie zu erobern war wesentlich einfacher gewesen, als sie wieder loszuwerden.

Simon erschien pünktlich zu seiner Besprechung im Innenministerium. Er erklärte Sir Edward Mountjoy, dem stellvertretenden Parteivorsitzenden, sein Problem.

»Verdammtes Pech«, meinte Sir Edward, »aber vielleicht

kann ich Ihnen helfen.« Er öffnete eine grüne Mappe und ging eine Namensliste durch. Simon kam sich vor wie damals, als er sich um den Studienplatz in Oxford bewarb, als müsste jemand sterben, damit er dessen Stelle einnehmen konnte.

»Bei der nächsten Wahl sollte es etwa ein Dutzend sichere Sitze geben, die durch Rücktritte oder Umverteilung frei werden.«

»Können Sie mir einen bestimmten empfehlen?«

»Ich denke an Littlehampton.«

»Wo ist das?«

»Es ist ein neuer, todsicherer Sitz – in Sussex, an der Grenze zu Hampshire.« Er studierte eine beiliegende Landkarte. »Liegt neben Charles Seymours Wahlkreis, der unverändert bleibt. Ich kann mir nicht vorstellen, dass Sie dort viele Rivalen haben werden. Aber warum sprechen Sie nicht mit Charles? Er weiß über alle und alles genau Bescheid.«

»Gibt es noch etwas, das vielversprechend aussieht?«, fragte Simon, dem schwante, dass Seymour nicht allzu kooperativ sein würde.

»Mal sehen. Sie wollen wohl nicht alles auf eine Karte setzen, wie? Ja, Redcorn in Northumberland. Fünfhundert Kilometer von London entfernt, kein Flughafen im Umkreis von hundertdreißig Kilometern, und der nächste größere Bahnhof ist fünfundsechzig Kilometer entfernt. Ich glaube, das sollten Sie nur versuchen, wenn es keinen anderen Ausweg gibt. Mein Rat ist, mit Seymour über Littlehampton zu reden.«

»Damit haben Sie bestimmt recht, Sir Edward.«

»Die Auswahlkomitees werden bereits zusammengestellt«, fuhr Sir Edward fort, »also werden Sie nicht lange warten müssen.«

»Ich danke Ihnen für Ihre Hilfe. Vielleicht könnten Sie

mich verständigen, wenn in der Zwischenzeit noch etwas auftaucht.«

»Natürlich. Mit Vergnügen. Das Problem ist: Sollte jemand von unserer Seite in der laufenden Legislaturperiode sterben, können Sie Ihren jetzigen Sitz nicht verlassen, sonst hätten wir zwei Nachwahlen. Wir wollen aber bestimmt keine Nachwahl in Coventry Central, während man Ihnen vorwirft, sich bereits anderweitig umzusehen.«

»Das sehe ich ein«, sagte Simon.

Charles hatte die neunundfünfzig Anti-EWG-Stimmen auf einundfünfzig reduziert, aber jetzt kam er zum harten Kern, der immun gegen künftige Beförderungen oder Drohungen zu sein schien. Bei seinem nächsten Bericht versicherte er dem Chief Whip, es gebe mehr Sozialisten, die mit der Regierung stimmen würden, als Konservative, die gegen einen Eintritt in die EWG seien. Der Chief Whip zeigte sich erfreut, erkundigte sich aber, ob Charles bei den Pimkin-Anhängern Fortschritte gemacht habe.

»Bei diesen zwölf irren Rechtsaußen?«, fragte Charles scharf. »Sie scheinen bereit, Pimkin sogar in die Hölle zu folgen. Ich habe alles versucht, aber sie sind immer noch entschlossen, gegen Europa zu stimmen, koste es, was es wolle.«

»Das Ärgerliche ist, dass dieser verdammte Pimkin nichts zu verlieren hat«, sagte der Chief. »Sein Sitz wird mit der Neuverteilung verschwinden. Mit seinen extremen Ansichten wird er kaum einen Wahlkreis finden, der ihn aufstellt, aber dann ist der Schaden schon angerichtet.« Er überlegte. »Wenn diese zwölf sich der Stimme enthielten, würde ich dem Premier guten Gewissens einen Sieg melden.«

»Man müsste Pimkin irgendwie in einen Judas verwandeln

und ihn dann überreden, die zwölf in unser Lager zu führen«, sagte Charles.

»Wenn Sie das erreichen, werden wir gewinnen.«

Charles ging in sein Büro zurück, wo Simon auf ihn wartete.

»Ich hoffe, Sie haben ein paar Minuten Zeit für mich«, sagte Simon.

»Natürlich.« Charles war bemüht, freundlich zu klingen. »Setzen Sie sich doch bitte.«

Simon setzte sich ihm gegenüber. »Vielleicht haben Sie gehört, dass ich infolge der neuen Beschlüsse meinen Wahlkreis verliere. Sir Edward meinte, ich solle mit Ihnen über Littlehampton, den neuen Sitz neben Ihrem Wahlkreis, sprechen.«

»Ja, natürlich«, sagte Charles, seine Überraschung verbergend. Da sein Sitz nicht betroffen war, hatte er dieses Problem vergessen. Er fasste sich rasch. »Wie klug von Edward, Sie zu mir zu schicken. Ich werde alles tun, um Ihnen zu helfen.«

»Littlehampton wäre ideal«, sagte Simon, »besonders, solange meine Frau in Paddington arbeitet.«

Charles zog die Brauen hoch.

»Ich glaube, Sie kennen meine Frau nicht. Sie ist Ärztin am St. Mary's Hospital.«

»Ja, da verstehe ich, dass Littlehampton angenehm wäre. Ich könnte als Erstes mit Alexander Dalglish sprechen und hören, was er vorschlägt. Er ist der Vorsitzende des Wahlkreises.«

»Das wäre außerordentlich freundlich.«

»Selbstverständlich. Ich rufe ihn heute Abend an, um zu hören, wie weit man dort mit der Auswahl ist, und sage Ihnen dann Bescheid.«

»Dafür wäre ich Ihnen dankbar.«

»Darf ich Ihnen auch die Aufgaben für nächste Woche geben?«, fragte Charles und schob ihm ein Papier zu. Simon steckte es in die Tasche. »Ich rufe Sie sofort an, sobald ich etwas weiß.«

Simon fühlte sich besser und auch ein bisschen schuldbewusst, weil ihm Charles, der jetzt in den Sitzungssaal verschwand, bisher so unsympathisch gewesen war.

Man hatte der Debatte der Hinterbänkler über den EWG-Beitritt sechs Tage eingeräumt, der längste Zeitraum, der einem Antrag je zugebilligt worden war. Charles schlenderte durch den Mittelgang und setzte sich ans Ende der ersten Bank. Meist hörte er den Reden sehr aufmerksam zu, diesmal waren seine Gedanken jedoch in Littlehampton. Andrew Fraser stand auf, und Charles hakte erfreut seinen Namen ab, bevor er weitergrübelte.

»Ich werde für den Beitritt stimmen«, erklärte Andrew dem Unterhaus. »Als meine Partei an der Regierung war, war ich ein Europäer, und ich sehe keine Veranlassung, meinen Standpunkt jetzt, da wir in der Opposition sind, zu ändern. Die Prinzipien, die vor zwei Jahren galten, gelten auch noch heute. Nicht alle ...«

Tom Carson sprang auf und fragte, ob sein verehrter Freund ihm das Wort überlassen würde. Andrew setzte sich sofort.

»Sind meinem Ehrenwerten Freund die französischen Strohköpfe tatsächlich wichtiger als die Schafzüchter Neuseelands?«, fragte Carson.

Andrew stand wieder auf und erklärte seinem Kollegen, dass er natürlich Schutzbestimmungen für Neuseeland erwarte, die anstehende Wahl betreffe jedoch die Grundsätze des Beitritts. Die Details würden und sollten von Ausschüssen ausgearbeitet werden. Hätte er, Carson, in einem solchen Zusammenhang von Kanaken oder Juden gesprochen, hätte das Unterhaus sich empört. »Warum finden es die Antieuropäer vertretbar, französische Landwirte als Strohköpfe zu bezeichnen?«

»Vielleicht sind Sie ja der Strohkopf«, schrie Carson zurück und ruinierte mit diesem einen Satz seine Verteidigung der Schafzüchter Neuseelands.

Andrew ignorierte den Zwischenruf und erklärte, er glaube an ein vereintes Europa als eine weitere Versicherung gegen einen dritten Weltkrieg. Er schloss mit den Worten: »Großbritannien hat eintausend Jahre lang Geschichte geschrieben, sogar Weltgeschichte. Lasst uns mit unseren Stimmen entscheiden, ob unsere Kinder diese Geschichte lesen oder sie weiterschreiben.« Unter dem Beifall beider Seiten setzte er sich wieder.

Charles hatte sich inzwischen einen Plan zurechtgelegt und verließ den Saal, als einer seiner Kollegen zu einer vermutlich langen, langweiligen Rede ansetzte. Statt ins Büro der Whips, wo man nie ungestört war, ging er in eine der Telefonkabinen.

»Alexander, hier Charles, Charles Seymour.«

»Wie nett, wieder einmal von dir zu hören, Charles. Wie geht's?«

»Danke gut, und dir?«

»Kann mich nicht beklagen. Was kann ich für einen so vielbeschäftigten Mann tun?«

»Ich wollte mit dir über den neuen Sussex-Wahlkreis Littlehampton sprechen. Wie steht es mit der Auswahl eines Kandidaten?«

»Ich werde dem Parteiausschuss bei seiner Sitzung in zehn Tagen sechs Kandidaten vorschlagen.«

»Hast du vor, selbst zu kandidieren, Alexander?«

»Habe oft daran gedacht, aber meine Frau will es nicht, und mein Kontostand lässt es auch nicht zu. Hast du Vorschläge?«

»Vielleicht kann ich helfen. Warum kommst du nicht nächste Woche mal zu einem ruhigen Abendessen zu uns?«

»Sehr nett, gerne, Charles.«

»Gut, ich freue mich, dich zu sehen. Passt dir der nächste Montag?«

»Ausgezeichnet.«

»Also um acht, 27 Eaton Square.«

Charles legte auf, ging ins Büro und kritzelte etwas in seinen Terminkalender.

Raymond hatte soeben seine Argumente gegen einen EWG-Beitritt dargelegt, als Charles in den Sitzungssaal zurückkehrte. Raymond hatte auf die wirtschaftlichen Opfer im Falle des Beitritts hingewiesen und für eine stärkere Bindung an die Vereinigten Staaten und das Commonwealth plädiert. Er bezweifelte, dass Großbritannien sich die finanziellen Belastungen des Eintritts in diesen schon so lange bestehenden Klub leisten könne; wäre man von Anfang an dabei gewesen, sähe die Lage anders aus. So aber müsse er gegen ein Abenteuer stimmen, das seiner Ansicht nach die Arbeitslosigkeit nur vergrößern würde. Als er sich setzte, war der Beifall weniger stark als für Andrew, und – was schlimmer war – er kam nur vom linken Flügel seiner Partei, der seinerzeit sein Buch »Vollbeschäftigung um jeden Preis?« so heftig kritisiert hatte. Charles machte ein Kreuz neben Raymonds Namen.

Ein Bote des Unterhauses ließ Raymond eine Nachricht

durchreichen: »Der Gerichtspräsident bittet um einen baldigen Anruf.«

Raymond verließ den Saal, ging zum nächsten Telefon und wurde sofort mit Sir Nigel Hartwell verbunden.

»Ich sollte Sie anrufen?«

»Ja, haben Sie ein wenig Zeit?«

»Natürlich. Warum? Ist es etwas Dringendes?«

»Das möchte ich lieber nicht am Telefon besprechen«, erwiderte Sir Nigel Unheil verheißend.

Raymond nahm die U-Bahn und war fünfzehn Minuten später im Gerichtsgebäude. Er ging direkt in Sir Nigels Büro, setzte sich in einen der bequemen Sessel, schlug die Beine übereinander und wartete, während Sir Nigel auf und ab lief. Offensichtlich war er entschlossen, etwas loszuwerden, das ihn bedrückte.

»Raymond, ich wurde von maßgeblichen Stellen auf Ihre Eignung zum Kronanwalt angesprochen. Ich sagte, Sie würden einen verdammt guten abgeben.« Ein Lächeln machte sich auf Raymonds Gesicht breit, verschwand jedoch bald. »Aber ich brauche eine Zusicherung von Ihnen.«

»Eine Zusicherung?«

»Ja, Sie müssen diese dumme … äh … Beziehung mit einem Mitglied der Gerichtskammer beenden.« Er sah Raymond direkt an.

Raymond lief tiefrot an, doch bevor er etwas sagen konnte, fuhr Sir Nigel fort:

»Ich möchte Ihr Ehrenwort, dass die Sache beendet wird, und zwar unverzüglich.«

»Sie haben mein Wort«, sagte Raymond leise.

»Ich bin nicht prüde«, erklärte Sir Nigel und zupfte an seiner Weste, »aber wenn Sie eine Affäre haben wollen, dann so weit wie möglich von diesem Haus entfernt. Und wenn ich Ihnen raten darf, gilt das Gleiche für das Unterhaus und für Leeds. Es bleibt immer noch eine Menge der Welt übrig, und Frauen gibt es überall.«

Raymond nickte. Das leuchtete ein.

Offensichtlich verlegen, fuhr Sir Nigel fort: »Kommenden Montag beginnt in Manchester ein hässlicher Betrugsprozess. Unser Mandant wird beschuldigt, eine Reihe von Lebensversicherungsgesellschaften gegründet, jedoch nie etwas ausgezahlt zu haben. Ich nehme an, Sie haben in den Medien davon gehört. Miss Arnold wurde dem Prozess als Assistenz zugewiesen. Wie man mir sagt, könnte die Sache einige Wochen dauern.«

»Sie wird sich davor drücken«, sagte Raymond finster.

»Das hat sie bereits versucht, aber ich habe ihr klargemacht, dass sie, sofern sie ablehnt, nicht mehr bei uns arbeiten kann.«

Raymond atmete erleichtert auf. »Danke«, sagte er.

»Tut mir leid, alter Knabe. Ich weiß, Sie haben Ihre Beförderung verdient. Aber ich kann keine Mitarbeiter brauchen, über die getuschelt wird. Danke für Ihr Verständnis; ich kann nicht behaupten, dass ich Ihnen das alles gern gesagt habe.«

»Hast du einen Augenblick Zeit?«, fragte Charles.

»Du vergeudest deine Zeit, mein Guter, wenn du glaubst, dass wir unsere Meinung jetzt noch ändern«, sagte Alec Pimkin. »Alle zwölf werden gegen die Regierung stimmen. Das ist endgültig.«

»Diesmal will ich mit dir nicht über Europa sprechen, Alec. Es ist viel ernster und persönlicher. Nehmen wir einen Drink auf der Terrasse.«

Charles bestellte die Drinks, und die beiden schlenderten

ans Ende der Terrasse. Sobald niemand mehr in Hörweite war, blieb Charles stehen.

»Wenn es nicht um Europa geht, worum dann?«, fragte Pimkin und blickte auf die Themse.

»Ich habe läuten hören, dass du deinen Sitz verlierst.«

Pimkin erblasste und fingerte an seiner Krawatte herum. »Ja, diese verdammten neuen Einteilungen. Mein Wahlkreis verschwindet, und niemand scheint bereit, mir einen neuen anzubieten.«

»Was ist es dir wert, wenn ich dir einen neuen Sitz verschaffe – einen auf Lebenszeit?«

Pimkin sah Charles misstrauisch an. »Alles, außer mein Fleisch und Blut.«

»Nein, so anspruchsvoll bin ich nicht.«

Allmählich kehrte wieder Farbe in Pimkins Wangen zurück. »Was immer es ist, du kannst dich auf mich verlassen, alter Knabe.«

»Kannst du deine zwölf Jünger bekehren?«

Wieder erblasste Pimkin.

»Nicht bei den kleinen Abstimmungen im Ausschuss«, sagte Charles, bevor Pimkin antworten konnte. »Nicht einmal bei den Zusatzklauseln – nur bei der zweiten Lesung, wenn es um die Richtlinie selbst geht. In der Stunde der Bedrängnis zur eigenen Partei stehen, keine überflüssigen Neuwahlen – all das Zeug. Die Details überlasse ich dir, ich weiß, dass du sie überreden kannst, Alec.«

Noch immer antwortete Pimkin nicht.

»Ich liefere einen eisernen Sitz, du lieferst zwölf Stimmen. Das halte ich für einen fairen Tausch.«

»Und wenn ich sie dazu bringe, sich der Stimme zu enthalten?«

Charles schwieg, als müsste er sich das genau überlegen. »Abgemacht«, sagte er schließlich. Mehr hatte er sich nie erhofft.

Kurz nach acht kam Alexander Dalglish zum Eaton Square. Fiona empfing ihn an der Tür und sagte, dass Charles noch nicht aus dem Unterhaus zurück sei. »Aber ich erwarte ihn jeden Moment. Darf ich Ihnen einen Drink anbieten?«

Eine halbe Stunde verging, bis Charles hereinstürmte.

»Entschuldige die Verspätung, Alexander.« Er schüttelte dem Gast die Hand. »Hatte gehofft, vor dir da zu sein.«

»Kein Grund zur Entschuldigung. Eine reizendere Gesellschaft hätte ich mir nicht wünschen können.«

»Was trinkst du, Liebling?«, fragte Fiona.

»Bitte einen starken Whisky, und können wir dann gleich essen? Ich muss um zehn Uhr wieder zurück sein.«

Charles führte seinen Gast ins Esszimmer und wies ihm einen Platz an, bevor er sich unter das Holbein-Porträt des ersten Earl of Bridgewater setzte, ein Erbstück von seinem Großvater. Fiona nahm ihrem Mann gegenüber Platz. Während man Beef Wellington aß, ließ Charles sich erzählen, was Alexander so getrieben hatte, seit sie sich zum letzten Mal gesehen hatten. Obwohl sie zusammen bei den Guards gedient hatten, trafen sie sich, seit Charles im Unterhaus war, nur bei den Regimentstreffen. Den Zweck der Einladung erwähnte Charles erst, als Fiona den Kaffee servierte.

»Ich weiß, ihr beide habt viel miteinander zu besprechen, ich lasse euch einmal allein.«

»Danke für das ausgezeichnete Dinner«, sagte Alexander lächelnd zu Fiona.

Sie erwiderte das Lächeln und zog sich zurück.

»Und jetzt, Charles«, sagte Alexander mit ernster Stimme und nahm eine Mappe zur Hand, »muss ich dich um einen Rat bitten.«

»Nur los, mein Alter, bin froh, wenn ich helfen kann.«

»Sir Edward Mountjoy sandte mir eine ziemlich lange Liste von Leuten, unter ihnen sind ein Mann aus dem Innenministerium und ein, zwei andere Parlamentsmitglieder, die ihre jetzigen Sitze verlieren. Was meinst du zu …«

Dalglish öffnete die Mappe, während Charles ihm ein wohlgefülltes Glas Port und eine Zigarre aus einem goldenen Kästchen anbot.

»Prachtvoll«, bemerkte Alexander und betrachtete ehrfürchtig das Behältnis mit dem Wappen und den eingravierten Buchstaben C.G.S.

»Ein Familienerbstück«, sagte Charles. »Eigentlich sollte es mein Bruder Rupert kriegen, aber zum Glück habe ich dieselben Initialen wie mein Großvater.«

Alexander reichte Charles das Kästchen und wandte sich wieder seinen Aufzeichnungen zu.

»Da ist ein Mann, der mich beeindruckt«, sagte er endlich. »Kerslake. Simon Kerslake.«

Charles schwieg.

»Kennst du ihn, Charles?«

»Ja.«

»Was denkst du über ihn?«

»Ganz unter uns?«

Dalglish nickte, sagte aber nichts.

Charles nippte an seinem Port. »Sehr gut«, bemerkte er.

»Kerslake?«

»Nein, der Port. 1935. Leider besitzt Kerslake nicht die gleiche Qualität. Muss ich noch mehr sagen?«

»Nein, nein, ich verstehe, obwohl ich enttäuscht bin. Sein Profil klingt so gut.«

»Ein Profil ist eine Sache, ihn aber zwanzig Jahre lang als deinen Abgeordneten zu haben, eine ganz andere. Du brauchst einen Mann, auf den du dich verlassen kannst. Und seine Frau – im Wahlkreis völlig unbekannt.« Er runzelte die Stirn. »Ich glaube, ich bin schon zu weit gegangen.«

»Nein, nein, verstehe«, versicherte Alexander. »Der nächste ist Norman Lamont.«

»Erstklassig, aber er wurde schon für Kingston ausgewählt«, sagte Charles.

Dalglish sah wieder in seine Aufzeichnungen. »Wie steht es mit Pimkin?«

»Wir waren zusammen in Eton. Sein Aussehen spricht gegen ihn, wie meine Großmutter zu sagen pflegte, aber er ist ein vernünftiger Bursche und im Wahlkreis sehr beliebt, wie ich höre.«

»Du würdest ihn also empfehlen?«

»Ich würde ihn mir an Land ziehen, bevor ihn ein anderer Wahlkreis aufstellt.«

»So beliebt ist er?«, fragte Alexander. »Danke für den Rat. Schade wegen Kerslake.«

»Das war streng vertraulich.«

»Natürlich. Kein Wort. Du kannst dich auf mich verlassen.«

»Schmeckt dir die Zigarre?«

»Ausgezeichnet«, sagte Alexander, »aber dein Geschmack war immer schon sehr gut. Man braucht nur Fiona anzusehen.«

Charles lächelte.

Die meisten anderen Namen, die Dalglish nannte, waren

entweder unbekannt oder ungeeignet. Als sich Alexander kurz vor zehn verabschiedete, fragte ihn Fiona, ob das Gespräch Früchte getragen habe.

»Ja, ich glaube, wir haben den Richtigen gefunden.«

Am Nachmittag wurde das Schloss an Raymonds Wohnungstür ausgetauscht. Es war teurer, als er gedacht hatte, und der Schlosser bestand auf Barzahlung.

Er grinste, als er das Geld einsteckte. »Ich mache ein Vermögen damit, das kann ich Ihnen sagen. Mindestens ein Gentleman pro Tag, immer Barzahlung, ohne Rechnung. Damit können die Frau und ich jedes Jahr einen Monat auf Ibiza verbringen. Steuerfrei.«

Raymond lächelte und sah auf die Uhr. Gerade noch Zeit, den Zug um zehn nach sieben zu erwischen und um zehn in Leeds zu einem langen Wochenende zu sein.

Eine Woche später rief Alexander Dalglish Charles an, um ihm mitzuteilen, dass man sich auf Pimkin geeinigt habe. Kerslake wurde nicht in Erwägung gezogen.

»Beim ersten Vorstellungsgespräch war der Ausschuss nicht sehr eingenommen von Pimkin.«

»Ich habe dich gewarnt, dass sein Aussehen ihm schadet«, sagte Charles. »Und manchmal klingt er sehr rechts, aber er ist ein vernünftiger Mensch, der dich nie im Stich lassen wird, glaub mir.«

»Das muss ich wohl, Charles. Denn indem wir Kerslake abserviert haben, haben wir seinen einzigen Rivalen beseitigt.«

Charles legte auf und rief das Innenministerium an.

»Kann ich mit Simon Kerslake sprechen?«

»Wer spricht, bitte?«

»Seymour. Whips-Büro.« Er wurde sofort verbunden.

»Simon, Charles hier. Ich möchte Sie über Littlehampton informieren.«

»Das ist sehr freundlich von Ihnen.«

»Leider keine guten Nachrichten. Offenbar möchte der Vorsitzende den Sitz für sich haben. Er hat es so eingerichtet, dass der Ausschuss nur Idioten vorlädt.«

»Wie können Sie so sicher sein?«

»Ich habe die Liste mit der engeren Wahl gesehen, und Pimkin ist das einzige Parlamentsmitglied, das sie in Erwägung ziehen.«

»Das kann ich nicht glauben.«

»Nein, ich war auch ziemlich schockiert. Ich habe Sie mehrmals vorgeschlagen, stieß aber auf taube Ohren. Man war mit Ihrer Meinung über die Todesstrafe nicht einverstanden oder so ähnlich. Trotzdem dürfte es für Sie wohl nicht schwer sein, einen Sitz zu finden.«

»Hoffentlich haben Sie recht, Charles, jedenfalls, danke für Ihre Bemühungen.«

»Lassen Sie mich wissen, wenn Sie sich um einen anderen Sitz bewerben, ich habe viele Freunde im Land.«

»Danke, Charles. Könnte ich für die Abstimmung am nächsten Donnerstag einen Partner bekommen?«

Zwei Tage später wurde Alex Pimkin von der konservativen Partei in Littlehampton zu einem Vorstellungsgespräch in den Wahlkreis eingeladen.

»Wie soll ich dir nur danken?«, fragte er Charles, als sie sich in der Bar trafen.

»Halte dein Wort, und ich hätte es gern schriftlich«, erwiderte Charles.

»Was meinst du damit?«

»Einen Brief an den Chief Whip, in dem du mitteilst, dass du deinen Standpunkt bezüglich des EWG-Beitritts geändert hast und du sowie deine Anhänger sich am Donnerstag der Stimme enthalten werden.«

Pimkin sah ihn verschmitzt an. »Und wenn ich nicht mitspiele?«

»Noch hast du keinen Sitz, Alec. Vielleicht könnte ich es für notwendig halten, Alexander Dalglish anzurufen und ihm von dem netten kleinen Jungen zu erzählen, mit dem du dich in Oxford so lächerlich gemacht hast.«

Drei Tage später erhielt der Chief Whip einen Brief von Pimkin. Sofort ließ er Charles kommen.

»Ausgezeichnet, Charles. Wie haben Sie das hingekriegt?«

»Eine Frage der Loyalität«, antwortete Charles. »Am Ende hat Pimkin das eingesehen.«

Am letzten Tag der großen Debatte über das »Prinzip des Beitritts« hielt der Premier die abschließende Rede. Um halb zehn erhob er sich unter dem Beifall beider Seiten. Um zehn entschied sich das Unterhaus mit einer Mehrheit von hundertzwölf Stimmen für einen Beitritt; neunundsechzig Labour-Mitglieder unter der Führung von Roy Jenkins halfen, die Regierungsmehrheit zu vergrößern.

Raymond Gould stimmte im Einklang mit seiner Überzeugung gegen den Antrag. Andrew Fraser gehörte mit Simon Kerslake und Charles Seymour zu den Befürwortern. Alec Pimkin und seine zwölf Anhänger blieben während der Abstimmung auf ihren Plätzen.

Als Charles das endgültige Resultat hörte, verspürte er einen kurzen Augenblick des Triumphs, obwohl er wusste, dass ihm noch das Ausschuss-Stadium bevorstand: Hunderte Klauseln, die fehlschlagen und den Antrag zu einer Farce machen konnten. Immerhin, die erste Runde hatte er gewonnen.

Zehn Tage später wurde Alec Pimkin konservativer Kandidat für Littlehampton.

14

Andrew ging den Fall nochmals gründlich durch und beschloss, eigene Nachforschungen anzustellen. Zu viele Wähler hatten in der Vergangenheit bewiesen, dass sie ihn in der Sprechstunde ebenso unbekümmert anlogen, wie sie es als Zeugen vor Gericht tun würden.

Robert versuchte, auf seinen Schoß zu klettern. Andrew half ihm und konzentrierte sich wieder auf seine Unterlagen.

»Auf welcher Seite stehst du?«, fragte er seinen Sohn, der auf seine eben geschriebenen Notizen sabberte. Er klopfte ihm aufs Hinterteil, sagte »Oje«, und ein paar Minuten später waren Roberts Windeln gewechselt und er selbst bei seiner Mutter deponiert.

»Leider ist dein Sohn nicht interessiert, mir bei meinem Anliegen zu helfen, einen Unschuldigen freizubekommen«, rief Andrew über die Schulter und wandte sich wieder seiner Arbeit zu; irgendetwas an dem Fall klang faul ... Andrew rief den Staatsanwalt an.

»Guten Morgen, Mr. Fraser. Was kann ich für Sie tun, Sir?«

Andrew musste lachen. Angus Sinclair war ein Altersgenosse seines Vaters und kannte Andrew seit dessen Kindheit. Aber wenn er beruflich mit jemandem zu tun hatte, war ausnahmslos jeder für ihn ein Fremder.

»Er sagt sogar zu seiner Frau Mrs. Sinclair, wenn sie ihn im

Büro anruft«, hatte ihm Sir Duncan einmal verraten. Andrew war durchaus bereit mitzuspielen.

»Guten Morgen, Mr. Sinclair. Ich brauche Ihren Rat als Staatsanwalt.«

»Stehe immer gern zu Ihren Diensten, Sir.«

»Ich möchte mit Ihnen privat über den Fall Paddy O'Halloran sprechen. Sie erinnern sich?«

»Natürlich, jeder hier erinnert sich an den Fall.«

»Gut, dann ist Ihnen auch klar, wie sehr Sie mir helfen könnten, mich in diesem Gewirr zurechtzufinden.«

»Danke, Sir.«

»Einige meiner Wähler, denen ich nicht über den Weg traue, behaupten, man habe O'Halloran zu Unrecht mit dem Banküberfall im letzten Jahr in Verbindung gebracht. Sie leugnen nicht, dass er kriminelle Neigungen hat« – Andrew hätte gelacht, wäre sein Gesprächspartner nicht Angus Sinclair gewesen –, »behaupten aber, er habe zur Zeit, als der Bankraub stattfand, einen Pub namens Sir Walter Scott nicht verlassen. Sie müssen mir nur sagen, Mr. Sinclair, dass Sie O'Halloran mit Sicherheit für schuldig halten, dann stelle ich keine Nachforschungen an. Wenn Sie nichts sagen, wühle ich weiter.«

Andrew wartete, erhielt jedoch keine Antwort.

»Danke, Mr. Sinclair.« Obwohl er wusste, dass er keine Erwiderung erhalten würde, konnte er sich nicht verkneifen hinzuzufügen: »Zweifellos werde ich Sie am Wochenende im Golfklub sehen.« Schweigen.

»Auf Wiedersehen, Mr. Sinclair.«

»Auf Wiedersehen, Mr. Fraser.«

Andrew lehnte sich zurück. Die Sache würde langwierig werden. Zunächst sprach er mit den Leuten, die O'Hallorans

Alibi bestätigt hatten, doch nach den ersten acht kam er zu dem Schluss, dass man keinem von ihnen als Zeuge trauen könne. Es war an der Zeit, mit dem Wirt des Pubs zu sprechen.

»Ich bin nicht ganz sicher, Mr. Fraser, aber ich glaube, er war an jenem Abend hier. Die Schwierigkeit ist die: O'Halloran kam fast jeden Abend.«

»Kennen Sie jemanden, der sich genau erinnern könnte? Jemanden, dem Sie Ihre Geldbörse anvertrauen würden?«

»Das wäre bei meinen Gästen eine gewagte Sache, Mr. Fraser.« Der Wirt überlegte eine Weile. »Da wäre die alte Mrs. Bloxham«, sagte er schließlich und warf das Geschirrtuch über die Schulter. »Sie sitzt jeden Abend in der Ecke da.« Er wies auf einen kleinen runden Tisch. »Wenn sie sagt, dass er hier war, dann war er hier.«

Andrew fragte nach ihrer Adresse und machte sich auf den Weg zur Mafeking Road 43. Dort wich er einer Gruppe von Kindern aus, die mitten auf der Straße Fußball spielten, lief ein paar eindeutig reparaturbedürftige Stufen zur Haustür hinauf und klopfte.

»Haben wir schon wieder Neuwahlen, Mr. Fraser?«, fragte eine alte Dame verwundert, die durch den Briefschlitz lugte.

»Nein, es hat nichts mit Politik zu tun, Mrs. Bloxham«, sagte Andrew und bückte sich dabei. »Ich suche Ihren Rat in einer persönlichen Angelegenheit.«

»Eine persönliche Angelegenheit? Dann kommen Sie doch rein, es ist kalt draußen.« Sie öffnete ihm die Tür. »Und im Gang hier so zugig.«

Andrew folgte der alten Dame, die in Filzpantoffeln durch den Flur schlurfte, in ein Zimmer, in dem es seiner Meinung nach kälter war als draußen. Es war völlig schmucklos, abgesehen von einem Kruzifix, das auf dem Kaminsims unter einem Farbdruck der Jungfrau Maria stand. Mrs. Bloxham bot Andrew einen Stuhl vor einem ungedeckten Tisch an. Sie selbst ließ sich in einen alten Polstersessel fallen. Er knarzte unter ihrem Gewicht, und ein Büschel Rosshaar fiel zu Boden. Andrew sah die alte Dame genauer an. Über ein Kleid, das sicherlich tausendmal getragen worden war, hatte sie einen schwarzen Schal drapiert. Sie schob ihre Pantoffel von sich.

»Machen Ihnen die Füße Ärger?«, fragte Andrew.

»Der Arzt kann mir nicht erklären, warum sie so geschwollen sind«, erwiderte sie ohne Bitterkeit.

Andrew stellte fest, dass der Tisch ein feines Möbelstück war und absolut nicht in seine Umgebung passte. Die Eleganz der geschnitzten Beine fiel ihm besonders auf. Sie bemerkte seine Bewunderung. »Mein Urgroßvater schenkte ihn meiner Urgroßmutter zur Hochzeit, Mr. Fraser.«

»Er ist prachtvoll«, sagte Andrew.

Sie schien es nicht zu hören, sondern fragte nur: »Was kann ich für Sie tun, Sir?« Zum zweiten Mal an diesem Tag hatte ihn ein älterer Mensch mit Sir angesprochen.

Andrew rief ihr die O'Halloran-Geschichte in Erinnerung. Sie hörte genau zu, beugte sich ein wenig vor und legte die Hand hinters Ohr, damit ihr kein Wort entging.

»Dieser O'Halloran ist ein übler Bursche«, sagte sie. »Dem kann man nicht trauen. Die Heilige Jungfrau muss viel verzeihen, wenn sie Leute wie ihn in den Himmel aufnimmt.« Andrew lächelte. »Nicht, dass ich erwarte, viele Politiker dort anzutreffen«, ergänzte Mrs. Bloxham mit einem zahnlosen Grinsen.

»War O'Halloran tatsächlich an dem bewussten Freitagabend im Pub, wie alle seine Freunde behaupten?«

»Ja, er war bestimmt dort. Kein Zweifel, ich hab ihn mit eigenen Augen gesehen.«

»Wieso sind Sie so sicher?«

»Hat sein Bier über mein bestes Kleid gekippt, und ich wusste, an einem 13. passiert immer was, besonders an einem Freitag. Das werde ich ihm nie verzeihen. Ich habe den Fleck trotz allem, was diese Waschpulverreklame sagt, noch immer nicht rausgebracht.«

»Warum haben Sie das der Polizei nicht gleich mitgeteilt?«

»Hat nicht gefragt«, sagte sie schlicht. »Die sind schon lang hinter ihm her, wegen vieler Sachen, bei denen sie ihn nicht festnageln konnten, aber ausnahmsweise war er's mal nicht.«

Andrew hörte zu schreiben auf und machte sich zum Gehen bereit. Mühsam stand Mrs. Bloxham auf, und weitere Rosshaarbüschel fielen auf den Boden. Gemeinsam gingen sie zur Tür. »Es tut mir leid, dass ich Ihnen nicht eine Tasse Tee anbieten konnte, aber im Moment habe ich keinen. Wären Sie morgen gekommen, hätte ich welchen gehabt.«

Andrew blieb an der Türschwelle stehen.

»Morgen bekomme ich meine Rente, wissen Sie«, beantwortete sie seine unausgesprochene Frage.

Es brauchte eine Weile, bis Elizabeth eine Vertretung fand, sodass sie mit ihrem Mann nach Redcorn zum Vorstellungsgespräch fahren konnte. Wieder einmal mussten die Kinder bei einem Babysitter bleiben. Die lokale und die nationale Presse hatte Simon als Favoriten für den neuen Sitz hochgejubelt. Elizabeth zog ein blassblaues Kostüm mit dunklem Kragen an, dessen Rock bis weit unter die Knie reichte. Sie nannte es ihre »beste konservative Montur«.

Die Fahrt nach Newcastle dauerte über drei Stunden in einem als »Express« bezeichneten Zug. Immerhin konnte Simon einen Großteil der Akten erledigen, die man in seine rote Schatulle gestopft hatte. Staatsbeamte gestatten Politikern nur selten, sich mit Politik zu beschäftigen, überlegte er. Sie hätten es gar nicht gern gehört, dass er der Lektüre der letzten vier Nummern der Wochenzeitschrift *Redcorn News* eine ganze Stunde widmete.

In Newcastle wurden sie von der Frau des Schatzmeisters empfangen, die Mr. und Mrs. Kerslake in die Wahlkreiszentrale begleitete. »Das ist sehr liebenswürdig von Ihnen«, sagte Elizabeth und starrte das Fahrzeug an, das sie die nächsten vierzig Meilen befördern sollte.

Der uralte Austin Mini brauchte auf den kurvenreichen Landstraßen weitere eineinhalb Stunden, bis sie ihr Ziel erreichten, und während der ganzen Reise sprach ihre Begleiterin ohne Punkt und Komma. Als Simon und Elizabeth auf dem Marktplatz von Redcorn ankamen, waren sie physisch und psychisch völlig erledigt.

Sie wurden in die Wahlkreiszentrale geführt und deren Vertreter vorgestellt.

»Nett, dass Sie gekommen sind«, sagte er. »Eine teuflische Reise, nicht wahr?«

Elizabeth hätte ihm gern beigepflichtet, sagte jedoch nichts; sie wusste, dass dies Simons beste Chance war, ins Parlament zurückzukehren, und wollte ihn bestmöglich unterstützen. Doch der Gedanke, dass ihr Mann unter Umständen zweimal im Monat diese Reise machen musste, bedrückte sie. Sie würden sich noch weniger sehen als bisher, von den Kindern gar nicht zu reden.

»Wir werden sechs infrage kommende Kandidaten befra-

gen«, erklärte der Sekretär, »und Sie werden der letzte sein.«
Er zwinkerte wissend.

Simon und Elizabeth lächelten unsicher.

»In frühestens einer Stunde ist es so weit, Sie haben also
Zeit für einen Spaziergang durch die Stadt.«

Simon war froh, seine Beine strecken und Redcorn genauer
begutachten zu können. Langsam spazierten sie durch den
hübschen Marktflecken und bewunderten die elisabetha-
nische Architektur, die trotz verantwortungsloser oder profit-
süchtiger Stadtplaner irgendwie überlebt hatte. Sie kletterten
sogar den Hügel hinauf und warfen einen Blick in die pracht-
volle gotische Kirche, die die Umgebung beherrschte.

Als sie an den Geschäften in der Hauptstraße vorbeigingen, nickte Simon den Einwohnern zu, die ihn zu erkennen
schienen.

»Offenbar weiß eine Menge Leute, wer du bist«, bemerkte
Elizabeth, als ihr Blick auf einen Zeitungsständer fiel. Auf
einer Bank sitzend, lasen sie den Aufmacher, den ein großes
Bild von Simon zierte. »Redcorns nächster Parlaments-
abgeordneter?« war die Überschrift. In dem Artikel hieß es,
dass Kerslake zwar der Favorit sei, jedoch auch Bill Travers,
ein Landwirt und bisher Vorsitzender des Stadtrates, gewisse
Chancen habe.

Simon verspürte leichte Übelkeit. Sie erinnerte ihn an
jenen Tag vor fast acht Jahren, als man ihn in Coventry Central befragt hatte. Heute, als Minister der Krone, war er nicht
weniger nervös.

Als sie in die Wahlkreiszentrale zurückkehrten, erfuhren
sie, dass man erst bei der Vorstellung des dritten Kandidaten
angelangt war. Wieder schlenderten sie durch die Stadt, diesmal noch langsamer, und sahen den Ladeninhabern dabei zu,

wie sie ihre bunten Fensterläden schlossen und »Offen«-durch »Geschlossen«-Schilder ersetzten.

»Hübsches Städtchen«, sagte Simon, um herauszufinden, wie es seiner Frau gefiel.

»Und die Leute sind so höflich im Vergleich zu den Londonern«, meinte Elizabeth.

Sie machten sich wieder auf den Rückweg, auf dem Passanten den beiden Fremden »Guten Abend« wünschten; freundliche Menschen, die zu vertreten ihn stolz machen würde, dachte Simon. Obwohl Elizabeth und er sehr langsam gingen, waren sie nach einer halben Stunde wieder am Ziel.

Gerade verließ der vierte Kandidat das Zimmer. Er sah niedergeschlagen aus. »Jetzt sollte es nicht mehr lange dauern«, meinte der Vertreter, doch es vergingen weitere vierzig Minuten, bevor sie Applaus hörten und ein Mann in Tweedjacke und brauner Hose das Zimmer verließ. Auch er wirkte nicht glücklich.

Der Vertreter führte Simon und Elizabeth hinein, und alle im Raum Anwesenden standen auf. Nicht oft kamen Minister der Krone nach Redcorn.

Simon wartete, bis Elizabeth sich gesetzt hatte, bevor er dem Ausschuss gegenüber Platz nahm. Etwa fünfzig Leute sahen ihn an – nicht feindselig, lediglich neugierig. Es waren wettergegerbte Gesichter, und fast alle, Männer wie Frauen, trugen Tweedjacken. In seinem dunklen Anzug kam sich Simon fehl am Platz vor.

»Und jetzt«, sagte der Vorsitzende, »heißen wir das Parlamentsmitglied, den Sehr Ehrenwerten Simon Kerslake, willkommen. Mr. Kerslake wird zwanzig Minuten zu uns sprechen und dann so freundlich sein, Fragen zu beantworten.«

Simon hatte das Gefühl, gut gesprochen zu haben, doch

selbst seine sorgfältig ausgewählten Scherze riefen nur ein Lächeln hervor, und seine ernsthafteren Anmerkungen fanden kaum ein Echo. Als er geendet hatte, setzte er sich, begleitet von respektvollem Klatschen und Gemurmel.

»Jetzt ist der Minister bereit, Fragen zu beantworten.«

»Wie stehen Sie zur Todesstrafe?«, fragte eine brummige Frau mittleren Alters in der ersten Reihe.

Simon erklärte, warum er gegen die Todesstrafe sei. Der finstere Gesichtsausdruck der Fragerin änderte sich nicht, und Simon dachte, um wie viel zufriedener sie mit Ronnie Nethercote gewesen wäre.

»Was halten Sie von den Landwirtschaftssubventionen in diesem Jahr?«, fragte ein Mann in Reitjacke.

»Gut für Eier, schlecht für Rinder und katastrophal für Schweine. So las ich es zumindest gestern auf der Titelseite von *Farmers' Weekly*.« Zum ersten Mal lachten einige. »In Coventry Central musste ich mich nicht viel mit Landwirtschaft beschäftigen, sollte ich aber das Glück haben, Redcorn zu vertreten, würde ich rasch lernen und mit Ihrer Hilfe die Probleme der Farmer zu meinen eigenen machen.« Ein paar Köpfe nickten beifällig.

»Miss Pentecost, Vorsitzende des Frauenrats«, verkündete eine große magere Frau, die aufgestanden war, um den Blick des Vorsitzenden zu erhaschen. »Darf ich eine Frage an Mrs. Kerslake richten? Wären Sie bereit, in Northumberland zu leben, wenn Ihrem Mann dieser Sitz angeboten wird?«

Elizabeth hatte diese Frage gefürchtet. Sie wusste, dass man von ihr erwartete, ihre Stellung aufzugeben, falls Simon den Wahlkreis bekam. Simon drehte sich zu seiner Frau um.

»Nein«, antwortete sie ohne Umschweife. »Ich bin Gynäkologin am St. Mary's Hospital in London. Ich unterstütze meinen Mann in seiner Karriere, aber wie Margaret Thatcher glaube ich, dass eine Frau Anrecht auf eine gute Ausbildung hat und die Verpflichtung, ihre Qualifikationen bestmöglich zu nutzen.«

Da und dort wurde applaudiert, und Simon lächelte ihr zu.

Die nächste Frage betraf Europa, und Simon erklärte unmissverständlich, weshalb er den Premier in seinem Wunsch, Großbritannien zu einem Mitglied der EWG zu machen, voll unterstütze.

Simon beantwortete Fragen, die von der Gewerkschaftsreform bis zur Gewalt im Fernsehen reichten. Schließlich sagte der Vorsitzende: »Weitere Fragen?«

Lange Stille. Als er Simon gerade danken wollte, stand die finstere Dame in der ersten Reihe wieder auf und fragte, wie Mr. Kerslake über Abtreibung denke.

»Moralisch bin ich dagegen«, sagte Simon. »Als das Abtreibungsgesetz beschlossen wurde, dachten viele von uns, es würde die Scheidungen eindämmen. Wir irrten: Die Scheidungsrate hat sich vervierfacht. In Fällen von Vergewaltigung oder bei drohenden physischen oder psychischen Schädigungen würde ich aber immer den ärztlichen Rat befolgen. Elizabeth und ich haben zwei Kinder, und die Aufgabe meiner Frau ist es, Babys gesund zur Welt zu bringen.«

Der verbissene Mund der Frau wurde zu einem Strich.

»Danke, dass Sie uns so viel Zeit geschenkt haben«, sagte der Vorsitzende. »Vielleicht wären Sie und Ihre Frau so freundlich, draußen zu warten.«

Simon und Elizabeth gesellten sich zu den anderen Kandidaten, die mit ihren Frauen und dem Vertreter in einem kleinen schäbigen Hinterzimmer warteten. Als sie den halb leeren Klapptisch sahen, fiel ihnen ein, dass sie überhaupt nichts gegessen hatten, und sie verschlangen die restlichen Gurkensandwiches und kalten Wurstrollen.

»Was geschieht jetzt?«, fragte Simon den Vertreter zwischen zwei Bissen.

»Nichts Besonderes. Jetzt wird diskutiert, jeder kann seine Meinung sagen, und dann wird abgestimmt. Länger als zwanzig Minuten sollte das nicht dauern.«

Elizabeth sah auf die Uhr. Es war sieben, und der letzte Zug ging um Viertel nach neun.

»Wir müssten den Zug bequem erreichen können«, meinte Simon.

Als nach einer Stunde noch keine Entscheidung gefallen war, schlug der Vertreter den Kandidaten, die eine lange Rückreise hatten, vor, ein Zimmer im gegenüberliegenden *Bell Inn* zu nehmen. Simon stellte fest, dass die anderen dies vorsorglich bereits getan hatten.

»Du bleibst besser hier, falls man dich wieder ruft«, sagte Elizabeth. »Ich werde ein Zimmer mieten und daheim anrufen, wie es den Kindern geht.«

»Haben wahrscheinlich schon die arme Babysitterin verschlungen«, sagte Simon.

Elizabeth lächelte und ging über die Straße in das kleine Hotel.

Simon öffnete die rote Schatulle und versuchte zu arbeiten. Der Mann, der wie ein Landwirt aussah, trat auf ihn zu und stellte sich vor.

»Ich bin Bill Travers, Vorsitzender des neuen Wahlkreises«, begann er. »Ich wollte Ihnen nur sagen, dass Sie meine volle Unterstützung haben, falls der Ausschuss Sie wählt.«

»Danke«, sagte Simon.

»Ich hatte gehofft, wie mein Großvater dieses Gebiet zu

vertreten. Aber ich verstehe, wenn Redcorn mir, der ich zufrieden wäre, mein Leben auf den Hinterbänken zu verbringen, einen Mann vorzieht, der für das Kabinett bestimmt ist.«

Simon war gerührt über das Wohlwollen seines Konkurrenten und hätte gern im gleichen Sinn geantwortet, doch Travers fügte rasch hinzu: »Entschuldigen Sie, ich will Ihre Zeit nicht weiter in Anspruch nehmen.« Er sah auf die rote Schatulle. »Sie haben zu arbeiten.«

Simon hatte ein schlechtes Gewissen. Ein paar Minuten später kam Elizabeth zurück und versuchte zu lächeln. »Das einzige freie Zimmer ist kleiner als das Kinderzimmer und liegt zur Hauptstraße, daher wird es auch genauso laut sein.«

»Wenigstens gibt es keine Kinder, die ›Ich hab Hunger‹ sagen.« Er streichelte ihre Hand.

Kurz nach neun erschien ein erschöpfter Vorsitzender und bat alle Kandidaten um ihre Aufmerksamkeit. »Mein Ausschuss möchte Ihnen danken, dass Sie diese unangenehme Prozedur über sich ergehen ließen. Es ist uns schwergefallen, über etwas zu entscheiden, das wir nun hoffentlich zwanzig Jahre lang nicht mehr besprechen müssen.« Er machte eine Pause. Dann: »Der Ausschuss fordert Mr. Bill Travers auf, bei der nächsten Wahl den Sitz für Redcorn zu verteidigen.«

Mit einem Satz war alles vorbei. Simons Hals wurde trocken.

Weder er noch Elizabeth fanden viel Schlaf in dem kleinen Zimmer im *Bell Inn*, und die Mitteilung des Vertreters, die Abstimmung sei 25:23 ausgegangen, half auch nicht sonderlich.

»Ich glaube, Mrs. Pentecost mochte mich nicht«, sagte Elizabeth schuldbewusst. »Hätte ich mich bereit erklärt, hier zu wohnen, hättest du den Sitz wahrscheinlich gewonnen.«

»Das bezweifle ich. Jedenfalls ist es sinnlos, die Bedingungen bei der Befragung anzunehmen und dann, wenn man gewählt wird, umzudisponieren. Ich glaube, Redcorn hat den richtigen Mann gewählt.«

Dankbar für seine Worte, lächelte Elizabeth ihn an.

»Du wirst sehen, es gibt noch andere Sitze«, sagte er, wohl wissend, dass ihm nur wenig Zeit blieb.

Elizabeth betete, er möge recht behalten, und sie betete auch, dass der nächste Wahlkreis sie nicht wieder vor das Dilemma stellen würde, das sie bis jetzt erfolgreich umgehen konnte.

Als Raymond Kronanwalt wurde, unternahm Joyce eine ihrer Reisen nach London. Der Anlass erforderte einen weiteren Besuch bei Harvey Nichols, beschloss sie. Sie erinnerte sich, wie sie vor vielen Jahren, als sie ihren Mann nach Downing Street 10 begleitete, das Geschäft zum ersten Mal betreten hatte. Seit damals hatte Raymond es weit gebracht, ihre Beziehung hingegen hatte kaum Fortschritte gemacht. Die Hoffnung auf Kinder hatte sie aufgegeben, doch wenigstens wollte sie ihm eine gute Frau sein. Raymond sah wesentlich besser aus als in jungen Jahren, während man das – dessen war sie sich bewusst – von ihr nicht sagen konnte.

Sie genoss die Zeremonie, als ihr Mann im Gerichtssaal den Richtern vorgestellt wurde. Viele lateinische Worte wurden gesprochen, wenige verstanden.

Etwas verspätet kamen sie zur Party in den Gerichtsräumen. Alle waren erschienen, um ihren Mann zu feiern. Raymond war aufgekratzt und leutselig und unterhielt sich mit dem Gerichtssekretär, als ihm Sir Nigel ein Glas Champagner anbot. Da entdeckte er beim Kamin ein bekanntes Gesicht und erinnerte sich, dass der Prozess in Manchester vorüber war. Es gelang ihm, mit allen Anwesenden zu sprechen und Stephanie Arnold zu meiden. Zu seinem Schrecken sah er, dass sie sich seiner Frau vorstellte. Sooft er in ihre Richtung schaute, schienen sie intensiver ins Gespräch vertieft zu sein.

»Meine Damen und Herren.« Sir Nigel klopfte auf den Tisch und wartete, bis es still wurde. »Wir bei Gericht sind immer stolz, wenn jemand Kronanwalt wird. Es ist nicht nur eine Ehre für den Mann, sondern auch für uns. Und wenn der Betreffende der Jüngste ist, dem diese Ehre zuteilwird – noch unter vierzig –, sind wir besonders stolz. Sie alle wissen natürlich, dass Raymond auch noch an anderer Stelle dient, wo er, so hoffen wir, noch größeren Ruhm erwerben wird. Darf ich abschließend hinzufügen, dass wir uns freuen, heute Abend seine Frau hier begrüßen zu können. Ich erhebe mein Glas auf Raymond Gould.«

»Ich möchte allen danken, die diese Ehrung möglich gemacht haben«, begann Raymond seine Erwiderung. »Meinem Produzenten, meinem Direktor und allen andern Stars, nicht zu vergessen, den Kriminellen, ohne die ich meinen Beruf nicht ausüben könnte. Und schließlich trage ich allen auf, die mich am liebsten von hinten sähen, unermüdlich dafür zu arbeiten, dass die Labour-Partei bei der nächsten Wahl gewinnt. Danke.«

Der Applaus war anhaltend und ehrlich; viele seiner Kollegen waren beeindruckt, wie selbstsicher Raymond in letzter Zeit geworden war. Als man ihn umdrängte, um zu gratulieren, bemerkte er, dass Stephanie und Joyce ihre Unterhaltung wieder aufnahmen. Raymond trank gerade ein weiteres Glas Champagner, als ein ernster junger Mann namens Patrick Montague, der kürzlich aus Bristol gekommen war, ihn ansprach. Obwohl Montague schon einige Wochen bei ihnen war, hatte sich Raymond noch nie mit ihm unterhalten. Er schien profilierte Ansichten über das Strafrecht und dessen notwendige Veränderungen zu haben. Zum ersten Mal im Leben merkte Raymond, dass er kein junger Mann mehr war.

Plötzlich standen die beiden Frauen neben ihm.

»Hallo, Raymond.«

»Hallo, Stephanie«, sagte er verlegen und sah ängstlich seine Frau an. »Kennen Sie Patrick Montague?«

Alle drei lachten laut.

»Was ist daran komisch?«, fragte Raymond.

»Manchmal bringst du mich wirklich in Verlegenheit, Raymond«, sagte Joyce. »Du weißt doch bestimmt, dass Stephanie und Patrick verlobt sind?«

15

»Mit oder ohne Beamte?«, fragte Simon, als Andrew in sein Büro kam.

»Ohne, bitte.«

»Gut.« Simon drückte auf einen Knopf neben seinem Schreibtisch.

»Ich möchte nicht gestört werden, während ich mit Mr. Fraser spreche.« Er führte seinen Kollegen zu einem bequemen Sessel in der Ecke.

»Elizabeth fragte mich heute früh, wie es Robert geht.«

»Nächsten Monat wird er zwei, und für einen Mittelstürmer ist er übergewichtig«, erwiderte Andrew. »Und wie steht es mit Ihrer Suche nach einem neuen Sitz?«

»Nicht zum Besten. Die letzten drei Wahlkreise haben mich nicht einmal eingeladen. Ich weiß nicht genau, warum, aber offenbar ziehen sie einen Mann aus ihrer Mitte vor.«

»Es ist noch lang hin bis zur nächsten Wahl. Bestimmt werden Sie bis dahin einen Sitz finden.«

»Falls es der Premier auf eine Kraftprobe mit den Gewerkschaften ankommen lässt und Neuwahlen ausschreibt, kann es auch kürzer dauern.«

»Das wäre töricht«, erwiderte Andrew. »Er kann *uns* besiegen, aber bestimmt nicht die Gewerkschaften.«

Eine junge Frau brachte zwei Tassen Kaffee, stellte sie auf den Resopaltisch und ließ sie wieder allein.

»Hatten Sie Zeit, die Akte durchzusehen?«, fragte Andrew.

»Ja, gestern Abend, nachdem ich Peters Hausaufgaben kontrolliert und Michael geholfen habe, ein Modellsegelboot zu bauen.«

»Was ist bei alldem herausgekommen?«

»Nicht sehr viel. Ich kann mich mit der neuen Mathematik nicht anfreunden, und als Elizabeth das Boot in der Badewanne vom Stapel ließ, knickte der Mast.«

Andrew lachte.

»Ich glaube, Ihre Argumentation ist hieb- und stichfest«, sagte Simon, wieder ernst werdend.

»Gut. Ich wollte Sie gern privat sprechen, weil ich glaube, dass weder Sie noch ich aus diesem Fall politisches Kapital schlagen können. Ich will Ihr Ministerium nicht in Verlegenheit bringen und glaube, es liegt im Interesse meines Mandanten, so eng wie möglich mit Ihnen zusammenzuarbeiten.«

»Danke«, sagte Simon. »Wie soll es weitergehen?«

»Ich möchte, in der Hoffnung, dass Sie eine Untersuchung einleiten werden, eine Anfrage an Ihr Ministerium richten. Sollte diese Untersuchung zu den gleichen Schlüssen kommen wie ich, nehme ich an, dass Sie eine Wiederaufnahme des Verfahrens anordnen.«

Simon zögerte. »Sind Sie einverstanden, sich nicht am Innenministerium zu rächen, falls die Untersuchung anders ausfällt?«

»Sie haben mein Wort.«

»Soll ich jetzt die Beamten hereinbitten?«

»Ja, bitte.«

Simon ging zu seinem Schreibtisch, drückte einen Knopf, und einen Moment später betraten drei Männer in fast identischen Anzügen – weiße Hemden, steife Krägen, dezent gemusterte Krawatten – das Zimmer. Die drei hätten jede polizeiliche Gegenüberstellung zunichtemachen können.

»Mr. Fraser«, begann Simon, »ersucht das Innenministerium …«

»Können Sie mir erklären, warum Simon Kerslake gestern einer Abstimmung ferngeblieben ist?«

Charles sah den Chief Whip an.

»Nein. Er hat die Abstimmungstermine für diese Woche erhalten wie alle anderen auch.«

»Was steckt da dahinter?«

»Ich glaube, der arme Kerl durchkämmt den Großteil seiner Zeit das Land, um einen Sitz für die nächste Wahl zu finden.«

»Das ist keine Entschuldigung. Die Pflichten im Unterhaus gehen vor, das weiß jedes Mitglied. Letzten Donnerstag hat er eine hochwichtige Abstimmung über eine Klausel des Europa-Gesetzes versäumt. Trotz unserer Mehrheit kommt es bei den Klauseln auf jede einzelne Stimme an. Sollte ich mal mit ihm reden?«

»Nein, nein, besser nicht«, sagte Charles. Er fürchtete, dass es allzu abwehrend klang. »Das ist meine Aufgabe. Ich werde mit ihm sprechen und dafür sorgen, dass es nicht mehr vorkommt.«

»Gut, Charles, wenn Sie so wollen. Gott sei Dank dauert es nicht mehr lang, und diese verdammte Sache wird bald Gesetz. Aber wir müssen bei jeder Klausel auf der Hut sein. Die Labour-Leute wissen genau, dass sie das ganze Gesetz vereiteln können, indem sie bestimmte Schlüsselklauseln niederstimmen. Wenn ich bei einer Klausel mit einer Stimme verliere, bringe ich Kerslake um. Oder den, der sonst dafür verantwortlich war.«

»Ich sehe zu, dass er begreift, worum es geht.«

»Wie erträgt Fiona diese vielen Abende allein?«, erkundigte sich der Chief Whip wieder ruhig.

»Eigentlich ganz gut. Jetzt, da Sie mich fragen, muss ich sagen, dass sie selten besser ausgesehen hat.«

»Ich kann nicht behaupten, dass meine Frau mit diesen ›Hausaufgaben‹, wie sie es nennt, zufrieden ist. Musste versprechen, im Winter mit ihr in die Karibik zu fahren, um das wiedergutzumachen. Also ich überlasse Kerslake Ihnen. Seien Sie energisch, Charles. Denken Sie dran, wir können es uns nicht leisten, jetzt im Endstadium auch nur eine Stimme zu verlieren.«

»Norman Edwards?«, wiederholte Raymond ungläubig. »Der Generalsekretär der Transportgewerkschaft?«

»Ja«, sagte Fred Padgett und stand vom Schreibtisch auf.

»Aber er hat doch mein Buch auf dem Scheiterhaufen verbrannt und sich vergewissert, dass möglichst viele Journalisten Zeugen waren.«

»Ich weiß«, sagte Fred und legte einen Brief in die Ablage. »Ich bin nur dein Sekretär, ich kann dir die Rätsel des Universums nicht erklären.«

»Wann will er mich sprechen?«, fragte Raymond.

»So bald wie möglich.«

»Frag ihn, ob er gegen sechs zu uns nach Hause auf einen Drink kommen will.«

Raymond hatte eine anstrengende samstägliche Sprechstunde hinter sich, und dank der immer noch drohenden Marsmenschen kaum Zeit gefunden, ein Sandwich zu essen, bevor er sich zu seiner Lieblingsbeschäftigung loseisen konnte. Diese Woche spielte Leeds gegen Liverpool. Wenn er alle zwei Wochen gut sichtbar für seine Wähler in der Ehrenloge saß und sein lokales Fußballteam anfeuerte, schlug er damit dreißigtausend Fliegen auf einen Streich. Nach dem Match beim Gespräch mit den Fußballern in der Garderobe verfiel er in Yorkshire-Dialekt, den er unter der Woche bei Gericht natürlich nicht sprach.

Leeds gewann 3:2, und nach dem Spiel nahm Raymond mit den Klubdirektoren einen Drink. Er erregte sich derartig über eine Abseits-Entscheidung, die Leeds fast einen Punkt gekostet hätte, dass er fast seinen Termin mit Norman Edwards vergessen hätte.

Joyce war im Garten und zeigte dem Gewerkschaftsführer ihre ersten Schneeglöckchen, als Raymond nach Hause kam.

»Entschuldige die Verspätung«, sagte er und hängte seinen blau-gelben Schal auf. »Ich war beim Match.«

»Wer hat gewonnen?«, fragte Edwards.

»Natürlich Leeds, 3:2.«

»Verdammt«, sagte Norman, und sein Dialekt ließ keinen Zweifel, dass er nicht oft außerhalb von Liverpool war.

»Komm rein und trink ein Bier«, sagte Raymond.

»Lieber einen Wodka.«

Sie gingen ins Haus, und Joyce fuhr mit der Gartenarbeit fort.

»Also«, sagte Raymond und schenkte seinem Gast einen Smirnoff ein. »Was führt dich von so weit her, wenn es nicht das Match war? Vielleicht möchtest du ein signiertes Exemplar meines Buches für deinen nächsten Scheiterhaufen?«

»Ärger mich nicht, Ray. Ich bin hergekommen, weil ich deine Hilfe brauche. So einfach.«

»Ich bin ganz Ohr.«

»Wir hatten gestern eine Sitzung, und einer der Genossen

entdeckte im EWG-Gesetz eine Klausel, die uns alle arbeitslos machen könnte.«

Norman reichte Raymond die Gesetzesvorlage, die besagte Klausel war rot unterstrichen. Sie gab dem Minister die Befugnis, neue Transportverordnungen zu treffen, die vom Unterhaus nicht mehr abgeändert werden konnten.

»Wenn die Klausel so durchgeht, kommen meine Jungs in Schwierigkeiten.«

»Inwiefern?«, erkundigte sich Raymond.

»Weil diese verdammten Franzosen genau wissen, dass zwischen uns und ihnen ein Kanal liegt. Wenn meine Jungs gesetzlich verpflichtet sind, auf jeder Seite eine Nacht zu verbringen, verdienen am Schluss nur die Rasthäuser was.«

»Was steckt dahinter?«

»Sie wollen, dass wir das Zeug auf unserer Seite abliefern, damit sie es auf der anderen Seite holen können.«

»Aber trifft nicht das Gleiche zu, wenn sie uns Waren liefern?«

»Nein. Ihr Anfahrtsweg zur Küste ist länger, und sie müssen daher auf jeden Fall übernachten, gar nicht davon zu reden, dass sie acht sind gegen uns allein. Das ist geradezu teuflisch.«

Raymond studierte die Klausel genau, während Edward einen zweiten Wodka trank.

»Die Klausel verbietet euch nicht, am nächsten Tag rüberzufahren. Um wie viel, glaubst du, erhöhen sich damit eure Frachtkosten?«, fragte Raymond.

»Kann ich dir sagen. Um so viel, dass wir nicht konkurrenzfähig sind«, erwiderte der Gewerkschaftsführer.

»Verstanden«, sagte Raymond. »Und warum betraut ihr nicht euren eigenen Abgeordneten mit der Sache?«

»Dem trau ich nicht. Der ist um jeden Preis proeuropäisch.«

»Und wie steht es mit eurem Gewerkschaftsvertreter im Unterhaus?«

»Mit Tom Carson? Das soll wohl ein Witz sein. Der ist so weit links, dass sogar seine eigene Seite misstrauisch ist, wenn er etwas unterstützt. Überhaupt hab ich ihn nur ins Unterhaus gebracht, um ihn loszuwerden.« Raymond lachte. »Alles, was unser Ausschuss wissen will, ist Folgendes: Bist du bereit, diese Klausel für uns anzufechten? Wir können uns natürlich kein Honorar leisten, wie du es bei Gericht gewohnt bist.«

»Ich werde kein Honorar verlangen«, sagte Raymond. »Bestimmt kannst du dich in Zukunft einmal revanchieren.«

»Kapiert«, sagte Edward und tippte sich an den Nasenflügel. »Und was mache ich jetzt?«

»Du nimmst den nächsten Zug nach Liverpool und hoffst, dass ich im Unterhaus besser bin als euer Fußballteam in Leeds.«

Norman Edwards zog seinen alten Regenmantel an und lächelte. »Dein Buch hat mich zwar entsetzt, Ray. Aber das heißt nicht, dass ich es nicht bewundert hätte.«

Der Speaker sah auf die erste Bankreihe hinab. »Mr. Andrew Fraser.«

»Nummer 17, Sir«, sagte Andrew.

Der Speaker las die Frage und erbat eine Beantwortung durch das Innenministerium.

Simon trat ans Rednerpult, öffnete seine Mappe und sagte: »Ja, Sir.«

»Mr. Andrew Fraser«, rief der Speaker nochmals.

Andrew stand von seinem Platz auf der Vorderbank der Opposition auf, um seine Zusatzfrage zu stellen.

»Ich möchte dem Minister für seine Bereitwilligkeit danken, so rasch eine Untersuchung einzuleiten. Wird der Innenminister, falls er feststellt, dass meinem Mandanten Paddy O'Halloran unrecht getan wurde, sofort eine Wiederaufnahme des Verfahrens anordnen?«

Wieder stand Simon auf. »Ja, Sir.«

»Ich danke dem verehrten Gentleman«, sagte Andrew, sich ein wenig erhebend.

In weniger als einer Minute war alles erledigt, aber ältere Mitglieder, die dem kurzen Wortwechsel zuhörten, zweifelten nicht, dass diesem Einverständnis lange Vorbereitungen vorangegangen waren.

»Dieser verflixte Kerl hat schon wieder eine Debatte mit unbedingter Anwesenheitspflicht verschlafen, Charles. Das war das letzte Mal. Sie haben ihn viel zu lange gedeckt.«

»Es wird nie mehr vorkommen«, sagte Charles überzeugend. »Ich möchte ihm noch eine letzte Chance geben. Erlauben Sie ihm das.«

»Sie sind sehr loyal«, sagte der Chief Whip. »Aber das nächste Mal nehme ich mir Kerslake persönlich vor und gehe der Sache auf den Grund.«

»Es wird nicht mehr vorkommen«, wiederholte Charles.

»Hm. Nächstes Problem: Gibt es irgendwelche Klauseln, über die wir uns nächste Woche Sorgen machen müssen?«

»Ja«, erwiderte Charles. »Diese Transportklausel, gegen die Gould ankämpft. Seine Argumentation war so brillant, dass alle von seiner Seite und die Hälfte von uns ihn unterstützt haben.«

»Er ist doch nicht der Abgeordnete der Transportgewerkschaft!«, sagte der Chief Whip überrascht.

»Nein, offenbar war die Gewerkschaft der Meinung, Tom Carson würde ihnen nicht weiterhelfen, und er ist natürlich wütend über diesen Affront.«

»Klug von ihnen, Gould zu wählen. Er wird mit jeder Rede besser, und wenn es um Juristisches geht, kann ihm keiner das Wasser reichen.«

»Also sollten wir uns besser damit abfinden, diese Klausel abzuschreiben?«

»Keine Spur. Wir werden sie neu formulieren, sodass sie nicht nur annehmbar wird, sondern auch an Härte verliert. Kein schlechter Zeitpunkt, die Gewerkschaftsinteressen zu verteidigen. So verhindern wir, dass Gould sämtliche Lorbeeren einheimst. Ich werde heute Abend mit dem Premier darüber sprechen. Und vergessen Sie nicht, was ich über Kerslake gesagt habe.«

Charles kehrte in sein Büro zurück und nahm sich vor, Simon Kerslake künftig etwas sorgfältiger über die Anwesenheitspflicht bei Debatten zu europäischen Gesetzesvorlagen zu informieren. Offenbar war er mit seiner Masche an die Grenze des Möglichen gestoßen.

Simon las den Schlussbericht seines Ministeriums zum Fall O'Halloran, während Elizabeth versuchte einzuschlafen. Er brauchte die Einzelheiten nur einmal zu lesen. Ihm war klar, dass er eine Wiederaufnahme des Verfahrens und eine Untersuchung gegen die Polizeibeamten einleiten musste, die mit dem Fall befasst waren.

Als Andrew erfuhr, dass das Wiederaufnahmeverfahren in London stattfinden würde, bat er Gould, O'Halloran zu verteidigen.

»Welch eine Ehre«, sagte Raymond, der Andrew immer

noch für einen der besten Redner des Unterhauses hielt. Irgendwie gelang es ihm, O'Halloran in seinem gedrängten Terminplan unterzubringen.

Nachdem der Richter am dritten Tag Mrs. Bloxhams Aussage gehört hatte, empfahl er den Geschworenen, auf nicht schuldig zu erkennen.

Andrew wurde von beiden Seiten des Hauses gelobt, wies aber sofort auf die Unterstützung hin, die er von Simon Kerslake und dem Innenministerium erhalten hatte. Die *Times* schrieb sogar einen Leitartikel über die bestimmungsgemäße Korrektheit, mit der ein Parlamentsmitglied seinen Einfluss geltend gemacht hatte.

Einige Monate später billigte das Gericht O'Halloran fünfundzwanzigtausend Pfund Schadenersatz zu. Der einzige Nachteil von Andrews Erfolg bestand darin, dass sämtliche Mütter verurteilter Krimineller nördlich des Hadrianswalls in seine Sprechstunde kamen, um ihm von ihren unschuldigen Söhnen zu berichten. Er nahm jedoch nur einen einzigen Fall ernst und begann erneut, Nachforschungen anzustellen.

Während des langen heißen Sommers 1972 wurde oft die ganze Nacht hindurch über eine Klausel des Europagesetzes nach der anderen abgestimmt. Mitunter hatte die Regierung nur eine Mehrheit von fünf oder sechs Stimmen, aber irgendwie blieb die Vorlage intakt.

Oft kam Charles erst um drei Uhr früh nach Hause und verließ Fiona wieder, bevor sie erwacht war. Veteranen des Unterhauses, Beamte wie Parlamentarier, waren sich einig, etwas Derartiges seit dem Zweiten Weltkrieg nicht mehr erlebt zu haben.

Und auf einmal war die letzte Abstimmung vorbei, der

Marathon beendet. Das Unterhaus hatte das Gesetz durchgebracht, und jetzt kam es ins Oberhaus, um von den Lords gebilligt zu werden. Charles fragte sich, was er mit all den Stunden anfangen würde, die ihm plötzlich zur Verfügung standen.

Als die Gesetzesvorlage im Oktober die königliche Zustimmung erhielt, lud der konservative Chief Whip seine Mitarbeiter zu einem Lunch in den Carlton Club ein, um zu feiern und seinem Team zu danken. »Und ganz besonders Charles Seymour«, sagte er während einer improvisierten Rede und hob sein Glas. Nach dem Lunch bot er Charles an, ihn in seinem Dienstwagen zum Unterhaus zurückzubringen. Sie fuhren über Piccadilly, Haymarket und Trafalgar Square nach Whitehall. Als das Parlament in Sicht war, bog der schwarze Rover in die Downing Street ein, um den Chief Whip an seinem Büro auf No. 12 abzusetzen. Doch als der Wagen hielt, sagte er: »Der Premier erwartet Sie in fünf Minuten.«

»Wieso? Warum?«, fragte Charles und stieg mit seinem Kollegen vor No. 10 aus.

»Hab ich gut getimt, oder?«, meinte der Chief Whip und begab sich zu No. 12.

Allein stand Charles vor der Tür zu No. 10. Ein Mann in langem schwarzem Mantel öffnete. »Guten Tag, Mr. Seymour.«

Der Premier empfing Charles in seinem Arbeitszimmer und vergeudete, wie üblich, keine Zeit mit Small Talk.

»Ich danke Ihnen für die harte Arbeit, die Sie für den Beitritt geleistet haben.«

»Es war eine enorme Herausforderung«, sagte Charles, nach Worten suchend.

»Genau wie Ihre nächste«, erwiderte Heath. »Ich möchte Sie als einen der Staatsminister ins Ministerium für Handel und Industrie übernehmen.«

Charles war sprachlos.

»All die Probleme, auf die wir in nächster Zeit mit den Gewerkschaften stoßen werden, sollten Ihnen genügend zu tun geben.«

»Bestimmt«, sagte Charles.

Man hatte ihn nicht zum Sitzen aufgefordert, und nachdem der Premier sich jetzt erhob, war die Unterredung offenbar beendet.

»Sobald Sie sich in Ihrem neuen Ressort eingearbeitet haben, müssen Sie und Fiona einmal zum Dinner kommen«, sagte der Premier, während sie zur Tür gingen.

»Danke«, brachte Charles hervor.

Als er draußen in der Downing Street stand, öffnete ein Fahrer die hintere Tür eines glänzenden Austin Westminster. Es brauchte eine Weile, bis Charles erfasste, dass das jetzt sein Wagen war.

»Zum Unterhaus, Sir?«

»Nein, ich möchte gern ein paar Minuten zum Eaton Square«, sagte er und lehnte sich zurück.

Das Auto fuhr am Parlament vorbei durch die Victoria Street zum Eaton Square. Charles wollte Fiona sagen, dass sich all die harte Arbeit gelohnt hatte. Er hatte ein schlechtes Gewissen, wie wenig er sie in letzter Zeit gesehen hatte, obwohl das, wie die Dinge jetzt standen, wohl kaum besser würde. Wie sehr er sich doch einen Sohn wünschte! Vielleicht würde sich jetzt auch das ergeben. Der Wagen hielt vor dem Haus im georgianischen Stil. Charles lief die Stufen hoch in die Halle.

Aus dem ersten Stock hörte er die Stimme seiner Frau. Zwei Stufen gleichzeitig nehmend, lief er die breite Treppe hinauf und stürzte ins Schlafzimmer.

»Ich bin Staatsminister im Ministerium für Handel und Industrie«, verkündete er Fiona, die im Bett lag.

Alexander Dalglish sah auf. Er zeigte keine Spur von Interesse an Charles' Beförderung.

Als Andrew Staatsanwalt Angus Sinclair in seinem Büro anrief und feststellte, dass Ricky Hodge nicht bekannt war und nichts gegen ihn vorlag, glaubte Andrew, über einen Fall mit internationalen Verwicklungen gestolpert zu sein.

Da Ricky Hodge in einem türkischen Gefängnis saß, mussten alle Nachforschungen über das Außenministerium laufen. Zu diesem hatte er weniger gute Beziehungen als zu Simon Kerslake, daher hielt er eine direkte Anfrage an das Unterhaus für das Richtige. Sorgfältig formulierte er sie: »Was gedenkt der Außenminister bezüglich der Beschlagnahmung des britischen Passes eines Wählers des Abgeordneten von Edinburgh Carlton zu unternehmen? Die Details wurden dem Ministerium bereits zur Kenntnis gebracht.«

Als die Frage am darauffolgenden Mittwoch vor das Unterhaus kam, erhob sich der Außenminister, um sie persönlich zu beantworten, wobei er über seine Halbbrille spähte. »Die Regierung Ihrer Majestät verfolgt diese Angelegenheit über die üblichen diplomatischen Kanäle.«

Rasch stand Andrew wieder auf. »Weiß der Sehr Ehrenwerte Gentleman, dass mein Wähler sich seit sechs Monaten in einem türkischen Gefängnis befindet, ohne dass Anklage erhoben wurde?«

»Ja«, erwiderte der Außenminister, »ich habe die türkische

Botschaft ersucht, dem Außenministerium weitere Einzelheiten des Falles vorzulegen.«

Wieder sprang Andrew auf. »Wie lang muss mein Wähler in Ankara verschollen bleiben, bevor der Außenminister mehr unternimmt, als nach Details des Falles zu fragen?«

Ohne Anzeichen der Verärgerung stand der Außenminister nochmals auf. »Ich werde dem Abgeordneten so rasch wie möglich alle Informationen zukommen lassen.«

»Wann? Morgen? Nächste Woche? Nächstes Jahr?«, rief Andrew ärgerlich.

»Wann?«, fiel ein Chor von Labour-Hinterbänklern ein, aber der Speaker rief die nächste Frage auf.

Binnen einer Stunde erhielt Andrew eine handschriftliche Nachricht vom Außenministerium: »Wäre Mr. Fraser bitte so freundlich anzurufen, dann wird der Außenminister gern einen Gesprächstermin festsetzen.«

Das Außenministerium, intern »Palazzo« genannt, hat eine ganz eigene Atmosphäre. Obwohl Andrew bereits in einem Ministerium gearbeitet hatte, war er dennoch beeindruckt von der Pracht. Er wurde am Haupteingang abgeholt und durch endlose Marmorkorridore geführt, bevor es eine Freitreppe hinaufging. Oben erwartete ihn der Privatsekretär des Außenministers.

»Sir Alec wird Sie sofort empfangen«, sagte er und führte Andrew vorbei an herrlichen Gemälden und Tapisserien in einen großen, schön proportionierten Raum. Der Außenminister stand vor dem Kamin, über dem ein Porträt von Lord Palmerston hing.

»Fraser, wie freundlich von Ihnen, gleich zu kommen. Ich hoffe, es hat Ihnen keine Ungelegenheiten bereitet.« Plattitüden, dachte Andrew, gleich wird der Einfaltspinsel meinen

Vater erwähnen. »Ich glaube nicht, dass wir uns kennen, aber natürlich kenne ich Ihren Vater seit vielen Jahren. Wollen Sie sich nicht setzen?«

»Ich weiß, wie viel beschäftigt Sie sind. Können wir gleich zum Thema kommen?«, bat Andrew.

»Natürlich«, sagte Sir Alec freundlich. »Entschuldigen Sie, dass ich Ihre Zeit beanspruche.« Ohne ein weiteres Wort übergab er Andrew eine Mappe mit der Aufschrift »Richard M. Hodge – Vertraulich«. »Ich bin sicher, dass Sie diese Akte demgemäß behandeln.«

Noch ein Bluff, dachte Andrew. Er öffnete die Mappe. Wie er erwartet hatte, lag keine Anklage gegen Ricky Hodge vor. Er las weiter. »Rom, Kinderprostitution; Marseille, Drogen; Paris, Erpressung«. So ging es Seite um Seite und endete in der Türkei, wo Hodge im Besitz von vier Kilo Heroin, das er in kleinen Mengen auf dem Schwarzmarkt verkaufte, aufgegriffen worden war. Mit neunundzwanzig Jahren hatte Ricky Hodge elf der letzten vierzehn Jahre in ausländischen Gefängnissen verbracht.

Andrew schloss die Mappe und spürte, wie ihm Schweißperlen auf die Stirn traten. Es dauerte eine Weile, bevor er etwas sagte. »Ich muss mich entschuldigen, Herr Minister. Ich habe mich lächerlich gemacht.«

»Als junger Mann«, sagte Sir Alec, »beging ich einmal einen ähnlichen Irrtum. Damals war Ernie Bevon Außenminister. Er hätte mich mit dem, was er wusste, vor dem Unterhaus kreuzigen können. Stattdessen informierte er mich in diesem Zimmer bei einem Drink. Manchmal wünsche ich mir, die Öffentlichkeit könnte Parlamentsmitglieder in ihren ruhigen Momenten sehen, nicht nur in ihren stürmischen.«

Andrew dankte Sir Alec und ging nachdenklich zum Unterhaus zurück. Vor diesem fiel sein Blick auf den dort aushängenden *Evening Standard*: »O'Halloran erneut verhaftet.« Er kaufte die Zeitung, lehnte sich an ein Geländer und las. Demnach wurde Paddy O'Halloran auf einem Polizeirevier in Glasgow festgehalten: Man beschuldigte ihn, die *Bank of Scotland* ausgeraubt zu haben. Andrew fragte sich, ob O'Hallorans Freunde auch das wieder als abgekartetes Spiel der Polizei bezeichnen würden, bis er den nächsten Absatz las. »O'Halloran wurde verhaftet, als er die Bank im Besitz eines Gewehrs und fünfundzwanzigtausend Pfund in gebrauchten Noten verließ. Bei seiner Festnahme erklärte er: ›Ich habe gerade mein Konto aufgelöst.‹«

Zu Hause meinte Louise, Ricky Hodge habe ihm einen Gefallen getan.

»Inwiefern denn?«, fragte Andrew erstaunt.

»Künftig wirst du dich nicht mehr so ernst nehmen«, erwiderte sie lächelnd.

Als Andrew zwei Wochen später in Edinburgh wieder eine Sprechstunde abhielt, war er erstaunt, dass Mrs. Bloxham einen Termin gemacht hatte.

Bei ihrer Begrüßung war er noch verblüffter. Sie trug ein helles Kleid und neue, braune Lederschuhe und sah aus, als müsse »Unsere Liebe Frau« wohl noch ein paar Jahre warten, um sie aufzunehmen.

»Ich kam, um Ihnen zu danken, Mr. Fraser«, erklärte sie, als sie sich gesetzt hatte.

»Wofür?«

»Dass Sie mir diesen netten Mann von Christie's geschickt haben. Er hat den Tisch meiner Urgroßmutter für mich versteigert. Ich konnte mein Glück gar nicht fassen – tausendvierhundert Pfund!« Andrew lächelte. »Der Fleck auf meinem

Kleid ist jetzt nicht mehr wichtig.« Sie machte eine Pause. »Und es hat mir auch nichts ausgemacht, dass ich meinen Tee drei Monate lang auf dem Fußboden trinken musste.«

Simon brachte die Empfehlung des neuen Wahlkreisausschusses ohne Schwierigkeiten durch und hatte damit plötzlich seinen eigenen Wahlkreis verloren. Seine Kollegen in Coventry zeigten Verständnis und kümmerten sich um seine Wähler, die bei der nächsten Wahl ihre sein würden, damit er mehr Zeit hatte, einen neuen Sitz zu suchen.

Im Lauf des Jahres wurden sieben Sitze frei, doch Simon wurde nur von zwei Wahlkreisen eingeladen. Beide lagen unweit der schottischen Grenze, und beide setzten ihn an zweite Stelle. Allmählich ahnte er, wie sich ein Favorit bei der Olympiade fühlt, wenn er die Silbermedaille gewinnt.

Ronnie Nethercotes Monatsberichte wurden immer düsterer und spiegelten in der Praxis wider, was die Politiker im Parlament festlegten. Ronnie hatte beschlossen, erst an die Börse zu gehen, wenn das Klima wieder günstiger war. Simon musste ihm recht geben, doch als er seinen Kontostand sah, stellte er fest, dass seine Bankschulden mit den Kreditzinsen inzwischen mehr als neunzigtausend Pfund betrugen.

Als die Arbeitslosenzahl die Millionengrenze überschritt und Heath einen Lohn- und Preisstopp anordnete, brachen im ganzen Land Streiks aus.

Die neue Sitzungsperiode des Parlaments stand unter dem Zeichen der Preis- und Einkommenspolitik. Charles Seymour hatte den Standpunkt der Regierung zu vertreten. Obwohl er nicht jede Debatte gewann, war er über sein Arbeitsgebiet mittlerweile so gut informiert, dass er nicht mehr befürchten musste, sich am Rednerpult lächerlich zu machen. Sowohl Raymond Gould wie Andrew Fraser hielten leidenschaftliche Reden zur Verteidigung der Gewerkschaften, wurden jedoch immer wieder von der konservativen Mehrheit niedergestimmt.

Der Premier steuerte dennoch unaufhaltsam auf einen Frontalzusammenstoß mit den Gewerkschaften und vorgezogene Wahlen zu.

Als die drei Parteitage vorüber waren und die Mitglieder ins Unterhaus zurückkehrten, wussten sie, dass dies wahrscheinlich die letzte Sitzungsperiode vor einer Neuwahl war. Auf den Fluren wurde offen darüber gesprochen, dass der Premier nur auf einen Auslöser warte. Diesen lieferten die Bergleute. In Missachtung der neuen Regierungsgesetze riefen sie mitten in einem rauen Winter einen Generalstreik für höhere Löhne aus.

In einem Fernsehinterview erklärte der Premierminister der Nation, bei einer noch nie da gewesenen Arbeitslosenzahl von 2.294.448 und einer Dreitagewoche müsse er Neuwahlen ausschreiben, um die Einhaltung der Gesetze zu gewährleisten. Das Kabinett riet Heath, den 28. Februar 1974 anzuvisieren.

»Wer regiert das Land?« wurde der Slogan der Konservativen, schien die Klassenunterschiede jedoch nur zu verstärken, anstatt, wie Heath gehofft hatte, das Land zu einigen.

Andrew Fraser hatte seine Zweifel, sah sich in seinem Wahlkreis aber einer anderen Schwierigkeit gegenüber: Die schottischen Nationalisten nutzten den Streit zwischen den beiden großen Parteien, um ihre eigene Sache voranzutreiben. Er kehrte nach Schottland zurück, wo sein Vater ihn warnte, man könne die schottischen Nationalisten nicht länger auf die leichte Schulter nehmen. Er müsse sich auf einen harten Wahlkampf gegen den starken lokalen Kandidaten Jock McPherson gefasst machen.

Raymond Gould fuhr nach Leeds, zuversichtlich, dass die nordöstliche Industrieregion Heaths Selbstherrlichkeit nicht dulden würde.

Charles war überzeugt, dass die Leute hinter jeder Partei stehen würden, die mutig genug war, es mit den Gewerkschaften aufzunehmen, obwohl der linke Flügel unter der lautstarken Führung von Tom Carson behauptete, die Regierung wolle die Labour-Bewegung ein für alle Mal vernichten.

Charles fuhr nach Sussex und stellte fest, dass seine Wähler froh über die Chance waren, »die faulen Gewerkschafter« in ihre Schranken zu weisen.

Simon, der keinen Sitz zu verteidigen hatte, arbeitete bis zum Wahltag im Innenministerium, überzeugt, dass seine Karriere nur einen vorübergehenden Rückschlag erleiden werde.

»Bei der ersten anstehenden Nachwahl trete ich an«, versprach er Elizabeth.

»Selbst, wenn es ein Sitz im Kohlerevier von Südwales ist?«, erwiderte sie.

Es vergingen viele Monate, bevor Charles imstande war, auch nur ein Gespräch mit Fiona zu ertragen. Keiner von ihnen wollte eine Scheidung, und beide gaben den kranken Earl of Bridgewater als Grund an, obwohl Unannehmlichkeiten und Gesichtsverlust der Wahrheit näherkamen. In der Öffentlichkeit merkte man nichts von der Veränderung ihrer Beziehung, da sie vor anderen noch nie zu Zuneigungsbekundungen geneigt hatten.

Allmählich stellte Charles fest, dass Ehen schon jahrelang

zu Ende sein können, ohne dass Außenstehende es merken. Der alte Earl erfuhr jedenfalls nichts davon und bat Fiona noch auf dem Sterbebett, bald einen Erben zur Welt zu bringen.

»Glaubst du, dass du mir je verzeihen kannst?«, fragte Fiona ihren Mann einmal.

»Nie«, antwortete er mit einer Bestimmtheit, die jedes weitere Gespräch abblockte.

Während des dreiwöchigen Wahlkampfs in Sussex erfüllten beide ihre Pflichten mit einer Professionalität, die ihre wahre Gefühlslage verbarg.

»Wie hält sich Ihr Mann?«, wurde sie gefragt.

»Er genießt den Wahlkampf und freut sich, wieder in die Regierung zurückzukehren«, war ihre Standardantwort.

»Und wie geht es der lieben Lady Fiona?«, wurde Charles ständig gefragt.

»Immer besonders gut, wenn sie im Wahlkreis helfen kann«, lautete seine stereotype Antwort.

Die Anforderungen in einem ländlichen Wahlkreis unterscheiden sich wesentlich von denen in einer Stadt. Selbst das kleinste Dorf erwartet, von seinem Abgeordneten besucht zu werden und dass er sich an die Namen der lokalen Parteivorsitzenden erinnert. Unmerkliche Veränderungen fanden statt: Fiona flüsterte Charles keine Namen mehr zu, Charles wiederum fragte sie nicht mehr um Rat.

Während der Kampagne pflegte Charles, jeden Tag den Fotografen der lokalen Zeitung anzurufen, um zu erfahren, welche Veranstaltungen dieser heute dokumentieren sollte. Mit der Liste der Orte und Termine in der Hand fand sich Charles dann stets etwas früher als notwendig dort ein. Der Labour-Kandidat beklagte sich offiziell beim Redakteur, dass Charles Seymours Bild in jeder Ausgabe zu sehen sei.

»Wenn Sie bei diesen Anlässen anwesend wären, würden wir mit Vergnügen auch Ihr Foto bringen«, antwortete der Redakteur.

»Aber man lädt mich nie ein«, beklagte sich der Labour-Kandidat.

Man lädt auch Seymour nicht ein, wollte der Redakteur antworten, trotzdem schafft er es irgendwie, immer da zu sein. Der Redakteur vergaß keinen Moment, dass der Besitzer der Zeitung Tory und Mitglied des Oberhauses war, also hielt er den Mund.

Bis zum Wahltag eröffneten Charles und Fiona weiterhin Basare, besuchten Dinnerpartys und zogen Lose, gingen aber nicht so weit, Babys zu küssen.

Als Fiona ihn einmal fragte, gab Charles zu, er hoffe als Staatsminister ins Außenministerium zu kommen und vielleicht Mitglied des Geheimrats zu werden, der die Monarchie berät.

Am letzten Februartag kleideten sie sich schweigend an und gingen zu ihrem Wahllokal. Der Fotograf war schon da. Sie standen näher beisammen als üblich – ein elegantes Paar. Charles wusste, dass dieses Bild auf der ersten Seite der *Sussex Gazette* prangen würde, während der Labour-Kandidat nur mit einer kurzen Notiz im Blattinneren, nicht weit von den Todesanzeigen, rechnen konnte.

In ländlichen Gegenden erfolgt die Stimmauszählung am Morgen nach der Wahl und verläuft weniger hektisch als in den Städten. Charles erwartete daher, dass die konservative Mehrheit im Unterhaus bereits gesichert sein würde, wenn er ins Rathaus kam. Doch diesmal war es anders, und am Freitagmorgen war das Resultat immer noch ungewiss.

Edward Heath gab sich nicht geschlagen, als man voraussagte, dass er die notwendige Mehrheit nicht erreichen werde. Den ganzen Tag marschierte Charles mit besorgter Miene im Rathaus auf und ab. Die Stapel der Stimmzettel wurden größer, und es war klar, dass er seinen Sitz mit der üblichen Mehrheit von 21.000 – oder waren es 22.000? – behalten würde. Die genaue Zahl konnte er sich nie merken. Aber im Laufe des Tages wurde es immer schwieriger, den Urteilsspruch der Nation festzustellen.

Kurz nach vier am Nachmittag traf das letzte Resultat aus Nordirland ein, und der Radiosprecher verkündete:

Labour	301
Konservative	296
Liberale	14
Ulster Unionists	11
Schottische Nationalisten	7
Übrige	4

Ted Heath lud den Führer der Liberalen nach Downing Street ein, in der Hoffnung, eine Koalition bilden zu können. Die Liberalen verlangten jedoch die feste Zusage einer Wahlreform. Heath wusste, dass er seine Hinterbänkler dazu nie bekommen würde. Am Montagmorgen teilte er der Königin im Buckingham Palace mit, dass er außerstande sei, eine Regierung zu bilden. Sie ließ Harold Wilson rufen. Er nahm den Auftrag an und fuhr nach Downing Street zurück, um zum Haupteingang hineinzugehen. Heath verließ das Haus durch die Hintertür.

Am Dienstagnachmittag kehrten alle Parlamentsmitglieder nach London zurück. Raymond hatte seine Mehrheit vergrößert und hoffte, der Premier werde seinen Rücktritt vergessen und ihm einen Posten anbieten.

Andrew hatte, wie von seinem Vater vorhergesagt, einen harten, unangenehmen Kampf mit Jock McPherson ausgefochten. Er behielt seinen Sitz mit knappen 2229 Stimmen.

Charles fuhr im Unklaren, wie hoch er gewonnen hatte, und resigniert über die Oppositionsrolle nach London zurück. Immerhin würde er wieder in den Aufsichtsrat der Seymour Bank eintreten, wo seine Erfahrung als Minister für Handel und Industrie nur von Wert sein konnte.

Simon verließ das Innenministerium am 1. März 1974. Eine leere rote Red Box war alles, was ihm von neun Jahren als Parlamentarier blieb.

DRITTES BUCH

1974–1977

STAATSMINISTER

16

»Sein Terminkalender ist im Moment sehr voll, Mr. Charles.«

»Gut, also sobald es ihm passt«, erwiderte Charles am Telefon. Er hörte, wie geblättert wurde.

»Am 12. März um halb elf, Mr. Charles?«

»Aber das sind ja noch fast zwei Wochen«, sagte er irritiert.

»Mr. Spencer ist eben erst aus den Staaten zurückgekehrt und ...«

»Und wie wäre es mit einem Lunch – in meinem Klub?«, unterbrach Charles.

»Das wäre erst nach dem 19. März möglich.«

»Also gut, bleiben wir beim 12. um halb elf.«

In den vierzehn Tagen bis dahin hatte Charles genügend Zeit, über seine offenbar sinnlose Rolle in der Opposition frustriert zu sein. Kein Auto kam, um ihn rasch zu einem Büro zu bringen, wo es wirklich etwas zu tun gab. Noch schlimmer, niemand fragte nach seiner Meinung über Angelegenheiten von nationaler Bedeutung. Als der Tag der Verabredung mit Derek Spencer endlich kam, war er erleichtert. Doch obwohl er pünktlich eintraf, musste er zehn Minuten warten, bevor die Sekretärin ihn hineinführte.

»Nett, Sie nach so langer Zeit wiederzusehen«, sagte Spencer und stand auf, um ihn zu begrüßen. »Ich glaube, es ist sechs Jahre her, seit Sie die Bank zum letzten Mal besucht haben.«

»Ja, vermutlich. Aber wenn ich mich so umsehe, scheint es gestern gewesen zu sein. Sie waren ohne Zweifel sehr beschäftigt?«

»Wie ein Kabinettsminister. Aber ich hoffe, mit besseren Resultaten.«

Beide lachten.

»Natürlich war ich über die Vorgänge in der Bank immer informiert.«

»Tatsächlich?«, fragte Spencer.

»Ja, ich habe alle Ihre Protokolle und natürlich die Berichte in der *Financial Times* gelesen.«

»Ich hoffe, Sie konnten feststellen, dass wir in Ihrer Abwesenheit einige Fortschritte gemacht haben.«

»O ja«, sagte Charles, immer noch stehend. »Sehr beeindruckend.«

»Nun, was kann ich für Sie tun?« Der Vorstand setzte sich wieder an seinen Schreibtisch.

»Ganz einfach«, sagte Charles und nahm schließlich unaufgefordert Platz. »Ich möchte wieder in den Aufsichtsrat eintreten.«

Langes Schweigen.

»Nun, das ist gar nicht so einfach, Charles. Ich habe erst kürzlich zwei neue Direktoren ernannt ...«

»Natürlich ist es einfach«, sagte Charles in verändertem Ton. »Sie müssen lediglich bei der nächsten Sitzung meinen Namen vorschlagen, und man wird es akzeptieren, insbesondere, da augenblicklich kein Familienmitglied im Vorstand ist.«

»Allerdings. Ihr Bruder, Earl of Bridgwater, ist Aufsichtsratsmitglied.«

»Was? Davon habe ich nichts gehört. Weder von Rupert noch von Ihnen.«

»Richtig. Aber die Dinge haben sich verändert seit …«

»Nichts hat sich verändert, außer meiner Meinung über den Wert Ihres Versprechens«, sagte Charles und wusste auf einmal, dass Spencer nie vorgehabt hatte, ihn wieder in den Aufsichtsrat zu übernehmen. »Sie haben mir versichert …«

»So können Sie in meinem Büro nicht mit mir sprechen«, sagte Spencer.

»Wenn Sie nicht vorsichtig sind, werde ich als Nächstes in Ihrem Sitzungssaal so sprechen. Also, werden Sie Ihre Zusage einlösen oder nicht?«

»Ich muss mir Ihre Drohungen nicht anhören, Seymour. Verlassen Sie mein Büro, bevor ich Sie rauswerfen lasse. Ich verspreche Ihnen, dass Sie, solange ich Vorsitzender bin, nie im Aufsichtsrat sitzen werden.«

Charles verließ das Büro und schlug die Tür hinter sich zu. Er war unschlüssig, mit wem er sein Problem besprechen sollte, und kehrte sofort zum Eaton Square zurück, um sich etwas zu überlegen.

»Wieso kommst du mitten am Nachmittag nach Hause?«, fragte Fiona.

Charles zögerte, doch dann ging er in die Küche und erzählte seiner Frau, was sich in der Bank abgespielt hatte. Fiona rieb weiter Käse, während sie ihm zuhörte.

»Eins steht fest«, sagte sie nach kurzem Schweigen, glücklich, dass Charles sich ihr anvertraut hatte. »Nach diesem Eklat ist kein Platz für euch beide im Aufsichtsrat.«

»Was soll ich also tun, altes Mädchen?«

Fiona lächelte. Zum ersten Mal seit zwei Jahren hatte er sie wieder so genannt. »Jeder Mann hat seine Geheimnisse. Was hält Mr. Spencer wohl geheim?«

»Er ist so ein farbloser Mittelklasse-Typ, ich bezweifle …«

»Ich habe gerade Post von der Seymour Bank bekommen«, unterbrach ihn Fiona.

»Welchen Inhalts?«

»Nur ein Rundschreiben an die Aktionäre. Es scheint, dass sich Margaret Trubshaw nach zwölf Jahren als Vorstandssekretärin zurückzieht. Man hört, dass sie noch weitere fünf Jahre bleiben wollte, doch der Vorsitzende denkt an jemand anderen. Ich glaube, ich werde sie mal zum Lunch einladen.«

Charles erwiderte das Lächeln seiner Frau.

Andrews Berufung zum Staatsminister im Innenministerium war für niemanden eine Überraschung, außer für seinen dreijährigen Sohn, der sehr schnell lernte, wie man rote Schatullen leeren und mit Kieselsteinen, Bonbons oder sogar einem Fußball füllen kann. Da Robert auch »streng vertraulich« nichts sagte, schien es ihm unerheblich, dass manchmal wichtige Papiere des Kabinettsausschusses mit Kaugummi aneinanderklebten.

»Kannst du diesen Fleck auf der Red Box entfernen?«

»Mein Gott, wo ist der schon wieder her?«, fragte Louise und starrte auf den glibberigen Klecks.

»Froschlaich«, sagte Andrew grinsend.

»Dein Sohn ist ein gehirngewaschener russischer Spion, auf dem gleichen geistigen Entwicklungsstand wie die meisten deiner Kollegen im Unterhaus. Ja, ich entferne den Fleck, wenn du diesen Brief schreibst.«

Andrew nickte bereitwillig.

Unter den vielen bedauernden Briefen, die Simon erhielt, als er nicht mehr ins Unterhaus zurückkehrte, war auch einer von Andrew Fraser. Simon konnte sich vorstellen, wie er in seinem alten Büro saß und Entscheidungen in die Tat umsetzte, die noch vor wenigen Wochen er selbst getroffen hatte.

Ein Brief von Ronnie Nethercote forderte ihn auf, in den Aufsichtsrat der Gesellschaft zurückzukehren, mit einem Gehalt von fünftausend Pfund jährlich. Sogar Elizabeth hielt das für ein großzügiges Angebot.

Es dauerte nicht lang, und Ronnie Nethercote hatte Simon zu einem leitenden Direktor der Gesellschaft gemacht. Simon genoss es, mit den Gewerkschaften auf einer ihm bislang unbekannten Ebene zu verhandeln. Ronnie nahm kein Blatt vor den Mund, wie er mit diesen »Kommunistenschweinen« verfahren wäre, hätte man ihm die Chance gegeben. »Einsperren, bis sie lernen, ordentlich zu arbeiten.«

»Man hätte Sie höchstens eine Woche im Unterhaus behalten«, erwiderte Simon.

»Nach einer Woche mit diesen Windbeuteln wäre ich auch heilfroh gewesen, wieder in die reale Welt zurückzukehren.«

Simon lächelte. Ronnie war wie viele andere auch: Sie hielten alle Parlamentsmitglieder für unfähig, außer dasjenige, das sie zufällig kannten.

Raymond wartete, bis die Regierung den letzten Posten vergeben hatte, dann machte er sich keine Hoffnung mehr. Ein paar führende politische Kommentatoren betonten, dass man ihn auf den Hinterbänken belassen hatte, während weniger bewährte Männer Ämter erhielten, aber das war ein schwacher Trost. Widerwillig nahm er seine Tätigkeit bei Gericht wieder auf.

Harold Wilson, zum dritten Mal an der Macht, ließ keinen Zweifel daran, dass er so lange wie möglich regieren wollte, bevor er Neuwahlen ausschrieb. Da er jedoch keine absolute

Mehrheit im Unterhaus hatte, glaubte kaum jemand, dass er länger als ein paar Monate durchhielt.

Fiona kam vom Lunch mit Miss Trubshaw zurück und lächelte wie eine Sphinx. Das Lächeln blieb, bis Charles nach der letzten Abstimmung aus dem Unterhaus nach Hause kam.

»Du siehst ja sehr zufrieden aus«, bemerkte er und schüttelte seinen Schirm aus, bevor er die Tür schloss. Seine Frau stand mit verschränkten Armen in der Halle.

»Wie war's heute?«, fragte sie.

»So lala«, erwiderte Charles, begierig, Neuigkeiten zu hören. »Und bei dir?«

»Ach, ziemlich nett. Ich habe mit deiner Mutter Kaffee getrunken. Es scheint ihr gut zu gehen. Eine kleine Erkältung, aber sonst ...«

»Zum Teufel mit meiner Mutter. Wie war der Lunch mit Miss Trubshaw?«

»Ich habe mich schon gefragt, wie lang es wohl dauert, bis du darauf zu sprechen kommst.«

Sie wartete, bis sie sich im Wohnzimmer hingesetzt hatten. »Nach siebzehn Jahren als Sekretärin deines Vaters und zwölf Jahren als Sekretärin des Vorstands gibt es wenig, was sie nicht über die Bank oder ihren Vorsitzenden weiß«, begann Fiona.

»Und was hast du erfahren?«

»Was willst du zuerst hören? Den Namen seiner Mätresse oder die Nummer seines Schweizer Bankkontos?«

Fiona berichtete alles, was sie im Lauf eines zweistündigen Lunches erfahren hatte. Miss Trubshaw trinke für gewöhnlich nur Wein, erklärte sie, aber diesmal habe sie fast eine Flasche Pommard geleert. Charles' Grinsen wurde immer breiter, als eine Neuigkeit nach der anderen vor ihm ausgebreitet wurde. Er sah aus, dachte Fiona, wie ein kleiner Junge, der eine Schachtel Bonbons bekommt und immer wieder eine neue Lage entdeckt.

»Gut gemacht, altes Mädchen«, sagte er, als sie geendet hatte. »Aber wie komme ich an Beweise?«

»Ich habe ein Abkommen mit Miss Trubshaw geschlossen.«

»Was?«

»Eine Vereinbarung. Du bekommst alle Beweise, wenn sie fünf weitere Jahre Sekretärin bleibt und keine Pensionsbezüge verliert.«

»Das ist alles, was sie will?«, fragte Charles vorsichtig.

»Und einen weiteren Lunch im Savoy Grill, wenn man dich in den Aufsichtsrat holt.«

Anders als viele seiner Parteifreunde genoss es Raymond, einen Frack zu tragen und in der Londoner Gesellschaft zu verkehren. Eine Einladung zum jährlichen Bankett der Bankiers in der Guildhall bildete keine Ausnahme. Der Premier war Ehrengast, und Raymond hoffte, er werde eine Andeutung machen, wie lange es dauern würde, bis man wieder zu den Urnen schritt.

Vor dem Essen wechselte Raymond ein paar Worte mit dem Bürgermeister, bevor er mit einem Bezirksrichter die Probleme der Parität von Urteilen diskutierte. Beim Dinner saß Raymond an einem der langen Seitentische. »Raymond Gould QC, MP« – die Kürzel für Kronanwalt und Mitglied des Parlaments – stand auf seiner Tischkarte. Der Tischnachbar zu seiner Rechten war der Vorsitzende des Stromversorgers Cloride, Michael Edwardes, und zu seiner Linken saß eine Amerikanerin, die soeben einen Posten in der City angetreten hatte.

Raymond fand Michael Edwardes' Ansichten, wie der Premier die verstaatlichte Industrie managen sollte, zwar spannend, deutlich mehr interessierte ihn aber die Beauftragte für Eurobonds der Chase Manhattan Bank. Sie musste um die dreißig sein, wenn auch nur aufgrund ihrer hohen Position bei der Bank und weil sie erzählte, bei Kennedys Tod Studentin in Wellesley gewesen zu sein. Er hätte Kate Garthwaite für wesentlich jünger gehalten und war nicht erstaunt zu hören, dass sie im Sommer Tennis spielte und im Winter jeden Tag schwimmen ging – um ihr Gewicht zu halten, wie sie ihm anvertraute. Sie hatte ein freundliches, ovales Gesicht, das dunkle Haar war zu einem kurzen Bob geschnitten, und ihre Nasenspitze wies ein klein wenig nach oben. Das lange Abendkleid verdeckte die Beine, aber das, was Raymond sehen konnte, genügte vollauf, um sein Interesse zu wecken.

»Ich sehe ein MP hinter Ihrem Namen, Mr. Gould. Welche Partei vertreten Sie?« Ihr Akzent klang nach Boston.

»Ich bin Sozialist, Mrs. Garthwaite. Wo liegen Ihre Sympathien?«

»Hätte ich wählen dürfen, hätte ich bei der letzten Wahl für Labour gestimmt«, erklärte sie.

»Sollte mich das erstaunen?«, fragte er spöttisch.

»Natürlich. Mein erster Mann war republikanischer Kongressabgeordneter.«

Er wollte gerade eine weitere Frage stellen, als um Ruhe gebeten wurde. Zum ersten Mal wandte Raymond den Blick dem Premier zu. Harold Wilsons Rede beschäftigte sich ausschließlich mit der Wirtschaftslage und der Rolle einer Labour-Verwaltung in der City, ein Zeitpunkt für Neuwahlen wurde nicht genannt. Trotzdem fand Raymond, der Abend habe sich gelohnt. Er hatte einen nützlichen Kontakt zum Vorsitzenden einer großen öffentlichen Gesellschaft hergestellt. Und er hatte Kates Telefonnummer bekommen.

Der Vorsitzende der Seymour Bank willigte widerwillig ein, ihn nochmals zu empfangen. Als Charles in sein Büro kam, wurde ihm keine Hand angeboten. Offensichtlich plante Derek Spencer, das Gespräch sehr kurz zu halten.

»Ich dachte, ich sollte persönlich mit Ihnen sprechen, statt meine Frage bei der Generalversammlung nächsten Monat zu stellen«, sagte Charles, lehnte sich in dem Ledersessel zurück und zündete sich langsam eine Zigarette an.

Erste Zeichen von Unruhe zeigten sich auf Dereks Gesicht, aber er schwieg.

»Ich würde gern wissen, warum die Bank einer Angestellten namens Miss Janet Darrow, die ich noch nie gesehen habe, einen monatlichen Scheck über vierhundert Pfund ausstellt. Sie steht seit fünf Jahren auf der Lohnliste. Die Schecks werden auf eine Filiale von Lloyds in Kensington ausgestellt.«

Derek Spencers Gesicht wurde dunkelrot.

»Ich bin allerdings ratlos«, fuhr Charles fort und nahm einen tiefen Zug, »was die Dienste angeht, die Miss Darrow der Bank geleistet hat. Sie müssen beachtlich gewesen sein, nachdem sie in den letzten fünf Jahren fünfundzwanzigtausend Pfund verdiente. Ich gebe zu, ein kleiner Betrag gemessen am Jahresumsatz der Bank von hundertdreiundzwanzig Millionen. Aber mein Großvater predigte mir von klein auf: Wer den Pfennig nicht ehrt, ist des Talers nicht wert.«

Derek Spencer schwieg immer noch. Auf seiner Stirn wurden Schweißperlen sichtbar. Plötzlich änderte sich Charles' Ton. »Sollte ich bei der jährlichen Generalversammlung nicht

Mitglied des Aufsichtsrates sein, halte ich es für meine Pflicht, den anderen Aktionären diese kleine Unstimmigkeit in der Buchhaltung der Bank mitzuteilen.«

»Sie sind ein Bastard, Seymour«, sagte der Vorsitzende leise.

»Das ist nicht korrekt, ich bin der zweite Sohn des ehemaligen Vorsitzenden dieser Bank und gleiche ihm sehr, obwohl jeder sagt, die Augen hätte ich von meiner Mutter.«

»Was wollen Sie von mir?«

»Nichts Besonderes. Sie werden nur Ihr Wort halten und mich vor der Generalversammlung wieder in den Aufsichtsrat übernehmen. Überdies werden Sie die Zahlungen an Miss Darrow sofort einstellen.«

»Wenn ich zustimme: Schwören Sie, diese Angelegenheit niemandem gegenüber zu erwähnen?«

»Ja. Und im Unterschied zu Ihnen stehe ich zu meinem Wort.«

Charles erhob sich, beugte sich über den Schreibtisch und drückte seine Zigarette im Aschenbecher des Vorsitzenden aus.

Andrew Fraser war verwundert zu hören, dass Jock McPherson ihn sehen wollte. Die beiden standen auf eher schlechtem Fuß miteinander, seit McPherson nicht in den schottischen Parteivorstand von Labour gewählt worden und aus der Partei ausgetreten war, um im Wahlkampf Andrews Gegner in Edinburgh zu werden. Seit McPhersons Parteiwechsel sprachen sie kaum noch miteinander, andererseits hielt Andrew es nicht für opportun, ihn in Anbetracht des überraschenden Erfolges der Schottischen Nationalpartei SNP zu brüskieren.

Noch erstaunter war Andrew, als McPherson fragte, ob die

sieben Parlamentsmitglieder der SNP bei der Besprechung anwesend sein dürften, die nicht in Andrews Büro, sondern privat stattfinden sollte. Neugierig stimmte er zu.

McPherson erschien mit seinem Trupp abtrünniger Schotten im Cheyne Walk; sie sahen aus, als hätten sie schon eine interne Diskussion hinter sich. Andrew bot ihnen alle verfügbaren Sitzgelegenheiten an, einschließlich der Esszimmerstühle, eines Hockers und eines Küchenschemels; das Wohnzimmer seiner Londoner Wohnung sei nicht für neun Gäste vorgesehen, entschuldigte er sich.

Während die Männer sich setzten, blieb Andrew am Kamin stehen und sah McPherson an, den man offensichtlich zum Sprecher bestimmt hatte.

»Ich komme sofort zur Sache«, begann er. »Wir möchten, dass Sie bei der nächsten Wahl unter dem Banner der SNP antreten.«

Andrew versuchte, sein ungläubiges Erstaunen zu verbergen. »Ich glaube nicht ...«

»Hören Sie mich zuerst an«, sagte McPherson und hob seine gewaltigen Hände. »Wir wollen Sie nicht als Kandidaten der Schottischen Nationalisten für den Sitz von Edinburgh Carlton aufstellen, sondern als Parteiführer.«

Andrew traute seinen Ohren nicht, sagte aber nichts.

»Wir sind überzeugt, dass Sie den Sitz als Labour-Kandidat verlieren, aber wir wissen, dass es viele in Schottland gibt, die unabhängig von ihrer politischen Einstellung Ihre Leistungen während der neun Jahre im Unterhaus bewundern. Mann, schließlich sind Sie in Edinburgh aufgewachsen! Mit Ihnen an der Spitze könnten wir vierzig oder fünfzig der einundsiebzig Sitze in Schottland gewinnen. Ich möchte noch hinzufügen, dass Ihre Partei unaufhaltsam nach links rückt, ein

Umstand, über den Sie, glaube ich, nicht besonders glücklich sind.«

Noch immer äußerte sich Andrew nicht. Er hörte zu, als jeder Abgeordnete seine Meinung sagte, was naturgemäß einige Zeit dauerte. Jeder schottische Dialekt, von den Highlands bis Glasgow, war vertreten. Andrew wurde klar, dass sie sich die Sache gut überlegt hatten und es ehrlich meinten. »Ich fühle mich sehr geschmeichelt«, begann er, als der letzte geendet hatte. »Und versichere Ihnen, mir Ihr Angebot reiflich zu überlegen.«

»Danke«, sagte McPherson. Alle standen auf, wie Clanführer in Anwesenheit eines neuen Oberhauptes.

»Dann warten wir, bis wir von Ihnen hören«, sagte McPherson. Jeder schüttelte, bevor er hinausging, dem Gastgeber die Hand.

Kaum waren sie fort, ging Andrew in die Küche, wo Robert schon ungeduldig aufs Fußballspielen wartete, bevor er ins Bett musste.

»Nur einen Moment«, antwortete er auf die lautstarken Forderungen seines Sprösslings. »Geh schon mal vor in den Garten.«

»Und was wollten die alle?«, fragte Louise, während sie weiter Kartoffeln schälte.

Andrew berichtete ihr von dem Vorschlag.

»Und wie hast du reagiert?«

»Gar nicht. Ich werde eine Woche warten und dann so höflich wie möglich ablehnen.«

»Weshalb hast du dich so rasch zu einer Ablehnung entschlossen?«

»Ich lasse mir weder von Jock McPherson noch sonst wem sagen, dass ich bei der nächsten Wahl meinen Sitz verlieren werde, wenn ich ihren Plänen nicht zustimme.« Er ging zur Küchentür. »Jetzt gehe ich ein paar Tore gegen MacPele schießen.«

Gleich darauf war er bei Robert im Garten.

»Jetzt hör mal zu, du Neunmalklug, ich werde dir zeigen, wie man einen Pass antäuscht, sodass dein Gegner in eine Richtung läuft und du in eine andere.«

»Klingt für mich wie Politik«, murmelte Louise, die ihnen vom Küchenfenster aus zusah.

> *27 Eaton Square*
> *London SW 1*
> *23. April 1974*

Lieber Derek,
vielen Dank für Ihren Brief vom 18. April und Ihre freundliche Einladung, wieder in den Aufsichtsrat von Seymour einzutreten. Ich nehme mit Vergnügen an und freue mich, wieder mit Ihnen zu arbeiten.
Ihr Charles Seymour

Fiona las den Brief und nickte. Kurz und sachlich. »Soll ich ihn abschicken?«

»Ja, bitte«, sagte Charles, als das Telefon klingelte.

»Charles Seymour hier.«

»Guten Tag, Charles. Hier Simon Kerslake.«

»Hallo, Simon.« Charles versuchte, erfreut zu klingen. »Wie geht's draußen in der wirklichen Welt so zu?«

»Nicht so lustig, deshalb rufe ich an. Ich wurde nach Pucklebridge eingeladen, für den Sitz von Sir Michael Harbour-Baker. Er ist fast siebzig und will bei der nächsten Wahl nicht mehr antreten. Da sein Wahlkreis südlich von Ihrem liegt, dachte ich, Sie könnten vielleicht ein gutes Wort für mich einlegen.«

»Mit Vergnügen«, sagte Charles. »Ich werde am Abend mit dem Vorsitzenden sprechen. Sie können sich auf mich verlassen. Viel Glück, es wäre nett, Sie wieder im Unterhaus zu sehen.«

Simon gab ihm seine Privatnummer, die Charles langsam wiederholte, als schriebe er mit.

»Ich melde mich«, sagte er.

»Ich danke sehr für Ihre Hilfe.«

Simon legte den Hörer auf.

Elizabeth sah von ihrer medizinischen Zeitschrift auf.

»Diesem Mann traue ich nicht«, sagte sie.

»Wieder weibliche Intuition?«, fragte Simon lächelnd. »Bei Ronnie Nethercote hast du dich geirrt.«

»Das wird sich noch zeigen.«

Erst nach ein paar Tagen willigte Kate Garthwaite ein, Raymond wiederzusehen. Und als sie schließlich im Unterhaus mit ihm zu Abend aß, war sie weder überwältigt noch geschmeichelt und hing auch keineswegs an seinen Lippen.

Sie war lebhaft, lustig, intelligent und gut informiert. Die beiden begannen, sich regelmäßig zu treffen. Nach ein paar Monaten vermisste Raymond sie am Wochenende, wenn er bei Joyce in Leeds war. Kate schätzte ihre Unabhängigkeit und stellte keine Ansprüche wie damals Stephanie. Nie verlangte sie, er müsse mehr Zeit für sie haben, nie ließ sie Kleidungsstücke in seiner Wohnung.

Raymond trank einen Schluck Kaffee. »Das war ein unvergessliches Essen«, sagte er und ließ sich auf das Sofa fallen.

»Nur gemessen an dem im Unterhaus«, erwiderte Kate.

Raymond legte ihr einen Arm um die Schultern und küsste sie sanft auf den Mund.

»Was? Sexorgien und billiger Beaujolais?«, rief sie, setzte sich auf und schenkte Kaffee nach.

»Ich wollte, du würdest dich nicht immer über unsere Beziehung lustig machen.« Raymond strich ihr übers Haar.

»Das muss ich«, sagte Kate leise.

»Warum?« Raymond sah ihr in die Augen.

»Weil ich Angst davor habe, was geschehen könnte, wenn ich sie ernst nehme.«

Raymond beugte sich zu ihr und küsste sie wieder. »Hab keine Angst. Du bist das Beste, was mir im ganzen Leben passiert ist.«

»Das ist es ja, worüber ich mir Sorgen mache.« Kate wandte sich ab.

Während der jährlichen Generalversammlung sprach Charles kein Wort. Der Vorsitzende berichtete über das im März 1974 endende Geschäftsjahr, dann hieß er zwei neue Direktoren und Charles Seymour willkommen.

Es gab einige Fragen, die Derek Spencer mühelos beantwortete. Wie Charles versprochen hatte, wurde der Name Janet Darrow nicht erwähnt. Miss Trubshaw hatte Fiona informiert, die Zahlungen hätten aufgehört, sie selbst sei aber immer noch besorgt, dass ihr Arbeitsvertrag nach dem 1. Juli nicht verlängert würde.

Als der Vorsitzende die Versammlung für beendet erklärte, fragte ihn Charles höflich, ob er einen Augenblick Zeit habe.

»Natürlich«, sagte Spencer, offensichtlich erleichtert, dass die Veranstaltung so glatt gelaufen war. »Was kann ich für Sie tun?«

»Ich würde lieber in Ihrem Büro darüber sprechen.«

Der Vorsitzende sah Charles scharf an, führte ihn aber in sein Zimmer. Wieder machte es sich Charles in einem der Ledersessel bequem und zog einige Papiere aus der Tasche. »Was wissen Sie über BX 41207 122, Rombert Bank, Zürich?«

»Sie sagten, Sie würden nie erwähnen ...«

»Miss Darrow«, sagte Charles. »Und ich werde Wort halten. Aber als ein Direktor der Bank möchte ich wissen, was dieses Konto zu bedeuten hat.«

»Sie wissen verdammt gut, was es bedeutet«, zischte Spencer und schlug mit der Faust auf den Tisch.

»Ich weiß, es ist Ihr *privates*« – Charles betonte das letzte Wort – »Konto in Zürich.«

»Das können Sie nie beweisen.«

»Da haben Sie recht, aber ich kann beweisen«, Charles blätterte in den Papieren auf seinen Knien, »dass Sie mit Geld von Seymour Privatgeschäfte getätigt und den Gewinn auf Ihr Schweizer Konto überwiesen haben, ohne es dem Aufsichtsrat mitzuteilen.«

»Ich habe nichts getan, was der Bank geschadet hat, das wissen Sie.«

»Ich weiß, dass das Geld mit Zinsen zurückgezahlt wurde und die Bank keine Verluste erlitt. Andererseits könnte der Aufsichtsrat Ihre Aktivitäten missbilligen, da er Ihnen vierzigtausend im Jahr zahlt, um Gewinne für die Bank zu machen, nicht für sich.«

»Wenn sie die Zahlen sehen, würde man mir höchstens auf die Finger klopfen. Nicht mehr.«

»Ich frage mich, ob der Staatsanwalt genauso milde wäre, wenn er die Unterlagen erhält.« Charles nahm die Papiere und hielt sie in die Höhe.

»Sie würden den Namen der Bank ruinieren.«

»Und Sie vermutlich die nächsten zehn Jahre im Gefängnis verbringen. Sollten Sie jedoch davonkommen, wären Sie in der City erledigt, und die Prozesskosten würden Ihren Spargroschen in Zürich empfindlich vermindern.«

»Was wollen Sie also diesmal?« Spencer klang verzweifelt.

»Ihren Job«, erwiderte Charles.

»Meinen Job?«, wiederholte Spencer ungläubig. »Bilden Sie sich ein, Sie wären fähig, nur weil Sie Minister waren, eine erfolgreiche Wirtschaftsbank zu leiten?«, fügte er verächtlich hinzu.

»Ich sagte nicht, dass ich die Bank leiten will. Dafür kann ich mir jemand Kompetenten kaufen.«

»Und was werden Sie stattdessen tun?«

»Als Vorsitzender beweisen, dass wir in der Tradition von Generationen meiner Familie fortfahren wollen.«

»Das ist ein Bluff«, stammelte Spencer.

»Wenn Sie sich in vierundzwanzig Stunden noch in diesem Haus befinden, übergebe ich die Papiere der Staatsanwaltschaft.«

Langes Schweigen.

»Wenn ich einwillige«, sagte Spencer schließlich, »erwarte ich zwei Jahresgehälter als Abfindung.«

»Eines«, erwiderte Charles. Spencer zögerte, dann nickte er langsam. Charles stand auf und steckte die Papiere in die Tasche.

Es handelte sich dabei um nichts weiter als die Post, die er am Morgen aus Sussex Downs erhalten hatte.

Simon hielt das Vorstellungsgespräch für erfolgreich, Elizabeth dagegen war nicht so sicher. Zusammen mit fünf weiteren Kandidaten und deren Frauen hockten sie in einem Zimmer und warteten geduldig. Simon dachte an seine Antworten und die acht Männer und vier Frauen des Parteikomitees.

»Du musst zugeben, es wäre der idealste Sitz, den man mir bisher vorgeschlagen hat«, sagte Simon.

»Ja, aber der Vorsitzende hat dich so misstrauisch angesehen.«

»Millburn erwähnte, dass er mit Charles Seymour in Eton war.«

»Das eben macht mir Sorgen«, flüsterte Elizabeth.

»Eine Mehrheit von fünfzehntausend bei den letzten Wahlen und nur vierzig Minuten von London. Wir könnten sogar ein kleines Haus kaufen ...«

»Wenn man dich auffordert!«

»Wenigstens konntest du ihnen diesmal sagen, dass du bereit bist, im Wahlkreis zu wohnen.«

»Das täte jeder vernünftige Mensch«, sagte Elizabeth.

Der Vorsitzende kam heraus und bat Mr. und Mrs. Kerslake noch einmal in das Beratungszimmer.

Lieber Gott, dachte Simon. Was wollen sie denn noch wissen?

»Diesmal kann es nicht meine Schuld sein«, meinte Elizabeth.

Die Mitglieder des Komitees saßen da und sahen sie mit ausdruckslosen Gesichtern an.

»Meine Damen und Herren«, sagte der Vorsitzende. »Nach unseren langen Überlegungen schlage ich hiermit Mr. Simon Kerslake als Kandidaten von Pucklebridge bei den nächsten Wahlen vor. Wer ist dafür?«

Alle zwölf Hände gingen hoch.

»Gegenstimmen ...? Damit einstimmig beschlossen«, erklärte der Vorsitzende. Er wandte sich an Simon. »Wollen Sie dem Komitee etwas sagen?«

Das künftige konservative Parlamentsmitglied für Pucklebridge stand auf. Alle sahen ihn erwartungsvoll an.

»Ich weiß nicht, was ich sagen soll, außer dass ich sehr glücklich bin. Ich kann die nächsten Wahlen kaum erwarten.«

Alles lachte und umringte ihn. Elizabeth trocknete sich die Augen, bevor jemand bis zu ihr gelangte.

Eine Stunde später begleitete der Vorsitzende Simon und Elizabeth zu ihrem Wagen und verabschiedete sich von ihnen. Simon kurbelte das Fenster herunter.

»Ich wusste, dass Sie der Richtige sind«, sagte Millburn, »sofort als Charles Seymour anrief« – Simon lächelte – »und mir riet, Sie zu meiden wie die Pest.«

»Könnten Sie Miss Trubshaw bitten hereinzukommen?«, forderte Charles seine Sekretärin auf.

Kurz darauf erschien Margaret Trubshaw und blieb vor dem Schreibtisch stehen. Das Mobiliar im Zimmer war ausgetauscht worden: Die moderne Sitzgarnitur hatte einem bequemen Ledersofa Platz gemacht. Nur das Bild des elften Earl of Bridgewater war an seinem Platz geblieben.

»Miss Trubshaw«, begann Charles, »da Mr. Spencer es für nötig hielt, so plötzlich zurückzutreten, und ich nun die Funktion des Vorsitzenden übernehme, erscheint es mir wichtig für die Bank, eine gewisse Kontinuität zu wahren.«

Miss Trubshaw stand da wie eine griechische Statue, die Hände in den Ärmeln ihres Kleides verborgen.

»Deshalb hat der Vorstand beschlossen, Ihren Vertrag um weitere fünf Jahre zu verlängern. Natürlich werden Sie Ihren Pensionsanspruch nicht verlieren.«

»Danke, Mr. Charles.«

»Danke, Miss Trubshaw.«

Sie verbeugte sich fast, als sie das Zimmer verließ.

»Und, Miss Trubshaw …«

»Ja, Mr. Charles?«, sagte sie von der Tür her.

»Ich glaube, meine Frau erwartet Ihren Anruf. Irgendetwas mit einer Einladung zum Lunch im Savoy Grill.«

17

»Ein blaues Hemd«, sagte Raymond und beäugte misstrauisch das Etikett. »Ein blaues Hemd …«

»Ein Geschenk zum vierzigsten Geburtstag«, rief Kate aus der Küche.

Das werde ich nie anziehen, dachte er und lächelte.

»Und vor allem wirst du es tragen«, sagte sie. Ihr Bostoner Akzent klang ein wenig scharf.

»Du kannst sogar meine Gedanken lesen«, beklagte er sich, als sie aus der Küche kam.

In dem maßgeschneiderten Kostüm, das sie im Büro trug, fand er sie immer besonders elegant.

»Weil du so leicht zu durchschauen bist, Karottenkopf.«

»Überhaupt, woher wusstest du von meinem Geburtstag?«

»Langwierige Detektivarbeit mithilfe eines Außenagenten sowie einer kleinen Zahlung.«

»Ein Außenagent. Wer?«

»Der Zeitungsverkäufer, Liebling. In der *Sunday Times* findet man die Geburtstage sämtlicher bekannten Persönlichkeiten in den folgenden sieben Tagen. In einer Woche, in der nur Mittelmaß geboren wurde, hast du es da reingeschafft.«

Raymond lachte.

»Und jetzt hör zu, Karottenkopf.«

Raymond gab vor, seinen neuen Spitznamen zu hassen. »Musst du mir diesen widerlichen Namen geben?«

»Ja, Raymond kann ich nämlich nicht leiden.«

Er brummte. »Außerdem sind Karottenspitzen grün.«

»Kein Kommentar. Probier dein Hemd.«

»Jetzt?«

»Jetzt.«

Er zog das schwarze Jackett und die Weste aus und öffnete den Knopf des steifen Hemdkragens, der einen kleinen Kreis auf seinem Adamsapfel hinterließ. Krauses rotes Haar bedeckte seine gesamte Brust. Eilig zog er das Geschenk an. Der Stoff war angenehm weich. Er fing an, das Hemd zuzuknöpfen, Kate jedoch öffnete die zwei obersten Knöpfe wieder.

»Weißt du, du hast dem Wort ›zugeknöpft‹ eine ganz neue Bedeutung gegeben …«

Wieder brummte Raymond.

»Aber richtig angezogen könntest du sogar als gut aussehend durchgehen. So, und wo wollen wir deinen Geburtstag feiern?«

»Im Unterhaus?«, schlug Raymond vor.

»Du meine Güte. Ich sprach von feiern, nicht von Trübsal blasen. Wie wäre es mit Annabel's?«

»Ich kann es mir nicht leisten, dort gesehen zu werden.«

»Meinst du mit mir?«

»Nein, dummes Mädchen, sondern weil ich Sozialist bin.«

»Wenn man Labour-Leuten nicht erlaubt, ein gutes Essen zu genießen, wäre es vielleicht an der Zeit, dass du die Partei wechselst. In meinem Land sieht man in den besten Restaurants nur Demokraten.«

»Ach, Kate, bleib doch bitte ernst.«

»Habe ich ja vor. Was hast du in letzter Zeit im Unterhaus so alles getrieben?«

»Nicht viel«, sagte Raymond verlegen, »ich hatte oft bei Gericht zu tun und ...«

»Eben. Es ist höchste Zeit, dass du etwas Positives machst, bevor deine Parlamentskollegen deine Existenz vergessen.«

»Denkst du an etwas Bestimmtes?«, fragte Raymond und verschränkte die Arme über der Brust.

»Ja. In derselben Zeitung, in der ich dein wohlgehütetes Geheimnis entdeckte, las ich auch, dass die Labour-Partei Schwierigkeiten hat, die Gewerkschaftsgesetze der Tories aufzuheben. Offenbar gibt es da langfristige rechtliche Konsequenzen, die die erste Bankreihe immer noch zu umgehen versucht. Warum setzt du nicht deinen angeblich ›erstklassigen‹ Verstand ein, um die juristischen Feinheiten auszuarbeiten?«

»Gar keine schlechte Idee.« Raymond hatte sich an Kates politischen Instinkt gewöhnt, und als er ihn einmal erwähnte, meinte sie nur: »Bloß eine weitere schlechte Gewohnheit, die ich von meinem Mann übernommen habe.«

»Also, wo wollen wir feiern?«, fragte sie.

»Ein Kompromiss«, schlug Raymond vor.

»Ich bin ganz Ohr.«

»Im Dorchester.«

»Wenn du darauf bestehst.« Es klang nicht übermäßig begeistert. Raymond zog das Hemd aus.

»Nein, nein, Karottenkopf, es soll Menschen geben, die in einem blauen Hemd ins Dorchester gehen.«

»Ich habe aber keine passende Krawatte«, hielt Raymond triumphierend dagegen.

Kate griff in die Einkaufstüte und zog eine dunkelblaue Seidenkrawatte hervor.

»Die ist ja gemustert«, sagte Raymond entrüstet. »Was erwartest du als Nächstes?«

»Kontaktlinsen.«

Raymond starrte sie an und kniff die Augen zusammen.

Auf dem Weg durch den Flur fiel Raymonds Blick auf ein grellbunt verpacktes Paket, das Joyce vor ein paar Tagen aus Leeds geschickt hatte. Er hatte völlig vergessen, es zu öffnen.

»Verdammt«, sagte Charles, legte die *Times* weg und trank seinen Kaffee aus.

»Was ist los?«, fragte Fiona und schenkte ihm nach.

»Kerslake wurde für Pucklebridge gewählt. Das heißt, er sitzt für den Rest seines Lebens im Unterhaus. Offenbar hatte mein Gespräch mit Millburn keinen Erfolg.«

»Warum ist dir Kerslake so zuwider?«, fragte Fiona.

Charles legte die Zeitung zusammen und überlegte. »Eigentlich ganz einfach, altes Mädchen. Ich glaube, er ist der Einzige meiner Altersgenossen, der mich daran hindern kann, Parteiführer zu werden.«

»Warum gerade er?«

»Ich habe ihn kennengelernt, als er Präsident der Union in Oxford war. Schon damals war er verdammt gut, und heute ist er noch besser. Er hatte Konkurrenten, hat sie aber weggewedelt wie Mücken. Ja, trotz seiner Herkunft ist Kerslake der Einzige, den ich fürchte.«

»Es ist noch ein weiter Weg, Liebling, und er könnte straucheln.«

»Wie ich. Was er jedoch nicht weiß, ist, dass ich ihm ein paar Hindernisse in den Weg legen werde.«

Andrew formulierte den Brief sehr sorgfältig. Er versicherte McPherson und dessen Kollegen, ihr Angebot ehre ihn, seine

Loyalität gehöre aber immer noch der Labour-Partei. Er stimmte Jock zu, dass der linke Flügel bestrebt sei, an die Macht zu gelangen, fand jedoch, dass es in jeder demokratischen Partei Außenseiter gebe, was nicht unbedingt schlecht sein müsse. Schließlich fügte er hinzu, dass er das Angebot für beide Seiten als vertraulich betrachte.

»Warum dieser Nachtrag?«, fragte Louise, als sie den Brief gelesen hatte.

»Das ist nur fair Jock gegenüber. Wenn sich herumspricht, dass ich abgelehnt habe, wird er das Gegenteil dessen erreichen, was er anstrebt.«

»Ich bin nicht überzeugt, dass er sich bei den nächsten Wahlen auch so großzügig verhalten wird.«

»Ach, McPherson wird viel Lärm schlagen, aber im Grunde ist er in Ordnung…«

»Dein Vater teilt diese Ansicht nicht. Er ist überzeugt, dass sie sich rächen wollen«, sagte Louise.

»Vater wittert immer und überall das Schlimmste.«

»Wenn wir dich also nicht als Führer der Schottischen Nationalisten feiern können, müssen wir uns damit begnügen, deinen Vierzigsten zu feiern.«

»Aber der ist doch erst…«

»In einem Monat, eine Woche vor Roberts viertem Geburtstag.«

»Wie möchtest du ihn denn feiern, Liebling?«

»Ich dachte, wir könnten eine Woche allein an der Algarve verbringen.«

»Warum nicht zwei? Dann könnten wir doch auch gleich deinen Vierzigsten feiern?«

»Andrew Fraser, du hast soeben eine Stimme in Edinburgh Carlton verloren.«

Simon hörte Ronnies Bericht bei der Monatsversammlung aufmerksam zu. Zwei Mieter hatten ihre vierteljährliche Miete nicht gezahlt, und der nächste Termin war bald fällig. Ronnies Anwälte hatten energische Mahnungen geschickt und einen Monat später eine gerichtliche Aufforderung, aber auch daraufhin waren keine Zahlungen eingegangen.

»Das beweist, was ich am meisten befürchtet habe«, sagte Ronnie.

»Und das ist?«

»Dass die Leute einfach kein Geld haben.«

»Dann werden wir neue Mieter suchen müssen.«

»Simon, wenn Sie das nächste Mal von der Beaufort Street nach Whitechapel fahren, dann zählen Sie die Tafeln mit der Aufschrift ›Zu vermieten‹ an den Bürogebäuden. Wenn Sie an hundert vorbei sind, sind Sie immer noch nicht in der City.«

»Was sollen wir Ihrer Meinung nach also tun?«

»Eine der größeren Immobilien verkaufen, um den Cashflow zu gewährleisten. Wir müssen dankbar sein, dass sie sogar bei diesen Preisen noch mehr wert sind, als unsere Kredite ausmachen.«

Simon dachte an seine Kontoüberziehung, die sich jetzt hunderttausend Pfund näherte, und wollte, er hätte Ronnies großzügiges Angebot angenommen, die Anteile zurückzukaufen. Diese Gelegenheit war jetzt vorbei.

Nach der Sitzung fuhr er zum Krankenhaus, um Elizabeth abzuholen. Dreimal in der Woche machten sie einen Besuch in Pucklebridge, um vor der Wahl alle Ortschaften im Wahlkreis kennenzulernen. Archie Millburn war ein pflichtbewusster Parteivorsitzender, der sie fast jedes Mal dabei begleitete.

»Er war außerordentlich nett zu uns«, sagte Elizabeth auf der Fahrt.

»Ja, und vergiss nicht, er muss sich auch um Millburn Electronic kümmern. Jedenfalls betont er immer wieder, dass wir, sobald er uns allen Ortsvorsitzenden vorgestellt hat, auf uns selbst angewiesen sind.«

»Hast du herausgefunden, warum er und Charles Seymour nicht auf gutem Fuß stehen?«

»Nein, seit damals hat er den Namen nie mehr erwähnt. Ich weiß nur, dass sie zusammen in Eton waren.«

»Was hast du vor, bezüglich Seymour zu unternehmen?«

»Ich kann nicht viel tun, außer mich wirklich vorzusehen.«

»Der Mann, der Edinburgh einmal zu oft im Stich gelassen hat.« Andrew las das Flugblatt der schottischen Nationalisten, das ihm sein Vater geschickt hatte. Es steckte voller Halbwahrheiten und Andeutungen.

»Andrew Fraser, der Mann, der Edinburgh vergessen hat, sollte keinen schottischen Wahlbezirk mehr vertreten ... Heute wohnt er weit entfernt von seinen Wählern in einem eleganten Apartmenthaus in Chelsea mitten unter seinen Tory-Freunden. Edinburgh besucht er nur ein paarmal im Jahr, damit seine Auftritte medienwirksam wahrgenommen werden ... Ist es ihm zu Kopf gestiegen, dass er Minister ist?«

»Wie kann er nur?«, rief Louise wütend. Selten hatte Andrew seine Frau so empört gesehen. »Wie können sie es wagen, in mein Haus zu kommen, dir die Führung dieser ekelhaften kleinen Partei anzutragen und dann solche Lügen zu schreiben? Hast du das hier gelesen?« Sie las vor: »Seine Frau Louise, geborene Forsyth, stammt aus einer der reichsten Familien Schottlands. Sie ist eng mit den Besitzern von

Forsyth in der Princes Street verwandt.‹ Ich bin eine Cousine zweiten Grades und bekomme in ihrem Warenhaus nicht einmal Rabatt!«

Andrew lachte.

»Was ist daran komisch?«

Er nahm sie in die Arme. »Ich habe immer gehofft, du würdest das Forsyth-Imperium erben. Dann müsste ich nie mehr arbeiten«, spottete er. »Jetzt werden wir von Roberts Einkünften als Fußballstar leben müssen.«

»Mach keine Witze, Andrew. Bei der Wahl wird das alles gar nicht mehr komisch sein.«

»Ich mache mir viel mehr Sorgen über die extremen Linken als über McPhersons Bande verrückter Inselbewohner«, sagte er in verändertem Ton. »Aber im Augenblick ist meine rote Schatulle zu voll, um mir Gedanken wegen ihnen machen zu können.«

Bei der zweiten Lesung des neuen Gesetzes zur Transportgewerkschaft hielt Raymond eine so brillante Rede, dass er in den ständigen Ausschuss aufgenommen wurde. Es war der perfekte Ort, um bei Debatten zu jeder einzelnen Klausel seine Kompetenz unter Beweis zu stellen. Er wies seine Kollegen auf rechtliche Tücken hin und erklärte, wie man diese am besten umgehen konnte. Der Ausschuss lernte rasch von ihm, wie man seinen Standpunkt durchsetzt. Bald wurde Raymond von den Gewerkschaftsführern nicht nur im Unterhaus angerufen, sondern auch zu Hause aufgesucht; sie wollten seinen Rat in den unterschiedlichsten rechtlichen Problemen. Er hörte sie alle geduldig an und gab für den Preis eines Telefongesprächs ausgezeichnete Ratschläge. Seltsam, dass sie alle so schnell vergessen hatten, dass er der Autor von »Vollbeschäftigung um jeden Preis?« war. In den Zeitungen erschienen kurze Meldungen, angefangen von lobenden Kommentaren bis hin zu einem scharfen Artikel im *Guardian*, nach dem es, was immer in der Vergangenheit geschehen sei, unverzeihlich wäre, Raymond Gould nicht in naher Zukunft zu einem Regierungsmitglied zu machen.

»Würde es unsere Beziehung verändern, wenn man dir einen Job anbietet?«, fragte Kate.

»Natürlich«, erwiderte Raymond. »Dann hätte ich eine perfekte Entschuldigung, deine blauen Hemden nicht zu tragen.«

Harold Wilson hielt noch weitere sechs Monate durch, bevor er am 10. Oktober 1974 Neuwahlen ausschrieb.

Raymond kehrte sofort in seinen Wahlkreis zurück, um seinen fünften Wahlkampf zu führen. Als ihn Joyce am Bahnhof in Leeds abholte, dachte er, dass diese pummelige Frau nur vier Jahre älter war als Kate. Er küsste sie wie eine entfernte Verwandte auf die Wange, dann fuhr sie ihn zu ihrem Haus in Chapel Allerton.

Auf der Fahrt plauderte Joyce munter drauflos; offenbar war der Wahlkreis unter Kontrolle und Fred Padgett diesmal auf die Wahl gut vorbereitet. »Er hat seit der letzten Wahl ununterbrochen gearbeitet«, sagte sie. Und was Joyce anging, so war sie besser gerüstet und organisiert als der Vertreter und der Sekretär zusammen. Es macht ihr wirklich Spaß, stellte Raymond fest. Er sah sie an und fand, dass sie sogar hübscher aussah, wenn eine Wahl bevorstand.

Anders als seine Kollegen auf dem Land musste Raymond nicht in kleinen Gemeindesälen Rede um Rede halten. Er sprach seine Wähler auf den Straßen an, wo er sich über ein Megafon an die Einkaufenden wandte, Supermärkte, Pubs und Klubs besuchte und viele Hände schüttelte.

Joyce arbeitete einen Zeitplan für ihn aus, der es nur wenigen Leuten in Leeds erlaubte, ihm zu entkommen. Manche sahen ihn in der dreiwöchigen Kampagne ein Dutzend Mal – die meisten am Samstag vor der Wahl beim Fußballmatch.

Nach dem Spiel zog Raymond durch die Arbeiterklubs und trank ein Bier nach dem anderen. Er hatte sich damit abgefunden, dass er dabei ein paar Kilo zunahm, und fürchtete sich nur vor Kates Kommentar. Irgendwie fand er immer ein paar Minuten Zeit, um sie anzurufen. Sie klang so beschäftigt und voller Neuigkeiten. Raymond dachte niedergeschlagen, dass sie ihn wohl kaum vermisste.

Die lokalen Gewerkschaften unterstützten Raymond rückhaltlos. Früher hatten sie ihn vielleicht steif und kühl gefunden, jetzt jedoch wussten sie, »wo sein Herz schlug«, wie sie jedem versicherten, der ihnen zuhörte. Sie klopften an Türen, verteilten Flugblätter und fuhren Autos zu den Wahllokalen. Sie standen früher auf als er, und noch nach der Sperrstunde sah man sie mit Neubekehrten diskutieren.

Am Wahltag gaben Raymond und Joyce ihre Stimmen in der örtlichen Mittelschule ab und freuten sich auf einen großen Labour-Sieg. Die Partei erzielte auch eine arbeitsfähige Mehrheit von dreiundvierzig Sitzen, verfügte jedoch nur über drei Stimmen mehr als alle anderen Parteien zusammen. Gleichwohl schien Harold Wilson die nächsten fünf Jahre fest im Sattel zu sitzen, als die Königin ihn aufforderte, seine vierte Regierung zu bilden. Raymond erzielte mit 12.207 in Leeds seinen bisher größten Stimmenvorsprung.

Den Freitag und den Samstag verbrachte er damit, seinen

Wählern zu danken, am Sonntagabend fuhr er nach London zurück.

»Diesmal muss er dich in die Regierung nehmen«, sagte Joyce, als sie mit ihrem Mann auf dem Bahnsteig auf und ab ging.

»Ich bin gespannt«, sagte Raymond und küsste sie auf die Wange. Er winkte bei der Abfahrt. Sie winkte begeistert zurück.

»Ich mag dein neues blaues Hemd, es steht dir wirklich gut«, waren ihre letzten Worte gewesen.

Charles musste während der Wahlkampagne wegen eines Runs auf das Pfund viel Zeit in der Bank verbringen. Fiona schien im Wahlkreis überall gleichzeitig zu sein, wo sie den Wählern versicherte, ihr Mann sei ganz in der Nähe.

Nachdem die Stimmen ausgezählt waren, hatte Charles eine Mehrheit von 22.000 Stimmen und nur ein Prozent an den Labour-Kandidaten verloren. Als er die landesweiten Resultate hörte, kehrte er nach London zurück und machte sich auf eine lange Zeit in der Opposition gefasst. Viele seiner Kollegen sprachen ganz offen darüber, dass Heath nach zwei Wahlniederlagen zurücktreten müsse.

Charles wusste, dass er nun erneut zu entscheiden hatte, wen er als neuen Parteiführer unterstützen wollte, und wieder einmal den richtigen herauszufinden.

Andrew Fraser kehrte nach einem zermürbenden und unerfreulichen Wahlkampf nach London zurück. Die Schottischen Nationalisten hatten ihre Angriffe voll auf ihn konzentriert, und Jock McPherson scheute auch vor Verleumdungen nicht zurück. Sir Duncan riet seinem Sohn von einer Klage ab.

»Damit tust du ihnen nur einen Gefallen«, warnte er. »Eine kleine Partei profitiert von jeder Art Publizität.«

Louise wollte, dass er die Presse über das Angebot, Parteiführer der Nationalisten zu werden, unterrichtete. Andrew hielt es für zwecklos und meinte, es könne ihm sogar schaden. Außerdem habe er sein Wort gegeben. In den letzten Wochen vor der Wahl versuchte er vergebens, zu verhindern, dass Frank Boyle, ein Kommunist aus Glasgow, in seinen Gesamtleitungsausschuss gewählt wurde. Am Wahltag gewann er mit 1656 Stimmen; Jock McPherson wurde Zweiter. Immerhin schien Andrews Platz für die nächsten fünf Jahre gesichert. Gleichwohl hatten die Schottischen Nationalisten ihre Sitze im Unterhaus auf elf erhöht.

Andrew, Louise und Robert flogen am Sonntagabend nach London, wo sie eine Red Box und die Nachricht erwarteten, der Premier wünsche, dass Andrew weiterhin als Staatsminister im Innenministerium arbeite.

Simon genoss den Wahlkampf. Am Tag, an dem die Wahl angekündigt wurde, zog er mit Elizabeth in ihr neues Cottage. Sie musste jetzt täglich ins Krankenhaus fahren, aber mit ihrem Gehalt konnten sie sich nun ein Kindermädchen leisten. Ein Doppelbett und ein paar Stühle reichten ihnen für den Anfang, Elizabeth kochte auf einem alten Gasherd, und sie schienen dieselben zwei Gabeln für fast alles zu benutzen. Während des Wahlkampfes reiste Simon zum zweiten Mal durch seinen gut fünfhundert Quadratkilometer großen Wahlkreis und versicherte Elizabeth, dass sie sich nur in der letzten Woche Urlaub nehmen müsse.

Die Wähler von Pucklebridge schickten Simon Kerslake mit einer Mehrheit von 18.419 Stimmen ins Parlament zurück, die größte in der Geschichte des Wahlkreises. Die Leute hatten rasch begriffen, dass ihr neuer Abgeordneter eine Kabinettskarriere vor sich hatte.

Am Montagabend war klar: Der Premier würde Raymond keinen Posten in der neuen Regierung anbieten. Kate war zärtlich und verständnisvoll und kochte ihm sein Lieblingsessen – durchgebratenes Roastbeef mit Yorkshire-Pudding –, doch er quittierte es nicht und sprach kaum etwas.

18

Nach einer Woche im Unterhaus hatte Simon ein Déjà-vu-Gefühl, das die meisten kennen, die ein zweites oder drittes Mal ins Unterhaus zurückkehren.

Noch verstärkt wurde es dadurch, dass alles unverändert war, sogar der Polizist, der ihn am Eingang begrüßte. Als Edward Heath sein Schattenkabinett zusammenstellte, war Simon, da er den Tory-Chef nie offen unterstützt hatte, nicht erstaunt, keine Funktion zu erhalten. Er war jedoch verblüfft, wenn auch erfreut, dass auch Seymour dem Schattenkabinett nicht angehörte.

»Tut es dir jetzt, da alle Namen bekannt sind, leid, dass du abgewinkt hast?«, fragte Fiona und sah von der *Daily Mail* auf.

»Es war kein leichter Entschluss, auf lange Sicht gesehen aber wahrscheinlich richtig.« Charles bestrich noch einen Toast mit Butter.

»Was hat er dir angeboten?«

»Schattenminister für Industrie.«

»Klingt recht interessant«, sagte Fiona.

»Alles daran war interessant außer dem Gehalt, das lächerlich gewesen wäre. Vergiss nicht, die Bank zahlt mir, solange ich Vorstandsvorsitzender bin, vierzigtausend im Jahr.«

Fiona legte die Zeitung weg. »Aber du hast doch gerade

einen geschäftsführenden Direktor eingestellt, das heißt, du müsstest in der Bank eigentlich weniger zu tun haben als bisher. Was also ist der wahre Grund?«

Charles wusste, dass er Fiona nichts vormachen konnte. »Die Wahrheit ist: Ich bezweifle, dass Ted bei der nächsten Wahl noch Parteiführer sein wird.«

»Wer sonst?«, fragte Fiona.

»Wer auch immer den Mut hat, gegen ihn anzutreten.«

»Das versteh ich nicht ganz.« Fiona räumte die Teller ab.

»Nachdem er zweimal hintereinander verloren hat, ist jeder der Ansicht, dass er sich einer Wiederwahl stellen muss.«

»Verständlich.«

»Er hat aber in den letzten zehn Jahren alle infrage kommenden Herausforderer in sein Kabinett oder sein Schattenkabinett aufgenommen. Daher muss einer von diesen gegen ihn antreten. Jemand mit weniger Format hätte keine Chance.«

»Gibt es denn jemanden im Schattenkabinett, der den Mut dazu hat?« Fiona setzte sich wieder.

»Ein oder zwei erwägen es. Aber wenn sie verlieren, könnte das das Ende ihrer politischen Karriere sein.«

»Und wenn sie gewinnen?«

»Wird einer von ihnen der nächste Premierminister.«

»Interessantes Dilemma. Und wie wirst du dich verhalten?«

»Im Augenblick unterstütze ich niemanden, aber ich halte die Augen offen«, sagte Charles, legte die *Times* beiseite und stand auf.

»Gibt es einen Favoriten?« Fiona sah zu ihm hoch.

»Nicht wirklich. Kerslake versucht, Unterstützung für Margaret Thatcher zu finden, aber diese Idee ist von vornherein zum Scheitern verurteilt.«

»Eine Frau soll die Konservativen anführen? Ihr denkt ja nicht einmal im Traum daran, so etwas zu riskieren«, sagte Elizabeth und kostete die Soße. »Wenn das passiert, fresse ich auf dem Parteitag vor allen Delegierten einen Besen.«

»Sei nicht zynisch, Elizabeth. Sie ist das Beste, was wir im Augenblick haben.«

»Wie groß sind die Chancen, dass Heath zurücktritt? Ich dachte immer, ein Parteiführer bleibt so lang, bis ihn ein Bus überfährt. Ich kenne Heath nicht gut, kann mir aber nicht vorstellen, dass er zurücktritt.«

»Da hast du recht«, sagte Simon. »Also müssen die Regeln geändert werden.«

»Du meinst, die Hinterbänkler werden ihn unter Druck setzen zu gehen?«

»Nein, aber eine Menge von ihnen wäre derzeit durchaus bereit, freiwillig Fahrer dieses Busses zu sein.«

»Aber dann müsste Heath doch einsehen, dass seine Chancen, an der Macht zu bleiben, gering sind?«

»Ich frage mich, ob irgendein Führer das je tut.«

»Du solltest nächste Woche in Blackpool sein«, sagte Kate und stützte den Ellbogen aufs Kissen.

»Warum Blackpool?«, fragte Raymond und starrte zur Decke.

»Weil dort der diesjährige Parteitag stattfindet, Karottenkopf.«

»Was glaubst du, sollte ich dort erreichen?«

»Man würde sehen, dass du noch lebst. Im Moment bist du in Gewerkschaftskreisen nur ein Gerücht.«

»Aber wenn man weder Minister noch Gewerkschaftsführer ist, tut man bei Parteitagen nichts anderes, als vier Tage lang schlecht essen, in schäbigen Pensionen schlafen und zweitklassige Reden beklatschen.«

»Mir ist es egal, wohin du abends dein müdes Haupt bettest, aber ich möchte, dass du tagsüber deine Gewerkschaftskontakte wiederbelebst.«

»Weshalb?«, fragte Raymond. »Diese Leute können mir nicht weiterhelfen.«

»Derzeit nicht. Aber ich prophezeie, dass die Labour-Partei, so wie die Amerikaner, ihren Chef eines Tages auf dem Parteitag wählen wird.«

»Niemals. Das ist das Vorrecht gewählter Abgeordneter im Unterhaus und wird es immer bleiben.«

»So eine haarsträubende, kurzsichtige, aufgeblasene Feststellung würde ich von einem Republikaner erwarten«, sagte sie und zog ihm das Kissen über den Kopf. Raymond stellte sich tot, also hob sie eine Ecke und flüsterte ihm ins Ohr: »Hast du die Beschlüsse gelesen, die dieses Jahr diskutiert werden sollen?«

»Ein paar«, kam Raymonds dumpfe Antwort.

»Dann wäre es klug, den Beitrag von Anthony Wedgwood Benn zu lesen«, sagte sie und zog das Kissen weg.

»Was verlangt er diesmal?«

»Er fordert die ›Konferenz‹, wie er die Versammlung deiner Genossen nennt, auf, den nächsten Parteiboss von allen Delegierten wählen zu lassen, und zwar von einem Wahlkomitee aus allen Wahlkreisen, den Gewerkschaften und dem Parlament – ich glaube, in dieser Reihenfolge.«

»Irrsinn. Aber was kann man von ihm erwarten? Er ist mit einer Amerikanerin verheiratet.«

»Die Extremisten von heute sind die Gemäßigten von morgen«, erwiderte Kate fröhlich.

»Eine typisch amerikanische Verallgemeinerung.«

»Na ja, stammt eigentlich von Benjamin Disraeli.«

Raymond zog sich das Kissen wieder über den Kopf.

Auch Andrew kam zum Parteitag, obwohl er nie für Tony Benns Wahlmodell für einen neuen Vorsitzenden gestimmt hätte. Er fürchtete, dass wenn die Gewerkschaften so viel Einfluss bekämen, ein Parteiführer gewählt werden könnte, der für seine Kollegen im Unterhaus absolut unannehmbar wäre. Als Benns Antrag abgelehnt wurde, war er erleichtert, musste jedoch zur Kenntnis nehmen, dass das Abstimmungsergebnis einigermaßen knapp war.

Auch als Minister konnte Andrew in Blackpool nichts anderes bekommen als ein kleines Zimmer in einer Pension, die sich Hotel nannte und fünf Kilometer vom Tagungsort entfernt war. Er hatte seine Aufgaben als Staatsminister wahrzunehmen – jeden Morgen kamen rote Schatullen an, jeden Nachmittag wurden sie wieder abgeholt – und musste sich gleichzeitig auf dem Parteitag bemerkbar machen. Die halbe Zeit verbrachte er damit, in der Hotelhalle R-Gespräche mit dem Innenministerium zu führen. Kein Bürger der Sowjetunion hätte das für möglich gehalten, vor allem wenn er gewusst hätte, dass der Verteidigungsminister, der das Zimmer neben Andrew hatte, ungeduldig im Flur auf und ab tigerte und darauf wartete, dass das Telefon frei wurde.

Andrew hatte noch nie auf einem Parteitag vor dreitausend Delegierten gesprochen. Als er die morgendliche Sitzung verließ, sah er zu seinem Erstaunen Raymond Gould etwas verloren umherstreifen. Sie begrüßten einander wie zwei Gesunde in einer Irrenanstalt und beschlossen, zusammen im River House zu Mittag zu essen.

Obwohl beide schon mehr als zehn Jahre im Unterhaus saßen, entdeckten sie zum ersten Mal, wie viel sie verband. Andrew hatte sich nie als enger Freund von Raymond betrachtet, seine Haltung bei der Pfundabwertung jedoch bewundert.

»Du musst enttäuscht gewesen sein, als dich der Premier nicht aufgefordert hat, wieder in die Regierung zu kommen«, begann Andrew.

Raymond starrte auf die Speisenkarte. »Sehr«, gab er schließlich zu. Ein junges Mädchen kam, um die Bestellung aufzunehmen.

»Trotzdem war es klug, nach Blackpool zu kommen. Hier liegt deine Stärke.«

»Meinst du?«

»Komm schon. Jeder weiß, dass du das Lieblingskind der Gewerkschaften bist, und sie haben nach wie vor viel Einfluss darauf, wer im Kabinett sitzt.«

»Das habe ich nicht bemerkt«, meinte Raymond betrübt.

»Das wirst du, wenn sie eines Tages den Parteichef wählen.«

»Komisch, genau das sagte … Joyce letzte Woche.«

»Scheint eine vernünftige Frau zu sein. Ich fürchte, es wird noch dazu kommen, während wir Abgeordnete sind.«

Der Inhaber kam, um ihnen zu sagen, dass ihr Tisch frei sei, und sie gingen in den kleinen Speisesaal.

»Warum fürchtest du dich davor?«, fragte Raymond.

»Gemäßigte Labour-Leute wie ich werden wie welkes Laub hinweggefegt werden.«

»Aber ich bin selbst ein Gemäßigter, in vielen Fragen sogar rechter Flügel.«

»Kann sein. Aber jede Partei braucht einen Mann wie dich, und im Augenblick wäre es den Gewerkschaften sogar egal, wenn du Mitglied der Faschisten wärst. Sie würden dich trotzdem unterstützen.«

»Warum bist du dann beim Parteitag?«

»Weil es die beste Möglichkeit ist, mit der Basis in Kontakt zu bleiben, und ich hoffe, dass der radikale Flügel nie viel mehr sein wird als ein ungezogenes Kind, mit dem die Erwachsenen leben müssen.«

»Wollen hoffen, dass du recht hast, denn die werden nie erwachsen«, meinte Raymond.« Andrew lachte, und Raymond wechselte das Thema. »Ich beneide dich immer noch um deinen Posten im Innenministerium. Ich bin nicht in die Politik gegangen, um mein Leben auf den hinteren Bänken zu verbringen.«

»Der Tag wird kommen, an dem ich dort sitze und dich beneide.«

In dem Moment kam der Vorsitzende der Metallarbeitergewerkschaft vorbei und rief: »Schön, dich zu sehen, Ray.« Andrew schien er nicht zu kennen. Raymond lächelte und winkte, wie Cäsar vielleicht Cassius zugewinkt hätte.

Als sie beide einen Dattel-Nuss-Pudding ablehnten, schlug Andrew einen Brandy vor.

Raymond zögerte.

»Du wirst feststellen, dass hier mehr doppelte Brandys getrunken werden als nächste Woche beim Parteitag der Konservativen. Frag die Kellnerin.«

»Hast du entschieden, wie du dich bei der Wahl des neuen Parteiführers verhalten wirst?«, erkundigte sich Fiona beim Frühstück.

»Ja«, antwortete Charles, »und in diesem Stadium meiner Karriere kann ich mir keinen Fehler leisten.«

»Was hast du also beschlossen?«

»Solange es keinen ernsthaften Gegner gibt, werde ich Ted Heath weiter unterstützen.«

»Gibt es einen Minister im Schattenkabinett, der die Traute hat, sich aufstellen zu lassen?«

»Es kursieren Gerüchte, dass Margaret Thatcher es wagt. Wenn sie so viele Stimmen bekommt, dass eine zweite Wahl nötig ist, werden sich die ernst zu nehmenden Herausforderer melden.«

»Und was, wenn sie in der ersten Runde gewinnt?«

»Sei nicht albern, Fiona«, sagte Charles und interessierte sich nun mehr für seine Rühreier. »Die Torys werden nie eine Frau als Vorsitzende wählen. Dazu sind wir zu traditionsverbunden. Diesen Irrtum würde nur Labour begehen, um zu zeigen, wie sehr sie an Gleichberechtigung glaubt.«

Simon drängte Margaret Thatcher immer noch, sich in den Kampf zu stürzen.

Amüsiert beobachteten Andrew und Raymond den Kampf der Konservativen um die Parteiführung, während sie mit ihrer Arbeit fortfuhren. Raymond hätte Thatcher keine Chance gegeben, hätte Kate ihn nicht daran erinnert, dass die Konservativen nicht nur die Ersten gewesen waren, die einen Juden zum Führer wählten, sondern als Erste auch einen Junggesellen.

»Warum sollen sie also nicht auch eine Frau wählen?«, fragte sie. Er hätte weiter mit ihr gestritten, aber diese verflixte Person hatte schon so oft recht gehabt. »Warten wir's ab«, war alles, was er sagte.

Die Wahl des konservativen Parteiführers wurde für den 4. Februar 1975 angesetzt. Bei einer Pressekonferenz im Unterhaus Anfang Januar hatte Margaret Thatcher bekannt gegeben, dass sie kandidieren würde. Simon forderte alle seine Kollegen auf, sie zu unterstützen, und trat einem zu diesem Zweck gebildeten kleinen Ausschuss unter Airey Neave bei. Charles hingegen warnte seine Freunde, dass die Partei mit einer Frau an der Spitze nie eine Wahl gewinnen könne. Die Tage vergingen, und der Ausgang der Wahl blieb weiterhin ungewiss.

An einem besonders regnerischen und windigen Tag gab der Vorsitzende des Ausschusses um vier Uhr nachmittags die Zahlen bekannt:

Margaret Thatcher	130
Edward Heath	119
Hugh Fraser	16

Nach den Abstimmungsregeln benötigte der Sieger eine Mehrheit von fünfzehn Prozent, daher war eine zweite Abstimmung erforderlich. »Sie wird in einer Woche erfolgen«, verkündete der Chief Whip. Augenblicklich meldeten drei ehemalige Kabinettsmitglieder ihre Kandidatur an, während Ted Heath, gewarnt, dass er beim zweiten Mal weniger Stimmen erhalten würde, sich zurückzog.

Es waren die längsten Tage in Simons Leben. Er tat, was er konnte, um Thatchers Wähler bei der Stange zu halten. Charles hingegen beschloss, beim zweiten Wahlgang sehr zurückhaltend zu sein. Als man abstimmte, machte er sein Kreuz neben dem Namen des Staatssekretärs, unter dem er im Handelsministerium gearbeitet hatte. »Ein Mann, dem wir alle vertrauen können«, sagte er zu Fiona.

Als die Stimmen gezählt und bestätigt waren, verkündete der Vorsitzende, dass Margaret Thatcher mit 146 Stimmen gegenüber 79 Stimmen des nächsten Kandidaten die klare Siegerin sei.

Simon war begeistert, während Elizabeth hoffte, er habe ihr Versprechen, einen Besen zu fressen, vergessen. Charles war fassungslos. Beide schrieben sofort an ihre neue Parteiführerin.

11.2.1975

Liebe Margaret,
meinen herzlichen Glückwunsch zu Ihrem Sieg als erste
weibliche Führung unserer Partei. Ich bin stolz, zu Ihrem
Triumph ein wenig beigetragen zu haben, und werde mit
allen Kräften für Ihren Erfolg bei der nächsten Wahl
weiterarbeiten.
Ihr Simon

27 Eaton Square
London, SW 1
11. Februar 1975

Liebe Margaret,
ich mache kein Geheimnis daraus, dass ich im ersten
Wahlgang Ted Heath unterstützt habe, da ich in seiner
Regierung dienen durfte. Mit Freuden habe ich Sie im
zweiten Wahlgang unterstützt. Dass wir eine Frau gewählt
haben, die ohne Zweifel die nächste Premierministerin sein
wird, zeigt, wie fortschrittlich unsere Partei ist. Seien Sie
meiner Loyalität gewiss,
Ihr Charles

Margaret Thatcher beantwortete sämtliche Briefe ihrer Kollegen binnen einer Woche. Simon erhielt einen handgeschriebenen Brief, in dem er aufgefordert wurde, dem neuen Schattenkabinett als zweiter Mann im Bildungsministerium beizutreten. Charles erhielt einen mit der Maschine geschriebenen Brief, in dem ihm für seine Unterstützung gedankt wurde.

19

Die Seymour Bank hatte den Ersten Weltkrieg, die Weltwirtschaftskrise und den Zweiten Weltkrieg überstanden. Charles hatte nicht die Absicht, als Vorsitzender in den Siebzigerjahren ihren Niedergang mit anzusehen. Bald nachdem er auf Drängen des Aufsichtsrates sein Amt von Derek Spencer übernommen hatte, musste er feststellen, dass die Tätigkeit des Vorsitzenden nicht ganz so einfach war, wie er gedacht hatte. Obwohl er zuversichtlich war, dass die Bank den Sturm überdauern werde, ging er kein Risiko ein. Die Wirtschaftsteile der Zeitungen waren voll mit Berichten, wonach die Bank of England als »Rettungsboot« für in Not geratene Finanzinstitutionen firmiere; täglich las man von Immobilienfirmen, die in Konkurs gingen. Die Zeiten, in denen Immobilien- und Mietpreise automatisch stiegen, waren vorbei.

Als Charles das Angebot des Aufsichtsrats annahm, bestand er darauf, einen geschäftsführenden Direktor einzusetzen, während er selbst mit den anderen Präsidenten und Vorsitzenden der City verhandelte. Er lud etliche Bewerber ein, fand aber niemand Geeigneten. Die Lösung brachte erst ein Gespräch, das er in einem Restaurant am Nebentisch mithörte. Demnach hatte es der neue Direktor der *First Bank of America* offenbar satt, jede Briefmarke nach Chicago melden zu müssen.

Charles lud den Mann sofort zum Lunch ins Unterhaus ein. Clive Reynolds hatte einen ähnlichen Hintergrund wie Derek Spencer: *London School of Economics, Harvard Business School* und einige gute Posten, bis er schließlich Geschäftsführer der *First Bank of America* geworden war. Diese Gemeinsamkeit störte Charles aber nicht, da er Mr. Reynolds unmissverständlich klarmachte, wer das Sagen hatte.

Reynolds verhandelte lang und zäh, bevor er die Stelle annahm, und Charles hoffte, dass er sich ebenso beharrlich für die Bank einsetzen würde. Reynolds erhielt schließlich fünfzigtausend Pfund pro Jahr und einen Gewinnanteil, der verhindern sollte, dass er auf eigene Rechnung Geschäfte machte oder sich abwerben ließ.

»Er gehört nicht zu denen, die wir zum Dinner einladen würden«, sagte Charles zu Fiona. »Aber ich kann jetzt ruhig schlafen und weiß die Bank in guten Händen.«

Bei der nächsten Sitzung wurde Clive Reynolds vom Aufsichtsrat bestätigt, und es zeigte sich bald, dass die *First Bank of America* einen ihrer besten Männer verloren hatte.

Clive Reynolds war von Natur aus konservativ, doch wenn er etwas riskierte, wie Charles es nannte – er selbst sprach von einer guten Nase –, hatte er in über fünfzig Prozent der Fälle Erfolg damit. Die Seymour Bank wahrte ihren Ruf als vorsichtiges, gut haushaltendes Institut, hatte Reynolds jedoch ein paar spektakuläre Coups zu verdanken. Er war klug genug, seinem neuen Vorsitzenden respektvoll zu begegnen, ohne unterwürfig zu sein. Ihre Beziehung blieb jederzeit strikt beruflich.

Eine der Neuerungen, die Reynolds vorschlug, war, Kunden mit Krediten von mehr als zweihundertfünfzigtausend Pfund zu überprüfen, und Charles war einverstanden.

»Wenn man die Konten eines Unternehmens jahrelang betreut«, erklärte Reynolds, »übersieht man mitunter, wenn einer dieser Altkunden Probleme hat. Wenn es welche mit Zahlungsschwierigkeiten gibt, sollten wir sie finden, bevor es sie ganz umhaut« – ein Ausdruck, den Charles bei einigen Partys wiederholte.

Charles schätzte seine morgendlichen Besprechungen mit Clive Reynolds. Er lernte dabei eine Menge über eine Institution, für die er bisher nur Sympathie aufgebracht und nach reinem Bauchgefühl agiert hatte. Bald wusste er so viel, dass er, wenn er im Unterhaus bei einer Finanzdebatte sprach, klang wie David Rockefeller – ein unerwarteter Bonus.

Über Reynolds' Privatleben wusste Charles kaum etwas. Er war einundvierzig, unverheiratet und wohnte in Esher, wo immer das war. Charles interessierte lediglich, dass Reynolds jeden Morgen mindestens eine Stunde vor ihm im Büro war und es erst nach ihm verließ, auch in den Parlamentsferien.

Charles hatte sich vierzehn der vertraulichen Gutachten über Kunden mit höheren Krediten angesehen. Clive Reynolds hatte schon zwei Unternehmen entdeckt, denen gegenüber die Bank seiner Ansicht nach ihre Politik ändern sollte. Charles musste noch drei weitere lesen, bevor er dem Aufsichtsrat Bericht erstattete.

Das leise Klopfen an der Tür aber hieß, dass es zehn Uhr war und Reynolds zur täglichen Besprechung kam. In der City kursierten Gerüchte, wonach am Donnerstag der Diskontsatz angehoben werden sollte, daher wollte Reynolds Dollars abstoßen und Gold kaufen. Charles nickte. Sobald man den neuen Diskontsatz bekannt gegeben hatte, befand Reynolds, dass es klüger sei, wieder zum Dollar zurückzukehren, da eine neue Tarifrunde mit den Gewerkschaften vor der Tür stehe. »Das wird zweifellos einen neuen Run auf das Pfund auslösen.« Wieder nickte Charles.

»Ich halte den Dollar mit zwei zehn für viel zu schwach«, fügte Reynolds hinzu. »Sollten sich die Gewerkschaften bei zwölf Prozent einigen, muss der Dollar steigen, vermutlich auf eins neunzig.« Außerdem erklärte er, nicht glücklich über die hohe Beteiligung der Bank an Slater Walker zu sein; er wolle die Hälfte der Anteile im Lauf des nächsten Monats liquidieren, und zwar in kleinen Mengen und unregelmäßigen Zeitabständen. »Wir müssen uns noch drei weitere größere Konten ansehen, bevor wir unsere Ergebnisse dem Aufsichtsrat mitteilen. Die Ausgabenpolitik eines Unternehmens missfällt mir, die anderen beiden scheinen hingegen stabil. Ich glaube, wir sollten die Unterlagen gemeinsam durchgehen, wenn Sie Zeit haben. Vielleicht morgen Vormittag? Es handelt sich um Speyward Laboratories, Blackies Ltd. und Nethercote and Company. Es ist Speyward, das mir Sorgen macht.«

»Ich nehme die Unterlagen heute mit nach Hause«, erwiderte Charles, »und gebe Ihnen morgen Bescheid.«

»Danke, Sir.«

Charles hatte Reynolds nie angeboten, ihn beim Vornamen zu nennen.

Archie Millburn gab zur Feier von Simons erstem Jahrestag als Abgeordneter für Pucklebridge eine kleine Dinnerparty. Diese Anlässe dienten eigentlich dazu, das neue Mitglied mit der Parteihierarchie bekannt zu machen, aber Simon wusste bereits mehr über den Wahlkreis und seine Bewohner als Archie selbst, was dieser auch gern zugab.

Elizabeth, Peter und Michael hatten sich in dem kleinen Cottage gemütlich eingerichtet, während Simon als Mitglied des Schattenministeriums für Bildung Schulen, Kindergärten und Universitäten besuchte, technische Hochschulen, Kunstinstitute und sogar Jugendstrafanstalten. Er las die einschlägige Literatur und unterhielt sich mit Kindern ebenso wie mit Psychologieprofessoren. Nach einem Jahr hatte er das Gefühl, sein Ressort zu kennen, und sehnte sich nach Neuwahlen, um sein Wissen einmal mehr auch anwenden zu können.

»In der Opposition zu sein ist sicher frustrierend«, meinte Archie, als sich die Damen nach dem Essen zurückzogen.

»Ja, aber eine vorzügliche Möglichkeit, sich aufs eigene Regieren vorzubereiten und über grundsätzliche Fragen nachzudenken. Als Minister konnte ich mir einen solchen Luxus nie leisten.«

»Aber es ist doch ganz anders, als im Amt zu sein, oder?« Archie nahm eine Zigarre.

»Schon. In der Regierung ist man von Beamten umgeben, die einem nicht erlauben, einen Finger zu rühren oder einmal nachzudenken, während man in der Opposition seine Politik durchdenken kann, auch wenn man seine Briefe oft selbst schreiben muss.«

Archie schob Simon den Portwein zu. »Ich bin froh, dass sich die Damen zurückgezogen haben«, sagte er verschwörerisch, »weil ich dir sagen wollte, dass ich zum Jahresende als Vorsitzender zurücktrete.«

»Warum?«, fragte Simon erstaunt.

»Ich bin froh, dass du gewählt wurdest und dich zurechtfindest. Es wird Zeit, dass ein Jüngerer übernimmt.«

»Aber du bist genauso alt wie ich.«

»Das stimmt, aber der wahre Grund ist, dass mir zu wenig Zeit für meine Firma bleibt, und der Vorstand erinnert mich ständig daran. Du weißt am besten, dass die Zeiten nicht rosig sind.«

»Wie schade«, sagte Simon. »Kaum lernt man in der Politik jemanden näher kennen, zieht er schon wieder weiter.«

»Keine Angst«, sagte Archie, »ich habe nicht vor, von hier wegzugehen, und ich bin sicher, dass du die nächsten zwanzig Jahre mein Abgeordneter sein wirst. Dann werde ich mit Vergnügen deine Einladung zum Dinner in die Downing Street annehmen.«

»Womöglich wird dann Charles Seymour dort residieren«, meinte Simon und zündete seine Zigarre an.

»Dann kriege ich keine Einladung.« Archie lächelte.

Was Charles entdeckt hatte, raubte ihm den Schlaf. Ruhelos wälzte er sich herum und hinderte auch Fiona am Einschlafen. Beim Warten aufs Abendessen hatte er die Mappe über Nethercote' geöffnet. Es war seine Gewohnheit, erst die Namen der Direktoren durchzulesen, um zu sehen, ob er jemanden kannte. Sein Blick blieb an »S. J. Kerslake, MP« hängen. Die Köchin war überzeugt, dass Mr. Seymour das Essen nicht geschmeckt hatte, weil er den Hauptgang kaum anrührte.

Als er kurz nach Clive Reynolds in die Bank kam, ließ er diesen sofort rufen. Erstaunt, den Vorsitzenden so früh zu sehen, erschien er wie üblich mit einem Stoß Unterlagen. Charles öffnete die vor ihm liegende Mappe. »Was wissen Sie über Nethercote und Co?«

»Eine Privatfirma. Nettovermögenswert fast zehn Millionen, laufende Kredite über sieben Millionen, von denen wir die Hälfte bedienen. Gut geführt, mit einem fähigen Aufsichtsrat, wird meiner Ansicht nach die momentanen Probleme überstehen, und wenn sie irgendwann an die Börse geht, werden die Anteile sofort vergriffen sein.«

»Wie viel Prozent Anteil an der Firma haben wir?«

»Siebeneinhalb. Wie Sie wissen, übernimmt die Bank nie acht Prozent. Es war immer unsere Politik, zu investieren, ohne in die Führung einer Gesellschaft involviert zu sein.«

»Wer ist die Hauptbank?«

»Midland.«

»Was würde geschehen, wenn wir unsere siebeneinhalb Prozent verkaufen, den Kredit zum Quartalsende kündigen und seine Rückzahlung verlangen?«

»Sie müssten eine andere Finanzierungsquelle suchen.«

»Und wenn sie keine finden?«

»Dann müssen sie ihre Immobilien verkaufen, und das wäre in der jetzigen Situation sehr unvorteilhaft, wenn nicht gar unmöglich.«

»Und dann?«

»Ich müsste in meinen Unterlagen nachsehen ...«

Charles gab ihm die Mappe, und Reynolds studierte sie stirnrunzelnd. »Sie haben bereits ein Cashflow-Problem aufgrund uneinbringlicher Außenstände. Durch eine Rückzahlungsforderung des Kredits könnten sie pleitegehen. Davon würde ich dringend abraten. Nethercote war jahrelang verlässlich, und ich denke, wir werden einen stattlichen Gewinn machen, wenn sie an die Börse gehen.«

»Aus Gründen, die ich Ihnen nicht mitteilen kann«, sagte Charles, »fürchte ich, dass eine weitere Verbindung mit Nethercote unserer Bank schaden würde.« Reynolds sah ihn überrascht an. »Bitte informieren Sie Midland, dass wir zum nächsten Quartal unseren Kredit nicht verlängern werden.«

»Dann müssten sie sich dafür nach einer anderen Bank

umsehen. Midland wird niemals den ganzen Betrag alleine riskieren.«

»Versuchen Sie sofort, unsere siebeneinhalb Prozent loszuwerden.«

»Das könnte zu einer Vertrauenskrise in der Firma führen.«

»Möglich«, sagte Charles und schloss die Mappe.

»Aber ich glaube ...«

»Das ist alles, Mr. Reynolds.«

»Ja, Sir.« Reynolds stand vor einem Rätsel. Er hatte seinen Chef nie für einen unvernünftigen Mann gehalten. Hätte er sich umgedreht, er wäre wohl noch verwirrter gewesen – von dem Lächeln, das sich auf Charles Seymours Gesicht ausbreitete.

»Man hat uns den Boden unter den Füßen weggezogen«, sagte Ronnie Nethercote wütend.

»Wer?«, fragte Simon, der eben eintrat.

»Die Midland Bank.«

»Warum tun sie so etwas?«

»Irgendein Anteilseigner hat sein Paket ohne Vorwarnung auf den Markt geworfen, und Midland macht sich Sorgen. Alleine bedienen sie keine so hohen Kredite.«

»Haben Sie mit dem Direktor gesprochen?«, fragte Simon und konnte seine Angst nicht verbergen.

»Ja, er kann nichts tun. Ihm sind die Hände gebunden durch eine Direktive des Vorstands.« Ronnie sank noch tiefer in seinen Sessel.

»Wie schlimm steht es?«

»Sie haben mir einen Monat Zeit gegeben, eine andere Bank zu finden. Andernfalls muss ich unsere Immobilien verkaufen.«

»Was passiert, wenn wir keine andere Bank finden?«, fragte Simon verzweifelt.

»Dann könnte die Gesellschaft binnen weniger Wochen bankrott sein. Kennen Sie irgendwelche Banker, die eine gute Investition suchen?«

»Nur einen, und der hilft uns bestimmt nicht.«

Befriedigt legte Charles den Hörer auf. Er fragte sich, ob es überhaupt noch etwas gab, das man geheim halten konnte. Er hatte kaum eine Stunde gebraucht, um festzustellen, wie hoch Kerslakes Kreditschulden waren. »Ganz vertraulich von Bank zu Bank«, hatte er versichert. Als Reynolds klopfte, lächelte er noch immer.

»Midland war nicht erfreut«, berichtete dieser sofort.

»Sie werden's verwinden«, erwiderte der Vorsitzende. »Wie steht es mit Nethercote?«

»Nur Gerüchte, aber jeder weiß, dass sie in Schwierigkeiten sind, und der Vorsitzende sucht nach einem neuen Geldgeber«, sagte Reynolds gelassen. »Sein größtes Problem ist, dass im Moment niemand etwas von Immobilienfirmen wissen will.«

»Was hindert uns, die Scherben einzusammeln und einen Mordsgewinn zu machen?«

»Eine Klausel im Finanzgesetz, das Ihre Regierung vor drei Jahren beschlossen hat. Die Strafen reichen von hohen Geldbeträgen bis zum Entzug der Banklizenz.«

»Ach, ich erinnere mich«, sagte Charles. »Schade. Wie lang werden sie noch durchhalten?«

»Wenn sie bis Monatsende keinen Geldgeber finden«, sagte Reynolds und strich sich über das glatt rasierte Kinn, »werden die Gläubiger wie Heuschrecken über sie herfallen.«

»Sind die Anteile denn gar nichts wert?«, fragte Charles unschuldig.

»Im Augenblick nicht einmal das Papier, auf dem sie gedruckt sind«, sagte Reynolds und beobachtete den Vorsitzenden scharf.

Diesmal sah er Charles' zufriedenes Lächeln. Charles dachte an Simon Kerslake und seinen Kredit von hundertachttausend Pfund, der jetzt nur durch wertlose Aktien gedeckt war. Pucklebridge würde sich bald nach einem neuen Abgeordneten umsehen müssen.

Als sich am Monatsende keine Bank gefunden hatte, gab Ronnie Nethercote auf, bestellte einen Konkursverwalter und meldete Insolvenz an. Er hoffte immer noch, alle Gläubiger auszahlen zu können, obwohl die Aktien, die er und seine anderen Direktoren besaßen, wertlos waren. Er sorgte sich um Simon und dessen Karriere ebenso wie um sich selbst, wusste aber, dass der Konkursverwalter keine Ausnahme machte.

Als Simon Elizabeth den Stand der Dinge mitteilte, beklagte sie sich nicht. Seit ihr Mann in den Aufsichtsrat von Nethercote eingetreten war, hatte sie etwas Derartiges immer befürchtet.

»Kann Ronnie nichts tun?«, fragte sie. »Schließlich hast du ihm in der Vergangenheit oft genug geholfen.«

»Nein«, erwiderte Simon und vermied es, ihr zu sagen, wo die wahre Verantwortung für seinen Ruin lag.

»Muss, wer Pleite macht, automatisch aus dem Parlament ausscheiden?«, lautete ihre nächste Frage.

»Nein, aber ich werde es tun, denn man würde mich nie aufsteigen lassen. Das Etikett ›mangelndes Urteilsvermögen‹ würde zu Recht immer an mir haften.«

»Das scheint so ungerecht, da du persönlich ja keine Schuld trägst.«

»Für die im Rampenlicht gelten andere Regeln«, erwiderte Simon schlicht.

»Aber mit der Zeit …«, begann Elizabeth.

»Ich bin nicht bereit, weitere zwanzig Jahre auf den Hinterbänken zu verbringen, damit ich dann im Raucherraum das Getuschel höre: ›Er wäre im Kabinett, wenn er nicht …‹«

»Heißt das, dass wir die Kinder aus der Schule nehmen müssen?«

»Ja, leider.« Simons Hände zitterten. »Ich kann vom Konkursverwalter nicht erwarten, dass er die Kosten für die Erziehung meiner Söhne als dringende Notwendigkeit einstuft, selbst wenn es mir gelänge, das Geld aufzutreiben.«

»Und das Kindermädchen müssen wir auch entlassen?«

»Nicht unbedingt, aber wir werden beide Opfer bringen müssen, damit wir sie wenigstens halbtags behalten können.«

»Aber meine Arbeit im Krankenhaus …«, begann Elizabeth, beendete den Satz aber nicht. »Was geschieht als Nächstes?«

»Ich muss Archie Millburn verständigen. Meine Rücktrittserklärung habe ich schon geschrieben. Für Montag mache ich einen Termin beim Chief Whip, um ihm zu erklären, warum ich mich um Chiltern Hundreds bewerben muss.«

»Was heißt das?«

»Es ist die einzige Möglichkeit, das Unterhaus während der Legislaturperiode zu verlassen – außer man stirbt. Offiziell ist es ein Kronamt und schließt daher eine Mitgliedschaft im Unterhaus aus.«

»Das klingt alles ziemlich formell für mich.«

»Ich fürchte, es wird auch eine peinliche Nachwahl in Pucklebridge bewirken«, gestand Simon.

»Kann dir denn niemand helfen?«

»Es gibt nicht viele Leute, die hundertachttausend Pfund für ein wertloses Aktienbündel ausgeben wollen.«

»Soll ich dich begleiten, wenn du Archie aufsuchst?« Elizabeth stand auf.

»Nein, mein Schatz. Lieb von dir zu fragen, aber *ich* bin derjenige, der sich bis auf die Knochen blamiert hat.«

Elizabeth beugte sich vor und strich ihm die Haare aus der Stirn. Sie bemerkte ein paar graue Strähnen. »Dann leben wir eben von meinem Gehalt, solange du dich nach einem Job umsiehst.«

Langsam fuhr Simon nach Pucklebridge, um den dortigen Parteivorsitzenden zu treffen. Archie Millburn hörte ihm, in seinem Garten stehend, mit traurigem Gesicht zu. »Das ist in letzter Zeit vielen anständigen Leuten in der City passiert. Aber eines verstehe ich nicht: Warum hat niemand ein Übernahmeangebot gemacht, wenn die Gesellschaft so erstklassige Objekte besitzt? Klingt doch nach einem glänzenden Geschäft.«

»Es scheint eine Sache des Vertrauens zu sein«, sagte Simon.

»Ein heiliges Wort in der City«, stimmte Archie zu und wandte sich wieder seinen Rosen zu.

Simon übergab ihm sein Rücktrittsschreiben. Millburn las es und nahm es widerwillig an.

»Ich werde den Mund halten, bis du Montag mit dem Chief Whip gesprochen hast. Dienstagabend werde ich eine Vollversammlung einberufen und deinen Entschluss bekannt geben. Mach dich danach auf viele unangenehme Anrufe von der Presse gefasst.«

Die beiden Männer schüttelten sich die Hand. »Dein Pech

ist unser Pech«, sagte Archie. »Du hast in kurzer Zeit das Vertrauen und die Zuneigung deiner Wähler gewonnen. Sie werden dich vermissen.«

Simon fuhr nach London zurück. Obwohl das Radio lief, nahm er die Eilmeldung nicht wahr, die alle halbe Stunde wiederholt wurde.

20

Raymond war einer der Ersten, der die Bekanntgabe hörte, und war sprachlos. Harold Wilson würde mitten in seiner fünfjährigen Amtszeit zurücktreten, und dies aus offenbar keinem anderen Grund als dem, dass er gerade sechzig geworden war. Er wollte nur noch so lange Premier bleiben, bis die Labour-Partei einen neuen Parteichef gewählt hatte. Wie angewurzelt saßen Raymond und Kate vor dem Fernseher, um auch nicht das kleinste Detail zu verpassen. Bis spät in der Nacht besprachen sie die Folgen dieser neuen Entwicklung.

»Also, Karottenkopf, könnte das die Rehabilitierung unseres vergessenen Helden bedeuten?«

»Wer weiß?«

»Wenn du es nicht weißt, wer dann?«

»Der nächste Parteichef«, sagte Raymond.

Der Kampf um die Parteiführung war eine Schlacht zwischen dem rechten und dem linken Flügel – James Callaghan rechts, Michael Foot links. Andrew und Raymond wollten beide denselben Mann und waren erleichtert, als Callaghan, obwohl er die erste Abstimmung verlor, zum Parteichef gewählt wurde. Die Königin forderte ihn auf, eine neue Regierung zu bilden. Wie es die Tradition verlangte, erklärten alle Regierungsmitglieder ihren Rücktritt, damit der Premier seine eigene Mannschaft zusammenstellen konnte.

Raymond war im Gerichtssaal und hörte der Belehrung des Richters zu, als er eine Nachricht erhielt: »Bitte so schnell wie möglich Downing Street anrufen.« Der Richter benötigte weitere dreißig Minuten, um die Geschworenen über den Rechtsbegriff des Totschlags zu informieren, dann kam Raymond endlich weg. Er lief durch die Korridore zu einer der privaten Telefonkabinen der Beamten. Das Zurückrattern der Drehscheibe nach jeder Nummer schien Ewigkeiten zu dauern.

Nachdem er an drei Leute durchgestellt worden war, hörte er eine Stimme sagen »Guten Tag, Ray« – der unverkennbar raue Tonfall des neuen Premiers. »Es wird Zeit, dass du wieder in die Regierung kommst ...« – Raymond hielt den Atem an – »... als Staatsminister im Handelsministerium.« Staatsminister: nur einen Schritt vom Kabinett entfernt!

»Bist du noch da, Ray?«

»Ja, Premierminister, ich nehme mit Freuden an.«

Er legte den Hörer auf und nahm ihn sofort wieder ab, um das Büro der Chase Manhattan Bank in der City anzurufen. Man verband ihn mit dem Eurobonds-Manager.

Andrew ging vom Innenministerium direkt nach Hause. Er mied das Unterhaus, wo die Reporter wie Hyänen lauerten und ihre Zeitungen anriefen, sobald sie auch nur das Gerücht eines Gerüchtes hörten. Das neue Kabinett stand fest, und jetzt waren die Staatsminister an der Reihe. Andrew wusste nur, dass sein jetziges Amt jemand anderem übertragen worden war.

»Warum spielst du nicht mit Robert Fußball, statt mir dauernd im Weg zu stehen?«, schlug Louise vor.

»Ja, Dad, ja Dad, ja Dad«, rief sein Sohn, lief hinauf, um kurz darauf im Trikot von Liverpool zu erscheinen, das er sich nach elf langen Wochen des Sparens von seinem Taschengeld gekauft hatte.

»Geh nur, Andrew. Ich rufe dich, wenn das Telefon klingelt.«

Andrew lächelte, zog sein Jackett aus und die alten Tennisschuhe an, die Robert ihm hinhielt. Er folgte seinem fünfjährigen Sohn in den Garten, wo dieser schon zwischen den Blumenbeeten auf und ab dribbelte. Das kleine Tor, das er zu Weihnachten für ihn – oder für sich selbst? – gekauft hatte, war am Rasenende aufgestellt, und sie verteidigten es abwechselnd. Andrew war immer als Erster dran. Er rieb sich die Hände, um sich aufzuwärmen, und Robert dribbelte auf ihn zu. Andrew kam aus dem Tor, bereit, einen Schuss abzuwehren, aber Robert kickte den Ball nach rechts und lief nach links. Sein Vater lag auf dem Bauch, als er den Ball sanft ins Tor schob. »Das nennt man eine Finte«, schrie er triumphierend, als er am ausgestreckt daliegenden Vater vorbeilief.

Andrew stand auf. »Ich weiß, wie man das nennt«, sagte er lachend. »Du scheinst vergessen zu haben, wer dir eine Finte beigebracht hat. Mal sehen, ob du es zweimal hintereinander kannst«, fügte er hinzu und kehrte ins Tor zurück.

Robert dribbelte bis zum Ende des Gartens, dann drehte er sich um. Er näherte sich dem Tor zum zweiten Mal, als das Telefon klingelte. Andrew sah gerade zum Haus, als Robert den Ball abschoss. Er flog steil in die Luft und traf Andrew ins Gesicht, der mitsamt dem Ball ins Tor fiel.

Louise öffnete die Küchentür und rief: »Es ist nur meine Mutter.«

»Wach auf, Dad«, verlangte Robert.

Andrews Gesicht brannte immer noch. »Das zahl ich dir heim. Jetzt bist du im Tor.«

Robert nahm seinen Platz zwischen den Pfosten ein und sprang auf und ab, während er versuchte, mit den Fingerspitzen die Querlatte zu erreichen. Andrew bewegte sich langsam auf seinen Sohn zu. Als er knapp einen Meter von ihm entfernt war, machte er eine Finte nach rechts und lief nach links. Aber Robert hatte ihn durchschaut, warf sich auf den Ball und rief: »Kein Tor!«

Wieder lief Andrew ans Ende des Gartens und überlegte, was er jetzt versuchen könnte. Dann rannte er unvermittelt direkt auf Robert zu und kickte den Ball entschlossen Richtung rechte Torecke. Aber wieder hatte Robert seine Bewegung erraten und fing den Ball über dem Kopf, zog ihn an die Brust und rief: »Kein Tor, Dad, kein Tor!« Selbstbewusst rollte er seinem Vater den Ball zu.

»Na schön, jetzt wird's ernst«, sagte Andrew nicht ganz überzeugt. Er kickte den Ball von einem Fuß auf den anderen, um professionell zu wirken.

»Komm schon, Dad«, beschwerte sich Robert.

Diesmal stürmte Andrew mit entschlossenem Blick los. Er versuchte, seinen Sohn zu früh aus dem Tor zu locken. Robert kam heraus, und nun kickte Andrew den Ball etwas stärker und höher. Im selben Moment hörte er das Telefon klingeln und drehte sich zum Haus um. Er sah nicht, dass der Ball gegen den linken Pfosten prallte und wegsprang.

»Es ist der Premier«, rief Louise aus dem Fenster. Andrew lief aufs Haus zu. Aus den Augenwinkeln sah er den Ball über den Weg und durch das Gartentor rollen.

Robert rannte ihm nach. »Ich hol ihn, Dad, ich hol ihn.«

»Nein«, schrie Andrew und setzte ihm nach.

Louise, den Hörer immer noch mit Gummihandschuhen haltend, erstarrte. Sie sah Andrew auf den Gehweg stürzen.

Er war keinen Meter von seinem Sohn entfernt. Der Ball rollte auf die Straße, und im Bruchteil der Sekunde, bevor sein Vater sich auf ihn warf, sprang Robert dem Ball nach.

Nur Louise hörte den großen Tankwagen scharf abbremsen. Der Fahrer riss das Steuer herum – zu spät, um den beiden auszuweichen. Andrew und Robert prallten gegen die breiten Stoßstangen, wurden zurückgeschleudert und überschlugen sich mehrere Male, bis sie am Straßenrand liegen blieben.

»Bist du es, Andrew?«, fragte der Premier.

Louise ließ den Hörer fallen und rannte aus der Küche zum offenen Gartentor. Ihr Mann lag bewegungslos am Randstein, seinen Sohn in den Armen. Robert hielt den Ball noch immer an die Brust gepresst. Andrews Blut strömte über Roberts rotes Hemd.

Louise ging neben dem Randstein in die Knie. »Lass sie leben, lass sie leben«, war alles, was sie sagte.

Robert weinte leise, während er den Ball umklammerte und seinen bewusstlosen Vater anstarrte. Sie musste sich über ihn beugen, um seine Worte zu verstehen. »Kein Tor, Dad, kein Tor, kein Tor.«

Als zwei Tage später in der *Times* die Ministerliste veröffentlicht wurde, war nur noch das Amt eines Staatsministers für Verteidigung offen. David Wood, der politische Kommentator der Zeitung, nahm an, der Posten sei für Andrew Fraser reserviert, der Ende der Woche aus dem Krankenhaus entlassen werden sollte. Der letzte Absatz seines Artikels lautete:

»Politiker aller Parteien bewunderten Mr. Frasers erstaunlichen Mut, als er sich vor einen herannahenden Lastwagen warf, um seinen einzigen Sohn Robert zu retten, der einem Fußball nachgelaufen war. Vater und Sohn erlitten innere Verletzungen und wurden sofort ins St. Thomas' Hospital gebracht, wo die Chirurgen noch in derselben Nacht operierten. Wie wir in unserer letzten Ausgabe berichteten, starb der fünfjährige Robert Fraser in der Nacht, bevor Mr. Fraser das Bewusstsein wiedererlangte.«

»Mein Gott«, rief Elizabeth aus, »wie entsetzlich.«

»Was ist entsetzlich?«, fragte Simon und setzte sich zu ihr an den Frühstückstisch. Sie reichte ihrem Mann die Zeitung und wies auf Roberts Bild.

»Armer Knirps«, sagte Simon, bevor er den Artikel las. »Das relativiert unsere Probleme doch gewaltig. Würden Peter oder Michael getötet, hätten wir echten Kummer.«

Ein paar Minuten lang schwiegen beide. Dann fragte Elizabeth: »Hast du Angst?«

»Ja«, gab Simon zu. »Ich fühle mich wie bei meiner Henkersmahlzeit, und am schlimmsten ist, dass ich selbst zum Galgen fahren muss.«

»Meinst du, wir werden jemals über diesen Tag lachen können?«

»Sicher, wenn ich meine Parlamentspension bekomme.«

»Können wir davon leben?«

»Kaum. Ich kriege die erste Zahlung erst mit fünfundsechzig, also müssen wir fünfundzwanzig Jahre warten, bis wir das rausfinden.« Er stand auf. »Kann ich dich zum Krankenhaus bringen?«

»Nein, danke. Ich will es noch eine Woche genießen, dass wir eine Familie mit zwei Autos sind.«

Simon lachte, küsste seine Frau und fuhr zu seiner Verabredung mit dem Chief Whip ins Unterhaus. Als er den Wagen startete, kam Elizabeth angelaufen. »Ich vergaß, dir zu sagen, dass Ronnie anrief, während du im Bad warst.«

»Ich rufe ihn vom Unterhaus aus an.« Als er am Cheyne Walk vorbeifuhr, wurde ihm ganz flau bei der Vorstellung, was Andrew Fraser gerade durchmachte. Er nahm sich vor, ihm sofort zu schreiben. Der Polizist vor dem Unterhaus salutierte, als er ankam. »Guten Morgen, Sir.«

»Guten Morgen«, erwiderte Simon, parkte das Auto auf der zweiten Ebene der neuen Tiefgarage und nahm den Lift zum Eingang für Mitglieder. Vor zehn Jahren hätte ich die Treppe genommen, dachte er. Er durchquerte die Garderobe und ging über die Marmortreppe zur Mitgliederlobby. Aus Gewohnheit wandte er sich nach links, um nach der Post zu sehen.

»Mr. Kerslake«, sagte ein Mann hinter dem Schalter ins Haustelefon, und einen Moment später fielen ein Paket und ein Stoß Briefe in einen Korb. Simon ließ das Paket mit dem Absender »London School of Economics« und die Briefe auf dem Schreibtisch in seinem Büro liegen und sah auf die Uhr. Noch vierzig Minuten bis zu seinem Termin. Er ging zum nächsten Telefon und rief Nethercote an. Ronnie ging selbst dran.

»Habe letzten Freitag die Telefonistin entlassen«, erklärte er. »Jetzt bin ich mit meiner Sekretärin allein.«

»Sie haben angerufen, Ronnie.« Ein Funken Hoffnung schwang in Simons Stimme.

»Ja, ich wollte Ihnen nur sagen, dass ich mit Ihnen fühle. Ich wollte Ihnen schreiben, aber ich bin nicht gut mit Worten.« Er machte eine Pause. Dann: »Und offenbar auch nicht mit Zahlen. Ich wollte nur sagen, wie schrecklich leid es mir tut. Elizabeth sagte mir, dass Sie heute mit dem Chief Whip sprechen. Ich werde an Sie denken.«

»Das ist nett, Ronnie, aber ich wusste ja, worauf ich mich eingelassen habe. Als Verteidiger der freien Wirtschaft darf ich mich nicht beklagen, wenn ich eines ihrer Opfer werde.«

»Eine sehr philosophische Einstellung zu dieser frühen Tageszeit.«

»Und wie geht es bei Ihnen?«

»Der Konkursverwalter prüft die Bücher. Ich hoffe, wir können alle Gläubiger auszahlen. Damit vermeiden wir wenigstens das Stigma eines Bankrotts.« Er schwieg. »O Gott, wie taktlos von mir.«

»Machen Sie sich keine Sorgen, Ronnie. Die Kreditüberziehung war meine Idee.«

Simon wünschte, er wäre seiner Frau gegenüber genauso ehrlich gewesen.

»Gehen wir nächste Woche zusammen essen?«

»Ja, aber irgendwohin, wo man Essensgutscheine annimmt«, sagte Simon trocken.

»Viel Glück, Kumpel«, waren Ronnies letzte Worte.

Die verbleibende halbe Stunde verbrachte Simon in der Bibliothek und sah die Morgenzeitungen durch. Er setzte sich in eine Ecke neben dem Kamin; über ihm hing ein Hinweis mit der Bitte, keine zu lauten oder lang anhaltende Gespräche zu führen. Alle Zeitungen brachten Bilder von Andrew Fraser, seinem Sohn und seiner Frau. Das Bild des fünfjährigen Robert war fast auf jeder Titelseite. Elizabeth hatte recht: Es gab schlimmere Schicksale.

Auf den Finanzseiten wurde in allen Details über den wahrscheinlichen Zusammenbruch von Nethercote and Co. berichtet. Beiläufig wurde Ronnies Absicht wiedergegeben, alle Gläubiger voll auszuzahlen. Kein Artikel erwähnte Simons Namen, aber im Geist sah er schon die Schlagzeilen der morgigen Zeitungen vor sich – mit einem weiteren Bild eines jungen Parlamentariers und seiner glücklichen Familie. »Aufstieg und Fall des Simon Kerslake.« Mehr als zehn Jahre Arbeit schnell vergessen, binnen einer Woche würde kein Hahn mehr nach ihm krähen.

Die Zeiger der Bibliotheksuhr näherten sich der vollen Stunde. Wie ein alter Mann erhob sich Simon aus dem tiefen Ledersessel und trottete langsam zum Büro des Chief Whip.

Miss Norse, die ältliche Sekretärin, lächelte gütig, als er eintrat.

»Guten Morgen, Mr. Kerslake«, sagte sie freundlich. »Der Boss unterhält sich noch mit Mrs. Thatcher, aber ich habe ihn an Ihre Verabredung erinnert, es wird nicht mehr lang dauern. Wollen Sie sich setzen?«

»Danke.«

Alec Pimkin behauptete immer, Miss Norse habe für jede Gelegenheit eine Redensart parat. Mit seiner Imitation von »Ich hoffe, Sie sind bei robuster Gesundheit, Mr. Pimkin« hatte er die Kollegen im Speisesaal schon oft zum Lachen gebracht. Er muss übertrieben haben, dachte Simon.

»Ich hoffe, Sie sind bei robuster Gesundheit, Mr. Kerslake«, sagte Miss Norse, ohne von der Schreibmaschine aufzusehen. Simon unterdrückte ein Lachen.

»Sehr robust, danke«, antwortete er und überlegte, wie viele tragische Geschichten von versäumten Gelegenheiten Miss Norse im Lauf der Jahre schon gehört hatte. Plötzlich sah sie auf ihren Notizblock. »Ich hätte es Ihnen sofort sagen sollen, ein Mr. Nethercote hat angerufen.«

»Danke, ich habe schon mit ihm gesprochen.«

Simon blätterte in einer alten Nummer des *Punch,* als der Chief Whip hereinkam.

»Ich kann eine Minute erübrigen, Simon, eineinhalb, falls Sie zurücktreten.« Er lachte und ging auf sein Büro zu. Simon folgte ihm über den langen Korridor, als Miss Norses Telefon klingelte. »Es ist für Sie, Mr. Kerslake«, rief sie ihnen nach.

Simon drehte sich um und bat: »Können Sie die Nummer notieren?«

»Er meint, es sei sehr dringend.«

Simon zögerte. »Ich bin in einer Sekunde bei Ihnen«, sagte er zum Chief Whip, der in seinem Büro verschwand. Simon nahm ihr den Hörer aus der Hand.

»Hier Kerslake. Wer spricht da?«

»Hier Ronnie.«

»Ronnie«, wiederholte Simon ausdruckslos.

»Morgan Grenfell hat mich gerade angerufen. Einer ihrer Klienten bot 1,25 Pfund pro Aktie für die Firma. Sie sind auch bereit, die laufenden Verpflichtungen zu übernehmen.«

Simon versuchte sich im Kopfrechnen.

»Rechnen Sie nicht«, sagte Ronnie, »bei 1,25 Pfund wären Ihre Anteile 75.000 Pfund wert.«

»Das ist nicht genug.« Simon dachte an die 108.712 Pfund.

»Keine Panik. Ich habe geantwortet 1,50 Pfund sei das Minimum, und zwar innerhalb einer Woche. Das gibt ihnen genügend Zeit, die Bücher zu prüfen. Damit hätten Sie 90.000 Pfund. Mit den fehlenden 18.000 Pfund müssen Sie lernen zu leben. Wenn Sie Ihre Frau und das zweite Auto verkaufen, könnten Sie es knapp überstehen.«

Simon entnahm Ronnies Tonfall, dass er schon eine Zigarre im Mund hatte.

»Sie sind ein Genie.«

»Nicht ich – Morgan Grenfell. Und ich wette, die werden auf lange Sicht einen hübschen Gewinn machen für ihren ungenannten Kunden, der über Insiderinformationen zu verfügen scheint. Wenn Sie immer noch Lust auf einen Lunch nächsten Dienstag haben, brauchen Sie keinen Gutschein mitzubringen. Ich lade Sie ein.«

Simon legte auf und küsste Miss Norse auf die Stirn. Diese Situation, für die sie keine passende Redensart parat hatte, brachte sie völlig aus der Fassung. Sie schwieg auch, als der Chief Whip hereinschaute. »Eine Orgie im Büro des Chief Whip? Sie sind demnächst auf Seite drei der *Sun*, Miss Norse.« Simon lachte. »Ich habe Schwierigkeiten mit der Abstimmung heute Abend. Die Regierung hält unsere Partnervereinbarung nicht ein, und ich muss rechtzeitig zur Zehnuhrabstimmung eine Delegation aus Brüssel herschaffen. Was immer es ist: Kann es warten, Simon?«

»Ja, natürlich.«

»Würden Sie bitte in mein Büro kommen, Miss Norse, falls Sie sich von 007-Kerslake losreißen können?«

Simon hüpfte fast zum nächsten Telefon. Zuerst rief er Elizabeth an, dann Archie Millburn. Archie klang nicht sonderlich überrascht.

»Meinst du nicht, es wäre klüger, wenn wir uns nicht mehr sehen?«

»Warum?«, fragte Raymond. »Palmerston hatte noch mit siebzig eine Geliebte und schlug Disraeli trotzdem bei der Wahl.«

»Ja, aber damals gab es keinen Investigativjournalismus. Leute wie Woodward oder Bernstein würden unser kleines Geheimnis in ein paar Stunden herausfinden.«

»Nein, uns kann nichts passieren. Ich habe alle Tonbänder vernichtet.«

»Sei bitte ernst.«

»Du sagst doch immer, ich wäre viel zu ernst.«

»Jetzt sollst du aber ernst bleiben, bitte.«

Raymond sah Kate an. »Ich liebe dich, Kate, und werde dich immer lieben. Warum geben wir diese Geheimnistuerei nicht auf und heiraten?«

Sie seufzte. »Das haben wir schon hundertmal besprochen. Früher oder später möchte ich nach Amerika zurück, und außerdem wäre ich als Frau eines Premierministers gänzlich ungeeignet.«

»Drei Amerikanerinnen haben es geschafft«, widersprach Raymond trotzig.

»Zum Teufel mit deinen Geschichtskenntnissen, und außerdem hasse ich Leeds.«

»Du warst noch nie dort.«

»Will ich auch nicht, wenn es kälter ist als London.«

»Dann musst du dich damit begnügen, meine Geliebte zu sein.« Raymond nahm Kate in die Arme. »Weißt du, früher dachte ich immer, Premier zu werden, sei jedes Opfer wert. Jetzt bin ich nicht mehr so sicher.«

»Es ist jedes Opfer wert«, erwiderte Kate, »das wirst du feststellen, wenn du in No. 10 lebst. Komm jetzt, oder mein Essen brennt an.«

»Die hast du gar nicht bemerkt«, sagte Raymond stolz und wies auf seine Füße.

Kate starrte die neuen modischen Slipper an.

»Ich habe nicht geglaubt, dass ich diesen Tag mal erlebe«, meinte sie. »Schade, dass du bald eine Glatze haben wirst.«

Als Simon nach Hause kam, waren seine ersten Worte: »Wir werden überleben.«

»Gott sei Dank«, sagte Elizabeth. »Aber was hast du wegen deines Rücktrittsschreibens unternommen?«

»Archie meinte, er gibt es mir an dem Tag zurück, an dem ich Premierminister bin.«

»Sollte das je der Fall sein, musst du mir eins versprechen.«

»Was immer du willst.«

»Du wirst nie mehr mit Ronnie Nethercote reden.«

Simon zögerte kurz. »Das wäre nicht fair, Elizabeth, denn ich war von Anfang an nicht ganz ehrlich zu dir.« Er setzte sich zu seiner Frau aufs Sofa und beichtete ihr die ganze Wahrheit.

Jetzt fehlten Elizabeth die Worte.

»Mein Gott, ich hoffe, dass Ronnie mir verzeihen wird.« Sie sah zu ihrem Mann auf.

»Wovon sprichst du?«

»Kurz nachdem du zum Parlament gefahren bist, rief ich ihn an und erklärte ihm zehn Minuten lang, dass er der größte Gauner wäre, den ich kenne, und dass ich nie wieder etwas von ihm hören möchte.«

Jetzt war Simon verstört. »Was hat er geantwortet?«

Elizabeth sah Simon an. »Das Merkwürdige ist, dass er nicht einmal protestierte. Er entschuldigte sich nur.«

»Meinst du, dass sie jemals wieder sprechen wird?«

»Das weiß Gott allein. Ich hoffe es«, sagte Andrews Vater und betrachtete das Bild seines Enkels auf dem Kaminsims. »Sie ist jung genug, um noch ein Kind zu bekommen.«

Andrew schüttelte den Kopf. »Nein, das ist unmöglich. Die Ärztin hat mich vor langer Zeit gewarnt, dass es gefährlich für sie sein könnte.«

Zehn Tage nach dem Unglück wurde Andrew aus der Klinik entlassen. Gemeinsam mit Louise ging er zu Roberts Begräbnis. Da er noch Krücken brauchte, musste Sir Duncan Louise während des kurzen Gottesdienstes stützen. Anschließend brachte Andrew seine Frau nach Hause und zu Bett, während seine Eltern im Wohnzimmer warteten.

Andrews Mutter senkte den Kopf. »Was immer geschieht, ihr müsst so schnell wie möglich umziehen. Jedes Mal, wenn Louise aus dem Küchenfenster sieht, wird sie die Tragödie wieder erleben.«

»Daran hatte ich nicht gedacht«, sagte Andrew. »Ich werde mich sofort nach einem anderen Haus umsehen.«

»Und was willst du dem Premierminister antworten?«, erkundigte sich Sir Duncan.

»Ich habe mich noch nicht entschieden. Er hat mir Zeit bis Montag gegeben.«

»Du musst annehmen, Andrew, sonst ist deine politische Karriere zu Ende. Du kannst nicht zu Hause sitzen und den Rest deines Lebens um Robert trauern.«

Andrew sah seinen Vater an. »Kein Tor, Dad, kein Tor«, murmelte er und verließ die Eltern, um wieder zu Louise zu gehen. Sie lag mit offenen Augen und ausdruckslosem Gesicht im Bett. »Fühlst du dich ein bisschen besser, mein Liebes?«, fragte er.

Keine Antwort.

Er zog sich aus, legte sich zu ihr und zog sie an sich, doch sie reagierte nicht. Sie war weit weg. Er sah seine Tränen auf ihre Schultern fallen und auf das Kissen tropfen. Er schlief ein und wachte gegen drei Uhr wieder auf. Niemand hatte die Vorhänge zugezogen, der Mond schien durch das Fenster und erhellte den Raum. Er sah seine Frau an. Sie hatte sich nicht bewegt.

Ärgerlich ging Charles im Zimmer auf und ab.

»Nennen Sie mir nochmals die Zahlen.«

»Nethercote hat ein Angebot von sieben Millionen fünfhunderttausend Pfund akzeptiert, das sind 1,50 Pfund pro Aktie«, sagte Clive Reynolds.

Charles schrieb die Zahlen auf ein Blatt. Neunzigtausend Pfund, achtzehntausend zu wenig. Das reicht nicht, dachte er. »Verdammt.«

»Eben«, sagte Reynolds, »ich fand immer, dass wir unsere Beteiligung verfrüht aufgegeben haben.«

»Eine Meinung, die Sie außerhalb dieses Zimmers nie äußern werden«, erwiderte Charles.

Clive Reynolds antwortete nicht.

»Was ist mit Nethercote selbst geschehen?«, fragte Charles, begierig, etwas über Simon Kerslake herauszufinden.

»Man sagt, dass er in kleinerem Rahmen wieder anfangen will. Morgan Grenfell war überaus zufrieden mit dem Geschäft und mit der Art, wie er das Unternehmen während der Übergabe führte. Ich muss sagen, wir haben es den anderen in den Schoß fallen lassen.«

»Können wir Anteile an der neuen Gesellschaft erwerben?«, fragte Charles, den Kommentar ignorierend.

»Kaum. Das Kapital beträgt nur eine Million, obwohl Morgan Grenfell Nethercote als Teil der Vereinbarung einen großen Kreditrahmen einräumt.«

»Dann bleibt nichts anderes übrig, als die Sache nie mehr zu erwähnen.«

Das Wochenende verbrachte Andrew damit, die Kondolenzbriefe zu lesen. Es waren mehr als tausend, viele von Leuten, die er gar nicht kannte. Er wählte ein paar aus, um sie Louise vorzulesen, obwohl er nicht sicher war, ob sie ihn überhaupt hörte. Der Arzt hatte angeordnet, sie dürfe nur gestört werden, wenn es unbedingt notwendig war. Sie leide nach dem schweren Schock an einer akuten Depression und müsse langsam gesund gepflegt werden. Am Vortag war Louise zwar ein paar Schritte gegangen, müsse heute aber wieder ruhen, hatte ihm der Arzt erklärt.

Er saß neben dem Bett und las leise die Briefe des Premierministers und des reuigen McPherson vor, von Simon Kerslake, Raymond Gould und Mrs. Bloxham. Nichts ließ darauf schließen, dass Louise irgendetwas davon zur Kenntnis genommen hatte.

»Was soll ich mit dem Angebot des Premiers tun?«, fragte er. »Soll ich annehmen?«

Sie erwiderte nichts.

»Er fordert mich auf, Staatsminister für Verteidigung zu werden, aber ich muss wissen, was du dazu meinst.« Er blieb noch eine Weile bei ihr sitzen, ohne eine Antwort auf seine Frage zu erhalten, dann ließ er sie allein.

Jede Nacht schlief er bei ihr und ließ sie seine Liebe spüren, fühlte sich aber nur noch einsamer.

Am Montagfrüh rief er seinen Vater an, um ihm mitzuteilen, dass er das Angebot des Premiers ablehnen werde. Er konnte Louise in dieser Verfassung nicht längere Zeit allein lassen.

Wieder ging er ins Schlafzimmer zurück und setzte sich zu ihr. Flüsternd, wie zu sich selbst, sagte er: »Hätte ich doch annehmen sollen?«

Louise nickte so schwach, dass Andrew es fast nicht bemerkt hätte, doch ihre Finger bewegten sich. Er schob seine Hand zwischen ihre Finger, und sie drückte sie ein bisschen und wiederholte das Nicken. Dann schlief sie ein.

Andrew rief sofort den Premierminister an.

Raymond griff tiefer in die rote Schatulle.

»Macht es dir Spaß, Karottenkopf?«

»Es ist faszinierend«, begann Raymond. »Weißt du …«

»Nein, ich weiß nichts. In den letzten drei Stunden hast du kaum mit mir gesprochen, und wenn, dann nur, um mir zu erzählen, wie du den Tag mit deiner neuen Liebschaft verbracht hast.«

»Meiner neuen Liebschaft?«

»Dem Staatssekretär im Handelsministerium.«

»Ach, den meinst du.«

»Ja, den.«

»Und wie war es bei dir in der Bank?«, fragte Raymond, ohne aufzusehen.

»Faszinierend«, erwiderte Kate.

»Was war los?«

»Eine unserer Kundinnen wollte einen Kredit.«

»Einen Kredit«, wiederholte Raymond, immer noch auf seine Papiere konzentriert. »Wie hoch?«

»›Wie viel wollen Sie?‹, fragte ich. ›Wie viel haben Sie?‹, fragte sie zurück. ›Vierhundertsiebzehn Milliarden bei der letzten Zählung‹, sagte ich. ›Das genügt für den Anfang‹, meinte sie. ›Unterschreiben Sie hier‹, sagte ich. Aber ich konnte das Geschäft nicht abschließen, weil die Dame nur eine Fünfzigpfundbankkarte besaß.«

Raymond lachte schallend und schloss die rote Schatulle. »Weißt du, warum ich dich liebe?«

»Wegen meines Geschmacks bei Herrenkleidung?«

»Nein. Nur wegen deines Geschmacks bei Männern.«

»Ich dachte immer, eine Geliebte kriegt Pelzmäntel, Reisen

auf die Bahamas, diesen komischen Solitär … aber ich kriege nichts, außer, dich mit der Red Box zu teilen.«

Raymond öffnete die Schatulle noch einmal und reichte Kate ein kleines Päckchen.

»Was ist das?«

»Mach es auf und sieh nach.«

Kate entfernte das Papier und fand eine exquisit gearbeitete Miniatur, die Nachbildung einer Red Box aus Gold an einer Goldkette. Auf dem Deckel stand »*For your eyes only*«.

»Obwohl die Geburtstage der Geliebten von Ministern nicht in der *Sunday Times* stehen, weiß ich immer noch den Tag, an dem wir uns kennengelernt haben.«

Andrew nahm das Haus in Pelham Crescent sofort nach der Besichtigung, und seine Mutter kam nach London, um den Umzug zu organisieren.

»Hoffen wir, dass es etwas nützt«, sagte sie.

Andrew betete für nichts anderes. Die Übersiedlung dauerte etwa zwei Wochen; Louise konnte noch immer kaum gehen und musste sich nach ein paar Schritten hinsetzen. Louises Mutter verließ kaum das Haus, und Andrew hatte ein schlechtes Gewissen, weil ihm seine neue Stellung im Verteidigungsministerium so viel Spaß machte. Jeden Abend und jeden Morgen versuchte er, ein paar Worte mit Louise zu wechseln. Gelegentlich nickte sie, ab und zu berührte sie seine Hand und schrieb ihm sogar dann und wann ein paar Zeilen. Aber sie sprach nie und weinte nie. Der Arzt wurde immer pessimistischer. »Die entscheidende Frist ist um«, sagte er.

Stundenlang saß Andrew bei ihr, mit seiner Red Box beschäftigt. Harrier Jump Jets für die Royal Air Force, Polaris-

Raketen für die Royal Navy, Panzer für die Armee, was meinte Labour zu den Tridents, wenn die Polaris eingezogen wurden? Sollte man Marschflugkörper auf britischem Boden erlauben? Es gab so viel zu lernen, bevor er seinen Beamten oder den Rednern im Unterhaus gegenübertreten konnte. Monatelang stellte Andrew nur Fragen; nach einem Jahr kannte er einige der Antworten.

Wieder sah er seine Frau an. Sie starrte auf Roberts Bild auf dem Kaminsims.

Am sechsten Geburtstag seines Sohnes blieb Andrew den ganzen Tag zu Hause. Zum ersten Mal standen Tränen in Louises Augen. Als er sie in den Armen hielt, dachte er an den Tankwagen. Jetzt konnte er ihn so genau sehen, als nähere er sich im Zeitlupentempo. Wenn nur das Telefon nicht geklingelt hätte, wenn nur das Gartentor geschlossen gewesen wäre, wenn er sich früher umgedreht hätte, wenn er ein bisschen schneller gelaufen wäre. »Kein Tor, Dad, kein Tor.«

21

Als Raymond in Washington ankam, war die Stadt festlich geschmückt. Die Straßen erstrahlten in Rot, Weiß, Blau: Die Vereinigten Staaten feierten ihren zweihundertsten Geburtstag. Raymond Gould gehörte zu den drei Ministern, die das Vereinigte Königreich vertraten, um dem amerikanischen Kongress ein Exemplar der Magna Charta zu überreichen. Er machte seinen ersten Besuch in den Vereinigten Staaten mit der Concorde, die kurz vorher ihren Jungfernflug absolviert hatte. Tom Carson hatte sich zwar vor dem Unterhaus über die hohen Reisekosten beklagt, sein Protest war jedoch auf taube Ohren gestoßen.

Als die Concorde auf dem Dulles Airport landete, fuhren drei Limousinen vor. Die Minister stiegen ein. Flankiert von einer Motorradeskorte erreichten sie knapp eine halbe Stunde später die britische Botschaft.

Raymond verliebte sich Hals über Kopf in Amerika, vielleicht, weil es ihn in seinem überschäumenden Enthusiasmus und Willen zu beständiger Innovation so stark an Kate erinnerte. Während seines zehntägigen Aufenthalts gelang es ihm, einige wertvolle Kontakte zu Senat und Repräsentantenhaus herzustellen, und am Wochenende verwandelte er sich in einen gewöhnlichen Touristen, der die Schönheit von Virginia genoss. Er konzentrierte sich darauf, diejenigen seiner Altersgenossen kennenzulernen, die voraussichtlich in den nächsten zwanzig Jahren die politische Bühne Amerikas beherrschen würden, während seine beiden älteren Kollegen zumeist mit Präsident Ford und dessen engsten Vertrauten zu tun hatten.

Jeden Tag mit der *Washington Post* und der *New York Times* zu beginnen war für Raymond ein Genuss. Wenn er beide Zeitungen gelesen hatte, musste er sich die Druckerschwärze von den Händen waschen. Eine Seite der *Washington Post* mit den Profilen der drei Minister aus London bewahrte er auf. Er wollte Kate den Absatz zeigen, in dem es hieß: »Die beiden Staatssekretäre sind interessante Männer am Ende ihrer Karriere, Raymond Gould dagegen muss man im Auge behalten, denn er sieht aus wie ein künftiger Premier.«

Als Raymond nach London zurückflog, nahm er wie jeder Liebende an, seine Affäre mit Amerika fortsetzen zu können, wann immer er Lust dazu hatte.

Simon hielt sich als Gast der Business School in Manchester auf, als ihn Elizabeths Nachricht erreichte. Dass sie untertags anrief, war ungewöhnlich, und Simon befürchtete das Schlimmste: Den Kindern musste etwas zugestoßen sein. Der Direktor der Business School führte ihn in sein Privatbüro und ließ ihn allein.

Dr. Kerslake sei nicht im Krankenhaus, hieß es, was Simon noch unruhiger machte. Er rief zu Hause an. Elizabeth nahm so schnell ab, dass sie, auf seinen Rückruf wartend, neben dem Telefon gesessen haben musste.

»Ich bin entlassen worden«, sagte sie.

»Was?« Simon konnte es nicht glauben.

»Ich bin überflüssig. Sagt man das nicht so, um den Schock zu mildern? Das Gesundheitsministerium hat die Krankenhausverwaltung angewiesen, Einsparungen vorzunehmen.

Drei von uns in der Gynäkologie haben ihre Stelle verloren. Ende des Monats gehe ich.«

»Liebling, es tut mir so leid.« Er wusste, wie unzulänglich das klang.

»Ich wollte dich nicht stören, aber ich wollte einfach mit jemandem reden. Jeder andere darf sich bei seinem Abgeordneten beschweren. Ich dachte, jetzt bin ich mal an der Reihe damit.«

»Üblicherweise gebe ich unter solchen Umständen der Labour-Partei die Schuld.« Simon war erleichtert, Elizabeth lachen zu hören.

»Danke, dass du so schnell zurückgerufen hast, Liebster. Bis morgen.« Sie legte auf.

Simon kehrte zu seiner Gruppe zurück und erklärte, dass er sofort nach London zurückmüsse. Er fuhr mit dem Taxi zum Flughafen und war drei Stunden später zu Hause in der Beaufort Street.

»Ich wollte nicht, dass du heimkommst«, sagte Elizabeth zerknirscht, als sie ihn auf der Schwelle stehen sah.

»Ich kam, um zu feiern«, sagte Simon. »Lass uns den Champagner aufmachen, den uns Ronnie nach dem Abschluss mit Morgan Grenfell geschickt hat.«

»Warum?«

»Weil mir Ronnie eines beigebracht hat: Man sollte immer die Katastrophen feiern, nicht die Erfolge.«

Simon hängte seinen Mantel auf und holte den Champagner. Als er mit der Flasche und zwei Gläsern zurückkam, fragte Elizabeth: »Wie steht es mit deiner Überziehung?«

»Ungefähr sechzehntausend Pfund.«

»Nun, das ist das zweite Problem. Künftig steuere ich kein Geld bei, sondern brauche es nur.«

»Sei nicht albern. Irgendjemand wird dich bestimmt haben wollen.« Er umarmte seine Frau.

»Das wird nicht so einfach.«

»Weshalb nicht?« Simon versuchte, optimistisch zu klingen.

»Weil man mir bereits gesagt hat, ich müsse mich entscheiden, ob ich Ärztin sein will oder die Frau eines Politikers.«

Simon war sprachlos. »Davon hatte ich keine Ahnung. Das tut mir schrecklich leid.«

»Es war meine Entscheidung, Liebster, aber wenn ich bei der Medizin bleiben will, muss ich bestimmte Entscheidungen treffen, vor allem, wenn du Minister wirst.«

Simon schwieg. Elizabeth musste diese Entscheidung selbst treffen, das war immer sein Wunsch gewesen, und er wollte sie unter keinen Umständen beeinflussen.

»Wenn wir nur nicht so knapp bei Kasse wären.«

»Mach dir keine Sorgen wegen des Geldes«, sagte Simon.

»Natürlich mache ich mir Sorgen, aber vielleicht ist es nur eine Ausrede, denn ich bin eher besorgt, mich zu langweilen, wenn die Kinder mal groß sind. Ich bin einfach nicht geschaffen für die Frau eines Politikers. Du hättest jemanden wie Fiona Seymour heiraten sollen, dann wärst du schon Premierminister.«

»Wenn das der einzige Weg ist, bleibe ich lieber bei dir«, erwiderte Simon und nahm sie in die Arme. Er musste daran denken, wie sehr sie ihn in all den Jahren unterstützt hatte, vor allem seit seiner finanziellen Krise. Er wusste genau, was Elizabeth tun musste.

»Du darfst nicht aufgeben. Du musst weiterhin Ärztin bleiben. Das ist genauso wichtig wie für mich das Ministeramt. Soll ich mit Gerry Vaughan reden? Als Schattensprecher des Gesundheitsministeriums …«

»Nein, Simon. Wenn ich eine Stelle bekomme, dann ohne fremde Hilfe und Gefälligkeiten.«

Louise konnte jetzt wieder allein bleiben und führte fast ein normales Leben, sprach jedoch noch immer kein Wort. Sie schien ganz zufrieden in ihrer eigenen Welt, und der Arzt willigte ein, dass sie keine Pflegerin mehr brauche.

Andrew beschloss, eine Woche Urlaub mit ihr zu machen. Er wollte wieder nach Südfrankreich ins Hotel Colombe d'Or. Der Arzt riet ab. Jede Erinnerung an die Vergangenheit könnte einen Rückfall auslösen.

»Alles Humbug«, beklagte sich Andrew, fuhr aber trotzdem nicht nach Frankreich, sondern nach Venedig. Louises Freude an der schönen alten Stadt machte ihn glücklich. Ihre Augen leuchteten beim Anblick von Torcello, und die Gondelfahrt durch die kleinen Kanäle, vorbei an den herrlichen Palazzi, genoss sie offensichtlich. Immer wieder drückte sie seine Hand. Als sie auf dem Markusplatz einen Drink nahmen, senkte sie den Kopf und lauschte der Musik. Andrew war jetzt sicher, dass sie alles hörte, was er zu ihr sagte. In der Nacht vor dem Rückflug wachte er auf und sah, dass Louise einen Führer von Venedig las, den er neben dem Bett hatte liegen lassen. Es war das erste Mal seit dem Unglück, dass sie ein Buch öffnete. Als er lächelte, erwiderte sie sein Lächeln. Er lachte, weil er sie lachen hören wollte.

Am Montag kehrte Andrew ins Verteidigungsministerium zurück. Er fand ein Schreiben des Finanzministers vor, der von allen Ministerien Etatschätzungen verlangte. Andrew kämpfte um die Polaris-Raketen, nachdem der Generalstab ihn von deren Bedeutung für die Landesverteidigung überzeugt hatte. Von seinen Kollegen im Unterhaus wurde er allerdings pausenlos daran erinnert, dass es die Politik der Partei sei, »Kriegsspielzeuge« loszuwerden.

Als der Staatssekretär aus dem Kabinett zurückkam, sagte er zu Andrew: »Wir haben uns durchgesetzt. Das Kabinett beugt sich unseren Argumenten. Aber eines kann ich dir versprechen: Beim diesjährigen Parteitag wirst du nicht der Sonnyboy sein.«

»Wenigstens werden sie diesmal von meiner Anwesenheit Notiz nehmen«, erwiderte Andrew.

Er atmete erleichtert auf, und der Generalstab war entzückt, doch eine Woche später ging die gleiche Debatte in seinem eigenen Parteiausschuss in Edinburgh anders aus. In seiner Abwesenheit wurde eine Resolution angenommen, die den Kabinettsbeschluss bedauerte und von den zuständigen Ministern verlangte, ihre Entscheidung zu revidieren. Andrews Name wurde zwar nicht genannt, aber jeder wusste, wer gemeint war. Dass Tom Carson im Unterhaus eine flammende Rede hielt und behauptete, Andrew hätte sich vom Generalstab einschüchtern lassen und sei eine Polaris-Marionette, machte die Sache nicht besser.

Im vergangenen Jahr war Andrew seltener nach Edinburgh gefahren, weil ihn Louises Zustand und das Verteidigungsministerium in London festgehalten hatten. In dieser Zeit waren drei Leute seines Parteiausschusses durch eine neue Gruppe ersetzt worden, die von Frank Boyle angeführt wurde und sich *Militant Tendency* nannte. Aber nicht nur Edinburgh Carlton war mit dem Problem einer trotzkistischen militanten Linken konfrontiert, wie Andrew erfuhr. Einige seiner eher rechts stehenden Kollegen hatte man schon ersetzt, und Andrew war sich bewusst, dass er, sollten die Radikalen in seinem Parteiausschuss die Mehrheit erhalten, fallen gelassen werden konnte, ganz gleich, ob er sich in der Vergangenheit bewährt hatte oder nicht.

Wann immer Andrew in Edinburgh war, versicherten ihn die Bürger ihrer vollen Unterstützung und ihres Vertrauens, doch er wusste, dass eine Handvoll Stimmen genügte, um ihn abzulösen. Was würde geschehen, wenn noch viele weitere Abgeordnete mit dem gleichen Problem zu kämpfen hatten wie er in Edinburgh?

»Dad, kann ich einen neuen Kricketschläger kriegen, bitte?«

»Was passt dir nicht an deinem alten?«, fragte Simon, als sie das Haus verließen.

»Er ist zu klein«, sagte Peter und schwang den Schläger herum, als sei er eine Verlängerung seines Arms.

»Ich kann dir nicht helfen, es gibt keinen neuen.«

»Aber Martin Henderson hat einen neuen gekriegt.«

»Tut mir leid, Peter, aber Martins Vater hat mehr Geld als wir.«

»Eins kann ich dir sagen«, erklärte Peter überzeugt. »Wenn ich groß bin, werde ich bestimmt kein Parlamentarier.« Simon lächelte, während sein Sohn einen alten Kricketschläger aus der Tasche zog und ihn seinem Vater zuwarf. »Jedenfalls wette ich, dass du mich nicht besiegst, obwohl ich nur einen kleinen Schläger habe.«

»Vergiss nicht, wir haben immer noch die kleinen Tore vom letzten Jahr«, sagte Simon, »es wird also genauso schwer, sie zu treffen.«

»Keine Ausreden, Dad. Gib doch zu, dass du nicht mehr in Form bist.«

Simon lachte laut. »Abwarten«, erwiderte er mit mehr Angeberei als Überzeugung. Simon spielte immer gern ein paar

Runden mit seinem dreizehnjährigen Sohn, obwohl Peter seine besten Schläge mit fast beängstigender Sicherheit ausführte. Es dauerte eine Weile, bevor Simon Peters Querstäbe abgeworfen hatte und seinerseits an die Torlinie ging.

Michael kam aus dem Haus aufs Spielfeld gelaufen, und Simon bemerkte, dass seine Jeans viel zu kurz waren und einmal Peter gehört hatten.

»Geh hinters Tor, Kleiner«, rief Peter seinem elfjährigen Bruder zu. »Dort landen die meisten Bälle.« Michael folgte.

Ein Kollege hatte Simon vor Kurzem gewarnt, dass einen die Söhne mit vierzehn schlugen und mit sechzehn hofften, nicht zu zeigen, dass sie sich kaum noch anstrengten. Simon biss die Zähne zusammen, als er sah, wie sein älterer Sohn den scharfen Ball präzis abwehrte. Wie die Dinge lagen, würde Peter ihn sehr bald besiegen.

Simon wehrte sich weitere fünf Minuten, bis ihn Elizabeth mit der Nachricht erlöste, das Essen sei fertig.

»Was? Schon wieder Hamburger mit Pommes?«, fragte Michael, als ihm seine Mutter den Teller hinstellte.

»Sei froh, dass du überhaupt etwas bekommst«, erwiderte Elizabeth ärgerlich.

Wieder einmal verfluchte sich Simon und wunderte sich, wie selten die anderen sich beklagten. Er schwieg und dachte daran, dass Elizabeth gestern das letzte Mal im Krankenhaus gearbeitet hatte und St. Mary's jetzt schon vermisste.

»Wie ist es euch allen ergangen?«, fragte sie fröhlich.

»Ich werde überleben«, erwiderte Simon und dachte an seine Kontoüberziehung.

Sobald der Finanzminister im November 1976 seinen Mini-Etat vorgestellt hatte, war das Unterhaus vollauf mit der langen Debatte über die Steuernovellen und die vorgeschlagenen Maßnahmen beschäftigt. Obwohl Charles nicht zum Finanzteam seiner Fraktion gehörte, war er überall dort, wo ihm sein breites Fachwissen zugutekam, der Wortführer der Hinterbänkler.

Gemeinsam mit Clive Reynolds ging er die neuen Gesetzesvorlagen akribisch durch, und sie fanden sieben für das Bankwesen ungünstige Klauseln. Reynolds erläuterte Charles jede einzelne Bestimmung, schlug Änderungen oder Neufassungen vor und plädierte gelegentlich dafür, ganze Absätze zu streichen. Charles lernte rasch und machte bald eigene Vorschläge, die Reynolds gefielen. Nachdem Charles dem Unterhaus die Änderung von drei Klauseln vorgeschlagen hatte, hörten die Vorderbänke beider Parteien respektvoll zu, wann immer er etwas zu sagen hatte. Als die Regierung bei einer Bankkredite betreffenden Bestimmung einlenken musste, erhielt er sogar einen schriftlichen Glückwunsch von Margaret Thatcher.

Die Klausel, an deren Streichung Charles am meisten interessiert war, betraf das Recht des Kunden auf Geheimhaltung, wenn er es mit einer Handelsbank zu tun hatte. Der Schattenfinanzminister, der wusste, wie kompetent Charles in diesem Bereich war, forderte ihn auf, Klausel 110 zu bekämpfen. Sollte es ihm gelingen, die Regierung in dieser Frage zu schlagen, würde man ihn wahrscheinlich vor den nächsten Wahlen ins Schattenteam für Finanzen einladen, vermutete Charles.

Am Donnerstagmorgen, an dem diese Bestimmung zur Sprache kommen sollte, ging Charles mit Reynolds nochmals seine Argumente durch. Reynolds schlug nur noch ein, zwei kleine Änderungen vor, dann fuhr Charles zum Unterhaus.

Bei seinem Eintreffen fand er die Nachricht vor, sofort den Schattenfinanzminister anzurufen.

»Die Regierung wird eine Neufassung der Liberalen annehmen, die gestern Abend eingereicht wurde«, sagte ihm der Schattenfinanzminister.

»Warum?«, fragte Charles.

»Sie wollen nur minimale Änderungen. Damit sind sie fein raus und haben sich gleichzeitig die Stimmen der Liberalen gesichert. Es wurde nichts Wesentliches verändert, aber du musst dir den Wortlaut genau vornehmen. Kann ich dir das überlassen?«

»Natürlich«, sagte Charles, erfreut über die Verantwortung, die man ihm übertrug.

Er ging zum Abstimmungsbüro und holte das Blatt mit Klausel 110 sowie die von den Liberalen vorgeschlagene Neufassung. Beides las er ein halbes Dutzend Mal durch, bevor er sich Notizen machte. Erfahrene Parlamentsberater hatten hier eine raffinierte Neufassung ausgearbeitet. Charles lief zum nächsten Telefon und rief Reynolds an. Er gab ihm die Neufassung durch und wartete.

»Gerissene Gauner. Es ist eine rein kosmetische Veränderung und wird die Regierung in keiner Weise beeinträchtigen. Kommen Sie in die Bank zurück? Das gäbe mir Zeit, die Sache zu überarbeiten.«

»Nein«, sagte Charles. »Haben Sie zu Mittag Zeit?«

Reynolds sah in seinen Terminkalender. Ein belgischer Bankier kam zum Lunch, aber den konnten auch seine Kollegen übernehmen. »Ja, ich habe Zeit.«

»Gut. Dann treffen wir uns doch gegen eins bei White's.«

»Gern. Bis dahin werde ich ein paar belastbare Alternativen ausgearbeitet haben.«

Charles verbrachte den Vormittag damit, seine Rede umzuschreiben, um den Argumenten der Liberalen zu widersprechen und sie vielleicht zu einer Überprüfung ihres Standpunkts bringen zu können. Noch war nichts verloren. Er las die Klausel noch einmal durch und war überzeugt, einen Ausweg gefunden zu haben, den die Beamten nicht blockieren konnten. Mit der Rede und der abgeänderten Klausel in der Tasche sprang er in ein wartendes Taxi.

Als es die St. James's Street entlangfuhr, glaubte er, auf der anderen Straßenseite seine Frau zu sehen. Er kurbelte das Fenster herunter, aber sie war bereits im *Prunier* verschwunden. Mit welcher ihrer Freundinnen sie wohl dort zu Mittag aß?

Das Taxi hielt vor White's. Charles war etwas zu früh und beschloss, zu *Prunier* zu gehen und Fiona zu fragen, ob sie ins Unterhaus kommen wolle, um seine Rede zu hören. Er blickte durch die Fensterscheibe in das Restaurant und erstarrte. Fiona unterhielt sich an der Bar mit einem Mann, dessen Rücken Charles zu erkennen glaubte, obwohl er nicht sicher war. Sie trug ein Kleid, das er nicht kannte. Ein Kellner kam und führte das Paar zu einem Ecktisch, wo man es nicht sehen konnte. Charles' erster Impuls war, hineinzumarschieren und die beiden zur Rede zu stellen. Doch er blieb draußen stehen, unendlich lang, wie ihm schien, und unschlüssig, was er tun sollte. Schließlich ging er über die Straße zum Eingang des *Economist*-Gebäudes, wo er sich verschiedene Pläne zurechtlegte. Am Ende beschloss er, einfach zu warten. Er war so überrumpelt und aufgebracht, dass er seine Verabredung mit Reynolds völlig vergaß.

Eine Stunde und zwanzig Minuten später verließ der Mann das *Prunier* allein und ging die St. James's Street hinauf.

Charles verspürte Erleichterung, bis er ihn zum St. James's Place einbiegen sah. Charles sah auf die Uhr. Reynolds wartete sicher nicht mehr, aber zur Debatte über die Bestimmung 110 würde er noch rechtzeitig kommen. Einige Minuten später trat Fiona aus dem Restaurant und folgte dem Mann. Charles überquerte die Straße; ein Taxifahrer musste ihm ausweichen und ein Motorradfahrer scharf abbremsen. Charles merkte nichts. Aus sicherer Distanz beschattete er seine Frau. Er sah, wie Fiona durch die Drehtür das Stafford Hotel betrat und zum Fahrstuhl ging.

Charles starrte auf die kleinen Zahlen über dem Fahrstuhl, bis die Vier aufleuchtete. Dann ging er zur Rezeption. »Kann ich etwas für Sie tun, Sir?«, fragte der Portier.

»Ist ... ist der Speisesaal im vierten Stock?«

»Nein, Sir«, erwiderte der Portier erstaunt. »Er befindet sich im Erdgeschoss. Im vierten Stock sind nur Zimmer.«

»Danke«, sagte Charles und verließ das Hotel.

Langsam ging er zum *Economist*-Gebäude zurück und wartete fast zwei Stunden, bis der Mann wieder aus dem Stafford-Hotel kam. Alexander Dalglish rief ein Taxi und verschwand in Richtung Piccadilly.

Zwanzig Minuten später trat Fiona aus dem Hotel und ging durch den Park, bevor sie den Weg zum Eaton Square einschlug. Dreimal musste Charles seinen Schritt verlangsamen, um nicht gesehen zu werden. Einmal war er Fiona so nahe, dass er ein zufriedenes Lächeln auf ihrem Gesicht zu sehen glaubte.

Er folgte seiner Frau fast durch den ganzen St. James's Park, als es ihm plötzlich wieder einfiel. Er sah auf die Uhr, rannte zur Straße zurück, warf sich in ein Taxi und rief: »Zum Unterhaus, so schnell Sie können.« Der Fahrer brauchte sieben Minuten, und Charles gab ihm zwei Pfund. Er raste die Treppe zur Mitgliederlobby hinauf und kam atemlos im Sitzungssaal an.

Gerade wandte sich der Vorsitzende des Finanzausschusses an das brechend volle Haus und las vor: »Bejaher zur Rechten: 294. Verneiner zur Linken: 293. Ja hat gewonnen. Ja hat gewonnen.«

Die Regierungsbänke jubelten, die Konservativen sahen ausgesprochen mürrisch drein. »Worüber wurde abgestimmt?«, fragte Charles, immer noch atemlos, den Aufsichtsbeamten.

»Klausel 110, Mr. Seymour.«

VIERTES BUCH

1977 – 1989

DAS KABINETT

22

Raymonds zweite Reise in die Staaten erfolgte im Auftrag des Staatssekretärs im Handelsministerium. Nachdem Großbritannien im November ein Kredit gewährt worden war, sollte er dem Internationalen Währungsfonds die Export-Import-Situation des Landes schildern. Seine Mitarbeiter gingen die vorbereitete Rede immer wieder mit ihm durch und betonten die Verantwortung, die man ihm übertragen hatte. Sogar das Privatbüro des Präsidenten der *Bank of England* wurde zurate gezogen.

»Endlich eine Chance, ein paar Leute außerhalb von Leeds zu beeindrucken«, versicherte ihm Kate.

Raymonds Rede war für Mittwochmorgen angesetzt. Er kam am Sonntag in Washington an und verbrachte die folgenden zwei Tage damit, den Problemen der Handelsminister anderer Staaten zuzuhören und sich an die schrecklichen Kopfhörer und die Stimme der Dolmetscherin zu gewöhnen. Die meisten führenden Industrienationen waren bei der Konferenz vertreten, und der britische Botschafter, Sir Peter Ramsbotham, versicherte Raymond bei einem Dinner in der Botschaft, hier biete sich eine echte Chance, die starrköpfigen Bankiers zu überzeugen, dass Großbritannien die Wirtschaft im Griff habe und ihre finanzielle Unterstützung verdiene.

Bald erkannte Raymond, dass es einer anderen Methode

bedurfte, eine solche Versammlung zu überzeugen. Hier konnte man sich nicht wie in Leeds auf eine Seifenkiste stellen und drauflosschreien, und es war auch anders als im Unterhaus. Er war froh, nicht gleich für den Eröffnungstag vorgesehen gewesen zu sein. Bei entspannten Mittagessen erneuerte er seine Kontakte zu Kongressabgeordneten und lernte einige neue kennen.

In der Nacht vor seiner Rede konnte Raymond kaum schlafen. Immer wieder probte er jeden entscheidenden Satz und wiederholte die Hauptpunkte, bis er sie fast auswendig kannte. Um drei Uhr früh ließ er das Redemanuskript zu Boden fallen und rief Kate an.

»Ich würde deine Rede bei der Konferenz so gern mit anhören«, sagte sie, »obwohl sie nicht viel anders sein wird als bei den dreißig Mal, die ich sie im Schlafzimmer gehört habe.«

Nachdem sie sich verabschiedet hatten, fiel er doch noch in tiefen Schlaf. Am frühen Morgen las er die Rede noch ein letztes Mal durch, dann fuhr er zum Konferenzzentrum.

Die ganze Arbeit und die langen Vorbereitungen zahlten sich aus. Als er zur letzten Seite kam, war sich Raymond zwar nicht ganz sicher, wie überzeugend er gewesen war, wusste jedoch, dass es die beste Rede war, die er je gehalten hatte. Als er aufsah, bestätigten ihm die lächelnden Gesichter um den ovalen Tisch, dass sein Beitrag wohlwollend aufgenommen worden war. Der Botschafter erklärte Raymond, dass in diesem Kreis Emotionsbekundungen nahezu unbekannt seien. Er war indes zuversichtlich, dass der IWF-Kredit erneuert würde.

Es folgten zwei weitere Reden, bevor man zum Lunch ging. Am Nachmittag verließ Raymond nach der Sitzung das Gebäude und genoss die klare Luft Washingtons. Er beschloss, zu Fuß in die Botschaft zu gehen. Das Erlebnis, eine internationale Konferenz beeindruckt zu haben, beschwingte ihn. Er kaufte eine Abendzeitung. In einem Bericht über die Konferenz wurde angedeutet, Raymond werde Englands nächster Labour-Finanzminister sein. Noch ein Tag, dann das offizielle Bankett, und am Wochenende würde er wieder zu Hause sein.

Die Wache vor der Botschaft überprüfte ihn sehr gründlich; an Minister, die zu Fuß und ohne Leibwache kamen, war man nicht gewöhnt. Endlich erlaubte man Raymond, die von Bäumen gesäumte Einfahrt hinaufzugehen, wo er sah, dass die britische Flagge auf halbmast stand. Welcher bedeutende Amerikaner war da gestorben?

»Was ist passiert?«, fragte er den Butler im Frack, der ihm die Tür öffnete.

»Der Außenminister, Sir.«

»Anthony Crossland? Ich wusste, dass er im Krankenhaus ist, aber ...«, sagte Raymond fast zu sich selbst. In der Botschaft ratterten die Fernschreiber und spuckten Nachrichten und verschlüsselte Mitteilungen aus. Ein paar Stunden verbrachte Raymond allein in seinem privaten Wohnzimmer, dann verließ er zum Entsetzen der Sicherheitsbeamten die Botschaft, um mit Senator Hart im Mayflower Hotel das Dinner einzunehmen.

Am nächsten Morgen um neun saß Raymond wieder am Konferenztisch und hörte dem französischen Handelsminister zu, der für eine weitere Kredithilfe plädierte. Raymond freute sich auf das offizielle Bankett im Weißen Haus, als Sir Peter Ramsbotham ihm auf die Schulter klopfte, einen Finger an die Lippen legte und ihm zu verstehen gab, dass er ihn sprechen müsse.

»Der Premier wünscht, dass Sie mit der Vormittags-Concorde zurückkehren. Sie haben eine Stunde Zeit bis zum Abflug. Nach der Ankunft sollen Sie sich sofort in die Downing Street begeben.«

»Worum geht es denn?«

»Keine Ahnung. Ich habe nur diese Weisung von No. 10 erhalten«, sagte der Botschafter.

Raymond kehrte an den Konferenztisch zurück, entschuldigte sich beim Vorsitzenden, verließ den Saal und wurde sofort zu dem wartenden Flugzeug gefahren. »Ihr Gepäck wird nachgeschickt«, versicherte man ihm.

Drei Stunden und vierzig Minuten später stand er um kurz nach halb acht auf britischem Boden. Der Steward ließ ihn als Ersten aussteigen, und ein neben der Maschine wartendes Auto brachte ihn in die Downing Street. Als er ankam, wollte der Premierminister, begleitet von einem älteren afrikanischen Staatsmann, der einen Fächer in der Hand trug, gerade zum Dinner.

»Willkommen zu Hause, Ray«, sagte der Premier. »Ich hätte dich gebeten, mit uns zu kommen, aber wie du siehst, führe ich den Präsidenten von Malawi aus. Gehen wir einen Moment in mein Arbeitszimmer.«

Kaum hatte Raymond sich gesetzt, kam Callaghan umgehend zur Sache. »Tonys tragischer Tod veranlasste mich, einige Änderungen vorzunehmen, die auch den Staatssekretär im Handelsministerium betreffen. Ich hoffe, du bist bereit, seinen Posten zu übernehmen.«

Raymond setzte sich bolzengerade auf. »Es wäre mir eine Ehre, Premier.«

»Gut. Du hast die Beförderung verdient, Ray. Wie ich höre, warst du auch in Amerika ausgezeichnet. Wir sind stolz auf dich.«

»Danke.«

»Du wirst mit sofortiger Wirkung in den Kronrat aufgenommen. Deine erste Kabinettssitzung findet morgen um zehn Uhr statt. Bitte entschuldige mich jetzt, ich kann Dr. Banda nicht länger warten lassen.«

Raymond blieb allein zurück und ging in die Halle.

Er wies den Fahrer an, ihn zu seiner Wohnung zu bringen. Alles, was er wollte, war, Kate die Neuigkeit zu berichten. Als er ankam, war die Wohnung leer. Dann fiel ihm ein, dass sie ihn erst am nächsten Tag erwartete. Er rief bei ihr zu Hause an und ließ es zwanzigmal klingeln, bis er sich damit abfand, dass sie nicht da war. »Verdammt«, sagte er laut, ging eine Weile hin und her und rief dann Joyce an. Auch dort nahm niemand ab.

Er ging in die Küche, um nachzusehen, was es im Kühlschrank gab: eine vertrocknete Speckscheibe, ein kleines Stück Käse, drei Eier. Er musste an das Bankett im Weißen Haus denken, das er verpasst hatte.

Dann setzte sich *The Right Honourable Raymond Gould QC, MP, Her Britannic Majesty's Principal Secretary of State for Trade* auf einen Küchenschemel, öffnete eine Büchse Bohnen, nahm eine Gabel und verschlang den Inhalt.

Charles schloss die Mappe. Jetzt, nach einem Monat, hatte er alle Beweise in der Hand. Albert Cruddick, der Privatdetektiv, den Charles aus dem Branchenverzeichnis herausgesucht hatte, war zwar teuer, aber diskret. Datum, Zeiten und Orte waren genau aufgelistet. Der einzige auftauchende Name war der von Alexander Dalglish, immer das gleiche Rendezvous, Lunch bei *Prunier*, dann das Stafford Hotel. Sie hatten Mr. Cruddick nicht überstrapaziert, er hatte es Charles aber immerhin erspart, ein- oder gar zweimal in der Woche stundenlang vor dem *Economist*-Gebäude zu stehen.

Irgendwie war es Charles gelungen, sich nicht zu verplappern. Er notierte, wann Fiona behauptete, den Wahlkreis zu besuchen. Dann rief er seinen Vertreter in Sussex Downs an, und seine Auskünfte bestätigten Mr. Cruddicks Befunde.

Charles versuchte, Fiona in dieser Zeit so wenig wie möglich zu begegnen, und erklärte ihr, die neuen Finanzgesetze nähmen ihn voll und ganz in Anspruch. Sein Vorwand war immerhin insofern keine komplette Lüge, als er unermüdlich an den noch zur Debatte stehenden Klauseln arbeitete, und als die verwässerte Vorlage endlich Gesetz wurde, hatte er das Missgeschick mit Klausel 110 mehr oder weniger wieder ausgebügelt.

Charles legte die Mappe auf den Tisch und wartete geduldig auf den Anruf. Er wusste genau, wo sich Fiona in diesem Moment befand, und allein der Gedanke verursachte ihm Übelkeit. Das Telefon klingelte.

»Die Zielperson ist vor fünf Minuten gegangen«, sagte eine Stimme.

»Danke.« Charles legte auf. Es würde etwa zwanzig Minuten dauern, bis sie zu Hause war.

»Warum geht sie zu Fuß, anstatt ein Taxi zu nehmen?«, hatte er Mr. Cruddick einmal gefragt.

»Um die Gerüche loszuwerden«, hatte Mr. Cruddick sachlich geantwortet.

Charles schauderte. »Und er? Wohin geht er?« Ihm kam weder Alexander noch Dalglish noch etwas anderes über die Lippen, immer nur »er«.

»Er geht in seinen Klub, schwimmt zehn Bahnen oder spielt eine Partie Squash, bevor er wieder nach Hause geht.

Schwimmen und Squash lösen das Problem«, erklärte ihm Mr. Cruddick vergnügt.

Ein Schlüssel drehte sich im Schloss. Charles wappnete sich und nahm die Mappe auf. Fiona kam direkt ins Wohnzimmer und war sichtlich verwirrt, ihren Mann mit einem kleinen Koffer neben sich im Lehnsessel sitzen zu sehen.

Sie fasste sich schnell und küsste ihn auf die Wange. »Was führt dich so früh nach Hause? Haben sich die Sozialisten den Tag freigenommen?« Nervös lachte sie über ihren Scherz.

»Das«, sagte er, stand auf und hielt ihr die Mappe hin.

Sie begann zu lesen. Er beobachtete sie genau. Zuerst wich ihr die Farbe aus den Wangen, dann versagten ihr die Beine und sie ließ sich aufs Sofa fallen. Schließlich begann sie zu schluchzen.

»Das ist nicht wahr. Nichts davon«, protestierte sie.

»Du weißt genau, dass es haargenau stimmt.«

»Charles, ich liebe dich, er bedeutet mir nichts, das musst du mir glauben.«

»Ich glaube kein Wort. Und ich will nicht mehr mit dir leben.«

»Leben? Seit du im Parlament bist, lebe ich allein.«

»Vielleicht wäre ich öfter nach Hause gekommen, wenn du ein wenig Interesse daran gezeigt hättest, eine Familie zu gründen.«

»Und du bildest dir ein, es ist meine Schuld, dass wir keine haben?«

Charles ignorierte die Anspielung. »Ich gehe jetzt in meinen Klub und werde dort übernachten. Ich erwarte, dass du binnen einer Woche dieses Haus verlässt. Wenn ich zurückkomme, wünsche ich hier keine Spur mehr von dir vorzufinden und nichts von deinem Hab und Gut, wie es so schön heißt.«

»Wo soll ich denn hin?«, rief sie.

»Du könntest es zuerst bei deinem Liebhaber versuchen, aber vielleicht ist seine Frau ja nicht ganz einverstanden. Ansonsten kannst du ja zu deinem Vater gehen.«

»Und wenn ich mich weigere?«, fragte Fiona trotzig.

»Dann werfe ich dich wie eine Hure aus dem Haus und ziehe Alexander Dalglish in einen schmutzigen Scheidungsprozess hinein.«

»Gib mir noch eine Chance. Ich werde ihn nie wieder auch nur ansehen«, flehte Fiona weinend.

»Ich meine, das schon einmal gehört zu haben, und ich habe dir tatsächlich noch eine Chance gegeben. Das Resultat ist ziemlich eindeutig.« Er wies auf die zu Boden gefallene Mappe.

Als Fiona sah, dass Charles festblieb, hörte sie auf zu weinen.

»Ich will dich nicht mehr sehen. Wir bleiben zwei Jahre getrennt, dann werden wir uns ohne Aufsehen scheiden lassen. Solltest du mich auch nur einmal in Verlegenheit bringen, dann ziehe ich euch beide durch den Dreck. Darauf kannst du dich verlassen.«

»Du wirst deinen Entschluss noch bereuen, Charles. Das verspreche ich dir. So einfach lasse ich mich nicht wegschieben.«

»*Was* haben sie gemacht?«, fragte Joyce.

»Zwei Kommunisten bewerben sich um Aufnahme in den Allgemeinausschuss«, wiederholte Fred Padgett.

»Nur über meine Leiche.« Joyces Stimme war ungewöhnlich scharf.

»Das dachte ich mir«, sagte Fred.

Joyce suchte nach Bleistift und Notizblock, die für gewöhnlich neben dem Telefon lagen.

»Wann ist die Sitzung?«

»Nächsten Donnerstag.«

»Haben wir verlässliche Leute, die sich ihnen entgegenstellen können?«

»Natürlich«, sagte Fred, »Stadtrat Reg Illingworth und Jenny Simpkins von der Genossenschaft.«

»Die sind alle beide sehr vernünftig, aber leider nicht energisch genug.«

»Soll ich Raymond anrufen und fragen, ob er zur Sitzung kommen kann?«

»Nein. Seit er im Kabinett ist, hat er genug am Hals, da braucht er nicht auch noch Ärger in Leeds. Überlass es mir.«

Sie legte auf und versuchte, ihre Gedanken zu ordnen. Dann ging sie zu ihrem Schreibtisch und suchte die Namensliste des Ausschusses. Sorgfältig kontrollierte sie die sechzehn Namen; wenn es den zwei Kommunisten gelang, jetzt gewählt zu werden, dann hatten sie ihn in fünf Jahren in der Hand und könnten sogar Raymond ausbooten. Sie wusste, wie diese Leute arbeiteten. Aber wenn sie jetzt eine aufs Dach bekamen, würden sie sich vielleicht in einen anderen Wahlkreis einschleichen.

In den darauffolgenden vier Tagen besuchte sie mehrere Häuser in der Umgebung. »Ich komme nur so vorbei«, erklärte sie neun Frauen, deren Männer im Ausschuss saßen. Die vier Männer, die nie auf ihre Frauen hörten, suchte Joyce nach der Arbeit persönlich auf. Von den dreien, die Raymond nicht mochten, ließ sie lieber die Finger.

Donnerstagnachmittag wussten dreizehn Leute sehr genau, was man von ihnen erwartete. Joyce saß allein zu Hause und hoffte auf einen Anruf von Raymond. Sie kochte sich ein Ragout, aß jedoch kaum einen Bissen. Dann schlief sie vor dem Fernseher ein. Fünf nach elf weckte sie das Telefon.

»Raymond?«

»Hoffentlich habe ich dich nicht geweckt«, sagt Fred.

»Nein, nein.« Jetzt war Joyce gespannt, den Ausgang der Sitzung zu erfahren. »Wie war es?«

»Reg und Jenny haben es geschafft. Die zwei verdammten Kommunisten bekamen zusammen nur drei Stimmen.«

»Gut gemacht«, sagte Joyce.

»Ich habe nichts getan, außer die Stimmen zu zählen. Soll ich Raymond mitteilen, was los war?«

»Nein. Überflüssig, dass er denkt, wir hätten irgendein Problem.«

Joyce ließ sich in den Sessel neben dem Telefon zurückfallen, zog die Schuhe aus und schlief wieder ein.

Sie musste die gesamte Operation so planen, dass ihr Mann nie etwas davon erfahren würde. Sie wog die verschiedenen Möglichkeiten ab, ihn zu täuschen. Nach stundenlangem ergebnislosem Nachdenken kam ihr die Erleuchtung. Wieder und wieder ging sie alle Details und deren Auswirkungen durch, bis sie überzeugt war, dass nichts schiefgehen konnte. Dann blätterte sie im Branchenverzeichnis und vereinbarte einen Termin für den nächsten Morgen.

Die Verkäuferin half ihr, verschiedene Perücken zu probieren, aber nur eine schien erträglich.

»Madam sieht höchst elegant aus, muss ich sagen.«

Sie wusste, dass das nicht der Fall war – Madam sah schrecklich aus –, aber die Perücke erfüllte hoffentlich ihren Zweck.

Sie trug das bei Harrods gekaufte Make-up auf und zog ein geblümtes Kleid aus dem Schrank, das sie nie gemocht hatte. Prüfend sah sie sich im Spiegel an. In Sussex würde sie bestimmt niemand erkennen, und sie betete, dass er ihr, wenn er doch dahinterkam, verzeihen würde.

Langsam fuhr sie durch die Vororte von London. Was sollte sie sagen, wenn man sie ertappte? Würde er Verständnis zeigen, wenn er die Wahrheit erfuhr? Als sie den Wahlkreis erreichte, parkte sie in einer Nebenstraße und ging die Hauptstraße auf und ab. Niemand schien sie zu erkennen, und das verlieh ihr das Selbstvertrauen, die Sache durchzuziehen. Dann sah sie ihn.

Sie hatte gehofft, er wäre an diesem Morgen in der City. Als er auf sie zukam, hielt sie den Atem an. Er ging an ihr vorüber, und sie sagte: »Guten Morgen.« Er drehte sich um, lächelte und erwiderte ihren Gruß, wie er jeden seiner Wähler gegrüßt hätte. Ihr Herzschlag normalisierte sich wieder, und sie ging zu ihrem Auto zurück.

Als Raymond vor dem Raum stand, in dem sich das Kabinett gewöhnlich traf, beglückwünschten ihn seine Kollegen. Um Punkt zehn kam der Premier, sagte jedem Guten Morgen und nahm an der Längsseite des rechteckigen Tisches Platz. Die einundzwanzig Kabinettsmitglieder folgten ihm. Michael Foot saß zu seiner Linken, während der Außenminister und der Finanzminister ihm gegenüber Platz nahmen. Raymond wurde ein Stuhl am Tischende zwischen dem Minister für Wales und dem für Bildung zugewiesen.

»Bevor ich die Sitzung eröffne«, sagte der Premier, »möchte ich David Owen als Außenminister und Raymond Gould als Staatssekretär des Handelsministeriums begrüßen.« Die neunzehn Kabinettsmitglieder murmelten auf diskret konservative Art »hört, hört«. David Owen lächelte, während Raymond spürte, wie er rot wurde.

»Das Erste, was wir zu besprechen haben, ist das vorgeschlagene Bündnis mit den Liberalen …«

Raymond lehnte sich zurück und beschloss, heute nur zuzuhören.

Andrew saß in der kleinen Praxis und hörte aufmerksam zu, was der Arzt ihm zu sagen hatte. Louise war jetzt völlig gesund, sprach aber immer noch nicht. Sie las regelmäßig, und wenn Andrew sie etwas fragte, schrieb sie kurze Antworten. Der Facharzt war der Ansicht, dass sie ein neues Interessengebiet brauche, um nicht ständig an Robert zu denken. Ein Jahr war vergangen, und sie verbrachte immer noch Stunden damit, sein Bild anzuschauen.

»Ich habe Dr. Kerslake zu Hause erreicht«, sagte der Arzt, »und sie stimmte mit mir überein, dass Ihre Frau keine weitere Schwangerschaft verkraften würde. Aber sie teilt meine Meinung, dass Sie beide eine Adoption ins Auge fassen sollten.«

»Ich habe mich viel mit der Idee beschäftigt und sie sogar mit meinem Vater besprochen«, erwiderte Andrew, »aber wir glauben beide, dass Louise niemals einverstanden wäre.«

»Unter den gegebenen Umständen ist das ein kalkuliertes Risiko«, sagte der Arzt. »Vergessen wir nicht, es ist ein Jahr vergangen. Und wir wissen, dass Mrs. Fraser Kinder liebt. Sollte sie dagegen sein, ist sie inzwischen durchaus imstande, Ihnen das mitzuteilen.«

»Wenn Louise positiv reagiert, wäre ich sofort bereit, es zu versuchen. Letztlich hängt alles von ihr ab.«

»Gut. Stellen Sie fest, was sie meint«, sagte der Arzt. »Und wenn Sie beide einverstanden sind, werde ich einen Termin mit der hiesigen Behörde arrangieren.« Er stand vom Schreibtisch auf. »Ich bin überzeugt, dass wir ein passendes Kind finden.«

»Wenn es aus einem schottischen Waisenhaus käme, wäre ich froh.«

Der Arzt nickte. »Sobald ich etwas weiß, hören Sie von mir.«

Als Charles nach Hause zurückkehrte, wusste er, dass Fiona fort war. Auf der Stelle verspürte er Erleichterung. Nach einer Woche im Klub war er froh, dass das Theater vorbei war: ein sauberer, unwiderruflicher Bruch. Er schlenderte ins Wohnzimmer und blieb stehen. Etwas stimmte nicht. Er brauchte einen Moment, bis ihm klar wurde, was sie getan hatte.

Fiona hatte sämtliche Gemälde entfernt.

Kein Wellington über dem Kamin, keine Victoria hinter dem Sofa. Wo früher die beiden Landseers und der Constable hingen, waren jetzt nur noch deren staubige Umrisse an der Wand zu sehen. Er ging in die Bibliothek: Der Van Dyck, der Murillo und die zwei kleinen Rembrandts fehlten. Charles lief durch die Halle und riss die Tür zum Esszimmer auf. Das ist nicht möglich, dachte er. Doch das war es. Er starrte auf die leere Wand, von der noch vor einer Woche Holbeins Porträt des ersten Earl of Bridgewater herabgeblickt hatte.

Charles suchte in seinem Notizbuch nach der Telefonnummer. Mr. Cruddick hörte ihm schweigend zu.

»Eingedenk der Tatsache, dass Sie keine öffentliche Aufmerksamkeit wünschen, Mr. Seymour, bleibt nur zweierlei«, begann er ungerührt. »Sie können es mit Fassung tragen oder die andere Möglichkeit wählen.«

Aufgrund seines neuen Jobs sah Raymond von Kate deutlich weniger und Joyce fast nie, abgesehen von seinen Besuchen in Leeds alle zwei Wochen. Er arbeitete von acht Uhr morgens bis zum Einschlafen.

»Und du genießt jede Minute«, erinnerte ihn Kate, sooft er sich beklagte. Raymond registrierte auch die kleinen Veränderungen in seinem Leben, seit er Kabinettsmitglied war: Wie er von anderen behandelt wurde, wie rasch man ihm jeden Wunsch erfüllte, wie fast jeder ihm schmeichelte. Er fand Gefallen an diesem neuen Status, obwohl Kate ihn ermahnte, dass nur die Königin es sich leisten konnte, sich an ihre Position zu gewöhnen.

Am dritten Tag des Parteitags der Labour-Partei ging Andrew Fraser, der Raymond jetzt oft ins Vertrauen zog, mit ihm zum Lunch, was inzwischen fast schon zur festen Gewohnheit geworden war. Andrew beklagte sich über den immer spürbarer werdenden Linksdrall der Partei.

»Wenn einige dieser Beschlüsse zur Landesverteidigung angenommen werden, wird mein Leben unerträglich«, meinte er und versuchte, ein zähes Stück Fleisch zu zersäbeln.

»Die Hitzköpfe schlagen immer Resolutionen vor, die nur der Form halber diskutiert werden.«

»Der Teufel soll diese Diskussionen holen. Einige der verrückten Ideen gewinnen an Boden und könnten zur Parteipolitik werden.«

»Beunruhigt dich eine bestimmte Resolution?«, fragte Raymond.

»Ja, Tony Benns Vorschlag, dass die Abgeordneten vor jeder

Wahl neu ausgewählt werden sollten. Das ist seine Vorstellung von Demokratie und Verantwortlichkeit.«

»Warum fürchtest du dich davor?«

»Wenn dein Ausschuss von einem halben Dutzend Trotzkisten übernommen wird, können diese eine Entscheidung umkehren, der vorher fünfzigtausend Wähler zugestimmt haben.«

»Ich glaube, du siehst zu schwarz, Andrew.«

»Raymond, wenn wir die nächste Wahl verlieren, sehe ich eine derart tiefe Parteispaltung voraus, dass wir uns vielleicht nie mehr davon erholen.«

»Das sagt man in der Labour-Partei seit ihrer Gründung.«

»Ich hoffe, du hast recht, aber die Zeiten haben sich geändert. Es ist gar nicht so lange her, dass du mich beneidet hast.«

»Das kann sich wieder ändern.« Raymond gab den Kampf mit seinem eigenen Steak auf, winkte der Kellnerin und bestellte zwei große Cognacs.

Charles ging zum Telefon und wählte eine Nummer, die er auswendig kannte. Das junge portugiesische Dienstmädchen hob ab.

»Ist Lady Fiona zu sprechen?«

»Lady nicht zu Hause, Sir.«

»Wissen Sie, wo sie ist?«, fragte Charles langsam und deutlich.

»Zum Land gefahren. Zurück um sechs Uhr. Soll ich Nachricht geben, bitte?«

»Nein, danke. Ich rufe am Abend nochmals an.« Charles legte auf.

Der verlässliche Mr. Cruddick war wie immer richtig informiert. Charles rief ihn sofort an, und sie vereinbarten, sich in zwanzig Minuten zu treffen.

Charles fuhr nach Bolton, parkte das Auto in der Nähe des Hauses seines Schwiegervaters und wartete.

Ein paar Minuten später kam ein großer Lastwagen um die Ecke und hielt vor dem Haus. Mr. Cruddick, in einem braunen Overall und einer Schirmkappe, sprang vom Fahrersitz. Ein junger Gehilfe öffnete den Laderaum. Mr. Cruddick nickte Charles zu, bevor er zur Haustür ging.

Auf sein Klingeln kam das portugiesische Dienstmädchen.

»Wir kommen, um Sachen für Lady Seymour abzuholen.«

»Nicht verstehen«, sagte das Mädchen.

Mr. Cruddick zog einen langen, auf Lady Seymours persönlichem Briefpapier getippten Brief aus der Tasche. Die junge Portugiesin konnte den Wortlaut des Briefes nicht lesen, in dem ihre Herrin einwilligte, Präsidentin des Krocketklubs von Hurlingham zu werden, erkannte jedoch den Briefkopf und die Unterschrift. Sie nickte und öffnete die Tür. Mr. Cruddicks sorgfältig ausgearbeiteter Plan funktionierte.

Mr. Cruddick tippte sich an die Kappe, das Zeichen, dass Mr. Seymour ihnen folgen sollte. Charles sah sich um, bevor er aus dem Auto stieg und die Straße überquerte. Er fühlte sich nicht wohl in dem Overall und fand die Kappe abscheulich, die Mr. Cruddick ihm gegeben hatte. Sie war ein bisschen zu klein, und Charles wusste, wie seltsam er auf die Portugiesin wirken musste, sie aber offenbar nicht bemerkte, wie schlecht sein aristokratisches Gesicht zu der Arbeitskleidung passte. Die Bilder waren rasch gefunden, die meisten standen noch in der Halle, und nur zwei waren bereits aufgehängt.

Vierzig Minuten später hatten die drei Männer alle Bilder

auf den Laster geladen außer einem. Der Holbein, das Porträt des Earl of Bridgewater, war unauffindbar.

»Wir müssen los«, meinte Mr. Cruddick nervös, aber Charles suchte weiter. Es vergingen weitere dreißig Minuten, bis Charles aufgab. Mr. Cruddick winkte dem Dienstmädchen, sein Gehilfe schloss den Laderaum.

»Ist es ein wertvolles Bild, Mr. Seymour?«

»Ein Familienerbstück, das bei jeder Auktion zwei Millionen erzielen würde«, sagte Charles trocken, bevor er zu seinem Wagen ging.

»Dumme Frage, Albert Cruddick«, schalt sich Mr. Cruddick, während er in Richtung Eaton Square losfuhr. Bei ihrer Ankunft hatte der Schlosser die drei Schlösser der Eingangstür bereits ausgewechselt.

»Nur Barzahlung, mein Herr. Ohne Rechnung. Macht möglich, dass ich und meine bessere Hälfte jedes Jahr steuerfrei nach Ibiza kommen.«

Als Fiona von ihrem Ausflug nach Bolton zurückkam, hing am Eaton Square jedes Bild wieder an seinem Platz – bis auf den Holbein. Mr. Cruddick steckte einen Scheck über eine beachtliche Summe ein und bemerkte erbarmungslos, Mr. Seymour müsse dies wohl mit Fassung tragen.

»Ich freue mich sehr«, sagte Simon, als er die Neuigkeit erfuhr. »Im Krankenhaus Pucklebridge?«

»Ja, ich habe auf eine Annonce im *Lancet* geantwortet.«

»Aber da hat dein Name wohl geholfen?«

»Keineswegs«, entgegnete Elizabeth heftig.

»Wieso nicht?«

»Ich habe mich nicht als Dr. Kerslake beworben. Ich habe die Bewerbung unter meinem Mädchennamen ausgefüllt.«

Einen Moment lang schwieg Simon. »Aber sie müssen dich doch erkannt haben?«

»Das hat mein gekonntes Make-up verhindert. Sogar dich habe ich getäuscht.«

»Übertreib nicht«, meinte Simon.

»Ich kam auf der Hauptstraße von Pucklebridge an dir vorbei und habe ›Guten Morgen‹ gesagt. Du hast zurückgegrüßt.«

Ungläubig starrte Simon sie an. »Und was, wenn sie dahinterkommen?«

»Sie wissen es schon«, erwiderte Elizabeth. »Als man mir die Stellung anbot, ging ich zum Oberarzt und sagte ihm die Wahrheit. Seitdem erzählt er es allen Leuten.«

»Er war nicht verärgert?«

»Im Gegenteil. Er meinte, ich hätte die Stelle fast nicht bekommen, weil er unter all den unverheirateten Ärzten um meine Sicherheit bangte.«

Andrew hielt Louises Hand, als sie sich dem Kinderheim am Stadtrand von Edinburgh näherten. Die Leiterin erwartete sie auf der blank geschrubbten Türschwelle.

»Guten Morgen, Herr Minister. Wir fühlen uns geehrt, dass Sie unser Heim gewählt haben.«

Andrew und Louise lächelten.

»Bitte seien Sie so freundlich, mir zu folgen.« Die Leiterin führte sie durch einen schwach beleuchteten Flur zu ihrem Büro, wobei ihre gestärkte blaue Uniform beim Gehen knisterte.

»Die Kinder sind auf dem Spielplatz, aber Sie können sie vom Fenster aus sehen.« Andrew hatte sich die Geschichte und die Fotos der Waisen bereits genau angesehen. Einer der kleinen Jungs sah Robert verblüffend ähnlich.

Sie schauten eine Weile aus dem Fenster, Louise zeigte sich jedoch völlig uninteressiert. Als der Junge, der Robert glich, zum Fenster lief, drehte sie sich um und setzte sich in eine Ecke. Andrew schüttelte den Kopf. Die Mundwinkel der Vorsteherin sanken herab.

Kaffee und Kekse wurden serviert, und während sie aßen, machte Andrew noch einen Versuch. »Soll die Vorsteherin eins der Kinder zu uns rufen, Liebes?« Louise schüttelte den Kopf. Andrew verfluchte sich innerlich. Am Ende hatte ihr dieses Erlebnis hier noch mehr geschadet.

»Haben wir alle Kinder gesehen?«, fragte er, nach einer Ausrede suchend, um schnell zu gehen.

»Ja, Sir.« Die Vorsteherin stellte ihre Tasse ab und fügte zögernd hinzu: »Es gibt noch ein Mädchen, das wir aber für ungeeignet halten.«

»Warum?«, fragte Andrew neugierig.

»Nun, wissen Sie, sie ist dunkelhäutig. Und außerdem haben wir keine Ahnung, wer die Eltern sind. Sie wurde vor der Tür gefunden. Nicht die Art Mädchen, das im Haus eines Ministers aufwächst.«

Andrew war so wütend, dass er vergaß, Louise, die immer noch in der Ecke saß, zu fragen.

»Ich möchte das Mädchen sehen«, sagte er.

»Wenn Sie darauf bestehen.« Die Vorsteherin war erstaunt. »Leider hat sie kein hübsches Kleid an«, fügte sie hinzu, bevor sie das Zimmer verließ.

Ruhelos ging Andrew auf und ab. Er wusste, dass er, wäre Louise nicht gewesen, mit dieser Frau hart umgesprungen wäre. Kurz darauf kehrte die Heimleiterin mit einem kleinen Mädchen von vier oder fünf Jahren zurück. Das Kind war so mager, dass das Kleid an ihr hing wie an einem Kleiderbügel.

Andrew konnte ihr Gesicht nicht sehen, denn die Kleine hielt den Kopf gesenkt.

»Sieh her, Kind«, befahl die Vorsteherin. Langsam hob das Kind den Kopf. Ein Gesicht in vollkommenem Oval, olivenfarbene Haut, blitzende schwarze Augen und ein Lächeln, das Andrew sofort bezauberte.

»Wie heißt du?«, fragte er leise.

»Clarissa«, sagte sie und ließ den Kopf wieder hängen. Er wollte ihr so gerne helfen und fühlte sich schuldbewusst, dem Kind sinnlose Pein verursacht zu haben.

Die Vorsteherin sah immer noch beleidigt drein und sagte kurz: »Du kannst jetzt gehen, Kind.« Clarissa drehte sich um und ging zur Tür. Zu Louise gewendet, sagte die Vorsteherin: »Sicher sind Sie meiner Meinung, Mrs. Fraser, dass dieses Mädchen völlig ungeeignet ist.«

Beide sahen Louise an. Ihr Gesicht strahlte, und ihre Augen glänzten, wie Andrew es seit Roberts Tod nicht mehr gesehen hatte. Sie stand auf, lief dem Kind eilig nach und sah ihm in die dunklen Augen.

»Ich finde dich wunderschön«, sagte Louise, »und hoffe, dass du zu uns kommen und bei uns bleiben willst.«

23

Der Ruf »Zur Ordnung!« hatte den britischen Wählern bis 1978 nichts gesagt; in diesem Jahr wurde eine Resolution angenommen, die es dem Rundfunk gestattete, die Vorgänge im Unterhaus zu übertragen. Simon hatte den Antrag unterstützt, weil er die Radioübertragung für einen Zuwachs an Demokratie hielt, indem sie das Haus bei der Arbeit zeige und die Wähler dadurch beurteilen könnten, was ihre Abgeordneten eigentlich taten. Simon hörte sich seine Zusatzfragen dazu genau an und merkte zum ersten Mal, dass er, wenn er einem Minister hart zusetzte, etwas zu schnell sprach.

Raymond hingegen unterstützte den Antrag nicht, weil er fürchtete, die »Hört, hört«- oder »Schande«-Rufe und das permanente Unterbrechen des Premierministers würden auf die Zuhörer wie Schulhofstreitereien wirken. Nur die Worte zu hören und sich die Szenen vorstellen zu müssen, vermittle – so meinte er – einen falschen Eindruck von den täglichen Aufgaben eines Parlamentsmitglieds. Als er jedoch eines Abends eine Debatte anhörte, an der er teilgenommen hatte, stellte er erfreut fest, wie überzeugend seine Argumente klangen.

Als Andrew seine Stimme hörte – er beantwortete gerade Anfragen zur Verteidigungspolitik –, wurde ihm plötzlich bewusst, dass das, was er als den Anflug eines schottischen Akzents bezeichnete, in Wahrheit, besonders wenn er erregt war, doch ziemlich ausgeprägt war.

Für Charles war das Morgenprogramm eine bequeme Art, sich über alle Vorgänge zu informieren, die er am Vortag versäumt hatte. Die Sendung »Gestern im Parlament« wurde sein ständiger Begleiter, wenn er morgens aufwachte. Wie hochgestochen er klang, wurde ihm erst bewusst, als er einmal nach Tom Carson ans Rednerpult trat. Aber er hatte nicht die Absicht, dies für den Rundfunk zu ändern.

Als die Queen am 16. Dezember 1977 die neue U-Bahn-Linie nach Heathrow eröffnete, war Raymond als beauftragter Minister dabei. Joyce fuhr wieder einmal nach London, da sie und Raymond eingeladen waren, nach der Zeremonie mit der Königin den Lunch einzunehmen. Sie ging zu Harvey Nichols, um ein neues Kleid zu kaufen, und übte in der kleinen Umkleidekabine den Hofknicks. »Guten Morgen, Majestät«, sagte sie etwas zitternd, während die erstaunte Verkäuferin geduldig draußen wartete.

Wieder in der Wohnung, war Joyce überzeugt, dass sie ihre Rolle ebenso gut erfüllen konnte wie jede Hofdame. Sie wartete auf Raymonds Rückkehr nach der morgendlichen Kabinettssitzung und hoffte, er würde mit ihr zufrieden sein. Die Hoffnung, Mutter zu werden, hatte sie schon lang begraben, sie bildete sich jedoch ein, wenigstens eine gute Ehefrau sein zu können. Raymond hatte ihr gesagt, er müsse sich beeilen, um rechtzeitig vor der Queen in Green Park zu sein. Nachdem man mit dem Gefolge der Königin in der neuen U-Bahn nach Heathrow gefahren war – eine Fahrt von einer halben Stunde –, würde man zum Lunch in den Buckingham Palace zurückkehren. Raymond hatte schon häufiger Kontakt zu seiner Monarchin gehabt, Joyce dagegen wurde ihr zum ersten Mal vorgestellt.

Als sie gebadet und sich angekleidet hatte – Raymond hätte ihr die Schuld an einer Verspätung nie verziehen –, legte sie seine Kleider bereit: Frack, graue Hose mit Nadelstreifen, weißes Hemd, steifer Kragen und silbergraue Krawatte, alles Leihstücke von Moss Bros. Es fehlte nur noch das weiße Taschentuch für die Brusttasche, von dem man, nach dem Vorbild des Herzogs von Edinburgh, nur eine schmale weiße Linie sehen durfte.

Joyce kramte in Raymonds Kommode und bewunderte seine neuen Hemden, während sie die Taschentücher suchte. Den Zettel, den sie unter dem Kragen eines rosa Hemdes fand, hielt sie zunächst für eine Wäscherechnung. Dann sah sie das Wort »Liebling«, und als sie weiterlas, zog sich ihr der Magen zusammen.

Karottenkopf, Liebling,
wenn Du das jemals anziehst, wäre ich sogar bereit, Dich zu heiraten.
Kate

Joyce sank aufs Bett, und Tränen liefen ihr übers Gesicht. Der große Tag war ihr verdorben. Was sie zu tun hatte, wusste sie sofort. Sie legte das Hemd zurück, nahm den Zettel heraus, und dann setzte sie sich ins Wohnzimmer und wartete auf Raymond. Als er endlich kam, blieben nur noch wenige Minuten Zeit. Er war erfreut, seine Frau aufbruchsbereit zu sehen.

»Ich bin ein bisschen spät dran«, sagte er und verschwand im Schlafzimmer. Joyce folgte ihm und sah zu, wie er sich anzog. Als er die Krawatte band, sah sie ihn an.

»Was meinst du dazu?«, fragte er, ohne ihre Blässe zu bemerken.

Sie zögerte. »Du siehst fabelhaft aus, Raymond. Komm jetzt, sonst verspäten wir uns. Das wäre furchtbar.«

Als Ronnie Nethercote ihn zu einem Lunch ins Ritz einlud, wusste Simon, dass sich die Lage entscheidend gebessert haben musste. Nach einem Drink in der Halle wurden er und Ronnie in den schönsten Speisesaal Londons geführt, zu einem Ecktisch mit Blick auf den Park. An den anderen Tischen saßen Männer, deren Namen sowohl in Ronnies wie in Simons Kreisen jeder kannte.

Als der Kellner die Speisekarte brachte, winkte Ronnie ab. »Vertrauen Sie meinem Rat, und nehmen Sie die Gemüsesuppe und danach Roastbeef vom Wagen.«

»Klingt nach einer sicheren Sache.«

»Im Unterschied zu unserem letzten kleinen Abenteuer«, brummte Ronnie. »Wie hoch sind Sie unseretwegen noch in den roten Zahlen?«

»Vierzehntausenddreihundert Pfund, aber ich komme allmählich voran. Was wirklich schmerzt, sind die Zinsen, bevor man den eigentlichen Betrag abzahlen kann.«

»Wie, glauben Sie wohl, habe ich mich gefühlt, als wir mit sieben Millionen in der Kreide standen und die Bank ohne Vorwarnung beschloss, uns fallen zu lassen?«

»Da sich zwei Knöpfe an Ihrer Weste nicht mehr schließen lassen, muss ich annehmen, dass diese Dinge der Vergangenheit angehören.«

»Richtig.« Ronnie lachte. »Deshalb habe ich Sie zum Lunch eingeladen. Sie sind der Einzige, der bei dieser Geschichte Geld verloren hat. Wären Sie, wie die anderen Direktoren, bei fünftausend Pfund im Jahr geblieben, würde Ihnen die Gesellschaft heute elftausend Pfund schulden.«

Simon seufzte.

Der Kellner kam mit dem Servierwagen zum Tisch.

»Warten Sie, mein Lieber, ich habe noch nicht einmal angefangen. Morgan Grenfell will die Struktur der neuen Firma ändern und eine ganze Menge Bargeld hineinstecken. Im Moment ist die *Whitechapel Properties* noch eine Hundert-Pfund-Gesellschaft. Ich habe sechs Prozent, die Bank hat vierzig. Bevor die Vereinbarung unterschrieben wird, offeriere ich Ihnen …«

»Wollen Sie das Roastbeef wie üblich gut durch, Mr. Nethercote?«

»Ja, Sam«, sagte Ronnie und schob dem Kellner eine Pfundnote zu.

»Ich offeriere Ihnen …«

»Und Ihr Gast, Sir?« Der Kellner sah Simon fragend an.

»Medium, bitte.«

»Ich offeriere Ihnen ein Prozent der neuen Firma, mit anderen Worten einen Anteil.«

Simon, überzeugt, dass Ronnie noch nicht fertig war, schwieg.

»Fragen Sie nicht?«

»Wonach soll ich fragen?«

»Ihr Politiker werdet mit jeder Minute dümmer. Wie viel, glauben Sie, verlange ich, wenn ich Ihnen eine Einpfundaktie anbiete?«

»Nun, ich glaube kaum, dass es nur ein Pfund sein wird«, meinte Simon lachend.

»Falsch«, erwiderte Ronnie. »Für ein Pfund bekommen Sie ein Prozent der Gesellschaft.«

»Genügt Ihnen das, Sir?«, fragte der Kellner und stellte einen Teller vor Simon.

»Warten Sie, Sam«, sagte Ronnie, bevor Simon antworten konnte. »Ich wiederhole, ich offeriere Ihnen ein Prozent der Gesellschaft für ein Pfund. Wiederholen Sie jetzt Ihre Frage, Sam.«

»Genügt Ihnen das, Sir?«, wiederholte der Kellner.

»Es ist mehr als reichlich«, sagte Simon.

»Haben Sie das gehört, Sam?«

»Natürlich, Sir.«

»In Ordnung, Simon. Sie schulden mir ein Pfund.«

Lachend zog Simon seine Brieftasche heraus und gab Ronnie ein Pfund.

»Sinn dieser kleinen Übung war«, sagte Ronnie, zum Kellner gewandt, während er die Pfundnote einsteckte, »zu beweisen, dass Sam nicht der Einzige ist, der sich heute Mittag ein Pfund verdient hat.« Ohne eine Ahnung zu haben, wovon Nethercote sprach, lächelte der Kellner und stellte einen großen Teller mit gut durchgebratenem Roastbeef vor ihn hin.

Ronnie zog ein Kuvert aus der Tasche und überreichte es Simon.

»Soll ich es jetzt öffnen?«

»Ja, ich möchte Ihre Reaktion sehen.«

Simon öffnete das Kuvert und betrachtete den Inhalt: ein Zertifikat über eine Aktie der neuen Gesellschaft mit einem tatsächlichen Wert von mehr als zehntausend Pfund.

»Nun, was sagen Sie jetzt?«, fragte Ronnie.

»Ich bin sprachlos.«

»Mein erster Politiker mit diesem Problem!«

Simon lachte. »Danke, Ronnie. Eine unglaublich großzügige Geste.«

»Nein, ist es nicht. Sie hielten der alten Gesellschaft die

Treue, warum sollen Sie nicht mit der neuen zu Wohlstand gelangen?«

»Da fällt mir etwas ein. Sagt Ihnen der Name Archie Millburn etwas?«, fragte Simon.

Ronnie zögerte. »Nein. Warum?«

»Ich dachte, vielleicht war er der Mann, der Morgan Grenfell überzeugt hat, Ihre Gesellschaft zu übernehmen.«

»Nein, der Name sagt mir nichts. Morgan Grenfell hat mir nie mitgeteilt, woher die Informationen stammten, aber jedes Detail über die alte Firma war bekannt. Sollte der Name Millburn auftauchen, lasse ich Sie es wissen. So, Schluss mit dem Geschäftlichen. Erzählen Sie mir, wie es bei Ihnen so zugeht. Was macht Ihre Frau?«

»Sie betrügt mich.«

»Betrügt Sie?«

»Ja, sie hat sich Perücken aufgesetzt und seltsame Kleider angezogen.«

Den gesamten ersten Monat machte Clarissa nachts regelmäßig ins Bett. Louise beklagte sich nie. Andrew beobachtete, wie die beiden allmählich Vertrauen zueinander fassten. Clarissa ging vom ersten Augenblick an davon aus, dass Louise so normal sprechen konnte wie alle Erwachsenen, und plapperte Tag und Nacht auf sie ein. Die halbe Zeit erwiderte Louise nichts – aber nur, weil sie keine Chance hatte, ein Wort einzuwerfen.

Gerade, als Andrew den Eindruck gewann, alles käme wieder ins Lot, gab es in Edinburgh Schwierigkeiten. Sein Allgemeinausschuss, in dem fünf Mitglieder des radikalen Flügels »Militant Tendency« saßen, stellten einen Misstrauensantrag gegen ihren Abgeordneten. Ihr Anführer Frank Boyle hatte sich, offensichtlich mit der Absicht, Andrew loszuwerden und seinen Platz einzunehmen, eine feste Machtposition aufgebaut. Andrew sagte Louise nichts davon, da der Arzt ihm geraten hatte, in Clarissas Eingewöhnungsphase jeden unnötigen Stress zu vermeiden.

Die fünf Männer, die Andrew abservieren wollten, hatten eine Sitzung für den kommenden Donnerstag anberaumt, weil sie wussten, dass an diesem Tag im Parlament eine Plenarsitzung über den Verteidigungsetat stattfand. Sollte Andrew deshalb nicht nach Edinburgh kommen, standen die Chancen, dass der Misstrauensantrag durchging, wesentlich besser. Kam er doch, müsste er eine peinliche Erklärung für seine Abwesenheit im Unterhaus liefern. Als der Chief Whip den Premier von dem Dilemma unterrichtete, erklärte dieser sofort, Andrew solle die Etatdebatte vergessen und nach Edinburgh fahren.

Andrew flog Donnerstagnachmittag und wurde am Flughafen von seinem Vorsitzenden Hamish Ramsey abgeholt.

»Es tut mir leid, dass ich dir das antun muss, Andrew«, sagte Ramsey sofort. »Ich kann dir versichern, dass ich nichts damit zu tun habe. Aber ich muss dich auch warnen: Es ist nicht mehr *die* Labour-Partei, der ich vor mehr als zwanzig Jahren beigetreten bin.«

»Wie wird die Abstimmung ausgehen?«, fragte Andrew.

»Heute wirst du noch gewinnen. Wer wofür stimmt, wurde vorab entschieden. Es gibt nur einen Unentschlossenen, und der ist so feige, dass ihn allein deine Anwesenheit zurückhalten wird, mit den Trotzkisten zu stimmen.«

Als Andrew in der Parteizentrale von Edinburgh ankam, ließ man ihn über eine Stunde auf einem kalten Flur vor dem Sitzungszimmer warten. Er wusste, seine Gegner verzögerten die Abstimmung, um ihn zu entmutigen, bevor er sich ihnen stellen musste. Endlich forderte man ihn zum Hereinkommen auf, und er begriff sofort, wie sich ein Delinquent vor der spanischen Inquisition gefühlt haben musste: Frage auf Frage wurde ihm gestellt, von unwirschen Männern, die ihm nie zu seinem Sitz verholfen hatten und jetzt behaupteten, er interessierte sich nicht für seinen Wahlkreis. Andrew behauptete sich und wurde erst wütend, als Frank Boyle ihn als »Sohn eines Torys« bezeichnete.

Wann habe ich meinen Vater überhaupt zum letzten Mal gesehen, dachte er.

»Mein Vater hat mehr für diese Stadt getan, als du je in deinem Leben tun wirst«, sagte er zu Boyle.

»Warum trittst du dann nicht seiner Partei bei?«

Andrew wollte schon antworten, als Hamish Ramsey mit dem Hammer auf den Tisch schlug und erklärte: »Schluss mit den Kabbeleien. Es wird Zeit abzustimmen.«

Andrew verspürte Angst, als dem Vorsitzenden die Zettel zur Zählung übergeben wurden. Das Resultat lautete fünf zu fünf, und Hamish Ramsey stimmte sofort für Andrew.

»Wenigstens brauchst du dich um die kommende Wahl nicht mehr zu sorgen, mein Junge«, sagte Hamish, als sie zum Flughafenhotel fuhren. »Alles Weitere ist aber offen.«

Als Andrew am nächsten Morgen in Pelham Crescent ankam, begrüßte ihn Louise an der Tür.

»Alles in Ordnung in Edinburgh?«, fragte sie.

»Ja.« Andrew umarmte sie.

»Willst du eine gute Nachricht hören?«

»Gern.« Andrew lächelte.

»Gestern hat Clarissa nicht mehr ins Bett genässt. Vielleicht solltest du öfter wegfahren.«

Charles entschloss sich, seinen Anwalt zu fragen, was wegen des gestohlenen Holbeins zu tun sei. Sir David Napley beriet sich mit seinen Kollegen, und sechs Wochen später wurde Charles mitgeteilt, dass er im Falle einer Klage das Bild vermutlich zurückerhalten werde, allerdings nicht, bevor die Story auf den Titelseiten sämtlicher Tageszeitungen gestanden hätte. Albert Cruddicks Auffassung schien zu stimmen: »Mit Fassung tragen.«

Ein Jahr lang hatte er nichts von Fiona gehört. Dann kam der Brief. Sofort erkannte Charles die Handschrift und riss ihn auf. Ein Blick genügte; er zerriss das Schreiben und warf es in den Papierkorb unter dem Schreibtisch. Wütend fuhr er ins Unterhaus.

Den ganzen Tag dachte er an das eine Wort, das er dem Gekritzel entnommen hatte: Holbein. Als er abends nach Hause zurückkehrte, suchte er nach den Schnipseln, welche die ordentliche Haushälterin in den Mülleimer geworfen hatte. Er fand sie zwischen Eier- und Kartoffelschalen und verbrachte eine Stunde damit, sie wieder zusammenzukleben. Dann las er den Brief genau.

24, The Boltons
London SW 10
11. Oktober 78

Lieber Charles,
es ist genügend Zeit vergangen, um zu versuchen, wieder höflich miteinander zu verkehren. Alexander und ich wollen heiraten, und Veronica Dalglish stimmte einer sofortigen Scheidung zu, ohne auf eine zweijährige Trennung zu bestehen.

»Du wirst die vollen zwei Jahre warten müssen, du Luder«, sagte Charles laut. Dann kam er zu dem Satz, den er gesucht hatte.

Ich weiß, dass Dir das vielleicht nicht gefällt, aber wenn Du unseren Plänen zustimmen könntest, würde ich Dir den Holbein mit Vergnügen unverzüglich zurückgeben.

Deine Fiona

Wütend zerknüllte er den Brief, bevor er ihn ins Feuer warf, und blieb die halbe Nacht wach, um sich seine Erwiderung zu überlegen.

Bei der Kabinettssitzung am Donnerstag informierte James Callaghan seine Kollegen, dass der Führer der Liberalen, David Steel, den Pakt zwischen Labour und seiner Partei am Ende der Legislaturperiode aufkündigen werde.

»Demzufolge«, fuhr der Premier fort, »müssen wir uns alle auf baldige Neuwahlen vorbereiten. Ich nehme an, dass wir noch bis Weihnachten ausharren können, aber nicht länger.«

Die Nachricht bekümmerte Raymond. Nach zwei Jahren im Kabinett hatte er endlich das Gefühl, im Handelsministerium allmählich von Nutzen zu sein; die von ihm eingeführten Änderungen begannen, ihre Wirkung zu zeigen. Er würde jedoch wesentlich mehr Zeit brauchen, um dem Ministerium seinen Stempel aufzudrücken. Kates Begeisterung spornte ihn an, noch länger zu arbeiten und vor der Wahl noch möglichst viele seiner Neuerungen durchzusetzen.

»Ich tu mein Möglichstes«, sagte er zu ihr. »Aber vergiss nicht, verglichen mit dem Tempo der Bürokratie ist die britische Eisenbahn eine Concorde.«

Die Labour-Partei kämpfte sich durch eine Legislaturperiode, die von der Presse als »Winter des Missvergnügens« bezeichnet wurde, versuchte, Gesetze durchzubringen, verlor da und dort eine Abstimmung, und Raymond war heilfroh, als die Sitzungspause kam.

Er verbrachte ein kaltes Weihnachtsfest in Leeds mit Joyce und kehrte nach Neujahr nach London zurück. Jetzt konnte es nicht mehr lange dauern, bis die Konservativen einen Misstrauensantrag stellten. Als es dazu kam, war niemand überrascht.

Der Tag der Debatte gestaltete sich höchst turbulent, nicht zuletzt deshalb, weil ein Streik sämtliche Bars des Parlaments trocken legte und durstige Mitglieder sich in den Lobbys, Tearooms und Speisesälen drängten. Gestresste Whips hetzten durch die Gegend, kontrollierten Listen, riefen in Krankenhäusern, Sitzungssälen und sogar bei Großtanten an, um abgängige Mitglieder doch noch aufzutreiben.

Als Mrs. Thatcher am 6. April zu einem überfüllten Unterhaus sprach, herrschte eine solche Hochspannung, dass der Speaker Mühe hatte, die Ordnung aufrechtzuerhalten. Ihre Rede war scharf und präzise, und als sie sich setzte, stand ihre Fraktion geschlossen auf, um zu applaudieren. Die Stimmung war nicht anders, als der Premierminister ihr antwortete. Beide Parteiführer bemühten sich, über die kleinlichen Streitigkeiten ihrer Gegner hinauszuwachsen, das letzte Wort aber hatte der Speaker:

Bejaher zur Rechten: 311
Verneiner zur Linken: 210
Ja hat gewonnen!

Tumult brach aus. Triumphierend schwenkten die Mitglieder der Opposition ihre Sitzungsprogramme, wissend, dass der Premier jetzt Neuwahlen ausschreiben musste. James Callaghan löste das Parlament sofort auf, und nach einer Audienz bei der Queen wurde die Wahl für den 3. Mai 1979 festgesetzt.

Am Ende dieser ereignisreichen Woche wurden die wenigen noch anwesenden Parlamentarier von einer Explosion im Mitglieder-Parkhaus aufgeschreckt. Im Auto von Airey Neave, dem Schattensprecher für Nordirland, explodierte, als er über die Ausfahrtrampe fuhr, eine Bombe irischer Terroristen. Er starb auf dem Weg ins Krankenhaus.

Die Abgeordneten fuhren in ihre Wahlkreise. Sowohl Raymond wie Andrew fiel es schwer, ihre Ressorts so plötzlich aufgeben zu müssen, Charles und Simon hingegen standen schon einen Tag nach der Ankündigung der Queen in den Hauptstraßen ihrer Wahlkreise, schüttelten Hände und begrüßten ihre Wähler.

Drei Wochen lang dauerte der Schlagabtausch um die Regierungskompetenz. Am 3. Mai wählten die Briten zum ersten Mal einen weiblichen Premierminister und verhalfen Margaret Thatchers Partei zu einer Mehrheit von dreiundvierzig Sitzen im Unterhaus.

Andrews sechster Wahlkampf erwies sich als besonders unerfreulich, und er war froh, dass er Louise und Clarissa in London gelassen hatte. Jock McPherson, immer noch Kandidat der Schottischen Nationalpartei, bedachte ihn mit allen möglichen Schimpfnamen, und die Trotzkisten, die im Ausschuss gegen ihn gestimmt hatten, waren am Wahltag auch keine große Hilfe. Die Bürger von Edinburgh aber, die nichts von den Vorgängen im Ausschuss wussten, sandten Andrew mit einer Mehrheit von 37.738 ins Parlament zurück. Die Schottische Nationalpartei verlor und behielt nur zwei Abgeordnete im Haus – und Jock McPherson in Schottland.

Raymond verlor in Leeds einige Stimmen, während Joyce den Preis für die exakteste Schätzung der Mehrheit ihres Mannes gewann. Langsam gewöhnte er sich daran, dass sie weit mehr über seinen Wahlkreis wusste, als er es je würde.

Bei seiner Rückkehr nach London ein paar Tage später war er so niedergeschlagen, dass Kate beschloss, mit ihren eigenen Neuigkeiten zu warten. »Weiß der Himmel, wie viele Jahre es dauern wird, bis ich wieder von Nutzen sein kann«, klagte Raymond.

»Du kannst in der Opposition darauf achten, dass die Regierung nicht alles, was du erreicht hast, zunichtemacht.«

»Mit einer Mehrheit von dreiundvierzig Sitzen können sie auch mich zunichtemachen, wenn sie wollen«, entgegnete er. Er stellte die rote Lederschatulle in die Ecke neben die zwei anderen.

»Das sind erst deine ersten drei«, sagte Kate tröstend.

Simon baute seine Mehrheit in Pucklebridge auf 19.461 Stimmen aus und stellte damit einen neuen Rekord auf; dann wartete er mit Elizabeth und den beiden Jungs in seinem Landhaus, bis Mrs. Thatcher ihr neues Team zusammengestellt hatte.

Als die Premierministerin ihn persönlich anrief und bat, nach Downing Street zu kommen, war Simon sehr erstaunt. Diese Ehre wurde gewöhnlich nur Kabinettsmitgliedern zuteil, und er versuchte, nicht daran zu denken, was sie ihm zu sagen hatte.

Er verbrachte eine halbe Stunde allein mit der Regierungschefin. Als er hörte, was Mrs. Thatcher für ihn vorgesehen hatte, war er gerührt, dass sie sich die Mühe gemacht hatte, es ihm persönlich mitzuteilen. Sie wusste, dass kein Abgeordneter gerade diesen Posten leichten Herzens annahm, aber Simon erklärte sich ohne Zögern bereit. Mrs. Thatcher fügte hinzu, sie werde keine offizielle Erklärung abgeben, bevor er seinen Entschluss mit seiner Frau besprochen hatte.

Simon dankte ihr und fuhr in sein Haus in Pucklebridge zurück. Schweigend hörte Elizabeth seinen Bericht über das Gespräch mit der Premierministerin an.

»Mein Gott«, seufzte sie, als er geendet hatte. »Sie bietet dir die Chance, Staatsminister zu werden, dafür werden wir den Rest unseres Lebens keinen Frieden mehr haben.«

»Ich kann immer noch ablehnen.«

»Das wäre feige«, sagte Elizabeth, »und das warst du nie.«

»Dann werde ich Mrs. Thatcher anrufen und ihr mitteilen, dass ich annehme.«

»Ich sollte dir gratulieren. Aber mir ist nie in den Sinn gekommen, dass ...«

Charles' Wahlkreis gehörte zu den wenigen, in denen die konservative Mehrheit schrumpfte. Das Fehlen einer Ehefrau ist schwer zu erklären, vor allem, wenn jedermann weiß, dass sie mit dem ehemaligen Vorsitzenden des angrenzenden Wahlkreises zusammenlebt. Charles hatte einige peinliche Momente im lokalen Parteibüro und sorgte dafür, dass eine besonders redselige Dame »streng vertraulich« seine Vision der Affäre erfuhr. Nach der Auszählung der Stimmen von Sussex Downs konnte Charles immer noch mit einer Mehrheit von 20.176 nach Westminster zurückkehren. Am Wochenende saß er allein in seinem Haus am Eaton Square. Niemand rief an. Am Montag erfuhr er aus dem *Telegraph* – wie er die *Times* vermisste! – die Zusammensetzung der neuen Tory-Regierung. Die einzige Überraschung war Simon Kerslakes Ernennung zum Staatsminister für Nordirland.

24

»Also sag was.«

»Sehr schmeichelhaft. Welchen Grund hast du dafür angegeben, dass du das Angebot abgelehnt hast, Kate?«, fragte Raymond, der erstaunt war, dass sie in der Wohnung auf ihn gewartet hatte.

»Ich habe keinen gebraucht.«

»Und wie war die Reaktion?«

»Du scheinst nicht zu verstehen. Ich habe das Angebot angenommen.«

Raymond nahm die Brille ab und versuchte, Kates Worte zu begreifen. Um nicht zu schwanken, hielt er sich am Kaminsims fest.

»Ich musste annehmen, Liebling«, fuhr Kate fort.

»Weil das Angebot so verlockend war?«

»Nein, du dummer Kerl. Es hat nichts mit dem Angebot zu tun, außer dass es mir eine Chance gibt, mein Leben wieder in die Hand zu nehmen. Verstehst du nicht, dass es *deinetwegen* ist?«

»Meinetwegen gehst du nach New York zurück?«

»Um dort zu arbeiten und meinem Leben wieder eine Perspektive zu geben. Weißt du nicht, dass es schon fünf Jahre sind?«

»Ich weiß, wie lange wir zusammen sind, und auch, wie oft ich dich gebeten habe, mich zu heiraten.«

»Wir wissen beide, dass das nicht die Lösung ist. Man kann Joyce nicht einfach beiseiteschieben. Und ich könnte am Ende sogar die einzige Ursache sein, dass deine Karriere schiefgeht.«

»Dieses Problem können wir mit der Zeit lösen.«

»Das klingt heute sehr schön, bis die Partei die nächste Wahl gewinnt, und weniger guten Männern, als du einer bist, die Chance geboten wird, die künftige Politik zu bestimmen.«

»Kann ich irgendetwas tun, dich davon abzubringen?«

»Nichts, mein Lieber, ich habe bei Chase gekündigt und beginne meinen neuen Job bei der Chemical Bank in einem Monat.«

»Nur noch vier Wochen.«

»Ja, vier Wochen. Ich habe es dir erst gesagt, nachdem ich alle Verbindungen gekappt und gekündigt hatte, damit du mich nicht umstimmen kannst.«

»Weißt du, wie sehr ich dich liebe?«

»Ich hoffe, so sehr, dass du mich gehen lässt, bevor es zu spät ist.«

Normalerweise hätte Charles die Einladung abgelehnt. Alberne Häppchen, nie ein richtiger Drink, triviales Geschwätz – Cocktailpartys waren nicht nach seinem Geschmack. Doch als er auf dem Kaminsims die Einladung Lady Carringtons sah, beschloss er, einmal aus der Routine auszubrechen, in die er seit Fionas Auszug verfallen war. Auch war er neugierig, mehr über die angeblichen Streitigkeiten im Kabinett wegen Ausgabenkürzungen zu erfahren. Prüfend betrachtete er seine Krawatte im Spiegel, nahm einen Schirm aus dem Ständer und fuhr zum Ovington Square.

Fiona und er waren jetzt zwei Jahre getrennt. Obwohl er

eine sofortige Scheidung abgelehnt hatte, lebte Fiona, wie er von verschiedenen Seiten gehört hatte, jetzt fest mit Dalglish zusammen. Diskret verlor er kein Wort über seine Frau, abgesehen von gezielten Bemerkungen zu bekannten Klatschbasen. So brachte man ihm von allen Seiten Sympathie entgegen, und er spielte den großmütigen, loyalen Ehemann.

Er verbrachte jetzt viel Zeit im Unterhaus, und seine letzte Rede zum Haushalt war sowohl im Haus als auch bei der Presse gut angekommen. Während die Finanzgesetze noch in den Ausschüssen debattiert wurden, ließ er sich eine Menge Kleinarbeit aufbürden. Clive Reynolds machte ihn auf einige Ungereimtheiten aufmerksam, und Charles gab die Informationen an den dankbaren Finanzminister weiter. Dadurch hatte er der Regierung Peinlichkeiten erspart, was man ihm hoch anrechnete. Wenn er diesen Arbeitsausstoß so beibehielte, würde er, davon war er überzeugt, bei den nächsten Kabinettsumbildungen einen Posten erhalten. Er schaffte es, die Vormittage in der Bank und die Nachmittage und Abende im Unterhaus, ohne größere Störungen durch sein praktisch nicht vorhandenes Privatleben, bestens miteinander zu vereinen.

Kurz vor sieben war er bei Lord Carrington. Ein Hausmädchen öffnete die Tür, und er ging direkt in den Salon, in dem fast fünfzig Gäste versammelt waren.

Es gelang ihm sogar, die richtige Marke Whisky zu ergattern, bevor er sich zu seinen Parlamentskollegen gesellte. Über Alec Pimkins Glatze hinweg sah er sie zum ersten Mal.

»Wer ist das?«, fragte Charles, ohne anzunehmen, dass Pimkin es wusste.

»Amanda Wallace«, antwortete Pimkin nach einem Blick über die Schulter. »Ich könnte dir einiges über sie erzählen ...«

Aber Charles hatte sich mitten im Satz abgewandt. Die erotische Ausstrahlung der Frau bewirkte, dass sie den ganzen Abend von aufmerksamen Männern umringt war, die sie umschwärmten wie Motten das Licht. Wäre Charles nicht einer der Größten im Raum gewesen, hätte er die Lichtquelle nie gesehen. Zehn Minuten dauerte es, bis er sich zu ihr durchgekämpft hatte. Julian Ridsdale, ein Unterhauskollege, stellte ihn vor und wurde gleich darauf von seiner Frau weggeschleppt.

Charles blieb vor der Frau stehen, die in allem, vom Ballkleid bis zum Badetuch, blendend ausgesehen hätte. Ein weißes Seidenkleid betonte ihre schlanke Gestalt, das blonde Haar berührte die nackten Schultern. Doch am meisten beeindruckte ihn ihre fast durchsichtige Haut. Seit Jahren war es ihm nicht mehr so schwergefallen, ein Gespräch zu beginnen.

»Ich nehme an, Sie haben schon eine Verabredung zum Abendessen?«, fragte Charles in der kurzen Pause, bevor die Geier schon wieder näher drängten.

»Nein«, erwiderte sie und lächelte ermutigend. Sie willigte ein, sich in einer Stunde mit ihm bei Walton's zu treffen. Pflichtbewusst drehte Charles die Runde, sein Blick wanderte aber immer wieder zu ihr zurück. Sooft sie lächelte, lächelte er zurück, obwohl Amanda es gar nicht bemerkte, weil sie ständig irgendwer sonst umschmeichelte. Als er eine Stunde später ging, lächelte er ihr direkt zu und wurde diesmal mit einem wissenden Zwinkern belohnt.

Charles verbrachte eine Stunde allein an einem Ecktisch bei Walton's. Er wollte sich schon seine Niederlage eingestehen, als Amanda zu seinem Tisch geführt wurde. Der Ärger über das lange Warten verflog in dem Moment, in dem sie ihn anlächelte. »Hallo, Charlie.«

Es erstaunte ihn nicht, zu erfahren, dass seine elegante Begleiterin Fotomodell war. Seiner Ansicht nach hätte sie für alles modeln können – von Zahnpasta bis zu Strümpfen.

»Sollen wir bei mir noch einen Kaffee trinken?«, fragte er nach einem ausgedehnten Dinner. Sie nickte, und er ließ die Rechnung kommen. Zum ersten Mal seit vielen Jahren kontrollierte er sie nicht.

Er war entzückt, wenn auch ein wenig erstaunt, als Amanda auf der Rückfahrt im Taxi den Kopf an seine Schulter lehnte. Als sie am Eaton Square ankamen, war von Amandas Lippenstift kaum mehr etwas zu sehen. Der Taxifahrer dankte Charles für ein üppiges Trinkgeld und konnte sich nicht verkneifen hinzuzufügen: »Viel Glück, Sir.«

Charles kam nicht dazu, Kaffee zu machen. Als er am nächsten Morgen erwachte, fand er Amanda zu seiner Überraschung noch hinreißender. Zum ersten Mal seit Wochen vergaß er, sich die Sendung »Gestern im Parlament« anzuhören.

Elizabeth hörte genau zu, als der Sicherheitsbeamte ihr den Mechanismus der Alarmanlage erklärte. Peter und Michael wurde eingeschärft, nie auf die roten Knöpfe zu drücken, die es in allen Zimmern gab, weil sonst sofort die Polizei anrücken würde. Die Zimmer in der Beaufort Street waren schon gesichert, und jetzt war das Cottage dran.

Vor der Beaufort Street stand Tag und Nacht ein Polizist. Da das Cottage in Pucklebridge so abgelegen war, musste es von Bogenlampen umgeben werden, die sich jederzeit einschalten ließen.

»Das muss ja verdammt unangenehm sein«, meinte Archie Millburn während des Abendessens. Bei seiner Ankunft war er von Sicherheitsbeamten mit Hunden überprüft worden, bevor er dem Gastgeber die Hand geben konnte.

»Unangenehm ist noch milde ausgedrückt«, sagte Elizabeth. »Letzte Woche hat Peter mit einem Kricketball ein Fenster eingeschossen. Sofort war alles hell erleuchtet wie ein Christbaum.«

»Habt ihr jemals Ruhe?«, fragte Archie.

»Nur, wenn wir im Bett sind, und auch da erscheint, wenn man bloß einmal aufseufzt, ein Schäferhund.«

Wenn Simon morgens ins Parlament fuhr, wurde er von zwei Polizeibeamten begleitet – ein Wagen vor ihm, einer hinter ihm. Bisher hatte er immer gedacht, es gäbe nur zwei Wege aus der Beaufort Street nach Westminster. In den ersten drei Wochen seiner neuen Tätigkeit fuhren sie kein einziges Mal die gleiche Strecke.

Wann immer Simon in Belfast zu tun hatte, kannte er vorher weder Abflugzeit noch -ort. Während all das Elizabeth schier verrückt machte, hatte es auf ihn die gegenteilige Wirkung. Trotz aller Widrigkeiten hatte er zum ersten Mal im Leben das Gefühl, niemandem erklären zu müssen, warum er Politiker geworden war.

Langsam und behutsam versuchte er, Protestanten und Katholiken zusammenzubringen. Manchmal wurde die Arbeit eines Monats in einem Tag zunichtegemacht, doch ließ er sich weder entmutigen noch hatte er vorgefasste Meinungen, außer, wie er Elizabeth sagte, »hinsichtlich gesunden Menschenverstands«. Er hielt einen Durchbruch im Lauf der Zeit für möglich, wenn er nur auf beiden Seiten eine Handvoll Männer guten Willens fand.

Bei den Allparteiensitzungen begegneten ihm beide Fraktionen mit Respekt und – privat – auch Zuneigung. Sogar der

Sprecher der Opposition in Westminster musste zugeben, dass Simon Kerslake ein ausgezeichneter Mann für »das gefährliche und undankbare Ministeramt« war.

Auch Andrew wusste, dass er eine Handvoll gutwilliger Männer brauchte, als Hamish Ramsey als Vorsitzender von Edinburgh Carlton zurücktrat.

»Ich habe genug von diesem Tauziehen«, erklärte ihm Hamish. »Ich bin aus anderen Gründen in der Politik als diese Bande von Quertreibern.« Widerwillig ließ Andrew ihn ziehen und überredete seinen Stellvertreter David Connaught nur mit Mühe, Hamishs Platz einzunehmen. Als David schließlich einwilligte, sich nominieren zu lassen, lehnte ihn Frank Boyle, der niemanden darüber im Unklaren ließ, was er von dem derzeitigen Abgeordneten hielt, postwendend ab. Andrew sprach vor der Wahl des neuen Vorsitzenden mit jedem Ausschussmitglied. Er rechnete mit einem Abstimmungsergebnis von sieben zu sieben; so würde Hamish mit seiner Stimme für Connaught entscheiden können.

Eine Stunde vor der Versammlung meldete sich Andrew bei Hamish. »Ich rufe dich im Unterhaus an und hinterlasse eine Nachricht, wenn alles vorbei ist«, sagte Ramsey zu ihm. »Keine Sorge, diesmal geht es noch glatt. Wenigstens hinterlasse ich dir den richtigen Vorsitzenden.«

Andrew verließ Pelham Crescent, nachdem er Clarissa ein weiteres Kapitel aus ihrem Buch vorgelesen hatte, und versprach Louise, gleich nach der Zehnuhrabstimmung wieder heimzukommen. Er saß im Sitzungssaal und hörte sich Charles' fundierte Ausführungen zur Währungspolitik an. Er stimmte nicht mit allem überein, was Seymour sagte, und mochte ihn auch nicht besonders; aber er musste zugeben, dass so ein Talent auf den hinteren Bänken vergeudet war.

Während der Rede erhielt Andrew eine Nachricht: Stuart Gray, der Parlamentskorrespondent des *Scotsman,* wollte ihn dringend sprechen. Andrew verließ seinen Platz auf der vordersten Bank und kam sich dabei vor wie ein kleiner Junge, der mitten im Film aus dem Kino geht, um sich ein Eis zu holen. Gray erwartete ihn in der *Members' Lobby.*

Andrew kannte Stuart seit seinen ersten Tagen im Unterhaus. Damals hatte ihm der Journalist gesagt: »Sie und ich, wir sind füreinander Brot und Butter, also machen wir am besten ein Sandwich.« Andrew lachte, und in den vergangenen fünfzehn Jahren hatten sie kaum je eine Differenz gehabt. Stuart schlug einen Drink an der Bar vor. Andrew setzte sich auf eine Couch, während Stuart an der Theke zwei Whisky bestellte.

»Prost«, sagte der Journalist und reichte Andrew ein Glas. Andrew nahm einen tiefen Schluck. »Was kann ich für Sie tun?«, fragte er. »Ist mein Vater wieder einmal lästig?«

»Verglichen mit Ihrem neuen Vorsitzenden, würde ich ihn einen Anhänger nennen.«

»Wieso? Ich fand David Connaught bisher ganz vernünftig«, sagte Andrew etwas steif.

»Ihre Ansicht über Connaught interessiert mich nicht besonders. Ich möchte Ihre Meinung über Ihren neuen Vorsitzenden Frank Boyle hören.« Der Journalist klang sehr förmlich.

»Was?«

»Er hat mit sieben zu sechs Stimmen gewonnen.«

»Aber ...« Andrew verstummte.

»Los, Andrew. Wir beide wissen, dass der Mann ein verdammter Kommunist ist, und mein Redakteur schreit nach einem O-Ton von Ihnen.«

»Ich kann nichts sagen, bevor ich nicht alle Fakten kenne, Stuart.«

»Die habe ich Ihnen gerade genannt. Kriege ich jetzt einen Kommentar?«

»Ja.« Andrew überlegte kurz. »Ich bin überzeugt, dass Mr. Boyle der Labour-Partei in bester Tradition dienen wird, und freue mich darauf, eng mit ihm zusammenzuarbeiten.«

»Quatsch«, brummte Stuart. »Das druckt kein Mensch.«

»Es ist die einzige Aussage, die Sie heute von mir hören werden«, erwiderte Andrew.

Stuart sah seinen Freund an und bemerkte Falten in dessen Gesicht, die ihm bisher nie aufgefallen waren. »Ich bin zu weit gegangen, tut mir leid. Bitte kontaktieren Sie mich, sobald Sie es für richtig halten. Mit diesem Widerling Boyle als Vorsitzenden könnten Sie meine Hilfe vielleicht brauchen.«

Andrew dankte ihm zerstreut, trank seinen Whisky in einem Zug aus und ging zu einer Telefonkabine. Er rief Ramsey zu Hause an.

»Was, um Himmels willen, ist passiert?«, war alles, was er fragen konnte.

»Einer von unserer Seite ist nicht erschienen«, sagte Hamish. »Behauptete, er sei in Glasgow aufgehalten worden. Ich wollte dich eben anrufen.«

»Verdammt verantwortungslos von ihm«, sagte Andrew. »Warum hast du die Abstimmung nicht verschoben?«

»Das habe ich versucht, aber Boyle verwies auf die Statuten. ›Ein zwei Wochen vor einer Sitzung eingebrachter Antrag kann nur mit Zustimmung des Antragstellers und eines Befürworters verschoben werden.‹ Tut mir sehr leid, Andrew. Aber ich war machtlos.«

»Es ist nicht deine Schuld, Hamish. Einen besseren Vorsitzenden als dich hätte ich nicht haben können. Ich bedaure nur, dass du nicht unter würdigeren Umständen abtreten konntest.«

Hamish grinste. »Vergiss nie, Andrew, in einer Demokratie haben die Wähler das letzte Wort. In Edinburgh bist du der Mann, der ihnen mehr als fünfzehn Jahre lang treu gedient hat. Das werden sie nicht so schnell vergessen.«

»Sie können sich jetzt anziehen«, sagte die Frauenärztin und ging zum Schreibtisch zurück.

Amanda schlüpfte in ihr neues Dior-Kleid, das sie sich am Vortag zum Trost gekauft hatte.

»Es ist das dritte Mal in fünf Jahren«, bemerkte Elizabeth Kerslake und versuchte, nicht vorwurfsvoll zu klingen, während sie in Amandas Krankenakte blätterte.

»Ich könnte wieder in dieselbe Klinik gehen wie bisher«, sagte Amanda sachlich.

Elizabeth war entschlossen, sie ihre Entscheidung noch einmal überdenken zu lassen. »Wäre es möglich, dass der Vater sich das Kind wünscht?«

»Ich weiß nicht genau, wer der Vater ist.« Zum ersten Mal sah Amanda etwas beschämt drein. »Wissen Sie, es war das Ende einer alten und der Beginn einer neuen Beziehung.«

Elizabeth erwiderte nur: »Ich schätze, dass Sie mindestens in der achten Woche sind, vielleicht aber auch in der zwölften.« Wieder sah sie in die Akte. »Haben Sie einmal in Betracht gezogen, das Kind zur Welt zu bringen und großzuziehen?«

»Um Himmels willen, nein. Ich bin von Beruf Model, nicht Mutter.«

»Dann kann man nichts machen.« Seufzend klappte Elizabeth die Akte zu. »Ich werde« – sie vermied zu sagen »wie üblich« – »alles Notwendige veranlassen. Sie müssen sofort zu Ihrem Hausarzt gehen und das Bewilligungsformular von ihm unterschreiben lassen. Rufen Sie mich in einer Woche an. Das ist einfacher, als nochmals nach Pucklebridge zu kommen.«

Amanda nickte. »Können Sie mich wissen lassen, was die Klinik diesmal verlangt? Bestimmt macht sich die Inflation auch dort bemerkbar.«

»Ja, ich werde mich informieren, Miss Wallace«, sagte Elizabeth. Sie beherrschte sich mühsam, als sie Amanda zur Tür begleitete. Dann nahm sie die Akte, ging zu ihrem Akten-schrank und ordnete sie wieder ein. Vielleicht hätte sie stren-ger mit ihr sein sollen, aber es hätte vermutlich nichts ge-ändert. Ob ein Kind die nachlässige Haltung dieser Frau wohl hätte verändern können?

Zufrieden mit sich kehrte Charles nach der Debatte nach Hause zurück. Jeder Flügel der Partei hatte ihn nach seiner letzten Rede gelobt, und der Chief Whip ließ keinen Zweifel daran, dass sein Einsatz bei den neuen Gesetzesentwürfen nicht unbemerkt geblieben war.

Auf der Fahrt kurbelte er das Fenster hinunter, um die fri-sche Luft herein- und den Zigarettenrauch hinauszulassen. Der Gedanke, dass Amanda zu Hause auf ihn wartete, ließ ihn lächeln. Die letzten Monate waren großartig gewesen; mit achtundvierzig erlebte er Dinge, die er sich nie hätte träumen lassen. Mit der Zeit hatte er ein Nachlassen seiner Leiden-schaft erwartet, doch stattdessen wurde sie immer stärker. Selbst die Erinnerung am nächsten Tag war schöner als alles, was er in der Vergangenheit erlebt hatte.

Sobald der Holbein wieder im Esszimmer hing, wollte Charles mit Amanda über die Zukunft sprechen. Sollte sie Ja sagen, wäre er sogar bereit, in die Scheidung von Fiona einzuwilligen. Er parkte den Wagen und zog den Haustürschlüssel aus der Tasche, aber Amanda erwartete ihn schon an der Tür und umarmte ihn.

»Warum gehen wir nicht gleich ins Bett?«, begrüßte sie ihn.

Hätte Fiona auch nur einmal in ihrer fünfzehnjährigen Ehe einen solchen Vorschlag gemacht, wäre er zutiefst schockiert gewesen. Aber bei Amanda schien es ganz natürlich. Bevor Charles die Weste ausgezogen hatte, lag sie nackt auf dem Bett. Danach schmiegte sie sich in seine Arme und sagte ihm, sie müsse ein paar Tage verreisen.

»Warum?«, fragte Charles erstaunt.

»Ich bin schwanger«, antwortete sie trocken. »Mach dir keine Gedanken. In der Klinik bin ich schon vorgemerkt, und in Nullkommanichts bin ich wieder völlig in Ordnung.«

»Aber warum bekommen wir kein Kind?«, fragte Charles beglückt und sah ihr in die grauen Augen. »Ich habe mir schon immer einen Sohn gewünscht.«

»Sei nicht kindisch, Charles. Damit hab ich noch lange Zeit.«

»Aber wenn wir verheiratet wären?«

»Du bist verheiratet. Und außerdem bin ich erst sechsundzwanzig.«

»Ich kann sofort eine Scheidung bekommen. Mit mir zu leben wäre doch nicht so übel, oder?«

»Natürlich nicht, Charles. Du bist der erste Mann, den ich wirklich mag.«

Charles lächelte erwartungsvoll. »Du wirst es dir also überlegen?«

Unsicher sah Amanda Charles an. »Wenn ich wirklich ein Kind bekäme, müsste es deine blauen Augen haben.«

»Willst du mich heiraten?«, fragte er.

»Ich lass es mir durch den Kopf gehen. Vielleicht hast du es dir morgen früh schon anders überlegt.«

Raymond fuhr mit Kate nach Heathrow. Er trug das rosa Hemd, das sie für ihn ausgesucht hatte. Sie trug die kleine rote Schatulle. Auf dem Weg zum Flughafen hatte er ihr noch so viel zu sagen, dass sie kaum etwas sprach. Die vier Wochen waren wie im Flug vergangen. Zum ersten Mal war er froh, in der Opposition zu sein.

»Nimm's nicht so schwer, Karottenkopf. Sooft du nach New York kommst, werden wir uns sehen.«

»Ich war erst zweimal im Leben in New York«, sagte er und versuchte zu lächeln.

Nachdem sie ihre elf Koffer eingecheckt hatte, eine Prozedur, die ewig zu dauern schien, bekam sie die Bordkarte.

»Flug BA 107, Gate 14, Boarding in zehn Minuten.«

»Danke«, sagte sie und setzte sich zu Raymond auf eine Wartebank. Er hatte zwei Plastikbecher mit Kaffee besorgt. Der Kaffee war kalt. Sie hielten sich an den Händen wie Kinder, die sich in den Ferien kennengelernt haben und jetzt wieder in ihre jeweiligen Schulen zurückmüssen.

»Versprich mir, dass du nicht gleich, wenn ich weg bin, die Kontaktlinsen wieder trägst.«

»Das kann ich dir versprechen.« Raymond griff an seine Brille.

»Es gibt noch so viel, was ich dir sagen möchte«, sagte Kate.

Er wandte sich zu ihr. »Die Vizepräsidentin einer Bank darf nicht weinen.« Er wischte eine Träne von ihrer Wange. »Sonst merken die Kunden, dass du leichte Beute bist.«

»Auch Kabinettsmitgliedern ist das nicht erlaubt«, gab sie zurück. »Ich wollte nur sagen, wenn du wirklich glaubst ...«, begann sie.

»Hallo, Mr. Gould.«

Sie sahen auf und erblickten das breite Lachen eines Mannes, der, seiner Gesichtsfarbe nach zu schließen, aus einer sonnigeren Gegend kam.

»Ich bin Bert Cox«, sagte er und streckte die Hand aus. »Du wirst dich nicht an mich erinnern.« Raymond ließ Kates Hand los und begrüßte den Mann.

»Wir waren vor Ewigkeiten in Leeds zusammen in der Volksschule, Ray. Seitdem hast du's weit gebracht.«

Wie kann ich ihn nur loswerden?, fragte sich Raymond verzweifelt.

»Das ist meine Frau.« Cox wies auf eine schweigende Frau in einem geblümten Kleid. Sie lächelte, sagte nichts. »Sie ist im selben Ausschuss wie Joyce, nicht wahr, Schatz?« Er wartete nicht auf ihre Antwort.

»Letzter Aufruf für Flug BA 107, die Passagiere werden gebeten, sich zu Ausgang Nummer 14 zu begeben.«

»Wir wählen dich natürlich immer«, fuhr Cox fort. »Meine Frau« – wieder zeigte er auf das geblümte Kleid – »meine Frau glaubt, du wirst mal Premierminister. Ich sage immer ...«

»Ich muss gehen«, unterbrach Kate, »sonst verpasse ich den Flieger.«

»Bitte entschuldige mich einen Moment, Bert«, sagte Raymond.

»Natürlich. Ich warte auf dich. Hab nicht oft Gelegenheit, mit einem Abgeordneten zu sprechen.«

Raymond ging mit Kate bis zur Absperrung. »Es tut mir so leid. Ich fürchte, so sind sie alle in Leeds. Herzen aus Gold, aber nicht zu bremsen, wenn sie mal losgelegt haben. Was wolltest du sagen?«

»Nur, dass ich glücklich gewesen wäre, in Leeds zu leben, wie kalt auch immer es dort ist. Ich hab noch nie im Leben jemanden beneidet, aber jetzt beneide ich Joyce.« Sie küsste ihn zart auf die Wange und ging, bevor er etwas erwidern konnte, durch die Sperre.

»Fühlen Sie sich nicht gut, Madam?«, fragte ein Beamter.

»Alles in Ordnung«, sagte Kate und wischte die Tränen weg. Langsam ging sie zu Ausgang Nummer 14 und war froh, dass Raymond zum ersten Mal das rosa Hemd trug. Ob er den Zettel gefunden hatte, den sie unter den Kragen geschoben hatte? Wenn er sie doch nur noch einmal gefragt hätte …

Raymond stand allein da, dann wandte er sich ziellos dem Ausgang zu.

»Eine Amerikanerin, nicht wahr?«, stellte Mr. Cox fest, der ihn einholte. »Ich erkenne den Akzent immer.«

»Ja«, sagte Raymond gedankenverloren.

»Eine Freundin von Ihnen?«

»Meine beste Freundin«, erwiderte Raymond.

Als Elizabeth nach zehn Tagen nichts von Miss Wallace gehört hatte, beschloss sie, sie anzurufen. Sie suchte die letzte Telefonnummer heraus, die Amanda ihr gegeben hatte.

Elizabeth wählte. Es dauerte eine Weile, bis jemand abhob.

»Hier Charles Seymour.« Eine lange Pause. »Wer spricht, bitte?«

Elizabeth war unfähig zu antworten. Sie legte auf und spürte, wie ihr der kalte Schweiß ausbrach. Langsam schloss sie Amanda Wallaces Akte und ordnete sie wieder ein.

25

Simon verbrachte fast ein Jahr mit der Vorbereitung einer Diskussionsvorlage mit dem Titel »Eine echte Partnerschaft für Irland«, um sie dem Unterhaus vorzulegen. Das Regierungsziel war es, Norden und Süden für die Dauer von zehn Jahren zusammenzubringen, um danach eine endgültige Lösung zu finden. In dieser Periode sollten beide Seiten unter der direkten Verwaltung Londons und Dublins stehen. Sowohl Protestanten wie Katholiken hatten zu Simons »Charta«, wie die Presse den Entwurf nannte, beigetragen. Mit Geschick, Geduld und Ausdauer hatte Simon die politische Führung Nordirlands überredet, den endgültigen Entwurf zu unterzeichnen, sollte er vom Unterhaus gebilligt werden.

Die Vereinbarung sei zwar nur ein Stück Papier, sagte er zu Elizabeth, aber auch eine Basis für eine endgültige Regelung. Auf beiden Seiten der Irischen See bezeichneten Politiker und Journalisten sie als einen echten Durchbruch.

Der Minister für Nordirland sollte das Dokument dem Unterhaus vorlegen, wenn Irland das nächste Mal auf der Tagesordnung stand. Man hatte Simon – als Architekten des Entwurfes – also aufgefordert, im Namen der Regierung die Schlussrede zu halten. Sollte das Haus den Entwurf gutheißen, hoffte er, einen parlamentarischen Gesetzesentwurf einbringen zu können, womit das Problem, an dem so viele seiner Vorgänger gescheitert waren, gelöst wäre. Gelänge ihm das, waren alle Opfer, die er bisher gebracht hatte, der Mühe wert gewesen, fand Simon.

An diesem Abend las Elizabeth den endgültigen Entwurf in Simons Arbeitszimmer und gab zum ersten Mal zu, froh zu sein, dass er das Amt angenommen hatte.

»Und jetzt, kleiner Staatsmann«, schloss sie, »wärst du wie jeder normale Mensch um diese Zeit bereit fürs Abendessen?«

»Natürlich«, antwortete Simon und legte die einhundertneunundzwanzig Seiten umfassende Kopie der Charta vom Esstisch auf die Anrichte, weil er sie nach dem Essen noch einmal durchsehen wollte.

»Verflixt und zugenäht«, rief Elizabeth aus der Küche.

»Was ist los?«, fragte er, ohne von seinem Spielzeug aufzusehen, wie ein Kind, das in ein Puzzlespiel vertieft ist.

»Ich hab keine Soßenwürfel.«

»Ich gehe welche besorgen«, erbot sich Simon. Die zwei Polizisten vor der Tür unterhielten sich, als Simon herauskam.

»Los. Meine Frau braucht Soßenwürfel, die Staatsaffären müssen warten.«

»Tut mir sehr leid, Sir«, sagte der Beamte. »Als man mir mitteilte, dass Sie heute zu Hause bleiben, habe ich den Dienstwagen weggeschickt. Aber Barker kann Sie begleiten.«

»Kein Problem«, meinte Simon. »Wir nehmen den Wagen meiner Frau. Wir müssen nur feststellen, wo sie ihn geparkt hat.«

Er ging ins Haus und kam gleich darauf zurück. »Schon lange bei der Polizei?«, fragte er Barker, während sie die Straße überquerten.

»Nein, Sir. Erst ein Jahr.«

»Sind Sie verheiratet?«

»Kaum eine Chance mit meinem Gehalt.«

»Dann kennen Sie noch nicht das Problem, keine Soßenwürfel zu haben.«

»In der Kantine hat man jedenfalls noch nie davon gehört, Sir.«

»Da sollten Sie einmal das Essen im Unterhaus probieren. Ich denke nicht, dass es viel besser ist. Gar nicht zu reden vom Gehalt!«

Die beiden lachten, als sie auf das Auto zugingen.

»Wie gefällt Ihrer Frau der Mini Metro?«, erkundigte sich der Polizist, als Simon die Tür aufschloss.

Wie alle anderen Bewohner der Beaufort Street hörte auch Elizabeth die Explosion. Aber sie war die Erste, die wusste, was sie bedeutete. Sie stürzte aus dem Haus auf der Suche nach dem diensthabenden Polizisten. Sie sah ihn die Straße hinunterrennen und folgte ihm.

Die Trümmer des kleinen roten Autos waren über die ganze Straße verstreut, der von Glasscherben übersäte Gehweg sah aus wie nach einem Hagelsturm. Als der Inspektor den abgetrennten Kopf sah, riss er Elizabeth zurück. Zwei weitere Körper lagen bewegungslos auf der Straße. Um den der alten Frau war der Inhalt ihrer Einkaufstasche verteilt.

Binnen Minuten trafen sechs Streifenwagen ein, und die Sicherheitspolizei riegelte das Gebiet ab. Eine Ambulanz raste mit den beiden Körpern zum Westminster Hospital. Die Reste des Polizisten einzusammeln, erforderte einen Mann mit starken Nerven.

Elizabeth wurde mit einer Polizeistreife ins Krankenhaus gebracht, wo sie erfuhr, dass die alte Dame auf der Fahrt gestorben war, während der Zustand ihres Mannes kritisch sei. Als sie dem behandelnden Chirurgen sagte, dass sie Ärztin sei, beantwortete er ihre Fragen etwas genauer. Simon hatte zahlreiche Brüche erlitten, eine Hüfte war ausgerenkt, und er hatte sehr viel Blut verloren. Die einzige Frage, die zu beantworten er nicht bereit war, war die nach Simons Überlebenschancen.

Allein saß Elizabeth vor dem Operationssaal und wartete. Als Stunde um Stunde verging, dachte sie immer wieder an Simons Worte: »Sei tolerant. Vergiss nicht, es gibt in Nordirland immer noch Männer, die guten Willens sind.« Es fiel ihr schwer, nicht laut zu schreien, sie nicht alle als Mörder zu bezeichnen. Unermüdlich hatte ihr Mann für sie gearbeitet. Er war weder katholisch noch protestantisch, er war einfach ein Mann, der sich an einer unlösbaren Aufgabe versuchte. Sie dachte jedoch auch daran, dass die Bombe ihr gegolten hatte.

Eine weitere Stunde verstrich.

Dann trat ein müder Mann mit grauem Gesicht auf den Korridor. »Er kämpft immer noch, Dr. Kerslake. Ihr Mann besitzt eine unglaubliche Konstitution; die meisten hätten das nicht überlebt.« Er lächelte. »Soll ich ein Zimmer für Sie suchen, damit Sie schlafen können?«

»Nein, danke«, sagte Elizabeth, »ich möchte in seiner Nähe bleiben.«

Sie rief zu Hause an, um zu sehen, wie die Kinder zurechtkamen. Ihre Mutter hob ab. Sie war, kaum hatte sie die Nachricht gehört, zu den Kindern gefahren und hielt sie von Radio und Fernsehen fern.

»Wie geht es ihm?«, fragte sie.

Elizabeth sagte ihr alles, was sie wusste, dann sprach sie mit den Kindern.

»Wir passen auf Großmutter auf«, sagte Peter.

Elizabeth konnte die Tränen nicht mehr zurückhalten. »Danke, Liebling«, sagte sie und legte rasch auf. Sie kehrte zu der Bank vor dem Operationssaal zurück, zog die Schuhe aus, rollte sich zusammen und versuchte einzunicken.

Am frühen Morgen wachte sie mit einem Ruck auf. Der Rücken schmerzte, und ihr Hals war steif. Barfuß ging sie langsam auf und ab, streckte die schmerzenden Glieder und suchte nach jemandem, der ihr etwas sagen konnte. Schließlich kam eine Krankenschwester, brachte ihr Tee und teilte ihr mit, dass ihr Mann noch lebe. Aber was hieß »noch«? Sie beobachtete die ernsten Gesichter der Leute, die aus dem Operationssaal kamen, und wollte die Anzeichen der Hoffnungslosigkeit nicht sehen. Der Chirurg riet ihr, nach Hause zu gehen und sich auszuruhen; in den nächsten Stunden würde man ihr nichts sagen können. Ein Polizist hielt alle Journalisten, die jetzt in Scharen eintrudelten, in einem Vorraum zurück.

Elizabeth verbrachte einen weiteren Tag und eine weitere Nacht auf dem Korridor und fuhr erst nach Hause zurück, als der Chirurg ihr sagte, es sei ausgestanden.

Als sie es hörte, fiel sie auf die Knie und schluchzte.

»Auch der liebe Gott will das irische Problem offenbar gelöst sehen«, fügte er hinzu. »Ihr Mann wird leben, Dr. Kerslake, aber es ist ein Wunder.«

»Hast du Zeit für einen schnellen Drink?«, fragte Alexander Dalglish.

»Wenn du mich zwingst«, antwortete Pimkin.

»Fiona«, rief Alexander, »Alec ist auf einen Drink vorbeigekommen.«

Sie erschien in einem leuchtend gelben Kleid, das Haar reichte ihr jetzt bis über die Schultern.

»Steht dir gut«, sagte Pimkin und klopfte sich auf die Glatze.

»Danke. Warum gehen wir nicht ins Wohnzimmer?«

Pimkin folgte ihr vergnügt und setzte sich in Alexanders Lieblingssessel.

»Was möchtest du?«, fragte Fiona.

»Einen großen Gin mit einem Hauch Tonic.«

»Wie geht es dem Wahlkreis seit meinem Rücktritt?«

»Er versucht, den größten Sex-Skandal seit Profumo zu verdauen«, grinste Pimkin.

»Ich hoffe nur, es hat deinen Wahlchancen nicht geschadet«, sagte Alexander.

»Keine Spur, alter Junge.« Pimkin nahm ein großes Glas Gin Tonic entgegen. »Im Gegenteil: Zur Abwechslung beschäftigt man sich einmal nicht mit mir.«

Alexander lachte.

»Nur Charles und Lady Di konnten das Interesse an eurer bevorstehenden Hochzeit etwas überschatten«, fuhr Pimkin fort, das Gespräch sichtlich genießend. »Ich hörte Gerüchte, dass unser verehrter Freund, der Abgeordnete für Sussex Downs, euch zwei Jahre warten ließ, bis ihr die Ankündigung in der *Times* schalten konntet.«

»Das stimmt«, sagte Fiona. »Charles beantwortete nicht einmal meine Briefe, aber in letzter Zeit war er überaus freundlich, wenn sich Probleme ergaben.«

»Vielleicht, weil er ebenfalls eine Ankündigung zu machen gedenkt?«, fragte Pimkin und leerte das Glas in der Hoffnung auf einen zweiten Drink.

»Was meinst du damit?«

»Dass er sein Herz an eine andere verloren hat.«

»Eine andere?«, fragte Alexander.

»Niemand anderes als ...« Pimkin nippte demonstrativ an seinem leeren Glas, »... Miss Amanda Wallace, einzige Tochter des verstorbenen und wenig betrauerten Brigadegenerals Boozer Wallace.«

»Amanda Wallace?«, wiederholte Fiona ungläubig. »Dazu ist er doch viel zu vernünftig.«

»Ich glaube, es hat weniger mit Vernunft als mit Sex zu tun«, sagte Pimkin, sein Glas hochhaltend.

»Aber er könnte ihr Vater sein.«

»Wenn dem so ist, kann Charles sie ja adoptieren.« Alexander lachte.

»Aber ich weiß aus verlässlicher Quelle«, fuhr Pimkin fort, »dass er um ihre Hand angehalten hat.«

»Das kann nicht dein Ernst sein«, sagte Fiona fassungslos.

»Die Sache kam wahrscheinlich aufs Tapet, weil sie unzweifelhaft schwanger ist, und Charles wünscht sich einen Sohn.« Triumphierend nahm Pimkin einen zweiten doppelten Gin entgegen.

»Das ist unmöglich«, murmelte Fiona.

»Und wie ich höre«, fügte Pimkin hinzu, »nennen einige boshafte Leute verschiedene Namen als möglichen Vater.«

»Alec, du bist unverbesserlich.«

»Meine Liebe, jeder weiß, dass Amanda mit dem halben Kabinett geschlafen hat und auch mit einer beachtlichen Anzahl von Hinterbänklern.«

»Übertreib nicht so«, warf Fiona ein.

»Darüber hinaus«, fuhr Pimkin fort, ihre Bemerkung überhörend, »ignorierte sie die Vorderbank der Labour-Partei nur, weil ihre Mutter ihr sagte, das seien ganz vulgäre Leute, und sie könnte sich bei ihnen etwas einfangen.«

Wieder lachte Alexander. »Aber Charles ist doch bestimmt nicht auf den Trick mit der Schwangerschaft reingefallen?«

»Volle Kanne. Er ist wie ein Ire, den man übers Wochenende in eine Guinnessbrauerei einschließt. Die liebe Amanda wird bei jeder Gelegenheit entkorkt.«

»Aber sie ist doch strohdumm und von Politik völlig unbeleckt«, meinte Alexander.

»Dumm mag sie wohl sein«, erwiderte Pimkin, »aber unbeleckt ist sie nicht. Wie ich höre, schreiben die beiden das *Kamasutra* fort.«

»Jetzt ist aber Schluss, Alec«, sagte Fiona lachend.

»Du hast recht.« Pimkin stellte fest, dass sein Glas schon wieder fast leer war. »Ein Mann von makellosem Ruf wie ich kann es sich nicht leisten, mit Leuten zu verkehren, die in Sünde leben. Ich muss auf der Stelle gehen, meine Lieben.« Er stand auf, und Alexander begleitete ihn zur Tür.

Als er gegangen war, sagte Alexander zu Fiona: »Unser ehemaliger Abgeordneter ist immer auf dem Laufenden.«

»Richtig. So viele Informationen für zwei Gläser Gin.«

»Haben sie Einfluss auf deine Pläne bezüglich der Rückgabe des Holbeins?«, fragte Alexander.

»Keineswegs.«

»Du gehst also nächste Woche zu Sotheby's?«

Fiona lächelte. »Natürlich, und wenn der Preis stimmt, brauchen wir uns über ein Hochzeitsgeschenk für Charles nicht den Kopf zu zerbrechen.«

Drei Wochen nach dem Bombenattentat verließ Simon, Elizabeth an seiner Seite, auf Krücken das Westminster Hospital. Sein rechtes Bein war so zertrümmert, dass er nie mehr richtig würde gehen können. Als er auf die Straße trat, blitzten

Hunderte Kameras auf, um allen Zeitungen ein Bild des Helden des Tages zu liefern. Simon lächelte, als hätte er keine Schmerzen. »Diese Mörderbande soll nicht denken, dass sie dich untergekriegt hat«, hatten ihm beide Seiten eingeschärft. Elizabeths Lächeln zeigte nur Erleichterung darüber, dass ihr Mann noch am Leben war.

Nach drei Wochen völliger Schonung kehrte Simon, entgegen dem Rat seines Arztes, wieder zu seiner »Charta« zurück, die in knapp zwei Wochen dem Unterhaus vorgelegt werden sollte. Der Staatssekretär und der zweite Minister für Nordirland besuchten ihn mehrmals, und man kam überein, dass der Minister vorübergehend Simons Pflichten übernehmen und das Schlusswort sprechen sollte. Während Simons Abwesenheit merkte das ganze Büro für Nordirland, wie viel Arbeit dieses Dokument gekostet hatte, und niemandem fiel es leicht, ihn zu ersetzen.

Der Bombenanschlag und die Sonderdebatte über die Charta erweckten so großes Interesse, dass die BBC beschloss, die Parlamentssitzung von halb vier an bis zur Abstimmung um zehn Uhr abends zu übertragen.

Am Nachmittag der Debatte hörte Simon im Bett liegend so aufmerksam zu, als ginge es um die letzte Folge seiner Lieblingsserie, deren Ende er um jeden Preis erfahren musste. Die erste Rede hielt der Staatssekretär für Nordirland. Klar und präzise gab er den Inhalt der Charta wieder, sodass Simon das Gefühl hatte, das ganze Haus müsse ihn unterstützen. Es folgte der Vertreter der Opposition, der nur zwei, drei Fragen bezüglich der umstrittenen »Patrioten-Klausel« anmeldete, die den Protestanten im Süden und den Katholiken im Norden Sonderrechte zubilligte. Auch wollte er wissen, wie die Wirkung auf Katholiken sein würde, die sich in Nordirland nicht registrieren lassen wollten. Ansonsten versicherte er dem Haus, dass die Opposition die Charta unterstütze und keine Abstimmung verlangen werde.

Zum ersten Mal entspannte sich Simon, seine Stimmung sank jedoch, als einige Hinterbänkler immer mehr Einwände gegen die Patrioten-Klausel vorbrachten. Einige bestanden darauf, dass die Regierung die Notwendigkeit dieser Klausel befriedigend erklären müsse, bevor man die Charta annehme. Simon fürchtete, dass ein paar Engstirnige nur auf Zeit spielten, in der Hoffnung, die Annahme der Charta zu verzögern, bis man sie schließlich vergessen würde. Seit Generationen hatten solche Leute erfolgreich die Wünsche und Hoffnungen des irischen Volkes erstickt und dem Fanatismus Tür und Tor geöffnet.

Elizabeth kam herein und setzte sich an sein Bett. »Wie steht es?«, fragte sie.

»Nicht gut«, sagte Simon. »Alles hängt vom Vertreter der Opposition ab.«

Sie hörten gemeinsam zu. Sobald der Redner der Opposition angefangen hatte, stellte Simon fest, dass auch er das eigentliche Ziel der Patrioten-Klausel missverstand. Was Simon in Dublin und Belfast mit beiden Seiten ausgehandelt hatte, wurde im Unterhaus nicht richtig wiedergegeben. Was der Redner sagte, war nicht bösartig, und er hielt sich offensichtlich an das, was man im Vorfeld vereinbart hatte. Simon spürte jedoch, dass sich seine mangelnde Überzeugung auf seine Parteikollegen übertrug. Es sah danach aus, als würde es doch zu einer Abstimmung kommen.

Nachdem ein, zwei weitere Abgeordnete in Zwischenrufen Zweifel angemeldet hatten, meinte der Schattenminister: »Vielleicht sollten wir warten, bis der Staatsminister vollständig genesen und imstande ist, sich selbst an das Haus zu wenden.« Ein paar »Hört, hört« wurden im Saal laut.

Simon war zutiefst bestürzt. Wenn die Charta heute nicht angenommen wurde, war sie verloren. All die Arbeit, all der gute Wille wären vergeblich gewesen. Er fasste einen Entschluss.

»Ich hätte sehr gern eine Tasse Kakao«, sagte er beiläufig.

»Natürlich, mein Schatz. Ich werde gleich Wasser aufsetzen. Möchtest du auch ein paar Kekse?«

Simon nickte. Sobald sich die Tür hinter Elizabeth schloss, zog er sich so rasch an wie er konnte. Er nahm seinen Gehstock, ein Geschenk von Dr. Fitzgerald, dem irischen Premierminister, eines der vielen Präsente, die ihn bei seiner Rückkehr aus dem Krankenhaus erwartet hatten. Leise hinkte er die Treppe hinunter und öffnete, hoffend, dass Elizabeth ihn nicht hörte, die Haustür. Als der diensthabende Polizist ihn sah, legte Simon rasch den Finger an die Lippen, humpelte mühsam zum Streifenwagen, sank in den Fond und sagte: »Bitte schalten Sie das Radio an, und fahren Sie mich so schnell wie möglich zum Parlament.«

Simon hörte dem Oppositionssprecher zu, während der Chauffeur den Wagen – wieder über eine Route, die er nicht kannte – durch den dichten Verkehr lenkte. Um neun Uhr fünfundzwanzig erreichten sie das Unterhaus.

Besucher traten zur Seite wie für ein Mitglied der königlichen Familie, aber Simon bemerkte es gar nicht. Er hatte nur einen Wunsch: den Sitzungssaal vor dem Schlusswort zu erreichen. Er humpelte an einem erstaunten Diener vorbei und stand eine Minute vor halb zehn vor der Schranke des Sitzungssaals.

Der Sprecher der Opposition setzte sich gerade unter leisem »Hört, hört«-Gemurmel auf die vordere Bank, und der Speaker stand auf, um dem Staatsminister das Wort zu erteilen. In diesem Augenblick ging Simon langsam über den grünen Teppich nach vorne. Einen Moment lang herrschte verblüffte Stille, dann brach Jubel aus. Bis Simon die vorderste Bankreihe erreichte, steigerte er sich immer mehr. Als er sich an das Rednerpult klammerte, fiel sein Gehstock zu Boden. *Sotto voce* rief der Speaker seinen Namen.

Simon wartete, bis wieder völlige Ruhe eintrat.

»Mr. Speaker, ich möchte dem Haus für den freundlichen Empfang danken. Ich bin heute Abend in diesem Saal, weil ich jedes Wort der Debatte im Radio mitgehört habe und glaube, dem Haus meine Überlegungen zur Patriots' Provision erklären zu müssen. Sie ist keine vordergründige Formel, um ein verfahrenes Problem zu lösen, sondern ein Bekenntnis des guten Willens, das Vertreter aller Seiten gutgeheißen haben. Sie mag nicht perfekt sein, weil Worte für verschiedene Menschen etwas Verschiedenes bedeuten können – wie uns Anwälte tagtäglich beweisen.«

Gelächter lockerte die gespannte Atmosphäre im Saal.

»Doch wenn wir diese Chance heute vorübergehen lassen, bedeutet das einen weiteren Sieg für jene, die, aus welchen Gründen auch immer, das Chaos in Nordirland begrüßen, und eine Abfuhr für alle, die guten Willens sind.«

Es herrschte Totenstille, als Simon die Überlegungen darlegte, die zu der Klausel geführt hatten, und ihre Auswirkung auf Protestanten und Katholiken in Nord und Süd skizzierte. Er ging auf jeden einzelnen Punkt ein, der in der Debatte aufgeworfen worden war, bis er merkte, dass ihm nur noch eine knappe Minute blieb.

»Mr. Speaker, wir haben heute Gelegenheit, erfolgreich zu

sein, wo unsere Vorgänger versagten. Ich bitte Sie, diese Charta zu unterstützen, um Terroristen und Mördern zu zeigen, dass wir hier in Westminster für die Kinder des Irlands von morgen stimmen wollen. Möge das irische Problem im 21. Jahrhundert nur noch ein Teil der Geschichte sein. Mr. Speaker, ich bitte um die Unterstützung des Hauses.«

Der Antrag zur Charta wurde ohne Abstimmung angenommen.

Simon fuhr sofort wieder nach Hause und hinkte die Treppe hoch. Leise schloss er die Schlafzimmertür und suchte nach dem Lichtschalter. Die Nachttischlampe ging an, und Elizabeth setzte sich auf.

»Dein Kakao ist kalt, und ich habe alle Kekse gegessen«, sagte sie grinsend. »Aber danke, dass du das Radio angelassen hast. So wusste ich wenigstens, wo du bist.«

26

Charles und Amanda wurden im höchst unauffälligen Standesamt von Hammersmith getraut und brachen anschließend zu einem verlängerten Wochenende nach Paris auf. Charles bat seine Frau, die Heirat noch eine Woche geheim zu halten. Er wollte Fiona keine Ausrede liefern, den Holbein nicht zurückzugeben. Amanda versprach es ihm, dann fiel ihr Alec Pimkin ein, aber der zählte doch bestimmt nicht.

Paris war vergnüglich, obwohl Amandas Schwangerschaft Charles etwas empfindlich machte – besonders, als sie am Freitagabend im Plaza Athénée ankamen und in eine Suite mit Blick auf den Hof geführt wurden. Beim Dinner erstaunte Amanda die Kellner nicht nur durch ihren Appetit, sondern auch durch den Schnitt ihres Kleides.

Beim Frühstück las Charles in der *Herald Tribune,* dass Mrs. Thatcher in den nächsten Tagen eine Kabinettsumbildung vornehmen werde. Zu Amandas Missvergnügen verkürzte er die Flitterwochen und kehrte schon am Samstag, zwei Tage früher als geplant, nach London zurück. Den ganzen Sonntag verbrachte er neben dem Telefon, das nicht klingelte.

An ebendiesem Sonntagabend bat die Premierministerin Simon Kerslake zu sich, um ihm mitzuteilen, dass er zum Minister des Staatsrats ernannt worden sei und ins Verteidigungsministerium versetzt werde.

Simon wollte protestieren, Mrs. Thatcher aber lehnte jede

Diskussion ab. »Ich will nicht noch mehr tote Helden, Simon«, sagte sie scharf.

Elizabeth war erleichtert, als sie davon erfuhr, brauchte jedoch eine Weile, um sich daran zu gewöhnen, dass ihr Mann jetzt als »der Sehr Ehrenwerte Simon Kerslake« angesprochen wurde.

Am Montagmorgen, während Charles auf die Rückgabe des Holbeins wartete, wurde er von Mrs. Thatcher angerufen. Beide Anwälte waren übereingekommen, dass das Porträt des Ersten Earl of Bridgewater an diesem Morgen um elf Uhr geliefert werden sollte. Nur die Queen oder Mrs. Thatcher hätten Charles davon abhalten können, ihn in Empfang zu nehmen.

Der Anruf der Premierministerin erfolgte lange nach der Kabinettsumbildung, da man sie informiert hatte, Charles komme erst am Montag zurück.

Charles nahm ein Taxi nach Downing Street und wurde zügig ins Arbeitszimmer der Premierministerin geführt. Mrs. Thatcher lobte seine Arbeit bei den verschiedenen Finanzvorlagen und lud ihn ein, als Finanzsekretär in das Vorderbänkler-Team einzutreten.

Charles nahm dankend an und fuhr nach einer kurzen Strategiebesprechung mit ihr wieder nach Hause, um seinen doppelten Triumph zu feiern. Amanda empfing ihn mit der Nachricht, der Holbein sei wieder da. Fiona hatte die Vereinbarung eingehalten: Das Gemälde war um Punkt elf abgegeben worden.

Charles war entzückt, das große Paket im Wohnzimmer vorzufinden. Weniger erfreut war er, dass ihm Amanda, in der einen Hand eine Zigarette, in der anderen ein Glas Gin, nachkam. Aber das war kein Tag für Streitereien, entschied er. Er erzählte ihr von seiner Ernennung, deren Bedeutung sie jedoch erst zu verstehen schien, als er eine Flasche Champagner öffnete.

Charles schenkte zwei Gläser ein und reichte eines seiner Frau.

»Eine Doppelfeier, wie lustig«, sagte sie und trank zuerst den Gin aus.

Charles nippte kurz am Champagner, bevor er das Paket öffnete. Nachdem das rote Packpapier und die letzte Kartonhülle entfernt waren, betrachtete er entzückt das Porträt.

Der Erste Earl of Bridgewater war wieder zu Hause. Charles nahm den vertrauten Goldrahmen hoch, um das Bild aufzuhängen, und stellte fest, dass sich die Leinwand ein wenig gelockert hatte. »Mist«, murmelte er.

»Was ist los?«, fragte Amanda.

»Nichts Wichtiges. Der Rahmen muss repariert werden. Jetzt habe ich fast drei Jahre gewartet, da spielen ein paar Tage mehr keine Rolle.«

Nachdem er nun den Posten eines Finanzsekretärs der Staatskasse angenommen hatte, galt es, noch eine Kleinigkeit zu klären, bevor die Ernennung bekannt wurde. Er gab den Holbein beim Bilderrahmer ab, fuhr zu seiner Bank und ließ Clive Reynolds rufen. Reynolds wusste offenbar noch nichts von Charles' neuer Stellung.

»Clive«, Charles nannte ihn zum ersten Mal beim Vornamen, »ich möchte Ihnen einen Vorschlag machen.«

Clive Reynolds wartete schweigend.

»Die Premierministerin hat mir ein Amt in der Regierung angeboten.«

»Meinen Glückwunsch«, sagte Reynolds. »Das haben Sie verdient, wenn ich mir die Bemerkung erlauben darf.«

»Danke. Ich möchte Ihnen Gelegenheit geben, mich während meiner Abwesenheit als Vorsitzender der Bank zu vertreten.«

Clive Reynolds sah ihn überrascht an.

»Unter der klaren Voraussetzung, dass ich, falls die Konservativen wieder in die Opposition gehen oder ich mein Regierungsamt verliere, sofort wieder Vorsitzender werde.«

»Natürlich«, sagte Reynolds. »Ich werde Sie mit Vergnügen vertreten.«

»Gut«, sagte Charles. »Sie wissen zweifellos, was mit dem letzten Vorsitzenden in der gleichen Situation geschehen ist.«

»Das wird sich bestimmt nicht wiederholen, darauf können Sie sich verlassen.«

»Danke. Wenn ich zurückkehre, werde ich Ihre Loyalität nicht vergessen haben.«

»Ich werde bemüht sein, in Ihrer Abwesenheit die Tradition der Bank fortzuführen«, fügte Reynolds mit gesenktem Kopf hinzu.

»Davon bin ich überzeugt.«

Der Aufsichtsrat nahm die Empfehlung an, Clive Reynolds wurde zum Vorsitzenden auf Zeit ernannt, und Charles verließ glücklich die Bank, um seinen neuen Posten im Finanzministerium anzutreten.

Charles fand, dies sei die erfolgreichste Woche seines Lebens gewesen. Freitagabend fuhr er auf dem Heimweg beim Bilderrahmer vorbei, um den Holbein abzuholen.

»Es tut mir leid, aber das Bild passt nicht genau in den Rahmen«, sagte Mr. Swann.

»Vermutlich hat es sich im Laufe der Jahre gelockert«, meinte Charles gleichgültig.

»Nein, Mr. Seymour, dieses Porträt wurde erst vor Kurzem darin gerahmt.«

»Das ist nicht möglich«, erwiderte Charles. »Ich kenne den Rahmen ebenso gut wie das Bild. Das Porträt des ersten Earl of Bridgewater ist seit vierhundert Jahren in meiner Familie.«

»Nicht dieses Bild.«

»Was soll das heißen?« Jetzt klang Charles etwas unsicher.

»Dieses Bild wurde vor etwa drei Wochen bei Sotheby's versteigert.«

Charles wurde eiskalt, als Swann fortfuhr: »Natürlich ist es aus der Holbein-Schule. Vermutlich von einem seiner Schüler, etwa um die Zeit seines Todes. Ich würde meinen, dass es ungefähr ein Dutzend davon gibt.«

»Ein Dutzend«, wiederholte Charles und wurde totenblass.

»Vielleicht sogar mehr. Wenigstens hat es für mich ein Rätsel gelöst«, sagte Swann schmunzelnd.

»Und welches?«, brachte Charles mühsam hervor.

»Ich kam nicht dahinter, warum Lady Fiona das Bild ersteigert hat, bis mir einfiel, dass Ihr Familienname Bridgewater ist.«

»Diese Hochzeit hat wenigstens Stil«, versicherte Pimkin Fiona beim Empfang nach ihrer Eheschließung mit Alexander Dalglish zwischen zwei Bissen an seinem Sandwich. Hochzeitseinladungen nahm Pimkin immer an, weil sie ihm erlaubten, Berge von Lachsbrötchen zu vertilgen und unbegrenzte Mengen Champagner zu trinken. »Besonders habe ich den *kurzen* Gottesdienst in der Guards' Chapel genossen. Und Claridges serviert immer verlässlich, was ich schätze.« Er sah sich in dem großen Raum um und starrte kurz auf sein Spiegelbild in einem großen polierten Leuchter.

Fiona lachte. »Warst du bei Charles' Hochzeit?«

»Meine Liebe, die einzigen ehemaligen Eton-Zöglinge, die man je in Hammersmith sah, fuhren so rasch wie möglich in einem Boot durch, wenn sie Oxford oder Cambridge vertraten.«

»Du warst also nicht eingeladen?«

»Wie ich höre, war nur Amanda eingeladen, und sogar die hatte eigentlich eine andere Verabredung. Ich glaube, mit ihrem Arzt.«

»Jedenfalls kann Charles sich keine zweite Scheidung leisten.«

»Nein, nicht in seiner jetzigen Stellung als Finanzsekretär Ihrer Majestät. *Eine* Scheidung mag man durchgehen lassen, eine zweite sicher nicht.«

»Aber wie lang wird Charles sie aushalten?«

»Solange er glaubt, von ihr einen Sohn zu bekommen, der den Titel erben wird. Nicht, dass eine Hochzeit unbedingt ein Legitimitätsbeweis wäre«, fügte Pimkin hinzu.

»Vielleicht bekommt ja Amanda keinen Sohn.«

»Vielleicht wird, was immer sie bekommt, Charles in keiner Weise ähneln.«

»Jedenfalls kann ich mir Amanda nicht als Hausfrau vorstellen.«

»Nein, aber unter den gegebenen Umständen passt es ihr, die liebende Gattin zu spielen.«

»Auch das kann sich ändern«, meinte Fiona.

»Das bezweifle ich. Dass Amanda dumm ist, steht außer Frage. Aber sie hat einen Überlebensinstinkt, der höchstens von dem eines Mungo übertroffen wird. Es wäre höchst unklug von ihr, während Charles den Tag damit verbringt, seine glänzende Karriere voranzutreiben, in aller Öffentlichkeit ihr

Glück anderswo zu suchen. Zumal sie das ja immer im Geheimen tun kann.«

»Du bist eine boshafte alte Klatschbase.«

»Das will ich nicht leugnen«, sagte Pimkin. »Es ist eine Kunst, in der die Männer den Frauen immer schon überlegen waren.«

»Danke für dein vernünftiges Hochzeitsgeschenk«, sagte Alexander und gesellte sich zu Fiona, die nun seit zwei Stunden seine Frau war. »Das ist mein Lieblings-Claret.«

»Zwei Dutzend Flaschen feinsten Clarets zu schenken hat zwei gute Gründe«, sagte Pimkin, behaglich die Hände auf dem Bauch. »Erstens bekommt man immer, wenn man sich zum Dinner einlädt, einen guten Wein.«

»Und zweitens?«, fragte Alexander.

»Wenn das glückliche Paar sich trennt, kann man sich freuen, dass sie sich nicht mehr um das Geschenk streiten werden.«

»Hast du Charles und Amanda etwas geschenkt?«

»Nein«, sagte Pimkin und nahm einem vorbeigehenden Kellner geschickt ein Glas Champagner vom Tablett. »Ich fand, eure Rückgabe des falschen Earl of Bridgewater reichte vollkommen für uns alle.«

»Wo er jetzt wohl ist?«, fragte Alexander.

»Er residiert nicht mehr am Eaton Square«, sagte Pimkin im Tonfall eines Mannes, der eine ausnehmend interessante Information preisgibt.

»Wer würde denn den falschen Earl haben wollen?«

»Die Herkunft des Käufers ist unbekannt, da er aus einer der ehemaligen Kolonien Ihrer Majestät stammt, aber der Verkäufer …«

»Hör auf, uns hochzunehmen, Alec. Wer?«

»Niemand anderer als Mrs. Amanda Seymour.«

»Amanda?«

»Ja, das reizende kleine Dummerchen hat den falschen Earl aus dem Keller geholt, wo Charles ihn mit allen militärischen Ehren bestattet hatte.«

»Aber sie musste doch bemerkt haben, dass es eine Kopie ist.«

»Die gute Amanda würde den Unterschied zwischen einem Holbein und einem Andy Warhol nicht erkennen, aber sie nahm mit Vergnügen zehntausend Pfund dafür. Man sagte mir, dass der Händler, der dieses Meisterwerk erwarb, ein gutes Geschäft gemacht hat.«

»Du meine Güte«, sagte Alexander, »ich selbst habe nur achttausend Pfund dafür bezahlt.«

»Vielleicht solltest du in solchen Fällen künftig Amanda als Beraterin heranziehen«, meinte Pimkin. »Im Austausch für meine wertvolle Information möchte ich wissen, ob der echte Earl weiterhin versteckt bleibt.«

»Bestimmt nicht, Alec. Er wartet nur den richtigen Moment für sein öffentliches Auftreten ab«, erwiderte Fiona und konnte ein Lächeln nicht verbergen.

»Und wo ist Amanda jetzt?«, erkundigte sich Alexander, sichtlich bemüht, das Thema zu wechseln.

»In der Schweiz, um ein Baby zur Welt zu bringen, das hoffentlich genügend Ähnlichkeit mit einem weißen Mitteleuropäer haben wird, um jemanden mit so begrenztem Vorstellungsvermögen wie Charles davon zu überzeugen, er wäre der Vater.«

»Woher hast du das alles?«, wollte Alexander wissen.

Pimkin seufzte theatralisch. »Frauen schütten mir gern ihr Herz aus. Amanda ist da keine Ausnahme.«

»Warum macht sie das?«

»Weil ich der einzige Mann unter ihren Bekannten bin, der nicht an ihrem Körper interessiert ist.« Pimkin holte Luft und vertilgte ein weiteres Lachssandwich.

Während Amanda in Genf war, rief Charles sie täglich an. Sie versicherte ihm, alles sei in Ordnung, und das Baby werde pünktlich zur Welt kommen. Es war ihm lieber, dass Amanda das Kind im Ausland bekam, da jeder sehen musste, dass ihre Schwangerschaft schon recht fortgeschritten war. Ihr war es recht; zehntausend Pfund auf einem Schweizer Privatkonto halfen ihr, die Kleinigkeiten, die sie brauchte, auch in Genf zu besorgen.

Es dauerte einige Wochen, bis sich Charles nach so langer Pause wieder daran gewöhnte, in der Regierung zu sein. Er genoss die Arbeit im Finanzministerium und verfiel bald in dessen seltsame Gepflogenheiten. Ihm war bekannt, dass die Premierministerin dieses Ministerium am schärfsten beobachtete, und das erhöhte die Herausforderung noch. Fragte man die Beamten nach ihrer Meinung über den neuen Finanzsekretär, so lauteten die Antworten: kompetent, effizient, fleißig, aber nie klang auch nur die Andeutung von Sympathie an. Charles' Chauffeur, dessen Namen er sich nie merken konnte, erklärte auf die Frage: »Er gehört zu jenen Ministern, die immer im Fond des Wagens sitzen. Aber ich würde einen Wochenlohn wetten, dass er eines Tages Premierminister wird.«

Amandas Kind kam in der Mitte des neunten Monats auf die Welt. Nach einer Woche durfte sie nach England zurückkehren. Sie stellte fest, dass reisen mit einem Baby eher mühsam ist, und als sie in Heathrow ankam, war sie mehr als glücklich, das Kind dem Kindermädchen zu übergeben, das Charles ausgesucht hatte.

Charles ließ sie mit einem Wagen vom Flughafen abholen. Er hatte eine unumgängliche Konferenz mit japanischen Geschäftsleuten, die sich über die neuen Importzölle der Regierung beschwerten. Bei der ersten sich bietenden Gelegenheit verabschiedete er sich von seinen japanischen Gästen und eilte zum Eaton Square.

Amanda begrüßte ihn an der Tür. Fast hatte Charles vergessen, wie schön seine Frau war und wie lange er sie nicht gesehen hatte.

»Wo ist mein Kind?«, fragte er nach einem langen Kuss.

»Im Kinderzimmer, das kostspieliger ausgestattet ist als unser Schlafzimmer«, antwortete sie ein wenig spitz.

Charles rannte die breite Treppe hinauf und den Gang entlang. Amanda folgte ihm. Er öffnete die Tür, blieb wie angewurzelt stehen und starrte den künftigen Earl of Bridgewater an. Die dunklen Löckchen und tiefbraunen Augen waren doch ein gewisser Schock.

»Großer Gott«, rief er aus und trat näher. Amanda blieb an der Tür stehen und umklammerte den Türknauf. Sie hatte Hunderte Antworten bereit auf Charles' Fragen.

»Er ist meinem Urgroßvater wie aus dem Gesicht geschnitten. Du hast ein paar Generationen übersprungen, Harry«, sagte Charles und hob den Jungen hoch. »Aber ohne Zweifel bist du ein richtiger Seymour.«

Amanda seufzte mit unhörbarer Erleichterung auf. Die hundert Antworten waren überflüssig.

»Der kleine Kerl hat nicht nur ein paar Generationen übersprungen, sondern einen ganzen Kontinent«, bemerkte Pimkin und nahm einen Schluck Champagner, bevor er weitersprach. »Dieser arme kleine Wurm hingegen«, er deutete auf

Fionas Erstgeborenes, »ist Alexanders Ebenbild. Die liebe Kleine hätte ein freundlicheres Erbe verdient, um ins Leben zu starten.«

»Sie ist wunderschön«, sagte Fiona und nahm Lucy auf, um die Windeln zu kontrollieren.

»Jetzt wissen wir, warum ihr so schnell geheiratet habt«, fügte Pimkin zwischen zwei Schlucken hinzu. »Wenigstens hat dieses Kind es mit knapper Not geschafft, ehelich geboren zu werden.«

Fiona ignorierte seine Worte. »Hast du Charles' Sohn schon gesehen?«

»Ich glaube, wir sollten von Amandas Kind sprechen, das wäre präziser.«

»Los, Alec, hast du Harry gesehen?«, wiederholte sie, sein leeres Glas geflissentlich übersehend.

»Ja. Und er ist seinem wahren Vater leider so ähnlich, dass man es in seinem späteren Leben kaum übersehen wird.«

»Jemand, den wir kennen?«, bohrte Fiona nach.

»Ich bin keine Klatschbase, wie du weißt.« Pimkin entfernte eine Brotkrume von seiner Weste. »Aber ein bestimmter brasilianischer *fazendeiro,* der im Sommer gern Ascot besucht, ist an englischen Stutfohlen offenbar sehr interessiert.«

Erwartungsvoll hielt Pimkin sein leeres Glas hoch.

27

James Callaghans Rücktritt als Parteichef der Labour-Partei im Oktober 1980 erstaunte keinen der politischen Kommentatoren. Er war fast fünfundsechzig, ein Alter, das seine Partei für den Ruhestand empfohlen hatte. Dieselben Kommentatoren waren jedoch überrascht, als der altgediente Vertreter des linken Flügels, Michael Foot, neuer Führer der Labour-Partei wurde; er schlug Denis Healey mit 139 zu 129 Stimmen. Sofort sagten die Auguren eine lange Oppositionszeit für die Sozialisten voraus.

Die Konservativen genossen es, zur Abwechslung einmal einem Kampf um die Parteiführung als Unbeteiligte zuzusehen. Als Charles Seymour das Resultat erfuhr, amüsierte es ihn, dass die Labour-Partei einen Sechzigjährigen durch einen Vierundsechzigjährigen ersetzt hatte, der jetzt seinerseits von einem Siebenundsechzigjährigen abgelöst wurde. Lord Shinwell, mit sechsundneunzig der älteste ehemalige Kabinettsminister der Sozialisten, erklärte, er werde als Parteiführer kandidieren, wenn Foot sich zurückziehe.

Die Wahl für das Schattenkabinett erfolgte eine Woche später, und Andrew beschloss, sich nicht zu bewerben. Wie viele seiner Kollegen mochte er zwar den Parteiführer persönlich, war aber nur selten mit ihm über innenpolitische Fragen einer Meinung und vertrat, was die Verteidigungs- und Europapolitik betraf, einen völlig anderen Standpunkt.

Stattdessen wurde Andrew Vorsitzender des Sonderausschusses für Schottland-Angelegenheiten.

Raymond hingegen hielt Foot nur für eine Zwischenlösung und war daher ganz zufrieden damit, unter ihm zu arbeiten. Bei der Wahl zum Schattenkabinett kam Raymond an achte Stelle. Foot bot ihm an, weiter das Wirtschaftsressort zu betreuen.

Als Andrew am Tag nach der Wahl ins Unterhaus kam, suchte er sich zum ersten Mal nach vierzehn Jahren einen Platz auf den Hinterbänken. Er sah Raymond in der ersten Bankreihe und dachte an seine eigenen Worte: »Der Tag wird kommen, an dem ich auf den hinteren Bänken sitze und dich beneide.«

Andrew war nicht erstaunt, als ihn sein Ausschuss in Edinburgh aufforderte, sich im Lauf des Jahres zur Wiederwahl zu stellen. Als der Labour-Parteitag im Oktober die Wiederwahl der Abgeordneten obligatorisch machte, wusste er, dass ihm hier der größte Kampf bevorstand. Frank Boyle war es sogar gelungen, einen weiteren von Andrews Anhängern durch einen seiner eigenen Gefolgsleute zu ersetzen.

Roy Jenkins, ehemaliger stellvertretender Parteiführer der Sozialisten, kehrte nach seiner Amtsperiode als Präsident der EG aus Brüssel zurück und machte keinen Hehl daraus, dass er die Gründung einer neuen Partei erwog, welche diejenigen ansprechen sollte, für die die Labour-Partei zu weit nach links gerückt war. Der Parteitag hatte den Parlamentsabgeordneten die Möglichkeit genommen, ihren Führer zu wählen; das brachte für viele das Fass zum Überlaufen, und etliche Labour-Abgeordnete erklärten Jenkins, überlaufen zu wollen. Andrew hätte es vorgezogen, der Partei treu zu bleiben und sie von innen heraus zu reformieren, aber ihm wurde immer klarer, dass dies nicht mehr möglich war.

In seiner Post fand er eine kurze Mitteilung vom Sekretär seines Wahlkreises, dass Frank Boyle bei der Wiederwahl sein Gegenkandidat sein werde. Am Tag der Sitzung flog Andrew nach Edinburgh und war auf das Schlimmste gefasst. Niemand holte ihn vom Flughafen ab, und in der Parteizentrale begrüßte ihn David Connaught mit bedrückter Miene.

Wieder stand Andrew in einem kalten, kahlen Raum vor dem Ausschuss und beantwortete die gleichen Fragen, die man ihm schon vor drei Jahren gestellt hatte. Er gab genau die gleichen Antworten: was er von der nuklearen Abrüstung hielt, warum er für eine enge Verbindung mit den Vereinigten Staaten war, seine Einstellung zur Vermögenssteuer – eine vorhersagbare Frage folgte der anderen. Aber Andrew behielt die Nerven und schloss mit den Worten: »Ich war stolz, den Bewohnern von Edinburgh Carlton fast zwanzig Jahre lang als Labour-Abgeordneter zu dienen, und hoffe, es weitere zwanzig Jahre zu tun. Wenn ihr mich heute nicht wiederwählen wollt, müsste ich in Erwägung ziehen, als unabhängiger Kandidat anzutreten.« Zum ersten Mal sahen ein, zwei Ausschussmitglieder besorgt drein.

»Ihre Drohungen schüchtern uns nicht ein, Mr. Fraser«, sagte Frank Boyle. »Die Labour-Partei war immer schon größer als ein Einzelner. Jetzt wissen wir, wo Mr. Frasers wahre Interessen liegen. Ich schlage vor, wir stimmen ab.«

Auf zwölf kleine Zettel wurde »Fraser« oder »Boyle« geschrieben und dann dem Vorsitzenden übergeben.

Langsam sammelte Boyle sie ein und genoss Andrews Unbehagen. Er öffnete den ersten. »Boyle«, sagte er und sah die anderen an.

Er öffnete den zweiten – »Fraser« –, dann den dritten, »Boyle«, gefolgt von »Fraser, Fraser, Fraser«.

Andrew zählte mit: vier zu zwei für ihn.

Auf »Fraser« folgten »Boyle, Boyle, Fraser«.

Sechs zu vier zu Andrews Gunsten. Zwei Zettel waren noch nicht geöffnet. Er brauchte nur noch eine Stimme. »Boyle.« Sechs zu fünf. Der Vorsitzende ließ sich Zeit, den letzten zu öffnen. »Boyle«, rief er triumphierend.

Er ließ die Wirkung sacken. »Sechs zu sechs«, erklärte er und fügte hinzu: »Nach Punkt 42 der Parteiordnung« – es klang, als hätte er die Worte auswendig gelernt – »hat bei einem Patt der Vorsitzende die entscheidende Stimme.« Wieder wartete er.

»Boyle«, sagte er und machte eine Kunstpause. »Hiermit erkläre ich, dass Frank Boyle zum offiziellen Kandidaten der Labour-Partei des Wahlkreises von Edinburgh Carlton bei den nächsten allgemeinen Wahlen gewählt wurde.« Er wandte sich an Andrew: »Wir werden Ihre Dienste nicht länger benötigen, Mr. Fraser.«

»Ich möchte denen danken, die mich unterstützt haben«, sagte Andrew ruhig und ging ohne ein weiteres Wort.

Am nächsten Tag erschien im *Scotsman* ein langer Artikel über die Gefährlichkeit einer kleinen Gruppe eigensinniger Männer, die die Macht haben, einen Abgeordneten abzuwählen, der seinen Wählern lange Zeit ehrlich und erfolgreich gedient hatte. Andrew rief Stuart Gray an, um ihm zu danken. »Ich wollte, Ihr Artikel wäre einen Tag früher erschienen«, fügte er hinzu.

»Er war für gestern geplant«, erwiderte Stuart, »aber die Bekanntgabe von Prince Charles' Verlobung mit Lady Diana Spencer hat alles umgeworfen. Übrigens: Muss Boyles Nominierung nicht noch vom Allgemeinausschuss bestätigt werden?«

»Ja, aber der ist Wachs in seinen Händen. Es wäre, als würde man sich bei seiner Schwiegermutter über das Gemecker seiner Frau beklagen.«

»Warum wenden Sie sich dann nicht an das Nationale Exekutivkomitee und verlangen, dass die Entscheidung einer Vollversammlung der Partei des Wahlkreises vorgelegt wird?«

»Weil es Wochen dauern würde, die Entscheidung zu widerrufen, und – was wichtiger ist – weil ich mir nicht mehr sicher bin, ob ich weiterhin als Labour-Kandidat um den Sitz kämpfen möchte.« Auf die nächste Frage des Reporters erwiderte Andrew: »Ja, Sie können mich zitieren.«

Als der Tag der Wahl näherrückte, fand Charles es an der Zeit, Amanda seiner Wählerschaft vorzustellen. Denen, die sich nach ihr erkundigten, hatte er erklärt, sie habe sich nach der Entbindung nicht wohlgefühlt und der Arzt habe ihr geraten, alles zu vermeiden, was ihren Blutdruck erhöhen könnte. Charles beschloss auch, Harry zu Hause zu lassen, denn schließlich, so sagte er, habe er und nicht sein Sohn ein Leben in der Öffentlichkeit gewählt.

Das jährliche Gartenfest bei Lord Cuckfield schien die ideale Gelegenheit, Amanda vorzustellen, und er bat sie, etwas dem Anlass Angemessenes anzuziehen.

Charles wusste, dass Designer-Jeans schick geworden waren und seine modebewusste Frau nie zweimal dasselbe trug. Er wusste auch, dass moderne Frauen von heute keinen Büstenhalter mehr trugen. Dennoch war er schockiert, als er Amanda in einer fast durchsichtigen Bluse und hautengen Jeans sah. Charles war regelrecht entsetzt.

»Kannst du nicht etwas ein wenig … Konservativeres finden?«, schlug er vor.

»Wie das Zeug, das Fiona, diese alte Schachtel, zu tragen pflegte?«

Charles fiel keine passende Erwiderung ein. »Die Gartenparty wird schrecklich langweilig werden«, sagte er verzweifelt, »vielleicht sollte ich allein hingehen?«

Amanda sah ihn an. »Schämst du dich etwa für mich, Charlie?«

Schweigend fuhr er mit seiner Frau in seinen Wahlkreis, und jedes Mal, wenn er sie ansah, wollte er am liebsten mit einer Ausrede wieder umkehren. Als sie bei Lord Cuckfield ankamen, erfüllten sich seine schlimmsten Befürchtungen. Weder die Herren noch die Damen konnten ihre Blicke von Amanda wenden, als sie, Erdbeeren verschlingend, über den Rasen schlenderte. Viele von ihnen hätten wohl das Wort »Flittchen« benutzt, wäre sie nicht die Frau des Abgeordneten gewesen.

Alles wäre halb so schlimm gewesen, hätte Amanda lediglich der Frau des Bischofs einen gewagten Witz erzählt. Auch ihre strikte Weigerung, Schiedsrichterin bei der Baby-Schönheitskonkurrenz zu sein oder bei der Tombola mitzumachen, wäre noch durchgegangen. Aber damit war nicht genug. Denn Charles stellte Amanda der Vorsitzenden des Frauenberatungskomitees vor.

»Meine Liebe«, sagte Charles, »ich glaube, du kennst Mrs. Blenkinsop noch nicht.«

»Nein«, erwiderte Amanda, die ausgestreckte Hand ignorierend.

»Mrs. Blenkinsop«, fuhr Charles fort, »hat für ihre Verdienste um den Wahlkreis den OBE erhalten.«

»OBE?«, fragte Amanda unschuldig.

Mrs. Blenkinsop richtete sich zu ihrer vollen Größe auf. »Den Orden des British Empire«, erklärte sie.

Amanda lächelte. »Komisch, mein Vater behauptete immer, die drei Buchstaben stehen für ›Orgasmus bald erreicht‹.«

»Hast du das Waschpulver irgendwo gesehen?«, fragte Louise.

»Nein, ich habe schon vor Längerem damit aufgehört, meine Unterhosen zu waschen«, erwiderte Andrew.

»Ha, ha. Aber wenn du es nicht genommen hast, wer dann? Mir fehlen zwei große Kartons.«

»Der geheimnisvolle Waschmitteldieb hat also wieder zugeschlagen. Was wird er als Nächstes tun?«

»Sei nicht albern, fisch lieber Clarissa aus der Badewanne.«

Andrew trennte sich von seinem Sessel und dem *Economist* und lief hinauf. »Zeit, aus dem Bad zu steigen, junge Dame«, rief er, bevor er die Tür erreicht hatte. Als Erstes hörte er das Schluchzen, dann machte er die Tür auf und sah Clarissa. Sie war von Kopf bis Fuß mit Seifenflocken bedeckt, das dichte schwarze Haar voller Waschpulver. Andrew lachte, hörte jedoch sofort auf, als er ihre blutenden Knie und Schienbeine sah. In einer Hand hielt sie eine große, mit einer Mischung aus Blut und Seifenpulver bedeckte Scheuerbürste.

»Was ist denn los, Liebling?« Andrew kniete sich auf den Badezimmervorleger.

»Es stimmt nicht«, sagte Clarissa, ohne ihn anzusehen.

»Was stimmt nicht?«, fragte er zärtlich.

»Sieh dir die Schachtel an.« Sie wies auf die zwei leeren Waschmittelkartons. Andrew warf einen Blick auf das bekannte Bild eines blonden Mädchens in einem weißen Spitzenkleid darauf.

»Was stimmt nicht?« Er wusste immer noch nicht genau, was Clarissa meinte.

»Es stimmt nicht, dass das Zeug weißer wäscht und jeden schwarzen Fleck wegbringt. Zwei große Schachteln, und ich bin immer noch schwarz.«

Andrew musste lächeln, was Clarissa noch bitterlicher weinen ließ. Nachdem er alle Waschmittelreste abgewaschen hatte, tupfte er vorsichtig die Kratzer und Abschürfungen trocken.

»Wieso bin ich so schwarz?«

»Weil deine Mutter und dein Vater schwarz waren«, antwortete Andrew und führte seine Tochter aus dem Bad in ihr Zimmer.

»Wieso kannst du nicht mein Vater sein? Dann wär ich weiß.«

»Ich bin ja jetzt dein Vater, also musst du nicht weiß sein.«

»Ich muss aber weiß sein.«

»Warum?«

»Weil mich die Kinder in der Schule auslachen«, sagte Clarissa und umklammerte Andrews Hand.

»Als ich in die Schule ging, wurde ich ausgelacht, weil ich so klein war«, sagte Andrew. »Sie nannten mich Winzling.«

»Was hast du dagegen gemacht?«

»Ich habe eisern trainiert und wurde schließlich Kapitän des Fußballteams der Schule. Da hörten sie auf zu lachen.«

»Aber da warst du schon groß. Und ich kann ja nicht trainieren, weiß zu werden.«

»Nein, ich war noch klein, und du brauchst nicht zu trainieren.«

»Warum nicht?« Clarissa hielt immer noch seine Hand fest.

»Weil du schön sein wirst. Und dann werden dich alle diese hässlichen weißen Mädchen beneiden.«

Clarissa schwieg eine Weile, dann sagte sie: »Versprichst du mir das, Daddy?«

»Ich verspreche es dir.« Er blieb an ihrem Bett sitzen.

»So wie Frank Boyle dich beneidet?«

Andrew war verblüfft. »Was weißt du von ihm?«

»Nur, was ich Mummy hab sagen hören. Dass er der Labour-Mann für Edinburgh wird, aber dass du ihn schlagen wirst.«

Andrew war sprachlos.

»Wird er der Labour-Mann sein, Daddy?«

»Ja.«

»Und wirst du ihn schlagen?«

»Ich werde es versuchen.«

»Kann ich dir helfen?« Ein winziges Lächeln erhellte Clarissas Gesicht.

»Natürlich. Aber jetzt sollst du einschlafen.« Andrew stand auf und zog die Vorhänge zu.

»Ist er schwarz?«

»Wer?«, fragte Andrew.

»Der gemeine Boyle.«

»Nein.« Andrew lachte. »Er ist weiß.«

»Dann sollte er meine Haut kriegen, und ich könnte seine haben.«

Andrew machte das Licht aus und war froh, dass Clarissa sein Gesicht nicht mehr sehen konnte.

Zu Harrys zweitem Geburtstag kamen alle Zweijährigen aus der Nachbarschaft, die das Kindermädchen für passend hielt. Charles gelang es, aus einer Sitzung zu verschwinden, und er fuhr, beladen mit einem großen Zeichenbrett und einem roten Dreirad, nach Hause. Als er das Auto abstellte, sah er Fionas alten Volvo Richtung Sloane Square fahren. Er hielt es für einen Zufall, obwohl er immer noch daran dachte, den unbezahlbaren Holbein wiederzubekommen.

Natürlich wollte Harry mit seinem neuen Dreirad gleich um den Esszimmertisch fahren. Charles sah seinem Sohn zu, und es entging ihm nicht, dass er kleiner war als die meisten seiner Altersgenossen. Dann fiel ihm ein, dass auch sein Urgroßvater nur einen Meter siebzig groß gewesen war.

Erst als die Kerzen ausgeblasen waren und das Kindermädchen wieder Licht gemacht hatte, bemerkte Charles, dass etwas fehlte. Es erinnerte ihn an ein Kinderspiel: Auf einem Tablett liegen verschiedene Gegenstände, alle schließen die Augen. Das Kindermädchen nimmt etwas weg, und alle müssen raten, was es war.

Charles brauchte eine Weile, bis er erkannte, dass es die goldene Zigarrendose war, die fehlte. Er ging zum Regal und starrte auf den leeren Fleck, wo sich noch gestern Abend die Golddose seines Urgroßvaters befunden hatte. Jetzt war nur noch das dazugehörige Feuerzeug da.

Sofort fragte er Amanda, ob sie wisse, wo das Erbstück sei, aber sie war damit beschäftigt, die Kinder für die Reise nach Jerusalem in einer Reihe aufzustellen. Nachdem Charles die anderen Zimmer abgesucht hatte, rief er die Polizei an.

Kurz darauf erschien ein Inspektor der Kriminalpolizei und nahm alle Einzelheiten auf. Charles zeigte ihm eine Fotografie der Dose mit den Initialen C.G.S. Fast hätte er Fionas Namen erwähnt. Der Inspektor versicherte Charles, sich persönlich um die Ermittlung zu kümmern. Als Charles zur Geburtstagsfeier zurückkehrte, wurden die Kinder gerade abgeholt.

Als die Labour-Partei von Edinburgh Carlton nach ihrer Jahresversammlung eine Presseerklärung herausgab, in der sie mitteilte, Frank Boyle sei der Kandidat für den Sitz im Unterhaus, war Andrew erstaunt und gerührt über die Flut von Briefen und Anrufen, die er erhielt, oft von Leuten, die er gar nicht kannte. Die meisten baten ihn, bei den nächsten allgemeinen Wahlen als Unabhängiger zu kandidieren.

Zwanzig Labour-Abgeordnete und ein Konservativer traten der neuen Sozialdemokratischen Partei bei, und man erwartete, dass ihnen viele folgen würden. Andrew wusste, dass er bald eine Erklärung abgeben musste, wenn er seine Anhänger nicht verlieren wollte. Stundenlang besprach er mit Louise das quälende Problem, sich endgültig von seiner Partei zu trennen.

»Was soll ich nur tun?«, fragte er immer wieder.

»Das kann ich dir nicht sagen. Ich hoffe nur, dass du dich einigermaßen schnell entscheidest.«

»Warum schnell?«

»Weil ich bei den nächsten Wahlen die Sozialdemokraten wählen werde, da solltest du besser mein lokaler Kandidat sein.«

Ein paar Tage später rief Roy Jenkins, Andrews früherer Vorgesetzter im Innenministerium, an und teilte ihm mit, dass er in einer Nachwahl in Glasgow als Kandidat der Sozialdemokraten kämpfen werde.

»Ich hoffe, dass du dich für uns entscheiden wirst«, sagte Jenkins.

Andrew hatte Jenkins' klare Haltung gegenüber der Linken immer schon bewundert und hielt es für möglich, dass dieser Mann das Zweiparteiensystem aufbrechen könnte.

»Ich brauche noch ein bisschen Zeit«, antwortete er.

Eine Woche später hatte sich Andrew entschieden und informierte den Chief Whip, dass er seine Partei verlassen und sich der SDP anschließen werde. Dann packte er einen Koffer und fuhr nach Glasgow.

Roy Jenkins gewann den Sitz in Glasgow Hillhead mit einer Mehrheit, die beachtlich genug war, um die beiden großen Parteien zu beunruhigen. Bis Ostern waren weitere neunundzwanzig Abgeordnete der SDP beigetreten, und die Allianz zwischen der SDP und den Liberalen belief sich im Unterhaus auf vierzig Stimmen.

Meinungsumfragen setzten die Sozialdemokraten an zweite Stelle, und es sah fast so aus, als könnten sie bei den nächsten Wahlen das Zünglein an der Waage sein. Die Konservativen belegten jetzt in allen nationalen Umfragen einen schwachen dritten Platz.

Drei Wochen lang hatte Charles nichts von der Golddose gehört und begann allmählich zu verzweifeln, als der Inspektor anrief und mitteilte, das Erbstück sei gefunden worden.

»Großartig«, sagte Charles. »Können Sie mir die Dose bringen?«

»Das ist nicht ganz einfach, Sir«, sagte der Polizist.

»Weshalb?«

»Ich möchte darüber nicht am Telefon sprechen. Dürfte ich vorbeikommen, Sir?«

»Natürlich«, erwiderte Charles etwas verwundert.

Ungeduldig wartete er auf den Inspektor, der keine zehn Minuten später vor der Haustür stand. Seine erste Frage überraschte Charles.

»Sind wir allein, Sir?«

»Ja. Meine Frau und mein Sohn sind zu Besuch bei meiner

Schwiegermutter in Wales. Sie sagten, Sie hätten die goldene Dose gefunden?« Er war ungeduldig, alles zu erfahren.

»Ja, Sir.«

»Gute Arbeit, Inspektor. Ich werde persönlich mit Ihrem Vorgesetzten sprechen«, fügte er hinzu und führte den Mann ins Wohnzimmer.

»Leider gibt es Schwierigkeiten, Sir.«

»Wieso, wenn Sie die Dose fanden?«

»Wir sind nicht sicher, dass ihr Verschwinden illegal war.«

»Was meinen Sie damit?«

»Die Dose wurde einem Händler für zweitausendfünfhundert Pfund angeboten.«

»Und von wem?«, fragte Charles ungeduldig.

»Das eben ist das Problem, Sir. Der Scheck war auf Amanda Seymour ausgestellt, und die Beschreibung passt auf Ihre Frau.« Charles war sprachlos. »Der Händler hat eine Quittung über den Kaufabschluss.« Der Inspektor überreichte ihm eine Kopie der Quittung. Charles konnte das Zittern seiner Hände nicht kontrollieren, als er Amandas Unterschrift erkannte.

»Da die Angelegenheit schon an die Staatsanwaltschaft gegangen ist, wollte ich privat mit Ihnen sprechen, da Sie sicherlich nicht wollen, dass wir Anklage erheben.«

»Ja, nein, natürlich … Danke für Ihre Umsicht, Inspektor«, sagte Charles tonlos.

»Nichts zu danken, Sir. Der Händler ist bereit, die Dose für dieselbe Summe zurückzugeben, die er dafür bezahlt hat. Ich denke, das ist fair.«

Charles sagte nichts dazu, bedankte sich lediglich noch einmal bei dem Inspektor und begleitete ihn zur Tür.

Dann ging er in sein Arbeitszimmer, rief Amanda bei ihrer

Mutter an und befahl ihr, sofort zurückzukommen. Sie wollte protestieren, aber er hatte schon aufgelegt.

Charles wartete, bis sie spät abends am Eaton Square eintraf. Das Kindermädchen und Harry wurden sofort nach oben geschickt.

Charles stellte nach fünf Minuten fest, dass nur noch ein paar Hundert Pfund des Verkaufserlöses übrig waren. Als seine Frau in Tränen ausbrach, versetzte er ihr eine so kräftige Ohrfeige, dass sie hinfiel. »Sollte noch irgendetwas in diesem Haus fehlen«, sagte er, »wirst du auch verschwinden, und ich werde dafür sorgen, dass du eine sehr lange Zeit im Gefängnis verbringst.« Heftig schluchzend lief Amanda aus dem Zimmer.

Am nächsten Tag gab Charles eine Annonce auf, um eine professionelle Ganztagskraft für seinen Sohn zu suchen. Dann übersiedelte er in den obersten Stock, um in der Nähe seines Sohns zu sein. Amanda erhob keinen Widerspruch.

Sobald die neue Erzieherin sich eingewöhnt hatte, verlor Amanda jedes Interesse an dem Kind und verschwand des Öfteren für längere Zeit. Charles wusste meist nicht, wohin, und es war ihm auch gleichgültig.

Als Pimkin seinem Freund Alexander den letzten Stand der Dinge mit allen zugehörigen Ausschmückungen berichtete, sagte Fiona zu ihrem Mann: »Ich hätte nie gedacht, dass ich Charles eines Tages einmal bedauern würde.«

An einem Donnerstag im April 1982 griff Argentinien zwei kleine Inseln an und besetzte sie. Deren eintausendachthundert britische Bewohner wurden zum ersten Mal seit mehr als hundert Jahren gezwungen, den Union Jack einzuholen. Am Freitag fuhr kaum ein Abgeordneter in seinen Wahlkreis zurück. Entgegen den üblichen Gepflogenheiten trat das Unterhaus am Samstagmorgen zu einer Sondersitzung zusammen, während die Nation jedes Wort am Radio mithörte.

Am selben Tag schickte Mrs. Thatcher einen Kampfverband um den halben Erdball, um die Inseln zurückzuerobern. Ihre Landsleute verfolgten sämtliche Nachrichten mit einer solchen Intensität, dass die Theater Londons mitten in der Saison leer waren.

Simon war hocherfreut, in diesem historischen Moment im Verteidigungsministerium zu arbeiten, und Elizabeth zeigte Verständnis, dass er das Haus verließ, bevor sie erwachte, und heimkam, wenn sie schon schlief.

Nicht im Mittelpunkt des öffentlichen Interesses, aber ebenfalls unter Druck kämpfte Charles in seinem Ministerium mit den finanziellen Problemen. Er verbrachte Tag für Tag im Parlament. Wie Simon war auch er nur selten zu Hause, aber anders als Elizabeth blieb seine Frau bis mittags im Bett. Wenn Charles ein bisschen freie Zeit hatte, verbrachte er sie mit Harry, dessen Entwicklung er mit entzücktem Interesse beobachtete.

Als auf den Falkland-Inseln wieder die britische Flagge gehisst wurde, war auch der Haushalt verabschiedet.

28

»Geht die Premierministerin im November?« und »Wird Maggie bis Juni warten?« lauteten zwei der Überschriften, die Andrew am ersten Tag der neuen Parlamentsperiode las.

Jeder, der einen gefährdeten Sitz verteidigt, ist nervös, wenn die satzungsgemäßen fünf Jahre zu Ende gehen, und alle neuen SDP-Abgeordneten betrachteten ihre Sitze als gefährdet. Andrew bildete keine Ausnahme.

Der Führer der Sozialdemokraten hatte begonnen, im Unterhaus eine Gruppe um sich zu scharen, und Andrew arbeitete hart, um sich seines Platzes würdig zu erweisen. Als Roy Jenkins sein Schattenteam bekannt gab, wurde Andrew Sprecher für Verteidigungsfragen und genoss die Herausforderung, sich vor der Wahl mit den beiden Altparteien zu messen. Doch sobald die Falkland-Krise vorbei war, wusste er, wo sein wirkliches Problem lag: nicht in Westminster, sondern in Edinburgh, wo er immer mehr Zeit verbrachte. Hamish Ramsey rief ihn an, ob er irgendwie helfen könne.

»Sei mein Vorsitzender beim Wahlkampf«, antwortete Andrew lakonisch.

Ramsey sagte sofort zu, und nach zwei Wochen hatten sich vier Mitglieder von Andrews altem Labour-Parteiausschuss der SDP angeschlossen. Die Unterstützung für Andrew kam aus den erstaunlichsten Richtungen, so etwa von Jock McPherson, der erklärte, die Schottischen Nationalisten würden sich nicht um den Sitz für Edinburgh Carlton bewerben, weil sie Frank Boyle nicht im Parlament sehen wollten. Sir Duncan Fraser hielt lange hinterm Berg damit, was die Konservativen vorhatten, bis sie Jamie Lomax als ihren Bannerträger vorstellten.

»Lomax, Lomax«, wiederholte Andrew. »Wir waren zusammen in der Schule«, sagte er seinem Vater. »Man nannte ihn den lahmen Lomax. Du hast dir den größten Idioten unserer Generation ausgesucht.«

»Das ist eine erbärmliche Verleumdung eines tüchtigen Mannes«, sagte Sir Duncan und versuchte, ernst zu bleiben. »Ich kann dir versichern, es war gar nicht leicht, den Ausschuss von ihm zu überzeugen.«

»Wie ist es dir gelungen?«

»Es war zugegebenermaßen nicht einfach. Wir hatten einige sehr gute Kandidaten, aber es gelang mir, sie alle zu untergraben und auf Lomax' untadelige politische Vergangenheit zu verweisen.«

»Nicht vorhandene Karrieren sind die beste Garantie für eine untadelige Vergangenheit.« Andrew lachte.

»Ja, ein oder zwei Ausschussmitglieder meinten das auch. Aber du musst zugeben, dass Lomax sehr gut aussieht.«

»Was hat das damit zu tun? Du hast doch nicht nach einem Dressman als Kandidaten Ausschau gehalten!«

»Nein, aber es hat geholfen, die Damen des Frauenberatungskomitees auf meine Seite zu bringen.«

»Vater, du bist ein Gauner.«

»Keineswegs. Es gibt in ganz Schottland keinen Konservativen, der lieber Frank Boyle im Parlament sehen möchte als dich. Und da wir keine Chance haben, den Sitz zu gewinnen, warum soll er ihn dann bekommen?«

Louise und Clarissa verbrachten die Weihnachtsferien in Edinburgh. Sir Duncan warnte Louise, dass Andrew nie mehr ins Parlament zurückkehren werde, wenn er diese Wahl verlor.

Margaret Thatcher hielt sich auch 1983 an ihre Währungspolitik, und die Inflationsrate sank unter vier Prozent, wohingegen die Arbeitslosigkeit in manchen Teilen Schottlands auf fünfzehn Prozent stieg. Die Regierungschefin hatte schrittweise jegliche Opposition aus den eigenen Reihen mundtot gemacht, und am Ende ihrer ersten Regierungsperiode war diese völlig einflusslos. Dass Mrs. Thatcher jedoch länger als ein Jahr in allen Meinungsumfragen an erster Stelle stand, hatte sie der Falkland-Krise zu verdanken. Im April waren die Zeitungen voll mit Spekulationen über den Zeitpunkt der Neuwahlen, und nach dem Erfolg der Konservativen bei den Kommunalwahlen am 5. Mai bat die Premierministerin um eine Audienz bei der Königin. Kurz darauf erklärte Margaret Thatcher der Nation, sie brauche weitere fünf Jahre, um zu beweisen, dass ihre Innenpolitik zum Erfolg führe. Die Wahl wurde für den 9. Juni festgesetzt.

Als der Wahlkampf begann, interviewte Stuart Gray vom *Scotsman* alle drei Kandidaten und erklärte Andrew, er habe einen Plan, um ihn zu unterstützen.

»Das können Sie nicht, Sie sind verpflichtet, neutral zu bleiben und den drei Kandidaten im Wahlkampf gleich viel Platz in Ihrer Zeitung einzuräumen.«

»Stimmt«, sagte Stuart. »Aber wir wissen, dass Frank Boyle schlau ist und aussieht wie ein entflohener Sträfling, während Lomax einem Filmstar gleicht und sobald er den Mund aufmacht, etwas Dämliches sagt.«

»Ja, und?«

»Deshalb werde ich die schlechtesten Fotos von Boyle bringen, die ich auftreiben kann, und Spalte um Spalte mit Lomax' Äußerungen füllen. So erhalten sie gleich viel Platz, verlieren aber Stimmen.«

»Sie werden sich beim Chefredakteur beschweren.«

»Bezweifle ich«, meinte Stuart. »Den Politiker möchte ich sehen, der sich beklagt, dass eine Zeitung sein Bild bringt, oder einen, dem es missfällt, wenn seine irren Ansichten ein breites Publikum erreichen.«

»Und was haben Sie mit mir vor?«

»Das ist eben das Problem.« Stuart lachte. »Vielleicht lasse ich die Spalten leer. So können Sie wenigstens keine Stimmen verlieren.«

Sooft Andrew auf persönliche Stimmenwerbung ging, musste er feststellen, dass ein Teil seiner Wähler ihn noch unterstützte, während ein anderer Teil ihm nicht verzieh, dass er die Labour-Partei verlassen hatte. Als die Resultate seines Abklapperns eintrafen, sah man auf den ersten Blick, dass dies seine bisher schwierigste Wahl werden würde.

Im Lauf der Jahre hatte Andrew einige schmutzige Wahlkämpfe miterlebt, vor allem, als er sich gegen die Schottischen Nationalisten wehren musste. Doch jetzt dachte er wehmütig an McPherson zurück. Andrew ertrug es gerade noch zu hören, dass er wegen Faulheit aus der Labour-Partei ausgeschlossen worden sei, sogar, dass er die Partei im Stich gelassen habe, weil man ihm mitgeteilt hätte, er werde nie mehr Minister werden. Doch als er das von Boyles Leuten verbreitete Gerücht hörte, Louise hätte die Sprache verloren, als sie ein schwarzes Baby zur Welt brachte, packte ihn kalte Wut.

Hätte Andrew Boyle an diesem Tag getroffen, er hätte ihn ohne Zweifel verprügelt. Sir Duncan riet ihm zu Zurückhaltung, alles andere werde Louise und Clarissa nur schaden.

Eine Woche vor der Wahl ergab eine Meinungsumfrage des *Scotsman,* dass Boyle mit fünfunddreißig zu zweiunddreißig Prozent vor Andrew in Führung lag. Die Konservativen kamen auf neunzehn Prozent, vierzehn Prozent waren noch unentschieden. Jock McPherson hielt Wort: Die Schottischen Nationalisten stellten keinen Kandidaten auf.

Am Freitag vor der Wahl ging McPherson noch weiter und riet seinen Anhängern, Andrew Fraser zu wählen.

Als Andrew ihn anrief, um sich zu bedanken, sagte er: »Ich revanchiere mich für einen Gefallen.«

»Ich erinnere mich nicht, Ihnen je einen Gefallen getan zu haben«, entgegnete Andrew.

»O doch. Hätten Sie seinerzeit der Presse nur ein Wort über mein Angebot an Sie gesteckt, die Führung der Schottischen Nationalisten zu übernehmen, wäre ich erledigt gewesen.«

Fünf Tage vor der Wahl reisten Anhänger aus zwei Edinburgher Wahlkreisen an, die keinen SDP-Kandidaten aufgestellt hatten, um Andrew zu unterstützen, und jetzt sah er zum ersten Mal eine Chance, zu gewinnen. Zwei Tage vor der Wahl schrieb der *Scotsman,* es stehe 39:38 für Boyle, wies aber darauf hin, dass der Labour-Partei am Wahltag ein besser funktionierender Apparat zur Verfügung stehe.

Am Vorabend der Wahl ließ Frank Boyle an jeden Haushalt ein Flugblatt mit einem Bild von Andrew mit Clarissa auf dem Arm verteilen, das die Überschrift trug: »Sagt dir dein Abgeordneter die volle Wahrheit?« Weder Louise noch Clarissa wurden erwähnt, die Anspielung war jedoch überdeutlich.

Andrew sah das Flugblatt erst am Morgen des Wahltags, als es zu spät war, dagegen vorzugehen. Eine einstweilige Verfügung zu beantragen, die erst nach der Wahl greifen würde, war sinnlos. Entweder er gewann oder er verlor.

Dafür arbeiteten Louise und er vom frühen Morgen bis zehn Uhr abends. Aus den unerwartetsten Ecken kamen Helfer herbei, als wollten sie den *Scotsman* und seine Behauptung widerlegen, Labour habe einen besseren Parteiapparat. Am späten Nachmittag stieß sogar Sir Duncan dazu und chauffierte die Wähler mit seinem Rolls-Royce zu den Wahllokalen.

»Wir wissen, dass unser Kandidat verloren hat, also helfen wir dir«, sagte er trocken.

Als die Rathausuhr zehn schlug, setzte sich Andrew auf die Stufen vor dem letzten geöffneten Wahllokal. Jetzt konnte er nichts mehr tun. Er hatte sein Äußerstes gegeben und nur Mitglieder des Oberhauses und Geisteskranke nicht aufgesucht. Beide Gruppen waren nicht wahlberechtigt.

Eine alte Dame trat lächelnd aus dem Wahllokal.

»Guten Tag, Mrs. Bloxham«, sagte Andrew, »wie geht es Ihnen?«

»Gut, Andrew.« Sie lachte. »Fast hätte ich vergessen zu wählen, und das wäre unverzeihlich.«

Müde hob er den Kopf.

»Machen Sie sich keine Sorgen, mein Junge«, fuhr sie fort. »Seit zweiundfünfzig Jahren habe ich immer den Sieger gewählt, und so lange sind Sie noch gar nicht auf der Welt.« Sie schmunzelte.

Mühsam stand Andrew auf und ging durch die dunklen Gassen zur Parteizentrale. Alle klatschten, als er eintrat, und der Vorsitzende bot ihm einen Schluck Whisky an.

»Ich pfeif auf einen Schluck«, meinte Andrew. »Schön voll, bitte.«

Er bedankte sich bei seinen Mitarbeitern, bevor ihn Hamish Ramsey abholte, um mit ihm ins Rathaus zu fahren. Einige seiner Leute begleiteten ihn. Der Erste, den er sah, als er den Saal betrat, war Frank Boyle, der übers ganze Gesicht grinste. Andrew ließ sich davon nicht entmutigen. Boyle muss-te erst noch lernen, dass die ersten ausgezählten Stimmen aus den Innenbezirken kamen, in denen die meisten Labour-Wähler wohnten.

Die beiden Männer gingen zwischen den Tischen herum, an denen man jetzt mit der Auszählung begann. Die Stimm-zettel wurden zunächst in Zehner-, dann in Hunderter- und schließlich Tausenderstapeln sortiert und anschließend dem Sheriff – dem zuständigen Amtsrichter – übergeben. Im Lauf des Abends wich Boyles Grinsen einem besorgten Ausdruck, als sich die Höhe der Stapel immer stärker anglich.

Über drei Stunden lang wurden Urnen geleert, Stimm-zettel geprüft und gezählt. Um zwanzig nach eins addierte der Sheriff die vorliegenden Zahlen und bat die drei Kandidaten, ihm zu folgen.

Als er ihnen das Resultat mitteilte, lächelte Boyle. Andrew forderte mit ausdruckslosem Gesicht eine nochmalige Zäh-lung. Eine Stunde lang lief er nervös auf und ab, während die Prüfer erneut jeden Stapel kontrollierten: ein Irrtum da, eine Veränderung dort, eine verlorene Stimme entdeckt, und ein-mal stimmte der oberste Name auf einem Hunderterstapel nicht mit dem Namen auf den neunundneunzig darunterlie-genden Stimmzetteln überein. Endlich gaben die Prüfer ihre Zahlen ab. Wieder addierte der Sheriff sie und forderte die Kandidaten auf, ihm zu folgen.

Diesmal lächelte Andrew, während Boyle erstaunt war und eine neuerliche Zählung forderte. Der Sheriff willigte ein, dies müsse aber die letzte sein. Beide Kandidaten erklärten sich einverstanden, der dritte schlief bereits fest in einer Ecke, wissend, dass sich sein Resultat nicht ändern würde, auch wenn man noch so oft nachzählte.

Wieder wurde geprüft und kontrolliert, und fünf weitere Irrtümer wurden entdeckt. Um zwanzig nach drei fielen den Zählern und Prüfern fast die Augen zu, und wieder forderte der Sheriff die Kandidaten auf, ihm zu folgen. Als sie das Resultat erfuhren, waren beide sprachlos. Der Sheriff teilte ihnen mit, dass am Morgen, sobald seine Helfer ein bisschen geschlafen hatten, eine weitere Nachzählung stattfinden werde.

Alle Stimmzettel wurden sorgsam wieder in schwarze Kisten zurückgelegt und in die Obhut der Polizei gegeben.

Andrew schlief unruhig in dieser kurzen Nacht, und um acht Uhr morgens brachte ihm eine vor Erschöpfung blasse, wenn auch grinsende Louise eine Tasse Tee. Er rasierte sich, nahm eine kalte Dusche und war ein paar Minuten vor Beginn der neuerlichen Zählung wieder im Rathaus. Als er die Treppe hinaufging, wurde er von einem Pulk Fernsehkameras und Journalisten empfangen, die Gerüchte gehört hatten, weshalb die Zählung in der Nacht abgebrochen worden war. Keiner konnte sich leisten, jetzt beim letzten Akt des Dramas zu fehlen.

Die Prüfer sahen gespannt und bereit aus, als der Sheriff auf die Uhr sah und nickte. Die Kisten wurden geöffnet und zum vierten Mal vor die Zähler gestellt. Wieder wuchsen die kleinen Stapel zu Stößen von tausend Stimmzetteln. Andrew umrundete die Tische, weniger, um zu kontrollieren, als um seiner Nervosität Herr zu werden. Er hatte dreißig seiner eigenen Leute als Kontrolleure registriert, die darauf achteten, dass keine seiner Stimmen übersehen wurde.

Als die Zähler und Prüfer fertig waren, wurden die Stimmzettel dem Sheriff übergeben, der die Zahlen zum letzten Mal addierte. Sie hatten sich nicht verändert.

Er erklärte Andrew und Frank Boyle, wie es in Anbetracht des Resultats jetzt weiterging. Er habe mit Lord Wylie, dem Chef-Justiziar der schottischen Exekutive, gesprochen, und dieser habe ihm den Passus im Wahlgesetz vorgelesen, der unter diesen Umständen anzuwenden sei. Beide Kandidaten einigten sich, welche der beiden Möglichkeiten sie vorzogen.

Gefolgt von den besorgt aussehenden Kandidaten, begab sich der Sheriff aufs Podium. Alles stand auf, um besser sehen zu können. Als das Stühlerücken, Hüsteln und nervöse Tuscheln aufgehört hatte, begann er. Zunächst prüfte er das Mikrofon – das metallische Kratzen war im ganzen Saal zu hören –, dann sagte er:

»Ich, der Wahlleiter von Edinburgh Carlton, erkläre hiermit, dass die abgegebenen Stimmen sich wie folgt verteilen:

Frank Boyle	18.437
Jamie Lomax	5.714
Andrew Fraser	18.437«

Die Anhänger der beiden führenden Kandidaten schrien aufgeregt durcheinander. Es dauerte eine Weile, bis man die Stimme des Sheriffs über den Tumult hinweg hören konnte.

»Gemäß Absatz 16 des Gesetzes von 1949 und Vorschrift 50 der parlamentarischen Wahlordnung muss ich zwischen den beiden Kandidaten durch das Los entscheiden«, verkündete er. »Ich habe mit dem Chef-Justiziar von Schottland gesprochen, der bestätigte, dass das Ziehen von Strohhalmen oder das Werfen einer Münze in einem solchen Fall die Entscheidung herbeiführt. Beide Kandidaten ziehen letzteres Verfahren vor.«

Wieder brach Tumult aus. Andrew und Boyle standen wie versteinert neben dem Sheriff und erwarteten die Entscheidung über ihr Schicksal.

»Ich habe mir«, fuhr der Sheriff fort und war sich bewusst, dass ihm zum ersten und vermutlich letzten Mal im Leben zwanzig Millionen Menschen vor dem Fernsehschirm zusahen, »von der Royal Bank of Scotland einen goldenen Sovereign geliehen. Er zeigt auf einer Seite den Kopf Georgs III., auf der anderen Seite Britannia. Ich bitte den derzeit im Amt befindlichen Abgeordneten Mr. Fraser, seine Wahl zu treffen.« Boyle nickte zustimmend. Beide Männer inspizierten die Münze.

Der Sheriff legte die goldene Münze auf seinen Daumen, wandte sich an Andrew und sagte: »Sie rufen, während die Münze in der Luft ist.«

Es war so still, als wären sie drei die Einzigen im Saal. Andrew spürte, wie sein Herz klopfte, als der Sheriff die Münze in die Luft warf.

»Britannia«, sagte er laut und deutlich, als die Münze ihren höchsten Punkt erreicht hatte. Der Sovereign fiel zu Boden, prallte ab, drehte sich ein paarmal und blieb vor dem Sheriff liegen.

Andrew blickte hinunter und seufzte hörbar auf. Der Sheriff räusperte sich, bevor er sagte: »Gemäß der Entscheidung durch das Los erkläre ich Mr. Andrew Fraser zum rechtmäßig gewählten Parlamentsabgeordneten für Edinburgh Carlton.«

Andrews Anhänger stürzten aufs Podium und trugen ihn auf den Schultern aus dem Rathaus und durch die Straßen von Edinburgh. Andrew hielt Ausschau nach Louise und Clarissa, die sich jedoch im Gedränge verloren hatten.

Am nächsten Tag schenkte die Bank of Scotland Andrew die goldene Münze, und der *Scotsman* rief an, um zu fragen, ob er sich aus einem bestimmten Grund für die Britannia entschieden habe.

»Natürlich«, antwortete Andrew. »Georg III. hat uns Amerika verloren. Ich wollte nicht seinetwegen Edinburgh verlieren.«

29

Lächelnd las Raymond die Überschrift in der *Daily Mail*: »Münzwurf entscheidet«.

Er war betrübt, dass Andrew die Labour-Partei verlassen hatte, zugleich aber erfreut, dass er wieder im Unterhaus saß. Raymond war zutiefst dankbar, dass es in seinem Wahlkreis keinen Frank Boyle gab. Oft fragte er sich, ob das Joyces Verdienst war, die immer ein wachsames Auge auf all die Komitees und Ausschüsse hatte.

Margaret Thatchers zweiter Wahlsieg war ein harter Schlag für ihn, auch wenn er nicht ganz unerwartet kam. Ihre Mehrheit von hundertvierundvierzig Sitzen war größer als vorhergesagt. Die SDP kam nur auf sechs Sitze, obwohl sie in der Allianz mit den Liberalen stimmenmäßig nur zwei Prozent hinter den Sozialisten lag. Raymond war realistisch: Er wusste, dass die Torys jetzt weitere fünf Jahre vor sich hatten.

Wieder einmal kehrte er ans Gericht und zu neuen zeitaufwendigen Mandaten zurück. Als der Justizminister Lord Hailsham ihm die Chance bot, Richter am Hohen Gerichtshof und damit Mitglied des Oberhauses zu werden, überlegte Raymond lange und fragte schließlich Joyce nach ihrer Meinung.

»Innerhalb einer Woche würdest du dich zu Tode langweilen«, meinte sie.

»Nicht mehr als jetzt.«

»Deine Zeit kommt noch.«

»Joyce, ich bin fast fünfzig, und alles, was ich vorzuweisen habe, ist der Vorsitz im Sonderausschuss für Handel und Industrie. Vielleicht bekomme ich nie mehr ein Amt. Vergiss nicht, als wir das letzte Mal so verloren haben, blieben wir dreizehn Jahre in der Opposition.«

»Sobald Michael Foot abgelöst ist, sieht die Partei anders aus, und ich wette, dass man dir dann einen wichtigen Posten im Schattenkabinett anbietet.«

»Das hängt vom nächsten Parteiführer ab. Ich sehe keinen großen Unterschied zwischen Neil Kinnock, der vermutlich unschlagbar ist, und Michael Foot – außer, dass Kinnock zehn Jahre jünger ist als ich.«

»Warum kandidierst du dann nicht selbst?«

»Ist noch zu früh«, erwiderte Raymond.

»Warum wartest du nicht wenigstens, bis wir wissen, wer der neue Parteiführer wird? Richter kannst du jederzeit werden. Die sterben genauso schnell weg wie Kabinettsmitglieder.«

Als Raymond am nächsten Tag ins Gericht zurückkehrte, beherzigte er Joyces Rat und teilte Lord Hailsham mit, dass er in absehbarer Zeit kein Richteramt übernehmen werde. Dann wartete er und behielt Cecil Parkinson, den neuen Minister für Handel und Industrie, sehr genau im Blick.

Nur wenige Tage später gab Michael Foot bekannt, dass er beim nächsten Parteitag nicht mehr kandidieren werde. Die Gesichter etlicher Mitglieder des Schattenkabinetts leuchteten auf, als sie an den bevorstehenden Kampf dachten. Neil Kinnock und Roy Hattersley waren die Favoriten, während einige Gewerkschafter und Parlamentarier Raymond aufforderten zu kandidieren. »Das nächste Mal«, war seine stereotype Antwort.

Die Wahl des neuen Parteiführers fand am Sonntag vor

dem Parteitag statt. Wie Raymond vorhergesagt hatte, gewann Kinnock spielend, und Hattersley wurde sein Stellvertreter.

Nach dem Parteitag kehrte Raymond nach Leeds zurück. Obwohl er den Sieger nicht unterstützt hatte, hoffte er, dass man ihm einen wichtigen Posten im Schattenkabinett anbieten würde. Nach seiner morgendlichen Sprechstunde wartete er daheim auf einen Anruf des neuen Parteichefs und verpasste sogar das Match gegen Chelsea.

Als Kinnock schließlich spät abends anrief, war Raymond empört über sein Angebot und erwiderte ohne zu zögern, er sei nicht interessiert. Das Gespräch war kurz.

Joyce kam herein, als er gerade in den Lehnsessel zurücksank.

»Und, was hat er dir angeboten?«

»Verkehr. Praktisch eine Degradierung.«

»Und was hast du geantwortet?«

»Natürlich abgelehnt.«

»Wer hat die wichtigsten Posten bekommen?«

»Habe ich nicht gefragt, und er hat es mir auch nicht mitgeteilt. Wir werden es morgen in der Zeitung lesen. Allerdings ist mein Interesse minimal. Ich werde die erste frei werdende Stelle als Richter annehmen. Ich habe schon zu viele Jahre vergeudet.« Er starrte auf den Boden.

»Ich auch«, sagte Joyce leise.

»Was meinst du damit?«, fragte Raymond.

»Wenn du ein neues Leben beginnst, ist es auch für mich Zeit, das zu tun.«

»Ich verstehe dich nicht.«

»Wir stehen uns schon lang nicht mehr nahe, Raymond«, sagte Joyce und sah ihrem Mann in die Augen. »Wenn du deinen Wahlkreis aufgeben und noch mehr Zeit in London verbringen willst, dann sollten wir uns trennen.« Sie wandte sich ab.

»Gibt es jemand anderen?« Raymonds Stimme brach.

»Niemanden im Besonderen.«

»Aber doch jemanden?«

»Es gibt einen Mann, der mich heiraten möchte, wenn du das meinst. Wir waren zusammen in Bradford in der Schule. Er ist Steuerberater und war nie verheiratet.«

»Und du liebst ihn?«

Joyce überlegte. »Nein, das kann ich nicht behaupten. Aber wir sind gute Freunde, er ist sehr nett und verständnisvoll, vor allem aber: Er ist hier.«

Raymond saß unbeweglich da.

»Damit hättest du jedenfalls die Möglichkeit, Kate Garthwaite zu bitten, ihren Job in New York aufzugeben und nach London zurückzukehren.« Raymond stockte der Atem. »Denk darüber nach und lass mich deine Entscheidung wissen.« Rasch verließ sie das Zimmer, damit er ihre Tränen nicht sehen konnte.

Raymond blieb allein, dachte an die Jahre mit Joyce zurück – und die mit Kate – und wusste genau, was er jetzt, nachdem die Affäre ans Licht gekommen war, tun wollte.

Er nahm den letzten Zug nach London, weil er am nächsten Morgen um zehn beim Schlusswort eines Richters anwesend sein musste. Er schlief unruhig, weil er immer wieder daran dachte, wie er sein neues Leben gestalten wollte. Bevor er zum Gericht fuhr, bestellte er über Interflora ein Dutzend roter Rosen. Und er rief den Generalstaatsanwalt an. Wenn er sein Leben ändern wollte, musste er es radikal ändern.

Als der Richter das Urteil verkündet hatte, studierte Raymond die Flugpläne. Heutzutage konnte man so fix dort sein.

Er buchte seinen Flug und nahm ein Taxi nach Heathrow. Im Flugzeug betete er, dass es nicht zu spät, dass nicht zu viel Zeit verstrichen war. Der Flug schien endlos, und bei der Ankunft nahm er wieder ein Taxi.

Sie war erstaunt, als er vor der Haustür stand. »Was machst du denn hier an einem Montagnachmittag?«

»Ich kam, um dich zurückzugewinnen«, sagte Raymond. »Mein Gott, klingt das kitschig.«

»Das ist das Netteste, was du seit Jahren gesagt hast«, erwiderte sie. Als er Joyce in die Arme nahm, sah er über ihre Schulter hinweg die Rosen im Wohnzimmer leuchten.

»Gehen wir irgendwohin essen?«

Beim Dinner erzählte Raymond seiner Frau, dass er das Angebot des Generalstaatsanwalts annehmen wolle, aber nur, wenn sie einverstanden sei, in London zu leben. Nach einer zweiten Flasche Champagner, die Joyce nur widerwillig öffnen ließ, gingen sie nach Hause. Das Telefon klingelte. Raymond schloss die Tür auf und stolperte zum Telefon, während Joyce nach dem Lichtschalter tastete.

»Ray, ich versuche schon den ganzen Abend, dich zu erreichen«, trällerte eine Stimme mit walisischem Akzent.

»Wirklich?«, fragte Raymond mit belegter Stimme und bemühte sich, die Augen offen zu halten.

»Du klingst, als kämst du von einer Party.«

»Ich hab mit meiner Frau gefeiert.«

»Du hast gefeiert, bevor du die Nachricht erhalten hast?«

»Welche Nachricht?« Raymond ließ sich in den Lehnstuhl fallen.

»Ich habe den ganzen Tag mit dem neuen Team hin und her überlegt. Ich hoffe, du bist bereit, das Schattenkabinett als …«

Schlagartig war Raymond nüchtern und hörte dem neuen Parteiführer aufmerksam zu. »Kannst du einen Moment warten?«

»Natürlich«, sagte eine verwunderte Stimme.

»Joyce«, rief Raymond, als sie zwei Tassen starken schwarzen Kaffee aus der Küche brachte, »bist du auch bereit, mit mir in London zu leben, wenn ich nicht Richter werde?«

Joyce strahlte übers ganze Gesicht vor Freude, dass er sie nach ihrer Zustimmung fragte.

Sie nickte mehrmals.

»Ich nehme mit Freuden an«, sagte Raymond in den Hörer.

»Danke. Vielleicht können wir uns morgen in meinem Zimmer im Unterhaus treffen und die Strategie für dein neues Ressort besprechen.«

»Ja, selbstverständlich. Bis morgen.« Raymond ließ den Hörer zu Boden fallen und schlief im Lehnstuhl ein.

Joyce legte den Hörer auf und erfuhr erst am nächsten Morgen, dass ihr Mann der neue Sozialminister im Schattenkabinett war.

Raymond verkaufte seine Wohnung im Barbican und zog mit Joyce in ein kleines Haus in der Cowley Street, nur ein paar Hundert Meter vom Parlament entfernt.

Raymond sah zu, als Joyce mit der Energie und dem Enthusiasmus einer frisch Verheirateten erst sein Arbeitszimmer und dann das ganze Haus einrichtete. Sobald das Gästezimmer fertig war, kamen Raymonds Eltern für ein Wochenende zu Besuch. Raymond lachte laut, als sein Vater mit einem großen Sack an der Tür stand, der die Aufschrift trug: »Gould, der Familienmetzger«.

»Weißt du, man bekommt auch in London Fleisch«, sagte er.

»Nicht solches wie meines, Sohn«, erwiderte der Vater.

Während sie das beste Beefsteak aßen, an das Raymond sich erinnern konnte, beobachtete er Joyce, die sich fröhlich mit seiner Mutter unterhielt. »Gott sei Dank, dass ich rechtzeitig aufgewacht bin«, sagte er laut.

»Was hast du gesagt?«, fragte Joyce.

»Ach, nichts, Liebste, nichts.«

Obwohl Raymond die meiste Zeit mit der Entwicklung einer Gesamtstrategie für eine künftige Labour-Regierung verbrachte, hatte er wie alle Politiker »Lieblingsmissstände«, die ihn besonders aufbrachten. Für ihn waren es die Pensionen der Kriegerwitwen, seit er als Junge mit seiner Großmutter zusammengewohnt hatte. Er erinnerte sich noch gut an den Schock, als er kurz nach dem Universitätsabschluss feststellte, dass seine Großmutter dreißig Jahre von einer wöchentlichen Rente gelebt hatte, die nicht einmal für eine ordentliche Mahlzeit in einem Londoner Restaurant gereicht hätte.

Von den Hinterbänken aus hatte er immer wieder auf eine Einlösung der Kriegsanleihen und höhere Pensionen für Kriegerwitwen gedrängt. Aus seiner Post ging eindeutig hervor, welches Problem insbesondere die Witwenpensionen darstellten. Während seiner Jahre in der Opposition arbeitete er hartnäckig daran, immer wieder kleine Erhöhungen zu erreichen, hatte sich aber geschworen, sollte er einmal Minister werden, etwas Grundlegenderes zu verfügen.

Als er an diesem Abend aus dem Parlament heimkam, fand er einen Artikel, den Joyce für ihn aus dem *Standard* ausgeschnitten hatte. An den Rand hatte sie geschrieben: »Das könnte auf der ersten Seite aller unserer Zeitungen landen.«

Raymond stimmte ihr zu, und am nächsten Tag versuchte er, einem unwilligen Schattenkabinett seinen Standpunkt klarzumachen, das allerdings mehr besorgt war über die geplante Aufstellung von Streikposten durch die Bergarbeitergewerkschaft von Yorkshire als um das Schicksal von Mrs. Dora Benson.

Raymond recherchierte die Geschichte genau und stellte fest, dass sie sich kaum von den vielen anderen unterschied, die er im Lauf der Jahre gehört hatte, außer dass diesmal auch ein hoher Orden, das Victoria-Kreuz, eine Rolle spielte. Jedenfalls war Mrs. Benson ein Paradefall für sein Anliegen: Sie gehörte zu den wenigen überlebenden Witwen von Gefallenen des Ersten Weltkrieges; ihr Mann, Soldat Albert Benson, war an der Somme gefallen, als er einen Angriff auf einen deutschen Schützengraben anführte. Neun Deutsche wurden getötet, bevor Albert Benson fiel, und deshalb wurde er mit dem Victoria-Kreuz ausgezeichnet. Seine Witwe blieb mehr als fünfzig Jahre Putzfrau in einem Gasthaus in Barking. Ihr einziger Besitz von Wert waren ein paar Kriegsanleihen, doch ohne Einlösungsdatum waren sie noch immer nicht mehr als fünfundzwanzig Pfund pro Stück wert. Niemand hätte ihrem Fall Beachtung geschenkt, hätte Mrs. Benson in ihrer Verzweiflung die Auszeichnung ihres Mannes nicht Sotheby's zur Versteigerung angeboten.

Als Raymond alle Fakten beisammenhatte, fragte er den zuständigen Minister, ob er endlich bereit sei, die seit Langem gegebenen Zusagen der Regierung in solchen Fällen endlich einzulösen. Ein schläfriges, aber volles Unterhaus hörte Verteidigungsminister Simon Kerslake zu, als er versicherte, man beschäftige sich wieder einmal mit diesem Problem, und er werde das Resultat bald bekannt geben. In der Meinung,

Gould damit beruhigt zu haben, setzte sich Simon wieder. Aber Raymonds Zusatzfrage rüttelte alle Anwesenden auf.

»Weiß der Sehr Ehrenwerte Gentleman, dass diese vierundachtzigjährige Witwe, deren Mann im Krieg gefallen ist und das Victoria-Kreuz erhielt, ein geringeres Einkommen hat als ein sechzehnjähriger Kadett bei Armeeeintritt?«

Entschlossen, den Fall ruhen zu lassen, bis er Zeit gefunden hatte, sich zu informieren, stand Simon erneut auf.

»Das wusste ich nicht, Mr. Speaker, und ich versichere dem Sehr Ehrenwerten Gentleman, dass ich alle von ihm erwähnten Punkte in Erwägung ziehen werde.«

Simon war überzeugt, dass der Speaker jetzt zur nächsten Anfrage übergehen würde. Angefeuert von den Bänken der Opposition, erhob sich Raymond jedoch nochmals.

»Ist sich der Sehr Ehrenwerte Gentleman auch bewusst, dass ein Admiral, inflationsangepasst, mit einer Pension von über fünfhundert Pfund pro Woche rechnen kann, während Mrs. Bensons wöchentliches Einkommen unverändert bei 47,32 Pfund bleibt?«

Sogar von den konservativen Bänken hörte man erstaunte Ausrufe, als Raymond sich wieder setzte.

Mit dem unguten Gefühl, auf Goulds Angriff nicht vorbereitet zu sein, stand Simon auf, um ihn so rasch wie möglich abzublocken. »Auch über diese Tatsache war ich nicht informiert, aber ich kann dem Sehr Ehrenwerten Gentleman nur noch einmal versichern, dass ich den Fall sofort prüfen werde.«

Zu Simons Entsetzen stand Raymond zum dritten Mal auf. Er sah, wie die Labour-Abgeordneten das seltene Spektakel genossen, ihn in die Enge getrieben zu sehen. »Weiß der Sehr Ehrenwerte Gentleman auch, dass die Jahresrente für einen Träger des Victoria-Kreuzes hundert Pfund ohne jegliche Pensionszuschüsse beträgt? Wir zahlen unseren Fußballspielern in der vierten Liga mehr, während wir Mrs. Bensons Rente auf der niedrigsten nationalen Einkommensstufe halten.«

Sichtlich gequält, erhob sich Simon zum vierten Mal und machte eine für ihn untypische Bemerkung, die er augenblicklich bereute.

»Ich verstehe, was der Sehr Ehrenwerte Gentleman meint«, begann er etwas zu hastig, »und sein plötzliches Interesse an Mrs. Benson fasziniert mich. Wäre es zynisch von mir anzunehmen, dass es von dem großen Interesse ausgelöst wurde, das die Medien dem Fall entgegenbrachten?«

Raymond erwiderte nichts, sondern saß mit verschränkten Armen und den Füßen auf dem vor ihm stehenden Tisch regungslos da, während seine Hinterbänkler Simon lauthals beschimpften.

Am nächsten Tag brachten alle Zeitungen Bilder der arthritischen Dora Benson mit Mopp und Eimer und daneben Fotos ihres jungen Ehemannes in Uniform. Viele beschrieben ausführlich, wie sich Albert Benson das Victoria-Kreuz erworben hatte, und einige schmückten die Geschichte weidlich aus. Alle aber erwähnten Raymonds Argument, dass Mrs. Bensons Bezüge in der niedrigsten Einkommensstufe lagen.

Eine kluge und ungewöhnlich gründliche Journalistin des *Guardian* aber brachte die Geschichte unter einem anderen Gesichtswinkel, der von den anderen Zeitungen in ihrer zweiten Ausgabe ebenfalls aufgegriffen wurde. Es zeigte sich, dass Raymond Gould in seiner Parlamentszeit siebenundvierzig Anfragen bezüglich der Pensionen von Kriegswitwen gestellt und in drei Haushalts- und fünf Sozialdebatten darüber gesprochen hatte. Das Thema war vor zwanzig Jahren auch schon Kernpunkt seiner Jungfernrede gewesen. Als die Journalistin aufdeckte, dass Raymond dem Erskine Hospital für verwundete Soldaten jedes Jahr fünfhundert Pfund spendete, wusste jeder Abgeordnete, dass Simon Kerslake seine Verbalattacke zurücknehmen und sich entschuldigen musste.

Um halb vier stand der Speaker auf und teilte mit, dass der Verteidigungsminister eine persönliche Erklärung abzugeben wünsche.

Simon Kerslake erhob sich von der vorderen Bankreihe und trat nervös ans Rednerpult.

»Mr. Speaker«, begann er, »mir Ihrem und dem Einverständnis des Unterhauses möchte ich eine persönliche Erklärung abgeben. Während einer gestern an mich gestellten Anfrage bezweifelte ich die Integrität des Abgeordneten von Leeds North. Inzwischen erfuhr ich, dass ich ihm großes Unrecht getan habe. Ich möchte mich dafür aufrichtig entschuldigen und dem Sehr Ehrenwerten Gentleman versichern, dass ich seine Integrität kein drittes Mal infrage stellen werde.«

Der letzte Satz verwirrte die jüngeren Abgeordneten, während Raymond vor sich hinlächelte.

Da jeder wusste, wie selten persönliche Erklärungen in einer parlamentarischen Karriere sind, waren alle Abgeordneten gespannt, wie Raymond reagieren würde.

Langsam ging er zum Rednerpult.

»Mr. Speaker, ich nehme die so liebenswürdig vorgebrachte Entschuldigung meines Kollegen an und hoffe, dass er das größere Problem, nämlich die Frage der Pensionen von Kriegswitwen im Allgemeinen und der von Mrs. Benson im Besonderen, im Auge behalten wird.«

Simon wirkte erleichtert und nickte höflich.

Viele seiner Kollegen meinten, Raymond hätte Kerslake

mehr zusetzen und die Situation besser ausnutzen sollen, und Tom Carson beschimpfte Simon noch, als man schon längst beim nächsten Tagesordnungspunkt war. Der Leitartikel in der *Times* bewies ihnen allerdings das Gegenteil: »In einer Zeit radikaler Forderungen der Linken fanden Parlament und Labour-Partei auf ihrer Vorderbank einen neuen Clement Attlee. Großbritannien braucht sich um Menschenwürde oder Menschenrechte nicht zu sorgen, sollte Raymond Gould je das Amt bekleiden, das dieser Herr innehatte.«

Als Raymond am Abend nach Hause kam, hatte Joyce alle Pressekommentare für ihn ausgeschnitten, und irgendwie war es ihr sogar gelungen, in seine ausufernde Korrespondenz etwas Ordnung zu bringen.

Es zeigte sich, dass sie einen besseren politischen Instinkt hatte als das gesamte Schattenkabinett.

Alec Pimkin gab eine Party für alle Tory-Kollegen, die 1964 ins Parlament gekommen waren, »um die ersten zwanzig Jahre im Unterhaus zu feiern«, wie er in einer Stegreifrede nach dem Dinner sagte.

Korpulent und mit beginnender Glatze, saß er da und begutachtete bei Cognac und Zigarren seine Kollegen. Viele waren im Lauf der Jahre auf der Strecke geblieben, doch die Übriggebliebenen waren überzeugt, dass jetzt nur zwei Männer die Partei beherrschten.

Pimkins Blick blieb zuerst an seinem alten Freund Charles Seymour hängen. Obwohl er ihn sich genau ansah, konnte er kein graues Haar auf dessen Kopf entdecken. Von Zeit zu Zeit traf Pimkin Amanda; sie war wieder in ihren Beruf als Fotomodell zurückgekehrt und nur selten in England. Charles selbst sah sie jetzt vermutlich öfter auf den Titelseiten von

Illustrierten, als er sie je am Eaton Square gesehen hatte. Es überraschte Pimkin, wie viel Zeit Charles für den kleinen Harry erübrigte. Nie hätte er gedacht, dass einmal ein vernarrter Vater aus ihm werden würde. Sein Ehrgeiz war jedoch immer noch vorhanden, und Pimkin nahm an, dass es nur einen gab, der ihm die Parteiführung streitig machen konnte.

Sein Blick wanderte zu dem Mann, der sich im Jahr 1984 vor Orwells Big Brother nicht zu fürchten schien. Simon Kerslake war in ein Gespräch über seine Arbeit für die vorgesehenen Abrüstungsverhandlungen in Genf zwischen Thatcher, Tschernenko und Reagan vertieft. Pimkin musterte den Verteidigungsminister genau und befand, dass, wäre er selbst mit einem derart guten Aussehen gesegnet, er nicht um seine Mehrheit zittern müsste. Gerüchte über irgendeine Finanzkrise hatten sich längst gelegt, und Kerslake schien vor einer glänzenden Zukunft zu stehen.

Die Party ging ihrem Ende zu, und alle seine Altersgenossen kamen, um ihm für einen »herrlichen«, »denkwürdigen« oder »lohnenden« Abend zu danken. Als alle gegangen waren, trank er den letzten Tropfen Cognac aus seinem Schwenker und drückte die Zigarre aus. Bei dem Gedanken, dass er wohl nie die Chance hatte, Minister zu werden, seufzte er tief und beschloss, stattdessen Königsmacher zu werden. Denn in weiteren zwanzig Jahren würde er auch dazu keine Gelegenheit mehr haben.

Raymond führte Joyce in ein Restaurant nahe dem Berkeley Square, um seine zwanzig Jahre im Parlament zu feiern. Er bewunderte das lange dunkelrote Abendkleid, das sie für diesen Anlass gewählt hatte, und bemerkte sogar, dass ein, zwei Frauen es mit mehr als beiläufigen Blicken bedachten.

Er sann über seine zwanzig Jahre im Unterhaus nach und sagte Joyce, er hoffe, in den kommenden zwanzig Jahren mehr Zeit in der Regierung zu verbringen. 1984 war kein gutes Jahr für die Konservativen gewesen, und Raymond hatte bereits Ideen, um der Regierung auch das Jahr 1985 so ungemütlich wie möglich zu machen.

Ein paar Wochen später kehrte Tony Benn, der bei den Wahlen seinen Sitz verloren hatte, als Abgeordneter für Chesterfield ins Unterhaus zurück. Die Konservativen unterlagen als schwacher Dritter und verloren Anfang 1985 noch zwei weitere Nachwahlen. Selbst die Presse musste zur Kenntnis nehmen, dass Labour wieder Chancen hatte, an die Regierung zu kommen.

Im Winter 1985 stiegen Arbeitslosigkeit und Inflation weiter und damit auch die Umfragewerte der Labour-Partei. Und nach dem Rücktritt von zwei Ministern wegen eines kleinen Hubschrauberherstellers in Südwestengland sowie zwei weiteren verlorenen Nachwahlen fielen die Konservativen zum ersten Mal seit fünf Jahren in den Erhebungen auf den dritten Platz zurück.

Der fallende Ölpreis und parteiinterne Zwistigkeiten machten Mrs. Thatcher das Leben nicht leichter. Sie nahm sie zum Anlass, ihr Kabinett mit neuen Gesichtern aufzufrischen. Das Durchschnittsalter der Kabinettsmitglieder verringerte sich um sieben Jahre, und die Presse sprach von »neuem Wein in alten Schläuchen«.

30

Andrew hörte die ersten Berichte auf dem Weg zum Parlament im Autoradio. Die Morgenzeitungen hatten nichts davon erwähnt, also musste es in der Nacht passiert sein. Die Meldung war knapp: HMS *Broadsword*, eine der Fregatten der Britischen Marine, war auf dem Weg durch die Große Syrte zwischen Tunis und Bengasi von einem Söldnertrupp gekapert worden, der sich als Küstenwache ausgab und angeblich im Namen Gaddafis handelte. Näheres würde in den Zehnuhrnachrichten bekannt gegeben.

Andrew war um halb zehn in seinem Zimmer im Parlament und rief sofort den SDP-Führer David Owen an, um die politischen Folgen dieser Nachricht mit ihm zu besprechen. Sobald man sich geeinigt hatte, was zu tun sei, brachte Andrew einen handgeschriebenen Brief ins Büro des Speakers, in dem er eine außerordentliche Debatte beantragte. Kopien davon schickte er per Boten an den Außen- und an den Verteidigungsminister.

Im Lauf des Vormittags erfuhr Andrew aus dem Radio, dass sich HMS *Broadsword* jetzt in der Gewalt von über hundert Guerillakämpfern befand. Sie verlangten die Freilassung aller Libyer in britischen Gefängnissen im Austausch für die zweihundertsiebzehn Besatzungsmitglieder, die man als Geiseln im Maschinenraum festhielt.

Um zwölf Uhr war der Nachrichtenticker im Abgeordneten-Korridor von neugierigen Parlamentariern belagert, und die Speisesäle waren so überfüllt, dass viele keinen Lunch bekamen.

Die Fragestunde war an diesem Tag walisischen Angelegenheiten gewidmet, sodass die Abgeordneten erst um Viertel nach drei langsam in den Sitzungssaal strömten. Das Parlament selbst dagegen war bereits brechend voll und vibrierte förmlich vor Gerüchten und Informationsfetzen. In der Lobby warteten die politischen Korrespondenten wie Geier, um hochrangige Parlamentarier nach ihrer Meinung zu der Krise zu befragen. Nur wenige waren unvorsichtig genug, etwas zu äußern, was am nächsten Tag falsch gedeutet werden konnte.

Andrew setzte sich auf die Oppositionsbank neben David Owen. Da er für die Verteidigungspolitik der Allianz verantwortlich war, musste er die übrigen zweiundzwanzig Mitglieder vertreten. Um drei Uhr siebenundzwanzig betrat Mrs. Thatcher, gefolgt von Außen- und Verteidigungsminister, den Saal. Dem Anlass entsprechend, waren ihre Mienen düster. Die letzten Fragen zu walisischen Angelegenheiten hatten die größte Zuhörerschaft seit dem Grubenunglück von Aberfan 1966.

Um halb vier stand der Speaker auf und rief zur Ordnung.

»Stellungnahmen an das Unterhaus«, verkündete er knapp und militärisch. »Vor der Debatte über walisische Angelegenheiten werden zwei Erklärungen zur HMS *Broadsword* abgegeben.« Dann erteilte er dem Verteidigungsminister das Wort.

Simon Kerslake stand auf und legte eine vorbereitete Erklärung auf das Rednerpult.

»Mr. Speaker, mit Ihrer und der Erlaubnis des Unterhauses möchte ich eine Stellungnahme hinsichtlich der Fregatte Ihrer Majestät *Broadsword* abgeben. Heute früh um sieben Uhr vierzig Greenwich Time fuhr die Fregatte durch die Große Syrte zwischen Tunis und Bengasi, als eine Gruppe von Guerillakämpfern, getarnt als offizielle Küstenwache, das Schiff enterte, Kapitän Lawrence Packard gefangen nahm und die Mannschaft unter Arrest stellte. Der Kapitän und seine Leute versuchten, Widerstand zu leisten, konnten gegen eine dreifache Übermacht jedoch nichts ausrichten. Die Guerillakämpfer, die behaupten, die Volksbefreiungsarmee zu vertreten, schlossen Kapitän Packard und seine Mannschaft im Maschinenraum ein. Soweit wir von unserer Botschaft in Tripolis informiert wurden, ist kein Menschenleben zu beklagen, obwohl Kapitän Packard bei den Kampfhandlungen verletzt wurde und wir über sein Schicksal nichts wissen. Die *Broadsword* hatte den vorgeschriebenen Kurs eingehalten. Dieser barbarische Vorfall muss daher nach der Genfer Seerechtskonvention von 1958 als Piraterie angesehen werden. Die Piraten verlangen im Austausch gegen die Rückgabe der Fregatte und ihrer Mannschaft die Freilassung aller libyschen Häftlinge in britischen Gefängnissen. Der Innenminister informierte mich, dass sich derzeit nur neun Libyer in britischen Gefängnissen befinden. Zwei wurden wegen mehrerer Ladendiebstähle zu drei Monaten Haft verurteilt, zwei wegen Verstoßes gegen das Drogengesetz inhaftiert, bei den restlichen fünf handelt es sich um jene Libyer, die letztes Jahr versuchten, ein Flugzeug der British Airways zu entführen. Die Regierung Ihrer Majestät kann und will nicht in rechtsstaatliche Verfahren eingreifen und beabsichtigt nicht, einen dieser Männer freizulassen.«

Laute »Hört, hört«-Rufe ertönten von allen Seiten des Hauses.

»Der Außenminister informierte den libyschen Botschafter

über den Standpunkt der Regierung Ihrer Majestät, insbesondere wies er darauf hin, dass die Regierung Ihrer Majestät eine solche Behandlung britischer Staatsbürger und britischen Eigentums unter keinen Umständen dulden kann. Wir verlangen und erwarten eine sofortige Reaktion der libyschen Regierung.«

Simon setzte sich unter lautem Beifall, dann stand der Führer der Opposition auf, um zu erklären, dass die Opposition voll und ganz hinter der Regierung stehe. Er fragte, ob es schon Pläne zur Befreiung der *Broadsword* gebe.

Wieder erhob sich Simon. »Derzeit, Mr. Speaker, suchen wir nach einer diplomatischen Lösung, ich nahm jedoch bereits an einer Sitzung des Generalstabs teil und werde vermutlich morgen dazu eine Erklärung abgeben.«

»Mr. Andrew Fraser«, sagte der Speaker.

Andrew stand auf. »Auch die Allianz ist der Ansicht, dass es sich hier um Piraterie handelt. Kann der Verteidigungsminister dem Unterhaus mitteilen, wie lange er zu Verhandlungen bereit ist, da allgemein bekannt ist, dass Gaddafi ein Meister der Verzögerungstaktik ist – insbesondere, wenn diese Angelegenheit vor die Vereinten Nationen kommen sollte?« Aus dem Lärm, den Andrews Frage hervorrief, konnte man schließen, dass der Großteil der Abgeordneten seine Meinung teilte.

Simon stand auf, um zu antworten. »Ich akzeptiere die Ansicht des Sehr Ehrenwerten Gentleman, doch da er selbst Verteidigungsminister war, weiß er am besten, dass ich nicht in der Lage bin, Informationen preiszugeben, die die Sicherheit der *Broadsword* gefährden könnten.«

Eine Frage folgte der anderen, und Simon beantwortete sie souverän. Gästen auf der Besuchergalerie fiel es schwer zu glauben, dass dieser Mann dem Kabinett erst seit fünf Wochen angehörte.

Um Viertel nach vier hatte Simon die letzte Frage beantwortet und setzte sich wieder in die vorderste Bankreihe, um sich die Erklärung des Außenministers anzuhören. Es wurde still im Saal, als dieser sich erhob und auf die vor ihm liegenden Papiere sah. Alle Blicke wandten sich dem großen, eleganten Mann zu, der seine erste offizielle Stellungnahme seit seiner Ernennung abgab.

»Mr. Speaker, mit Ihrer und der Erlaubnis des Unterhauses möchte auch ich eine Erklärung zur HMS *Broadsword* abgeben. Als der Vorfall heute Morgen im Außenministerium bekannt wurde, ließ mein Büro der Regierung von Libyen unverzüglich eine scharfe Einlassung zukommen. Der libysche Botschafter wurde einbestellt, und ich werde ihn erneut treffen, sobald meine Erklärung und die daraus resultierenden Fragen abgeschlossen sind.«

Raymond sah von seinem Platz auf der Oppositionsbank zur Besuchergalerie hinauf. Es gehörte zur Ironie moderner Diplomatie, dass dort der libysche Botschafter saß und sich Notizen machte. Er konnte sich schwer vorstellen, dass Oberst Gaddafi dem britischen Botschafter das Gleiche zugestand, während er in seinem Zelt zu seinen Leuten sprach. Erfreut stellte Raymond fest, dass ein Beamter den Botschafter bat, keine Notizen zu machen. Dieses Verbot stammte aus der Zeit, in der das Unterhaus noch sehr auf seine private Atmosphäre bedacht war. Dann wandte Raymond seine Aufmerksamkeit wieder Charles Seymour zu.

»Unser Botschafter bei den Vereinten Nationen reichte eine Resolution ein, über die heute Nachmittag beraten wird. Darin werden alle Delegierten aufgefordert, Großbritannien angesichts dieser eklatanten Verletzung der Genfer Seerechtskonvention von 1958 voll zu unterstützen. Ich gehe mit Sicherheit davon aus, dass dieser Akt von Piraterie gegen die HMS *Broadsword* von der ganzen freien Welt verurteilt werden wird. Die Regierung Ihrer Majestät wird alles in ihrer Macht Stehende tun, um eine diplomatische Lösung zu erreichen, da das Leben von zweihundertsiebzehn britischen Seeleuten auf dem Spiel steht.«

Der Führer der Opposition stand auf und fragte, wann das Außenministerium in Erwägung ziehen werde, die diplomatischen Beziehungen mit Libyen abzubrechen.

»Natürlich hoffe ich, dass es nicht so weit kommt, Mr. Speaker. Ich erwarte, dass die libysche Regierung schnell mit ihren Söldnern verhandeln wird.«

Charles beantwortete weitere Fragen aus allen Teilen des Unterhauses, konnte allerdings nur wiederholen, dass im Augenblick keine weiteren Informationen vorlägen. Raymond sah seinen beiden Altersgenossen dabei zu, wie sie ihre mehr als zwanzigjährige Parlamentserfahrung einsetzten, um ihre Standpunkte klarzumachen. Er fragte sich, ob dieses Ereignis aus einem der beiden einen klaren Nachfolger von Mrs. Thatcher machen würde.

Um halb fünf erklärte der Speaker, dass er noch eine Frage von jeder Seite zulasse, bevor man wieder zur Tagesordnung übergehe. Geschickt rief er Alec Pimkin auf, der für Raymond wie ein »typischer moderner Generalmajor« klang, und dann Tom Carson, der meinte, Oberst Gaddafi werde von der britischen Presse oft falsch dargestellt.

Sobald Carson sich gesetzt hatte, erhob sich der Speaker, um dem Abgeordneten von Edinburgh Carlton für seine Mitteilung zu danken, dass dieser eine außerordentliche Debatte beantragen werde. Er sagte, er habe das Ersuchen sorgfältig geprüft, sehe im Augenblick jedoch keine Veranlassung, eine solche Debatte anzusetzen.

Andrew sprang auf, um zu protestieren, doch da der Speaker immer noch stand, musste er sich hinsetzen.

»Das heißt jedoch nicht«, fuhr der Speaker fort, »dass ich den Antrag nicht zu einem späteren Zeitpunkt berücksichtigen werde.«

Andrew wurde klar, dass Charles Seymour und Simon Kerslake offenbar um mehr Zeit gebeten hatten, aber mehr als vierundzwanzig Stunden würde er ihnen nicht geben. Ein Beamter erhob sich und rief mitten in das Gepolter der den Saal verlassenden Abgeordneten: »Vertagung«. Der Speaker forderte den Staatssekretär für Wales auf, eine Vertagung der Debatte über die Probleme der walisischen Bergarbeiter zu beantragen. Lediglich die achtunddreißig walisischen Abgeordneten, die seit Wochen auf eine Debatte über ihr Anliegen warteten, befanden sich noch im Saal.

Andrew ging sofort in sein Büro und hörte die letzten Nachrichten, bevor er sich auf die für den nächsten Tag angesetzte Plenarsitzung vorbereitete. Simon begab sich ins Verteidigungsministerium, um seine Unterredungen mit dem Generalstab fortzusetzen, während Charles ins Außenministerium zurückfuhr.

Dort teilte ihm der Unterstaatssekretär mit, dass der libysche Botschafter auf ihn warte.

»Hat er uns irgendetwas Neues zu sagen?«, wollte Charles wissen.

»Offen gesagt, nein. Anscheinend sind wir nicht die Einzigen, die keinen Kontakt zu Oberst Gaddafi herstellen können.«

»Schicken Sie ihn bitte herein.«

Charles drückte die Zigarette aus und nahm neben dem Kamin unter Palmerstons Porträt Aufstellung. Da er das Außenministerium erst vor fünf Wochen übernommen hatte, kannte er den Botschafter noch nicht.

Als Mr. Kadir, der Botschafter Libyens, einen Meter sechzig groß, dunkles Haar, tadellos gekleidet, eintrat, glich das Zimmer ein wenig dem Büro eines Schuldirektors, der sich anschickt, einem kleinen Jungen die Leviten zu lesen.

Einen Moment war Charles verblüfft, als er die Eton-Krawatte des Botschafters sah. Aber er fasste sich rasch.

»Herr Minister?«, begann Mr. Kadir.

»Die Regierung Ihrer Majestät«, sagte Charles, ihn am Weiterreden hindernd, »möchte Ihrer Regierung aufs Entschiedenste klarmachen, dass wir das Entern und Festsetzen der HMS *Broadsword* als einen Akt von Piraterie auf offener See ansehen.«

»Darf ich nur anmerken …«, begann Mr. Kadir.

»Nein, dürfen Sie nicht. Und wir werden alles tun, was in unseren Kräften steht, um sowohl diplomatisch wie wirtschaftlich Druck auf Ihre Regierung auszuüben, bis das Schiff freigegeben wird.«

»Aber darf ich nur bemerken …?«, versuchte es Mr. Kadir noch einmal.

»Meine Premierministerin möchte Sie auch darüber informieren, dass sie so schnell wie möglich mit Ihrem Regierungsoberhaupt zu sprechen wünscht. Ich erwarte daher, in einer Stunde von Ihnen zu hören.«

»Ja, Herr Minister, aber darf ich …«

»Sie können überdies weitergeben, dass wir uns vorbehalten, alle erforderlichen Maßnahmen zu ergreifen, sollte die *Broadsword* und ihre Crew morgen um zwölf Uhr Mittag nicht in sicherem Gewahrsam sein. Habe ich mich klar ausgedrückt?«

»Ja, Herr Minister, ich möchte nur fragen ...«

»Guten Tag, Mr. Kadir.«

Nachdem man den libyschen Botschafter hinausgeführt hatte, fragte sich Charles, was er eigentlich hatte wissen wollen.

»Und jetzt?«, fragte er den Unterstaatssekretär, nachdem dieser Mr. Kadir vor dem Fahrstuhl abgeliefert hatte.

»Jetzt spielen wir wieder einmal das älteste diplomatische Spiel der Welt.«

»Und was ist das?«

»Unsere Politik des Stillhaltens und Abwartens. Darin sind wir ausgezeichnet. Schließlich haben wir sie fast tausend Jahre lang geübt.«

»Dann erledigen wir derweil wenigstens ein paar Anrufe. Ich fange mit Außenministerin Kirkpatrick in Washington an, und dann würde ich gern mit Gromyko in Moskau sprechen.«

Als Simon ins Verteidigungsministerium zurückkam, sagte man ihm, der Generalstab erwarte ihn in seinem Büro, damit er die nächste Besprechung leite. Alles erhob sich, als er das Zimmer betrat.

»Guten Tag, meine Herren«, sagte Simon. »Bitte, nehmen Sie Platz. Würden Sie mich über die aktuelle Situation informieren, Sir John?«

Admiral Sir John Fieldhouse schob seine Brille etwas höher und prüfte die vor ihm liegenden Notizen.

»In der letzten Stunde hat sich wenig verändert. Dem Büro der Premierministerin gelang es nicht, Kontakt mit Gaddafi aufzunehmen, und ich fürchte, wir müssen das Kapern der

Broadsword jetzt als offenkundigen Terrorakt ansehen, ähnlich wie die Besetzung der US-Botschaft durch iranische Studenten vor sieben Jahren. Deshalb wird dieses Gremium bis heute Abend einen detaillierten Plan zur Zurückeroberung der *Broadsword* ausarbeiten, während das Außenministerium parallel dazu mit seinen diplomatischen Bemühungen fortfährt.« Sir John sah den Minister an.

»Sind Sie in der Lage, mir einen vorläufigen Entwurf zur Verfügung zu stellen, den ich dem Kabinett zur Begutachtung vorlegen kann?«

»Natürlich«, sagte Sir John und öffnete eine große blaue Mappe.

Simon hörte genau zu, als man ihm die ungefähre Strategie erläuterte. Um den Tisch saßen acht hochrangige Stabsoffiziere aus Armee, Marine und Luftwaffe. Simon musste daran denken, dass er selbst als Leutnant ausgemustert worden war. Eine Stunde lang stellte er Fragen – einfache und solche, die ein klares Erfassen der Probleme bewiesen. Als er den Raum verließ, um an der Kabinettssitzung teilzunehmen, arbeiteten die Stabsoffiziere schon an der Verbesserung ihres Vorhabens.

Begleitet von seinem persönlichen Kriminalbeamten, ging Simon langsam zur Downing Street. Die Straße war voller Menschen, die neugierig das Kommen und Gehen der mit der Krise befassten Minister beobachteten. Simon war gerührt, dass ihn der Beifall der Menge bis zum Eingang von No. 10 begleitete, wo Fernsehteams und Journalisten jedem Besucher auflauerten. Die großen Scheinwerfer wurden eingeschaltet, als er zur Tür kam, und man hielt ihm ein Mikrofon vor die Nase. Er gab jedoch keine Erklärung ab und war erstaunt, wie viele der normalerweise zynischen Journalisten »Viel Glück« und »Bringt unsere Jungs nach Hause« riefen.

Die Haustür öffnete sich, und er ging direkt zu dem Zimmer, in dem schon zweiundzwanzig Kabinettsmitglieder warteten. Einen Augenblick später betrat die Premierministerin den Raum und nahm Charles und Simon gegenüber an der Längsseite des Tisches Platz. Sie berichtete ihren Kollegen, sie habe keinen Kontakt mit Gaddafi herstellen können und man sich daher ohne seine Zustimmung auf ein Vorgehen einigen müsse. Sie forderte den Außenminister auf, als Erster das Kabinett zu informieren.

Charles begann mit den diplomatischen Aktivitäten des Außenministeriums. Er berichtete über sein Zusammentreffen mit Botschafter Kadir und die Resolution, die man den Vereinten Nationen vorgelegt hatte und die in einer Sondersitzung der Generalversammlung bereits diskutiert werde. Man hatte die Vereinten Nationen angerufen, um einen diplomatischen Vorsprung zu haben; die zu erwartende überwältigende Unterstützung für die Resolution Großbritanniens würde von der ganzen Welt als moralischer Sieg gewertet werden.

Er sei außerdem erfreut, dem Kabinett mitteilen zu können, dass sowohl der Außenminister der Vereinigten Staaten wie der der Sowjetunion zugesagt hätten, Großbritannien in seinen diplomatischen Bemühungen zu unterstützen, solange es keinen Vergeltungsschlag unternehme. Abschließend erinnerte Charles seine Kollegen eindringlich daran, wie wichtig es sei, die Affäre als einen Akt der Piraterie zu behandeln und nicht als eine Rechtsverletzung durch die Regierung Libyens.

Eine juristische Feinheit, dachte Simon und betrachtete die Gesichter seiner Kollegen. Offenbar waren sie beeindruckt, dass Charles beide Supermächte zu einer Unterstützung des Vereinigten Königreiches hatte bewegen können.

Die Miene der Premierministerin blieb unergründlich. Sie forderte Simon auf, seine Ansichten zu äußern.

Er berichtete, dass die *Broadsword* inzwischen in der Großen Syrte unweit der Küste vor Anker lag; man konnte nur noch vom Meer aus an das Schiff herankommen. Kapitän Packard und seine Mannschaft befanden sich unter strengem Arrest im Maschinenraum. Vor einer Stunde habe er von verlässlicher Seite die Information erhalten, dass die Seeleute gefesselt und geknebelt seien und die Lüftung abgeschaltet wurde. »Kapitän Packard weigerte sich, mit den Guerillakämpfern in irgendeiner Form zu kooperieren, und wir wissen nichts über sein Schicksal.« Er schwieg kurz und fuhr dann fort: »Ich glaube daher, dass uns keine andere Wahl bleibt, als eine Rettungsoperation zu starten, um langwierige Verhandlungen zu vermeiden, die nur zur Untergrabung der Moral unserer gesamten militärischen Streitkräfte führen können. Je länger wir eine solche Entscheidung hinauszögern, desto schwieriger wird unsere Aufgabe. Die Stabschefs arbeiten gerade an den letzten Details eines Planes mit dem Codenamen ›Ladendieb‹, der ihrer Meinung nach in den nächsten achtundvierzig Stunden ausgeführt werden müsste, wenn die Mannschaft und das Schiff gerettet werden sollen.« Simon sprach sich dafür aus, während dieser Operation alle diplomatischen Kanäle offen zu halten, damit das Rettungsteam das Überraschungsmoment voll nutzen könne.

»Und wenn Ihr Plan fehlschlägt?«, fragte Charles. »Wir laufen Gefahr, nicht nur die *Broadsword* und ihre Mannschaft zu verlieren, sondern auch die Sympathien der ganzen Welt.«

»Es gibt keinen Offizier in der britischen Marine, der einverstanden wäre, das Schiff in libyschen Gewässern zu belassen, während wir über eine Lösung verhandeln, die im besten

Fall die Rückgabe der *Broadsword* zu einem Zeitpunkt erwirkt, der den Guerillakämpfern genehm ist – gar nicht zu reden von der Demütigung unserer Marine. Gaddafi kann leicht über die Vereinten Nationen lachen, nachdem es ihm gelungen ist, nicht nur eine unserer modernsten Fregatten zu kapern, sondern auch die Schlagzeilen der gesamten Weltpresse zu beherrschen. Genau wie Khomeini wird er beides so lange wie möglich aufrechterhalten wollen. Diese Schlagzeilen demoralisieren unsere Landsleute und könnten eine ähnliche Wahlniederlage herbeiführen wie die von Carter nach dem Debakel mit den Geiseln in der amerikanischen Botschaft in Teheran.«

»Es wäre töricht, ein so überflüssiges Risiko einzugehen, solange die Sympathien der Welt auf unserer Seite sind«, protestierte Charles. »Wir sollten lieber noch ein paar Tage zuwarten.«

»Wenn wir warten«, erwiderte Simon, »fürchte ich, dass die Mannschaft der *Broadsword* in ein Militärgefängnis überstellt wird. Dann müssen wir uns auf zwei Orte konzentrieren, und Gaddafi kann in der Wüste herumsitzen und die Verhandlungen so lange hinauszögern, wie es ihm gefällt.«

Simon und Charles brachten Argumente und Gegenargumente vor, während die Premierministerin zuhörte und die Meinungen der übrigen Kollegen zur Kenntnis nahm, um zu sehen, ob eine Mehrheit für dieses oder jenes Vorgehen vorhanden war. Drei Stunden später, als jeder sich geäußert hatte, stand auf dem vor ihr liegenden Notizblock 14:9.

»Ich glaube, wir haben alles besprochen, meine Herren«, sagte sie. »Nachdem ich Ihre Ansichten gehört habe, bin ich der Meinung, dass wir dem Verteidigungsminister erlauben müssen, mit der Operation ›Ladendieb‹ fortzufahren. Ich schlage daher vor, dass der Außenminister, der Verteidigungsminister, der Justizminister und ich einen Unterausschuss bilden, der von einem professionellen Team unterstützt wird, um die Pläne des Generalstabs zu prüfen. Es gilt äußerste Geheimhaltung, deshalb wird die Angelegenheit nicht mehr erwähnt, bis der Plan dem gesamten Kabinett unterbreitet werden kann. Mit Ausnahme der Mitglieder des Unterausschusses werden alle Minister mit ihren normalen Pflichten fortfahren. Wir dürfen nicht vergessen, dass auch das Land regiert werden muss. Danke, meine Herren.« Die Premierministerin bat Charles und Simon, ihr in ihr Arbeitszimmer zu folgen.

Sobald die Tür geschlossen war, sagte sie zu Charles: »Bitte benachrichtigen Sie mich augenblicklich, sobald Sie das Resultat der Abstimmung der Generalversammlung erfahren. Jetzt, da sich das Kabinett für eine militärische Initiative ausgesprochen hat, ist es besonders wichtig, dass Sie den Eindruck erwecken, auf eine diplomatische Lösung hinzuarbeiten.«

»Ja, Premierministerin«, sagte Charles ausdruckslos.

Mrs. Thatcher wandte sich an Simon. »Wann werde ich Genaueres über den Plan der Stabschefs erfahren können?«

»Wir beabsichtigen, die ganze Nacht daran zu arbeiten, das heißt, dass ich ihn morgen früh um zehn Uhr in allen Einzelheiten vorlegen kann.«

»Aber nicht später, Simon«, sagte Mrs. Thatcher. »Unser nächstes Problem ist die für morgen vorgeschlagene außerordentliche Debatte. Zweifellos wird Andrew Fraser sie nochmals beantragen, und der Speaker hat durchblicken lassen, dass er seinem Wunsch nachkommen wird. Und wir können nicht verhindern, dass es einen Aufschrei der Opposition und vermutlich auch unserer Seite geben wird, wenn wir eine

Stellungnahme zu unserer Politik abgeben. Ich habe mich daher entschlossen, den Stier bei den Hörnern zu packen, auch wenn dabei etwas Blut fließen sollte.«

Bei der Vorstellung, wertvolle Stunden im Unterhaus verschwenden zu müssen, sahen sich die beiden Männer verzweifelt an.

»Charles, bereiten Sie sich darauf vor, die Debatte für die Regierung zu eröffnen, und Sie, Simon, sprechen die Schlussworte. Wenigstens findet die Debatte am Donnerstagnachmittag statt; vielleicht sind da ein paar Kollegen schon fürs Wochenende nach Hause gefahren. Obwohl ich es bezweifle. Aber mit etwas Glück werden wir bei den Vereinten Nationen einen moralischen Sieg verbuchen, und darauf sollten wir die Opposition konzentrieren. In Ihrer Zusammenfassung beantworten Sie nur die in der Debatte aufgeworfenen Fragen, Simon, ohne neue Vorschläge zu machen. Und berichten Sie direkt an mich, sobald es Neuigkeiten gibt. Ich werde heute nicht schlafen gehen«, fügte sie hinzu.

Charles begab sich wieder ins Außenministerium, immerhin dankbar dafür, dass Amanda sich irgendwo in Südamerika aufhielt.

Simon kehrte zu den Stabschefs zurück, wo eine große Karte der libyschen Hoheitsgewässer an eine Tafel geheftet worden war. Generäle und Admiräle studierten die Küstenlinien und Meerestiefen wie Kinder, die für eine Geografieprüfung lernen.

Alle standen auf, als Simon hereinkam. Diese Männer, die lieber handelten und Worten misstrauten, sahen ihn erwartungsvoll an. Als Simon ihnen die Entscheidung des Kabinetts, den Vorschlag des Verteidigungsministeriums anzunehmen, mitteilte, huschte die Andeutung eines Lächelns über Sir

Johns Gesicht. »Vielleicht war dieser Kampf unser schwerster«, sagte er so laut, dass es alle hören konnten.

»Erklären Sie mir nochmals den Plan«, bat Simon, Sir Johns Bemerkung ignorierend. »Morgen früh um zehn muss ich ihn der Premierministerin präsentieren.«

Sir John legte die Spitze eines langen Holzstabes auf ein Modell der *Broadsword* in der Mitte einer gut geschützten Bucht.

Als Charles in sein Büro kam, türmten sich Telegramme und Fernschreiben auf seinem Schreibtisch, die alle eine diplomatische Lösung unterstützten. Der Unterstaatssekretär berichtete, die UNO-Debatte sei so einhellig verlaufen, dass er bei der Abstimmung eine überwältigende Mehrheit erwarte. Charles waren die Hände gebunden; obwohl er die Hoffnung, Simons Plan zu untergraben, noch nicht aufgegeben hatte, musste er vorläufig auch vor seinem eigenen Stab so tun, als ginge alles weiter wie bisher. Er beabsichtigte, die ganze Episode zu einem Triumph des Außenministeriums zu machen und nicht dieser »Kriegstreiber« im Verteidigungsministerium. Nach Rücksprache mit seinem Unterstaatssekretär stellte er einen kleinen Ausschuss zusammen, bestehend aus einigen älteren Beamten mit Libyen-Erfahrung und vier vielversprechenden Aufsteigern aus seinem Ressort.

Mr. Oliver Miles, ehemaliger Botschafter in Libyen, musste seinen Urlaub absagen und sich in einem kleinen Büro des Ministeriums einquartieren, sodass er während der Krise Tag und Nacht für Charles erreichbar war.

Charles bat den Unterstaatssekretär, ihn mit dem britischen Botschafter bei den Vereinten Nationen zu verbinden.

»Und versuchen Sie weiter, Gaddafi zu erreichen.«

Simon hörte aufmerksam zu, als ihm Sir John die letzte Version der Operation »Ladendieb« erläuterte. Siebenunddreißig Mann des Special Boat Service befanden sich derzeit in Rosyth an der schottischen Küste und bereiteten sich darauf vor, die HMS *Brillant,* ein Schwesterschiff der *Broadsword,* zu entern. Ein U-Boot würde sie eineinhalb Meilen vor Rosyths Hafen absetzen, von wo aus sie unter Wasser bis zur *Brillant* schwammen. Sie würden an Bord gehen und das Schiff innerhalb von circa zwölf Minuten »zurückerobern«. Anschließend sollten sie bis auf eine nautische Meile an die schottische Küste heranfahren. Laut Plan sollte die gesamte Operation in fünfundsechzig Minuten abgeschlossen sein. Der Special Boat Service wollte das Manöver in der Nacht dreimal wiederholen, um den Ablauf, so hoffte man, auf eine Stunde zu reduzieren.

Simon hatte bereits den Befehl bestätigt, zwei U-Boote aus dem Mittelmeer so rasch wie möglich in Richtung libysche Küste zu schicken. Die übrige Flotte sollte demonstrativ ihrer normalen Routine nachgehen, während das Außenministerium scheinbar weiter nach einer diplomatischen Lösung suchte.

Simons Wunsch überraschte die Stabschefs nicht und wurde sofort bewilligt. Er rief Elizabeth an und erklärte ihr, warum er am Abend nicht nach Hause kommen würde. Eine Stunde später saß der Verteidigungsminister in einem Hubschrauber auf dem Weg nach Rosyth.

Charles verfolgte die UNO-Debatte auf dem Bildschirm in seinem Büro. Nach einer kurzen Diskussion erfolgte die Abstimmung. Der Generalsekretär verkündete das Ergebnis: 147 zu 3 für Großbritannien, bei 22 Enthaltungen. Charles fragte sich, ob dieses überwältigende Resultat die Premierministerin veranlassen könnte, ihre Meinung bezüglich Kerslakes Plan zu ändern. Sorgfältig prüfte er die Abstimmungsliste: Die Russen sowie die Länder des Warschauer Paktes und die Vereinigten Staaten hatten Wort gehalten und mit Großbritannien gestimmt. Nur Libyen, Südjemen und Dschibuti waren gegen die Resolution. Charles ließ sich mit Downing Street verbinden und gab die Nachricht weiter. Obwohl die Premierministerin erfreut über den diplomatischen Triumph war, weigerte sie sich, von Simons Plan Abstand zu nehmen, solange sie nichts von Gaddafi gehört hätte. Charles bat den Unterstaatssekretär, Botschafter Kadir nochmals ins Außenministerium zu bestellen.

»Aber es ist zwei Uhr morgens, Herr Minister.«

»Ich weiß genau, wie spät es ist, aber ich sehe nicht ein, warum ausgerechnet er friedlich schlafen soll, während wir alle wach sind.«

Als Mr. Kadir in sein Zimmer geführt wurde, stellte Charles ärgerlich fest, dass der Botschafter frisch und adrett aussah. Offenbar hatte er sich rasiert und ein sauberes Hemd angezogen.

»Sie haben mich rufen lassen, Herr Minister?«, fragte Mr. Kadir so höflich, als wäre er zum Tee geladen.

»Ja, wir wollen uns vergewissern, dass Sie über die soeben stattgefundene Abstimmung der Vereinten Nationen über Resolution 12/40 informiert sind.«

»Ja, Herr Minister.«

»Ihre Regierung wurde von neunzig Prozent der auf unserer Erde lebenden Menschen verurteilt.« Diese Tatsache hatte Charles kurz vorher von seinem Unterstaatssekretär erfahren.

»Ja, Herr Minister.«

»Meine Premierministerin wartet immer noch darauf, von Ihrem Staatsoberhaupt zu hören.«

»Ja, Herr Minister.«

»Haben Sie schon mit Oberst Gaddafi gesprochen?«

»Nein, Herr Minister.«

»Sie haben aber doch eine direkte Telefonverbindung zu seinem Hauptquartier.«

»Dann wissen Sie auch, dass es mir nicht gelungen ist, mit ihm zu sprechen«, sagte Mr. Kadir mit einem ironischen Lächeln.

Charles sah, dass der Unterstaatssekretär den Blick senkte. »Ich werde Sie zu jeder vollen Stunde anrufen, Mr. Kadir. Strapazieren Sie die Gastfreundschaft meines Landes nicht über.«

»Nein, Herr Minister.«

»Gute Nacht«, sagte Charles.

»Gute Nacht, Herr Minister.«

Kadir ging und wurde wieder zu seiner Botschaft gefahren. In Gedanken verfluchte er den Sehr Ehrenwerten Charles Seymour. Wusste er denn nicht, dass er, abgesehen von einem Besuch bei seiner Mutter als Vierjähriger, nie mehr in Libyen gewesen war? Oberst Gaddafi ignorierte seinen Botschafter ebenso, wie er Mrs. Thatcher ignorierte. Er sah auf die Uhr: Es war zwei Uhr vierundvierzig.

Um zwei Uhr fünfundvierzig landete Simons Hubschrauber in Schottland. Er und Sir John wurden sofort zum Hafen und durch die neblige Nacht zur HMS *Brillant* gebracht.

»Der erste Verteidigungsminister, der von der Mannschaft nicht entsprechend begrüßt wird, wenn er an Bord kommt«, bemerkte Sir John, während Simon, den Stock in der Hand, mühsam die Laufplanke hinaufhinkte. Der Kapitän der *Brillant* konnte seine Überraschung nicht verbergen, als er seine ungeladenen hohen Gäste sah, und führte sie rasch auf die Brücke. Sir John flüsterte Simon etwas ins Ohr, das dieser nicht verstand.

»Wann erfolgt der nächste Angriff?«, fragte Simon und starrte in den Nebel, doch es war unmöglich, weiter als ein paar Meter zu sehen.

»Die Truppen verlassen das U-Boot um drei Uhr, Sir«, sagte der Kapitän, »und sollten die *Brillant* gegen drei Uhr zwanzig erreichen. Sie hoffen, das Schiff binnen elf Minuten in der Gewalt zu haben und damit in weniger als einer Stunde eine Meile außerhalb der Hoheitsgewässer zu sein.«

Simon sah auf die Uhr: Es war fünf vor drei. Er dachte an die siebenunddreißig SBS-Kräfte, die sich auf ihre Aufgabe vorbereiteten, nicht ahnend, dass der Verteidigungsminister und der Stabschef der Marine an Bord waren. Er klappte den Mantelkragen hoch.

Plötzlich wurde er zu Boden gerissen, und eine schwarze, ölige Hand legte sich, bevor er protestieren konnte, hart auf seinen Mund. Er fühlte, wie man seine Arme hochzog und am Rücken fesselte, wie man ihm die Augen verband und einen Knebel in den Mund steckte. Er versuchte, sich zu wehren, und erhielt einen schmerzhaften Stoß in die Rippen. Dann wurde er eine schmale Treppe hinuntergeschleift und auf einen Holzboden geworfen. Zusammengebunden wie ein Huhn lag er ungefähr zehn Minuten da, bevor er die Motoren hochdrehen hörte und die Bewegung des Schiffes spürte. Der Verteidigungsminister konnte sich weitere fünfzehn Minuten lang nicht bewegen.

»Lasst sie frei«, hörte Simon eine Stimme in klarem Oxford-Englisch. Der Strick um seine Arme wurde gelöst, Augenbinde und Knebel entfernt. Ein Froschmann beugte sich über den Verteidigungsminister, schwarz vom Scheitel bis zur Sohle, nur seine weißen Zähne glänzten. Simon war etwas benommen, als er sich umdrehte und sah, dass auch Sir John von seinen Fesseln befreit wurde.

»Ich muss mich entschuldigen, Herr Minister«, sagte dieser. »Aber ich bat den Kapitän, den Kommandanten des U-Bootes nicht über unsere Anwesenheit zu informieren. Wenn ich das Leben von zweihundertsiebzehn meiner Leute aufs Spiel setze, wollte ich sichergehen, dass diese Bagage vom Special Boat Service ihre Arbeit versteht.« Simon stand auf, während der fast zwei Meter große Riese über ihm immer noch grinste.

»Gut, dass wir die Premierministerin nicht auf diesen Ausflug mitgenommen haben«, sagte Sir John.

»Ganz meine Meinung«, erwiderte Simon und sah zu dem Riesen auf. »Sie hätte ihm das Genick gebrochen.« Alles lachte, außer dem Froschmann, der nur die Lippen verzog.

»Was ist los mit ihm?«, erkundigte sich Simon.

»Wenn er während der ersten sechzig Minuten auch nur einen Ton von sich gibt, hat er keine Chance, dem endgültigen Team anzugehören.«

»Ich wollte, die Konservativen hätten ein paar solche Hinterbänkler«, sagte Simon. »Besonders morgen, wenn ich dem Unterhaus erklären muss, warum ich nichts unternehme.«

Um drei Uhr neunundvierzig war die *Brillant* eine Meile von den Hoheitsgewässern entfernt. Die Schlagzeilen der Zeitungen an diesem Morgen reichten von »Diplomatischer Sieg« in der *Times* bis zu »Gaddafi, der Pirat« im *Mirror*.

Bei einer Sitzung der wichtigsten Kabinettsmitglieder um zehn Uhr berichtete Simon der Premierministerin von seinen Erlebnissen bei der Operation »Ladendieb«. Kaum hatte er geendet, ergriff Charles das Wort. »Aber nach unserem überwältigenden Sieg bei den Vereinten Nationen wäre es vernünftiger, alles zu verschieben, was als ein klarer Akt der Aggression ausgelegt werden kann.«

»Wenn der Special Boat Service nicht morgen in Aktion tritt, müssen wir einen Monat lang warten«, unterbrach ihn Simon. Alle Blicke richteten sich auf ihn.

»Weshalb?«, fragte Mrs. Thatcher.

»Weil morgen der Ramadan zu Ende geht, die Zeit, in der Moslems während des Tages weder essen noch trinken dürfen. Traditionsgemäß finden die großen Ess- und Trinkgelage am darauffolgenden Tag statt, das heißt, morgen Nacht ist unsere beste Chance, die Guerillakämpfer zu überrumpeln. Ich habe die komplette Operation in Rosyth miterlebt, und inzwischen sind die Leute schon auf dem Weg zu den U-Booten und bereiten sich auf den Angriff vor. Es ist alles so genau ausgeklügelt, dass wir uns einen solchen strategischen Vorteil nicht entgehen lassen dürfen.«

»Das sind einsichtige Gründe«, stimmte Mrs. Thatcher zu. »Das Wochenende liegt vor uns, und wir können nur beten, dass diese leidige Angelegenheit bis Montag früh bereinigt ist. Setzen wir heute Nachmittag für das Unterhaus unser Verhandlungsgesicht auf. Ich erwarte eine absolut überzeugende Vorstellung von Ihnen, Charles.«

Als Andrew sich an diesem Donnerstagnachmittag um halb vier erhob, um ein zweites Mal eine außerordentliche Debatte zu verlangen, gab der Speaker seinem Antrag statt und erklärte, dass die Dringlichkeit der Angelegenheit einen Beginn der Debatte um sieben Uhr abends rechtfertigte.

Der Saal leerte sich zügig, und die Abgeordneten wuselten los, um ihre Reden vorzubereiten, obwohl alle wussten, dass bestenfalls zwei Prozent darauf hoffen konnten, aufgerufen zu werden. Der Speaker verließ das Unterhaus und kehrte erst fünf vor sieben zurück, um wieder den Vorsitz von seinem Vertreter zu übernehmen.

Um sieben, als Charles und Simon den Saal betraten, befanden sich die siebenunddreißig SBS-Leute an Bord des U-Boots *Conqueror,* das ungefähr sechzig Seemeilen vor der libyschen Küste auf dem Meeresboden lag. Ein zweites U-Boot, *Courageous,* war zehn Meilen von ihm entfernt. Keines von beiden hatte während der letzten zwölf Stunden die Funkstille gebrochen.

Die Premierministerin hatte immer noch nichts von Gaddafi gehört, und es waren nur noch acht Stunden bis zur Operation »Ladendieb«. Simon sah sich um. Die Stimmung glich jener bei der zeremoniellen Haushaltsvorlage am Budget Day, und es herrschte Totenstille, als der Speaker Andrew Fraser das Wort erteilte.

Er begann mit einer Erklärung, warum die Angelegenheit so wichtig sei, dass sie unverzüglich besprochen werden müsse. Im Anschluss verlangte er eine Bestätigung des Außenministers, dass im Falle eines Scheiterns oder Hinziehens der Verhandlungen mit Oberst Gaddafi der Verteidigungsminister unverzüglich die erforderlichen Maßnahmen ergriff, um die HMS *Broadsword* zu befreien. Simon saß in der vordersten Bankreihe, sah grimmig drein und schüttelte den Kopf.

»Gaddafi ist ein Pirat«, erklärte Andrew. »Warum also wird von diplomatischen Lösungen geredet?«

Das Unterhaus beklatschte jeden von Andrews gut einstudierten Sätzen. Als er sich setzte, erntete er von allen Seiten Applaus, und es dauerte eine Weile, bevor der Saal zur Ruhe kam. Mr. Kadir saß auf der Besuchergalerie und blickte ausdruckslos herab, während er sich die wichtigsten Punkte und die Reaktion des Unterhauses zu merken versuchte, sodass er sie – sollte er je dazu Gelegenheit haben – Oberst Gaddafi übermitteln konnte.

»Der Außenminister«, rief der Speaker, und Charles stand auf. Er legte das Manuskript seiner Rede aufs Pult und wartete. Erneut wurde es still im Saal.

Charles unterstrich die Bedeutung der Abstimmung in der Generalversammlung der Vereinten Nationen als Grundlage für eine Lösung auf dem Verhandlungsweg. Sein wichtigstes Anliegen sei es, das Leben der zweihundertsiebzehn Seeleute an Bord der *Broadsword* zu schützen, und er beabsichtige, unermüdlich darauf hinzuarbeiten. Der UN-Generalsekretär hoffe, Gaddafi persönlich zu kontaktieren und ihn über die entschiedene Haltung seiner Kollegen in der Generalversammlung zu informieren. Des Weiteren betonte Charles, jedes andere Vorgehen würde im Augenblick nur die Unterstützung und die Sympathien der freien Welt aufs Spiel setzen. Als er sich setzte, fühlte er, dass er das erregte Haus nicht überzeugt hatte.

Beiträge von den Hinterbänken bestätigten Simons und der Premierministerin Überzeugung, die Stimmung der Nation richtig beurteilt zu haben. Keiner davon erlaubte sich jedoch auch nur die geringste Andeutung, die denjenigen, die eine militärische Aktion forderten, Hoffnung geben könnte.

Als Simon um halb zehn die abschließenden Worte für die Regierung sprach, hatte er zweieinhalb Stunden damit verbracht, Männern und Frauen zuzuhören, die ihn aufforderten zu tun, was er ohnehin schon tat. Höflich unterstützte er den Außenminister in seinem Bemühen um eine diplomatische Lösung. Der Saal geriet in Unruhe, und um zehn Uhr setzte sich Simon unter lauten Rufen, die seinen Rücktritt forderten und aus seinen eigenen Reihen wie vom rechten Flügel der Labour-Bänke kamen.

Andrew beobachtete Kerslake und Seymour, als sie den Saal verließen. Was wohl wirklich in seinem alten Ministerium vorging? Als er nach Hause kam, gratulierte ihm Louise zu seiner Rede und fügte hinzu: »Aber Simon Kerslake hat kaum darauf reagiert.«

»Er hat etwas vor«, erwiderte Andrew. »Ich wünschte, ich könnte jetzt in seinem Büro sitzen und herausfinden, was es ist.«

Simon rief Elizabeth an und erklärte ihr, er werde eine weitere Nacht im Ministerium verbringen.

»Manche Frauen verlieren ihre Männer an die seltsamsten Mätressen«, erwiderte sie. »Übrigens möchte dein jüngerer Sohn wissen, ob du Zeit hast, am Samstag zu seinem Pokalspiel in Oxford zu kommen.«

»Welcher Tag ist heute?«

»Immer noch Donnerstag, und du bist der, der für die Landesverteidigung verantwortlich ist.«

Morgen Mittag würde der Rettungsversuch so oder so vorüber sein, das wusste Simon. Warum also sollte er seinem Sohn nicht beim Hockeyspielen zuschauen?

»Sag ihm, dass ich komme.«

Obwohl sich zwischen Mitternacht und sechs Uhr morgens nichts ereignen konnte, da die U-Boote ihre Positionen schon

erreicht hatten, verließ keiner der Stabschefs die Operations-
zentrale. Die Funkstille wurde kein einziges Mal gebrochen,
und Simon beschäftigte sich mit seinen überquellenden roten
Schatullen. Er nutzte den Vorteil, die Stabschefs in der Nähe
zu haben, und bekam in Minuten unzählige Fragen beantwortet, was ihn normalerweise einen Monat gekostet hätte.

Um Mitternacht brachte man ihm die ersten Ausgaben der
Morgenzeitungen. Simon heftete die Schlagzeile des *Telegraph*
an die Tafel. »Kerslake in der Hängematte, bis die große
Armada kommt«. Der Autor des Artikels wollte wissen, wieso
der Held von Nordirland so unentschlossen sei, während
Britanniens Seeleute gefesselt und geknebelt in fremden Ge-
wässern lagen. Er schloss mit den Worten: »Captain, gebt Ihr
Euch da unten dem Schlafe hin?« »Kein bisschen«, murmelte
Simon. »Zurücktreten« lautete die lapidare Überschrift des
Daily Express.

Sir John sah ihm über die Schulter und las den ersten Absatz des Artikels.

»Ich werde nie begreifen, warum jemand Politiker sein
will«, sagte er, bevor er berichtete: »Wir haben eben von der
Luftaufklärung erfahren, dass die beiden U-Boote Position
bezogen haben.«

Simon nahm seinen Stock und begab sich nach Downing
Street. Er fuhr mit dem privaten Fahrstuhl in den Keller und
ging durch den Tunnel, der von Whitehall direkt zu den Kabi-
nettsräumen führt. So vermied er Presseleute und Schau-
lustige.

Die Premierministerin war allein. Simon besprach das Vor-
haben mit ihr noch einmal in allen Details und versicherte,
dass zur Frühstückszeit alles vorüber sein würde.

»Benachrichtigen Sie mich sofort, sobald Sie etwas hören,

und sollte es noch so belanglos sein«, sagte sie abschließend und wandte sich wieder der jüngsten Studie zur düsteren Wirtschaftslage zu. Finanzexperten sagten voraus, dass Pfund und Dollar 1988 wertgleich sein würden. »Eines Tages werden all diese Probleme Sie bedrücken«, sagte sie.

Simon lächelte und ging durch den Tunnel zurück in sein Büro auf der anderen Seite von Whitehall.

Er nahm den Fahrstuhl in den 6. Stock, wo die Stabschefs immer noch versammelt waren. Obwohl es schon nach Mitternacht war, sah keiner von ihnen müde aus. Sie alle teilten die einsame Wache mit ihren mehr als dreitausend Kilometer entfernten Kameraden. Geschichten vom Suezkanal und von den Falkland-Inseln wurden erzählt und gelegentlich gelacht. Doch die Blicke kehrten immer wieder zur Wanduhr zurück.

Als Big Ben zwei Uhr schlug, überlegte Simon: vier Uhr in Libyen. Er sah die Männer vor sich, wie sie sich ins Wasser fallen ließen und untertauchten, bevor sie die lange Strecke zur *Broadsword* schwammen.

Als das Klingeln des Telefons die unheimliche Stille wie ein Feueralarm durchbrach, nahm Simon den Hörer ab. Es war Charles Seymour.

»Simon«, sagte er, »endlich bin ich zu Gaddafi durchgekommen. Er will verhandeln.« Simon sah wieder auf die Uhr: Die Schwimmer konnten nur noch ein paar Hundert Meter von der *Broadsword* entfernt sein.

»Es ist zu spät«, sagte er, »jetzt kann ich sie nicht mehr aufhalten.«

»Sei nicht so ein verdammter Narr. Gib den Befehl, dass sie umkehren. Verstehst du nicht, dass wir einen diplomatischen Coup gelandet haben?«

»Gaddafi könnte monatelang verhandeln und uns am Ende doch demütigen. Nein, ich gebe keinen Befehl.«

»Wir werden sehen, wie die Premierministerin auf deine Arroganz reagiert.« Charles knallte den Hörer auf.

Simon saß an seinem Schreibtisch und wartete auf das Klingeln des Telefons. Er überlegte, ob es ihm helfen würde, den Hörer danebenzulegen – das moderne Gegenstück zu Nelson, der das Fernrohr an sein blindes Auge legte. Er brauchte ein paar Minuten, aber das Telefon klingelte nur Sekunden später. Es war Margaret Thatcher.

»Können Sie sie aufhalten, wenn ich es anordne, Simon?«

Er erwog nur kurz, zu lügen. »Ja, Frau Premierministerin.«

»Aber Sie möchten die Sache lieber durchziehen, nicht wahr?«

»Ich brauche nur ein paar Minuten.«

»Sind Sie sich über die Folgen eines Scheiterns im Klaren, nachdem Charles schon einen diplomatischen Sieg geltend macht?«

»Ich würde binnen einer Stunde meinen Rücktritt einreichen.«

»Ich fürchte, damit wäre auch meiner besiegelt«, sagte sie. »In diesem Fall wäre Charles morgen Premierminister.« Es entstand eine kurze Pause, bevor sie weitersprach. »Gaddafi ist in der anderen Leitung. Ich werde ihm sagen, dass ich bereit bin zu verhandeln.« Simon fühlte sich geschlagen. »Vielleicht verschafft Ihnen das genug Zeit. Und wollen wir hoffen, dass es Gaddafi ist, der sich beim Frühstück um Rücktritte Gedanken machen muss.«

Simon hätte fast gejubelt.

»Wissen Sie, was mir bei dieser ganzen Unternehmung am schwersten fiel?«

»Nein, Frau Premierministerin.«

»Als Gaddafi mitten in der Nacht anrief, musste ich so tun, als hätte ich geschlafen, damit er nicht merkt, dass ich neben dem Telefon sitze.«

Simon lachte.

»Viel Glück, Simon. Ich werde Charles anrufen und ihm meinen Entschluss erklären.«

Die Uhr zeigte halb vier.

Als Simon zurückkehrte, ballten einige Admiräle die Fäuste, andere trommelten auf die Tischplatte oder tigerten auf und ab. Simon konnte nachvollziehen, wie den Israelis zumute gewesen sein musste, als sie auf Nachricht aus Entebbe warteten.

Erneut klingelte das Telefon. Er wusste, diesmal konnte es nicht die Premierministerin sein, da sie die einzige Frau in England war, die nie ihre Meinung änderte. Es war Charles Seymour.

»Ich möchte festhalten, Simon, dass ich dir die Nachricht von Gaddafis Verhandlungsbereitschaft um drei Uhr zwanzig übermittelt habe. Es wird daher morgen nur einen Minister geben, der seinen Rücktritt einreicht.«

»Ich weiß genau, wo du stehst, Charles, und ich bin zuversichtlich, dass du, was immer auch geschieht, nach Rosen duftend aus deinem Misthaufen hervorkommen wirst.« Er legte auf, als die Uhr Punkt vier zeigte. Aus keinem ersichtlichen Grund standen alle Anwesenden auf, doch als die Minuten verstrichen, setzte sich der eine oder andere wieder.

Sieben Minuten nach vier wurde die Funkstille durch fünf Worte unterbrochen: »Ladendieb festgenommen. Wiederhole: Ladendieb festgenommen.«

Simon hörte aufmerksam zu, als ihm Sir John die letzte Version der Operation »Ladendieb« erläuterte. Siebenunddreißig Mann des Special Boat Service befanden sich derzeit in Rosyth an der schottischen Küste und bereiteten sich darauf vor, die HMS *Brillant,* ein Schwesterschiff der *Broadsword,* zu entern. Ein U-Boot würde sie eineinhalb Meilen vor Rosyths Hafen absetzen, von wo aus sie unter Wasser bis zur *Brillant* schwammen. Sie würden an Bord gehen und das Schiff innerhalb von circa zwölf Minuten »zurückerobern«. Anschließend sollten sie bis auf eine nautische Meile an die schottische Küste heranfahren. Laut Plan sollte die gesamte Operation in fünfundsechzig Minuten abgeschlossen sein. Der Special Boat Service wollte das Manöver in der Nacht dreimal wiederholen, um den Ablauf, so hoffte man, auf eine Stunde zu reduzieren.

Simon hatte bereits den Befehl bestätigt, zwei U-Boote aus dem Mittelmeer so rasch wie möglich in Richtung libysche Küste zu schicken. Die übrige Flotte sollte demonstrativ ihrer normalen Routine nachgehen, während das Außenministerium scheinbar weiter nach einer diplomatischen Lösung suchte.

Simons Wunsch überraschte die Stabschefs nicht und wurde sofort bewilligt. Er rief Elizabeth an und erklärte ihr, warum er am Abend nicht nach Hause kommen würde. Eine Stunde später saß der Verteidigungsminister in einem Hubschrauber auf dem Weg nach Rosyth.

Charles verfolgte die UNO-Debatte auf dem Bildschirm in seinem Büro. Nach einer kurzen Diskussion erfolgte die Abstimmung. Der Generalsekretär verkündete das Ergebnis: 147 zu 3 für Großbritannien, bei 22 Enthaltungen. Charles fragte

Johns Gesicht. »Vielleicht war dieser Kampf unser schwerster«, sagte er so laut, dass es alle hören konnten.

»Erklären Sie mir nochmals den Plan«, bat Simon, Sir Johns Bemerkung ignorierend. »Morgen früh um zehn muss ich ihn der Premierministerin präsentieren.«

Sir John legte die Spitze eines langen Holzstabes auf ein Modell der *Broadsword* in der Mitte einer gut geschützten Bucht.

Als Charles in sein Büro kam, türmten sich Telegramme und Fernschreiben auf seinem Schreibtisch, die alle eine diplomatische Lösung unterstützten. Der Unterstaatssekretär berichtete, die UNO-Debatte sei so einhellig verlaufen, dass er bei der Abstimmung eine überwältigende Mehrheit erwarte. Charles waren die Hände gebunden; obwohl er die Hoffnung, Simons Plan zu untergraben, noch nicht aufgegeben hatte, musste er vorläufig auch vor seinem eigenen Stab so tun, als ginge alles weiter wie bisher. Er beabsichtigte, die ganze Episode zu einem Triumph des Außenministeriums zu machen und nicht dieser »Kriegstreiber« im Verteidigungsministerium. Nach Rücksprache mit seinem Unterstaatssekretär stellte er einen kleinen Ausschuss zusammen, bestehend aus einigen älteren Beamten mit Libyen-Erfahrung und vier vielversprechenden Aufsteigern aus seinem Ressort.

Mr. Oliver Miles, ehemaliger Botschafter in Libyen, musste seinen Urlaub absagen und sich in einem kleinen Büro des Ministeriums einquartieren, sodass er während der Krise Tag und Nacht für Charles erreichbar war.

Charles bat den Unterstaatssekretär, ihn mit dem britischen Botschafter bei den Vereinten Nationen zu verbinden.

»Und versuchen Sie weiter, Gaddafi zu erreichen.«

Simon sah die Stabschefs jubeln wie Schulkinder nach einem Tor bei einem Fußballmatch. *Broadsword* befand sich auf hoher See in neutralen Gewässern. Simon setzte sich an den Schreibtisch und verlangte nach dem Telefon. Die Premierministerin meldete sich.

»Der Ladendieb wurde festgenommen«, sagte er.

»Meinen Glückwunsch. Fahren Sie fort wie vereinbart«, war alles, was sie sagte.

Als Nächstes mussten alle libyschen Gefangenen an Bord der *Broadsword* in Malta ausgeschifft und unversehrt nach Hause geschickt werden. Simon wartete ungeduldig, dass die Funkstille, wie vereinbart, um fünf Uhr wieder unterbrochen wurde.

Als Big Ben fünf Uhr schlug, meldete sich Kapitän Lawrence Packard. Er erteilte Simon genauen Bericht über die Operation: ein libyscher Guerillakämpfer getötet, elf verletzt. Es habe keine, wiederhole, keine britischen Verluste gegeben und nur unbedeutende Verletzungen. Die siebenunddreißig Mann des SBS-Teams seien wieder an Bord der U-Boote *Conqueror* und *Courageous*. Auf der HMS *Broadsword* seien zwei Maschinen ausgefallen, und sie gleiche derzeit einem arabischen Basar, befinde sich allerdings schon auf dem Heimweg. Gott schütze die Königin.

»Glückwunsch, Captain«, sagte Simon. Er ging zurück nach Downing Street, diesmal nicht durch den Tunnel. Als er die Straße entlanghumpelte, versammelten sich schon die ersten Journalisten vor No. 10, nicht ahnend, welche Nachricht sehr bald verkündet werden würde. Er beantwortete keine der ihm zugerufenen Fragen. Als er ins Sitzungszimmer geführt wurde, fand er schon die Premierministerin und Charles vor. Er teilte beiden die letzten Nachrichten mit.

»Gut gemacht, Simon«, sagte Mrs. Thatcher.

Charles äußerte sich nicht.

Man kam überein, dass die Premierministerin um halb vier am Nachmittag vor dem Unterhaus eine Erklärung abgeben werde.

»Ich muss zugeben, dass sich meine Meinung über Charles Seymour verbessert hat«, bemerkte Elizabeth im Auto auf dem Weg zu Peters Hockey-Match.

»Was willst du damit sagen?«

»Er wurde gerade im Fernsehen interviewt und meinte, er habe dich die ganze Zeit unterstützt, jedoch so tun müssen, als wäre er mit sinnlosen Verhandlungen beschäftigt. Er fasste das mit dem sehr netten Spruch zusammen, dies sei das erste Mal in seinem Leben gewesen, dass Lügen Ehrensache für ihn war.«

»Nach Rosen duftend«, sagte Simon spitz. Elizabeth wusste nicht, was er damit meinte.

Er erzählte seiner Frau genau, was in den letzten Stunden zwischen ihm und Charles vorgefallen war.

»Warum hast du nichts gesagt?«

»Und damit zugeben, dass der Außenminister und ich uns während der gesamten Operation gestritten haben? Das würde nur ein schlechtes Licht auf die Regierung werfen und der Opposition Munition liefern.«

»Ich werde Politik nie begreifen«, meinte Elizabeth resigniert.

Im Regen an der Seitenlinie des Spielfeldes stehend, sah Simon amüsiert zu, wie sein Sohn im Schlamm niedergemetzelt wurde. Noch vor ein paar Stunden hatte er gefürchtet, Gaddafi könnte ihm Ähnliches antun. »Das war ein leichter Sieg für die Gegner«, sagte er zum Schulleiter, als Peters College in der Halbzeit mit vier Toren hinten lag.

»Vielleicht ist Ihr Sohn ja wie Sie und überrascht uns alle in der zweiten Halbzeit«, erwiderte dieser.

Am Samstagmorgen saß Simon in seinem Büro und hörte in den Nachrichten, dass sich die *Broadsword* mit Volldampf dem Hafen näherte und um drei Uhr in Portsmouth erwartet wurde. Es war genau eine Woche, nachdem sein Sohn das Hockey-Match acht zu null verloren hatte. Simon hatte den geknickten Jungen zu trösten versucht. Dass er der Tormann gewesen war, machte die Sache nicht besser.

Simon lächelte, als die Sekretärin seine Gedanken unterbrach, um mitzuteilen, man erwarte ihn in einer Stunde in Portsmouth. Als er zur Tür ging, klingelte das Telefon. »Sagen Sie, ich wäre schon weg.«

»Ich glaube, das geht nicht, Sir.«

Simon drehte sich verwundert um. »Wer will mich sprechen?«

»Ihre Majestät, die Königin.«

Simon humpelte zum Schreibtisch zurück und hörte seiner Königin zu. Als sie geendet hatte, dankte er ihr und versprach, die Nachricht an Kapitän Packard weiterzugeben. Während des Flugs sah Simon aus dem Helikopter auf den Verkehrsstau hinunter, der sich von London bis zur Küste erstreckte. Alle wollten die *Broadsword* willkommen heißen. Eine Stunde später landete der Hubschrauber.

Der Verteidigungsminister stand auf dem Pier und beobachtete die Fregatte durch ein Fernglas. Sie war noch etwa eine Stunde entfernt, aber schon von einer Flottille kleinerer Schiffe umringt.

Sir John informierte Simon über die Anfrage Kapitän Packards, ob der Verteidigungsminister bei ihm auf der Brücke stehen wolle, wenn das Schiff in den Hafen einlief. Simon lehnte dankend ab. »Das ist sein Tag, nicht meiner.«

»Gut, dass der Außenminister nicht hier ist«, meinte Sir John. Ein Tornado-Geschwader flog vorbei, und Simons Antwort ging im Getöse unter. Als die *Broadsword* in den Hafen einlief, stand die ganze Mannschaft in Paradeuniform an Deck stramm. Das Schiff selbst funkelte wie ein fabrikneuer Rolls-Royce.

Der Kapitän kam die Laufplanke herunter, und fünfhunderttausend Menschen begrüßten sie so lautstark, dass man das eigene Wort nicht verstand. Kapitän Packard salutierte, als der Verteidigungsminister sich vorbeugte und ihm die Botschaft der Queen zuflüsterte.

»Willkommen zu Hause, Konteradmiral Sir Lawrence Packard.«

31

Die *Broadsword*-Aktion blieb dem Wahlvolk weitaus kürzer im Gedächtnis als der Falkland-Sieg, und das Scheitern der Abrüstungsverhandlungen zwischen Thatcher, Reagan und inzwischen Gorbatschow in Genf schadete den Konservativen.

Die Sowjetunion machte Mrs. Thatcher dafür verantwortlich, weil sie in der *Broadsword*-Sache eine »aggressive Haltung« vorgezogen hätte, obwohl man sie bei den Vereinten Nationen hinsichtlich einer diplomatischen Lösung unterstützt habe. Der konservative Vorsprung fiel, den Umfragen zufolge, binnen sechs Monaten um drei Prozent.

»Die Wahrheit ist«, stellte Raymond bei einer Sitzung des Schattenkabinetts fest, »dass Mrs. Thatcher nun fast acht Jahre in Downing Street residiert, und seit Lord Liverpool im Jahr 1812 war niemand zwei Amtsperioden hintereinander Premierminister, geschweige denn drei.«

Nach den Weihnachtsferien war er davon überzeugt, dass es im Mai oder Juni zu Neuwahlen kommen und die Premierministerin keiner weiteren Legislaturperiode mehr entgegensehen würde. Als die Konservativen ihren gefährdeten Sitz in Birmingham behielten und bei den Kommunalwahlen im Mai besser abschnitten als angenommen, rechnete alles mit einer baldigen Ankündigung der Premierministerin.

Margaret Thatcher schienen weder Lord Liverpool noch historische Beispiele zu kümmern, denn sie schrieb Neuwahlen für Ende Juni aus – ein Monat, der ihr in der Vergangenheit Glück gebracht hatte und es vielleicht wieder tun würde.

»Es ist an der Zeit, die Nation entscheiden zu lassen, wer die nächsten fünf Jahre regieren soll«, erklärte sie in einem Interview.

»Natürlich hat das überhaupt nichts damit zu tun, dass sie laut Meinungsumfragen wieder etwas aufgeholt hat«, meinte Joyce trocken.

»Dieser Vorsprung könnte in den nächsten Wochen wieder schwinden«, fügte Raymond hinzu.

Während des Wahlkampfs hielt er sich lediglich drei Tage in Yorkshire auf. Denn als einer der führenden Vertreter seiner Partei musste er das ganze Land bereisen und überall, wo Sitze gefährdet waren, Reden halten. Viele Journalisten gingen so weit, zu behaupten, dass Labour deutlich größere Chancen hätte, wäre Raymond der Parteiführer. Die wenigen Male, die er nach Leeds kam, genoss er die Wahlkampfstimmung und war zum ersten Mal im Leben seinen Wählern gegenüber völlig entspannt. Ihm wurde aber auch sein Alter bewusst, als er feststellte, dass der neue Tory-Kandidat für Leeds North 1964 geboren worden war, dem Jahr seines Parlamentseintritts. Als sie sich kennenlernten, sprach ihn sein junger Rivale mit »Sir« an – fast eine Beleidigung, fand Raymond.

»Bitte nennen Sie mich beim Vornamen«, sagte er.

Raymond …«, begann der junge Mann.

»Nein. Ray genügt völlig.«

Auch Charles und Simon sahen wenig von ihrem Wahlkreis, auch sie kämpften um gefährdete Sitze, und als der Wahltag näherrückte, wurde ihr Terminkalender immer enger. Meinungsumfragen ergaben, dass die Allianz immer mehr konservative Stimmen erhielt, während traditionelle Labour-Wähler wieder zu ihrer alten Partei zurückkehrten. Die Torys starteten daher mitten im Wahlkampf eine massive Kampagne gegen die Allianz.

Andrew musste während des gesamten Wahlkampfs in Edinburgh bleiben und sich wieder einmal mit Frank Boyle auseinandersetzen. Doch diesmal hatte Boyle, wie Stuart Gray im *Scotsman* schrieb, viel von seiner Angriffslust verloren. In den letzten drei Wochen bekam Andrew noch etwas davon zu spüren, aber wenigstens musste sich die Royal Bank of Scotland nicht ein zweites Mal von einer Goldmünze trennen. Andrew behielt seinen Sitz mit einer Mehrheit von mehr als zweitausend Stimmen und kehrte zum achten Mal ins Parlament zurück. Louise behauptete, diese Mehrheit habe ihr Mann den zweitausend Leuten zu verdanken, die sich in ihre dreizehnjährige Tochter Clarissa verliebt hatten. Sie erfüllte bereits die Prophezeiung ihres Vaters, wenn linkische Fünfzehnjährige in ihrer Gegenwart erröteten.

Da die Stimmenauszählung da und dort im Land wiederholt werden musste, wurde das endgültige Resultat erst Freitagnachmittag bekannt gegeben.

»Das Parlament verfügt über keine klare Mehrheit«, sagte der Kommentator der BBC und wiederholte die Ergebnisse:

Konservative	317
Labour	288
Allianz Liberale/SDP	34
Irish/Ulster Unionist	17
Andere und Speaker	4

Er erklärte, dass Mrs. Thatcher immer noch Führerin der größten Partei im Unterhaus sei und daher nicht zurücktreten müsse. Doch sei offensichtlich, dass die SDP bei den nächsten Wahlen das Zünglein an der Waage sein werde.

Die Premierministerin änderte ihr Kabinett nur wenig, da sie trotz ihrer geringen Mehrheit offenbar den Eindruck von Einigkeit erwecken wollte. Die Presse sprach von einem »kosmetischen Kabinett«. Charles übernahm das Innenministerium, Simon wurde Außenminister.

Jeder in Westminster war dankbar, als das Parlament ein paar Wochen später in die Sommerpause ging und die Politiker nach Hause fahren konnten.

Die Ruhepause währte allerdings nur eine Woche. Dann beschwor Tony Benn mit der Ankündigung, sich beim Parteitag im Oktober um die Parteiführung zu bewerben, eine Gewitterwolke im blauen Sommerhimmel herauf. Er behauptete, Kinnocks Naivität und Unbeholfenheit seien der einzige Grund, dass die Labour-Partei nicht an die Macht gekommen war. Viele Sozialisten stimmten ihm zu, meinten jedoch, unter Benn wäre es ihnen noch wesentlich schlechter ergangen.

Seine Erklärung ermöglichte es allen anderen Kandidaten, sich um die Parteiführung zu bewerben: Roy Hattersley und John Smith ließen sich gemeinsam mit Benn und Kinnock für den ersten Wahlgang aufstellen. Viele Parlamentsmitglieder, Gewerkschafter und Wahlkreisleiter drängten Raymond, sich ebenfalls in den Kampf zu stürzen.

»Wenn du jetzt nicht kandidierst«, sagte Joyce, »wirst du in Zukunft keine Gelegenheit mehr haben.«

»Ich denke ja gerade an die Zukunft«, erwiderte Raymond.

»Was meinst du damit?«

»Ich möchte stellvertretender Parteiführer werden. Das würde mir in der Partei eine Machtposition sichern, durch die ich beim nächsten Mal bessere Chancen hätte.«

Raymond wartete noch eine Woche, bevor er seine Kandidatur bekannt gab. Auf einer überfüllten Pressekonferenz teilte er mit, dass er für das Amt eines stellvertretenden Parteiführers kandidieren werde.

Unter den vier Kandidaten für die Parteiführung gab es keinen erklärten Favoriten, obwohl die meisten annahmen, Benn werde nach dem ersten Wahlgang in Führung liegen. Hattersley traf mit Smith eine Vereinbarung: Wer im ersten Durchgang mehr Stimmen bekam, blieb im Rennen; der andere sollte zurücktreten und bei der Stichwahl den Führer des rechten Flügels unterstützen. Nach der Auszählung lag Benn, wie vorausgesagt, an der Spitze, Kinnock auf dem dritten Platz. Als dieser sich zurückzog, bat er seine Wähler zur allgemeinen Überraschung, Benn nicht zu unterstützen. Er war der Meinung, dass die Partei unter Benn noch länger in der Opposition bleiben würde. Einige Stunden später verkündete der Parteivorsitzende, dass Benn deutlich geschlagen sei. Die Labour-Partei hatte einen neuen gemäßigten Führer.

Dann folgte die Wahl des stellvertretenden Parteiführers. Obwohl der neue Parteichef keinen Hehl aus seinen Sympathien für Raymond machte, erwartete man ein knappes Resultat. Joyce lief noch in letzter Minute von einem Delegierten zum anderen, während Raymond sich bemühte, ruhig zu erscheinen. Um elf Uhr an diesem Sonntagabend verkündete der Vorsitzende des Nationalen Exekutivkomitees der Labour-Partei, dass Raymond Gould mit knappem Vorsprung von drei Prozent der neu gewählte stellvertretende Parteiführer sei.

Der neue Parteichef ernannte ihn sofort zum Finanzminister des Schattenkabinetts.

Unter den vielen Briefen und Telegrammen fand Raymond auch eine Nachricht von Kate: »Meinen Glückwunsch. Aber hast du Punkt 5 (4) der Parteistatuten gelesen?« Raymond antwortete: »Nein. Las ihn soeben. Hoffentlich ist das ein gutes Omen.«

Im ersten Jahr wirkte das neue Labour-Team frisch und innovativ, während Mrs. Thatcher zunehmend müder und isolierter wirkte. Auch dass George H.W. Bush im November 1988 zum neuen US-Präsidenten gewählt wurde, machte ihr das Leben nicht leichter. Über Nacht stieg das Pfund gegenüber dem Dollar, und die Exportaufträge verstaubten in den Büros der Lagerhäuser. Es war jedoch der Beschluss der neuen Regierungen in Brasilien und Argentinien, jede Rückzahlung der von ihren früheren Militärregierungen aufgenommenen Kredite zu verweigern, der alle Wirtschaftsprognosen über den Haufen warf und die Bank of England schwer traf.

Während des langen kalten Winters 1988 verloren die Konservativen einige Abstimmungen im Unterhaus und viele andere in den Ausschüssen. Die Premierministerin wirkte einigermaßen erleichtert, Weihnachten auf ihrem Landsitz in Chequers verbringen zu können.

Die Erleichterung war nur von kurzer Dauer, da zwei konservative Abgeordnete starben, bevor das Unterhaus im Januar wieder zusammentrat. Die Presse sprach von der Regierung der »lahmen Drachen«.

Beide Nachwahlen fanden im Mai statt. Die Konservativen schnitten besser ab als erwartet, behielten den einen Sitz und verloren den anderen. Zum dritten Mal entschied sich Mrs. Thatcher für Neuwahlen im Juni.

Nach zehn Jahren Thatcher schien das Land nach Raymonds Ansicht reif zu sein für einen Wechsel. Die Inflation, die monatlichen Arbeitslosen- und Import-/Exportzahlen, die während des Wahlkampfs in regelmäßigen Abständen bekannt gegeben wurden, verhießen nichts Gutes für die Konservativen.

Die oft wiederholte Bitte der Premierministerin, eine Regierung nicht nach den Zahlen eines Monats zu beurteilen, klang nicht mehr überzeugend, und in der letzten Woche war der einzig strittige Punkt, ob die Labour-Partei eine arbeitsfähige Mehrheit erreichen würde oder nicht.

Am Freitag nach der Wahl berichtete Joyce Raymond, dass die Computervorhersage mit einer Mehrheit von vier Sitzen rechnete. Zusammen fuhren sie durch ihren Wahlkreis, bevor sie mit Raymonds Eltern einen späten Lunch einnahmen. Als sie den kleinen Fleischerladen verließen, wurden sie auf dem Gehweg von einer Menge begeisterter Leute empfangen, die sie jubelnd bis zu ihrem Auto begleiteten. Sie fuhren nach London zurück und erreichten die Cowley Street rechtzeitig, um den ersten Labour-Premierminister seit 1979 aus dem Buckingham Palace kommen zu sehen. Die Fernsehteams folgten ihm den ganzen Weg bis nach Downing Street 10.

Diesmal musste Raymond nicht lange auf einen Anruf warten. Die erste Ernennung, die der Premier bekannt gab, war die des Finanzministers. Am Nachmittag fuhren Raymond und Joyce in die Downing Street Nr. 11 und beauftragten den Häusermakler, ihr Haus in der Cowley Street für ein halbes Jahr zu vermieten, Verlängerung vorbehalten. Joyce verbrachte viele Stunden damit, ihr neues Heim zu inspizieren und einiges von dem zu ersetzen, was sie von Diana Brittan geerbt hatte, während Raymond sein Team aus Transport House, dem Labour-Hauptquartier, zusammentrommelte, um den ersten Labour-Haushalt vorzubereiten und noch mehr von dem zu ersetzen, was sein Amtsvorgänger Leon Brittan hinterlassen hatte.

Als seine Berater ins Transport House zurückkehrten, sah Raymond die unzähligen Glückwunschbriefe und -telegramme durch, die im Lauf des Tages angekommen waren. Eine Nachricht aus Amerika machte ihn besonders froh, und er erwiderte Mrs. Kate Wilberhoffs beste Wünsche.

Andrew hatte Frank Boyle zum dritten Mal geschlagen, und die Linksradikalen kündigten an, nicht mehr zu kandidieren. Er hatte auch ein Wochenende damit verbracht, allen seinen Helfern und Mitarbeitern zu danken. Als er am Montag ins Unterhaus zurückkehrte, fand er in seinem Brieffach eine Nachricht vor.

Beim Lunch im Speisesaal der Parlamentarier teilte ihm David Owen vertraulich mit, dass er die Parteiführung der SDP niederlegen wolle; sieben Jahre seien genug. Obwohl die Partei ihre Stellung im Unterhaus etwas hatte verbessern können, hatte man jetzt vermutlich fünf Jahre Labour-Regierung vor sich, und er wolle Andrew die Parteiführung übertragen.

Sobald Owen eine offizielle Presseerklärung abgegeben hatte, erhielt Andrew einen Anruf vom *Glasgow Herald.* »Wann werden Sie Ihre Kandidatur für die Führung der SDP bekannt geben?«

Das Innenministerium verlassen zu müssen war ein schwerer Schlag für Charles. Er hatte das Gefühl, in der kurzen Zeit nur sehr wenig erreicht zu haben. Seine Beamten hatten jede größere Entscheidung blockiert, weil sie auf Neuwahlen und ein klares Mandat gewartet hatten. Am Montag nach der Wahl teilte er Amanda beim Frühstück mit, er werde wieder in die Bank zurückkehren und sein Gehalt werde ihre Alimente auch in Zukunft garantieren – solange sie sich an die Vereinbarung hielt. Amanda nickte und stand, als Harry hereinkam, wortlos vom Frühstückstisch auf.

Es war ein wichtiger Morgen für Harry, denn heute sollte er zum ersten Mal die Vorbereitungsschule besuchen. Sie bedeutete den Beginn der akademischen Laufbahn, die sein Vater für ihn plante. Charles versuchte, ihn davon zu überzeugen, dass dies der Anfang einer wundervollen Zukunft sei, doch Harry wirkte ängstlich. Charles gab seinen mit den Tränen kämpfenden achtjährigen Sohn beim Schuldirektor ab und fuhr in die City. Er freute sich, wieder in die Bankenwelt zurückzukehren.

Clive Reynolds' Sekretärin nahm ihn in Empfang, führte ihn ins Sitzungszimmer und bot ihm Kaffee an.

»Vielen Dank«, sagte Charles, zog die Handschuhe aus, stellte den Regenschirm in den Ständer und nahm im Sessel des Vorsitzenden Platz. »Würden Sie bitte Mr. Reynolds sagen, dass ich hier bin?«

»Selbstverständlich«, sagte die Sekretärin.

Ein paar Minuten später kam Reynolds in das Sitzungszimmer.

»Guten Morgen, Mr. Seymour. Wie schön, Sie nach so langer Zeit wiederzusehen.« Er reichte Charles die Hand.

»Guten Morgen, Clive. Gleichfalls. Als Erstes muss ich Sie beglückwünschen, wie gut Sie die Bank in meiner Abwesenheit geführt haben.«

»Sehr freundlich von Ihnen, Mr. Seymour.«

»Besonders beeindruckt hat mich die Übernahme von Distillers. Das hat die gesamte City überrascht.«

»Ja, ein echter Coup, nicht wahr?« Reynolds lächelte. »Und ein zweiter bahnt sich an.«

»Ich freue mich darauf, die Details zu hören.«

»Im Augenblick ist das leider noch streng vertraulich«, sagte Clive und setzte sich neben Charles.

»Natürlich, aber jetzt, da ich zurück bin, sollte man mich möglichst rasch informieren.«

»Es tut mir leid, aber Aktionäre können erst informiert werden, wenn die Transaktion abgeschlossen ist. Wir können uns unsere Chancen nicht durch Gerüchte zunichtemachen lassen.«

»Ich bin aber kein gewöhnlicher Aktionär«, erwiderte Charles scharf. »Ich komme als Vorsitzender der Bank zurück.«

»Nein, Mr. Seymour«, sagte Reynolds ruhig. »*Ich* bin der Vorsitzende.«

»Wissen Sie eigentlich, mit wem Sie reden?«

»Ich glaube schon. Mit einem ehemaligen Außenminister, einem ehemaligen Innenminister, einem ehemaligen Vorsitzenden der Bank und einem Zweiprozentaktionär.«

»Aber Sie wissen genau, dass der Aufsichtsrat bereit war, mich als Vorsitzenden zurückzuholen, falls die Konservativen in Opposition gehen«, erinnerte ihn Charles.

»In der Zwischenzeit hat sich die Zusammensetzung des Aufsichtsrats wesentlich verändert«, sagte Reynolds. »Vielleicht waren Sie so mit der Weltpolitik beschäftigt, dass Ihnen kleinere Veränderungen in Cheapside entgangen sind.«

»Ich werde eine Aufsichtsratssitzung einberufen.«

»Dazu haben Sie kein Recht.«

»Dann werde ich eine außerordentliche Generalversammlung einberufen.«

»Was wollen Sie den Aktionären mitteilen? Dass Sie ein Abonnement auf eine Rückkehr als Vorsitzender haben, wann immer es Ihnen beliebt? Das klingt nicht nach einem ehemaligen Außenminister.«

»Ich werde Sie binnen vierundzwanzig Stunden aus diesem Büro entfernen lassen«, erwiderte Charles mit erhobener Stimme.

»Das glaube ich nicht, Mr. Seymour. Miss Trubshaw ist weitere fünf Jahre bei uns geblieben und hat uns mit ungekürzter Pension verlassen. Sie werden auch bald feststellen, dass ich weder ein Bankkonto in der Schweiz noch eine gut bezahlte Mätresse habe.«

Charles wurde dunkelrot. »Ich lasse Sie absetzen. Sie ahnen nicht, wie viel Einfluss ich habe.«

»In Ihrem Interesse hoffe ich, nicht abgesetzt zu werden«, sagte Reynolds gelassen.

»Drohen Sie mir?«

»Keineswegs, Mr. Seymour, aber ich würde nur ungern erklären müssen, wie unsere Bank bei Nethercote mehr als fünfhunderttausend Pfund verloren hat, weil Sie Simon Kerslake ruinieren wollten. Es wird Sie vielleicht interessieren zu hören, dass die Bank bei diesem Fiasko nichts außer einem gewissen Wohlwollen gewonnen hat, und dies nur dank meiner Empfehlung an Morgan Grenfell, die Scherben aufzusammeln.«

Charles konnte ein Lächeln nicht unterdrücken. »Wenn ich das veröffentliche, dann sind Sie erledigt«, sagte er triumphierend.

»Möglich«, meinte Reynolds. »Aber Sie könnten dann auch nie Premierminister werden.«

Charles stand auf, nahm Schirm und Handschuhe und ging. Als er die Tür erreichte, kam eine Sekretärin mit zwei Tassen Kaffee. Charles fegte wortlos an ihr vorbei und schlug die Tür hinter sich zu.

»Ich benötige nur eine Tasse, Miss Bristow.«

Eine Woche nach der Rede der Queen stellte Andrew befriedigt fest, dass die meisten seiner Kollegen ihn unterstützen wollten, sollte er sich um die Parteiführung der SDP bewerben. Bei ihrer wöchentlichen Parlamentssitzung verlangte der Fraktionsvorsitzende, dass die Kandidaten für das Amt des Parteiführers seinem Büro innerhalb einer Woche bekannt zu geben seien. Jeder Kandidat musste von Parlamentsabgeordneten vorgeschlagen und unterstützt werden.

Während der nächsten Woche versuchte die Boulevardpresse, einen Rivalen für Andrew anzudeuten, heraufzubeschwören oder sogar zu erfinden. Louise, die fast alles glaubte, was sie in der Zeitung las, beschränkte sich nur noch auf den *Morning Star,* die einzige Zeitung, die diese Frage ignorierte. Am Morgen des siebten Tags wurde klar, dass Andrew der einzige Kandidat sein würde.

Beim nächsten parlamentarischen Treffen der SDP wurde Andrew weniger gewählt als gesalbt. Er wurde zum Geheimrat ernannt, und am folgenden Samstag sprach er in der überfüllten Royal Albert Hall zu seinen Getreuen. Seine Rede kam gut an, und die Presse sagte wieder einmal einhellig eine SDP-Koalition mit den Liberalen voraus. Einige Journalisten fragten in ihren Artikeln, wie wohl Andrews Entscheidung ausfallen würde, sollte er einmal das Zünglein an der Waage spielen; schließlich hatte er einen bekannten Konservativen als Vater, war selbst aber zwanzig Jahre lang Abgeordneter der

Labour-Partei. Welche Partei würde dann das kleinere Übel für ihn sein? Andrew erwiderte der Presse, er würde sich darüber den Kopf zerbrechen, sobald das Problem auftauchte, denn vielleicht war die SDP nicht einmal imstande, mit den Liberalen ein Übereinkommen zu erzielen.

Im ganzen Land brachten Zeitschriften und Zeitungen lange Artikel über den neuen Führer der SDP. Alle berichteten über seinen Versuch, seinem Sohn das Leben zu retten, über die langsame Genesung seiner Frau nach Roberts Tod, die Adoption von Clarissa und seine Wiederwahl ins Parlament, nachdem eine Goldmünze entscheiden hatte müssen.

Clarissa sagte zu ihrem Vater, sie komme sich vor wie ein Filmstar und sei das beliebteste Mädchen in der Schule. Er müsse jetzt also bald Premierminister werden, fügte sie hinzu. Andrew lachte und fuhr fort, seine Partei mit so viel Entschlossenheit zu leiten, dass man ihn bald in einem Atemzug mit den Führern der beiden großen Parteien nannte.

Kaum hatte sich die Aufregung über Andrews Ernennung gelegt, tauchten in der Presse Spekulationen auf, ob Mrs. Thatcher jetzt einem jüngeren Mann Platz machen werde.

»Kennen Sie kein anderes Restaurant?«

»Schon, aber dort kennt man mich nicht«, erwiderte Ronnie Nethercote, als er und Simon sich zum ersten Mal seit Jahren wieder im Ritz trafen. Viele Köpfe drehten sich nach ihnen um, und Simons Name wurde geflüstert.

»Was machen Sie im Augenblick? Ich kann mir nicht vorstellen, dass die Opposition sie voll ausfüllt«, sagte Ronnie, als sie sich setzten.

»Nein, nicht wirklich. Man kann mich auch als einen der vier Millionen Arbeitslosen bezeichnen«, erwiderte Simon.

»Genau darüber möchte ich mit Ihnen sprechen. Aber zuerst möchte ich die Gemüsesuppe empfehlen und dann …«

»Das Roastbeef vom Servierwagen«, ergänzte Simon.

»Sie erinnern sich noch.«

»Eine Empfehlung, mit der Sie immer recht hatten.«

Ronnie lachte lauter, als es im Ritz üblich ist, dann sagte er: »Nachdem jetzt nicht mehr die gesamten Streitkräfte zu Ihrer Verfügung stehen und Botschafter Sie nicht mehr mit Exzellenz titulieren oder wie immer man heute sagt, wollen Sie da nicht gerne in meinen Aufsichtsrat kommen?«

»Es ist sehr freundlich von Ihnen, mich aufzufordern, Ronnie, aber die Antwort lautet nein.«

Der Kellner kam, um die Bestellung aufzunehmen.

»Es würde ein Jahresgehalt von zwanzigtausend Pfund bedeuten.«

»Ich will nicht leugnen, dass wir das Geld brauchen könnten. Peter studiert in Oxford, und Michael ist wild entschlossen, Schauspieler zu werden. Ich frage mich, ob mein Bankkonto je einmal ins Plus kommt.«

»Warum treten Sie also nicht bei uns ein?«

»Weil ich mit Leib und Seele Politiker bin und mich nicht mehr auf Geschäftstätigkeiten einlassen möchte.«

»Könnte es Sie daran hindern, Premierminister zu werden?«

Simon zögerte angesichts der Unverblümtheit der Frage, antwortete dann aber doch. »Ehrlich gesagt, ja. Meine Chancen stehen nicht schlecht, und es wäre dumm von mir, jetzt etwas anderes anzufangen und damit meine Aussichten womöglich zu verschlechtern.«

»Aber jeder weiß doch, dass Sie, sobald Margaret Thatcher geht, der nächste Parteiführer sind. So einfach ist das.«

»Nein, Ronnie, so einfach ist es leider nie.«

»Wer könnte Ihnen denn in die Quere kommen?«

»Zum Beispiel Charles Seymour.«

»Seymour? Er ist ein arroganter Laffe«, sagte Ronnie.

»Er hat viele Freunde in der Partei, und dass er dem Adel angehört, zählt bei vielen Tories immer noch.«

»Ja, da aber heute jeder Abgeordnete der Partei wählen kann, werden Sie Seymour schlagen.«

»Das wird sich zeigen«, sagte Simon, gelangweilt von einem Gespräch, das er in letzter Zeit schon mit so vielen Leuten geführt hatte. »Und was machen Sie jetzt so?«, fragte er, um das Thema zu wechseln.

»Ich arbeite wie ein Kuli, um in etwa einem Jahr an die Börse gehen zu können. Deshalb wollte ich Sie im Aufsichtsrat haben.«

»Sie geben nie auf.«

»Nein, und ich hoffe, Sie haben Ihre einprozentige Beteiligung an dem Unternehmen nicht aufgegeben.«

»Elizabeth hat sie irgendwo weggeschlossen.«

»Dann sollten Sie den Schlüssel suchen.«

»Warum?«, fragte Simon.

»Weil Ihr ursprünglicher Anteil gegen hunderttausend Stammaktien eingetauscht werden wird, wenn ich zehn Millionen Aktien zu drei Pfund auf den Markt bringe.«

Simon war sprachlos.

»Warum sagen Sie nichts?«, fragte Ronnie.

»Um ehrlich zu sein, ich habe die Existenz dieser Aktie vergessen«, stammelte Simon.

»Nun, ich kann mit Sicherheit behaupten«, sagte Ronnie, einen von Mrs. Thatchers Lieblingssätzen parodierend, »dass das keine schlechte Anlage für ein Pfund war. Eine, die Sie nie bereuen werden.«

Als die Haushaltsdebatte näherrückte, stellte Raymond fest, dass die vierundzwanzig Stunden eines Tages zu wenig waren, sogar wenn man aufs Schlafen verzichtete. Er besprach die von ihm gewünschten Veränderungen mit den hohen Beamten des Finanzministeriums, aber es zeigte sich bald, dass er einige Abstriche machen musste. Die Phrase, es gäbe ja immer ein nächstes Jahr, konnte er nicht mehr hören; seiner Meinung nach hatte er schon zu lange gewartet. Oft diskutierte er mit den Parteitheoretikern jene Zusagen des Programms, denen sie höchste Priorität bescheinigten.

Im Lauf der Wochen wurden Kompromisse geschlossen und Einsparungen vorgenommen, aber es gelang Raymond, die ihm am wichtigsten erscheinenden Veränderungen durchzudrücken. Am Freitagmorgen übergaben ihm die Finanzexperten seine Rede. Sie umfasste hundertdreiundvierzig Seiten, und ihre Verlesung würde etwa zweieinhalb Stunden dauern.

Am Dienstagmorgen, dem Tag der Haushaltsdebatte, informierte er das Kabinett über seine Steuerreform. Nach altem Brauch erfuhr das Kabinett die Details erst ein paar Stunden, bevor der Haushalt dem Unterhaus präsentiert wurde.

Der »Budget Day« im Unterhaus ist eine traditionsreiche Angelegenheit. Botschafter, Diplomaten, Bankiers und Mitglieder des Oberhauses sitzen dicht gedrängt zusammen mit dem Laienpublikum auf der Besuchergalerie. Die Schlange der Wartenden, die einen Sitz ergattern wollen, ist oft fast einen halben Kilometer lang, doch nur ein halbes Dutzend Menschen kann die Rede des Finanzministers mit anhören, weil die meisten Plätze bereits reserviert sind, noch bevor sich die Schlange bildet. Der Sitzungssaal selbst ist meistens schon eine Stunde vor Beginn der Rede überfüllt. Auf der Pressegalerie ist es nicht anders. Die Hinterbänkler sind schon um kurz vor halb drei im Saal, um ihre Plätze nicht zu verlieren. Die Konservativen können ihre Sitze mit kleinen Zetteln reservieren. Die Sozialisten, die dies undemokratisch finden, veranstalten deshalb um halb drei einen irren Wettlauf in den Saal. Die Atheisten beider Seiten warten, bis der Geistliche das Gebet gesprochen hat, und drängen dann, in der Hoffnung, ihre gewohnten Plätze noch frei zu finden, in den Saal.

Am Budget Day zieht man sich auch exzentrisch an. Auf den Bänken der Konservativen sieht man ein paar Zylinder, bei den Sozialisten da und dort den Helm der Bergarbeiter. Tom Carson erschien in einem Overall mit einem Liverpool-Schal um den Hals, während Alec Pimkin sich mit einer roten Seidenweste und einer weißen Nelke im Knopfloch seines Cuts begnügte.

Lange vor drei Uhr ist von dem grünen Leder der vordersten Bankreihen nichts mehr zu sehen, und Nachzügler von den Hinterbänken werden nach oben auf die sogenannte Seitengalerie der Abgeordneten verwiesen, von der aus man sich nicht zu Wort melden kann.

Um zehn nach drei trat Raymond aus seinem Wohnsitz in Downing Street No. 11 und hielt den berühmten abgewetzten »Haushaltskoffer«, der zum ersten Mal von Gladstone benutzt wurde, hoch über den Kopf, damit die Presse das traditionelle Foto machen konnte, bevor man ihn ins Unterhaus fuhr.

Um Viertel nach drei, als der Premierminister aufstand, um Fragen zu beantworten, glich der Sitzungssaal dem Zuschauerraum in einem West-End-Theater bei einer Premiere, denn was die Abgeordneten erwartete, war echtes Theater.

Um drei Uhr fünfundzwanzig betrat Raymond, bejubelt von den sozialistischen Abgeordneten, den Saal. Jeder Platz im Unterhaus bis auf seinen war besetzt. Er sah zur Besuchergalerie hinauf und lächelte Joyce zu. Als der Premier um halb vier die Anfragen beantwortet hatte, stand der Vorsitzende des »Ways and Means Committee« auf – traditionsgemäß nimmt er vor einer Haushaltsdebatte den Platz des Speakers ein, weil dieser als »Mann des Königs« bei Finanzangelegenheiten sein Amt nicht ausübt – und rief:

»Herr Finanzminister, die Haushaltserklärung.«

Raymond erhob sich und legte das Redemanuskript vor sich aufs Pult. Er begann mit einem Überblick über die Weltwirtschaft und erklärte dem Unterhaus die Überlegungen, die seinem ersten Haushalt zugrunde lagen – nämlich die Arbeitslosigkeit zu senken, ohne die Inflation zu steigern. Anderthalb Stunden sprach er, ohne dem Unterhaus auch nur eine der von ihm geplanten Veränderungen mitzuteilen. Auch damit hielt er sich an eine Konvention, nämlich keine unwiderruflichen Entscheidungen vor Börsenschluss bekannt zu geben. Gleichzeitig bot es ihm Gelegenheit, das Unterhaus mit ein paar Andeutungen in Spannung zu halten.

Bei Seite achtundsiebzig angekommen, trank Raymond einen Schluck Wasser. Er hatte den theoretischen Teil beendet, jetzt kam der praktische.

»Die Altersrenten werden auf Rekordniveau erhöht. Auch die Beihilfen für Alleinerziehende und Behinderte werden angehoben.« Raymond machte eine Pause, zog ein vergilbtes Papier aus der Tasche und las aus seiner ersten öffentlichen Rede vor. »Keine Frau, deren Mann sein Leben für unser Land hingab, darf darben, weil wir eine undankbare Nation sind. Die Pensionen für Kriegerwitwen werden um fünfzig

Prozent erhöht und der Wert der Kriegsanleihen wird voll anerkannt.« Der Beifall nach dieser Erklärung dauerte eine ganze Weile. Als sich der Saal wieder beruhigt hatte, fuhr Raymond fort. »Steuern für Bier, Zigaretten, Benzin und Parfüm werden um fünf Prozent angehoben. Steuerabzüge bei Gehältern von über dreißigtausend Pfund im Jahr auf fünfundachtzig Prozent erhöht und die Kapitalertragssteuer auf fünfzig Prozent.« Einige Konservative setzten eine grimmige Miene auf. Der Finanzminister kündigte des Weiteren ein Expansionsprogramm zur Beschaffung von Arbeitsplätzen für bestimmte Regionen an. Unter dem Beifall der jeweiligen Sektionen des Unterhauses erläuterte er die Einzelheiten seines Plans für jede Region.

Er schloss mit den Worten: »Als erster sozialistischer Finanzminister seit zehn Jahren habe ich nicht vor, die Reichen zu berauben, um ihr Geld unter den Armen zu verteilen, vielmehr sollen jene, die in einem gewissen Wohlstand leben, Steuern zahlen, um das Los der wirklich Bedürftigen zu erleichtern. Ich möchte den verehrten Abgeordneten auf den Oppositionsbänken mitteilen, dass dies erst ein Fünftel dessen ist, was ich in dieser Legislaturperiode erreichen möchte, damit unser Land auf eine gerechtere Gesellschaft hoffen kann. Wir wollen eine Generation hervorbringen, in der der Klassenbegriff ebenso überholt ist wie das Schuldgefängnis, in der Begabung, harte Arbeit und Ehrlichkeit an sich schon Belohnung sind; eine sozialistische Gesellschaft, um die wir von Ost und West gleichermaßen beneidet werden. Dieser Haushalt, Mr. Speaker, ist nur der Architektenentwurf für diesen Traum. Ich hoffe, genügend Zeit zu haben, ihn zu verwirklichen.«

Als sich Raymond nach zwei Stunden und zwanzig Minuten

setzte – die Dauer eines Weltklasse-Marathons – herrschte lauter Jubel.

Jetzt fiel der Oppositionsführerin die undankbare Aufgabe zu, sofort auf die Rede zu antworten. Mehr als auf ein, zwei Schwachstellen in der Philosophie des Finanzministers hinzuweisen war unmöglich. Das Unterhaus hörte ihr auch kaum zu.

FÜNFTES BUCH

1989 – 1991

DIE PARTEIFÜHRER

32

Nachdem sich Raymond mit seinem ersten Haushalt so erfolgreich geschlagen hatte, veränderte die Oppositionsführerin ihr Schattenkabinett ebenso zügig wie diplomatisch. Der Finanzminister übernahm die Belange des Außenministeriums, Simon die Innenpolitik, und Charles sollte den von Raymond Gould angeschnittenen Problemen im Finanzsektor etwas entgegensetzen.

Bald musste Raymond feststellen, dass das Durchbringen neuer Gesetzesvorlagen schwieriger wurde, als Charles den Enthusiasmus seines neuen jungen Teams um seine eigene beträchtliche Erfahrung in Finanzfragen ergänzte.

Obwohl alles langsamer voranging, als er gehofft hatte, war Raymond dennoch weiterhin erfolgreich. Seine Partei gewann nach dem Tod von zwei Abgeordneten die ersten Nachwahlen, was allein schon bemerkenswert war. Doch es löste auch neuerlich das Gerücht aus, Denis Thatcher dränge seine Frau zum Rücktritt.

Charles Seymour wusste: Ein solcher Schritt konnte so plötzlich kommen, dass niemand darauf vorbereitet war oder eine Vorstellung hatte, wie es weitergehen sollte. Er verwendete daher die nächsten Monate darauf, ein loyales Team um sich zu scharen, und als Mrs. Thatcher ihren Rücktritt bekannt gab, hatte er die Leute, die er brauchte.

Kaum waren die üblichen Phrasen über die sich zurückziehende Parteiführerin geäußert – die bedeutendste Premierministerin seit Winston Churchill –, begann die Partei, nach einem neuen Churchill Ausschau zu halten.

Wenige Stunden nach Mrs. Thatchers Rücktritt erhielten Charles Seymour und Simon Kerslake Anrufe und Nachrichten von ihren Anhängern und wurden von allen führenden politischen Kommentatoren kontaktiert. Charles organisierte seine Kampagne mit der gewohnten Gründlichkeit und befahl seinen Mitarbeitern, an jeden neuen Abgeordneten seit 1964 heranzutreten. Simon forderte Bill Travers auf, sein Mitarbeiterteam zu organisieren. Travers stand, wie jeder Landwirt, früh am Morgen auf, um die Ernte einzubringen.

Sowohl Simon als auch Charles wurden binnen vierundzwanzig Stunden nominiert, und als bis zum Wochenende kein dritter Kandidat auftauchte, war die Presse von einem Zweikampf überzeugt.

Ein Korrespondent der *Financial Times* versuchte, mit allen 289 konservativen Abgeordneten zu sprechen. Er erreichte 228 und konnte seinen Lesern berichten, dass 101 für Simon Kerslake stimmen wollten, 98 für Charles Seymour und 29 eine Antwort verweigerten. Der Artikel mit dem Titel »Knapper Vorsprung für Kerslake« wies darauf hin, dass man die beiden, obwohl sie in der Öffentlichkeit sehr höflich zueinander waren, keineswegs als Freunde bezeichnen könne.

»Kerslake, der König« lautete die Schlagzeile in der Montagsausgabe der *Sun,* und der politische Kommentator prophezeite Simon einen Sieg von 116 zu 112 Stimmen. Auch Lord Mikardo, ein alter ehemaliger Labour-Abgeordneter, der über die letzten vierzehn Parteiführerkämpfe beider Parteien Buch geführt hatte, sagte Simons Sieg voraus. Dieser aber blieb skeptisch. Aus bitterer Erfahrung wusste er, dass man den

Sehr Ehrenwerten Abgeordneten von Sussex Downs nicht unterschätzen durfte. Elizabeth gab ihm recht und wies auf eine kleine Zeitungsnotiz hin, die Simon übersehen hatte: Ronnies neues Unternehmen ging an die Börse, und die Aktien schienen bereits überzeichnet.

»Das ist eine Prophezeiung, die sich einmal bewahrheitet hat«, meinte Simon lächelnd.

Zwölf Stunden vor Nominierungsschluss tauchte ein neuer Kandidat auf – ein Schock für alle, denn bis zu diesem Moment hatte die Öffentlichkeit von Alec Pimkins Existenz nicht das Geringste gewusst. Einige seiner Kollegen waren sogar überrascht, dass er jemanden gefunden hatte, der ihn vorschlug, und noch jemand zweiten, der ihn unterstützte. Da man mit Recht annahm, dass Pimkins Anhänger Leute waren, die ansonsten Charles gewählt hätten, schien es ein Schlag für Seymour zu sein. Politische Experten bezweifelten allerdings, dass Pimkin mehr als sieben oder acht der 289 Stimmen bekommen könnte.

Charles flehte Pimkin an, seine Kandidatur zurückzuziehen. Der aber weigerte sich hartnäckig und sagte zu Fiona, dass er diesen kurzen Augenblick des Ruhms unendlich genieße. Er hielt im Unterhaus eine Pressekonferenz ab, gab endlose Interviews in Rundfunk und Fernsehen und stellte erfreut fest, dass er zum ersten Mal im Leben seit der Debatte über Englands EWG-Beitritt beachtliche Aufmerksamkeit erregte. Allerdings konnte sich Alexander Dalglish immer noch nicht zusammenreimen, warum Pimkin sich überhaupt hatte aufstellen lassen.

»Meine Mehrheit in Littlehampton ist seit meiner ersten Wahl von 12.000 auf 3200 gefallen, und die Sozialdemokraten setzen mir ehrlich gesagt ziemlich zu. Dieser langweilige Andrew Fraser kommt einmal im Monat nach Sussex, um für seinen Kandidaten zu werben, und bis zur nächsten Wahl sind es noch über vier Jahre.«

»Aber auf wie viele Stimmen kannst du hoffen?«, fragte Fiona.

»Auf wesentlich mehr, als diese besoffenen Zeitungsschmierer glauben. Neun Stimmen sind mir schon sicher, meine nicht eingeschlossen, und vielleicht komme ich auf mehr als fünfzehn.«

»Wieso so viele?«, fragte Fiona und merkte sofort, wie taktlos ihre Frage geklungen haben musste.

»Meine liebe einfältige Freundin«, erwiderte Pimkin, »es gibt ein paar Leute in unserer Partei, die weder von einem Emporkömmling aus der Mittelklasse noch von einem aristokratischen Snob geführt werden wollen. Wenn sie für mich stimmen, können sie damit sehr schön ihren Protest einlegen.«

»Ist das nicht verantwortungslos von dir?«

»Verantwortungslos vielleicht, aber du kannst dir gar nicht vorstellen, wie viele Einladungen ich in den letzten Tagen erhalten habe. Und so wird das mindestens noch ein Jahr lang weitergehen.«

Spektakuläre Ereignisse sind im Unterhaus selten, weil dabei sowohl Pech wie auch der Faktor Zeit eine Rolle spielen. Etwas, das in einer Woche Schlagzeilen macht, ist in der folgenden Woche vielleicht nicht mehr der Erwähnung wert. Am Donnerstag vor der Wahl des konservativen Parteiführers war das Unterhaus während der Fragestunde an den Finanzminister überfüllt. Raymond und Charles fochten ihre üblichen Wortduelle aus, und Charles erwies sich als etwas besser. Da die Finanzen nicht sein Ressort waren, konnte Simon nur dasitzen und zuhören, wie sein Rivale Punkte sammelte.

Tom Carson schien besonders erpicht darauf, zu jeder Frage eine Zusatzfrage zu stellen. Zwischen halb drei und fünf nach drei war er nicht weniger als zwölfmal aufgesprungen. Die Uhr zeigte drei Uhr zwölf, als ihn der Speaker verzweifelt zu einer scheinbar harmlosen Frage über unvorhergesehene Gewinne aufrief.

Da die Fragen an den Premier bevorstanden, stand Carson vor einem vollen Saal und einer vollen Pressegalerie. Er wartete einen Moment, bevor er seine Frage stellte.

»Wie ist die Einstellung meines Sehr Ehrenwerten Freundes einem Mann gegenüber, der ein Pfund in ein Unternehmen investiert und fünf Jahre später, obwohl er weder im Aufsichtsrat sitzt noch sonst in irgendeiner Weise in dem Unternehmen engagiert ist, einen Scheck über dreihunderttausend Pfund erhält?«

Raymond war verwirrt, weil er keine Ahnung hatte, wovon Carson sprach. Dass Simon Kerslake aschfahl wurde, bemerkte er nicht.

Raymond erhob sich. »Darf ich meinen Verehrten Freund erinnern, dass ich die Kapitalertragssteuer auf fünfzig Prozent erhöht habe, was seine Begeisterung etwas dämpfen wird.« Es war Raymonds einziger Versuch seit langer Zeit, so etwas wie Witz zu zeigen, weshalb auch kaum jemand lachte. Während Carson zum zweiten Mal aufstand, schob Simon Raymond eine Notiz zu, die dieser hastig überflog.

»Hält der Finanzminister eine solche Person für geeignet, Premierminister oder auch nur Führer der Opposition zu sein?«

Abgeordnete tuschelten miteinander und versuchten festzustellen, gegen wen die Frage gerichtet war, während der Speaker unruhig wurde und solchen ordnungswidrigen Zusatzfragen ein Ende setzen wollte. Raymond begab sich wieder zum Rednerpult und sagte zu Carson, seine Frage sei keine Antwort wert. Damit hätte die Angelegenheit beendet sein können, wäre nicht Charles aufgestanden.

»Mr. Speaker, weiß der Finanzminister, dass dieser persönliche Angriff meinem verehrten Freund, dem Abgeordneten von Pucklebridge, gilt und eine schändliche Verleumdung ist? Der verehrte Abgeordnete von Liverpool Dockside sollte seine Unterstellung augenblicklich zurücknehmen.«

Die Konservativen belohnten die Großzügigkeit ihres Kollegen mit Beifall, während Simon schwieg. Er wusste, dass es Charles gelungen war, die Geschichte auf die erste Seite sämtlicher Zeitungen zu bringen.

Am Freitagmorgen las Simon beim Frühstück die Zeitungen und war nicht erstaunt über die von Charles' scheinbar harmloser Zusatzfrage ausgelösten Artikel. Seine Transaktion mit Ronnie Nethercote war darin bis ins kleinste Detail dargelegt, und dass er für eine Investition von einem Pfund von einem »Grundstücksspekulanten« dreihunderttausend Pfund erhalten hatte, las sich nicht gut. Einige Zeitungen »fühlten sich verpflichtet zu fragen«, was Nethercote sich von dieser Transaktion erhoffe. Niemand schien sich zu vergegenwärtigen, dass Simon fünf Jahre lang im Aufsichtsrat von dessen erster Firma gewesen war, sechzigtausend Pfund seines Privatvermögens investiert und erst kürzlich seine Kreditschulden abbezahlt hatte.

Bis Sonntag hatte Simon eine ausführliche Presseerklärung

herausgegeben, um den Sachverhalt zu klären. Sir Peter McKay, der Herausgeber des *Sunday Express*, aber schrieb in seiner viel gelesenen Kolumne:

Es liegt mir fern, auch nur anzudeuten, Simon Kerslake habe etwas Unehrenhaftes getan. Doch da er jetzt im Scheinwerferlicht steht, mag es Parlamentarier geben, die es für riskant halten, mit einem für Missgeschicke anfälligen Parteiführer in bevorstehende Wahlen zu gehen. Mr. Seymour hingegen machte seine Stellung eindeutig klar: Er kehrte, als seine Partei in die Opposition ging, nicht in die Bank seiner Familie zurück, da er immer noch auf ein öffentliches Amt hoffte.

Am Montag korrigierten die Zeitungen ihre Prognosen und meinten nun, Seymour habe die Nase vorn. Einige Journalisten gingen so weit zu behaupten, Alec Pimkin könne von dem Vorfall profitieren, weil die Abgeordneten vielleicht mit einer Stichwahl rechneten, bei der sie sich dann endgültig entscheiden würden.

Simon erhielt einige mitfühlende Briefe, darunter einen von Raymond Gould. Er versicherte Simon, auf die Zusatzfrage von Carson nicht vorbereitet gewesen zu sein, und entschuldigte sich für die Verlegenheit, in die ihn seine erste Antwort möglicherweise gebracht hatte.

»Mir ist nie in den Sinn gekommen, dass er das wollte«, sagte Simon und gab Elizabeth Raymonds Brief.

»Die *Times* hat recht«, sagte sie. »Er ist wirklich anständig.«

Einen Augenblick später reichte Simon seiner Frau einen zweiten Brief.

Seymour's Bank
202 Cheapside
London EC1

15. Mai 1989

Sehr geehrter Mr. Kerslake,
ich schreibe, um etwas richtigzustellen, worauf die Presse
kontinuierlich Bezug nahm. Mr. Charles Seymour,
ehemaliger Vorsitzender dieser Bank, wollte, als die
Konservativen in Opposition gingen, in die Bank
zurückkehren. Er hoffte, für ein Jahresgehalt von
vierzigtausend Pfund den Vorsitz dieser Bank erneut
übernehmen zu können.
Der Vorstand von Seymour hat seinem Wunsch nicht
entsprochen.

Ihr ergebener
Clive Reynolds

»Wirst du das verwenden?«, fragte Elizabeth.

»Nein, das würde nur noch mehr Aufmerksamkeit auf die
Sache lenken.«

Elizabeth sah ihren Mann an, der weitere Briefe las, und
dachte an ein Dossier über Amanda Wallace, das immer noch
in ihrem Besitz war. Simon würde sie dessen Inhalt nie mitteilen, aber vielleicht war es an der Zeit, Charles Seymour ein
wenig ins Schwitzen zu bringen.

Am Montagabend saß Simon in der vordersten Bankreihe
und hörte dem Finanzminister zu, der Klauseln des Gesetzes
zu Leerverkäufen ansprach, die vom Finanzausschuss behandelt werden sollten. Charles beanstandete jeden Satz, ja
jedes Komma, sobald er irgendwo eine Schwäche witterte,
und machte Raymond und seinem Team das Leben sauer.

Die Opposition genoss es. Simon sah, wie seine Stimmen davonschwammen, und konnte nichts dagegen tun.

In der Nacht vor der Wahl war Pimkin der einzige Kandidat, der gut schlief. Am nächsten Morgen um neun fand im großen Sitzungssaal des Unterhauses die Abstimmung statt. Bis drei Uhr zehn hatten mit einer Ausnahme alle Abgeordneten ihre Stimmen abgegeben. John Cope, der Chief Whip, bewachte die große schwarze Blechbüchse bis vier Uhr, als klar wurde, dass Mrs. Thatcher es offenbar vorgezogen hatte, neutral zu bleiben.

Um vier Uhr wurde die Wahlurne ins Büro des Chief Whip gebracht, und in fünfzehn Minuten waren die Stimmzettel zweimal gezählt. John Cope verließ das Büro, gefolgt von einem ganzen Rattenschwanz von Journalisten.

Etwa zweihundertachtzig der zweihundertneunundachtzig konservativen Parlamentsmitglieder hatten sich im Sitzungsraum 214 versammelt. Der Vorsitzende, Sir Cranley Onslow, begrüßte den Chief Whip und betrat mit ihm das kleine Podium. Der Vorsitzende entfaltete das Papier, das ihm gereicht worden war, schob sich die Brille hoch und zögerte einen Moment, als er das Ergebnis las.

»Das Resultat der Abstimmung für die Wahl des Parteiführers lautet:

Charles Seymour   138
Simon Kerslake   135
Alec Pimkin   15«

Auf erstauntes Luftholen folgte längeres Gemurmel, bis die Abgeordneten merkten, dass der Vorsitzende immer noch stehend auf Ruhe wartete.

»Da es keinen eindeutigen Gewinner gibt, findet nächsten Dienstag eine Stichwahl ohne Mr. Pimkin statt«, erklärte er.

Die Reporter umringten Pimkin, als er am Nachmittag das Parlament verließ, um zu erfahren, wen er seinen Anhängern bei der Stichwahl empfehle. Pimkin, sichtlich jeden Augenblick genießend, erklärte ein wenig aufgeblasen, sich in Kürze mit beiden Kandidaten unterhalten zu wollen. Sofort wurde er von der Presse als »Königsmacher« bezeichnet, und die Telefone in seinem Büro und zu Hause liefen heiß. Was immer sie insgeheim dachten: Simon und Charles willigten jedenfalls ein, mit Pimkin zu sprechen, bevor er seinen Anhängern mitteilte, für wen er sich entschieden hatte.

Elizabeth saß allein an ihrem Schreibtisch und sprach sich Mut zu, die Sache durchzuziehen. Sie sah das vergilbte Dossier an, das sie jahrelang nicht mehr geöffnet hatte, dann nahm sie einen Schluck Brandy. Ihre gesamte Ausbildung und ihr hippokratischer Eid sprachen gegen das, was sie jetzt glaubte, tun zu müssen. Während Simon schlief, hatte sie wach gelegen und an die Folgen gedacht, dann hatte sie eine Entscheidung getroffen. Simons Karriere stand an erster Stelle. Sie nahm den Hörer ab, wählte eine Nummer und wartete. Als sie die Stimme hörte, hätte sie fast wieder aufgelegt.

»730-9712. Hier Charles Seymour.«

»Hier Elizabeth Kerslake.« Sie versuchte, selbstsicher zu klingen. Eine lange Pause entstand.

Nach einem weiteren Schluck Brandy fuhr sie fort: »Legen Sie nicht auf, Mr. Seymour, denn was ich zu sagen habe, wird Sie interessieren.«

Charles sprach immer noch nicht.

»Nachdem ich Sie jahrelang aus der Ferne beobachtete, bin ich überzeugt, dass Ihre Reaktion auf Carsons Anfrage im Unterhaus nicht spontan war.«

Charles räusperte sich und schwieg.

»Sollte diese Woche noch irgendetwas passieren, das dazu führen könnte, dass mein Mann die Wahl verliert, werde ich nicht tatenlos zusehen.«

Immer noch keine Reaktion.

»Vor mir liegt eine Mappe mit der Aufschrift ›Miss Amanda Wallace‹. Wenn Sie Wert darauf legen, dass der Inhalt streng vertraulich bleibt, rate ich Ihnen, keine weiteren Mätzchen zu versuchen. Die Mappe ist voll mit Namen, die jede Boulevardzeitung monatelang genüsslich ausschlachten würde.«

Charles schwieg weiter.

Elizabeths Selbstvertrauen stieg. »Sie brauchen mir nicht zu sagen, dass ich nach einem solchen Vorgehen aus dem Ärzteregister gestrichen würde. Das wäre eine geringe Strafe, verglichen mit der Genugtuung, Sie so leiden zu sehen, wie mein Mann letzte Woche gelitten hat.« Sie machte eine kleine Pause. »Guten Tag, Mr. Seymour.«

Charles schwieg immer noch.

Elizabeth legte auf und trank den Brandy aus. Wohl wissend, dass sie eine solche Drohung nie im Leben wahr machen würde, betete sie, Charles dennoch davon überzeugt zu haben.

Charles lud Pimkin zum Dinner zu White's ein, wo Pimkin schon immer aufgenommen werden wollte.

Kaum hatten sie sich gesetzt, fragte Charles: »Warum machst du dieses Theater? Begreifst du nicht, dass ich im ersten Wahlgang gewonnen hätte, wenn du nicht kandidiert hättest?«

Pimkin strahlte. »Sicherlich, aber ich hatte seit Jahren nicht so viel Spaß.«

»Wem verdankst du überhaupt deinen Sitz im Unterhaus?«

»Sehr gut, und ich kenne auch den Preis, den du dafür verlangt hast. Aber jetzt gebe ich den Ton an, und ich verlange etwas ganz anderes.«

»Worauf hoffst du? Finanzminister in meinem Kabinett zu werden?« Charles konnte den Sarkasmus in seiner Stimme kaum verbergen.

»Nein, nein«, erwiderte Pimkin. »Ich weiß, was ich kann und was nicht. Ich bin kein Volltrottel.«

»Was willst du also? Die Mitgliedschaft hier bei White's? Das ließe sich vermutlich machen.«

»Nichts so Banales. Dafür, dass ich dich nach Downing Street bringe, sollst du mich ins Oberhaus bringen.«

Charles zögerte. Versprechen konnte er das allemal, und wer, außer Pimkin, sollte es bemerken, wenn er es in drei Jahren nicht eingehalten hatte?

»Wenn du und deine fünfzehn Anhänger am Dienstag für mich stimmt, kommst du ins House of Lords. Ich gebe dir mein Wort darauf.«

»Gut. Nur noch eine Kleinigkeit, alter Freund«, erwiderte Pimkin und legte seine Serviette zusammen.

»Mein Gott, was willst du denn noch?«, fragte Charles.

»Wie du seinerzeit, hätte auch ich unsere Abmachung gern schriftlich.«

Wieder zögerte Charles, aber diesmal wusste er, dass er geschlagen war. »Einverstanden.«

»Schön, abgemacht«, sagte Pimkin und fügte, sich nach einem Kellner umsehend, hinzu: »Ich finde, das ist ein Anlass, der nach Champagner ruft.«

Als Pimkin zwei Tage später Simon Kerslake den gleichen Vorschlag machte, überlegte dieser eine Weile, bevor er antwortete. »Damit werde ich mich befassen, sollte ich tatsächlich einmal Premierminister werden.«

»So *bourgeois*«, murmelte Pimkin, als er Simons Büro verließ. »Ich biete ihm die Schlüssel zur Downing Street, und er behandelt mich wie einen Schlosser.«

Charles sprach mit einem Großteil seiner Anhänger und verließ das Unterhaus an diesem Abend in der Gewissheit, dass sie alle fest auf seiner Seite standen. Wenn er durch die langen Flure im gotischen Stil ging, wurde er immer wieder von den Abgeordneten angesprochen, die ihm ihre Loyalität versicherten. Kerslakes Profit von dreihunderttausend Pfund war zwar schon Schnee von gestern, der Schlag hatte aber doch ausgereicht, Charles seiner Ansicht nach den Sieg zu sichern. Ein anonymes Schreiben mit allen notwendigen Details an den richtigen Labour-Abgeordneten hatte sich als überaus wirksam erwiesen. Natürlich verwünschte er Pimkin, der die endgültige Entscheidung hinausgeschoben hatte, genau wie Elizabeth Kerslake, die jede weitere versteckte Attacke gegen seinen Rivalen erfolgreich blockiert hatte.

Als er nach Hause kam, fand er zu seinem Entsetzen Amanda im Wohnzimmer vor.

»Ich hatte dich doch gebeten, bis Mitte nächster Woche nicht herzukommen.«

»Ich hab es mir anders überlegt, Charlie.«

»Warum?«, fragte Charles misstrauisch.

»Ich finde, ich verdiene eine kleine Belohnung, weil ich so brav bin.«

»Was stellst du dir vor?«, fragte er.

»Einen fairen Tausch.«

»Wofür?«

»Für die Weltrechte an meiner Lebensgeschichte.«

»Deine was?«, fragte Charles ungläubig. »Wer sollte sich auch nur im Geringsten für dich interessieren?«

»Man interessiert sich nicht für mich, aber für dich, Charles. *News of the World* haben mir hunderttausend Pfund für eine ungeschminkte Schilderung meines Lebens an der Seite von Charles Seymour geboten.« Theatralisch fügte sie hinzu: »Oder wie man mit dem zweiten Sohn eines Earls lebt, der alles daransetzt, Premierminister zu werden.«

»Das ist nicht dein Ernst.«

»O doch, ich meine es todernst. Ich hab mir im Lauf der Jahre so einige Notizen gemacht. Wie du dich Derek Spencers entledigt hast, dir der gleiche Trick bei Clive Reynolds aber misslang. Wie weit du gegangen bist, um Simon Kerslake vom Parlament fernzuhalten. Wie deine erste Frau das berühmte Holbein-Porträt austauschte. Am meisten jedoch dürfte die Leute interessieren, wer der wirkliche Vater von Harry Seymour ist. Über dessen Lebensgeschichte erschien vor ein paar Jahren in *People* eine ganze Serie, aber die ist ihnen anscheinend entgangen.«

»Du Luder. Du weißt, dass Harry mein Sohn ist.« Drohend ging Charles auf sie zu, aber Amanda wich nicht zurück.

»Vielleicht sollte ich noch ein Kapitel anfügen, wie du hinter den geschlossenen Türen deines friedlichen Hauses am Eaton Square auf deine Frau losgehst.«

Charles blieb stehen. »Was willst du?«

»Ich schweige mein Leben lang, und du gibst mir sofort fünfzigtausend Pfund und die gleiche Summe, wenn du Parteiführer wirst.«

das unbezahlbare Porträt nur wenige Tage vor der Wahl der Nation schenkte.

Am nächsten Morgen rief Fiona an und fragte Pimkin, was ihn zu seiner Entscheidung bewogen habe. »Meine liebe Fiona«, war seine Antwort, »ich hielt es für günstig, mich meinem Grab in der Gewissheit zu nähern, im Laufe meines Lebens *einmal* ehrenwert gehandelt zu haben.«

Binnen einer Woche hatte sich Simons kleines Haus in der Beaufort Street komplett verwandelt. Er konnte sich kaum umdrehen, ohne eine Kamera vor sich zu haben, und wohin er auch ging, wurde er von einer Schar Presseleute verfolgt. Es erstaunte ihn, wie schnell man sich daran gewöhnte, während Elizabeth es keineswegs genoss. Sie war jedoch ebenso beschäftigt wie Simon, und wieder einmal schienen sie sich nur spätabends zu sehen. Die ersten beiden Wochen verbrachte Simon mit der Zusammenstellung seines Schattenkabinetts für die nächsten Wahlen und gab vierzehn Tage nach der Wahl zum Parteiführer der Presse sein neues Team bekannt. Eine Ernennung erfolgte aus sentimentalen Gründen: Bill Travers wurde Landwirtschaftsminister im Schattenkabinett.

Als ihn die Reporter fragten, warum sein Rivale dem Team nicht angehöre, erklärte Simon, er habe Seymour die stellvertretende Parteiführung und ein Ressort seiner Wahl angeboten. Dieser habe jedoch abgelehnt, weil er es vorläufig vorziehe, auf die hinteren Bänke zurückzukehren.

Am selben Morgen fuhr Charles mit seinem Sohn für ein paar Tage nach Schottland. Obwohl er über den Wahlausgang deprimiert war, dämpften Harrys originelle Versuche beim Fischen seinen Kummer ein wenig. Am Ende hatte Harry sogar den größten Fisch gefangen.

Amanda, die wenig Chancen sah, noch mehr Geld aus ihrem Mann herauszuholen, verhandelte wieder mit *News of the World* über ihre Lebensgeschichte.

Als der Herausgeber Amandas Notizen durchlas, beschloss er zweierlei: Sie brauchte einen Ghostwriter, und man würde das ursprüngliche Angebot halbieren müssen.

»Warum?«, wollte Amanda wissen.

»Weil wir die bessere Hälfte Ihrer Story nicht drucken können.«

»Warum denn nicht?«

»Kein Mensch würde sie glauben.«

»Aber jedes Wort ist wahr«, beharrte Amanda.

»Ich bezweifle nicht die Richtigkeit der Fakten«, sagte er, »nur die Fähigkeit der Leser, sie zu schlucken.«

»Aber sie haben doch auch akzeptiert, dass ein Mann über die Mauern des Buckingham Palace geklettert und ins Schlafzimmer der Queen eingedrungen ist.«

»Richtig«, sagte der Herausgeber, »aber erst, nachdem die Königin die Geschichte bestätigte. Ich glaube nicht, dass Charles Seymour so kooperativ sein wird.«

Amanda schwieg, und ihr Agent brachte die Sache unter Dach und Fach.

Ein paar Monate später, als Charles' von der Presse breitgetretene Scheidung ausgesprochen wurde, erschien auch eine abgespeckte Version von »Mein Leben mit Charles Seymour«, erregte in politischen Kreisen jedoch kein großes Aufsehen.

Amanda erhielt bei der Scheidung weitere fünfzigtausend Pfund, verlor jedoch das Sorgerecht für Harry, was das Einzige war, das Charles wirklich interessierte. Er betete, dass ihre unverantwortlichen Andeutungen in den Zeitungen in

Bezug auf Harrys Anspruch auf den Titel bald vergessen sein würden.

Da kam ein Anruf von Rupert aus Somerset, der Charles unter vier Augen sprechen wollte.

Eine Woche später saßen sich die Brüder im Wohnzimmer am Eaton Square gegenüber.

»Tut mir leid, ein so peinliches Thema anschneiden zu müssen«, sagte Rupert, »aber ich sehe es als meine Pflicht an.«

»Pflicht, lächerlich«, erwiderte Charles und drückte eine Zigarette aus. »Ich versichere dir, Harry ist mein Sohn und wird daher den Titel erben. Er gleicht unserem Urgroßvater aufs Haar, und das sollte für jeden Beweis genug sein.«

»Unter normalen Umständen würde ich dir beipflichten, aber nach den Veröffentlichungen in *News of the World* glaube ich ...«

»Dieses Skandalblättchen«, sagte Charles verächtlich und wurde lauter. »Denen wirst du doch nicht mehr glauben als mir?«

»Natürlich nicht, aber wenn man Amanda glauben kann, ist Harry nicht dein Sohn.«

»Wie soll ich das beweisen?«, fragte Charles um Beherrschung ringend. »Ich habe kein Tagebuch darüber geführt, wann ich mit meiner Frau geschlafen habe.«

»Amanda hat es anscheinend getan. Daher war ich gezwungen, in dieser Angelegenheit juristischen Rat einzuholen. Demnach genügt eine Blutprobe, um Harrys Anspruch auf den Titel zu verifizieren. Wir haben beide eine seltene Blutgruppe, genau wie unser Vater und unser Großvater. Hat Harry dieselbe, werde ich das Thema nie mehr erwähnen. Wenn nicht, wird eines Tages unser Großcousin in Australien den Titel erben.«

»Und wenn ich nicht einwillige, meinen Sohn einer so lächerlichen Prozedur zu unterziehen?«

»Dann müssen die Rechtsberater unserer Familie die Sache in die Hand nehmen«, erwiderte Rupert ungewöhnlich bestimmt. »Sie werden dann die Schritte einleiten, die sie für geeignet halten.«

33

Die unbändige Energie, die Simon in seinem ersten Jahr als Parteiführer an den Tag legte, und die Fülle seiner Ideen trugen Früchte, als die Konservativen bei Nachwahlen drei Sitze eroberten und damit die Regierungsmehrheit etwas beschnitten. Schon sagte die Presse voraus, die Sozialisten würden die fünfjährige Regierungsperiode nicht durchstehen, was Simon veranlasste, die Parteizentrale anzutreiben, sich für eventuelle Neuwahlen bereitzuhalten.

Auch Raymonds Arbeit im Finanzministerium begann, Früchte zu tragen, obwohl er bei seinen ehrgeizigeren Projekten zurückstecken musste, als sich seine pessimistischen Vorhersagen bezüglich amerikanischer Zinssätze und des Förderungsrückgangs beim Nordseeöl als korrekt erwiesen. Nach seinem zweiten Haushalt fand die Finanzpresse, er habe angesichts der Weltwirtschaftslage sein Möglichstes getan. Als die Arbeitslosigkeit unter zwei Millionen fiel und die Zahl der Streiks die niedrigste seit dem Zweiten Weltkrieg war, priesen viele Parteimitglieder Raymond als Messias der Gewerkschaften, während andere feststellten, wie geschickt er einige antiinflationäre Maßnahmen der Opposition übernommen habe.

Raymond war jetzt seit mehr als zwei Jahren Finanzminister, und die Umfragen zeigten, dass die großen Parteien wieder Kopf an Kopf lagen, wobei ein überraschend großer Anteil von Leuten angab, erstmals für die Allianz Liberale/Sozial-demokraten stimmen zu wollen.

Die Liberalen hatten immer noch sechzehn Sitze im Unterhaus, beschlossen jedoch, wie bei den letzten drei Wahlen gemeinsam mit den Sozialdemokraten in den Wahlkampf zu ziehen.

Als der Zeitpunkt der Neuwahlen näherrückte, wusste man in den beiden kleinen Parteien, dass man sich für einen gemeinsamen Führer entscheiden musste, sollten Liberale und Sozialdemokraten im Parlament jemals das Machtverhältnis bestimmen. Genauere Analysen der Meinungsumfragen ergaben, dass Andrew Fraser der beliebteste politische Führer des Landes war, obwohl er im Parlament nur zweiundvierzig Abgeordnete anführte.

Andrew fuhr wieder einmal durchs ganze Land und versuchte, die Wähler zu überzeugen, dass sich das politische Gleichgewicht bei den nächsten Wahlen ändern werde. Er sagte es so oft, dass er es schließlich selbst für möglich hielt, und nach zwei Siegen bei Nachwahlen Anfang 1990 begannen auch seine Anhänger, daran zu glauben. Als die Allianz bei Kommunalwahlen im Mai 102 Gemeinderatssitze gewann, nahm auch die Presse derartige Behauptungen ernst.

»Daddy, Daddy, mach mein Schulzeugnis auf.«

Charles ließ die Morgenpost ungeöffnet liegen und nahm Harry in die Arme. Er wusste, dass sie jetzt nichts mehr auseinanderbringen konnte, fürchtete jedoch, Harry könnte herausfinden, dass er möglicherweise nicht sein Vater war.

»Bitte mach es auf«, bettelte Harry und löste sich aus der Umarmung.

Man hatte den Schularzt gebeten, Harry und sechs anderen Jungen seiner Klasse eine Blutprobe abzunehmen, damit er die Prozedur nicht als ungewöhnlich empfand. Nicht einmal der Arzt wusste über deren Bedeutung Bescheid.

Harry zog den Umschlag zwischen den anderen Briefen hervor – den mit dem Schulwappen in der linken unteren Ecke – und hielt ihn seinem Vater hin. Er schien sehr aufgeregt und konnte kaum an sich halten. Charles hatte seinem Bruder versprochen anzurufen, sobald er das Resultat der Blutprobe erhielt. Während der letzten Woche wollte er immer wieder den Arzt anrufen, hatte sich jedoch zurückgehalten, um dessen Neugier nicht zu wecken.

»Komm, Daddy, lies das Zeugnis. Du wirst sehen, es ist wahr.«

Charles öffnete den Umschlag und nahm das kleine Heft mit den Schulnoten heraus. Er blätterte es durch – Latein, Englisch, Geschichte, Geografie, Religion, Klassenlehrer, Direktor. Auf der letzten Seite stand: Ärztlicher Schuljahrbefund. Und darunter: Harry Seymour, elf Jahre, einen Meter vierzig groß – er ist plötzlich gewachsen, dachte Charles –, Gewicht dreiunddreißig Kilo. Er sah Harry an, der vor Aufregung fast zu platzen schien.

»Es ist richtig, nicht wahr, Daddy?«

Charles las weiter, ohne die Frage zu beantworten. Am Fuß der Seite stand eine vom Schularzt unterschriebene Notiz. Charles las sie zweimal und dann ein drittes Mal, bevor er die volle Bedeutung erfasste. »Wie verlangt, entnahm ich eine Blutprobe. Der Befund zeigt, dass Harry eine sehr seltene Blutgruppe hat …«

»Ist es wahr, Dad?«, fragte Harry wieder.

»Ja, mein Sohn, es ist wahr.«

»Ich hab's dir gesagt, Dad. Ich wusste, ich werde Klassenbester. Das heißt, dass ich im nächsten Semester Schulsprecher werde. Genau wie du.«

»Genau wie ich«, wiederholte Charles und wählte die Nummer seines Bruders in Somerset.

Als sich der Premier einem kleinen Eingriff unterziehen musste, stellte die Presse sofort Vermutungen über seinen Rücktritt an; als er nach zehn Tagen besser aussehend denn je aus dem Krankenhaus entlassen wurde, verstummten die Gerüchte wieder. Als Stellvertreter des Premiers führte Raymond den Vorsitz bei Kabinettssitzungen. Wie Wahrsager im alten Rom erklärten die politischen Korrespondenten, Raymond sei *Primus inter Pares.*

Raymond machte es Freude, dem Kabinett vorzustehen, er war jedoch überrascht, als seine Beamten ihm rieten, sich dienstags und donnerstags am Vormittag auf die Fragen an den Premierminister vorzubereiten.

Simon Kerslake und Andrew Fraser hatten sich im Laufe vieler Fragestunden einen ausgezeichneten Ruf erworben, und Raymond fand diese Viertelstunde anstrengender als jede Schlussrede nach einer Debatte. Rückblickend war er froh, sich so gut vorbereitet zu haben. Die Parlamentsreporter befanden einhellig, dass Raymond sich beide Male gut behauptet und Simon Kerslake ihn womöglich ein wenig unterschätzt hatte.

In der folgenden Woche kehrte der Premier in die Downing Street zurück, versicherte Raymond, dass seine Operation erfolgreich verlaufen sei und der Chirurg einen Rückfall für unwahrscheinlich hielte. Er hoffe, vertraute er Raymond an, der Partei zu einem zweiten Wahlsieg zu verhelfen. Dann aber sei er bald siebzig und wolle sich ohne Aufsehen zurückziehen. Er erklärte Raymond offen, er wünsche ihn sich zum Nachfolger. Raymond aber vergaß nicht, dass Neil Kinnock acht Jahre jünger war als er.

Er kehrte ins Finanzministerium zurück, um seinen vermutlich letzten Haushalt vor den Wahlen vorzubereiten. Sie ermöglichten ihm, die Zügel etwas lockerer zu lassen. Dem Kabinett erklärte er, es handle sich höchstens um ein bis zwei Prozent. Er habe nicht die Absicht, drei Jahre harter Arbeit auf dem Altar der Stimmenwerbung zu opfern. Manche seiner Kollegen im Kabinett wünschten, er wäre bisweilen nicht ganz so unbeugsam.

Wann immer Raymond im Land eine Rede hielt, forderten ihn anschließend immer mehr Leute auf, als Parteiführer zu kandidieren. Er dankte immer höflich, versicherte jedoch, dass er dem Premier loyal dienen werde, bis dieser sich zurückziehe.

Auch Simon und Andrew verbrachten jedes Wochenende in Flugzeugen, Autos oder Zügen, um bis zu den Parteitagen im Oktober Auftrittsverpflichtungen nachzukommen.

Beim SDP-Parteitag in Weston-super-Mare erklärte Andrew den Delegierten, sie müssten darauf gefasst sein, nach der nächsten Wahl das Kräfteverhältnis entscheidend beeinflussen zu können. Zum ersten Mal würden sie die Gelegenheit haben, mit in der Regierung zu sein. Er schickte die Delegierten mit der Bitte nach Hause, sich auf eine Wahl im Lauf des nächsten Jahres vorzubereiten. Andrews Anhänger verließen Südwestengland in Kampfstimmung.

Eine Woche später folgte der Parteitag der Labour-Partei in Brighton, wo Raymond eine programmatische Rede über die Finanzsituation des Landes hielt. Er forderte die Gewerkschaften auf, die Regierung weiter bei ihren Bemühungen zu unterstützen, Inflation und Arbeitslosigkeit in erträglichen Grenzen zu halten. »Lasst das, was wir in drei Jahren erreichten, nicht von einer konservativen Regierung zunichtemachen«, rief er den jubelnden Delegierten zu. »Meine Freunde, ich hoffe, noch fünf weitere Labour-Haushalte vorzulegen, die es den Torys unmöglich machen werden, bei künftigen Wahlen einen Sieg zu erringen.«

Raymond erhielt stehende Ovationen, eine Seltenheit für einen Kabinettsminister bei einem Labour-Parteitag. Die Delegierten hatten nie an seinen Fähigkeiten gezweifelt, im Laufe der Jahre aber auch seine Ehrlichkeit und sein Urteilsvermögen schätzen gelernt.

Eine Woche verstrich, bevor Simon die Konservativen auf dem Parteitag in Blackpool begrüßte. Nach alter Sitte erhält der Tory-Führer bei seiner Rede am letzten Tag eine vier bis sechs Minuten lange Ovation. »Man würde auch dann vier Minuten klatschen, wenn er aus dem ›Kapital‹ vorläse«, bemerkte Pimkin zu einem Kollegen.

Da Simon genau wie Andrew überzeugt war, dass dies der letzte Parteitag vor den Neuwahlen war, hatte er sich sechs Wochen lang darauf vorbereitet. Zu seiner freudigen Überraschung trug Charles Seymour neue Ideen zu einer Steuerreform vor, die der Parteiführer eventuell in seine Schlussrede einbauen konnte.

Charles hatte schon während der Finanzdebatten im Unterhaus gute Ideen beigesteuert. Die Zeit auf den hinteren Bänken hatte ihn entspannter gemacht, und viele seiner Freunde fürchteten, er habe jeden Ehrgeiz verloren und werde bei der nächsten Wahl nicht einmal mehr kandidieren. Simon jedoch hoffte, das wäre nicht der Fall, denn er brauchte dringend jemanden mit Charles' Fähigkeiten, um Raymond

Gould im Finanzministerium Paroli zu bieten. Simon erwähnte Charles' Vorschläge in seiner Schlussrede und schickte ihm einen handgeschriebenen Dankesbrief.

An diesem Freitag legte Simon in Blackpool vor zweitausend Delegierten und Millionen Fernsehzuschauern einen umfassenden und detaillierten Plan vor, was er zu erreichen hoffte, sollten die Konservativen wieder an die Macht kommen.

»Wir wollen die Macht, und wir streben die Macht an«, erklärte er den faszinierten Zuhörern, »denn ohne *Macht* können wir nicht dienen.«

Nach seiner Ansprache standen die Delegierten auf und feierten ihn sechs Minuten lang. Als es wieder ruhiger wurde, hörte man Pimkin sagen: »Ich glaube, meine Entscheidung war richtig.«

Nach den Parteitagen kehrten die Parlamentarier wieder nach Westminster zurück. Das Unterhaus trauerte, als sich der alternde Speaker Weatherill nach einem Herzinfarkt zurückzog. Zu diesem Zeitpunkt hatte die Regierung nur eine Mehrheit von zwei Sitzen, und der Chief Whip der Labour-Partei fürchtete, dass die Mehrheit dahin wäre, würde man einen neuen Speaker aus den eigenen Reihen ernennen, die Konservativen aber den sicheren Sitz des scheidenden Speakers behalten.

Widerwillig zeigte sich Simon bereit, einen Speaker aus seinen Reihen zu stellen, und bat seinen Chief Whip, einen entsprechenden Kandidaten vorzuschlagen. Als Charles um ein vertrauliches Gespräch mit dem Parteiführer bat, stimmte Simon sofort zu.

Am nächsten Morgen erschien Charles im Büro des Oppositionsführers. Es war ihr erstes Zusammentreffen seit dem

Kampf um die Parteiführung. Charles' Haar war weiß geworden, und die tiefen Falten in seinem Gesicht ließen ihn milder erscheinen. Auch seine kerzengerade Haltung war gewichen. Jetzt ging Charles ein wenig gebeugt, stellte Simon fest. Wer die beiden sah, hielt sie keinesfalls für gleichaltrig. Charles' Bitte war ein Schock für Simon. Niemals hatte er seinen großen Rivalen als Kandidaten für dieses Amt betrachtet.

»Aber ich möchte, dass du auf die vordere Bankreihe zurückkehrst und mein Finanzminister wirst«, sagte er. »Du weißt, ich wäre glücklich, dich in meinem Team zu haben.«

»Das ist sehr freundlich von dir«, sagte Charles, »aber ich ziehe das ruhigere Leben eines Schlichters dem eines Gegners vor. Ich habe keine Lust mehr, ständig anzugreifen. Du hattest zwanzig Jahre lang das Glück, dass dir Elizabeth und eure beiden Söhne einen Halt gaben. Ich finde das Gleiche bei Harry erst seit Kurzem.«

Es heißt, dass alle Parlamentarier einmal in ihrer Karriere einen großen Moment erleben, und Alec Pimkin hatte ihn an diesem Tag. Die Wahl eines Speakers ist eine kuriose Angelegenheit. Nach alter Tradition darf niemand den Eindruck erwecken, diese Ehre zu wünschen, und nur selten wird mehr als eine Person für dieses Amt vorgeschlagen. Zur Zeit Heinrichs VI. wurden im Laufe eines Jahres drei Speaker geköpft, heutzutage sind es eher die vielen Pflichten, die oft zum vorzeitigen Tod eines Speakers führen. Die Gepflogenheit des Widerstrebens hat sich die Jahrhunderte hindurch gehalten, und deshalb weiß ein künftiger Speaker oft nicht, wer ihn vorgeschlagen hat. In einem blauen Anzug mit roter Nelke und seiner Lieblingsfliege mit den rosa Tupfen erhob sich

Alec Pimkin, um zu beantragen, dass »der Sehr Ehrenwerte Charles Seymour das Amt des Speakers übernehmen solle«. Seine Rede war gleichermaßen ernst und witzig, informiert und persönlich. Neun Minuten lang hielt er das Unterhaus damit in Bann. »Er erwies seinem alten Freund eine große Ehre«, murmelte ein Abgeordneter, als Pimkin sich setzte, und Charles' Miene zeigte deutlich, dass er das Gleiche dachte, was immer in der Vergangenheit vorgefallen war.

Nachdem jemand den Antrag unterstützt hatte, gebot es die Tradition, den künftigen Speaker zu seinem Stuhl zu zerren. Diese stets ulkige Zeremonie, die von Gelächter und Beifall begleitet wird, war in diesem Fall noch grotesker als gewöhnlich: Der kleine, rundliche Pimkin und sein Sekundant von der Labour-Partei schleiften den hochgewachsenen ehemaligen Gardeoffizier aus der dritten Reihe der Hinterbänke nach vorn bis zum Stuhl des Speakers.

Von seinem neuen Platz aus überblickte Charles den Saal. Er sprach seinen Dank für die große Ehre aus, die man ihm erwiesen hatte. Schon als er sich zu seiner vollen Größe aufrichtete, wusste jeder Abgeordnete, dass man den Richtigen gewählt hatte. Charles' Zunge war nicht mehr so scharf, aber seine angeborene Sicherheit und Autorität ließen niemanden im Zweifel darüber, dass Mr. Speaker Seymour beabsichtigte, viele Jahre hindurch Ordnung zu halten.

Bei der Nachwahl behielten die Konservativen ihren Sitz in Croydon und errangen sechs Wochen später einen gefährdeten Sitz. Die Presse wies darauf hin, dass Regierung und Opposition gleich stark wären, falls sich die Torys und die Allianz zusammentaten. Dann könnten die siebzehn irischen Abgeordneten über das Schicksal des Parlaments entscheiden. Raymond war entschlossen, dass die Regierung noch ein paar Wochen durchhalten musste, damit er seinen dritten Haushalt vorstellen konnte, was er für eine geeignete Wahlkampf-Plattform hielt.

Auch Andrew wusste, dass Raymonds nächster Haushalt die Chancen der Labour-Partei bei den Wahlen vergrößern würde, und bei einer offiziellen Besprechung mit dem Oppositionsführer schlug er einen Misstrauensantrag vor.

Simon war damit einverstanden und meinte, Ende März sei ein guter Zeitpunkt dafür. Ginge er durch, würde das Neuwahlen vor der Haushaltsdebatte bewirken.

Eine Woche vor der Abstimmung über den Misstrauensantrag hatte Raymond eine Einladung zu einer großen Labour-Versammlung in Cardiff angenommen. Er setzte sich in die Bahn und las nochmals seine Rede durch. Als der Zug Swindon erreichte, kam ein Eisenbahnbeamter in sein Abteil und bat, ein paar Minuten mit ihm allein sprechen zu dürfen. Raymond hörte genau zu, was der Mann zu sagen hatte, steckte das Redemanuskript in die Aktenmappe, stieg aus und nahm den nächsten Zug zurück nach London.

Auf der Heimfahrt überdachte er alle Folgen der gerade gehörten Nachricht. In Paddington angekommen, bahnte er sich einen Weg durch die wartenden Fotografen und Reporter, ohne auf Fragen zu antworten. Ein Wagen brachte in direkt zum Westminster Hospital. Er fand den Premierminister in einem Privatzimmer, aufrecht im Bett sitzend.

»Nur keine Panik«, sagte er, bevor Raymond den Mund öffnen konnte. »In Anbetracht meiner fünfundsechzig Jahre und des ganzen Drucks, unter dem wir letztes Jahr standen, bin ich in guter Verfassung.«

»Was ist denn nicht in Ordnung mit dir?«, fragte Raymond und rückte einen Stuhl ans Bett.

»Wieder die alten Probleme, aber diesmal sagte man mir, ich müsse mich einer größeren Operation unterziehen. In einem Monat oder spätestens sechs Wochen soll ich wieder entlassen sein und dann angeblich so alt werden wie Harold Macmillan. Ich möchte, dass du mich wieder vertrittst, das heißt, du musst Mittwoch bei der Misstrauensdebatte an meiner Stelle sprechen. Wenn wir die Abstimmung verlieren, werde ich zurücktreten.« Raymond wollte protestieren, da er sich über die Folgen der Krankheit seines Parteiführers schon im Klaren war. Der Premier hob die Hand und fuhr fort: »Keine Partei kann sich einen Wahlkampf leisten, während ihr Führer sechs Wochen im Krankenhaus liegt, ganz gleich, ob er nach seiner Entlassung wieder in Hochform sein sollte. Wenn eine Wahl ansteht, müssen die Wähler wissen, wer die Partei im Parlament anführt. In einer solchen Situation würde laut Geschäftsordnung der Labour-Partei das Nationale Exekutivkomitee zusammentreten und dich automatisch zum Parteiführer wählen.«

Raymond hob den Kopf. »Ja, die Wichtigkeit dieses Geschäftsordnungspunkts wurde mir schon klargemacht.«

Der Premierminister lächelte. »Ohne Zweifel von Joyce.«

»Ihr Name war eigentlich Kate.«

Der Premierminister sah ihn verblüfft an, dann fuhr er fort: »Ich glaube, Raymond, du musst dich an den Gedanken gewöhnen, in drei Wochen als Premierminister zu kandidieren. Wenn wir die Abstimmung über den Misstrauensantrag verlieren, habe ich keine andere Wahl, als die Königin zu bitten, sofort Neuwahlen auszuschreiben.«

Raymond schwieg.

»Ich kann dir versichern, dass das Nationale Exekutivkomitee drei Wochen vor den Wahlen kein internes Blutbad wünscht. Damit wäre der Sieg der Torys besiegelt. Sollten wir die Abstimmung über den Misstrauensantrag jedoch gewinnen, sieht die Sache ganz anders aus, denn ich werde lange vor den Osterferien die Führung wieder übernehmen. Damit hätten wir Zeit, Neuwahlen erst nach der Vorstellung deines dritten Haushalts anzusetzen. Also sieh zu, dass du am Mittwoch gewinnst.«

»Mir fehlen die Worte, um auszudrücken, wie sehr wir dich vermissen werden«, sagte Raymond mit Überzeugung.

»Da alle Abgeordneten, bis auf die Iren, lange vor der Debatte wissen, wie sie abstimmen, ist meine Führung vielleicht weniger wichtig als eine einzige Stimme. Und denk dran, dass das Fernsehen zum ersten Mal eine Unterhaussitzung überträgt. Du solltest daher eins von diesen schicken Hemden tragen, die Joyce für dich ausgesucht hat.«

Die letzten Tage vor dem Misstrauensantrag verbrachte Raymond mit der Vorbereitung seiner Rede. Er sagte sämtliche Termine ab, außer dem Dinner des Speakers zur Feier des fünfundsechzigsten Geburtstages der Queen, bei dem er den Premierminister vertreten musste.

Am Montag und Dienstag vergewisserten sich die Verantwortlichen in Regierung und Opposition, dass jeder Abgeordnete am Mittwochabend um zehn Uhr anwesend sein würde. Die Journalisten wiesen darauf hin, dass Mr. Speaker Seymour bereits erklärt hatte, er werde nach alter Tradition für die Regierung stimmen, sollte die Abstimmung unentschieden ausgehen. Charles hatte die Präzedenzfälle von Speaker Addington im 18. Jahrhundert bis zu Speaker Denison im 19. Jahrhundert studiert und stellte fest, dass gemäß diesem Prinzip der Speaker so stimmen musste, dass seine Entscheidung nicht den Ausschlag gab.

Simon würde die Debatte für die Opposition eröffnen, während Andrew das Schlusswort sprechen durfte, die einzige Konzession, die Simon der Allianz zugestand, um ihre Unterstützung zu erhalten. Neil Kinnock sollte als Erster für die Regierung sprechen und Raymond die Schlussrede halten.

Die Abgeordneten trafen schon Stunden vor Beginn der Debatte ein. Die Besuchergalerie war seit Tagen ausgebucht, sodass man vielen Botschaftern und sogar Mitgliedern des Staatsrates keine Plätze zusichern konnte. Auch die Pressegalerie war überfüllt, und die Herausgeber hockten zu Füßen ihrer politischen Kommentatoren. Der Saal glich einer Tribüne bei Fußballmeisterschaften, für die man doppelt so viele Eintrittskarten verkauft hatte, als es Plätze gab. Der einzige Unterschied zu einem Budget Day war, dass diesmal Scheinwerfer aufgestellt waren, die man am Morgen Dutzende Male ausprobiert hatte.

Zwischen halb drei und halb vier, als Anfragen an den Unterrichtsminister gestellt wurden, war der Speaker nicht imstande, das Geplauder der Parlamentarier einzudämmen, aber um halb vier rief er pünktlich »Zur Ordnung«, und es wurde still im Saal, als er dem Führer der Opposition das Wort erteilte.

Simon stand von der ersten Bankreihe auf und wurde von seiner Seite mit Beifall begrüßt. Einen Moment lang war er über die Helligkeit der Scheinwerfer erstaunt, die er, wie ihm versichert worden war, kaum merken würde, aber bald war er in voller Fahrt. Fünfzig Minuten lang sprach er frei, griff die Regierung scharf an, um im nächsten Moment die politische Linie zu erläutern, die er verfolgen würde. Am Schluss bezeichnete er die Labour-Partei als »die Partei der versäumten Gelegenheiten« und fügte, mit dem Finger in Raymonds

Richtung stechend, hinzu: »Aber Sie werden von einer Partei der Ideale und Ideen abgelöst werden.«

Unter lautem Beifall der Hinterbänkler, die meinten, die Abstimmung und womöglich auch die Wahlen schon gewonnen zu haben, setzte er sich. Es dauerte eine Weile, bis Ruhe eintrat und Charles den nächsten Redner aufrufen konnte.

Neil Kinnock, »das rote Tuch der Torys«, griff den Oppositionsführer heftig an, legte seine eigenen Überzeugungen dar und begeisterte seine Anhänger, als er sagte, die Torys würden besiegt werden und ihren »Trick«, einen Misstrauensantrag zu stellen, noch Jahrzehnte bereuen. »Der Sehr Ehrenwerte Gentleman«, sagte er, auf Simon deutend, »erdreistet sich, uns die Partei der versäumten Gelegenheiten zu nennen. Er war es, der zwei Jahre lang eine Partei von Opportunisten anführte und der so lange Führer der Opposition bleiben wird, bis man ihn austauscht.« Als Kinnock sich setzte, hatten die Fernsehleute das Gefühl, einem Gemetzel Löwen gegen Christen beizuwohnen. Wieder dauerte es einige Minuten, bis der Speaker das Haus zur Ruhe gebracht hatte.

Auch die Hinterbänkler hielten kurze Reden. Ehemalige Minister zitierten Präzedenzfälle, und junge Abgeordnete forderten Veränderungen. So konnte man auf sich aufmerksam machen oder sich wieder in Erinnerung bringen. Das Unterhaus blieb gesteckt voll, bis der Speaker um neun Uhr Andrew Fraser aufrief, um das Schlusswort für die Opposition zu sprechen.

Andrew hielt eine flammende Rede gegen die beiden großen Parteien und rief unter dem Protest beider Seiten aus: »Die Zeit wird kommen, da Sie beide einen ehrlichen Vermittler brauchen werden.« Als Andrew sich um halb zehn setzte, wurde er von seinen Abgeordneten stürmisch gefeiert.

Als Raymond an der Reihe war, fragten sich die Abgeordneten, wie er sich bei dem ohrenbetäubenden Lärm, der ihn begrüßte, Gehör verschaffen wollte. Ernst ging er zum Rednerpult, und mit gebeugtem Kopf flüsterte er die ersten Worte fast: »Ich weiß, das ganze Unterhaus wünscht, dass ich meine Rede mit Worten des Bedauerns beginne, weil der Premierminister heute Abend nicht anwesend sein kann. Ich bin überzeugt, dass alle Parlamentarier sich anschließen, um seiner Frau und seiner Familie die besten Wünsche zu übermitteln, während er sich auf seine Operation vorbereitet.«

Plötzlich war das Unterhaus still, Raymond hob den Kopf und hielt zum elften Mal eine Rede, die er gewissenhaft vorbereitet hatte. Als er gesehen hatte, dass Simon anscheinend aus dem Stegreif sprach, hatte er seine Notizen zerrissen. Er erläuterte, was die Regierung in den vergangenen zweieinhalb Jahren erreicht hatte, und erklärte, dass er erst die halbe Zeit als Finanzminister hinter sich hatte. »Es ist mir nicht gelungen, in drei Jahren Gleichheit zu erreichen, aber eines weiß ich sicher: Ich freue mich darauf, meinen nächsten Haushalt vorzustellen, egal wie die Abstimmung heute Abend ausgeht. Wir werden keine opportunistische Regierung der Konservativen erleben oder die Allianz als sogenannten ›ehrlichen Vermittler‹ brauchen. Wenn ich mir die Allianz so ansehe, muss ich sagen, es gibt niemanden, der weniger ehrlich ist, und niemanden, der so am Nullpunkt ist. Mr. Speaker, die Labour-Regierung wird für eine weitere volle Legislaturperiode zurückkehren.« Raymond setzte sich, als die Uhr zehn zeigte. Wie die Redner vor ihm war auch er von der Hitze, die die starken Scheinwerfer ausstrahlten, in Schweiß gebadet.

Der Speaker erhob sich, und seine ersten Worte gingen im Lärm unter.

»Dieses Unterhaus hat kein Vertrauen zu der Regierung Ihrer Majestät. Jene, die diese Meinung teilen, mögen ›Ja‹, jene, die anderer Meinung sind, ›Nein‹ sagen. Ich glaube, die Ja-Stimmen gewinnen.«

»Nein«, dröhnte es von den Regierungsbänken.

»Man öffne die Lobbys«, rief der Speaker in den Beifall für Raymond Gould. Die Abgeordneten strömten in die Lobbys, um ihre Stimmen abzugeben. Vierzehn Minuten später kehrten die vier Stimmenauszähler in den Saal zurück und übergaben einem Beamten das Resultat. Sie stellten sich in eine Reihe, gingen durch den Saal zum Tisch und verbeugten sich. Einer aus der Opposition las vor: »Bejaher zur Rechten 323, Verneiner zur Linken 322.« Sie übergaben dem Speaker das Papier, der versuchte, das Ergebnis in dem Tumult zu wiederholen. Nur wenige Abgeordnete hörten ihn sagen:

»Ja hat gewonnen, Ja hat gewonnen.«

Raymond saß in der ersten Bankreihe und beobachtete die beglückten Torys, die wie Kinder auf und nieder hopsten. Wäre der Premier anwesend gewesen und hätte seine Stimme abgegeben, die Regierung wäre gerettet gewesen, überlegte er.

Ihre Majestät die Königin besuchte den Premierminister vierundzwanzig Stunden nach der erfolgreichen Operation im Krankenhaus. Er bat die Monarchin, sofort das Parlament aufzulösen und noch vor dem 9. Mai Neuwahlen auszuschreiben. Er erklärte, dass er beabsichtige, noch an diesem Morgen als Parteiführer zurückzutreten und das Amt des Premierministers abzugeben, sobald das Ergebnis der Wahl vorliege.

Bevor die Monarchin das Krankenhaus verließ, besprach sie mit dem Premier noch ein privates konstitutionelles Problem. Er regte an, sie solle ihn, sobald die Labour-Partei einen neuen Führer bestätigt hatte, in dieser persönlichen Angelegenheit als Berater hinzuziehen.

Am nächsten Morgen trat um zehn Uhr das Nationale Exekutivkomitee der Labour-Partei hinter geschlossenen Türen im Transport House zusammen, um einen neuen Führer zu wählen. Drei Stunden und zwanzig Minuten später gab das Komitee vor der Presse ein kurzes Statement ab: »Mr. Raymond Gould wurde aufgefordert, die Partei bei den bevorstehenden Neuwahlen anzuführen.« Obwohl niemand bezweifelte, dass diesem Statement heftige Diskussionen vorangegangen waren, gab man sich den Journalisten gegenüber einig.

Lord Broadstairs, der ehemalige Premierminister, schrieb an diesem Wochenende im *Sunday Express*, dass jeder von Goulds Dankesrede beeindruckt gewesen sei, dies aber auch das einzige Konkrete wäre, was er über das Parteitreffen erfahren habe. Er wies zudem darauf hin, dass, sollte Labour die Wahlen verlieren, Raymond Gould Führer mit der kürzesten Amtszeit in der Geschichte der Labour-Partei werden könnte, da seine Ernennung laut Geschäftsordnung auf dem nächsten Parteitag im Oktober von den Delegierten bestätigt werden musste.

Es vergingen zwei Stunden, bevor Raymond Gould das Transport House verlassen und den Journalisten entwischen konnte. Sofort fuhr er ins Krankenhaus, um den Premierminister zu besuchen. Dieser sah nach der Operation zwar deutlich gealtert aus, war aber guter Laune. Allerdings gab er zu, froh zu sein, keinen aufreibenden Wahlkampf vor sich zu haben. Nachdem er Raymond zu seiner Ernennung gratuliert hatte, fragte er: »Du speist heute Abend mit der Queen?«

»Ja, um ihren fünfundsechzigsten Geburtstag zu feiern«, sagte Raymond.

»Es gibt noch einen anderen Grund«, erklärte ihm der Premier ernst und informierte Raymond über das vertrauliche Gespräch mit der Monarchin.

»Und wird die Entscheidung von den vier Anwesenden abhängen?«

»Ich glaube schon.«

»Und wie ist deine Meinung?«

»Die ist nicht mehr wichtig, da ich einen Tag nach den Wahlen zurücktrete. Daher ist es wichtiger, dass der neue Premierminister überlegt, was für das Land am besten ist.«

Zum ersten Mal fühlte sich Raymond wie der Parteichef.

34

Elizabeth zog Simons weiße Krawatte zurecht und sah ihn prüfend an.

»Zumindest siehst du aus wie ein Premierminister«, sagte sie lächelnd.

Simon sah auf die Uhr. Noch ein paar Minuten Zeit, bevor er sich in den Privatgemächern des Speakers einzufinden hatte – nicht, dass er es riskiert hätte, zu dieser besonderen Geburtstagsfeier zu spät zu kommen. Elizabeth half ihm in den Mantel und stellte nach kurzem Suchen fest, dass er ein weiteres Paar Handschuhe verloren hatte.

»Ich hoffe, du kannst den Besitz der Nation besser hüten als deinen eigenen«, seufzte sie.

»Ich bin sicher, es ist schwer, ein ganzes Land zu verlieren.«

»Vergiss nicht, Raymond Gould wird versuchen, dir dabei zu helfen«, sagte Elizabeth.

»Da hast du recht, ich wollte, ich könnte gegen Kinnock antreten.«

»Warum?«

»Weil Raymond Gould in die falsche Partei hineingeboren wurde«, sagte Simon, küsste seine Frau und ging zur Tür. »Und ein Großteil der Wählerschaft ist zum gleichen Schluss gekommen.«

Der Polizist am Tor des New Palace Yard salutierte, als Simons Wagen in den Hof fuhr und vor dem Eingang für Abgeordnete hielt. Wieder sah er auf die Uhr: noch zehn Minuten Zeit. Er konnte nie widerstehen nachzuschauen, wie viele Leute im Sitzungssaal waren oder was als neueste Nachricht aus dem Ticker kam.

Er streckte den Kopf in den Raucherraum. Ein paar Abgeordnete, die um ihre sicheren Sitze nicht besorgt sein mussten, standen herum. Pimkin, umringt von seinen üblichen Kumpanen, winkte ihm zu. Seine Miene erhellte sich, als er Simon im Frack sah. »Hallo, Ober, für mich einen doppelten Gin Tonic.« Seine Freunde lachten, und Simon wies den Kellner an, Pimkin auf seine Rechnung einen großen Drink zu bringen.

Simon ging von Gruppe zu Gruppe und unterhielt sich mit den Abgeordneten über ihre Wahlkreise. Pimkin versicherte ihm, dass die Torys im Triumph zurückkehren würden. »Ich wollte, jeder wäre so zuversichtlich wie du«, meinte Simon, bevor er sich zu den Privatgemächern des Speakers begab, während Pimkin den nächsten Drink bestellte.

Vor der nächsten großen Freitreppe wurde Simon vom persönlichen Bediensteten des Speakers begrüßt. Auch er trug einen Frack.

»Guten Abend, Mr. Kerslake«, sagte er und führte Simon ins Vorzimmer, wo ein entspannter Charles Seymour lächelnd seine Gäste begrüßte. Er schüttelte Simon herzlich die Hand. Wie gut sein Kollege aussah, ganz anders als bei ihrer Begegnung vor ein paar Monaten, dachte Simon. Andrew Fraser war schon da, und bald waren die drei Männer in ein Gespräch über den Ausgang der Wahlen vertieft, als ein weiterer Gast eintrat.

»Der Sehr Ehrenwerte Raymond Gould«, verkündete der Butler. Charles begrüßte ihn. »Meinen Glückwunsch zu Ihrer

Ernennung zum Parteiführer. Was für eine anstrengende Woche, Sie müssen erschöpft sein.«

»Eher erfreut, um ehrlich zu sein«, erwiderte Raymond.

Er ging auf Simon zu, der ihn ebenfalls beglückwünschte. Die beiden gaben sich die Hand und glichen einen Moment lang Rittern, die vor dem letzten Turnier das Visier senken. Das verlegene Schweigen wurde von Andrew unterbrochen.

»Wollen wir hoffen, dass es ein sauberer Kampf wird«, sagte er, und sie lachten.

Der Diener informierte Charles, dass die Königin Buckingham Palace vor wenigen Minuten verlassen habe. Charles entschuldigte sich, während die drei anderen sich weiter unterhielten.

»Kennt einer von euch den wahren Grund, warum wir heute hergebeten wurden?«, fragte Raymond.

»Ist der fünfundsechzigste Geburtstag der Queen nicht Grund genug?«, fragte Simon zurück.

»Nein, er ist nur ein Vorwand, uns zu treffen, ohne Aufsehen zu erregen. Ich glaube, Sie sollten beide wissen, dass uns Ihre Majestät eine überaus heikle Frage vorlegen wird.«

Simon und Andrew hörten zu, während Raymond ihnen von seiner Unterhaltung mit dem Premierminister berichtete.

Charles wartete vor dem Eingang zum Hof des Speaker's House, um die Königin zu begrüßen. Nach einigen Minuten sah er zwei berittene Polizisten, gefolgt von dem bekannten braunen Rolls-Royce ohne Kennzeichen. Ein winziges Licht auf dem Dach blinkte in der Dämmerung. Der Wagen hielt, ein Diener sprang heraus und öffnete den Wagenschlag.

Die Königin stieg aus. Sie trug ein einfaches Cocktailkleid und als einzigen Schmuck eine Perlenkette sowie eine kleine

Diamantenbrosche. Charles verbeugte sich, bevor er ihr die Hand reichte und sie über die mit dem Teppich belegte Treppe in seine Räumlichkeiten führte. Die drei Parteiführer standen Seite an Seite und warteten, sie begrüßen zu dürfen. Zuerst reichte die Königin dem neuen Führer der Labour-Partei die Hand und gratulierte ihm zu seiner Ernennung, bevor sie sich erkundigte, wie es dem Premierminister gehe. Dann begrüßte sie den Führer der Opposition und fragte, wie seine Frau im Hospital von Pucklebridge mit den Sparmaßnahmen des Gesundheitsministeriums zurechtkäme. Simon war immer erstaunt, wie gut sich die Königin an Gespräche erinnerte, obwohl sie kaum je länger als ein paar Minuten dauerten. Sie neckte Andrew mit der letzten Rede seines Vaters, in der er behauptet hatte, die größte Schwäche der SDP sei ihre Führungsschwäche.

»Er ist sehr alt, Madam«, erwiderte Andrew.

»Nicht so alt wie Gladstone, als er seine letzte Regierung bildete«, sagte die Königin.

Sie nahm den Drink, den man ihr auf einem Silbertablett anbot, und sah sich in dem prachtvollen Raum um. »Mein Mann und ich sind große Bewunderer der neugotischen Architektur. Da wir jedoch keine häufigen Besucher von Westminster sind, müssen wir uns mit den Fassaden von Bahnhöfen oder dem Inneren von Kathedralen begnügen.«

Die vier Männer lächelten, und kurz darauf schlug Charles vor, sich ins Esszimmer zu begeben, wo ein ovaler Tisch für fünf Personen gedeckt war, auf dem das Silber im Kerzenlicht schimmerte. Die Männer warteten, bis die Queen am oberen Tischende Platz genommen hatte. Raymond saß zur Rechten der Monarchin und Simon zu ihrer Linken, während Charles und Andrew die beiden anderen Plätze einnahmen.

Als der Champagner serviert wurde, standen Charles und seine Kollegen auf und tranken auf die Gesundheit ihrer Königin. Sie erinnerte sie, dass ihr Geburtstag ja erst in zwei Wochen sei, und erzählte, sie habe im Laufe des Monates vierundzwanzig offizielle Geburtstagsfeiern zu absolvieren, ganz abgesehen von den privaten Feiern in der Familie. »Ich wäre glücklich, dieses und jenes auszulassen, aber die Königinmutter nahm letztes Jahr bei ihrem neunzigsten Geburtstag an mehr offiziellen Feiern teil, als ich für meinen Fünfundsechzigsten geplant habe. Woher sie die Energie nimmt, weiß ich nicht.«

»Vielleicht könnte sie meinen Platz während des Wahlkampfs einnehmen«, sagte Raymond.

»Schlagen Sie es ihr bloß nicht vor«, erwiderte die Königin, »sie würde bedenkenlos zusagen.«

Der Küchenchef hatte eine einfache Mahlzeit mit geräuchertem Lachs, gefolgt von Lamm in Rotweinsoße und Aspik vorbereitet. Die einzige extravagante Geste war eine Geburtstagstorte in Form einer Krone, die auf einem Biskuitgitter ruhte, jedoch ohne Kerzen.

Als nach dem Essen der Cognac serviert wurde, verschwanden die Bediensteten. Die vier Männer unterhielten sich lebhaft, bis die Königin ihnen ohne Vorwarnung eine heikle Frage vorlegte, die nur Charles erstaunte. Sie wartete auf eine Antwort.

Niemand sprach.

»Vielleicht sollte ich Sie zuerst fragen«, meinte sie zu Raymond, »da Sie den Premierminister vertreten.«

Raymond zögerte nicht. »Ich bin dafür, Madam«, sagte er ruhig.

Sie wandte sich an Simon.

»Ich würde eine solche Entscheidung ebenfalls befürworten, Majestät«, antwortete er.

»Danke«, sagte die Königin und sah Andrew fragend an.

»Im Herzen bin ich traditionsverbunden, Majestät, aber ich habe in den letzten Jahren sehr viel darüber nachgedacht und bin so weit, dass ich das, was man den ›modernen Weg‹ nennt, unterstützen würde.«

»Danke«, sagte sie und wandte sich an Charles.

»Ich bin dagegen, Madam«, sagte er sofort, »aber ich war auch nie ein moderner Mensch.«

»Das ist für einen Speaker gar nicht schlecht«, sagte die Königin und fügte hinzu: »Vor einigen Jahren bat ich einen ehemaligen Schatzkanzler, die notwendigen Papiere aufzusetzen. Er versicherte mir, dass man das Gesetz durchbringen könne, wenn sich keiner meiner parlamentarischen Führer gegen das Prinzip ausspricht.«

»Das ist korrekt, Madam«, sagte Charles. »Wenn alles vorbereitet ist, wäre es eine Angelegenheit von zwei, drei Tagen. Es geht nur darum, beiden Häusern eine entsprechende Bekanntmachung vorzulegen: Ihr Entschluss bedarf keiner Abstimmung.«

»Ausgezeichnet, Mr. Speaker. Folglich ist die Sache entschieden.«

SECHSTES BUCH

1991

DER PREMIERMINISTER

35

Die Bekanntmachung Ihrer Majestät wurde von Ober- und Unterhaus ohne Abstimmung zur Kenntnis genommen.

Sobald der erste Schock in der Bevölkerung überwunden war, rückte der Wahlkampf wieder in den Vordergrund. Laut Meinungsumfrage lagen die Torys mit zwei Punkten in Führung. Die Presse führte dies darauf zurück, dass der neue Labour-Führer in der Öffentlichkeit relativ unbekannt war, doch am Ende der ersten Woche hatten die Torys einen Punkt verloren, und die Presse fand, Raymond Gould habe sein Amt gut begonnen.

»Eine Woche ist in der Politik eine lange Zeit«, sagte Raymond.

»Und es liegen noch zwei Wochen vor dir«, erinnerte ihn Joyce.

Die Auguren entwickelten eine Theorie, wonach Raymonds wachsende Popularität in der ersten Woche auf die zahlreichen Berichte über den neuen Parteiführer zurückzuführen sei. Raymond warnte den Pressestab des Transport House, dass es unter Umständen die kürzesten Flitterwochen der Geschichte werden könnten und man ihn bestimmt nicht drei Wochen lang wie einen Jungverheirateten behandeln würde. Die ersten Anzeichen einer Ehekrise zeigten sich, als das Sozialministerium mitteilte, die Inflationsrate sei zum ersten Mal seit neun Monaten gestiegen.

»Und wer war in den letzten drei Jahren Finanzminister?«, fragte Simon in einer seiner Reden.

Raymond versuchte, die Zahlen als einmaligen monatlichen Schluckauf abzutun, doch am nächsten Tag behauptete Simon, es stünden weitere Hiobsbotschaften ins Haus.

Als das Handelsministerium das größte Defizit in der Zahlungsbilanz seit vierzehn Monaten bekannt gab, gebärdete sich Simon als Prophet, und die Torys gingen wieder in Führung. Die Sozialdemokraten gewannen von beiden Großparteien allerdings je einen Punkt hinzu.

»Flitterwochen, zerrüttete Ehe und Scheidung – alles in vierzehn Tagen«, sagte Raymond ironisch. »Was wird in den letzten sieben Tagen passieren?«

»Vielleicht Versöhnung?«, schlug Joyce vor.

Während des Wahlkampfes besuchten alle drei Parteiführer die meisten der hundert gefährdeten Sitze, die jede Wahl entscheiden. Keiner von ihnen konnte sich viel um die verbleibenden fünfhundertfünfzig Sitze kümmern, die, außer bei einer Trendänderung von mindestens acht Prozent, bestehen bleiben würden.

Eine Ausnahme von dieser Regel machte Andrew bei Alec Pimkins Sitz in Littlehampton, den er schon lang als gefährdet ansah. Die Sozialdemokraten hatten einen fähigen jungen Kandidaten aufgestellt, der den Wahlkreis in den letzten drei Jahren eifrig betreute und es gar nicht erwarten konnte, den Kampf mit Pimkin aufzunehmen.

Als der Parteivorsitzende von Littlehampton Pimkin in seiner Londoner Wohnung erreichte und ihm mitteilte, wie ernst die Lage sei, erklärte sich Pimkin endlich bereit, in seinem Wahlkreis zu erscheinen.

»Wissen Sie nicht, dass ich mit Pflichten im Unterhaus

überlastet bin?«, fragte Pimkin. »Niemand konnte ahnen, dass man sämtliche Parlamentarier wegen einer außerordentlichen Erklärung der Königin zurückrufen werde.«

»Das weiß inzwischen jeder«, erwiderte der Vorsitzende. »Aber das von der Königin angeordnete Gesetz wurde letzte Woche nach dreimaliger Verlesung ohne Abstimmung angenommen.«

Innerlich verfluchte Pimkin den Tag, an dem man Fernsehübertragungen aus dem Unterhaus erlaubt hatte. »Machen Sie sich keine Sorgen«, sagte er beruhigend, »die Wähler werden nicht vergessen, dass ich eine lange und erfolgreiche parlamentarische Karriere hinter mir habe. Zum Teufel, haben Sie vergessen, dass ich Kandidat für die konservative Parteiführung war?«

Und wie viele Stimmen hast du damals bekommen?, wollte der Vorsitzende sagen. Er holte jedoch nur tief Luft und bat Pimkin noch einmal dringend, so bald wie möglich seinen Wahlkreis zu besuchen.

Pimkin fuhr also eine Woche vor den Wahlen hin und schlug seine Zelte, wie schon in den letzten Wahlkampagnen, in der privaten Bar des *Swan Arms* auf – dem einzigen annehmbaren Pub im Wahlkreis, wie er allen versicherte, die sich die Mühe machten, dort vorbeizukommen.

»Aber der Kandidat der Allianz hat *jeden* Pub in der Umgebung besucht«, jammerte der Vorsitzende.

»So ein Esel. Wir könnten behaupten, er hätte nur nach einem Vorwand gesucht, um von Pub zu Pub zu ziehen«, sagte Pimkin und lachte schallend.

Hin und wieder schlenderte Pimkin in die lokale Parteizentrale, wo ein paar wenige loyale Mitarbeiter Umschläge zuklebten und Wahlnachrichten falteten. Als er sich einmal sogar auf die Hauptstraße wagte, begegnete er zu seinem Entsetzen Andrew Fraser, der auf einer umgedrehten Kiste stand und einer großen Menschenmenge die Vorzüge des Allianz-Kandidaten erklärte. Pimkin trat näher, um zu hören, was er sagte, und war nicht erfreut, dass kaum jemand ihn erkannte.

»Unsinn«, rief er laut, und Andrew winkte ihm zu. »Littlehampton braucht einen Abgeordneten, der im Wahlkreis wohnt«, erklärte Andrew freundlich und fuhr mit seiner Rede fort. Pimkin zog es vor, ans Kaminfeuer im Swan Arms zurückzukehren. Schließlich hatte ihm der Wirt versichert, dass man in Littlehampton auch einen Esel mit blauem Band wählen würde, wäre er der Kandidat der Konservativen. Der Vergleich hatte Pimkin nicht gerade entzückt.

Sechs Tage vor der Wahl besprach Andrew mit den Liberalen die weitere Strategie. Manche Umfragen gaben der Allianz jetzt mehr als 22 Prozent, während Sozialisten und Konservative mit je 38 Prozent weiter Kopf an Kopf lagen. Andrews Behauptungen, man werde im nächsten Parlament das Zünglein an der Waage sein, wurde am Wochenende vor den Wahlen von der Presse eingehend analysiert, und die meisten Kommentatoren waren seiner Meinung. Radio und Fernsehen versuchten bereits, eine Zusage für das erste Interview nach den Wahlen von ihm zu erhalten. Andrew legte sich nicht fest.

Am Montag vor den Wahlen fuhr er von Liverpool nach Glasgow, reiste anschließend, von einer Horde Journalisten begleitet, durch ganz Schottland und kam am Mittwochabend in Edinburgh an.

Am selben Abend kehrte Simon nach Pucklebridge zurück, um dort seine letzte Wahlrede zu halten. 418 Leute saßen in der Halle und hörten ihm zu, viertausend standen draußen in der Kälte und verfolgten die Rede durch den Lautsprecher.

Seine letzte Botschaft an alle Anhänger im Land lautete: »Vergesst nicht, morgen zur Urne zu gehen. Jede Stimme ist lebenswichtig.«

Diese Aussage erwies sich als die richtigste, die während des Wahlkampfs getroffen worden war.

Raymond war am Abend nach Leeds zurückgekehrt und wurde am Bahnhof vom Bürgermeister und von zahlreichen Funktionären empfangen. Dann wurde er zum Rathaus gefahren, wo er zum letzten Mal vor den Wahlen zu zweitausend Zuhörern sprechen sollte. Raymond nahm alle Kraft zusammen, und der Jubel, der ihn empfing, ließ ihn vergessen, dass er während der letzten Wochen nie mehr als vier Stunden pro Nacht geschlafen hatte. Der Bürgermeister sagte schlicht: »Ray ist nach Hause gekommen.«

Raymonds Rede war so enthusiastisch, als hätte der Wahlkampf gerade erst begonnen. Als er sich nach vierzig Minuten setzte, versagten ihm die Knie. Sobald sich die Halle geleert hatte, brachten Joyce und Fred Padgett den erschöpften Kandidaten nach Hause. Im Auto schlief er ein, und die beiden schleppten ihn die Treppe hinauf, zogen ihn aus und ließen ihn bis sechs Uhr früh schlafen.

Um diese Zeit waren alle drei Kandidaten wieder auf den Beinen und bereiteten sich auf die Fernsehinterviews vor. Dann folgte das obligatorische Foto der Kandidaten im jeweiligen Wahllokal in Begleitung ihrer Frauen.

Andrew genoss es, in Edinburgh zu sein, und ein paar Stunden lang erinnerte er sich an vergangene Wahltage und plauderte mit den vielen alten Freunden, die sein Verbleiben im Parlament ermöglicht hatten. Am Abend, als die Rathausuhr zehn schlug, setzte er sich wieder einmal auf die Stufen des letzten geöffneten Wahllokals. Diesmal gab es keine Mrs. Bloxham, die ihn daran erinnerte, dass sie immer den Sieger wählte; sie war vor einem Jahr gestorben. Andrew, Louise und Clarissa schlenderten Arm in Arm zum Hauptquartier der SDP zurück, um sich die Wahlresultate im Fernsehen anzusehen.

Raymond und Joyce verbrachten die Nacht in Leeds, während Simon und Elizabeth nach London fuhren, um den Wahlausgang im Parteihauptquartier zu verfolgen. Raymond konnte sich nicht erinnern, wann er zum letzten Mal drei Stunden am Stück ferngesehen hatte. Um elf Uhr einundzwanzig traf das erste Resultat aus Guildford ein und zeigte einen zweiprozentigen Gewinn der Konservativen.

»Nicht genug«, stellte Simon fest.

»Vielleicht reicht es nicht«, sagte Raymond, als die beiden nächsten Sitze feststanden und die Tendenz gleich blieb. Der erste Schock kam kurz nach Mitternacht, als die Sozialdemokraten den Labour-Sitz in Rugby gewannen und dreißig Minuten später den der Konservativen in Billericay. Als die ersten hundert Sitze feststanden, wussten die Auguren nur das eine: Sie hatten keine Ahnung, wie das endgültige Ergebnis aussehen würde. Noch um ein Uhr früh, als zweihundert Resultate vorlagen, und ebenso um zwei Uhr, als mehr als dreihundert Wahlkreise entschieden hatten, waren sich Experten und Laien über den Ausgang nicht im Klaren.

Raymond ging zu Bett, als er mit 236 zu 191 vor Simon in Führung lag, und wusste, dass die ländlichen Grafschaften am Morgen das Ergebnis zu seinen Ungunsten verändern würden. Andrew hatte vier Sitze gewonnen und einen verloren, womit die Allianz in der Nacht zweiunddreißig Sitze verbuchen konnte.

Am nächsten Morgen um sechs stimmten Radio- und Fernsehkommentatoren mit der Schlagzeile des *Daily Mail* überein: »Patt«. Raymond und Joyce nahmen, während die ländlichen Wahlkreise den Konservativen ihre traditionelle Treue hielten, den Frühzug nach London. Simon fuhr nach Pucklebridge, wo er eine Rekordmehrheit erhielt. Gern hätte er ein paar Tausend Stimmen für jene gefährdeten Sitze geopfert, bei denen es nicht so gut lief wie bei ihm. Als Raymond um halb zwölf in Downing Street ankam, war Labour auf 287 zu 276 gefallen, und die Allianz hatte vierundvierzig Sitze.

Um zwölf Uhr mittags schwenkten die Kameras aller vier Kanäle nach Edinburgh, wo der Sheriff erklärte, Andrew Fraser werde mit einer Mehrheit von siebentausend Stimmen ins Parlament zurückkehren. Das Fernsehen zeigte den Sieger mit hocherhobenen Armen. Auf der SDP-Tabelle stieg die Zahl auf vierundfünfzig Sitze, und um ein Uhr errangen die Sozialdemokraten mit nur zweiundsiebzig Stimmen ihren sechsundvierzigsten Sitz – ein Resultat, das Simon traurig stimmte.

»Ohne Alec Pimkin wird das Unterhaus nicht mehr das gleiche sein«, sagte er zu Elizabeth.

Am Freitagnachmittag hatten die beiden großen Parteien je 292 Sitze, nur zwei sichere Tory-Sitze standen noch aus. Simon behielt den einen, Andrew aber gewann nach dreimaliger Auszählung den anderen.

Um vier Uhr verkündete Lord Day of Langham aus dem BBC-Studio das endgültige Wahlergebnis von 1991:

Konservative	293
Labour	292
SDP/Liberale	47
Speaker	1

Lord Day wies darauf hin, dass die Stimmauszählung ein noch ausgewogeneres Verhältnis widerspiegelte: Labour erhielt 12.246.341 Stimmen (35,2 Prozent), die Konservativen 12.211.907 (35,1 Prozent) und die Allianz 8.649.881 (25,4 Prozent). Ein solches Ergebnis habe er, so sagte er den Zuhörern, in seiner sechsunddreißigjährigen Laufbahn als Journalist noch nie erlebt. Er entschuldigte sich, kein Interview mit Andrew Fraser bringen zu können, von dem es jetzt abhinge, wer die nächste Regierung bilden würde.

Andrew rief zuerst Simon an, dann Raymond. Er ließ sich von beiden sagen, was sie zu bieten bereit waren, um dann zu erklären, dass er am Sonntag in London eine Sitzung mit seinen Abgeordneten abhalten und sie zu ihrer Meinung befragen werde. Er werde sich mit ihrer Entscheidung zurückmelden und hoffe, dass am Montag dann eine Regierungsbildung möglich sei.

Begleitet von einer Unzahl Journalisten flogen Andrew und Louise Samstag früh von Edinburgh nach London, doch als Andrew vor dem Flughafen in einem wartenden Wagen verschwand, hatte die Presse nichts Neues zu berichten.

Sir Duncan erklärte dem Reporter des *Scotsman*, sein Sohn werde natürlich die Konservativen unterstützen, während der ehemalige Premier von seinem Krankenlager aus verkündete, Andrew sei im Herzen stets ein guter Sozialist gewesen und hätte mit den Kapitalisten nichts am Hut.

Am Samstag traf sich Andrew mit den älteren Mitgliedern der Allianz zu mehreren informellen Gesprächen, um die Ansichten seiner alten und neuen Kollegen zu erfahren. Er ging zu Bett, ohne einen klaren Auftrag erhalten zu haben, und als ein Reporter meinte, niemand wisse, wie die Allianz am nächsten Tag abstimmen werde, fügte Andrew laut hinzu:

»Ich auch nicht.« Er überlegte lange, was er von den beiden Männern wusste und wofür sie standen. Das half ihm schließlich, sich für die Partei zu entscheiden, die seiner Ansicht nach die Regierung bilden sollte.

Am nächsten Morgen mussten er und seine Kollegen auf dem Weg zu dem gut bewachten Sitzungszimmer im dritten Stock durch eine Gasse aus Journalisten und Fotografen laufen. Der Sekretär hatte absichtlich einen der weniger zugänglichen Räume gewählt und den Aufsichtsbeamten angewiesen, sich zu versichern, dass alle Aufnahmegeräte abgeschaltet waren.

Andrew eröffnete die Sitzung und gratulierte seinen Kollegen zu ihrer Wahl ins Unterhaus. »Wir müssen jedoch immer daran denken, dass man uns nie verzeihen würde, wenn wir unsere Macht unverantwortlich einsetzten. Eine Partei unterstützen, unsere Meinung nach ein paar Wochen ändern und nochmals Neuwahlen herbeiführen, das können wir uns nicht leisten. Wir müssen als verantwortungsbewusst angesehen werden, sonst verlieren wir bei den nächsten Wahlen mit Sicherheit alle unsere Sitze.«

Er erläuterte ausführlich, dass die Führer der großen Parteien die allgemeine Richtung, die die neue Regierung seiner Ansicht nach einschlagen sollte, akzeptiert hatten. Sie erklärten sich auch einverstanden, zwei Mitglieder der Allianz ins Kabinett aufzunehmen und einen Antrag für ein Referendum über eine proportionale Vertretung im Unterhaus zu unterstützen. Drei Stunden lang äußerten die Mitglieder der Allianz ihre Ansichten, und am Schluss herrschte noch immer kein Konsens. Andrew musste abstimmen lassen. Er selbst stimmte nicht mit und überließ es seinen Kollegen und den Chief Whips, die Stimmen zu zählen und das Ergebnis zu verkünden.

Das Resultat lautete dreiundzwanzig zu dreiundzwanzig.

Der Chief Whip teilte den Anwesenden mit, dass sie die endgültige Entscheidung ihrem gewählten Führer überlassen müssten. Schließlich sei er die einzige entscheidende Ursache, aus der sie nun in so großer Zahl wieder im Parlament säßen. Nach siebenundzwanzig Jahren im Unterhaus müsse er am besten wissen, welcher Mann und welche Partei am fähigsten waren, das Land zu regieren. Als er sich setzte, sagten alle um den langen Tisch versammelten Abgeordneten laut und deutlich »einverstanden«, und die Versammlung löste sich auf.

Andrew fuhr nach Hause und sagte Louise, für wen er sich entschieden hatte. Sie wirkte erstaunt. Am späten Abend dinierte er mit dem Privatsekretär des Monarchen. Der Sekretär kehrte kurz nach elf in den Buckingham Palace zurück, um den König über die wesentlichsten Punkte des Gespräches zu informieren.

»Mr. Fraser«, sagte der Privatsekretär, »wünscht keine weiteren Wahlen und erklärte eindeutig, welche Partei die Sozialdemokraten im Unterhaus zu unterstützen bereit sind.«

Der Monarch nickte nachdenklich, dankte seinem Sekretär und ging zu Bett.

36

König Charles III. traf die endgültige Entscheidung.

Als Big Ben am Samstagmorgen zehn Uhr schlug, rief ein Privatsekretär des königlichen Haushalts Simon Kerslake an und ersuchte ihn, zu Seiner Majestät in den Palast zu kommen.

Simon trat aus dem Hauptquartier der Konservativen am Smith Square ins helle Morgenlicht und wurde von einer Menge von Anhängern, Fernsehleuten und Journalisten begrüßt. Er beschränkte sich darauf, lächelnd zu winken. Jetzt war nicht der Moment für ein Statement. Rasch schlüpfte er durch den Polizeikordon und stieg in seinen schwarzen Rover. Eine Motorradeskorte geleitete den Wagen durch die dichte Menschenmenge vorbei am Transport House. Simon überlegte, was wohl in Raymond Gould vorgehen würde, wenn er die Entscheidung erfuhr, die Andrew Fraser getroffen hatte.

Der Chauffeur fuhr am Unterhaus vorbei in Richtung Mall. Man hatte Scotland Yard informiert, welcher Parteiführer zum König gerufen worden war, und das Auto musste auf dem Weg zum Palast kein einziges Mal anhalten. Der Chauffeur bog um eine Kurve, und vor Simon lag der Buckingham Palace. Bei jeder Kreuzung hielt ein Polizist den Verkehr auf und salutierte. Plötzlich schien es Simon, als sei alles der Mühe wert gewesen: Er blickte auf die Vergangenheit zurück und dachte an die Zukunft. Seine ersten Gedanken galten Elizabeth und den Kindern. Wie gern hätte er sie jetzt an seiner Seite gehabt. Er erinnerte sich an seine Wahl in Coventry, an den Verlust seines Sitzes und die andauernde Ablehnung vor Pucklebridge. Er dachte an die finanzielle Krise, an sein Rücktrittsschreiben an Archie Millburn, das Archie zurückzugeben versprochen hatte, sollte er, Simon, einmal Premierminister sein. Er dachte an die irische Charta, an die *Broadsword* und seinen letzten Kampf mit Charles Seymour.

Der Rover umrundete die Statue der Königin Victoria und hielt vor den schmiedeeisernen Gittern vor dem Palast. Die Wache in der roten Uniform der Grenadier Guards präsentierte das Gewehr. Die Menschenmassen, die seit den frühen Morgenstunden vor dem Gitter warteten, reckten die Hälse, um zu sehen, welcher Führer gewählt worden war. Simon lächelte und winkte. Viele winkten zurück und klatschten Beifall, andere sahen verdrossen und niedergeschlagen drein.

Der Rover fuhr an der Wache vorüber in den Hof und durch den Torbogen, bevor er vor einem Seiteneingang hielt. Simon stieg aus und wurde vom Privatsekretär des Königs begrüßt. Schweigend führte er ihn die Treppe hinauf, an dem Porträt Georgs III. vorbei und durch einen langen Korridor zum Audienzzimmer. Er verbeugte sich und ließ Simon allein mit seinem neuen Souverän.

Simon spürte seinen Puls schlagen, als er drei Schritte vortrat, sich verbeugte und wartete, bis der König sprach. Der dreiundvierzigjährige Monarch zeigte bei seiner ersten offiziellen Aufgabe keinerlei Nervosität, obwohl sie ungewöhnlich heikel war.

»Mr. Kerslake«, begann er. »Ich wollte Sie zuerst empfangen, da ich es für höflich hielt, Ihnen im Einzelnen zu erklären, warum ich Mr. Raymond Gould auffordern werde, mein erster Premierminister zu sein.«